丰子恺集

第三卷　散文

人民文学出版社

作者像

1948年在上海梅寓携长女、次婿与梅兰芳合影

1948 年 11 月，在日月潭

1962年与众孩在沪丰寓楼下看画册

目录

猎人
　　——戒贪心务寡欲___1
怀夹
　　——戒诈伪务正直___2
藤与桂
　　——戒依赖务自立___3
捕雀
　　——戒移祸务爱群___4
设如父亲命我往某处___5
读书经验谭___6
青年与自然___9
山水间的生活___16
英语教授我观___20
法味___26
白采___41
《儿童的年龄性质与玩具》
　　译者序言——儿童苦___43
秋的星座及其传说___46
《再和我接个吻》的翻译___63
幼儿故事___66
《初恋》译者序___82
伯豪之死___87

图画成绩___97

大艺术家的孙子做骗子___105

我的苦学经验___108

寄宿舍生活的回忆___122

《古代英雄的石像》读后感___132

旧话___135

甘美的回味___143

《自杀俱乐部》译者序言___149

丰子恺自述___151

小白之死___153

胡桃云片___158

画谶___162

陋巷___165

标题音乐___170

忆弟___173

取名___178

《数学趣味》序___181

劳者自歌（十一则）___183

新年试笔___192

教师之经验及其感想___193

热天写稿___195

我与手头字___198

《随园诗话》___202

什么是"三部曲"？___208

二学生___210

谈梅兰芳___216

小钞票历险记___220

二重生活___240

欲穷千里目　更上一层楼（十一月献词）___244

七巧板___246

访疗养院记___250

蟹___254

家___260

房间艺术___267

看残菊有感___274

我的母亲___278

我的少年时代___282

不惑之礼___285

决心
　　——避寇日记之一___289

劳者自歌（三则）___293

一饭之恩
　　——避寇日记之一___297

神鹰东征琐话___301

《口琴歌曲集》序___306

横渠四句教附说___307

空军的人格亦要至高无上___312

未来的国民——新枚　315

佛无灵　320

宜山遇炸记　325

读《爱国女子诗选》　333

逃难板
　　——黔桂流亡日记之一　340

荒冢避警
　　——黔桂日记之一　342

桐庐负暄
　　——逃难五记之二　344

杀身成仁　378

生道杀民　381

论正诈及其他
　　——读书杂记四则　383

我写文章的一些经验　388

养鸭　391

文明国　395

读丏师遗札　404

蜀道奇遇记　411

日本人气质　421

会场感兴　425

新枚的故事　427

狂欢之夜　433

谢谢重庆　436

无锡重到___440

《弘一大师全集》序___442

沙坪的酒___444

我的烧香癖___449

桂林的山___454

怀太虚法师___458

胜利还乡记___460

白象___465

宴会之苦___470

访梅兰芳___475

假辫子
　　——答《漫画阿Q正传》读者___481

端阳忆旧___484

重庆觅屋记___486

防空洞中所闻___490

《猫叫一声》序言___494

猫叫一声的结果___495

口中剿匪记___514

新年忆旧年___517

新年小感___519

贪污的猫___522

告窃画人___527

新年话旧___529

读《西湖古今谈》原稿___536

义齿___537

湖畔夜饮___541

女人专家___546

再访梅兰芳___547

参观夏声平剧学校___553

海上奇遇记___557

南国女郎___562

杵舞和台湾的番人___564

我与弘一法师
　　——卅七年十一月廿八日在厦门佛学会讲___567

嫁给小提琴的少女___572

我与《新儿童》___576

《前尘影事集》序___578

三层楼___580

拜观弘一法师摄影集后记___584

《童年与故乡》写者后记___588

我的心愿___590

谈"百家争鸣"___592

西湖忆旧___595

欢迎内山完造先生___599

元旦小感___602

爆炒米花___604

《缘缘堂随笔》选后记___607

石川啄木的生涯与艺术___609

六千元___615

一吟之病___645

《弘一大师纪念册》序言___647

漫谈翻译___648

新年大喜___651

故宫一瞥___654

一件小事___657

南颖访问记___660

致台湾一旧友书___663

梅兰芳不朽___667

怀梅兰芳先生___669

告初学日本文者___672

隔海传书

  ——国庆节致侨胞李君的公开信___675

赤栏杆外柳千条

  ——参观景德镇随笔___679

古稀之贺___682

作画好比写文章___686

我作了四首诗

  ——在上海第二次文代大会上的发言___688

《弘一大师遗墨》序言___691

耳目一新___693

私塾生活___695

新的欢喜___700

新春试笔 ___ 703

《弥陀经》序言 ___ 706

简化字一样可以艺术化 ___ 707

《弘一大师遗墨续集》跋 ___ 709

《源氏物语》译后记 ___ 710

彩伞说明 ___ 713

子愷

猎 人[1]
——戒贪心务寡欲

秋高风厉,草木枯落。猎人裹糇粮,挟弓矢,入山觅兽踪迹。半日,苦无所获,倦坐石上,意甚懊丧。忽见草间兔睡方酣,大喜过望。将弯弓射之。俄有鹿过高原,猎人见麂之大也,遂舍兔而逐鹿,鹿行固速,相距又远,不之及,亟而取兔,则兔已醒而逸矣,大恨而归。丰仁曰:贪心一起,每易失败,寄语少年,勿如猎人之两无所得也;斯可矣。

---

[1] 本篇和下面的《怀夹》《藤与桂》《捕雀》等四篇短文,原载 1914 年 2 月《少年杂志》第 4 卷第 2 期《儿童创作园地》栏,署名:丰仁。这是迄今发现的作者最早发表的作品。

怀　夹
——戒诈伪务正直

某儿性钝，读书苦不能熟，每受师责；乃将日间所读之书，夜抄出之，明日怀以上课，私自取观，所答无一谬者。儿大喜，于是每日如此，迨行毕业试验，先生将数年之所授，约略举问。某儿无怀夹，瞠目不能答一题，竟至曳白。先生省其伪，斥令退学。某儿既退学，父母责之，同学轻之，惭愧无地，然已莫及矣。丰仁曰：天下欺人之事，适所以自欺，向使某儿人一能者己十之，人十能者己千之，何患不能如人哉！乃不此之务，一期作伪，遗憾终身，夫亦可哀也已。

藤 与 桂
——戒依赖务自立

青藤盘于古屋之上,自以为得计也,俯视屋左老桂,笑而谓之曰:"君具其昂昂之干,何自甘于卑污,日与儿卉伍乎?我虽柔如棉絮,而力能攀附,竟得凭空而上,悠然四顾,无有能与我并之者,君亦可谓不善自谋矣。"桂不以答。已而屋倾,压藤且断。桂乃笑谓之曰:"君固善于自谋,今日何之若此?"藤惭无藏身地,遂愤而死。丰仁曰:人无自立之精神,惟以依赖为事,鲜有不失败者。吾辈少年,其慎思之。

捕　雀
——戒移祸务爱群

猎人罗得一雀,将杀之。雀哀鸣乞命曰:"君能纵吾,吾将诱吾之群入汝罗以报。"猎人笑释之。已而雀固诱其群至,猎人张其罗,并捕之,雀竟与群同死。丰仁曰:猎人固属太忍,然如此雀之居心不良,乌可存于天地间哉!故杀之者,猎人焉,非猎人也。

设如父亲命我往某处 [1]

父亲命我往某处,限定时刻,不许耽搁。半途见一同学,为恶童所窘。我若救助同学,必迟误父事;若置勿顾,则失同学之情。我遂佯为不见恶童,呼同学曰:"某兄,后面草场上一罪犯,将枪毙。观者已环立,故我将往约一友,同去观看。尔胡不去看,在此与人胡闹?"言已即行。恶童性残忍,闻此等事,必置同学而往观。我既得不误父事,亦不负同学。同学固善者,非恶童类,目睹残忍事,必非所愿。异日可与言明,至恶童堕我计中,亦不得咎我也。

---

[1] 本篇原载 1915 年 2 月《中华童子界》第 8 号,署"浙江石湾高等小学二年级生"。这是一篇参赛作文,参赛题为:"设如父亲命我往某处,限定时刻,不许耽搁。半途见一同学,为恶童所窘。我若救助同学,必迟误父事,然则应如何处置?"(1914 年 7 月《中华童子界》创刊号《特别悬赏》栏)原文为句读形式。

读书经验谭[1]

书籍者，蕴藏万绪，包罗千端。阐造化，究天人，诚物理之圜枢，人智之渊薮也。人而不欲增长智识则已，人而欲增长智识，其必以读书为急务矣。虽然读书尚矣，读书不得其法，是犹不能得读书之益也。不佞敢就己所心得，并参考他籍，列为十条如左[2]。

（一）读书宜求精熟　读书犹争战之略地也。节节仇敌，俱芟除无遗，则大兵前进，始无后顾之患。若此处遗一堡未破，彼处剩一村未克，未几后路受敌，必当还而再战矣。且也读书而不精熟，引用古人言语，必多讹误。或遇一名一物之未尝参透，置之不讲，则此心不定，久之胸中必致积无限模糊之思想。若是者以之欺人则可，若曰学问，去之远矣。

（二）读书宜以时温习　吾人每读新课一首，不薋于脑海中抹去旧课。故已习之课，必须以时温习，始可得学科之全副面目。若徒读而不温习，如人行重雾之中，身虽向前，所见终不过数

---

[1] 本篇原载1915年8月25日《中华学生界》第1卷第8期，署"浙江第一师范学校预科生丰子顗"。作者姓名后有"征文当选"字样。原文为句读形式。

[2] "左"，原文系竖排。

步也。《论语》云："学而时习之，不亦说乎？"盖功课以时温习，自无荒废之患也。

（三）读书宜练习注意力　昔范文正公在塾时，同辈取蛛网近公目，公读书自若。此无他，其注意力强故也。今人读书，其因耳目有所激触，不能在书上用心思者无论矣。即耳无所闻，目无所见，此心亦往往摇荡不定。若是者纵伏案数小时，仍无尺寸之益可断言也。而推其原因，实由注意力之薄弱。是当练习注意，使此心不随物驰。如偶放失，即追纳之腔中。如是读书一刻，乃有一刻之实效也。

（四）读书每完一章宜掩卷而复述其大旨　能依此法读书，获益有不可胜言者。练习一己辩才，一也；书中事理益清晰入心，二也（凡心中未能十分明了之事，必不能宣之于口。若向他人述之，较诸对己复述为尤佳。以对人宣言，必更谨慎也）；全书内容，可以前后贯通，三也。

（五）读书时不宜谈话　今之学生，每于自修时，与同伴杂以谈话，以为非如此，每觉枯寂而无趣味。殊不知用心之际，最忌萦扰，万不可谈话也。即有须质问析解之处，亦当以笔作志，待各人自修既毕，然后互相问答，方得切磋之益。若当攻究之际，决不可从中羼断也。

（六）读书宜有定程　读书宜有定程，晨起何课，晚间何课（指自修而言），按程而进，丝毫不紊。庶日有定课，月有程功。夫饮食有定时，则胃善运消化之力。读书有定程，则脑亦善施记忆之力也。不然，闲暇时，必觉无事可为；功课繁迫时，又觉无从着手矣。

（七）读书宜视时间而异其难易　晨起之后，经终夕休息，脑力最健。斯时致力多烦心力之书籍，最为得法。将及临卧时，心力已疲，若读艰深之书籍，必于卫生有碍；宜温旧课，或读优美之诗文，以娱乐身心。

（八）读书宜用轮替之法　每见同侪中，有苦读二三小时，觉身心疲乏，乃辍工二三小时，以待脑之复原者，殊非计之得也。窃谓当用轮替之法。如读文之后，继以算术，则脑之所注意者，别易一部，他部可乘间休息，而仍不致疲乏也。

（九）读书宜倚仗自己　学生在校，多贪安逸。每逢文字诘屈之句，算术艰深之题，辄央同学为之剖解，为之推演。一时觉得便宜，不知久而成习，自己将养成一种依赖心。他日一旦出校，将有若瞽者之无相矣。故读书必须倚仗自己。遇未明之文句，未晓之算题，当由自己再三思考。如终不能明晓，方可质疑于师友。

（十）读书宜排除一切障碍　吾人读书，必有内起外乘之障碍，以减其前进之功，故必排除之。时时收挈心思，回归目前所务之学科，乃能获得读书之益。否则，或自诿体质之不健全，无豪爽之兴味，即不乐用脑力，懒于读书；或终觉游逸之可乐，而不肯专心诵读矣。

青年与自然[1]

英诗人瓦资瓦斯〔华兹华斯〕（Wordsworth）的诗里说道："嫩草萌动的春天的田野所告我们的教训，比古今圣贤所说的法语指示我们更多的道理。"这正是赞美自然对人的感化力，又正是艺术教育的简要的解说。吾人每当花晨月夕，起无限的感兴。人生精神的发展，思想的进步，至理的觉悟，已往的忏悔，未来的企图：一切这等的动机，大都在这等花晨月夕的感兴中发生的。青年受自然的感化和暗示最多。青年是人生最中坚的、最精彩的、最有变化的一部分。青年一步步地踏进成人的境域去的时候，对于他们所天天接近而最不解的自然，容易发生种种的能动的疑问。这等疑问唤起了他们的无限的感想，这感想各人不同，各用以影响到自己的意志和行为。在孩儿时代，是感观主宰的时代，那时对自然所起的感情大都是受动的。在成人时代，阅世较深，现实的境遇比较的固定，自然的感化也鲜能深入他们的腑肺，但不过有时引起一时的感兴。唯有极盛的青年期受自然的感化最多。

吾人所常接近的自然，如日月星辰，山川花木等，其中花

---

[1] 本篇原载 1922 年 12 月 1 日浙江上虞春晖中学校刊《春晖》第 3 号，署名：子恺。

和月最与人亲。在自然中,月仿佛是慈爱的圣母 Maria〔马利亚〕,花仿佛是绰约的女神 Aphrodite〔阿佛洛狄忒〕,常常对人作温和的微笑。

·青年与月

吾人一切的感觉,最初是由"光"而起的。所以光的感化人比其他一切更大。例如曙光、晨星等,足以唤起人的宗教心。人对于光的注目,也比对其他一切更易。小孩生后数小时,就有明暗的感觉,数日,便能欢迎适当的光,半年,就能对洋灯[1]微笑。这可以证明人类对光本来是欢迎的。不但幼时,成人喜光的证据也很多。例如妇人们不惜千金去购金刚石、明玉,蛮人集玻璃片或种种发光的东西来妆饰,都可以证明凡人是生来有爱光的共通性的。

月是有光物体的一种。月的光有一种特有的性质。是天体中最切实的有兴味的东西。所以月给与青年的影响更大。

(一)月是宗教的感情的必要的创造者　在幻觉时代的孩儿,见了挂在天空中的明净的白玉盘,每起奇妙的无顿着[2]的空想。所谓活物主义,便是他们把月拟人。以为月是太阳的亲戚,对月唱歌,对月舞蹈。他们以月为友,且以为月也是以友情对待儿童的,欢喜儿童在他月面歌舞,否则他便嫌寂寞。又或想

---

[1]　洋灯,旧时对煤油灯的称呼。
[2]　无顿着,日文中此三汉字意为"漫不经心"。

象月里有神，有孩子群，有玩具。或梦想身入月中，和月同游。在小儿话或歌中，常可以见到这种幻觉，到了十四五岁以后的青年期，变为更有力的感情。精神正当发达的青年对这神秘的、不可思议的月亮所起的感想，是最有同情的关系于青年的精神的宗教的感情生活的。又青年对这纯洁无疵的月亮所起的感情，是最有密切的联络于青年的道德的生活的。儿童时代对月的荒唐的"空想"的本身，到青年时变形为"思慕""畏敬"和"求爱"，儿童时代的月中的存在的空想，到了青年期也变了一种力——自发的陶冶身心的力了。

精神发达的青年，对月所起的感想，关于客观的月的感想少，关于因对月而生起的主观方面的感想更多。夜本来是一日的最深沉的、最幽邃的一部分，就是一日的神秘的时间，又可说是人的退省时间。有月的夜，更容易诱起人的沉思和遐想。望月的人心灵似乎暂时脱离人境，逍遥于琼楼高处，因之此时外界的感触几于绝灭，内部的精神十分明了。此时往往诱起对于高泛的生命的无限的希望，将心灵迫近向宗教去。所以各人种的起初，大都以月为崇拜的对象，这感情到后来就变为对于"神"和"真""善""美"的感情。

（二）月暗示"爱" 月的团圞的形、月的温柔的光，和月下的天国似的世界，凡关于月的东西，无不和青年的神圣的"爱"相调和，且同性质的。心的爱的世界的状态，可以拿月夜的银灰色的世界来代表的。所以月夜的青年，容易被唤起爱的感情：月下追念亡父母或友人，在月中看出亡父母或友人的容颜。或者月下隐闻亡父母或友人的语声，又或想起离别的恋人或至友，乞月的传言寄语，在诗词中所常见的。"多磨恋爱"（stormy love）的青年，因月的感化，足以维持纯洁的精神，不致流于堕落或自弃。"多磨恋爱"的青年女子，往往对月暗诉她的困难的心事，向月祈愿，用这慰藉来鼓励她的勇气，维持她的希望。在实际上，这泛爱的月真是慈母似地佑护青年，真已完全酬答青年对月的祈愿了。试看瑞烟笼罩的大地上，万人均得浴月的柔光。这正是表示月的泛爱，且助人与人的爱。

（三）月狂　因月怀乡，因月生愁，或中夜不寐，或对月涕泣等事，美国斯当来·霍尔氏说是一种精神病，称为"月狂"。这种状态在青年期最多。境遇坎坷的青年，飘泊的青年，最易罹这病。原来月光有一种抽发人心的愤懑的力。人见月就惹起怨恨和愤懑。诗中所谓："举头望明月，低头思故乡"，是见月伤飘泊的诗。类此者颇多。血气方刚的青年，胸中藏着的幽愤，在日里为外界的感触所阻抑，郁积于内，遇到这种力，就发泄出来，甚者便月狂。此时优美的月色在这等青年们的眼里，已变为所谓"伤心色"了。这病影响于消化、发育、睡眠、健康很大。

·青年与花

幼儿最初的美感是对于花的美感。因为花有美的姿态、可爱的色彩、芳香的气味。在自然物中，是最足以惹人注意的东西。花在下界的地位，仿佛月在天空。幼儿对花，完全是幻觉的。他们与花接吻、抱花、为花祈雨。这种拟人的态度，到青年期仍是大部分残存着。人类生来就爱花，因此花及于人的影响自然也大。

（一）青年对花的同情　幼儿时代对花的拟人的态度的形式，到青年时代还残存着，不过内容变易了。幼儿对花是客观的纯粹的活物主义，青年则带几分主观的色彩。在对花所起的感情的背面，同时起一种对于自身的感触。因为花与青年——特别是女子——在各点上相类似的：生命的丰富、色彩的繁荣、元气的旺盛等，都相类似。花可说是青年的象征，所以青年对花分外有同情，分外爱花。爱花便是他们的自爱。花遭难时，更易得青年的同情。所谓"惜花""葬花"，实在是他们的自伤。所谓"花开堪折直须折，莫待无花空折枝"实在是他们的自励。因这同情，青年对花大都是拟人的。不过这拟人的态度的内容和孩儿时代的拟人的内容不同，青年的拟人对花，实在是因花生起别种联想。少女与花，有更密切的相似点。因之对花容易使人起淑女的联想。所谓"解语花""薄命花""轻薄桃花"等，都是以花喻女的，又如 Moore[1] 的诗中所谓 "All her lovely companions are faded and gone……"〔"她那些可爱的姐妹，早已不在枝头上……"〕也是以花比少女。这样的例不少。少女自己，也是默认花是自己的表号的。她们爱花、栽花、采花，又簪花、吻花，这种举动的背面，隐着少女们的一种自觉——这样明媚鲜妍的自然的精华，正是我们女性的表号。

人生青年时代犹四季的春天，故曰青春。在时期的关系上，

---

[1]　托马斯·穆尔（Thomes Moore,1779—1852），爱尔兰杰出的爱国主义诗人。

青年与花已有相同的境遇。又青年时代的一切思想感情等精神界的发达，都极绮丽发扬，与花的妩媚极合。因此青年见花仿佛是同调的知交，自然地发生同情。

（二）花给与青年道德的感想　花的形质的清雅不凡，使青年起道德的思想。花的形色，表示人生的复杂的象征：例如就色而论，白色表示纯洁，赤色表示爱情和繁荣，紫色有王者的象征。就形而论，桃花梅花表示复杂的统一，菊花表示整齐，玫瑰花牡丹花表示结构的调和，紫藤花等表示变化的统一。这等象征，在不知不觉之间给青年道德的暗示。菊花的凌霜，梅花的耐寒，对人也有一种孤高纯洁的暗示，山间的花、水溪的花、人迹绝少到的地方的花，也同样地开颜发艳、不求人知。这给人更高尚的暗示，引起人的超然遗世的感想。诗所谓："涧户寂无人，纷纷开且落。"读之引起人对于自然的神秘的探究心，终于崇敬自然的神秘，感入自己的心身。女子受花的道德的暗示，更大于男子。

（三）花给与青年美的感情　青年的艺术修养方面，得益于花的感化不少。花实在是自然界的精英，是自然美中的最显著的。拉斯京〔罗斯金〕说："见了一大堆火药爆发，或一处陈列十分华丽的商店，一点也没有可以赞美的价值；见了花苞的开放，倒是极有赞美的价值的。"花在实用上，效用极少，不过极少数的几种作药品等用，此外大都是专供装饰的。然而实际上，装饰用的花赐与人们的恩惠真非浅鲜。青年因花而直接陶冶美的感情，又间接影响于道德。无论家庭学校，凡青年所居的地方，皆宜有花，这是艺术教育上最有价值的事件。实利的家庭，以种花为虚空无益的事。实利的学校,养鸡似地待遇学生,更不梦想到青年的直观教育的重大。所谓"爱情的只影也不留的、仓库似的校舍",实在是对于青年的直觉能力的修养给与破坏的感化的。艺术教育发达的国学校园内的栽植和宿舍内的花卉布置,极郑重从事的。即使在都会的、地面狭窄的学校,也必设小巧的花台或窗头的盆栽。在实利的人们看来以为虚饰,独不知这是学生的精神的保护者。

要之,月和花的本身是"美",月和花的对青年是"爱"。青年对花月——对一切自然——不可不使自身调和于这美和爱,且不可不"有情化"这等自然。"有情化"了这等自然,这等自然就会对青年告说种种的宝贵的教训。不但花月,一切自然,常暗示我们美和爱:蝴蝶梦萦的春野,木疏风冷的秋山,就是路旁的一草一石,倘用了纯正的优美又温和的同感的心而照观,这等都是专为我们而示美,又专为我们而示爱的。优美的青年们!近日秋月将圆,黄花盛开。当月色横空、花荫满庭之夜,你们正可以亲近这月魄花灵,永结神圣之爱!

十一年十月在白马湖上月下

山水间的生活[1]

我家迁住白马湖上后三天,我在火车中遇见一个朋友,对我这样说:"山水间虽然清静,但物质的需要不便之外,住家不免寂寞,办学校不免闭门造车,有利亦有弊。"我当时对于这话就起一种感想,后来忙中就忘却了。

现在春晖在山水间已生活了近一年了,我的家庭在山水间已生活了一月多了。我对于山水间的生活,觉得有意义,又想起了火车中的友人的话。写出我的几种感想在下面。

我曾经住过上海,觉得上海住家,邻人都是不相往来,而且敌视的。我也曾做过上海的学校教师,觉得上海的繁华和文明,能使聪明的明白人得到暗示和觉悟,而使悟力薄弱的人收到很恶的影响。我觉得上海虽热闹,实在寂寞,山中虽冷静,实在热闹,不觉得寂寞。就是上海是骚扰的寂寞,山中是清静的热闹。

在火车里的几小时,是在这社会里四五十年的人生的缩图。坐位被占,提包被偷等恐慌,就是生活恐慌的缩形。倘嫌山水

---

[1] 本篇原载 1923 年 6 月 1 日浙江上虞春晖中学校刊《春晖》第 13 期。署名:子恺。

间的生活的寂寞，而慕都会的热闹，犹之在只乘四五个相熟的人的火车里嫌寂寞，要望别的拥挤着的车子里去。如果有这样的人，他定是要描写拥挤的车子而去观察的小说家，否则是想图利去的 pickpocket〔扒手〕。

我在教授图画唱歌的时候，觉得以前曾在别处学过图画唱歌的人最难教授，全然没有学过的人容易指导。同样，我觉得在社会里最感到困难的是"因袭的打破难"。许多学校风潮，许多家庭悲剧，许多恶劣的人类分子，都是"因袭的罪恶"，何尝是人间本身的不良。因袭好比遗传，永不断绝。新文化一次输入因袭旧恶的社会里，仿佛注些花露水在粪里，气味更难当。再输入一次，仿佛在这花露水和粪里再注入些香油，又变一种臭气。我觉得无论什么改造，非先除去因袭的恶弊终归越弄越坏。在山水间的学校和家庭，不拘何等孤僻，何等少见闻，何等寂寥，"因袭的传染的隔远"和"改造的容易入手"是实实在在的事实。

我从前往往听见人讲到子弟求学或职业等问题，都说："总要出上海[1]！"听者带着一种对于将来生活的恐慌的自警的态度默应着。把这等话的心理解剖起来，里面含着这样的几个要素：(一)上海确是文明地,冠盖之区,要路津。(二)少年应当策高足,先据这要路津。(三)这就是吾人应走的前途。所谓闭门造车，也是具有这样的内容的话。怀着这样的思想的人，是因袭的奴隶，是因袭的维持者。

---

[1] 出上海，指到上海去。

闭门造车，是指说不符合门外的轨道的大小，造了不能在门外的轨道上运行的车。行车一定要在已成的轨道上吗？这已成的轨道确是引导我们走正路的吗？有了车不能造轨道的吗？在这"闭门造车"一句话里，分明表示着人们的依赖、因袭，和创造力多么薄弱。

不造则已，如果要造车，一定非闭门造不可。如果依照已成的轨道而造，所造出的车子和以前已有的车子一样，就在已成的轨道上随波逐流地去了。即使已有的车子是好的，已成的轨道是正的，造车的效力也不过加多了车，不是造车的进步。何况已有的车子或者不好，已成的轨道或者不正呢。

"好久不到都会了，好久不看报了，退步了。"这样说的人也有。实在，进步是前进的意思，进步越快，离社会越远，离社会越远，进步越深（这是厨川白村说的）。子路说道："吾过矣，吾离群而索居，亦已久矣。"这便是子路所以为子路。

"山水间生活，有利亦有弊"，这大概是指清静、空气新鲜、生活程度低等是利。需要不便、寂寞、闭门造车等是弊。这是要计较两方的利弊长短而取舍的意思。这话的内容和"新思想并不恶、时势变更了不得已而然的。但从前的习惯一概不好，也不能说"的话同是乡愿的话。

这话的变形，就是"凡物都有明暗两方面的"。这话固然不错。但我觉得明暗是一体的。非但如此，明是因为有暗而益明的。仿佛绘画，明调子因暗调子而益美，暗调子因明调子而也美了。

断不是明面好，暗面不好。如果取明而弃暗，就是 Ruskin〔罗斯金〕所谓："自然像日光和阴影相交一般混合着优劣两种要素，使双方相互地供给效用和势力的。所以除去阴影的画家，定要在他自己造出来的无荫的沙漠里烧死！"

　　爱一物，是兼爱它的阴暗两方面。否，没有暗的明是不明的，是不可爱的。我往往觉得山水间的生活，因为需要不便而菜根更香，豆腐更肥。因为寂寥而邻人更亲。

　　且勿论都会的生活与山水间的生活孰优孰劣，孰利孰弊。人生随处皆不满，欲图解脱，唯于艺术中求之。

一九二三，五，一四，在小杨柳屋

英语教授我观[1]

英语教授，除了一般所注意的"How to read"〔"怎样读"〕和"How to speak"〔"怎样讲"〕以外，还有更重的一个要点，便是"How to think"〔"怎样想"〕。这要点，在浅薄的英文研究者，往往被忽略；在浅薄的英文教授者，也都不被注意，就徒然使得英语的真的价值不显著，而学者的英语研究的效果也浅薄了。"read"〔"读"〕和"speak"〔"讲"〕，譬如英语的皮毛；"think"〔"想"〕是英语的生命。英语教授者，都应该明白：在他的教鞭下的青年，为什么要学英语？要学真的英语呢还是只要学英语的皮毛？如果真要认识那 Anglo-Saxon[2]的真精神，而要奏英语研究的完全的效果，非使他们掴[3]住英语的生命不可。

A、B、C 的发音，"shall and will"[4]的用法，已曾被多数英语教授者注意及了。多数的学生，单学得些英语的读法和说

---

[1] 本篇原载 1924 年 1 月 1 日浙江上虞春晖中学校刊《春晖》第 22 期，署名：子恺。
[2] 英文，意为盎格鲁－撒克逊人，这里指英国人。
[3] 掴，疑为"抲"，"抲"为浙江方言，意即抓。
[4] 英文，意即"（我）将和（你、他）将"。

法而出校门了。他们都会读"open sesame！"[1]，会说"Yes or no"[2]。然而真的英吉利人的思想、真的英文学的内容，在几本浅薄的教科书、文法书、会话书里，他们没有尝到过。这样的人，我觉得不能称为英语研究者，只能说是英语的"鹦鹉"。

"How to speak"和"How to read"，当然原是英语研究的重要的基础。我所否的，是以"How to speak"和"How to read"为英语教授的唯一的职能的英语教授者。上海滩上的"来叫come 去叫go，一块洋钿温大龙[3]"，当然是我们所不许的。英语极熟的外国洋行里、公馆里的走狗，也当然是我们所贱的。

孩稚的初级中学生，英语的基础还没有巩固，似乎配不上研究英文学。这话一半原是有理的。然而很大的误谬，往往就在这话里发生。A boy, A boy〔一个男孩，一个男孩〕还发音不来的儿童，当然用不到研究英文学的名目。然而英语渐渐进步起来，做教师的应该引导他向真的英语精神的路上，使他渐渐得到开英语的宝库的钥匙。一般utilitarian〔功利主义〕的英语研究者或英语教师，以为literature〔文学〕不是我们中学校的英语教师和学生的所有事；poem〔诗〕更加和中学校的英语没交涉。他们把"文学""诗"等名词看得高不可仰。一则由于他们的英语研究的肤浅，二则由于utilitarian〔功利主义者〕的见解浅薄的utilitarian的思想，是中国一切

---

[1] 英文，意即"芝麻，开开门"，是个开门咒，源出《一千零一夜》中的一个故事。

[2] 英文，意即"是或不是"。

[3] 温大龙，是英文one dollar（一元）的音译。

参仿洋法的事业只有表面而内容糙乱的病根。银行手只晓得 balance due〔结欠金额〕，站长只晓得 minutes late〔晚点〕，工业者只晓得 engine〔引擎，发动机〕，英文教师也就只晓得 modelreader〔模范读物〕，motherlanguage〔本国语言〕。这样的皮毛的研究，只能算一种小聪明，何曾是研究？要除去这样的弊害，只有在无论何种学校的最初的英语教授上加注意，使他们的志望不局于 utilitarian 的狭小范围内，使他们懂得用"open, sesame！"的咒来打开真的英语精神的门，接触真的不列颠魂。在这目的之下，我主张灌输英文学和英诗的知识于学生。

一民族的思想的精华，藏在这民族的文学和诗里。一民族的真的精神，也藏在这民族的文学和诗里。第一：在民族精神结合的点上着眼，学英语的学生，有研究英文学和英诗的必要。因为欲谋民族关系或国际的友谊的亲密，使人民研究他国民族文学是唯一的方法。两民族的亲善，全在民族和民族的互相了解。法国人有一句有名的格言："Tout comprendre, c'est tout pardonner。"[1] 就是英国的"To understand everything is to pardon everything"[2]。历史上一切国际的交涉，都原因于两方没有相互的 understanding〔了解〕，因之就不能互相 pardon〔宽恕〕，就起争执。换句话说，我们如果 understand〔了解〕了操英语的民族，就真心地钦佩他们，就不会误解操英语的民族为"shop-

---

[1] 法文，意即"了解一切便是宽恕一切"。
[2] 英文，意义同上。

keepers[1]"，而作皮毛的模仿了。

第二：英文学，英诗，是世界上的思想的宝库。Shakespear〔莎士比亚〕以至 Kipling〔吉卜林〕，许多诗人文人遗下许多的珍宝在这世界上，无论何人都有享受的自由。读过英美文学，像 Milton〔弥尔顿〕，Shelley〔雪莱〕，Browning〔布朗宁〕，Emerson〔爱默生〕，Whitman〔惠特曼〕等的制作的，谁不真心地崇拜操英语的民族！谁不感谢他们对后人的恩惠！教师对于学英语的人，都应该给以得接触英语的精髓的机会，以使他们以 understand 英语为目的。诗，原来不是十分艰深的别种的文字。中国向来有科举式的，极雕研的诗，为一般人不解，因此就生了把诗看作异样的文字的因袭的观念。实在，好诗决不是多数人所不解的。诗近于歌，人生确是先会诗歌而后能文言的。所以世界上 most popular〔流传最广〕的诗，都是学生所能够懂得的。英语教授者，正应该给学生以开这英语的宝库的钥匙。

第三：英美的民族，是 democracy〔民主〕和 liberty〔自由〕的民族。在文学中隐藏着这等真义。研究英语者，如果限于 A、B、C 的发音，shall、will 的用法等机械的钻求，把英语研究只当作一种技巧，或一种应酬的工具，或商业的媒介物，而疏忽了文学方面的研究，就永远不能 understand 英语，永远不能梦见真的英美民族的 democracy 和 liberty 的精神了。实在，要 understand 真的不列颠、真的亚美利加，不必远涉重洋，去拜访伦敦、纽约、芝加哥。只要伏

---

[1] 英文，意即店主，此处含义源出对英国的蔑称"店小二之国"。

在你的书斋的冷静的角里，或火炉旁边，熟读不列颠或亚美利加的著作家的杰作。读 Chaucer〔乔叟〕、读 Milton、读 Ruskin〔罗斯金〕和 Carlyle〔卡莱尔〕、读 Emerson〔爱默生〕和 Hawthorne〔霍桑〕，就可以悟到英美的民族决不是 shop-keepers，在他们的物质的国民性的内层，隐着一道勃勃的理想的泉流，就可以得到他们的 democracy 和 liberty 的真精神，就可以明白他们的道德的生活的基础，和现代的英美所以在世界上称优秀的原因了。

最后我对于 poem 的教授要讲几句话：poem 的教授，注意于内容的选择外，还应该讲求音乐的要素。大凡富于音乐的要素的诗歌文章，必容易动人的感情而使读者易于上口，而发生兴味。所以内容好而音节也好的诗，实在是学生的最适当的读物。再进理想一步，诗和歌互有联络的利益，即学校的文学科和音乐科应该有一种密切的相互关系。即如果借音乐来唱诗，岂不使音乐的歌词上更富于文学的要素，而使诗更富于音乐的要素吗？如果取英美的名词，配上英美的有名的旋律，合成音乐，岂不使学者得更切实地体验英美人的思想

和精神，就容易更切实地 understand 英美吗？这样，读英语的学校，在音乐上自然可以有英语唱歌的教授否，应该有英语唱歌的教授。实在，像英国国歌 *God Save the King*〔《天佑吾王》〕，美国民谣 *Massa's in the Cold, Cold Ground*〔《马萨安息在墓里》〕，旋律上弥漫着雄浑的英国趣味和殖民地的美国趣味，歌词上一则显出着国本巩固的英国气象，一则吐露着隐伏在移植于亚美利加的白人的心底里的怀祖国的悲哀。像这等歌曲，为音乐教授，固然可取；为音乐与英语的联络教授，也必然是可取的材料。

一九二三，耶稣降诞节的前夜

法　味 [1]

暮春的一天，弘一师从杭州招贤寺寄来了一张邮片说：

"近从温州来杭，承招贤老人殷勤相留，年内或不复它适。"

我于六年前将赴日本的前几天的一夜，曾在闸口凤生寺向他告别。以后仆仆奔走，沉酣于浮生之梦，直到这时候未得再见。这一天接到他的邮片，使我非常感兴。那笔力坚秀，布置妥贴的字迹，和简洁的文句，使我陷入了沉思。做我先生时的他，出家时的他，六年前的告别时的情景，六年来的我……霎时都浮出在眼前，觉得这六年越发像梦了。我就决定到杭州去访问。过了三四日，这就被实行了。

同行者是他的老友，我的先生 S [2]，也是专诚去访他的。从上海到杭州的火车，几乎要行六小时。我在车中，一味回想着李叔同先生——就是现在的弘一师——教我绘图音乐那时候的事。对座的 S 先生从他每次出门必提着的那只小篮中抽出一本小说来翻，又常常向窗外看望。车窗中最惹目的是接续奔来的深绿的桑林。

---

[1]　本篇原载 1926 年 10 月《一般》杂志，后曾改名《佛法因缘》。

[2]　S，指夏丏尊。

车到杭州，已是上灯时候。我们坐东洋车到西湖边的清华旅馆定下房间，就上附近一家酒楼去。杭州是我的旧游之地。我的受李叔同先生之教，就在贡院旧址第一师范。八九年来，很少重游的机会，今晚在车中及酒楼上所见的夜的杭州，面目虽非昔日，然青天似的粉墙，棱角的黑漆石库墙门，冷静而清楚的新马路，官僚气的藤轿，叮当的包车，依然是八九年前的杭州的面影，直使我的心暂时返了童年，回想起学生时代的一切的事情来。这一夜天甚黑。我随S先生去访问了几个住在近处的旧时师友，不看西湖就睡觉了。

翌晨七时，即偕S先生乘东洋车赴招贤寺。走进正殿的后面，招贤老人就出来招呼。他说：

"弘一师日间闭门念佛，只有送饭的人出入，下午五时才见客。"

他诚恳地留我们暂时坐谈，我们就在殿后窗下的椅上就座，S先生同他谈话起来。

招贤老人法号弘伞，是弘一师的师兄，二人是九年前先后在虎跑寺剃度的。我看了老人的平扁的颜面，听了他的粘润的声音，想起了九年前的事：

他本来姓程名中和。李先生剃度前数月，曾同我到玉泉寺去访他，且在途中预先对我说：

"这位程先生在二次革命时曾当过团长（？），亲去打南京。近来忽然悟道，暂住在玉泉寺为居士，不久亦将剃度。"

我第一次见他时，他穿着灰白色的长衫，黑色的马褂，靠在栏上看鱼。一见他那平扁而和蔼的颜貌，就觉得和他的名字"中和"异常调和。他的齿的整齐，眼线的平直，面部的丰满，及脸色的暗黄，一齐显出无限的慈悲，使人见了容易联想螺蛳顶下的佛面，万万不会相信这面上是配戴军帽的。不久，这位程居士就与李先生相继出家。后来我又在虎跑寺看见他穿了和尚衣裳做晚课，听到他的根气充实而永续不懈的粘润的念佛声。

这是九年前的事了。如今重见，觉得除了大概因刻苦修行而蒙上的一层老熟与镇静的气象以外，声音笑貌，依然同九年前一样。在他，九年的时间真是所谓"如一日"吧！记得那时我从杭州读书归来，母亲说我的面庞像猫头；近来我返故乡，母亲常说我面上憔悴瘦损，已变了狗脸了。时间，在他真是"无老死"[1]的，在我真如灭形伐性之斧了。——当S先生和他谈话的时候我这样想。

坐了一会，我们就辞去。出寺后，又访了湖上几个友人，就搭汽车返旗营[2]。在汽车中谈起午餐，我们准拟吃一天素。但到了那边，终于进王饭儿店去吃了包头鱼。

下午我与S先生分途，约于五时在招贤寺山门口会集。等到我另偕了三个也要见弘一师的朋友到招贤寺时，见弘一师已与S先生对坐在山门口的湖岸石埠上谈话了。弘一师见我们，就立起身来，用一种深欢喜的笑颜相迎。我偷眼看他，这笑颜直保留到引我们进山门之后还没有变更。他引我们到了殿旁一所客堂。室中陈设简单而清楚，除了旧式的椅桌外，挂着梵文

[1] 语出《心经》。
[2] 旗营，即今西湖湖滨一带。

的壁饰和电灯,大家坐了,暂时相对无言。然后 S 先生提出话题,介绍与我同来的 Y 君。Y 君向弘一师提出关于儒道、佛道的种种问题,又缕述其幼时的念佛的信心,及其家庭的事情。Y 君每说话必垂手起立。弘一师用与前同样的笑颜,举右手表示请他坐。再三,Y 君直立如故。弘一师只得保持这笑颜,双手按膝而听他讲。

我危坐在旁,细看弘一师神色颇好,眉宇间秀气充溢如故,眼睛常常环视座中诸人,好像要说话。我就乘机问他近来的起居,又谈起他赠给立达学园的《续藏经》的事。这经原是王涵之先生赠他的。他因为自己已有一部,要转送他处,去年 S 先生就为立达学园向他请得了,弘一师因为以前也曾有二人向他请求过,而久未去领,故嘱我写信给那二人,说明原委,以谢绝他们。他回入房里去了许久,拿出一张通信地址及信稿来,暂时不顾其他客人,同我并坐了,详细周到地教我信上的措词法。这种丁宁郑重的态度,我已十年不领略了。这时候使我顿时回复了学生时代的心情。我只管低头而唯唯,同时俯了眼窥见他那绊着草鞋带的细长而秀白的足趾,起了异常的感觉。

"初学修佛最好是每天念佛号。起初不必求长,半小时,一小时都好。惟须专意,不可游心于他事。要练习专心念佛,可自己暗中计算,以每五句为一单位,凡念满五句,心中告一段落,或念满五句,摘念珠一颗。如此则心不暇他顾,而可专意于念佛了。初学者以这步工夫为要紧,又念佛时不妨省去'南无'二字,而略称'阿弥陀佛'。则可依时辰钟的秒声而念,即以'的格(强)的格(弱)'的一个节奏(rhythm)的四拍合'阿弥陀佛'四字，继续念下去，效果也与前法一样。"

Y君的质问，引起了弘一师普遍的说教。旁的人也各提出问话，有的问他阿弥陀佛是什么意义，有的问他过午不食觉得肚饥否，有的问他壁上挂着的是什么文字。

我默坐旁听着，只是无端地怅惘。微雨飘进窗来，我们就起身告别，他又用与前同样的笑颜送我们到山门外，我们也笑着，向他道别，各人默默地，慢慢地向断桥方面踱去。走了一段路，我觉得浑身异常不安，如有所失，却想不出原因来。忽然看见S先生从袋中摸出香烟来，我晃然悟到这不安是刚才继续两小时模样没有吸烟的原故。就向他要了一支。

是夜我们吃了两次酒，同席的都是我的许久不见的旧时师友。有几个先生已经不认识我，旁的人告诉他说"他是丰仁"。我听了别人呼我这个久已不用的名字，又立刻还了我的学生时代。有一位先生与我并座，却没有认识我，好像要问尊姓的样子。我不知不觉地装出幼时的语调对他说："我是丰仁，先生教过我农业的。"他们筛酒[1]时，笑着问我"酒吃不吃"？又有拿了香烟问我"吸烟不？"的。我只得答以"好的，好的"，心中却自忖着"烟酒我老吃了"！教过我习字的一位先生又把自己的荸荠省给我吃。我觉得非常的拘束而不自然，我已完全孩子化了。

回到旅馆里，我躺在床上想："杭州恐比上海落后十年吧！何以我到杭州，好像小了十岁呢？"

翌晨，S先生因有事还要勾留，我独自冒大雨上车返上海。

---

[1] 筛酒，作者家乡话，意即斟酒。

车中寂寥得很，想起十年来的心境，犹如常在驱一群无拘束的羊，才把东边的拉拢，西边的又跑开去。拉东牵西，瞻前顾后，困顿得极。不但不由自己拣一条路而前进，连体认自己的状况的余暇也没有。这次来杭，我在弘一师的明镜里约略照见了十年来的自己的影子了。我觉得这次好像是连续不断的乱梦中一个欠伸，使我得暂离梦境；拭目一想，又好像是浮生路上的一个车站，使我得到数分钟的静观。

车到了上海，浮生的淞沪车又载了我颠簸倾荡地跑了！更不知几时走尽这浮生之路。

过了几天，弘一师又从杭州来信，大略说："音出月拟赴江西庐山金光明会参与道场，愿手写经文三百叶分送各施主。经文须用朱书，旧有朱色不敷应用，愿仁者集道侣数人，合赠英国制水彩颜料 vermilion〔朱红〕数瓶。"末又云："欲数人合赠者，俾多人得布施之福德也。"

我与 S 先生等七八人合买了八瓶 Windsor Newton〔温泽·牛顿〕制的水彩颜料，又添附了十张夹宣纸，即日寄去。又附信说："师赴庐山，必道经上海，请预示动身日期，以便赴站相候。"他的回信是："此次过上海恐不逗留，秋季归来时再图叙晤。"

后来我返故乡石门，向母亲讲起了最近访问做和尚的李叔同先生的事。又在橱内寻出他出家时送我的一包照片来看。其中有穿背心、拖辫子的，有穿洋装的，有扮《白水滩》里十三郎的，有扮《新茶花女》里的马克的，有作印度人装束的，有穿礼服的，有古装的，有留须穿马褂的，有断食十七日后的照相，有出家后僧装的照相。在旁同看的几个商人的亲戚都惊讶，有的说："这人是无所不为的，将来一定要还俗。"有的说："他可赚二百块钱一月，不做和尚多好呢！"次日，我把这包照片带到上海来，给学园里的同事们学生们看。有许多人看了，问我："他为什么做和尚？"

暑假放了，我天天袒衣跣足，在过街楼上——所谓家里写意度日。友人W君[1]新从日本回国，暂寓我家里，在我的外室里堆了零零星星好几堆的行李物件。

有一天早晨，我与W君正在吃牛乳，坐在藤椅上翻阅前天带来的李叔同先生的照片，PT两儿[2]正在外室翻转W君的柳条行李的盖来坐船，忽然一个住在隔壁的学生张皇地上楼来，说："门外有两个和尚在寻问丰先生，其一个样子好像是照相上见过的李叔同先生。"

我下楼一看，果然是弘一弘伞两法师立在门口。起初我略有些张皇失措，立了一歇，就延他们上楼。自己快跑几步，先到外室把PT两儿从他们的船中抱出，附耳说一句"陌生人来了！"移开他们的船，让出一条路，回头请二法师入室，到过街楼去。我介绍了W君，请他们坐下了，问得他们是前天到上海的，现寓大南门灵山寺，要等江西来信，然后决定动身赴庐山的日期。

弘一师起身走近我来，略放低声音说：

"子恺，今天我们要在这里吃午饭，不必多备菜，早一点

---

[1] W君，指黄涵秋。
[2] P指长女阿宝（即丰陈宝），T指长子瞻瞻（即丰华瞻）。

好了。"

我答应着忙走出来,一面差P儿到外边去买汽水,一面叮嘱妻即刻备素菜,须于十一点钟开饭。因为我晓得他们是过午不食的。记得有人告诉我说,有一次杭州有一个人在一个素馆子里办了盛馔请弘一师午餐,陪客到齐已经一点钟,弘一师只吃了一点水果。今天此地离市又远,只得草草办点了。我叮嘱好了,回室,邻居的友人L君,C君,D君,都已闻知了来求见。

今日何日?我梦想不到书架上这堆照片的主人公,竟来坐在这过街楼里了!这些照片如果有知,我想一定要跳出来,抱住这和尚而叫"我们都是你的前身"吧!

我把它们捧了出来,送到弘一师面前。他脸上显出一种超然而虚空的笑容,兴味津津地,一张一张地翻开来看,为大家说明,像说别人的事一样。

D君问起他家庭的事。他说在天津还有阿哥、侄儿等;起初写信去告诉他们要出家,他们复信说不赞成,后来再去信说,就没有回信了。

W君是研究油画的,晓得他是中国艺术界的先辈,拿出许多画来,同他长谈细说地论画,他也有时首肯,有时表示意见。我记得弘伞师向来是随俗的,弘一师往日的态度,比弘伞师谨严得多。此次却非常的随便,居然亲自到我家里来,又随意谈论世事。我觉得惊异得很!这想来是功夫深了的结果吧。

饭毕,还没有到十二时。弘一师颇有谈话的兴味,弘伞师似也欢喜和人谈话。寂静的盛夏的午后,房间里充满着从窗外草地上反射进来的金黄的光,浸着围坐谈笑的四人——两和尚,

W与我，我恍惚间疑是梦境。

七岁的P儿从外室进来，靠在我身边，咬着指甲向两和尚的衣裳注意。弘一师说她那双眼生得距离很开，很是特别，他说"蛮好看的"！又听见我说她欢喜书画，又欢喜刻石印，二法师都要她给他们也刻两个。弘一师在石上写了一个"月"字（弘一师近又号论月）一个"伞"字，叫P儿刻。当她侧着头，汗淋淋地抱住印床奏刀时，弘一师不瞬目地注视她，一面轻轻地对弘伞师说："你看，专心得很！"又转向我说："像现在这么大就教她念佛，一定很好。可先拿因果报应的故事讲给她听。"我说："杀生她本来是怕敢的。"弘一师赞好，就说："这地板上蚂蚁很多！"他的注意究竟比我们周到。

话题转到城南草堂与超尘精舍，弘一师非常兴奋，对我们说：

"这是很好的小说题材！我没有空来记录，你们可采作材料呢。"现在把我所听到的记在下面。

他家在天津，他父亲是有点资产的。他自己说有许多母亲，他父亲生他时，年纪已经六十八岁。五岁上父亲就死了。家主新故，门户又复杂，家庭中大概不安。故他关于母亲，曾一皱眉，摇着头说，"我的母亲——生母很苦！"他非常爱慕他母亲。二十岁时陪了母亲南迁上海，住在大南门金洞桥（？）畔一所许宅的房子——即所谓城南草堂，肄业于南洋公学，读书奉母。他母亲在他二十六岁的时候就死在这屋里。他自己说："我从二十岁至二十六岁之间的五六年，是平生最幸福的时候。此后就是不断的悲哀与忧愁，一直到出家。"这屋的所有主许幻园是他的义兄，他与许氏两家共居住在这屋里，朝夕相过从。这时候他很享受了些天伦之乐与俊游之趣。他讲起他母亲死的情形，似乎现在还有余哀。他说："我母亲不在的时候，我正在买棺木，没有亲送。我回来，已经不在了！还只四十□岁！"大家庭里的一个庶出（？）的儿子，五岁上就没有父亲，现在生母又死了，丧母后的他，自然像游丝飞絮，飘荡无根，于家庭故乡，还有什么牵挂呢？他就到日本去。

在日本时的他，听说生活很讲究，天才也各方面都秀拔。他研究绘画，音乐，均有相当的作品，又办春柳剧社，自己演剧，又写得一手好字，做出许多慷慨悲歌的诗词文章。总算曾经尽量发挥过他的才华。后来回国，听说曾任《太平洋报》的文艺编辑，又当过几个学校的重要教师，社会对他的待遇，一般地看来也算不得薄。但在他自己，想必另有一种深的苦痛，所以说"母亲死后到出家是不断的忧患与悲哀"，而在城南草堂读书奉母的"最幸福的"五六年，就成了他的永远的思慕。

他说那房子旁边有小浜，跨浜有苔痕苍古的金洞桥，桥畔立着两株两抱大的柳树。加之那时上海绝不像现在的繁华，来去只有小车子，从他家坐到大南门给十四文大钱已算很阔绰，比起现在的状况来如同隔世，所以城南草堂更足以惹他的思慕了。他后来教音乐时，曾取一首凄惋呜咽的西洋有名歌曲 *My Dear Old Sunny Home*〔《我可爱的阳光明媚的老家》〕来改作一曲《忆儿时》，中有"高枝啼鸟，小川游鱼，曾把闲情托"之句，恐怕就是那时的自己描写了。

自从他母亲去世，他抛弃了城南草堂而去国以后，许家的家运不久也衰沉了，后来这房子也就换了主人。□年之前，他曾经走访这故居，屋外小浜，桥，树，依然如故，屋内除了墙门上的黄漆改为黑漆以外，装修布置亦均如旧时，不过改换了屋主而已。

这一次他来上海，因为江西的信没有到，客居无事；灵山寺地点又在小南门，离金洞桥很近；还有，他晓得大南门有一处讲经念佛的地方叫做超尘精舍，也想去看看，就于来访我的前一天步行到大南门一带去寻访。跑了许久，总找不到超尘精舍。他只得改道访城南草堂去。

哪里晓得！城南草堂的门外，就挂着超尘精舍的匾额，而所谓超尘精舍，正设在城南草堂里面！进内一看，装修一如旧时，不过换了洋式的窗户与栏杆，加了新漆，墙上添了些花墙洞。从前他母亲所居的房间，现在已供着佛像，有僧人在那里做课了。近旁的风物也变换了，浜已没有，相当于浜处有一条新筑的马路，桥也没有，树也没有了。他走上转角上一家旧时早有的老药铺，药铺里的人也都已不认识。问了他们，方才晓得这浜是新近被填作马路的，桥已被拆去，柳亦被砍去。那房子的主人是一个开五金店的人，那五金店主不知是信佛还是别的原故，把它送给和尚讲经念佛了。

弘一师讲到这时候，好像兴奋得很，说：

"真是奇缘！那时候我真有无穷的感触啊！"其"无穷"两字拍子延得特别长，使我感到一阵鼻酸。后来他又说：

"几时可陪你们去看看。"

这下午谈到四点钟，我们引他们去参观学园，又看了他所赠的《续藏经》，五点钟送他们上车返灵山寺，又约定明晨由我们去访，同去看城南草堂。

翌晨九点钟模样，我偕 W 君、C 君同到灵山寺见弘一师，知江西信于昨晚寄到，已决定今晚上船，弘伞师正在送行李买船票去，不在那里。坐谈的时候，他拿出一册白龙山人墨妙来送给我们，说是王一亭君送他，他转送立达图书室的。过了一会，他就换上草鞋，一手夹了照例的一个灰色的小手巾包，一手拿了一顶两只角已经脱落的蝙蝠伞，陪我们看城南草堂去。

去到了那地方，他一一指示我们。哪里是浜，哪里是桥、树，哪里是他当时进出惯走的路。走进超尘精舍，我看见屋是五开间的，建筑总算讲究，天井虽不大，然五间共通，尚不窄仄，可够住两份人家。他又一一指示我们，说：这是公共客堂，这是他的书房，这是他私人的会客室，这楼上是他母亲的住室，这是挂"城南草堂"的匾额的地方。

里面一个穿背心的和尚见我们在天井里指点张望，就走出来察看，又打宁波白招呼我们坐，弘一师谢他，说"我们是看看的"，又笑着对他说："这房子我曾住过，二十几年以前。"那和尚打量了他一下说："哦，你住过的！"

我觉得今天看见城南草堂的实物，感兴远不及昨天听他讲的时候浓重，且眼见的房子，马路，药铺，也不像昨天听他讲的时候的美而诗的了。只是看见那宁波和尚打量他一下而说那句话的时候，我眼前仿佛显出二十几年前后的两幅对照图，起了人生刹那的悲哀。回出来时，我只管耽于遐想：

"如果他没有这母亲,如果这母亲迟几年去世,如果这母亲现在尚在,局面又怎样呢?恐怕他不会做和尚,我不会认识他,我们今天也不会来凭吊这房子了!谁操着制定这局面的权份呢?"

出了弄,步行到附近的海潮寺一游,我们就邀他到城隍庙的素菜馆里去吃饭。

吃饭的时候,他谈起世界佛教居士林尤惜阴居士为人如何信诚,如何乐善。我们晓得他要晚上上船,下午无事,就请他引导到世界佛教居士林去访问尤居士。

世界佛教居士林是新建的四层楼洋房,非常庄严灿烂。第一层有广大的佛堂,内有很讲究的坐椅,拜垫,设备很丰富,许多善男信女在那里拜忏念佛。问得尤居士住在三层楼,我们就上楼去。这里面很静,各处壁上挂着"缓步低声"的黄色的牌,看了使人愈增严肃。三层楼上都是房间。弘一师从一房间的窗外认到尤居士,在窗玻璃上轻叩了几下,我就看见一位五十岁模样的老人开门出来,五体投地地拜伏在弘一师脚下,好像几乎要把弘一师的脚抱住。弘一师但浅浅地一鞠躬,我站在后面发呆,直到老人起来延我入室,始回复到我的知觉。才记得他是弘一师的归依弟子(?)。

尤居士是无锡人,在上海曾做了不少的慈善事业,是相当知名的人。就是向来不关心于时事的我,也是预早闻其名的。他的态度,衣装,及房间里的一切生活的表象,竟是非常简朴,与出家的弘一师相去不远。于此我才知道居士是佛教的最有力的宣传者。和尚是对内的,居士是对外的。居士,实在就是深入世俗社会里去现身说法的和尚。我初看见这居士林建筑设备的奢华,窃怪与和尚的刻苦修行相去何远。现在看了尤居士,方才想到这大概是对世俗的方便罢了。弘一师介绍我们三人,为我们预请尤居士将来到立达学园讲演,又为我们索取了居士林所有赠阅的书籍各三份。尤居士就引导我们去瞻观舍利室。

舍利室是一间供舍利的,约二丈见方的房间。没有窗,四壁全用镜子砌成,天花板上悬四盏电灯,中央设一座玲珑灿烂的红漆金饰的小塔,四周地上设四个拜垫,塔底角上悬许多小电灯,其上层中央供一水晶样的球,球内的据说就是舍利。舍利究竟是什么样一种东西,因为我不大懂得,本身倒也惹不起我什么感情;不过我觉得一入室,就看见自己立刻化作千万身,环视有千万座塔,千万盏灯,又面面是自己,目眩心悸,我全被压倒在一种恐怖而又感服的情绪之下了。弘一师与尤居士各参拜过,就鱼贯出室。再参观了念佛室,藏经室。我们就辞尤居士而出。

步行到海宁路附近,弘一师要分途独归,我们要送他回到灵山寺。他坚辞说:"路我认识的,很熟,你们一定回去好了,将来我过上海时再见。"又拍拍他的手巾包笑说:"坐电车钱的铜板很多!"就转身进弄而去。我目送着他,直到那瘦长的背影,没入人丛中不见了,始同 W 君、C 君上自己的归途。

这一天我看了城南草堂,感到人生的无常的悲哀,与缘法的不可思议;在舍利室,又领略了一点佛教的憧憬。两日来都非常兴奋,严肃,又不得酒喝。一回到家,立刻叫人去打酒。

附记：文内关于弘一弘伞两法师的事实，凡为我所传闻而未敢确定的，附有（？）记号；听了忘记的，以□代字。谨向读者声明。如有错误，并请两法师原鉴。

一九二六年八月四日记于石门

白　采[1]

今年正月初六的上午，忽然白采君冒雨到我家来道别。说即晚要上船赴厦门集美学校，又讲了许多客气的话。我和白采君虽然在立达同事半年，因为我有无事不到别人房间里或家里的癖，他也沉默不大讲话，每天在教务室会见时只是点头一笑，或竟不打招呼，故我对他很生疏。这一天他突然冒雨来道别，使我发生异常的感觉：我懊恼从前不去望望他，同他谈谈，如今他要去了，我又感激他对我的厚意，惭愧我对他的冷淡。他穿着浑身装点小水晶球似的雨点的呢大衣，弯着背坐在藤椅上。我觉得在教务室中寻常见惯的白采君的姿态，今日忽然异常地可亲可爱了！我的热情涌了起来，立刻叫人去沽酒办肴，为他饯别。他起初不允，我留之再三，他才答允。他自己说不大会喝酒，但这一次总算尽量，喝了一满碗。我送他出门时，他用他的通红的老鹰式的大鼻头向我点了好几次而去。

暑假中的某日，我在从故乡到上海的火车中坐得气闷了，偶然买一份《申报》来翻。素不看报的我，无心去读专电或时评，只是看看本埠小新闻，就不要了。已把报纸丢在对座的椅

---

[1] 本篇原载 1926 年 10 月《一般》杂志第 1 卷第 2 号。署名：子恺。

子下面，偶然视线落在那报纸上的"白采家族戚友鉴"的几个大字上。重番拾起来看，才知是白采君死在从广东来的轮船上，立达学园为他料理后事，登报通知他的家族戚友。我不肯立刻相信这就是我所认识的白采！仔细再读，到无可疑议了的时候，我半晌如入梦中，感到了无限的惊讶与悲哀。我偶然认识白采君，偶然与他同事，偶然为他饯别，今又从偶然中得到他的最后的消息！

我回学园后，检阅他的遗稿，见油印的讲义上有一段日记："元宵初六，醉别于丰子恺家，雨中登舰……"他记念着我家的饯别。我觉得回想中的白采比前日坐在藤椅上的愈加可亲爱了！我的热情又涌起来。就写了这篇短文，以代永远的饯别。

《儿童的年龄性质与玩具》
译者序言——儿童苦[1]

我近来深感于世间为儿童者的苦痛。这是明显的事实：试看现在的家庭里，桌子都比小孩子的头高，椅子都是小孩子所坐不着的，门都是小孩子开不着的，谈的话与做的事都是小孩子所听不懂又感不到兴味的。设身处地地想来，假如我们大人到了这样一个设备不称身而言行莫名其妙的异人的家庭里去生活，我们当感到何等的苦痛！这是儿童苦的证据，也是大人虐待小孩子的证据。我回想所见的大多数的家庭，为父母者差不多全然不承认小孩子在家庭里的地位，一切日常生活诸事，都以大人自己为本位，把小孩子当作附属物，全不参考小孩子的意见，顾到小孩子的方便，或征求小孩子的同意。

尤为甚者，小孩子的主张、意见与大人冲突的时候，大人不讲理地拒绝、斥骂，甚至殴打。其实小孩子们也自有感情，也自有其人生观、世界观及其活动、欲求、烦闷、苦衷，大人们都难得理解。我以前不曾注意于此，近来家里的孩子们都长

---

[1]《儿童的年龄性质与玩具》一文系日本关宽之著，丰子恺译。此序曾连载于1927年5月、6月《教育杂志》第19卷第5、第6号。

到三四岁以上，我同他们天天接近，方才感到，不禁对他们发生了深切的同情。推想世间一切小孩子，定然也如此。设身处地为他们想起来，颇为代抱不平。近来革命军光复上海，我常从小孩子口中听到"革命革命成功，革命革命成功"的唱歌声，我想：青天白日之下，一切压迫都得解除，一切冤屈都得伸展，你们这样高唱，莫非也要运动组织小孩子公会，对大人们提出条件，或打倒大人吗？

大人的无礼待遇小孩子的事实，不可尽述。总之，他们视小孩子为家庭的附属物，为妨碍他们的生活的赘疣。从来的大人，尤其是男的大人，大多数厌恶小孩子，不准小孩子到客堂上、书房里，说他们要捣乱；不准小孩子弄较贵的东西，说他们要伤坏。小孩子是很龌龊、很野蛮的东西，一向被委于奴仆之手。大人的养小孩子，讲得严酷一点，竟同养鸡养猪一样，差不多不承认小孩子有精神生活。因之对于小孩子的职务的"游戏"，非但不加维护，且常常摧残、禁止，名之曰"闹"，曰"吵"，曰"儿戏"；二三十年前的私塾先生看见小孩子折纸、弄泥，要打手心，固然岂有此理；然而二三十年后的今日，也难得有几个家庭注意于小孩子的精神生活。

我很同情于儿童的苦痛，拟代他们申诉，又为他们宣传、要求，以促世间一般的大人的注意。这篇译文便是其工作之一。

游戏是儿童的职务，玩具是游戏的工具。在大人们看来以为"玩具已耳"，但儿童的视玩具，与木工的视斧斤，商人的视算盘，画家的视画箱，音乐家的视乐器同样重大。一个家庭里，为大人的设备已经很多了；为儿童设备一点玩具，原非份外的要求。玩具甚样是适当的？即甚样年龄应该用甚样的玩具？甚样性质应用甚样的玩具？是本文的主题。著者关宽之氏曾为东京玩具展览会的审查长，又曾著《玩具与儿童教育》《吾儿的玩具》等书。这一篇文就是从后面一册书中节译出来的。（唯文中有数处，例如玩具实例，因有数种为日本流行而我国所无者，均已略去或改换，附志于此。）

秋的星座及其传说[1]

> 你向天观看，数算众星，能数得过来么？
> ——《创世记》第十五章第五节

一·与星的初面

无数的星在我头上闪耀，已经——照我今年三十岁算来——一万夜了。我在这世间不知忙了些甚么事，三十年来竟一向不曾注意他们，不曾访问他们中的任何一位，请教他的尊姓大名。

想起来大概是因为我的两眼被生成平视，我的头被生成便于俯下，就只看见低小的匍行的人类、兽类，只关心于人类、兽类的事。一向望下，没有自己抬起头来向上看的力量。

Carlyle 曾经说：

"对于头上的星一半都没有认识的我，人们为甚么不教我，使我亲近他们呢？"

原来也有与我同感的人；然而我决不敢自比于 Carlyle，因

---

[1] 本篇原载 1927 年 9 月《一般》第 3 卷第 1 号。

为我连一颗星都没有认识。

今年七夕前几天，有一晚我同了我的八岁的小孩子阿宝，躺在门前空地上的藤椅上乘凉，两人对繁星的天空仰卧着，阿宝忽然对我发问：

"爸爸！星是甚么？"

我想了一想，回答她说：

"星是同我们的地球一样的一种大球，很高地挂在天上，所以看来很小。"

"地球是甚么？"

"就是我们住着的地，因为很大很大，我们看来好像是平地，其实是一个大球。"

"那么一颗星比我们的房子，比这空地还大？"

"呃！比江湾，比上海，比甚么都大。"她默默了。我的解答，对她也许是隔靴搔痒，然而她的问，把我的头抬起来向上看了！我钦佩这孩子的明净的眼，奇大的问。

从此以后，我开始想探索天上的星的名目与位置。我买了几册关于星的研究的书，每晚躺在藤椅上眺望，竭力想在生疏的星的地图中找出一个线索来。

到了七夕的前一晚，我已经在天上认识了好几个星座。向来视为杂乱无章的星空，现在已似一所惯游的林园；向来对于星的出没及其方向位置的转变，毫不关心，现在似乎很惹眼了。我仿佛是初次见星，或者天上今年开始有星。这天上的文章，实在是人间无比的奇观！俨然的星座，每夜按时就位，按时升降。闪闪的星光，分明稔熟似地在招呼我，或暗示我一种意思。最是琴座的织女星,与鹫座的牵牛星,联想明天的七夕的传说而眺望时,似乎其闪光的跃动中,分明在把一年的离恨别苦向人间诉说,又似乎各靠近银河的岸边,在心焦地等待着明晚的欢会。

然而我从来不曾研究天文学,从来不曾访问过星座,现在的肉眼所认识的,实在不过天空的大体的构图。我懊悔向来对于天空不加注意,长久放弃了这天界的享乐!拉斯京〔罗斯金〕(Ruskin)说:

> 对于天空,普通极少有人注意,是一件奇事。假如我们被置于无论甚样的地方,隔绝其他一切有兴味有美感的事,这一件事(鉴赏天空的美感一事)仍是留给我们享受。地球上最高贵的景象,不许专让极少数的人观照。地上的美感,人们惯于接触之后往往反要毁损其美,或者对于其美生钝感;至于太空,那是普遍于万人的了。这不绝地使人心高扬,安慰人心,又有使人的心从尘污中净化的机能。
> ——《近代画家》第一卷第二部第三节

试屏弃习见,抬起"净眼"来看看这秋夜的天空,这是何等神奇的现象!何等明显的神的启示!"人生是甚么?""宇宙是甚么?"这等千古的大谜,那闪烁的星光默默地向我们解答。

人对于惯常接触的事物,容易发生钝感。诚如 Emerson 所说:"倘然星是千年中只出现一夜的,人们对于其所表现的'神都'的图的记忆,将何等信仰,憧憬,又代代传之于后世!"

从前我对于"星"的一字,向来看作"龙""凤"一类的东西。

例如我爱"卧看牵牛织女星""牵牛织女遥相望"之句，其实我只喜其"牵牛织女"的几个字眼，却不晓得，又不想探索牵牛织女是位在哪里的两个星，等到偶然仰望星的天空的时候，又似乎这与读"牵牛织女遥相望"是各不相干的两件事，并不发生想探索的心。我曾经以"卧看牵牛织女星"为题而画一幅小画，画中一个女子卧在榻上，对着开着的一扇窗，窗外画出一弯月亮，和历乱的几点星。这就是我以前对于星完全轻视的确证。因为七夕一晚的牵牛织女的位置，几乎在于天顶，决计不会傍着新月。这画现在还载在我的画集中，曾经惹起人的批评，有的评不应该点烛，有的评烛太长，可是没有人评到这诗句的主题的星的错误。（其实画中人在窗中所见，与看画人在窗中所见的天的部分，原是可以不同的。故不评也可以说是不错。）

但是我现在晓得，像上述的我的读诗，没有明白诗中所描写的对象，这鉴赏是空洞而很不完全的。例如但尼孙〔丁尼生〕(Tennyson)的名诗。

> Many a night I saw the Pleiades, rising through the mellow shade, Glitter like a swarm of fireflies tangled in a silver braid.
>
> *Locksley Hall* by Tennyson

大意：有好几晚，我看见从柔软的阴影里上来的昴星，闪耀在银纽结成的萤的一团中。

如果像我也不认识这诗中所描写的 Pleiades 星座，一定

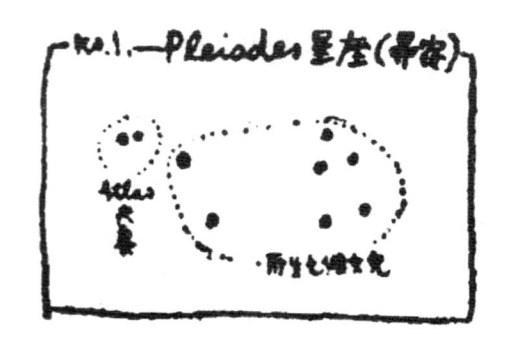

不能较完全地鉴赏但尼孙这段诗的趣味。我现在方晓得这 Pleiades 是全天中最著名的星座，即中国十八宿之昂宿。晴爽之夜可见有九个星，但有时只见六个。故又名六连星。自今再过两个月，晚秋的夜里，他就将在东方的地平线上表现其丽姿。据说这是光彩极美丽的星团。我虽没有见过，但他的丽姿早已印在我的想像中，我正在翘盼晚秋的来到。这星座又有很有趣的传说：在西洋以此星座拟希腊神话中的 Atlas〔阿特拉斯〕。Atlas 同一个水神 Nymph〔宁芙〕结婚，生出七个绝美丽的女儿来。有一天，七个女儿到田野里游玩，被男子 Orion 看见，他想要捉住她们，周彼德〔朱庇特〕就命她们变作七个鸠，飞向天上去。故现在的九个星，据说七个是女儿，旁边两个是她们的父母，Atlas 夫妻，在看守他们的女儿们。联想了这段神话而眺望，我想一定更为有趣。且对于但尼孙的诗的描写，也一定更容易领悟了。

只要有星，
就有朋友。

再会，地球！

再会！
黑土的自由，
我已不要；
在北天的空中，
我飞翔着。

只要有星，
就可不要地球。
今夜一晚，
我要睡在星里。

——贺川丰彦

二·星的世界

我不曾研究过天文学，与天上几个星的相识又还不满一个月，实在不配在这里说"秋的星座"，"星的世界"。不过好在这是《一般》，或者不妨让一般人的我说说一般的话。

说秋的星座以前，先要就星的世界里的状况谈谈。

我们的地球，偕同了八个大行星及约八百个小游星等，以太阳为中心而回转着。这以太阳为中心的一群星，名曰太阳系。这是谁也知道的事。全宇宙中除太阳系以外，还有许多的星系，其星之数不可测，其空间之大无涯，这是很不可思议的一件事。记得我小时候，曾经发一种儿童的疑问：我卧在床里，想像床的外面是房间,房间的尽头是墙壁,墙壁的那边是别的人家,……

人家的尽处是城壁,是田野,是河,是山,是海,是空,但是空也一定有个尽头。如果空的尽头是极坚极厚的铁壁,不许再通过去,但这铁壁也一定有个厚度,即有个尽头。不想则已,越想就越不可思议。当时我以为现在我年纪还小,将来大起来多读书,请教高明的先生,一定可以解决这疑问。不道到现在仍是不能解决,且又晓得古来世间一切人统是不能解决这疑问的。唉,这是我的人生的悲哀的源泉!

据天文学者说,宇宙内所有的星,总数有二十亿,在地球上的人所能见的星,全天共有十亿。然而是用望远镜看的。至于肉眼所能见的,据说共有五千三百三十三个。讲到星与我们的地球的距离,更为不可思议。假如太阳系为直径一尺的一个团,那么最近的星的位置须在离这团一里路以外?现在我们晓得太阳系的直径为 2,000,000,000 里,照一尺与这许多里的比例算来,星的距离实在是难于想像了。因为星的距离这样远,所以我们不能用地上的里数来计算,须换一种更大的尺度。这尺度是"光年"。怎么叫做"光年",说起来更怕人,就是光需一年工夫可以走到的距离!光的速度,每秒钟绕地球七匝半,即秒速三十万启罗迈当〔千米〕。这样算起来,一年约三千万秒,应走的启罗迈当数为 9,500,000,000,000,即约十兆启罗迈当。核算起来,"一光年"之长,为地球距太阳之六万三千倍。而星的距地球,最近的为四光年!

据说最近地球的星,是 Centaurus〔人马〕星座中的 α 星。这是坐位在南天,在广东可以看见。这是南天第二个大恒星。它与地的距离,是 4.25 光年。核算起来,是日距地的 275,000 倍。假如乘了一秒钟可走一百哩的飞机向这星出发,达到须费八千二百四十年！尚且是最近的星！

前述的牵牛织女星，对我们的距离，织女是 10.4 光年，牵牛是 13.6 光年。最远的星，是 Gemini 座的 α 星（即双子星座），其距地为一百六十光年。至于星云，有距地更远的，织女星所在的琴星座的环状星云距地二百二十光年。北斗七星的螺旋状星云距地为一千万光年！

这样渺小的人，怎样会懂得这天界的消息呢？使我赞美科学，又赞美人类不置！星们恐怕梦也不曾想到，他们的行踪已被生在极小的地球上的极小的人类窥出，而且有历历的记录了。

晓得了这种实际的情形之后，睁开半寸阔的肉眼，眺望天空的繁星的时候，更当增添何等神秘的思索，严肃的畏敬，与退省的心情。

三·秋的星座及其传说

在天文学者，星的观望期以冬为最好，因为一则冬天夜长，二则冬夜的星光皎洁美丽。但在我们一般人，看星以秋天为最好，也有几个理由，即一则秋天气候凉爽，在室外看星最为舒畅；二则秋天的空气透明，星光也很美丽；三则秋天的银河白光更加明美，位置更加适当，为秋夜特有的大的装饰；四则秋天有许多特有的美丽的星，为他季所不能见。

1. 秋夜的盛妆——银河（天河）

自十月初起，我们每夜可在天界看到一个壮观，即从东方的地平线起，流过天顶，终于西方的地平线的一条银河（Garaccy

或 Milky Way），倘是无月的静的秋夜，这横断天空的无声的河流的大穹窿，就谁也要受它的美的陶醉了。据传说，英雄彼尔修斯〔珀尔修斯〕（Perseus）救出被缚的王女安特洛美大〔安德洛墨达〕（Andromeda）时，其脚上所溅起的灰尘积成这条乳的路。（Perseus 与 Andromeda 皆秋的星座名，星的形状位置及传说全本详后文。）

天河，据天文学研究，是"天"的一座建筑的基础，即这宇宙的基础计划。因肉眼不能辨识，故望去像雾状的带，其实是几亿的星的团集。天河的最好的观望期，为秋季九十月之间。冬夏均甚黯淡，春季尤不易见。

在秋夜，我们虽然没有望远镜，也可以用肉眼看出天河的流域来。其流域的广狭，分歧，裂口，都可看出。这是天界研究的一助。尤其因为秋天的诸星座，差不多全部在于天河的内侧，或其接续部，所以秋夜用肉眼看星，天河是很好的一种标识。

2. 母子熊与赛浮斯之家族

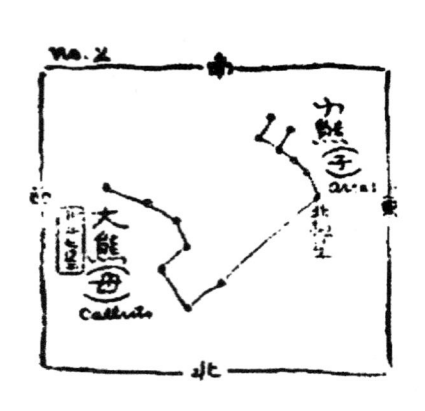

夏末秋初的时候，银河自西南斜挂于东北，北天低处有一最好的看星的标识，即北斗七星，又名大熊星座（Callisto）。如图所示，七星的形状像一有柄的勺。勺的外边的两星连接起来，直接北极星。北极星又为一个小勺的柄的头,这小构名曰小熊星座(Arcas)。这是夏天的象征。但初秋的黄昏,他还露出半身在屋脊上面。

大熊(Callisto)是一个美丽的天上的女官。周彼得爱了她。其妻周娜〔朱诺〕大怒,罚她变了一只大熊。但周彼得和她已生下一子,名曰 Arcas〔阿尔克斯〕,长大来做了猎人,有一天,Arcas 去打猎,见一只大熊,想要射杀。周彼得因为他们是母子,就给 Arcas 也变了一只小熊。周娜闻得了,命令管星的人,终年不准把大熊小熊沉下地平线去,常悬着给人看。故此二星为四季星,不过秋季降低,有时不见。

到了秋天,天界起一转变:以前自西南向东北斜悬的天河,现在正东西悬着了。北斗七星几乎没入地平线不易看见。而赛浮斯的家族中的"翼马"彼格索斯〔珀加索斯〕(Pegasus)的四方形就做了秋天的象征而挂在天顶。

仰望秋夜的天顶,立刻可以找出一个近于正方形的四个星,就是彼格索斯星座。其东北邻,便有安特洛美大星座。再向正南,邻接的 W 形的五星,便是卡西渥比亚〔卡西奥佩娅〕星座。卡西屋比亚之东有彼尔修斯星座,之西有赛浮斯星座。这五个星座出于同一系统。希腊神话,有一段很奇妙的传说:

赛浮斯是古昔的 Ethiopia〔依索匹亚〕国的国王,卡西渥比亚

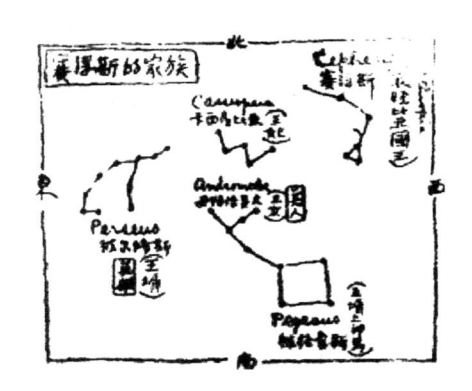

是其王妃。王妃对水神自夸其美，水神羞愤，告诉海神，海神大怒，将用洪水浸没他们的一族。赛浮斯托大神周彼得去说情，海神亦不肯干休。结果令将其王女安特洛美大美人献给海魔，方准他免洪水之难。于是可怜的美丽的安特洛美大就为了父母及国家的缘故而将牺牲一身。她的手足被用索缚住，置身在雨打风吹的海岸上，以待海魔之来。其时英雄彼尔修斯恰好征服了南国的妖魔，跨了神马彼格索斯，意气扬扬地归故乡。途上遇见了这被缚的王女，问得了她的命运，就大起义愤，与海魔战，把他杀死，就完全救了王女、王妃、国王，及哀晓比亚〔依索匹亚〕国土，国王感激他，就叫王女安特洛美大美人与这英雄结婚，彼尔修斯就做了王婿。同他的妻、丈人、丈母，和所乘的乘马同住在秋天的北角，为秋天的象征。

想一想这故事，再仰天眺望的时候，各星似乎更加光辉了。

3．琴星座——织女星

中国人最有兴味的秋星，是牵牛与织女。牵牛就是鹫座的主星，织女就是琴座的主星。鹫座据天河东岸，琴座据天河西岸。河中一只白鸟在向北飞。这象征七夕的诸星，都是很明的，无论何人仰首就可看见。其中琴座的主星织女星，最为明亮，被称为"秋宵的女王"。

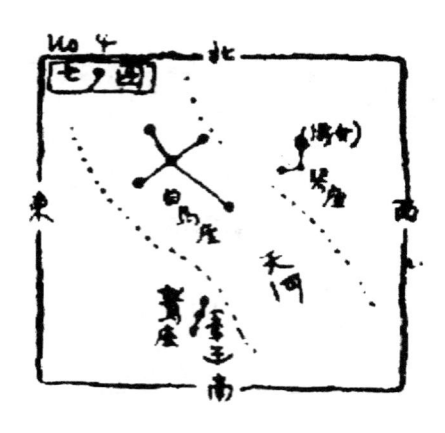

琴座，叫做 Lyra，织女星叫做 Vega。其各星位置很容易认出。织女以外尚有五个星，但普通肉眼所见，是成三角形的三个星。

琴座有一壮观，即有名的轮状星云。其位置在于织女星之下旁。用三吋的望远镜，即可窥见轮之所在。

琴座全体作一竖琴的形状，关于这竖琴有个有趣的传说：

渥尔斐渥斯〔俄耳甫斯〕是弹琴名手。他奏起乐来，川流都要停止，野兽都要静听。水的女神爱乌理地斯〔优里狄加〕听了他的音乐，爱上了他，就同他结婚，夫妇间爱情很好。不久，新妇的足被蛇咬了一口，竟因此死了，短促的幸福，很是可惜。

渥尔斐渥斯想取回他的爱妻，就决心到下界去。他腕里抱了秘藏的竖琴，向下界出发。沿途奏乐，听的人都被魅惑。死神泼罗托〔普鲁托〕（Pluto）听了他的音乐，也着了魔，就对他说："如你所愿，我把你的爱妻爱乌理地斯还给你，叫她跟了你到下界。但你不得回头来看她。"于是两人就走向下界去。起初渥尔斐渥斯忍耐住，不回顾。后来实在想看看长久不见了的爱妻的颜貌，终于回头一顾，同时爱乌理地斯的姿态就消失，不得再见了。他就在地上彷徨而死。死后他的爱琴——阿普洛所赠与的——移到天界，成为永远使人仰望的琴星座。——这是西洋的传说。

中国的传说，是牵牛织女的故事："天河之东有织女，天帝之女也。年年织杼劳役，织成云锦天衣。天帝怜其独处，许嫁河西牵牛郎。嫁后遂废织纴。天帝怒，责令归河东，唯每年七月七日夜，渡河一会。"（《荆楚岁时记》）

4. 白鸟座〔天鹅座〕——友爱者

琴座之东，海豚座（见后）之北，当天河之流的最辉面，全部浸在河中的很美的十字形星，即白鸟座（Cygnus）或称为"北十字架"（Northern cross）。见前第四图。

这星座的各星的配列，古人联想为一只白鸟。两翼及首尾极度伸张着的白鸟，头部适当琴鹫两座之中间，在天河的河面上向西南飞翔。其鸟尾上的星最大，名曰 Deneb，此星直指前述的哀晓比亚王妃卡西渥比亚。

据传说：Cygnus 是一个友爱的青年。他的亲戚遭了变死，他非常悲恸。于是天神嘉许他的友爱的厚情，在天界给他一座。

5. 鹫座〔天鹰座〕——拐诱者

从白鸟出发，沿天河稍南下，就容易找出鹫座。Aquila〔天鹰座〕这星座中主要的有在一直线上的三个星。其中央一星名曰 Altair，最明亮，就是东方所谓牵牛星。晴爽之夜，仔细观察时，可见与这三星的直线相并行的，还有五个星连成的一直线，五星之后，又有一点。此星座肉眼所见共计有九星。头部三星，两翼部五星，尾一星，合成鹫形。

Altair 与左右二星，及隔天河的彼岸的织女星，同在一直线上。认定了这一点之后，就容易寻找鹫座诸星了。

Hebe〔赫伯〕是周彼得与周娜的女儿，她做神们的侍者，管理食事。有一天她正在服务的时候做错了事，被神们回报了。于是周彼得扮了一只鹫，去拐诱正在阿伊达山上与朋友们游玩的少年 Ganimide 来，使他代替 Hebe 拐诱少年的鹫，就成了这星座 Aquila。

6．海豚座——救渡音乐家的海豚

鹫与白鸟的中间，有不甚显著的三群的微光星。其中在鹫的上方的，为"矢座"，矢的左方为"海豚座"，海豚的上方为"狐座"。但海豚最为明显。

矢座〔天箭星座〕Sagitta 在鹫的上方，含有四星，肉眼皆可见。

矢的左方，天河的左岸，牵牛东北，有呼为"约伯之枢"的"海豚座"Delphinus。这星座在三群中最为显明。肉眼所见，有五星。

海豚的上方，为"狐座"Vulpecula。全是微光星。肉眼星可数至十五，然光度均极贫弱。倘用四吋或五吋的望远镜窥看，可见这星座内有哑铃状星云。

亚利翁 Arion 是有名的叙情诗人，又是音乐家。他旅行意大利，发挥其技巧，因而致富。他乘船归故乡的时候，水夫们密谋杀他，得他的钱财。他被杀之前，求水夫们许他再奏一曲而后就

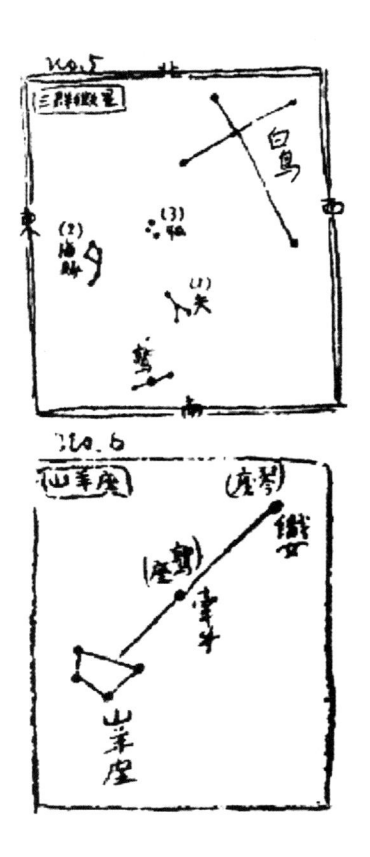

死,水夫们许之。他就弹他的 lute。忽然有无数的海豚集于船之四周。亚利翁跳下海去,一海豚背了他,平安地渡到了岸边。这海豚被神移到天上,即 Delphinus 星座。

7. 山羊座——PAN 的化身

鹫的下方(西南),有不甚显著之星群,为山羊座 Capricornus。探索这星座的方法,可如第六图所示,把牵牛织女连结起来,其直线向牵牛一边延长,就达到着山羊的头。主星只有二个,位在牵牛的下方。余皆不甚显著。故山羊座是不甚有兴味的星座。不过古代人因其各星的配列像一匹"海山羊",故定此座名。

有一次,PAN 神与其他诸神同在尼罗河堤上开宴会。忽然巨人出现,诸神皆变形而逃散。PAN 变形为海山羊,飞入尼罗河。周彼得把这山羊移到天上。故 Capricornus 就是 PAN 的化身。

8. 水瓶座——神的侍酒者

前述的神马彼格索斯与后述的南鱼座主星 Fomalhaut〔北落师门〕之间,有许多微光星,即水瓶座,Aguarius 古人因此座诸星的配列像一男子手持水瓶,其瓶口倾向南鱼之口,似在注水,故名。

水瓶所占境域甚广。始于鹫座之邻,通过山羊座之上方,延及于地平线。座中最显的有密接的四星。其下方又有稍弱的四星,作成四边形,肉眼亦可看出。

前述的少年 Ganimide 正在阿伊达山上看守父亲的羊群,扮作鹫的周彼得忽然飞来,把他拐诱到天上去,使他代他的女儿 Hebe 为诸神侍酒。故手中常捧瓶。

9. 鱼座——凡尼司化身

晴爽的秋夕，在水瓶的下方可见一颗美光的星。这是"南鱼星座"Pisces Austrinus 的主星，名曰 Fomalhaut〔北落师门〕。这是恰在鱼的口的地位，似在承接水瓶注下来的水。位置迫近于南地平线。

水瓶与后述的牡羊之间，有很广的空间，即"鱼座"Pisces的地位。星皆微光，唯配列甚均衡，故容易探索。地位恰当于彼格索斯大方形之正南，七个星作成一完全的圆圈（多角形）。

鱼座有鱼二尾，其一即在安特洛美大座的南方的星列，曰北鱼。其二即彼格索斯南方的星列，曰西鱼。

百头怪物出现于尼罗河堤上时，正在开宴会的诸神皆狼狈变形逃窜。其时凡尼司〔维纳斯〕（Venus）女神与其子 Cupid〔丘比特〕变为鱼，入河而逃。这二鱼移到天界，即为鱼座。

10. 鲸座——海魔

水瓶的左方，牡羊与鱼座南方，有占广域的星座，即鲸座 Cetus 所含星数甚少，但所占空间甚广。其配列像一长椅子。

中央有一可注意的星，名曰 Mira，是有名的变光星。

Cetus 是海神遣来杀王女安特洛美大的怪物。后来遭了英雄彼尔修斯（故事见前）的诛杀。天神为纪念彼尔修斯的勇敢，特将此怪物移到天上，给他一座。

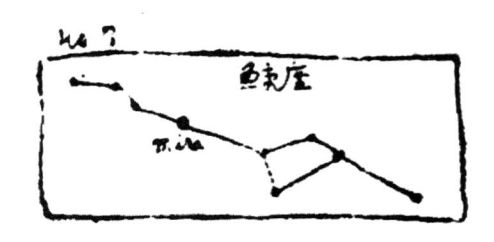

11. 牡羊座——金毛羊

鲸座的上方，鱼座的左方，安特洛美大座之南，有"牡羊座"Aries。肉眼星数不过二三。阳历十二月间，其位置移于天顶。

安特洛美大座大牡羊座之间，有细长的三角形的微光星，就叫做"三角星"Triangulum。

从前希腊 Atamas〔阿塔玛斯〕王，与 Nephele〔涅斐勒〕王妃，生子 Frixus〔佛里克索斯〕，女 Helle〔赫勒〕，不久王逐其妃，另娶 Ino〔伊诺〕为王妃。前妃不忍其子女受继母的虐待，设法救助。后访得一有金毛的牡羊，就命 Frixus 与 Helle 兄妹二人骑于羊背，向空中飞逃。Helle 中途晕眩而下堕，死于欧亚之间的一海峡中。牡羊载 Frixus 前进，就到了黑海东岸，平安上陆。其地的国王欢迎 Frixus。Frixus 就把自己骑来的牡羊作为牺牲，献于周彼得。将其金毛赠于其地的国王。国王非常珍重，着人通夜看守。后有敌国进攻，向国王索这金羊毛，国王向敌国提出许多要求，交换了这金羊毛。这金毛牡羊，就是在秋冬之交每夜在天上照耀的牡羊星座。

一九二七年立秋

天风吹月入栏杆，
乌鹊无声子夜闲。
织女明星来枕上，
了知身不在人间。

——朝华

《再和我接个吻》的翻译[1]

《再和我接个吻》是最近出版的一本翻译小说（上海开明书店，商务印书馆寄售）。这本书最初惹起我的注意的是其特殊的装帧。这书横订，如帐簿式，青灰色的封面，上端画着一个殷红色的太阳，在山坡上升起来，下方用深青灰色题着书名并"菊池宽著，鸧鹚子译"，右边装订处画着一个大红的结。书中每页都用花边，每行都有格子。全书望去像一本图册，翻起来像一本帐簿。

原著者菊池宽，我晓得是日本有名的小说家，但其在日本文学上位置如何？又这《再和我接个吻》的文学的价值如何，都不是我现在所要讲的话。这且让文学的识者或小说的读者去批判，我现在不说。我现在所要说的，是关于其翻译的话，然而也不是说鸧鹚子先生的翻译好不好，精当不精当的问题。这等且让专门者去批判，我现在也不说。我现在所要说的，是鸧鹚子先生翻译的"认真"的一点。我觉得这一点很可使人感服，很可作翻译界的好模范，很有指出来报告大众的价值。因此就写这一段话。

---

[1] 本篇原载 1928 年 12 月《一般》杂志第 6 卷第 4 号，署名：子恺。

这书前面有一段很长的序文，题曰"开场白"，后面又有一段很长的文字，题曰"尾声"。我没有看本文，只看了一头一尾——这是我的惯癖，我普通看书大都不耐细读本文，只看它的序跋。这本书的序跋中备述著译者的翻译的始末及其推敲的经过。我看了十分服佩他的"认真"，为中国翻译界所稀有。——圣书，佛经除外；普通的外国小说，像日本菊池宽的这《再和我接个吻》，而这样认真、郑重地从事翻译，实在是极稀有的例！

全书共二百七十二叶。约七八万字。据译者的记录：其翻译于民国十六年十月三十一日灯下开始，至十七年六月十日上午完成。分五步工作。第一步直译。第二步誊清，同时修改。第三步再誊清，请师友指示语病，第四步玩味我国名小说，做重行修改的准备。第五步，对校原著，重行修改。把这五步工作总算起来，实计共费了一百九十二天的夜工，二十七天的日工，再加上十几次的和朋友磋商。这真是"认真"之极了！我也有时从事翻译，说来惭愧得很，至多译完后把原稿读一遍，稍加修改润饰而已，有时连读一遍都懒做。现在看了鸬鹚子先生，即葛祖兰（锡祺）先生（鸬鹚子就是葛锡祺先生，即《自修适用日语汉译读本》的著者，他在"开场白"中自己说着）的翻译的认真，不觉额上流下几点惭愧和自警的汗。

在"尾声"中，译者记录着其翻译的经过。列举难译处共三四十点，逐一叙述他的推敲的经过。例如"初译为某某，后改为某某，……后又改为某某"一句一字也不轻易放过，真是"认真"之极了！

前面我说过，鸬鹚子就是《日语汉译读本》的著者葛祖兰先生。《日语汉译读本》，常常听见教日语的朋友说，是一册好书，是非常详细，恳切的一位日语教师。现在教日语的学校，大都采用此书为教本。《日语汉译读本》的著者的翻译，自然认真，自然是模范的了。

据教日语的朋友说，学习日语，仅仅读几本教科书决不能直接看书，必须再请先生"领读"几本原文书籍，方能应用。因此我想：自修日语的人，先看《日语汉译读本》，再拿菊池宽原著的日本文的《第二の接吻》，与《日语汉译读本》的著者的译本《再和我接个吻》对读，一定可以贯通日语，效果或与领读相近。因为出于《读本》的著者的原手的翻译，在"正确""认真"以外，又有"连络"的好处。

这书的文学的价值等，我都不说。我但相信这书给学日语的人当作"对读"本，当作《日语自修读本》的"进阶"，是很适当的。

一九二八年十一月廿二日

幼儿故事[1]

"有一个小囡囡——"

每逢我点着一枝香烟,坐在藤椅里歇息的时候,孩子们望见风色,就围绕在我的膝前,用这样的一句话来勾引我的讲故事。

顾均正先生的《风先生和雨太太》,徐调孚先生的《木偶奇遇记》,这等已经讲过几遍;又由我随意改作,变化,乱造出许多同类的故事,以应付他们的日常的要求。现在差不多已把我所晓得的一切格式的故事讲完,连乱造都不容易造出了。

我对孩子们讲故事的时候,常常觉得像《风先生和雨太太》,《木偶奇遇记》,或别的童话,以及《西游记》中的故事等,对于七八九岁的孩子程度很适合;然对于四五岁的几个孩子似乎太深一点,讲与听都较为费力。创作幼儿故事,我又很不擅长。有时只得不顾较小的几个孩子的理解与否,而以较大的几个孩子为本位而讲上述一类的故事。然而常常发见不妥当的结果:不但使他们兴味不深,有时又容易使他们误解,例如对于"国王"一类的名词,我家的四岁孩子还没有明确的概念。以致有一次他把"国王"当作"老虎""狮子"一类的动物,后来又

---

[1] 本篇原载 1929 年 6 月《新女性》第 4 卷第 6 号。

当作"鬼""妖怪"一类的幽灵。突然地问我"国王有几只脚？""国王会飞否"？

然而只管避去这种名称，将来他就永远不懂，也是不好的事。我的意思，须用故事来说明他们所不懂的名称。例如"有许多人，……其中有一个因为……后来大家称他为'国王'"，类乎此的故事，先把"国王"的概念给了他们，后来就可正确地应用了。我早已实行这方法，觉得很有效果。为了要使四五岁的孩子听得懂《木偶奇遇记》，我曾经摘出许多他所不懂的名词来，为每一名词作一说明的故事，先把故事讲给他听了，然后讲《木偶奇遇记》，结果是大告成功的。

据研究者说，儿童期的故事兴味，分韵律时代，想象时代，英雄时代，传说时代的四时期。我家的四岁的孩子还属于韵律时代，至多想象时代的初期。这时期的故事，形式须带歌谣风的，或多含有规则的反复的性质的。至于内容，则想象时代的妖精、神鬼、怪物等还不曾出现，其主要人物须取幼儿所熟悉的小囡囡、父亲、母亲、玩具、人像（doll）〔玩偶〕，及小的家畜，植物，例如虫、鸟、猫、犬、鸡、猪、羊、牛、花、果等。那种都是英雄时代的题材，当然使他们难于理解而少有兴味。

我想找一册韵律或想象时代的幼儿故事的书，可以采取些材料。最近在日本书店里找到一册《幼稚园故事》（长尾丰著）。这里面有数十题的幼儿故事，又略附幼儿故事作法的研究。孩子们与我都很快活。这种书想来世间一定是多的。这书的内容并不十分丰富完全，大致是参考西洋书的，又其所载故事，有许多我国已有译述。然其关于幼儿故事分类及分解的简明的理论，倒很可供参考。现在照他的分类，每种选译一个在下面。又按照他的分解法，把各例写成分解图表，附在后面。

第一，普通最简单的为单三段式。即故事全体由首、中、尾三段作成。今举《袋上的洞》一题为例。

一

一只饿肚皮的狐狸，看见一只鸡，想要捉住他，鸡飞到树的枝上。狐狸假装和善的声音，对他说：

"鸡弟弟来，我们一同去玩！"

鸡回答说：

"不高兴。"

狐把树干摇起来，鸡从树上落下。

二

狐立刻捉了鸡，放进袋里，用绳把袋口扎住，背了袋，向山中的家里回去。

关在袋里的鸡逃不出来，后来他想出了一个法子。他的嘴同剪刀一样，就用这剪刀在袋上剪了一个洞，逃了出去。

三

狐狸没有留心他，当做鸡还在袋里。回到家中，先把门关上，好教鸡逃不出。然后快活地说道：

"吃夜饭吧！"

就把袋口解开，一看，袋里已经没有鸡了。

"咦！奇怪了！怎么会没有的？"

仔细一看，看见了袋上的洞，狐狸只得叫。

"啊哟！啊哟！啊哟！啊哟！"

第二，单三段式的中部可以用反复法扩张起来。就成复三段式。再举同主人公的《狐狸的袋》一题为例。（一）是首,（二）（三）（四）是中,（五）是尾。

一

有一天，狐狸背了袋到街上去。

在途中捉着一只蜜蜂，就把蜜蜂关在袋里，背了再走。走到一家人家门前，他就敲门。一个老太婆出来开门。狐狸对老太婆说：

"我要到大街上去，把这袋在你们家里寄一寄，好不好？"

老太婆回答说：

"好的，好的。"

狐狸又吩咐老太婆：

"你勿可以把这袋打开来看！"

说过就到街上去了。老太婆心中想，"这里面是什么东西？看一看吧。"就把袋口打开。袋里的蜜蜂逃了出来。近旁一只鸡走过来，立刻把它吃了。狐狸来拿袋，打开一看，惊问道：

"呀！我的蜜蜂哪里去了？"

老太婆回答说：

"我刚才把袋打开来看一看，蜜蜂逃了出来，我的鸡就把他吃掉了。"

"那么，你的鸡给我！"

狐狸说过，就捉住那只鸡，放进袋中，背了就走。

二

狐狸又到另一家人家去敲门。又有一个老太婆来开门。

"我要到街上去，把这袋在你们家里寄一寄，好不好？"

"好的，好的。"

"你勿可以把这袋打开来看！"

狐狸去了，老太婆心中想，"这里面是什么东西？看一看吧。"

就把袋口打开，袋里的鸡逃了出来。近旁一只猪走过来，立刻把它吃掉了。

狐狸回来拿袋，打开一看，惊问道：

"呀！我的鸡哪里去了？"

老太婆回答说：

"我刚才把袋打开来看一看，鸡逃了出来，我们的猪就把它吃掉了。"

"那么，你的猪给我！"

狐狸说过，捉住那只猪，放进袋中，背了就走。

三

狐狸又到另一家人家去敲门。又有一个老太婆来开门。

"我要到街上去,把这袋在你们家里寄一寄,好不好?"

"好的,好的。"

"你勿可以把这袋打开来看!"

狐狸去了,老太婆心中想,"这里面是什么东西?看一看吧。"就把袋口打开,袋里的猪逃了出来。这人家的小囡囡追赶猪,猪逃掉了。

狐狸回来拿袋,打开一看,惊问道:

"呀!我的猪哪里去了?"

老太婆回答说:

"我刚才把袋打开来看一看,猪逃了出来,我们的小囡囡就把他赶掉了。"

"那么,你的小囡囡送给我!"

狐狸说过,捉住那个小囡囡放进袋中,背了就走。

四

狐狸又到另一家人家去敲门。又有一个老太婆来开门。

"我要到街上去,把这袋在你们家里寄一寄,好不好?"

"好的,好的。"

"你勿可以把这袋打开来看!"

狐狸去了,袋里的小孩子哭叫起来:

"放我出来呀!放我出来呀!"

老太婆吓了一跳,把袋打开一看,里面是一个很好的男小囡囡。她就放他出来,把家里的狗关进袋中。

五

狐狸回来,背了这袋,回到林中的家里。放下了袋。

"唉!好吃力!好好地吃一顿夜饭吧。"说过,打开袋来,狗"汪,汪"地跳出来,把狐狸吃了。

第三,名为"Why so stories"〔"为什么这样"的故事〕,例如"兔的尾巴为什么这样短""豆的口为什么黑色",用故事来说明其原因,可称为原因神话,或说明神话。今举《稻草桥》为例。

一

有一个老太婆想要煮豆。到园地里去采豆来,把炭放进炉中,又把稻草放在炭上。点着了火,就把豆放到锅中去煮。

有一粒豆从锅子里跳出,滚到地上。看见一根稻草和一片炭也落在地上。豆就对稻草说话:

"真危险!差得一点,几乎同别的豆一同被煮了。"

"我也差得一点,恰好从老太婆的手中溜出。"炭也说道:

"我也是从炉中爆出来的。"

三人就认了朋友,一同逃出去了。

二

豆和稻草和炭一同从老太婆的家里逃出,急急地前进。

前面遇到了一条河,没有桥也没有船。三人不能过去,立在岸上想法子。后来稻草说:

"让我困倒来,头架在那边岸上,脚架在这岸上,当一座桥,你们从桥上走过去。"

就把身子横在河上了。炭走上去,走到中央,望见下面的河里的漩涡,吓得发抖。立停了脚,不能前进。

炭的脚上带着一点火,还不曾熄灭。这火碰着了稻草,稻草也燃烧起来。桥就折断了。立在桥上的炭就翻入河中。

三

豆在岸上看,觉得好笑,"哈,哈,哈"地笑个不住。因为笑得太厉害,嘴巴闭不拢来了。

旁边有一个裁缝师傅正在休息。看见豆的嘴巴闭不拢来,连忙拿针线来给他缝。他的线是黑的,豆的口就变成黑色。

从这时候起,豆的口都是黑的了。

第四,是滑稽的故事。可举《金小羊》为例。

一

一个孩子来相帮牧羊人看羊。他向牧羊人要一管笛,带了羊到野外去。羊吃草的时候,小孩子吹笛。

羊群中有只金小羊,小孩子吹起笛来,这金小羊就跳舞!小孩子很爱这金小羊。

牧羊人对他说:

"你看羊看得很好,我要送点东西给你。你要钱,还是要衣服?"

"请你把金小羊送了我。别的东西我都不要。"他就带了金小羊归家。在路里天夜了，小孩子和小羊一同宿在一间小屋里。到了夜半，这小屋里的姑娘来偷小羊了。小羊的金毛有闪亮的光，在夜里的黑暗中也可看见。姑娘想要抱它去，忽然两手粘着在小羊身体上，不能分开了。

二

明天早晨，小孩子起来相帮这姑娘拉开来，也拉不开。没有法子，他只得连姑娘带去。到了门外，小孩子吹笛，小羊跳舞，姑娘也跳舞。姑娘的母亲正扫地，看见了骂道：

"你怎么在这里跳舞？不晓得来帮我扫地！"姑娘仍是跳舞。母亲动怒了，拿扫帚来打她，扫帚也粘着了姑娘的身体，拿不开来。小孩子吹笛，小羊跳舞，姑娘跳舞，母亲也跳舞。

父亲拿了拐杖走出来，见了骂道：

"你们从早晨跳舞到现在，还不停止？"姑娘和母亲只管跳舞。父亲动怒，拿拐杖来打她们。拐杖粘着了母亲的身体，也拿不开了。小孩子吹笛，小羊和姑娘和母亲跳舞，父亲也跳舞。

三

国王家的王女正在生病，看见这样子，觉得真好笑，"哈哈哈哈"地笑起来。笑得太厉害，她的病笑好了。王女的病，国里的医生都医不好。国王看见这小孩子医好了王女的病，就叫他做王帝的儿子。小孩子做了王帝的儿子，小羊，姑娘，母亲，父亲都分开了。小孩子同王女一同看管这金小羊。

第五，是替换的故事。即用许多交替的事物，作成一故事。举《苹果馒头》为例。这与前面的《狐狸的袋》略相似；但《狐狸的袋》注重在"反复"，这《苹果馒头》注重在"替换"。

一

有一个老太婆，想用苹果做馒头，当夜饭吃。她有许多粉和糖，但苹果一只也没有。庭中的梅树上倒有许多梅子。但用梅子不能做苹果馒头。

她就采了一篮子梅子，出门去找寻苹果。看见一家人家，有一个女人正在喂鸟。她就对她说：

"今天礼拜日，你在家里想做梅酱吃么？"就把梅子送了她。那女人很快活，拿许多鸟毛回送她。老太婆说：

"鸟毛比梅子轻，很好！"

就放在带来的篮里，拿了走去。

二

走了一段，又看见一家种花的人家，有一个男人和一个女人在相骂：男人说："稻草好。"女人说："棉花好。"老太婆问他们为什么相骂，他们回答说：

"我们要替家里的老头子做一个蒲团，里面放稻草好，还是放棉花好？"

老太婆听见了，就对他们说：

"你们要替老头子做蒲团,用稻草,用棉花,都不及用这鸟毛好。"

就把篮子里的鸟毛送给他们。他们说:"鸟毛蒲团真个好!"就采许多花来送她。

三

老太婆想拿这美丽的花去卖给花匠,拿这钱去买苹果。走到一家人家门前,看见里面一个小囡囡生病,他的母亲和兄弟正在忧愁得面孔发青。老太婆对他们说:

"这花送给你们。"

就把花放在生病的小囡囡的枕边。小囡囡见了美丽的花,嬉嬉地笑起来,病就好了。母亲和兄弟很欢喜,想回送一点东西给老太婆,就把家里的小犬送了她。老太婆拉着小犬,心中想:

"梅子换鸟毛,鸟毛换花,花换小犬,什么时候可以换得苹果呢?"一面再走过去。

四

走了一会,又看见一家人家,天井里有一株苹果树,树上满满地生着苹果。老太婆叫道:

"唉!这苹果树真好!"

树下一个老头子回答她说道:

"这苹果树原是好的,可惜种这株树的小孩子都到别处去了,只剩我一个老头子在这里,冷静得很,怎么办呢?"

老太婆说：

"那么，我这匹小犬送给你做伴吧。"

老头子很快活，"谢谢你！那么我采些苹果回送你。"

就采了许多苹果送给老太婆。老太婆把它们放在篮里，拿了回去。

"让我拿去做馒头吧。"

回到家里，做了许多很好吃的馒头，当夜饭吃了。

第六，是所谓"段段[1]话"（cumulative stories）。举《猫王子》为例。这种故事很近于歌谣。我们乡间有许多段段式的歌谣，可以改作幼儿故事。

一

猫国里的猫王生了一个猫王子。猫王大欢喜，教国中的读书人大家来，对他们说：

"我想替王子起一个世界上最强最有力的名字。你们大家想想看，起什么名字好？"

有一个读书人说：

"大王！我们猫的祖先是老虎。王子的名字，起作世间顶强顶有力的'虎'好不好？"

又有一个读书人说：

"不好，虎虽然强，终不及会在空中飞行的龙。王子

---

[1] 段段，系照搬日语汉字，意即"阶梯，渐增，累加"。

的名字还是起作'龙'。"

又有一个读书人说：

"不好，龙虽然强，倘没有云，就不能飞行。王子的名字还是起作'云'。"

又有一个读书人说：

"也不好。云虽然强，全靠着风，所以能飞。云到底不及风有力。风能吹动大树，风力顶强。王子的名字起作'风'吧。"

又有一个读书人说：

"不，风虽然力大，但碰到壁就吹不过去。世界上顶力强的是壁。王子的名字可以起作'壁'。"

又有一个学者说：

"壁固然比风强；但鼠能咬通壁！"

别的读书人听了，也说道：

"不错！鼠能在壁上钻洞。那么世界上什么东西顶强呢？虎不及龙，龙不及云，云不及风，风不及壁。比壁更强的是什么？是鼠吗？"

"哈哈，这是笑话了！"

"这是不会的！"

大家笑起来，猫王一向不说话，到这时候开口说道：

"你们都不对。比虎，比龙，比云，比风，比壁都强的是鼠，那么世界顶强的是猫了。王子的名字起作'猫'吧。"

就给新生出来的王子起名为"猫"。

第七种是寓言式。即《伊索寓言》之类的教训故事。不复举例。

这分类法原只列举故事的骨胳，其材料当然仍须由讲者考案。不过有了骨胳，材料容易配一点。

世间的母亲想读些故事，讲给孩子们听，而往往苦于不易暗记全文的次序。倘照书本讲说，便死板而缺乏声色，不易讲得动听，因之孩子们的兴味也减少。但要暗记全文，有一个法子，即先把故事分解，用图表式另记在纸上，就容易依图表次序而讲演了。

第一例《袋上的洞》很容易记忆。第二例《狐狸的袋》分解起来，其内容如下：

（首）：狐——袋。捕蜂，寄第一老妇家"不可打开来看"。

（中）：老妇开袋。袋中物逃出。狐来取袋。以他物代入。反复：

（1）蜂——第一老妇开袋，鸡食蜂。

（2）鸡——第二老妇开袋，猪食鸡。

（3）猪——第三老妇开袋，儿逐猪。

（4）儿——"放我出来！"第四老妇救儿，以犬代入。

（尾）：狐归家开袋，犬食狐。

其实这图表不妨记录得极简单，即如：

狐妇 — 蜂 — 鸡 — 猪 — 儿 — 犬

第三例《稻草桥》，联络关系较深，容易记忆，可不必列表。

第四例《金小羊》梗概如下：

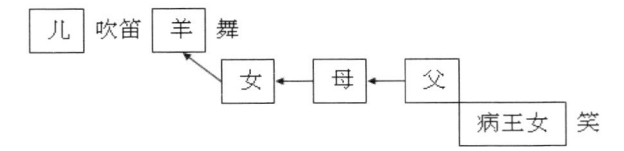

儿羊 吹笛 羊 舞 ← 女 ← 母 ← 父
　　　　　　　　　　　　　　病王女　笑

第五例《苹果馒头》可列图表如下：

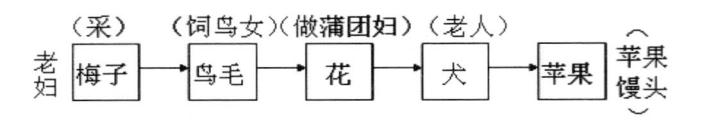

老妇 → 梅子(采) → 鸟毛(饲鸟女) → 花(做蒲团妇) → 犬(老人) → 苹果 →（苹果馒头）

第六例《猫王子》可列图表如下：

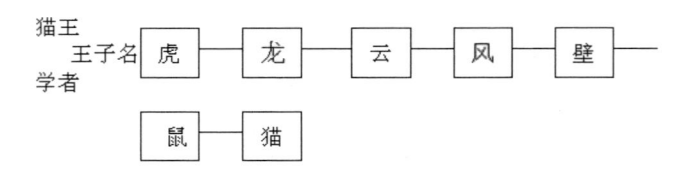

猫王王子名学者 → 虎 → 龙 → 云 → 风 → 壁 → 鼠 → 猫

反转来，我们要自己造故事，可先定格式，考案材料，列一个这样的图表，然后把它描写成一个故事。简单的只要起腹稿，不列图表也行。其实困难的还在格式与材料。图表不过为记忆之一助而已。

讲到内容，这种故事在大人原是瞎造的，但在小孩却认真地倾听。这一点是世间的母亲所必须深信又留意的。切不可以为横是瞎造，不妨随便乱讲。例如可怕的事，或奖励残忍的事，不道德的事，均不宜取作材料。因为孩子是十分认真地相信故事中的事实的。在他们的世界中，狐狸，猫，鸡，炭，豆，真果会说话；人与羊真果会粘着；病真果笑得好。往年我有一次因为缺乏新鲜材料，偶然取了一个纪实风的"骗子拐骗小孩"的故事。讲到"卖糖的骗子见母亲让小孩独自在门口而自己进去拿铜板了,立刻披开他的破大衣,像大鸟的翅膀一般地扑住那小孩,挟了就走……"的时候,四岁的小孩犹如身上着了火,发抖的声音叫喊"不要讲了,不要讲了",继续竟大哭起来。从此我不敢再开这种玩笑。怕的话可以使他们真果怕。推广一步着想,善的话可以使他们真果善,美的话可以使他们真果美;同时恶的话可以使他们真果恶,丑的话可以使他们真果丑。从此我晓得对小孩说话真要郑重,做父母真不容易。但我有一个妙法可以告诉世间的母亲:

　　世间的母亲!你们对孩子讲话的时候,须得亲自走进孩子的世界中去,讲他们的世界中的话。即你们对孩子讲话的时候必须自己完全变成孩子。

　　己巳〔1929〕年新春,写于缘缘堂,软软的眠着的床旁边

《初恋》[1] 译者序

我是用了对于英语法——英语的思想方法——的兴味而译这小说的。欧洲人说话大概比我们精密、周详、紧张得多，往往有用十来个形容词与五六句短语来形容一种动作，而造出占到半个 page〔页〕的长句子。我觉得其思想的精密与描写的深刻确是可喜，但有时读到太长的句子，顾了后面，忘记前面；或有时读得太长久了，又觉得沉闷、重浊得可厌。——这种时候往往使我想起西洋画：西洋画的表现法大概比东洋画精密、周详而紧张得多，确是可喜；但看得太多了，又不免嫌其沉闷而重浊。我是用了看西洋画一般的兴味而译这《初恋》的。

因上述的原故，我译的时候看重原文的构造，竭力想保存原文的句法，宁可译成很费力或很不自然的文句。但遇不得已的时候，句子太长或竟看不懂的时候，也只得切断或变更句法。今举数例如下：例如第一章第二节里：

…I did what I liked, especially after parting with my last tutor, a Frenchman who had never

---

[1] 屠格涅夫著，丰子恺译注，〔上海〕开明书店 1931 年 4 月初版。

been able to get used to the idea that he had fallen "like a bomb" into Russia, and would lie sluggishly in bed with an expression of exasperation on his face for days together.

……我恣意做我所欢喜做的事,尤其是自从我离开了我的最后的家庭教师以后,越发自由了。这家庭教师是法国人,他想起了自己"炮弹似地"从法国流入俄国来,心中总不能自然,常常现出愤慨的神气,连日奋卧在床上。

照原文的语气,这一句的主要的意思,只是说"我离开了甚样甚样的一个家庭教师之后越发自由了",不应该另外开一端,而特别提出这家庭教师来说。但没有办法,只得把它切断了。

又如第十四章第三节是同样的例:

…but at that point my attention was absorbed by the appearance of a speckled wood-pecker who climbed busily up the slender stem of a birchtree and peeped out uneasily from behind it, first to the right, then to the left, like a musician behind the bass-viol.

……但这时候我的注意忽然被一只斑纹的啄木鸟占夺了去。这鸟急急忙忙地爬上一株桦树的细枝,从枝的后面不安心似地伸出头来探望,忽而向右,忽而向左,好像立在低音四弦琴〔低音微奥尔琴〕后面的一个音乐家。

照原文的语气,全句的主意只是说:"我的注意被一甚样甚样的啄木鸟夺去",不应该特别提出这鸟来说。也是不得已而切断的。

除切断句子以外,有时我又用一括线〔破折号〕以表明长大的形容部分。例如第二十一章第十五节里:

　　…and my love, with all its transports and sufferings, struck me myself as something small and childish and pitiful beside this other unimagined something, which I could hardly fully grasp, and which frightened me like an unknown, beautiful, but menacing face, which one strives in vain to make out clearly in the half darkness…

　　……我的受了种种的狂喜与苦痛的恋爱,同另外一种我所向来不曾想象到的东西——捉摸不牢的,像一副素不相识的美丽而严肃的颜貌而咸吓我的,在薄暗中很难看得清楚的一种东西——相比较(beside)起来,觉得微小、稚气,而又可怜得很。

这两直线之间的部分,都是描写那种"东西"的。这一句的主意是"我的爱和另一种东西相比较起来,微小稚气而可怜得很"。但不加这括线,很不容易弄得清楚。添设这两个直线,仍是很不自然。

又有直译很不自然的句子,只得把句法改变。例如第十章

第十二节：

　　…the consciousness that I was doing all this for nothing, that I was even a little absurd, that Malevsky had been making fun of me, began to steal over me.

　　……我渐渐地悟到自己所做的都是无意义的事，竟是有些愚蠢的，马来符斯奇是戏弄我。

原文的意思是说"一种甚样甚样的意识开始偷偷地来袭我"。但这样写起句子来，更不自然，所以权把"the consciousness〔意识〕"及后面的"began to steal over me〔开始偷偷地来袭我〕"勉强改为"我渐渐地悟到"。但句子的构造大变了。

　　这种同样的例很多。有些动词，我国没有相当的字可以妥帖地译出。例如序章第五节末了的"enliven〔使活跃〕"，我想不出相当的一个动词来译述。又如第十六章第一节后半中的"regaled〔使喜悦〕"也找不出相当的一个动词。都只能变更句的构造，或勉强译成一个词。有时很难在一句中把英文的一句的意义全部译出。例如第十二章第七节末了有一句看似很平常而极难译的句子：

　　"…jump down into the road to me…"要把"跳""下""路上""向我"的四种意义极自然地装在一句中，非常困难。我译作"向我跳下到这路上来"，其实很生硬。

　　关于难译的例很多。我也没有逐句推敲的忍耐力，译文中不妥的地方一定很多。这里揭出来的几句，不过是我所特别注意到的而已。我所以特别列举而说述者，无非欲使读此书的学生诸君，不要把兴味放在小说的内容（初恋）上，而要放在英语法的研究上。我是这样地译的，故希望读者也这样地读。

八年之前，我在东京购得一册《初恋》的英日对译本，英译者为 Garnett〔加尼特〕，日译并注者是藤浪由之。读了之后，对于其文章特别感到兴味，就初试翻译。1922 年春间译毕。这是我第一次从事翻译。自知译得很草率，不敢发表。曾请几位师友改改，看看。后来一直塞在书架上面。去年方光焘兄的英汉对译本《姐姐的日记》出版，我方才想起了我的《初恋》。现在始把它重校一遍，跟了他出版。这稿子是我的文笔生涯的"初恋"，在我自己是一种纪念物。

我的汉译当然是依据 Garnett 的英译本的。又参考藤浪氏的日译本，注解大都是抄藤浪氏的。谨声明于此。

一九二九年端午节记于江湾缘缘堂

伯豪之死 [1]

伯豪是我十六岁时在杭州师范学校 [2] 的同班友。他与我同年被取入这师范学校。这一年取入的预科新生共八十余人,分为甲乙两班。不知因了什么妙缘,我与他被同编在甲班。那学校全体学生共有四五百人,共分十班。其自修室的分配,不照班次,乃由舍监先生的旨意而混合编排,故每一室二十四人中,自预科至四年级的各班学生都含有。这是根据了联络感情,切磋学问等教育方针而施行的办法。

我初入学校,颇有人生地疏,举目无亲之慨。我的领域限于一个被指定的坐位。我的所有物尽在一只抽斗内。此外都是不见惯的情形与不相识的同学——多数是先进山门的老学生。他们在纵谈、大笑,或吃饼饵。有时用奇妙的眼色注视我们几个新学生,又向伴侣中讲几句我们所不懂的、暗号的话,似讥讽又似嘲笑。我枯坐着觉得很不自然。望见斜对面有一个人也枯坐着,看他的模样也是新生。我就开始和他说话,他是我最初相识的一个同学,他就是伯豪,他的姓名是杨家儁,他是余

---

[1] 本篇原载 1929 年 11 月 10 日《小说月报》第 20 卷第 11 号,署名:子恺。
[2] 指在杭州的浙江省立第一师范学校。十六岁应作十七岁。

姚人。

　　自修室的楼上是寝室。自修室每间容二十四人，寝室每间只容十八人，而人的分配上顺序相同。这结果，犹如甲乙丙丁的天干与子丑寅卯的地支的配合，逐渐相差，同自修室的人不一定同寝室。我与伯豪便是如此，我们二人的眠床隔一堵一尺厚的墙壁。当时我们对于眠床的关系，差不多只限于睡觉的期间。因为寝室的规则，每晚九点半钟开了总门，十点钟就熄灯。学生一进寝室，须得立刻钻进眠床中。明天六七点钟寝室总长就吹着警笛，往来于长廊中，把一切学生从眠床中吹出，立刻锁闭总门。自此至晚间九点半的整日间，我们的归宿之处，只有半只书桌（自修室里两人合用一书桌）和一只板椅子的坐位。所以我们对于这甘美的休息所的眠床，觉得很可恋；睡前虽然只有几分钟的光明，我们不肯立刻钻进眠床中，而总是凑集几个朋友来坐在床沿上谈笑一会，宁可暗中就寝。我与伯豪不幸隔断了一堵墙壁，不能联榻谈话，我们常常走到房门外面的长廊中，靠在窗沿上谈话。有时一直谈到熄灯之后，周围的沉默显著地衬出了我们的谈话声的时候，伯豪口中低唱着"众人皆睡，而我们独醒"而和我分手，各自暗中就寝。

　　伯豪的年龄比我稍大一些，但我已记不清楚。我现在回想起来，他那时候虽然只有十七八岁，已具有深刻冷静的脑筋，与卓绝不凡的志向，处处见得他是一个头脑清楚而个性强明的少年。我那时候真不过是一个年幼无知的小学生，胸中了无一点志向，眼前没有自己的路，只是因袭与传统的一个忠仆，在学校中犹之一架随人运转的用功的机器。我的攀交伯豪，并不是能赏识他的器量,仅为了他是我最初认识的同学。他的不弃我,想来也是为了最初相识的原故,决不是有所许于我——至多他看我是一个本色的小孩子,还肯用功,所以欢喜和我谈话而已。

这些谈话使我们的交情渐渐深切起来了。有一次我曾经对他说起我的投考的情形。我说:"我此次一共投考了三只学校,第一中学,甲种商业,和这只师范学校。"他问我:"为甚么考了三只。"我率然地说道:"因为我胆小呀!恐怕不取,回家不是倒霉?我在小学校里是最优等第一名毕业的;但是到这种大学校里来考,得知取不取呢?幸而还好。我在商业取第一名,中学取第八名,此地取第三名。""那么你为什么终于进了这里?""我的母亲去同我的先生商量,先生说师范好,所以我就进了这里。"伯豪对我笑了。我不解他的意思,反而自己觉得很得意。后来他微微表示轻蔑的神气,说道:"这何必呢!你自己应该抱定宗旨!那么你的来此不是诚意的。不是自己有志向于师范而来的。"我没有回答。实际,当时我心中只知道有母命,师训,校规;此外全然不曾梦到什么自己的宗旨,诚意,志向。他的话刺激了我,使我忽然悟到了自己:最初是惊悟自己的态度的确不诚意,其次是可怜自己的卑怯,最后觉得刚才对他夸耀我的应试等第,何等可耻!我究竟已是一个应该自觉的少年了。他的话促成了我的自悟。从这一天开始,我对他抱了畏敬之念。

他对于学校所指定而全体学生所服从的宿舍规则,常抱不平之念。他有一次对我说:"我们不是人,我们是一群鸡或鸭。朝晨放出场,夜里关进笼。"又当晚上九点半钟,许多学生挤在寝室总门口等候寝室总长来开门的时候,他常常说"放犯人了"!但当时我们对于寝室的启闭,电灯的开关,都视同天的晓夜一般,是绝对不容超越的定律;寝室总长犹之天使,有不可侵犯的威权,谁敢存心不平或口出怨言呢?所以他这种话,不但在我只当作笑话,就是公布于全体四五百同学中,也决不会有什么影响。我自己尤其是一个绝对服从的好学生。有一天下午我身上忽然发冷,似乎要发疟了。但这是寝室总门严闭的时候,我心中连"取衣服"的念头都不起,只是倦伏在坐位上。伯豪询知了我的情形,问我:"为什么不去取衣?"我答道:"寝室总门关着!"他说:"哪有此理!这里又不真果是牢狱!"他就代我去请求寝室总长开门,给我取出了衣服,棉被,又送我到调养室去睡。在路上他对我说:"你不要过于胆怯而只管服从,凡事只要有道理。我们认真是兵或犯人不成?"

有一天上课,先生点名,叫到"杨家僡",下面没有人应到,变成一个休止符。先生问级长:"杨家僡为什么又不到?"级长说"不知"。先生怒气冲冲地说:"他又要无故缺课了,你去叫他。"级长像差役一般,奉旨去拿犯了。我们全体四十余人肃静地端坐着,先生脸上保住了怒气,反绑了手[1],立在讲台上,满堂肃静地等候着要犯的拿到。不久,级长空手回来说:"他不肯来。"四十几对眼睛一时射集于先生的脸上,先生但从鼻孔中落出一个"哼"字,拿铅笔在点名册上恨恨地一圈,就翻开书,开始授课。我们间的空气愈加严肃,似乎大家在猜虑这"哼"字中

---

[1] 反绑了手,作者家乡话,意即两手在背后交叉握住。

含有什么法宝。

　　下课以后,好事者都拥向我们的自修室来看杨伯豪。大家带着好奇的又怜悯的眼光,问他"为什么不上课"?伯豪但翻弄桌上的《昭明文选》,笑而不答。有一个人真心地忠告他"你为什么不说生病呢"?伯豪按住了《文选》回答道:"我并不生病,哪里可以说诳?"大家都一笑走开了。后来我去泡茶,途中看见有一簇人包围着我们的级长,在听他说什么话。我走近人丛旁边,听见级长正在说:"点名册上一个很大的圈饼……"又说,"学监差人来叫他去……"有几个听者伸一伸舌头。后来我听见又有人说:"将来……留级,说不定开除……"另一个声音说:"还要追缴学费呢……"我不知道究竟"哼"有什么作用,大圈饼有什么作用,但看了这舆论纷纷的情状,心中颇为伯豪担忧。

　　这一天晚上我又同他靠在长廊中的窗沿上说话了。我为他担了一天心,恳意地劝他:"你为什么不肯上课?听说点名册上你的名下划了一个大圈饼。说不定要留级,开除,追缴学费呢!"他从容地说道:"那先生的课,我实在不要上了。其实他们都是怕点名册上的圈饼和学业分数操行分数而勉强去上课的,我不会干这种事。由他什么都不要紧。""你这怪人,全校找不出第二个!""这正是我之所以为我!""……"

　　杨家儁的无故缺课,不久名震于全校,大家认为这是一大奇特的事件,教师中也个个注意到。伯豪常常受舍监学监的召唤和训叱。但是伯豪怡然自若。每次被召唤,他就决然而往,笑嘻嘻地回来。只管向藏书楼去借《史记》《汉书》等,凝神地诵读。只有我常常替他担心,不久,年假到了。学校对他并没有表示什么惩罚。

　　第二学期,伯豪依旧来校,但看他初到时似乎很不高兴。我们在杭州地方已渐渐熟悉。时值三春,星期日我同他二人常常到西湖的山水间去游玩。他的游兴很好,而且办法也特别。他说:"我们游西湖,应该无目的地漫游,不必指定地点。疲倦了就休息。"又说:"游西湖一定要到无名的地方!众人所不到的地方。"他领我到保俶塔旁边的山巅上,雷峰塔后面的荒野中。我们坐在无人迹的地方,一面看云,一面嚼面包。临去的时候,他拿出两个铜板来放在一块大岩石上,说下次来取它。过了两三星期,我们重游其地,看见铜板已经发青,照原状放在石头上,我们何等喜欢赞叹!他对我说:"这里是我们的钱库,我们以天地为室庐。"我当时虽然仍是一个庸愚无知的小学生,自己没有一点的创见,但对于他这种奇特、新颖而卓拔不群的举止言语,亦颇有鉴赏的眼识,觉得他的一举一动对我都有很大的吸引力,使我不知不觉地倾向他,追随他。然而运命已不肯再延长我们的交游了。

　　我们的体操先生似乎是一个军界出身的人,我们校里有百余支很重的毛瑟枪。负了这种枪而上兵式体操课,是我所最怕而伯豪所最嫌恶的事。关于这兵式体操,我现在回想起来背脊上还可以出汗。特别因为我的腿构造异常,臀部不能坐在脚踵上,跪击时竭力坐下去,疼痛得很,而相差还有寸许,——后来我到东京时,也曾吃这腿的苦,我坐在席上时不能照日本人的礼仪,非箕踞不可。——那体操先生虽然是兵官出身,幸而不十分凶。看我真果跪不下去,颇能原谅我,不过对我说:"你必须常常练习,跪击是很重要的。"后来他请了一个助教来,这人完全是一个兵,把我们都当作兵看待。说话都是命令的口气,而且凶得很。他见我跪击时比别人高出一段,就不问情由,走到我后面,用腿垫住了我的背部,用两手在我的肩上尽力按下去。我痛得当不住,连枪连人倒在地上。又有一次他叫"举枪",我正在出神想什么事,忘记听了号令,并不举枪。他厉声叱我:"第十三!耳朵不生?"我听了这叱声,最初的冲动想拿这老毛瑟枪的柄去打脱这兵的头;其次想抛弃了枪跑走;但最后终于举了枪。"第十三"这称呼我已觉得讨厌,"耳朵不生?"更是粗恶可憎。但是照当时的形势,假如我认真打了他的头或投枪而去,他一定和我对打,或用武力拦阻我,而同学中一定不会有人来帮我。因为这虽然是一个兵,但也是我们的师长,对于我们也有扣分,记过,开除,追缴学费等权柄。这样太平的世界,谁肯为了我个人的事而犯上作乱,冒自己的险呢!我充分看出了这形势,终于忍气吞声地举了枪,幸而伯豪这时候已久不上体操课了,没有讨着这兵的气。

不但如此,连别的一切他所不欢喜的课都不上了。同学的劝导,先生的查究,学监舍监的训诫,丝毫不能动他。他只管读自己的《史记》《汉书》。于是全校中盛传"杨家儁神经病了"。窗外经过的人,大都停了足,装着鬼脸,窥探这神经病者的举动。我听了大众的舆论,心中也疑虑,"伯豪不要真果神经病了?"

不久暑假到了。散学前一天,他又同我去跑山。归途上突然对我说:"我们这是最后一次的游玩了。"我惊异地质问这话的由来，才知道他已决心脱离这学校，明天便是我们的离别了。我的心绪非常紊乱：我惊讶他的离去的匆遽，可惜我们的交游的告终；但想起了他在学校里的境遇，又庆幸他从此可以解脱了。

是年秋季开学，校中不复有伯豪的影踪了。先生们少了一个赘累，同学们少了一个笑柄，学校似乎比前安静了些。我少了一个私淑的同学，虽然仍旧战战兢兢地度送我的恐惧而服从的日月，然而一种对于学校的反感，对于同学的嫌恶，和对于学生生活的厌倦，在我胸中日渐堆积起来了。

此后十五年间，伯豪的生活大部分是做小学教师。我对他的交情，除了我因谋生之便而到余姚的小学校里去访问他一二次之外，止于极疏的通信。信中也没有什么话，不过略叙近状，及寻常的问候而已。我知道在这十五年间，伯豪曾经结婚，有子女，为了家庭的担负而在小学教育界奔走求生，辗转任职于余姚各小学校中。中间有一次曾到上海某钱庄来替他们写信，但不久仍归于小学教师。我二月十二日结婚的那一年，他做了几首贺诗寄送我。我还记得其第一首是"花好花朝日，月圆月半天。鸳鸯三日后，浑不羡神仙。"抵制日本的那一年，他有喻扶桑的叱蚊四言诗寄送我，其最初的四句是"嗟尔小虫，胡不自量？人能伏龙，尔乃与抗！……"又记得我去访问他的时候，谈话之间，我何等惊叹他的志操的弥坚与风度的弥高，此外又添上了一层沉着！我心中涌起种种的回想，不期地说出："想起从前你与我同学的一年中的情形，……真是可笑！"他摇着头微笑，后来他叹一口气，说道："现在何尝不可笑呢；

我总是这个我。……"他下课后，陪我去游余姚的山。途中他突然对我说道："我们再来无目的地漫跑？"他的脸上忽然现出一种梦幻似的笑容。我也努力唤回儿时的心情，装作欢喜赞成。然而这热烈的兴采的出现真不过片刻，过后仍旧只有两条为尘劳所伤的疲乏的躯干，极不自然地移行在山脚下的小路上。仿佛一只久已死去而还未完全冷却的鸟，发出一个最后的颤动。

今年的暮春，我忽然接到育初寄来的一张明片。"子恺兄：杨兄伯豪于十八年三月十二日上午四时半逝世。特此奉闻。范育初白。"后面又有小字附注："初以其夫人分娩，雇一佣妇，不料此佣妇已患喉痧在身，转辗传染，及其子女。以致一女（九岁）一子（七岁）相继死亡。伯豪忧伤之余，亦罹此疾，遂致不起。痛哉！知兄与彼交好，故为缕述之。又及。"我读了这明片，心绪非常紊乱：我惊讶他的死去的匆遽；可惜我们的尘缘的告终；但想起了在世的境遇，又庆幸他从此可以解脱了。

后来舜五也来信，告诉我伯豪的死耗，并且发起为他在余姚教育会开追悼会，征求我的吊唁。泽民从上海回余姚去办伯豪的追悼会。我准拟托他带一点挽祭的联额去挂在伯豪的追悼会中，以结束我们的交情。但我实在不能把我的这紊乱的心绪整理为韵文或对句而作为伯豪的灵前的装饰品，终于让泽民空手去了。伯豪如果有灵，我想他不会责备我的不吊，也许他嫌恶这追悼会，同他学生时代的嫌恶分数与等第一样。

世间不复有伯豪的影踪了。自然界少了一个赘累，人类界少了一个笑柄，世间似乎比从前安静了些。我少了这个私淑的朋友，虽然仍旧战战兢兢地在度送我的恐惧与服从的日月，然而一种对于世间的反感，对于人类的嫌恶，和对于生活的厌倦，在我胸中日渐堆积起来了。

一九二九年七月二十四日于缘缘堂

图 画 成 绩[1]

寒假迫近了，教务处送一张油印纸来，要我报告图画分数，并选交几幅画，作为图画课的成绩。

可是我教图画，向来不打分数。老实说，除了看到这张油纸的时候以外，我的脑际从来不曾有过"分数"两个字。画也并没有保留，都任学生自己拿去了。图画课的成绩，实在无可报告，奈何！

倘使教务处能容许我不用分数和画幅来报告图画成绩，我倒可以报告一点。这便是我前天晚上散步中所看见的一回事：

前天晚上，月色好得很，使我偷闲来校庭中散步了。偶然走到杨柳树旁边，看见廊下的柳影中有三五个学生，弯着身子，把头在教务室外的壁上聚作一堆，静悄悄地似乎在听壁脚。

"他们在窃听教务室中的秘密会议么？"我心中这样想着，慢慢地走近他们去。仔细一看，方知不对。他们并非在听壁脚，正拿一张纸罩在壁上，用铅笔在描写投在壁上的柳叶的影。原来这晚上月明风定，疏疏的衰柳的叶子投射清楚的黑影在淡黄

---

[1] 本篇原载 1930 年 1 月 1 日《中学生》创刊号，署名：子恺。

色的墙壁上，成为可爱的模样。这牵惹了这几个学生的兴味，使他们特地拿了纸张和铅笔，到这里来描写。

"啊！绝妙的墨画！"我这一声叫打扰了他们的创作。然而这正是对于他们的创作的鉴赏。所以他们见了我，都很兴奋，热心地向我赞美这月下的美丽的柳影。又很欢喜，因为他们这尝试的行为遇到了知音的赏识。

这一件事，便是我所可报告的图画成绩。

恐怕教务先生不容许我。他们以为这是玩耍，不能算是成绩。要有可计算的分数，可悬挂的画，这才是图画成绩。又恐怕有几个巴急分数的学生，欢喜荣名的学生，也要说我不公平。他们也以为这是玩耍，与图画课有甚么关系呢？

然而我知道，欢喜读《中学生》的——欢喜读我的《美术讲话》的诸君，一定容许我，承认我的报告。因为这件事，比分数，比成绩，实在有趣味得多，有意义得多。倘有不解这种趣味而欢喜分数与成绩的人，我可以略略解说一下：

杨柳的叶，我们倘平心静气地，仔细地观察起来，实在是非常美秀的。古人的诗里，惯说"柳如眉"，用柳叶来比方美人的眉毛。其实眉毛那里比得上柳叶？不过眉毛的弯度与肥瘦，大约像柳叶而已，但决不如柳叶的变化的丰富。且眉毛两旁的线很模糊，决不如柳叶的线的玲珑而清秀。诸君试拿铅笔，在纸上画一瓣柳叶看。倘是没有学过图画，不曾仔细观察过自然的人，一定画不好。校庭内多千多万的柳叶，我们却画不出它的一瓣！可见自然界的美何等丰富，何等深刻！我们安可不平心静气地亲近自然，观察自然，以自然为师呢？

写生画，便是自然美的研究。我们要把自然的美的形象表现在图画纸上，要把立体的自然化成平面的图画。发见了自然的美而静心地描写的时候，我们的兴味何等深长！感得了这种兴味，便会入梦一般地上图画课，便会埋怨下课铃的太早。这真是最有趣味的，最有意义的课业！

美秀的柳叶，在月光下投影在淡黄色的墙壁上。这是何等可爱的一幅天然的图画！只有真正观察过自然美的人，才能发见这趣味。只有真正学过图画的人，才能拿了铅笔和纸张而来描写这墙上的影子。不然，柳叶也不会牵惹他的注目，何况影子？上图画课都懒得，何况辛辛苦苦地伏在壁脚上描影？况且描了这影，又没有分数可得，又没有风头可出。所以除了真正学过图画的人以外，不会有人肯做这种发疯的事业了。

然而不学图画的人都苦了！都错了！

因为他们的眼中心中，只看见分数，只知道荣誉。像描影的那几个学生所体验的欢喜、感动、慰安、憧憬，在他们都无分；艺术的乐土，美的世界，人生的情味，宇宙的姿态，在他们都不能梦见。而他们所触目萦心的，都是苦痛的东西。为了争分

数,求荣誉,他们要作无谓的奋斗,甚或陷入嫉妒、愤恨、浅陋、卑鄙等恶习。他们的心中只有苦痛而没有慰安,只有战争而没有和平。他们面子上在画图画,其实与图画相去不止千里;面子上在读书,其实一句书也没有读。他们是学校里的商人或官僚。因为他们的争分数犹之商人的争利,他们的争荣誉犹之官僚的争名。分数与荣誉是目的,读书是手段。达到了目的,手段就变做无用之物。所以他们的读书,全是徒劳!

学生诸君,第一要知道为学问而用功,为人生而求学。分数这样东西,是学校为欲勉励学生用功而设,本来是有益的事;但学生倘为分数所迷,它就对你有害了。学校里的分数,其作用可比方社会上的金钱。金钱可以督策人的工作,可以奖励人的勤勉。于是社会上的事业,赖以进步了,发达了。然而世界上的人心不良,到后来渐渐忘却了设金钱的本意,而误认金钱为最后的目的。于是不顾事业进步发达与否,而唯利是图了。这便成了今日的社会状态。试看现今市上发卖的工业品、日用品,往往面子上装得好看,而内部的质料与工作完全轻薄潦草,甚至不堪使用。我每每看见这类的货品,觉得这是人情硗薄的象征,不胜惋惜。这便是为了那些工人只知要钱!而完全忘却了其事业与工作的缘故。他们作出那些不堪使用的劣货来骗钱,骗到了钱,更不问自己的事业。因此社会就不能发达,人生的幸福就不能增进,于是有人咒诅金钱的万恶了。学校中只知巴急分数的学生,正同那些工人一样。他们只知要分数,而完全忘却了其学业。于是考试的时候有要求范围、抄脚带、做枪手等种种恶习,实无异于那种劣货。他们用这些劣货来骗分数,骗到了分数，更不问自己的学问。因此学校就不发达，学生的学业也不能进步，于是有人诅咒分数的万恶了。

至于荣誉，本来也不是不好的东西。但学生诸君应该知道，荣誉是实质的副产物。实质进步了，荣誉与之俱来；但不可离实质而单求荣誉，亦不可专为荣誉而励实质。图画进步了，作品被选入展览会了，赞赏自然也来了。但是我们学图画，岂为博得这点赞赏？我们自有像前面所说的更深的欢喜，更大的感动。某学校有预备展览会的办法。在开会前几天，教学生们为了展览会而拼命描画。这真是何等可笑的事！这样办起来的展览会，无论其作品何等精美，何等丰富，我不愿意入场参观。我宁愿看那几个学生伏在壁脚上描柳叶的影。

金钱本来是有利于人生而可喜的，但守钱房反被金钱所役使，而只觉得苦痛。名誉本来是有益于事业而可乐的，但名场客反被荣誉所迷惑，而只觉得不满。同理，分数与成绩可以奖励勤勉，促进学业，本来是正当而可贵的，但迷于分数与成绩的人，舍本逐末，就都错误而苦痛了。这种人的心，无异于守钱房与名场客，实在不应该住在学校里，更不应该住在图画教室里。因为学校是修养生活的地方，不必有名缰利锁；图画教室是观照生活的地方，用不着功利计较。所以这班人来入学校，实在是走错了路。无论他修业了十年，结果是毫无所得而空手回去的。

据我的见闻，争分数的学生，并非全由于他的本性，大半是环境所使然的。因为他们不幸而入了校风不良的学校，那里的学生大家都计较分数，先生也动辄拿分数来威吓学生。故虽有真心好学，明知分数的虚空的人，读了我上面的话觉得可以首肯，但大众的榜样与习惯的压迫，终于使他同化而屈服，这也是很多的情形。然而我仍要责备每个人的自身。他们的胸襟太偏狭，胆量太薄弱。说得时髦一点，革命的精神太缺乏了。你们每天在受党化的教育，每周在读总理的遗嘱，为甚么不能体得总理在大众屈服于满清帝制之下的时候独呼革命的精神呢？孙中山先生在当时的确受苦；但在现在何等光荣，每周在受万万学生的鞠躬呢！假如你们要追求光荣，请追求这种大光荣，万勿贪恋眼前的小光荣！真理是不会失败的。即使目前不利，时间终于能给它公正的判断。据我的见闻，在学校里分数独多，名次独高的人，毕业后不一定是人才；而虚怀静心地埋头在真正的研究生活中的人，无论在学校里，在社会上，都可钦佩，世界是全赖他们而进步的。

我所以赞美伏在墙脚上描影的几个学生，正为了钦佩他们的能不为荣利，而虚怀静心地埋头在真正的研究生活中。这几个人也许不是那样完全优良的学生，但至少这一点心是可以赞美的。使他们这一点心推广起来，应用于其他一切的学业上，应用于其一生的事业上，就可说是教育的效果，艺术教育的效果。所以我觉得这不是玩耍，这是比分数与画卷更加可贵的图画成绩。

然而我又有一种表面很相似而其实很可抱歉的成绩，也不得不在这里报告。这便是我前天在自修室的走廊里所看见的一回事：

我偶然走过自修室门口，望见里面有一个学生正在用图画纸罩在窗玻璃上，拿铅笔在纸上描画，姿态和那晚上所见的描影的人完全一样。可是我立停了脚，仔细看时，方知他是在印写别人的画，因为图画纸太厚，放在桌上印不出来，他就想出了这个聪明的办法，把纸罩在透明的窗玻璃上印写。这办法，为求成绩计，的确是事半功倍的捷径；但为学业计，为艺术计，为人生的修养计，其损失为何如？这是学业上的一种舞弊，学问上的一种盗窃。又不幸而被我看见了。

教务先生如果欢喜有确实可计的分数，精致可挂的画卷，这窗玻璃上的作品便是最优等的成绩了。因为那办法可以容易地获得很多的分数，制成很精致的画卷。故欢喜这种成绩，不啻奖励这种行为！

我说了许多牢骚的话，实在污渎了聪明的读者的清听！幸而临末还有一段话，可供欣赏：

我们的学校中，教室的玻璃窗新加了油漆。因为教室中的外边是走廊，上课的时候行人在走廊中来往容易妨碍听讲者的注意，所以用白油漆把窗玻璃涂掩了。恐怕是天气风燥的原故，或那些油漆的性质的原故，过了几天之后，那些油漆都发生龟裂，使每块窗玻璃都像一幅河流复杂的地图了。我最初看见的时候，以为是那个学生用指爪刮出来的，心中还怪他们太不爱护校具；但仔细一看，原来每块都如此，而且那裂痕的线十分美丽而统一，决不是学生的手所能画，不，就是世间最大的图案家，也一定不容易画出。我就像孔子进了明堂，在那些窗玻璃前徘徊不忍遽去了。"啊！自然美的伟大！人安可不以自然为师！那天晚上所见的柳叶的影是绝妙的墨画；现在这是绝妙的图案！"我心中这样想，仔细鉴赏那些曲线。事务先生在我背后走来了。他见我在注视那窗玻璃上的油漆的裂痕，就抱歉似地对我说道：

"那漆匠真可恶！成什么样子？明天喊他来重做！"他这话，把正在逍遥于那个很远的世界中的我呼了回来，我立刻回到这实际的世界上，重新把那窗玻璃当作学校的事务工作之一而观看一下，然后应答他：

"呃，龟裂了。天气太燥么？看倒很好看。"事务先生笑着，接近去凝视一下，也说道：

"呃，看倒很好看。"

我们彼此点一点头，分手了。

一九二九年十一月廿三日

大艺术家的孙子做骗子[1]

前几天我偶然披阅《时报》,看见"伪造名画发觉"的一个题目下,记着这样的一段新闻:

五日伦敦电:十九世纪法国名画家作品,顷发觉有人伪造。其主动者即为名画家米莱〔米勒〕氏之孙,由著名摹仿家卡齐安氏代为摹拟古人款识。据闻此种赝品,多已经过鉴别家敏锐目光,流入全世界公私收藏之中。以是两人获钱不少。此次因伦敦古董商控告米氏犯欺骗罪,警察入室搜查,见卡氏方在一假画上摹拟款识。乃详细搜索,竟抄出绘成未售之赝画数十张。及逮入警署,两人俱直认不讳,并称巴白仲〔巴比松〕地方米莱博物院内,所藏之画,全为彼所摹拟。现料此讯一传,世界收藏家与古董商,将大起恐慌,尤以英国为甚。因其博物院数家,曾出骇人巨款购置赝品数十张云。

(国民社)(一九三〇年五月)

---

[1] 本篇原载 1930 年《现代文学》第 1 卷第 1 期。

"名画家米莱"的下面没有注原文,我起初不能确定其为哪一位米莱。但看到下面的"巴白仲地方米莱博物院"云云,推想起来一定是十九世纪中鼎鼎大名的法国大画家 Jean-François Millet〔米勒〕(1814—1875)。我在《西洋美术史》上是译作"米叶"的。

米叶是近世画史上的主要人物;又如罗曼·罗兰的《米叶传》中所说,"米叶的人格是十九世纪的一奇迹。"欢喜西洋画的人,恐怕没有一位不曾见过米叶的作品——《晚钟》《拾穗》《初步》等。关心于艺术的人,恐怕没有一位不知道画家米叶与音乐家裴德芬〔贝多芬〕是近世西洋艺术界的两大伟人。

"米叶的孙子做骗子。"这句话使人听了发生异常的感觉。我起初看到,也深为慨叹。我回想米叶的人格何等高尚,精神何等伟大,生活何等努力,作品何等优秀!又想起了他的祖母的庭训何等严峻:

"要我见你违背神训,宁愿见你死!"

"你要做画家,须先做基督徒!"

"为永远而作画!"

米叶为了遵守这几句庭训,消受了全生涯的辛酸。甚至绝粮,自杀,终于吐血,失明,在贫困孤独中默默地死去。——这是因为当时的人不理解他的艺术,而竟尚浮靡奢侈的绘画;但他不肯屈志迎合俗好,以图饱暖。宁愿死于冻馁,以遵祖母的明训而全伟大的人格,然而一生涯的辛酸,米叶已足足地消受了。

在这样的家学渊源中,产生了一个造假画的骗子,真是"天道无知"!

但我后来仔细一想，恍然大悟："不错，不错，天道是有知的！"我记得米叶作《拾穗》的那一年，穷得常常绝粮，有一次几乎自杀。为饥寒所迫，把心血所变成的杰作《拾穗》求售于人，幸蒙怜惜，换了七个（？）法郎，暂充饥肠。又记得作《晚钟》的那一年，他家里只剩二三日的食粮。他的夫人又将生产。他的友人送些周恤金来，看见他饿着肚子枯坐在箱子上，正在束手无策。《晚钟》的杰作告成以后，没有一人来赏识一下，更没有一人肯为这画破费一个铜板。

然而米叶死后数十年，《拾穗》为世间收藏家所争购，代价不知数千金镑。《晚钟》更为名贵！初以五十五万三千法郎的代价由美国人购去；后又以七十五万法郎由法国人赎回，珍藏在巴黎的美术馆中，现已成为"无价之宝"了。

卖画的钱，都是别人得的；画的作者，饭都没有吃饱。别人太便宜，米叶氏一家太吃亏了。玉皇大帝的功过册上分明记录着这笔帐，现在特差米叶的孙子来收回。从前米叶惨淡经营，不曾受到应得的报酬；现在米叶的孙子假造名画，坐享了不应得的横财。这不是"天道有知""盈亏有数"的吗？谁说他是骗子？他正是米叶家最争气的好子孙呢！

为祖宗争气的米叶！你的曾祖母的英魂监护着你的左右呢！她正在你耳边叫喊，你听：

"要我见你违背神训，宁愿见你死！"

一九三〇年五月十四日作

我的苦学经验[1]

我于一九一九年,二十二岁的时候,毕业于杭州的浙江省立第一师范学校。这学校是初级师范。我在故乡的高等小学毕业,考入这学校,在那里肄业五年而毕业。故这学校的程度,相当于现在的中学校,不过是以养成小学教师为目的的。

但我于暑假时在这初级师范毕业后,既不做小学教师,也不升学,却就在同年的秋季,来上海创办专门学校,而做专门科的教师了。这种事情,现在我自己回想想也觉得可笑。但当时自有种种的因缘,使我走到这条路上。因缘者何?因为我是偶然入师范学校的,并不是抱了做小学教师的目的而入师范学校的。(关于我的偶然入师范,现在属于题外,不便详述。异日拟另写一文,以供青年们投考的参考。)故我在校中只是埋头攻学,并不注意于教育。在四年级的时候,我的兴味忽然集中在图画上了。甚至抛弃其他一切课业而专习图画,或托事请假而到西湖上去作风景写生。所以我在校的前几年,学期考试的成绩屡列第一名,而毕业时已降至第二十名。因此毕业之后,当然无意于做小学教师,而希望发挥自己所热中的图画。但我的

---

[1] 本篇原载 1931 年 1 月 1 日《中学生》第 11 号《出了中学校以后》专栏。

家境不许我升学而专修绘画。正在踌躇之际,恰好有同校的高等师范图画手工专修科毕业的吴梦非君,和新从日本研究音乐而归国的旧同学刘质平君,计议在上海创办一个养成图画音乐手工教员的学校,名曰专科师范学校。他们正在招求同人。刘君知道我热中于图画而又无法升学,就来拉我去帮办。我也不自量力,贸然地答允了他。于是我就做了专科师范的创办人之一,而在这学校之中教授西洋画等课了。这当然是很勉强的事。我所有关于绘画的学识,不过在初级师范时偷闲画了几幅木炭石膏模型写生,又在晚上请校内的先生教些日本文,自己向师范学校的藏书楼中借得一部日本明治年间出版的《正则洋画讲义》,从其中窥得一些陈腐的绘画知识而已。我犹记得,这时候我因为自己只有一点对于石膏模型写生的兴味,故竭力主张"忠实写生"的画法,以为绘画以忠实模写自然为第一要义。又向学生演说,谓中国画的不忠于写实,为其最大的缺点;自然中含有无穷的美,唯能忠实于自然模写者,方能发见其美。就拿自己在师范学校时放弃了晚间的自修课而私下在图画教室中费了十七小时而描成的 Venus〔维纳斯〕头像的木炭画揭示学生,以鼓励他们的忠实写生。当一九二〇年的时代,而我在上海的绘画专门学校中厉行这样的画风,现在回想起来,真是闭门造车。然而当时的环境,颇能容纳我这种教法。因为当时中国宣传西洋画的机关绝少,上海只有一所美术专门学校,专科师范是第二个兴起者。当时社会上人士,大半尚未知道西洋画为何物,或以为美女月份牌就是西洋画的代表,或以为香烟牌子就是西洋画的代表。所以在世界上看来我虽然是闭门造车,但在中国之内,我这种教法大可卖野人头[1]呢。但野人头终于不能常卖,后来我渐渐觉得自己的教法陈腐而有破绽了,因为上海宣传西洋画的机关日渐多起来,从东西洋留学归国的西洋画家也时有所闻了。我又在上海的日本书店内购得了几册美术杂志,从中窥知了一些最近西洋画界的消息,以及日本美术界的盛况,觉得从前在《正则洋画讲义》中所得的西洋画知识,实在太陈腐而狭小了。虽然别的绘画学校并不见有比我更新的教法,归国的美术家也并没有什么发表,但我对于自己的信用已渐渐丧失,不敢再在教室中扬眉瞬目而卖野人头了。我懊悔自己冒昧地当了这教师。我在布置静物写生标本的时候,曾为了一只青皮橘子而起自伤之念,以为我自己犹似一只半生半熟的橘子,现在带着青皮卖掉,给人家当作习画标本了。我想窥见西洋画的全豹,我也想到东西洋去留学,做了美术家而归国。但是我的境遇不许我留学。况且我这时候已经有了妻子。做教师所得的钱,赡养家庭尚且不够,哪里来留学的钱呢?经过了许久烦恼的日月,终于决定非赴日本不可。我在专科师范中当了一年半的教师,在一九二一年的早春,向我的姐夫周印池君借了四百块钱(这笔钱我才于二三年前还他。我很感谢他第一个惠我的同情),就抛弃了家庭,独自冒险地到东京去了。得去且去,以后的问题以后再说。至少,我用完了这四百块钱而回国,总得看一看东京美术界的状况了。

---

[1] 卖野人头,源出 20 世纪初上海租界一些犹太人以西洋人体模型的头冒充野人头,骗取观众钱财,后用作欺骗人、使人上当之意。

但到了东京之后,就有许多关切的亲戚朋友,设法接济我的经济。我的岳父给我约了一个一千元的会,按期寄洋钱给我,专科师范的同人吴刘二君,亦各以金钱相遗赠,结果我一共得了约二千块钱,在东京维持了足足十个月的用度,到了同年的冬季,金尽而返国。这一去称为留学嫌太短,称为旅行嫌太长,成了三不像的东西。同时我的生活也是三不像的。我在这十个月内,前五个月是上午到洋画研究会中去习画,下午读日本文。后五个月废止了日本文,而每日下午到音乐研究会中去学提琴,晚上又去学英文。然而各科都常常请假,拿请假的时间来参观展览会,听音乐会,访图书馆,看 opera〔歌剧〕以及游玩名胜,钻旧书店,跑夜摊(yomise)。因为这时候我已觉悟了各种学问的深广,我只有区区十个月的求学时间,决不济事。不如走马看花,吸呼一些东京艺术界的空气而回国吧。幸而我对于日本文,在国内时已约略懂得一点,会话也早已学得了几声。到东京后,旅舍中唤茶、商店中买物等事,勉强能够对付。我初到东京的时候,随了众同国人入东亚预备学校学习日语,嫌其程度太低,教法太慢,读了几个礼拜就辍学。自己异想天开,为了学习日本语的目的,向一个英语学校的初级班报名,每日去听讲两小时。他们是从 A boy, A dog〔一个男孩,一只狗〕教起的,所用的英文教本与开明第一英文读本程度相同。对于英文我已完全懂得,我的目的是要听这位日本先生怎样地用日本语来解说我所已懂得的英文,便在这时候偷取日本语会话的诀窍,这异想天开的办法果然成功了。我在那英语学校里听了一个月讲,果然于日语会话及听讲上获得了很多的进步。同时看书的能力也进步起来。本来我只能看《正则洋画讲义》一类的刻板的叙述体文字,现在连《不如归》和《金色夜叉》(日本旧时很著名的两部小说)都会读了。我的对于文学的兴味,是从这时候开始的。以后我就为了学习英语的目的而另入一英语学校。我报名入最高的一班,他们教我读伊尔文的 Sketch Book[1]。这时候我方才知道英文中有这许多难记的生字(我在师范学校毕业时只读到《天方夜谭》)。兴味一浓,我便嫌先生教得太慢。后来在旧书店里找到了一册 Sketch Book 讲义录,内有详细的注解和日译文,我确信这可以自修,便辍了学,每晚伏在东京的旅舍中自修 Sketch Book。我自己限定于几个礼拜之内把此书中所有一切生字抄写在一张图画纸上,把每字剪成一块块的纸牌,放在一只匣子中。每天晚上,像摸数算命一般地向匣子中探摸纸牌,温习生字。不久生字都记诵,Sketch Book 全部都会读,而读起别的英语小说来也很自由了。路上遇见英语学校的同学,询知道他们只教了全书的几分之一,我心中觉得非常得意。从此我对于学问相信用机械的方法而下苦功。知识这样东西,要其能够于应用,分量原是有限的。我们要获得一种知识,可以先定一个范围,立一个预算,每日学习若干,则若干日可以学毕,然后每日切实地实行,非大故不准间断,如同吃饭一样。照我当时的求学的勇气预算起来,要得各种学问都不难:东西洋知名的几册文学大作品,我可以克日读完;德文法文等,我

---

[1] 指美国作家华盛顿·欧文(Washington Irving,1783—1859)的《见闻杂记》。(伊尔文是旧译,现在一般译为欧文。)

都可以依赖各种自修书而在最短时期内学得读书的能力；提琴教则本 Homahnn〔《霍曼》〕五册，我能每日练习四小时而在一年之内学毕；除了绘画不能硬要进步以外，其余的学问，在我都可以用机械的用功方法来探求其门径。然而这都是梦想，我的正式求学的时间只有十个月，能学得几许的学问呢？我回国之后，回想在东京所得的，只是描了十个月的木炭画，拉完了三本 Homahnn，此外又带了一些读日本文和读英文的能力而回国。回国之后，我为了生活和还债，非操职业不可。没有别的职业可操。只得仍旧做教师。一直做到了今年的秋季。十年来我不断地在各处的学校中做图画音乐或艺术理论的教师。一场重大的伤寒病令我停止了教师的生活。现在蛰居在嘉兴的穷巷老屋中，伴着了药炉茶灶而写这篇稿子。

故我出了中学以后，正式求学的时期只有可怜的十个月。此后都是非正式的求学，即在教课的余暇读几册书而已。但我的绘画音乐的技术，从此日渐荒废了。因为技术不比别的学问，需要种种的设备，又需要每日不断的练习时间。研究绘画须有画室，研究音乐须有乐器，设备不周就无从用功。停止了几天，笔法就生疏，手指就僵硬。做教师的人，居处无定，时间又无定，教课准备又忙碌，虽有利用课余以研究艺术的梦想，但每每不能实行。日久荒废更甚。我的油画箱和提琴，久已高搁在书橱的最高层，其上积着寸多厚的灰尘了。手痒的时候，拿毛笔在废纸上涂抹，偶然成了那种漫画。口痒的时候，在口琴上吹奏简单的旋律，令家里的孩子们和着了唱歌，聊以慰藉我对于音乐的嗜好。世间与我境遇相似而酷嗜艺术的青年们，听了我的自述，恐要寒心吧！

但我幸而还有一种可以自慰的事，这便是读书。我的正式求学的十个月，给了我一些阅读外国文的能力。读书不像研究绘画音乐地需要设备，也不像研究绘画音乐地需要每日不断的练习。只要有钱买书，空的时候便可阅读。我因此得在十年的非正式求学期中读了几册关于绘画、音乐艺术等的书籍，知道了世间的一些些事。我在教课的时候，常把自己所读过的书译述出来，给学生们做讲义。后来有朋友开书店，我乘机把这些讲义稿子交他刊印为书籍。不期地走到了译著的一条路上。现在我还是以读书和译著为生活。回顾我的正式求学时代，初级师范的五年只给我一个学业的基础，东京的十个月间的绘画音乐的技术练习已付诸东流。独有非正式求学时代的读书，十年来一直随伴着我，慰藉我的寂寥，扶持我的生活。这真是以前所梦想不到的偶然的结果。我的一生都是偶然的，偶然入师范学校，偶然欢喜绘画音乐，偶然读书，偶然译著，此后正不知还要逢到何种偶然的机缘呢。

读我这篇自述的青年诸君！你们也许以为我的读书生活是幸运而快乐的；其实不然，我的读书是很苦的。你们都是正式求学，正式求学可以堂堂皇皇地读书，这才是幸运而快乐的。但我是非正式求学，我只能伺候教课的余暇而偷偷隐隐地读书。做教师的人，上课的时候当然不能读书，开议会的时候不能读书，监督自修的时候也不能读书，学生课外来问难的时候又不能读书，要预备明天的教授的时候又不能读书。担任了它一小时的功课，便是这学校的先生，便有参加议会、监督自修、解答问难、预备教授的义务；不复为自由的身体，不能随了读书的兴味而读书了。我们读书常被教务所打断，常被教务所分心，决不能像正式求学的诸君的专一。所以我的读书，不得不用机械的方法而下苦功，我的用功都是硬做的。

我在学校中，每每看见用功的青年们，闲坐在校园里的青草地上，或桃花树下，伴着了蜂蜂蝶蝶、燕燕莺莺，手执一卷而用功。我羡慕他们，真像潇洒的林下之士！又有用功的青年们，拥着绵被高枕而卧在寝室里的眠床中，手执一卷而用功。我也羡慕他们，真像耽书的大学问家！有时我走近他们去，借问他们所读为何书，原来是英文数学或史地理化，他们是在预备明天的考试。这使我更加要羡慕煞了。他们能用这样轻快闲适的态度而研究这类知识科学的书，岂真有所谓"过目不忘"的神力么？要是我读这种书，我非吃苦不可。我须得埋头在案上，行种种机械的方法而用笨功，以硬求记诵。诸君倘要听我的笨话，我愿把我的笨法子一一说给你们听。

在我，只有诗歌、小说、文艺，可以闲坐在草上花下或偃卧在眠床中阅读。要我读外国语或知识学科的书，我必须用笨功。请就这两种分述之。

第一，我以为要通一国的国语，须学得三种要素，即构成其国语的材料、方法，以及其语言的腔调。材料就是"单语"，方法就是"文法"，腔调就是"会话"。我要学得这三种要素，都非行机械的方法而用笨功不可。

"单语"是一国语的根底。任凭你有何等的聪明力，不记单语决不能读外国文的书，学生们对于学科要求伴着趣味，但谙记生字极少有趣味可伴，只得劳你费点心了。我的笨法子即如前所述，要读 sketch book，先把 sketch book 中所有的生字写成纸牌，放在匣中，每天摸出来记诵一遍。记牢了的纸牌放在一边，记不牢的纸牌放在另一边，以便明天再记。每天温习已经记牢的字，勿使忘记。等到全部记诵了，然后读书，那时候便觉得痛快流畅，其趣味颇足以抵偿摸纸牌时的辛苦。我想熟读英文字典，曾统计字典上的字数，预算每天记诵二十个字，若干时日可以记完。但终于未曾实行。倘能假我数年正式求学的日月，我一定已经实行这计划了。因为我曾仔细考虑过，要自由阅读一切的英语书籍，只有熟读字典是最根本的善法。后来我向日本购买一册《和英[1]根底一万语》，假如其中一半是我所已知的，则每天记二十个字，不到一年就可记完，但这计划实行之后，终于半途而废。阻碍我的实行的，都是教课。记诵《和英根底一万语》的计划，现在我还保留在心中，等候实行的机会呢。我的学习日本语，也是用机械的硬记法。在师范学校时，就在晚上请校中的先生教日语。后来我买了一厚册的《日语完璧》，把后面所附的分类单语，用前述的方法一一记诵。当时只是硬记，不能应用，且发音也不正确；后来我到了日本，从日本人的口中听到我以前所硬记的单语，实证之后，我脑际的印象便特别鲜明，不易忘记。这时候的愉快也很可以抵偿我在国内硬记时的辛苦。这种愉快使我甘心消受硬记的辛苦，又使我始终确信硬记单语是学外国语的最根本的善法。

---

[1] 在日文中，日本国又称"大和"，故"和英"即"日英"之意。

关于学习"文法",我也用机械的笨法子。我不读文法教科书。我的机械的方法是"对读"。例如拿一册英文圣书和一册中文圣书并列在案头,一句一句地对读。积起经验来,便可实际理解英语的构造和各种词句的腔调。圣书之外,他种英文名著和名译,我亦常拿来对读。日本有种种英和对译丛书,左页是英文,右页是日译,下方附以注解。我曾从这种丛书得到不少的便利。文法原是本于论理的,只要论理的观念明白,便不学文法,不分 noun〔名词〕与 verb〔动词〕亦可以读通英文。但对读的态度当然是要非常认真。须要一句一字地对勘,不解的地方不可轻轻通过,必须明白了全句的组织,然后前进。我相信认真地对读几部名作,其功效足可抵得学校中数年英文教科。——这也可说是无福享受正式求学的人的自慰的话;能入学校中受先生教导,当然比自修更为幸福。我也知道入学是幸福的,但我真犯贱,嫌它过于幸福了。自己不费钻研而袖手听讲,由先生拖长了时日而慢慢地教去。幸福固然幸福了,但求学心切的人怎能耐烦呢?求学的兴味怎能不被打断呢?学一种外国语要拖长许久的时日,我们的人生有几回可供拖长呢?语言文字,不过是求学问的一种工具,不是学问的本身。学些工具都要拖长许久的时日,此生还来得及研究几许学问呢?拖长了时日而学外国语,真是俗语所谓"拉得被头直,天亮了"!我固然无福消受入校正式求学的幸福;但因了这个理由,我也不愿消受这种幸福,而宁愿独自来用笨功。

关于"会话",即关于言语的腔调的学习,我又喜用笨法子。学外国语必须通会话。与外国人对晤当然须通会话,但自己读书也非通会话不可。因为不通会话，不能体会语言的腔调；腔调是语言的神情所寄托的地方，不能体会腔调，便不能彻底理解诗歌小说戏剧等文学作品的精神。故学外国语必须通会话。能与外国人共处，当然最便于学会话。但我不幸而没有这种机会，我未曾到过西洋，我又是未到东京时先在国内自习会话的。我的学习会话，也用笨法子，其法就是"熟读"。我选定了一册良好而完全的会话书，每日熟读一课，克期读完。熟读的方法更笨，说来也许要惹人笑。我每天自己上一课新书，规定读十遍。计算遍数，用选举开票的方法，每读一遍，用铅笔在书的下端划一笔，便凑成一个字。不过所凑成的不是选举开票用的"正"字，而是一个"讀"字。例如第一天读第一课，读十遍，每读一遍画一笔，便在第一课下面画了一个"言"字旁和一个"士"字头。第二天读第二课，亦读十遍，亦在第二课下面画一个"言"字和一个"士"字，继续又把昨天所读的第一课温习五遍，即在第一课的下面加了一个"四"字。第三天在第三课下画一"言"字和"士"字，继续温习昨日的第二课，在第二课下面加一"四"字，又继续温习前日的第一课，在第一课下面再加了一个"目"字。第四天在第四课下面画一"言"字和一"士"字，继续在第三课下加一"四"字，第二课下加一"目"字，第一课下加一"八"字，到了第四天而第一课下面的"讀"字方始完成。这样下去，每课下面的"讀"字，逐一完成。"讀"字共有二十二笔，故每课共读二十二遍，即生书读十遍，第二天温五遍，第三天又温五遍，第四天再温二遍。故我的旧书中，都有铅笔画成的"讀"字，每课下面有了一个完全的"讀"字，即表示已经熟读了。

这办法有些好处：分四天温习，屡次反复，容易读熟。我完全信托这机械的方法，每天像和尚念经一般地笨读。但如法读下去，前面的各课自会逐渐地从我的唇间背诵出来，这在我又感得一种愉快，这愉快也足可抵偿笨读的辛苦，使我始终好笨而不迁。会话熟读的效果，我于英语尚未得到实证的机会，但于日本语我已经实证了。我在国内时只是笨读，虽然发音和语调都不正确，但会话的资料已经完备了。故一听了日本人的说话，就不难就自己所已有的资料而改正其发音和语调，比较到了日本而从头学起来的，进步快速得多。不但会话，我又常从对读的名著中选择几篇自己所最爱读的短文，把它分为数段，而用前述的笨法子按日熟读。例如 Stevenson〔斯蒂文生〕和夏目漱石的作品，是我所最喜熟读的材料。我的对于外国语的理解，和对于文学作品的理解，都因了这熟读的方法而增进一些。这益使我始终好笨而不迁了。——以上是我对于外国语的学习法。

第二，对于知识学科的书的读法，我也有一种见地：知识学科的书，其目的主要在于事实的报告；我们读史地理化等书，亦无非欲知道事实。凡一种事实，必有一个系统。分门别类，源源本本，然后成为一册知识学科的书。读这种书的第一要点，是把握其事实的系统。即读者也须源源本本地暗记其事实的系统，却不可从局部着手。例如研究地理，必须源源本本地探求世界共分几大洲，每大洲有几国，每国有何种山川形胜等。则读毕之后，你的头脑中就摄取了地理的全部学问的梗概，虽然未曾详知各国各地的细情，但地理是甚么样一种学问，我们已经知道了。反之，若不从大处着眼，而孜孜从事于局部的记忆，即使你能背诵喜马拉雅山高几尺，尼罗河长几里，也只算一种零星的知识，却不是研究地理。故把握系统，是读知识学科的书籍的第一要点。头脑清楚而记忆力强大的人，凡读一书，能处处注意其系统，而在自己的头脑中分门类别，作成井然的条理；虽未看到书中详叙细事的地方，亦能知道这详叙位在全系统中哪一门哪一类哪一条之下，及其在全部中重要程度如何。这仿佛在读者的头脑中画出全书的一览表，我认为这是知识书籍的最良的读法。

但我的头脑没有这样清楚，我的记忆力没有这样强大。我的头脑中地位狭窄，画不起一览表来。倘教我闲坐在草上花下或偃卧在眠床中而读知识学科的书，我读到后面便忘记前面。终于弄得条理不分，心烦意乱，而读书的趣味完全灭杀了。所以我又不得不用笨法子。我可用一本 notebook〔笔记本〕来代替我的头脑，在 notebook 中画出全书的一览表。所以我读书非常吃苦，我必须准备了 notebook 和笔，埋头在案上阅读。读到纲领的地方，就在 notebook 上列表，读到重要的地方，就在 notebook 上摘要。读到后面，又须时时翻阅前面的摘记，以明此章此节在全体中的位置。读完之后，我便抛开书籍，把 notebook 上的一览表温习数次。再从这一览表中摘要，而在自己的头脑中画出一个极简单的一览表。于是这部书总算读过了。我凡读知识学科的书，必须用 notebook 摘录其内容的一览表。所以十年以来，积了许多的 notebook，经过了几次迁居损失之后，现在的废书架上还留剩着半尺多高的一堆 notebook 呢。

我没有正式求学的福分，我所知道于世间的一些些事，都是从自己读书而得来的；而我的读书，都须用上述的机械的笨法子。所以看见闲坐在青草地上，桃花树下，伴着了蜂蜂蝶蝶、燕燕莺莺而读英文数学教科书的青年学生，或拥着绵被高枕而卧在眠床中读史地理化教科书的青年学生，我羡慕得真要怀疑！

一九三〇，十一，十三，嘉兴

寄宿舍生活的回忆 [1]

寄宿舍生活给我的印象,犹如把数百只小猴子关闭在个大笼子中,而使之一齐饮食,一齐起卧。小猴子们怎不闹出种种可笑的把戏来呢?十多年前,我也曾做了一只小猴子而在杭州第一师范学校 [2] 的大笼子中度过五年可笑的生活。现在回想起来,饭厅里把戏最为可笑。

生活程度增高,物价腾贵,庶务先生精明,厨房司务调皮,加之以青年学生的食欲昂进,夹大夹小七八个毛头小伙子,围住一张板桌,协力对付五只高脚碗里的浅零零的菜蔬,真有"老虎吃蝴蝶"之势。菜蔬中整块的肉是难得见面的。一碗菜里露出疏疏的几根肉丝,或一个蛋边添配一朵肉酱,算是席上的珍品了。倘有一个人大胆地开始向这碗里叉了一筷,立刻便有十多只筷子一齐凑集在这碗菜里,八面夹攻,大有致它死命的气概。我是一向不吃肉的,没有尝到这种夹攻的滋味。但食后在盥洗处,时常听见同学们的不平之语。有的人说:"这家伙真厉害,他拿筷子在菜面上掉一个圈子,所有的肉丝便结集在他的筷子

---

[1] 本篇原载 1931 年《中学生》4 月号。
[2] 指在杭州的浙江省立第一师范学校。

上，被他一筷子夹去了。"又有的人说："那家伙坏透了。他把筷子从蛋黄旁边斜插进去，向底下挖取。上面看来蛋黄不曾动弹，其实底下的半个蛋黄已被他挖空，剩下的只是蛋黄的一张壳了。"

有时众目所注意的，是一段鲞鱼。这种鲞鱼在家庭的厨房里是极粗末[1]的东西，在当时卖起来不过两三个铜板一段。但在我们的桌面上，真同山珍海味一般可贵。因为它又咸又腥，夹得到一粒，可以送下三四口饭呢。不幸而这种鲞鱼大都是石硬的。厨房司务又要省柴，蒸得半生不熟。筷子头上不曾装着刀锯。两根平头的毛竹对付这段带皮连骨的石硬的鲞鱼，真非用敏捷的手法不可。我向来拙于用筷的手法。有一时期又听信了一个经济腕力的同学的意见，让右手专司握笔而改用左手拿筷，手法便更加拙劣。偏偏这碗鲞鱼常不放在我的面前，而远远地放在桌的对面。我总要千难万试，候着适当的机会，看中了鲞鱼的一角而下箸。一夹不动，再夹，三夹又不动。别人的筷子已经跃跃欲试地等候在我的手臂的两旁，犹如马路口的车子的等候绿灯了。我不好尽管阻碍交通，只得拉了一片鲞皮回来。有时连夹了四五次，竟连鲞皮都不得一条；而等候开放的人的眼，又都注集在我的筷头，督视着我的演技。空筷子缩回来太没有面子。但到底没有办法，我只得红着脸孔，蘸一些鲞汤回来，也送下了一口白饭。

这原是我的技巧拙劣的原故。饭厅中的人大都眼明手快，当食不让，像我这样拙劣而退缩的人是少数。有的人一顿要吃

---

[1] 粗末，原为日文，意即粗俗。

十来碗饭。吃到本桌上的菜蔬碗底只只向天的时候,他们便转移到有剩菜的邻桌上去吃。吃其余不足,又顾而之他,好像逐水草而转移的游牧之民。又有大食量而兼大胖子的人,舍监先生编排膳厅坐位时,倘把这大胖子编定在某席上,与他同坐一边的人就多不平了。饭厅上的板桌比较普通家庭间的八仙桌狭小得多。在最伟大的胖子,原来只合独占一边;他占据了一边的三分之二,把其余的三分之一让给同坐一边的瘦子,已经是客气了。然而那瘦子便抱不平。瘦子的不平也是难怪的。因为这不是暂时之事,膳厅的坐位一经舍监先生编定之后,同坐一边的两人犹如经过了正式结婚的夫妇,不由你任意离开了。一日三餐,一学期一百三五十日,共约四百余餐,要餐餐偎傍了一个大胖子而躲在桌角上吃饭,原是人情所难堪的事。况且吃饭一事实在过于重大,据我所闻,暂时同吃一席喜酒,亦有因侵占坐位而起口角的事:我的故乡石门地方,有一位吃亏不起的先生,赴亲友家吃喜酒,恰巧和一个老实不客气的大胖子同坐在桌的一边。那大胖子独占了桌边的三分之二,这吃亏不起的先生就向他开口:"老兄,你送多少喜仪?"大胖子一时不懂他的意思,率尔而对曰:"我送四角。"那人接着说道:"原来你也只送四角,我道你是送六角的。"我们饭厅里的瘦子并未责问大胖子缴多少膳费,究竟是在受教育的人,客气得多。

  我们的饭厅里,着实是可称为客气的。我们守着这样的礼仪:用膳完毕的时候,必须举起筷子,向着同桌未用毕的人画一个圈子用以代表"慢用"。未用毕的人也须用筷子向他一点,用以代表"用饱"。桌桌如此,餐餐如此。就是在五只菜碗底都向天，未毕的人无可慢用，已毕的人不曾用饱的时候，这礼仪也遵行不废。但是，一群猴子关闭在一个笼子里，客气也有客气的可笑。举动轻率的青年想把筷子伸向左方的一碗中去夹菜，忽又看中了右方的一碗菜，中途把筷子绕回右方，不期地在桌面上画了一个圈子。其余的人当他是行"慢用"的礼，大家用筷子来向他乱点。结果满座发出一种说不出的笑声。又有举动孟浪的孩子只管急忙地划饭，不提防饭粒滚进了气管，咳嗽出一大口和菜嚼碎了的饭粒来，分播在公用的菜碗里，又惹起一种说不出的笑声。

据我的妻子所说，她在某女学校中做寄宿生的时候，饭堂里的礼仪比我们更为严重。同桌的八个人，膳毕须等了一同散去，不得先走。据她说，吃得快而等候别人，不过对着残盘多坐一下，还不算苦；苦的是吃得慢而被人等候的人。倘守了末位，更加难堪。其余七个人都已用毕，环坐在你的面前，二七十四只眼睛煜煜地注视你的举动，看你夹菜，看你划饭，看你咀嚼，看你咽下去。十目所视已经严了，何况十四只眼睛的注视！这结果，吃亏了娇养惯的姑娘，便宜了厨房老板。（她的学校是由校长先生家里包饭的。）在家庭间娇养惯的姑娘吃饭大都是一粒一粒地咀嚼的。她们到这学校里来吃饭，最是吃亏。别人放下碗筷的时候，她还没有吃完一碗饭。在十几只眼睛的监视之下，不好意思从容地添饭，只得饿着肚子走开了。大家怕守末位，只得大家少吃些，这就便宜了厨房老板（即校长先生）。

总之，饭厅里种种可笑的把戏，都由于共食而发生。倘改了分食，我们的饭厅里就寂寞了。各人各吃一份，吃肉丝不必用筷掉圈子，吃蛋无须向底下挖，吃鳖的艰辛也可免除。大食量的人无处游牧，大胖子不致受人讨嫌，那种说不出的笑声也没有了。我们习惯了共食，以为吃饭当然如此；但根本地想来，这办法实在有些稀奇，而且颇不妥当。我们的吃饭是以饭为主体而菜蔬为补助的。这仿佛馒头，主体是面，而由馅补助面的滋味。但馒头中的主体和补助物各有相当的分量，由做馒头的人配好了给我们吃。吃饭则并不配好，而一任吃者临时自己配合。但又不是一餐一餐地配合，也不是一碗一碗地配合，而是一口一口地配合的。划进一口饭，从口中抽出筷子，插进公用的菜碗里，夹取一筷菜，再送进口中。这办法稀奇得带些野蛮。有洁癖的人自备专用的碗筷，每餐随身携带。却不知共食的时候，七八双筷子从七八只口中到公用的菜碗里要往返数十百次。每碗菜里都已混着各人的唾液了。像我们的饭厅里的小弟弟们，有时竟把嚼碎了的饭屑由筷子带到公用的菜碗里，搅匀了给各人分吃呢。共食的办法在家庭间也许可行，但在我们的饭厅中，行之便有种种可笑的把戏。因为一桌中的和平，全靠各人的公德和良心而维持。共食者要个个是恪守礼仪的道学先生也许可以没事。但我们是关闭在大笼子中的小猴子，不像群狗地狂吠而争食，还算是客气的啊！

饭厅上的可笑由于合并而来，宿舍里的可笑则由于分别而生。住的地方和睡的地方，分别为二处。数百学生，每晚像羊群一般地被驱逐到楼上的寝室内，强迫他们同时睡觉；每晨又强迫他们同时起身，一齐驱逐到楼下的自修室中。明月之夜，倘在校庭中多流连了一会，至少须得暗中摸索而就寝；甚或蒙舍监的谴责，被视为学校中的犯法行为。严冬之晨，倘在被窝里多流连了一会，就得牺牲早饭，或被锁闭在寝室总门内。照这制度的要求，学生须同畜生一样，每天一律放牧，一律归牢，不许一只离群而独步。那宿舍的模样，就同动物园一般。一条长廊之中，连续排列着头二十间寝室的门。门的形状色彩完全相同。每一寝室内排列着三六十八只板床，床的形状也完全相同。各室中的布置又完全相同。你倘若被编排在靠近长廊首尾的几间寝室中，还容易认识。但我不幸而常被编排在中段的几间寝室中，就寝时便不易从形式上认识自己的房间。寝室的门上，原有寝室号码。旁边又挂着室内的寄宿生的姓名表，宛如动物园内的笼上的标札。白天要找寻自己的寝室，原可按着号码或姓名表而探索；但长廊的两端的寝室总门，白天是锁闭的。我们入寝室的时间总是黑夜九点半钟。这时候每室内开一盏电灯，长廊的两端的扶梯上面也各有一盏电灯。但灯光极弱，寝室号码是不易辨认的。我只能跟随同寝室的人，或牢记门口一只床内的被褥的色彩和花纹，以为自己的寝室的记号。倘这位睡在门口的朋友一朝换了被头，我便一时失迷，须得张皇逡巡了一会然后发现自己的窠巢。找到了自己的床，赶快脱衣就睡。不久寝室内就变成黑暗的世界了。长廊两端的两盏电灯原是通夜不熄的。长廊内依旧有光。但中段的寝室门外，所受的光度很是微弱了。倘不是月明之夜，熄灯后在寝室内只看见开向长廊内的玻璃窗的微明的方格，此外更无一线光明了。这在翻进床里就打眠鼾的人也许不觉得苦；但我在青年时代，向有不易入睡的习癖。因为不易入睡，就欢喜停火[1]。倘先熄了灯，我便辗转不能成寐，要直到更深入倦，然后瞑目。但次日不能早起，须得放弃早膳，或被锁闭，或受舍监先生的责罚了。所以我初到这学校来做寄宿生的时候，曾为了这个习癖而受不少的苦恼。曾记那时候，我对于自己的习癖异常执着。我心中常痛恨学校生活的无理，而庇护自己的习癖。有一次我看到洪北江的文句："夜寝列烛，求其悦魂"，以为我自己的习癖暗合于古人的意见，便非常高兴。现在，我已改为日出而起日入而息的生活，灯火在我几乎无用了。但回忆青年时代所憧憬的文句，仍觉得可爱。上次我到上海，曾专为这文句而买了一部《八大家骈文钞》。

宿舍中的可笑的把戏，就在我辗转不寐的时候演出来了。小便的桶放在长廊两端扶梯上头的电灯下面。约摸十一二点钟，头一忽困醒的时候，就听见邻室中有人起来小便。死一般沉寂的宿舍中，寝室门呀的一声，长廊内就有仓皇出奔似的脚步声。"腾腾腾腾"地越响越远，终于消失了。不久这声音又起，越响越近，寝室门呀的一声，又沉寂了。忽然我们的寝室内起了一种惊骇的呼叫声。"啊唷，啊唷！""哪一个？哪一个？"邻床的人被他们扰醒，继续就有答话之声和笑声。原来邻室中赴小便回来的人睡眼朦胧，认错了一扇门，误进了我们的寝室，急忙把身子钻进同样位置的眠床中，却压在别人的身上，就把那人从睡梦中吓醒，两人都惊喊起来，演成这幕深夜的趣剧。因为我们虽被豢养在这动物园里，但实际上并未具有狗鼻子一般

---

[1] 停火，作者家乡方言，指保留灯火不熄。

灵敏的嗅觉，或猫眼睛一般锋利的视觉，故在暗夜中便会误认自己的窠巢。明天的自修室中就添了一种谈笑的资料。

自修室就在寝室的楼下，也是向着长廊中开门的。每室容二十四人，两人共用一桌，两桌相对四人为一团，一室共六团。六团在室中的布置，依照骰子上的六点的式样。室室都如此。每天晚上七时至九时之间，四五百人都在埋头自修的时候，你倘不想起这是我们的学校的宿舍，而走到长廊中去观望各室的光景，一定要错认这是一大嘈杂的裁缝工场。我最初加入这生活中的时候，非常不惯，觉得这里面实在只宜于缝工。缝工可以一面缝纫，而一面听人说话或和人谈天。要我在这里面读书，我只得先拿钢笔尖来刺聋自己的耳朵。耳朵终于没有刺，但后来自然变成聋子一般，也会在别人揶揄谈笑的旁边看书或演习算草了。有时对座的五年级生拉着高调而朗读《古文观止》，同时出劲地抖他的腿，我对于他的高调也可以置若罔闻，不过算草簿子上添了许多曲线组成的阿拉伯字。

寄宿舍中的自由乡是调养室。所以调养室中常常人满。虽经舍监和校医严格地限制，但入调养室的人依然很多。我也曾一入这自由乡。觉得调养室的生活比较宿舍的生活，一软一硬，一宽一猛，一温一寒。那里的床铺和桌椅的位置，可以自由改动，不拘一定的形状。起居可以随意早晚，不受铃声的支配。舍监先生不来点名，上课了可以堂皇地缺席。最舒服的，病人可以公然地叫厨子做些爱吃的菜蔬，或叫斋夫生个炭炉来自煮些私菜。这不但病人舒服，病人的同乡或知友们也可托这病人的福而来调养室中享受几顿丰富、舒泰、温暖的晚餐。故病势轻微而病状显著的病是我们所盼望的。发疟的人最幸福了。疟的发作，不管寝室的总门开不开，立刻要来拥被而卧。这真是入调养室的最正当又最有力的理由。而且入室以后，在疟势不发作的时间，欢喜上的课依旧可以去上，不欢喜上的课可以公然不到。这真是学生的幸福病！我的入调养室也是托发疟的福。不幸而疟疾就愈；但我又迁延了几天而出室。出室之后，我想：下次倘得发疟，我决不肯服金鸡纳霜了。

四五百只小猴子关闭在大笼子中，所演的可笑的把戏多得很呢。但我已不能一一记忆当时的详情了。现在我跳出了笼子而在回忆中旁观当时笼内的生活，觉得可笑。但当身在笼中的时候，只觉得可悲与可怕。我初入学校，曾经一两个月的不快与悲哀。我不惯于这笼中的猴子的生活，而眷恋我的庭帏。自念从此以后，只有在年假和暑假的二三个月内得在家中做人，其余大部分的日月是做猴子的时间了。但为了求学，这又是不可避免的事。求学必须如此的吗？这疑团在我的心中始终不释。

到现在，我脱离学生生活已经十三四年了。但昔日的疑团在我心中依然不去。那种可悲可怕的感情，也依旧可以再现。我每逢看到了或想起了关于学生生活的状况，犹如惊弓之鸟，总觉得害怕。上回我到上海，赴某学校访问一位在那里做教师的朋友，蒙他引导我到他的卧室中去谈话。通过学生宿舍的时候，我看见一个开着门的寝室中，排列着许多床铺，一律上起蚊帐，叠好被头。地板上只有极整齐的板缝的并行线，没有半点东西，很像图书馆的藏书室，全不像人所住宿的地方。当我通过这寝室门口的时候，我的朋友对我说："这里的宿舍办得还整齐呢,你看!"我漫应了一声。但想起他这句话的代价,十多年前在母亲膝前送尽了愉逸的假期而重到学校宿舍中时所感到的那种黯然的情绪再现在我的心头了。又如这一回,我结束了母亲的葬事,为了要写这些稿子,匆匆离开故乡,回到嘉兴的寺院一般静寂的寓居中。同舟的有两个孩子和我姐的儿子——立达学园高中科学生周志道君。他因为寒假期满,故来我家送了他的外祖母的葬,便搭了我的船,同到嘉兴,预备次日乘火车赴江湾上学。我在舟中非常愉快。因为我已经结束了平生最后的一件大事,现在是坐了自己独雇的船,悠悠地开到我所欢喜的寺院一般静寂的寓居中。但对着同舟的青年又感到黯然的情绪。因为我用自己的心来推度他的心,觉得他现在是在他母亲膝前送尽了愉逸的假期而整装赴校,又将开始我所认为可悲可怕的寄宿舍生活了。故到寓的第一日,我的兴味为他减杀了一半。我似又不便要他一同享乐我的家庭生活。例如在火炉上煨些年糕,煎些茶,或向园地里拔些萝卜,割些黄芽菜,是我的家庭中的无上的乐趣。但想起了我的外甥不能长久和我们共乐而且此去将开始严格的学生生活,我的兴趣就被他的同情所阻抑,不能充分地展开了。——虽然我明知道他对于家庭生活和学校生活的感情不一定和我一样。但这好比闲步于车站之旁,在栅栏外面旁观急急忙忙地上车下车的旅客。对他们摆出悠闲的态度来,似乎是残忍的行为。

廿十年二月十三日于嘉兴

《古代英雄的石像》[1] 读后感

人们常常说，图画比文章容易使人感动。但我总觉得不然。图画只能表示静止的一瞬间的外部的形态，文章则可写出活动的经过及内容的意义。况言语为日常惯用之物，自比形色容易动人。最近我为圣陶兄的童话描写插画，更切实地感到这一点。

圣陶兄来信嘱我为他的童话描写插画。我接信时就感到高兴，因为我对他的童话已有夙缘：去秋我在病中曾经读过他发表在《教育杂志》上的《皇帝的新衣》。读一遍不足，想再读一遍；但腕力不能支持杂志的分量，我便特把这一篇童话撕了下来，以便反复玩味。后来我把这篇文章塞在褥子下面，到现在依然存在。当时我在病床中读了，曾作种种的感想。我叹美安徒生原作中的小儿，和圣陶兄所作的王妃，觉得人类之中，小儿最为天真，最保全人的本性，其次要算女子，大人们都已失其本性了。我在回想中观看这世界，觉得有不少的人穿着这种虚空的新衣。且皇帝的新衣被撕以后国内的情形怎样，我当时似乎知道。我知道当"女人们的白润的手臂在皇帝的枯黑的胸前上下舞动，老头子们灰白的胡须拂着皇帝露骨的背心。两个孩子

---

[1]《古代英雄的石像》，叶圣陶著，开明书店 1931 年 6 月初版。

爬上皇帝的肩头"的时候，皇帝忽然心生一计，握住了女人们的白润的手，挨近她们耳边，低声说了几句话，回头又向老头子们低声说了几句话，女人们和老头子们便把小孩子们几个巴掌打了开去，大家一起跪倒在皇帝的脚下。于是皇帝重作威福，说他们现已看见新衣，不复是愚笨或不称职的人，便饶恕他们的罪过。兵士群臣看见撕新衣的人都已跪下，各自心中恐慌，也都跪了下来。……皇帝回宫之后，立刻传那些女人入宫，封她们为王妃，又封那些老头子为大官。他们都做了富贵之人而向民众赞美皇帝的新衣，颂扬皇帝的权威。女人们和老头子们本来也是天真的民众，但富贵能使他们练就这套本领。后来……后来怎样，我也记不清楚了。这虽然是病中的无聊的心的妄念，但我对于圣陶兄的童话，确有这样的一番凤缘。所以他嘱我描写插画，我很高兴应命。我有时为自己所不爱读的文章作插画，依样制图，犹如为文章的内容作图解，最感无聊。现在为我所爱读的文章作插画，或者有些兴味。

　　他陆续寄下了九篇童话来，我把每篇仔细诵读，且选择插画的情景。但结果只有读的时候有兴味，描画依然是为文章的内容作图解！非但无补于文章，反把文章中的变化活跃的情景用具象的形状来固定了。譬如皇帝的相貌，古代英雄的石像的姿态，我在读文章的时候看见它们有时可恶，有时可笑，有时可怜，何等变化而活跃！但插画哪有表出这种变化的能力？

　　含羞草原来是代替这不合理的世间而羞愧的。可惜这种草世间并不多，我描画时要找些标本都找不到。它们何不繁殖起来，使不合理的世间可以知所觉悟，使蚕儿不致辍工，使熊夫人幼稚园亦不致停办呢？我读这些文章的时候，对于含羞草的见解觉得可敬。对于蚕儿的态度觉得可佩。对于熊夫人的困难的情形，则有更深的同情。因为我自己做过教师，知道不仅熊夫人的幼稚园中有这种情形，就是我所教过的学生中，也有虎儿、猪儿、鸡儿和猴儿；麒麟尤多而显著。读了这些童话，使我想起这世间的种种不合理而丑恶的状态。我相信我们一定另有一个十全的世界。在那世界中，熊夫人的幼稚园非常发达，蚕儿赞美工作，含羞草不复含羞。但我的插画不能表达这些感想，只能描出几种死的状态。非但无补于文章，反而固定了读者的自由的想象。所以我相信读书比描画有兴味，文章比图画容易使人感动。

插画描完之后，圣陶兄嘱我写些读后感，因此我又欣然地写出这些感想。

廿十年四月廿八日，子恺作

旧　话[1]

我想讲些关于升学的话，但我离开学生时代已将十五年，不做教师也已一二年，这个题目似乎对我很疏远，教我讲不出切实的话来。不得已，只好回想二十年前自己入学的旧话来谈谈。但这是过去的时代的事，恐怕无补于读者诸君的实用，只好当作故事读读罢了。

我在十七岁的暑假时毕业于石湾的崇德县立第三高等小学。我在学时一味用功，勤修课程表上所有的一切功课，但除了赚得一百分以外，我更无别的企图与欲望。故虽然以第一名的成绩在那小学毕了业，但我完全是一个小孩，关于家务、世务，以及自己的前途，完全不闻不问。我家中只有母亲和诸姐弟。我在九岁上丧了父亲之后，母亲是我的兼父职的保护者。我家有数十亩田，一所小染坊店，和二三间房屋。平年的收入，仅敷生活用途；一遇荒年，我的母亲便非自己监理店务而力求节省不可。母亲是不识字的，不能看书看报。故家务店务虽善处理，但对于时务无法深知。且当时正是清朝末年与民国光复的时候，

---

[1] 本篇原载 1931 年 6 月 1 日《中学生》第 16 号，署名：子恺。文首第一、第三行之年代系作者记错，应减三年。

时务的变化来得剧烈，母亲的持家操心甚劳。例如科举的废止，学校的兴行，服装的改革，辫发的剪除等事，在坐守家庭而不看书报的母亲看来，犹如不测的风云。我的父亲是考乡试而中举人的。父亲的书籍、考篮、知卷、报单，以及衣冠等，母亲都郑重地保藏着，将来科举或许再兴，可给我参考或应用。这不是我母亲一人的希望，其时乡里的人都嫌学校不好，而希望皇帝再坐龙庭而科举再兴。"洪宪即位"，他们的希望几乎达到了；后来虽未达到，但他们的希望总是不断。有的亲友依旧请先生在家里教授"四书""五经"，或把儿女送入私塾。他们都是在社会上活动而有声誉的人。母亲听了他们的论见，自然认为可靠。因此母亲关于我的求学问题，曾费不少的烦恼。虽然送我入学校，但这于前途究竟是否有利，终是怀疑。母亲常痛父亲的早死，又恨自己是一不识字的女身，每每讲起这问题，常对我们说："盲子摸在稻田里了！"但我一味埋头用功，不知其他。我当时似乎以为人总是没有父亲而只有母亲的；而母亲总是"盲子摸在稻田里"的。

因此我在小学毕业之后，母亲的烦恼更深了。邻居的沈蕙荪先生，是我的小学校的校长，又是我们的亲戚，又是地方上有德望的长者。母亲就把我的前途的问题去请教他。他为我母亲说明现在的学制，学生将来的出路，还有种种的忠告。母亲就决定送我到杭州去投考中等学校。恰好沈先生也送他的儿子——我的同班毕业的同学沈元君——到杭州去投考，母亲便托他把我带去。这实在是最幸运的机会。因为当时我家没有人能送我到杭州；即使有人送去，也不懂投考学校的门路。我还记得炎热的夏天的早晨，母亲一早起来给我端整了行装，吃了糕和粽子，送我到沈家，跟了沈家父子搭快班船到长安去乘火车。糕和粽子，暗示"高中"的意思。听说从前父亲去考乡试的时候，祖母总是给他吃这两种点心的。

母亲决定命我投考杭州第一师范。这是母亲参考沈先生的说明，经过了仔细的考虑而决定的。母亲的意思：一则当时乡里学校勃兴，教师缺乏，师范毕业可以充当教师；二则我家没有父兄，我将来不能离家，当教师则可在家乡觅职，不必出外；三则师范取费低廉，毕业后又可不再升学，我家堪能担负。母亲曾把这种道理叮咛地关照我。但我的心沉浸在 *Royal Readers*〔《皇家读物》〕和代数中，哪能体会这道理而谅解母亲的苦心呢？我到了杭州，看见各种学校林立，都比我的小学伟大得多；看见书坊和图书馆里书如山积，都比我所见过的高深得多。我的知识欲展开翅膀而欲翱翔了。我已忘却母亲的话，自己的境遇，和其他一切的条件了。我的唯一的挂念，是恐怕这回的入学试验不能通过，落第回家。我在赴杭投考的同乡人中，闻知有同时投考数校的办法。我觉得这办法较为稳当，大可取法。我便不问师范、中学，和商业等学校的教育的宗旨及将来的造就，但喜其投考日期不相冲突，便同时向这三校报名。沈先生在逆旅中把三校的性质教示我，使我知道取舍，母亲曾有更切实的叮嘱，她说商业学校毕业后必向外头的银行公司等供职，我家没有父兄，你不好出外，中学毕业后须升高等学校和大学，我家没有本钱，你不好升学。但这种话在我犹如耳边风。况且这是三五年以后的事，在我更觉得渺茫。我的唯一的企求，是目前投考的不落第。自从到了杭州以后,我的心犹似暮春的柳絮,随着机缘与风向而乱走,全不抱定自己的主见。这曾使母亲消受屡次的烦忧。

我投考了三个学校,结果统被录取。中学校录取第八,师范学校录取第三,商业学校录取第一。我在投考的时候,但看学校的形式,觉得师范学校规模最大,似乎最能满足我的知识欲。我便进了师范学校。这是与母亲的意见偶然相合,并非我能体谅母亲的苦心,顾念自己的境遇,或抱着服务小学教育的决心而进这学校的。故入学以后,我因不惯于寄宿舍的团体生活,又不满足于学校的课程——例如英文从 ABCD 教起,算学从四则教起等——懊悔当初不入中学校。这曾使我自己消受长期的懊恼,而对于这学校始终抱着仇视的态度。

我抱了求知识的目的而入养成小学教员的师范学校,我的懊恼是应该有的。幸而预科以后,学校中的知识学科也多加深起来,我只要能得知识欲的满足,就像小孩得糖而安静了。我又如在小学时一样埋头用功,勤修一切的功课,学期试验成绩也屡次列在第一名。放假回家,报告母亲,母亲也很欢喜。每次假期终了而赴校的时候,母亲总给我吃了糕和粽子而动身。但是糕和粽子的效力,后来终于失却。三年级以后,我成绩一落千丈,毕业时的平均成绩已排在第二十名了。其原因是这样:

三年级以后,课程渐渐注重教育与教授法。这些是我所不愿学习的。当时我正梦想将来或从我所钦佩的博学的国文先生而研究古文,或进理科大学而研究理化,或入教会学校而研究外国文。教育与教授法等，我认为是阻碍我前途的进步的。但我终于受着这学校的支配，我自恨不能生翅而奋飞。这时候我又感受长期的烦恼。课程中除了减少知识学科，增加教育与教授法而外，又来一种新奇的变化。我们的图画科改由向来教音乐而常常请假的李叔同先生教授了。李先生的教法在我觉得甚为新奇：我们本来依照商务印书馆出版的《铅笔画帖》及《水彩画帖》而临摹；李先生却教我们不必用书，上课时只要走一个空手的人来。教室中也没有四只脚的桌子，而只有三只脚的画架。画架前面供着石膏制的头像。我们空手坐在画架前面，先生便差级长把一种有纹路的纸分给每人一张，又每人一条细炭，四个图钉（我们的学用品都是学校发给的，不是自备的）。最后先生从讲桌下拿出一盆子馒头来，使我们大为惊异，心疑上图画课大家得吃馒头的。后来果然把馒头分给各人，但不教我们吃，乃教我们当作橡皮用的。于是先生推开黑板（我们的黑板是两块套合的，可以推上拉下。李先生总在授课之前先把一切应说的要点在黑板上写好，用其他一块黑板遮住。用时推开），教我们用木炭描写石膏模型的画法。我对于这种新奇的画图，觉得很有兴味。以前我闲时注视眼前的物件，例如天上的云，墙上的苔痕，桌上的器物，别人的脸孔等，我的心会跟了这种线条和浓淡之度而活动，感到一种说不出的情趣。我常觉得一切形状中，其线条与明暗都有很复杂的组织和条理。仔细注视而研究起来，颇有兴趣；不过这件事太微小而无关紧要，除了那种情趣以外，对于人们别无何种的效用。我想来世间一定没有专究这种事件的学问。但当时我用木炭描写石膏模型，听了先生的指导之后，恍然悟到这就是我平日间看眼前物件时所常作的玩意！先生指着模型说："你看，眉毛和眼睛是连在一块的，并不分明；鼻头须当作削成三角形，这一面最明，这一面最暗，这一面适中；头与脸孔的轮廓不是圆形，是不规则的多角形，须用直线描写，不过其角不甚显著。"这都是我平日间看人面时所曾经注意到的事。原来世间也有研究这些事的学问！我私下的玩意，不期也有公开而经先生教导的一日！我觉得这是与英文数理滋味不同的一种兴味，我渐渐疏远其他的功课，而把头埋进木炭画中。我的画逐渐进步，环顾教室中的同学所描的，自觉他们都不及我。有一晚，我为了别的事体去见李先生，告退之后，先生特别呼我转来，郑重地对我说："你的画进步很快！我在所教的学生中，从来没有见过这样快速的进步！"李先生当时兼授南京高等师范及我们的浙江第一师范两校的图画，他又是我们所最敬佩的先生的一人。我听到他这两句话，犹如暮春的柳絮受了一阵急烈的东风，要大变方向而突进了。

我从此抛弃一切学科，而埋头于西洋画。我写信给我的阿姐，说明我近来新的研究与兴味，托她向母亲要求买油画用具的钱。颜料十多瓶要二十余元，画布五尺要十余元，画箱画架等又要十来元。这使得母亲疑虑而又奇怪。她想，做师范生为什么要学这种画？沈家的儿子与我同学同班，何以他不要学习？颜料我们染坊店里自有，何必另买？布价怎会比缎子还贵？……我终于无法为母亲说明西洋画的价值和我学画的主意。母亲表面信任我，让我恣意研究；但我知道她心中常为我的前途担忧。

我在第一师范毕业之后，果然得到了两失的结果：在一方面，我最后两年中时常托故请假赴西湖写生；我几乎完全没有学过关于教育的学科，完全没有到附属小学实习，因此师范生的能力我甚缺乏，不配做小学教师。在另一方面，西洋画是专门的艺术，我的两年中的非正式的练习，至多不过跨进洋画的门槛，遑论升堂入室？以前的知识欲的梦，到了毕业时候而觉醒。母亲的白发渐渐加多。我已在毕业之年受了妻室。这时候我方才看见自己的家境，想到自己的职业。有一个表兄介绍我在本县做小学循环指导员，有三十块钱一月。母亲劝我就职，但我不愿。一则我不甘心抛弃我的洋画，二则我其实不懂小学的办法，没有指导的能力。我就到上海来求生活。关于以后的事，已经记述在《出了中学校以后》[1]的文中了。总之，我在青年时代不顾义理，任情而动，而以母亲的烦忧偿付其代价，直到母亲死前四五年而付清。现在回想，懊恨无极！但除了空口说话以外，有什么方法可以挽回过去的事实呢？

故我的入师范学校是偶然的，我的学画也是偶然的，我的达到现在的生涯也是偶然的。我倘不入师范，不致遇见李叔同先生，不致学画；也不致遇见夏丏尊先生，不致学文。我在校时不会作文。我的作文全是出校后从夏先生学习的。夏先生常常指示我读什么书，或拿含有好文章的书给我看，在我最感受用。他看了我的文章，有时皱着眉头叫道："这文章有毛病呢！""这文章不是这样做的！"有时微笑点头而说道："文章好呀……"

---

[1] 即《我的苦学经验》。

我的文章完全是在他这种话下练习起来。现在我对于文章比对于绘画等更有兴味（在叶圣陶童话集《读后感》中我曾说明其理由）。现在我的生活，可说是文章的生活。这也是偶然而来的。

廿十年四月三十日作

甘美的回味[1]

有一次我偶得闲暇,温习从前所学过的弹琴课。一位朋友拍拍我的肩膀说道:"你们会音乐的真是幸福,寂寞起来弹一曲琴,多么舒服!唉,我的生活太枯燥了。我几时也想学些音乐,调剂调剂呢。"

我不能首肯于这位朋友的话,想向他抗议。但终于没有对他说什么。因为伴着拍肩膀而来的话,态度十分肯定而语气十分强重,似乎会跟了他的手的举动而拍进我的身体中,使我无力推辞或反对。倘使我不承认他的话而欲向他抗议,似乎须得还他一种比拍肩膀更重要一些的手段——例如跳将起来打他几个巴掌——而说话,才配得上抗议。但这又何必呢。用了拍肩膀的手段而说话的人,大都是自信力极强的人,他的话是他一人的法律,我实无须向他辩解。我不过在心中暗想他的话的意思,而独在这里记录自己的感想而已。

这朋友说我"寂寞起来弹一曲琴多么舒服",实在是冤枉了我!因为我回想自己的学习音乐的经过,只感到艰辛与严肃,却从未因了学习音乐而感到舒服。

---

[1] 本篇原载 1931 年 9 月 1 日《中学生》第 17 号。

记得十六七年前我在杭州第一师范[1]读书的时候，最怕的功课是"还琴"。我们虽是一所普通的初级师范学校，但音乐一科特别注重，全校有数十架学生练习用的五组风琴，和还琴用的一架大风琴，唱歌用的一架大钢琴。李叔同先生每星期教授我们弹琴一次。先生先把新课弹一遍给我们看。略略指导了弹法的要点，就令我们各自回去练习。一星期后我们须得练习纯熟而来弹给先生看，这就叫做"还琴"。但这不是由教务处排定在课程表内的音乐功课，而是先生给我们规定的课外修业。故还琴的时间，总在下午二十分至一时之间，即午膳后至第一课之间的四十分钟内，或下午六时二十分至七时之内，即夜饭后至晚间自修课之间的四十分钟内。我们自己练习琴的时间则各人各便，大都在下午课余，教师请假的时间，或晚上。总之，这弹琴全是课外修业。但这课外修业实际比较一切正课都艰辛而严肃。这并非我个人特殊感觉,我们的同学们讲起还琴都害怕。我每逢轮到还琴的一天，饭总是不吃饱的。我在十分钟内了结吃饭与盥洗二事，立刻挟了弹琴讲义，先到练琴室内去，抱了一下佛脚，然后心中带了一块沉重的大石头而走进还琴教室去。我们的先生——他似乎是不吃饭的——早已静悄悄地等候在那里。大风琴上的谱表与音栓都已安排妥帖，显出一排雪白的键板，犹似一件怪物张着阔大的口，露出一口雪白的牙齿而蹲踞着，在那里等候我们的来到。

先生见我进来，立刻给我翻出我今天所应还的一课来，他

---

[1] 指杭州的浙江省立第一师范学校。

对于我们各人弹琴的进程非常熟悉,看见一人就记得他弹到什么地方。我坐在大风琴边,悄悄地抽了一口大气,然后开始弹奏了,先生不逼近我,也不正面督视我的手指,而斜立在离开我数步的桌旁。他似乎知道我心中的状况,深恐逼近我督视时,易使我心中慌乱而手足失措,所以特地离开一些。但我确知他的眼睛是不绝地在斜注我的手上的。因为不但遇到我按错一个键板的时候他知道,就是键板全不按错而用错了一根手指时,他的头便急速地回转,向我一看,这一看表示通不过。先生指点乐谱,令我从某处重新弹起。小错从乐句开始处重弹,大错则须从乐曲开始处重弹。有时重弹幸而通过了,但有时越是重弹,心中越是慌乱而错误越多。这还琴便不能通过。先生用和平而严肃的语调低声向我说"下次再还",于是我只得起身离琴,仍旧带了心中这块沉重的大石头而走出还琴教室,再去加上刻苦练习的功夫。

我们的先生的教授音乐是这样地严肃的。但他对于这样严肃的教师生活,似乎还不满足,后来就做了和尚而度更严肃的生活了。同时我也就毕业离校,入社会谋生,不再练习弹琴。但弹琴一事,在我心中永远留着一个严肃的印象,从此我不敢轻易地玩弄乐器了。毕业后两年,我一朝脱却了谋生的职务,而来到了东京的市中。东京的音乐空气使我对从前的艰辛严肃的弹琴练习发生一种甘美的回味。我费四十五块钱买了一口提琴,再费三块钱向某音乐研究会买了一张入学证,便开始学习提琴了。记得那正是盛夏的时候。我每天下午一时来到这音乐研究会的练习室中,对着了一面镜子练习提琴,一直练到五点半钟而归寓。其间每练习五十分钟,休息十分钟。这十分间非到隔壁的冰店里喝一杯柠檬刨冰,不能继续下一小时的练习。一星期之后,我左手上四个手指的尖端的皮都破烂了。起初各指尖上长出一个白泡,后来泡皮破裂,露出肉和水来。这些破烂的指尖按到细而紧张的钢丝制的E弦上,感到针刺般的痛楚,犹如一种肉刑!但提琴先生笑着对我说:"这是学习提琴所必经的难关。你现在必须努力继续练习,手指任它破烂,后来自会结成一层老皮,难关便通过了。"他伸出自己的左手来给我摸,"你看,我指尖上的皮多么老!起初也曾像你一般破烂过;但是难关早已通过了。倘使现在怕痛而停止练习,以前的工夫便都枉费,而你从此休想学习提琴了。"我信奉这提琴先生的忠告,依旧每日规定四个半钟头而刻苦练习,按时还琴。后来指尖上果然结皮,而练习亦渐入艰深之境。以前从李先生学习弹琴时所感到的一种艰辛严肃的况味,这时候我又实际地尝到了。但滋味和从前有些不同:因为从前监督我刻苦地练习风琴的,是对于李先生的信仰心;现在监督我刻苦地练习提琴的,不是对于那个提琴先生的信仰心,而是我的自励心。那个提琴先生的教课,是这音乐研究会的会长用了金钱而论钟点买来的。我们也是用金钱间接买他的教课的。他规定三点钟到会,五点钟退去,在这两小时的限度内尽量地教授我们提琴的技术,原可说是一种公平的交易。而且像我这远来的外国人,也得凭仗了每月三块钱的学费的力,而从这提琴先生受得平等的教授与忠告,更是可感谢的事。然而他对我的雄辩的忠告,在我觉得远不及低声的"下次再还"四个字的有效。我的刻苦地练习提琴,还是出于我自己的勉励心的,先生的教授与忠告不过供给知识与参考而已。我在这音乐研究所中继续练习了提琴四个多月,即便回国。我在那里熟习了三册提琴教则本和几曲 light opera melodies〔轻歌剧旋律〕。和我同室而同时开始练习提琴的,有一个出胡须的医生和一个法政学校的学生。但他们并不每天到会,因此进步都很迟,我练完第三册教则本时,他们都还只练完第一册。他们每嫌先生的教授短简而不详,不能使他们充分理解,常常来问我弹奏的方法。我尽我所知的告诉他们。我回国以后,这些同学和先生都成了梦中的人物。后来我的提琴练习废止了。但我时时念及那位医生和法政学生,不知他们的提琴练习后来进境如何。现在回想起来,他们当时进步虽慢,但炎夏的练习室中的苦况,到底比我少消受一些。他们每星期不过到练习室三四次,每次不过一二小时。而且在练习室中挥扇比拉琴更勤。我呢,犹似在那年的炎夏中和提琴作了一场剧烈的奋斗,而终于退守。那个医生和法政学生现在已由渐渐的进步而成为日本的 violinist〔小提琴家〕也未可知;但我的提琴上已堆积灰尘,我的手指已渐僵硬,所赢得的只是对于提琴练习的一个艰辛严肃的印象。

我因有上述的经验,故说起音乐演奏,总觉得是一种非常严肃的行为。我须得用了"如临大敌"的态度而弹琴,用了"如见大宾"的态度而听人演奏。弹过听过之后,只感到兴奋的疲倦,绝未因此而感到舒服。所以那个朋友拍着我的肩膀而说的话,在我觉得冤枉,不能首肯。难道是我的学习法不正,或我所习的乐曲不良吗?但我是依据了世界通用的教则本,服从了先生的教导,而忠实地实行的。难道世间另有一种娱乐的音乐教则本与娱乐的音乐先生吗?这疑团在我心中久不能释。有一天我在某学校的同乐会的席上恍然地悟到了。

同乐会就是由一部分同学和教师在台上扮各种游艺,给其余的同学和教师欣赏。游艺中有各种各样的演,唱,和奏。总之全是令人发笑的花头。座上不绝地发出哄笑的声音。我回看后面的听众,但见许多血盆似的笑口。我似觉身在"大世界""新世界"[1]一类的游戏场中了。我觉得这同乐会的确是"乐"!在座的人可以全不费一点心力而只管张着嘴巴嬉笑。听他们的唱奏,也可以全不费一点心力而但觉鼓膜上的快感。这与我所学习的音乐大异,这真可说是舒服的音乐。听这种音乐,不必用"如见大宾"的态度,而只须当作喝酒。我在座听了一会音乐,好似喝了一顿酒,觉得陶醉而舒服。

于是我悟到了,那个朋友所赞叹而盼望学习的音乐,一定就是这种喝酒一般的音乐。他是把音乐看作喝酒一类的乐事的。他的话中的"音乐"及"弹琴"等字倘使改作"喝酒",例如说,"你们会喝酒的人真是幸福,寂寞起来喝一杯酒多么舒服!"那我便首肯了。

那种酒上口虽好,但过后颇感恶腥,似乎要呕吐的样子。我自从那回尝过之后,不想再喝了。我觉得这种舒服的滋味,远不及艰辛严肃的回味的甘美。

廿十年五月七日作

---

[1] "大世界"和"新世界"是当时上海两个游乐场的名称。

《自杀俱乐部》译者序言

在家里，写稿往往是我一人的世界中的事，儿童们不得参与于其间。惟最近的翻译自杀俱乐部，我和儿童们共感兴味：我欣赏 Stevenson〔斯蒂文生〕的文章；他们则热中于自杀俱乐部的故事。白天我从书中钻研；晚间纳凉的时候他们从我口中倾听。睡后我梦见种种 Stevenson 风的 sentences，clauses，和 phrases〔句子、从句和短语〕；他们则在呓语中叫喊"王子"，"琪拉尔定"和"会长"。这是我近来的生活中最有精彩的数星期！

因翻译的经验，我确信这是对于文章和故事俱有兴味的青年学生的适当的英语读物。便使拙译与原文对照，又摘取叶河宪吉的日译本的注解（但注重文法，字典上容易查考之生字都不录），作成这一册自修书。略为本书介绍如下：

Robert Louise Stevenson〔罗伯特·路易丝·斯蒂文生〕于一八五〇年十一月十三日生于 Scotland〔苏格兰〕，Edinburgh〔爱丁堡〕的 Howard Place〔霍华德郡〕，于一八九四年十二月三日死于 Samoa 岛〔萨摩亚群岛〕上的 Apia〔阿皮亚〕，为英文学史上最著名的作家之一。The Suicide Club〔《自杀俱乐部》〕是他所著 New Arabian Nights〔《新天方夜谭》〕中的冒头一篇。据说他的著作 New Arabian Nights 的动机，由于其从兄弟 Robert

Alan Mowbray Stevenson〔罗伯特·艾伦·莫布雷·斯蒂文生〕的一言。*The Suicide Club* 中的 a young man with the cream-tarts〔喜爱蛋挞的年轻人〕的 young man，便是以这 R.A.M.Stevenson 为 model〔原型〕的；其 Prince Frolizel〔弗洛里泽尔王子〕则为当时的 Prince of Wales-Edward V〔威尔士王子爱德华五世〕，关于 *New Arabian Nights*，G.K. Chesterton 氏〔G.K. 切斯特顿〕有这样的评语：

I will not say that the *New Arabian Nights* is the greatest of Stevenson's works；though a considerable care might be made for the challenge．But I will say that it is probably the most unique；there was nothing like it before，and，I think，nothing equal to it since．〔虽然很多人都将这部《新天方夜谭》视为一项挑战，我不敢说这是斯蒂文生的最佳作品，但我要说这大概是一部最为独特的作品，前无古人，后无来者。〕

民国二十年七月九日子恺记于嘉兴

丰子恺自述 [1]

我于清光绪廿二年（一八九八）旧历九月廿六日生于浙江石门县城外石门湾后河的丰同裕染坊店里。这店是我的祖父开的。祖父早死，我生时只看见祖母。祖母是受过教育的人。她自己管店，而教我父亲读书。我四岁时，父亲考乡试中了举人。同年祖母死了。我对于祖母的回想很模糊，但常在父母亲及诸姊处听说祖母为人何等豪爽，何等善于享乐生活；又在父亲的书橱里看见过祖母因瞌睡而被鸦片灯烧焦的《缀白裘》《今古奇观》等书，故从小晓得祖母是我们的家风的支配者。我的母亲欢喜管理家务，父亲在家只是逐良辰佳节，饮酒赋诗，家务都由母亲操持。我九岁上，父亲患肺病死了。因为父亲不事产业，我又有六姊一妹二弟，母亲抚育许多孩子，家计很困难。而数年之中，死亡相继，现在我只有两姊一妹了。我十岁时，母亲教我入亲戚家的私塾。我记得那时候我倾心于祖母和父亲，对于先生全不信仰。读书半是赖学。十三岁改入邻近的小学校。

---

[1] 本篇原载 1933 年 1 月 1 日《读书杂志》第 3 卷第 1 期，与柳亚子、巴金、高语罕、徐悲鸿、熊佛西等人的文章一起刊登，总题"作家自传"。题下有"以收到先后为序"字样，"丰子恺自述"居第一。

新式的学堂功课英文、数学、理化惹起了我的兴味，一变而非常用功了。十七岁小学毕业，母亲送我进杭州第一师范。初入学的一二年，我依旧用功各种功课，考试常常列在前名。到了第三年，我忽然对于教我图画音乐的李叔同先生发生了信仰，抛弃其他功课而专门学图画音乐了。因功课的偏重，常常受学监及舍监的谴责。我记得那时候的慕李先生，同幼时的慕祖母、父亲一样。

　　我二十二岁师范毕业后，跟了友人在上海办一所专修图画音乐的专科师范。明年，我的弟弟患肺病死了，我和母亲受了很大的打击。次年，即一九二一年春，我就别母亲，到东京去。因为短于资本，不能入美术学校或音乐学校。我就作游览者，除了到研究所去略学一些绘画音乐实技以外，只是看戏，买书，访问展览会和音乐会。过了一年，金尽了，只得归国。归国后又在专科师范做了半年教师，随即到一个新办在浙江上虞的山水间的春晖中学去教图画音乐。二三年后我又辞去。加入一班朋友的团体，在上海附近的江湾办了一所立达学园。在那学园里教中学部的图画音乐，和文艺院的关于绘画及艺术的理论，兼任上海大学、复旦大学，和澄衷中学、松江女子中学的图画、音乐或艺术理论功课。一九二七年九月，我三十岁诞辰，依归佛教，戒酒除荤。一九三〇年二月，我遭母丧，即辞去一切教职，迁居嘉兴，以卖文糊口。是年秋患大病，几濒危境。从此体弱多病，至今未复健康。

一九三二年十二月记

小白之死[1]

战后[2]的江湾的荒寂的夏日的朝晨，我整理了茶盘和纸烟匣，预备做这一日的人。贻孙苍白了脸，仓皇地闯进我的室内来。我听到他的发抖的叫声"娘舅……"的一瞬间，心中闪过一阵不祥的预感，知道今天所抽着的运命的签一定别致些了。因为贻孙在隔壁的学校里读书，现在正是上课的时候，无事不会来此；况且他是一个沉默而稳重的高中理科三年级生，平日课余来我这里闲耍，总是态度温雅，举止端详的，今天不是有非常的事，不会在清晨苍白了脸而闯进我的室内来。我用了"一·二八"之后在乡下探听上海战事消息时所用的一种感情，静听他的说话。

"娘舅……叔父有病……厉害……"

最后的两个字，声音断续而很不明确。我的脑际立刻闪出一幅小白躺在床上待毙的想象图来。

"啊，小白病了？现在什么地方？你怎么知道？……"

"在医院里，银宝家派车夫阿三到学校里来叫我去……"

---

[1] 本篇原载 1933 年 1 月《现代》杂志第 2 卷第 3 期。
[2] 战后，指 1932 年 1 月 28 日 "一·二八" 事变后。

我继续问他什么病，现在病状如何，只见他的嘴唇只管发颤，过了好久，他用身体的方向指示在学校里的车夫阿三，断断续续地回答我说："据说不好了……"我的脑际好像电影开幕时的广告画的换片，立刻换了一幅小白僵卧在病院里的铁床上的想象图，然而并不确定，两幅图一隐一现地在我脑中开映。他的身体的转向把我从椅子里吸了起来，两人不约而同地向着学校走去。

学校的大门站着一个穿黑色短衣裤的人，红着眼睛，在那里盼望，我问了他，才知道小白于前日起忽患痢疾，已于今天死在时疫医院里，他是连夜不睡而看护他到死的人，现在银宝决定派他来叫贻孙。"我也去"，这三个字自动地从我的唇间落了出来。

不久我的身体被载在黄包车上，穿走在战争的遗迹间，向着小白的尸体而迫近去了。车行约有一小时之久，这一小时的冥想使我尝到了人生的浓烈的滋味。记得我以前到练市镇上的他的家里去的时候，我和他，他的老兄我的姐丈印池，三人常常通夜不寐，纵谈人生的种种问题。我们自然不是在那里讨论什么主义或什么哲学。但各把平日所感到而对他人不足道的感想肆无忌惮地说出来，互相批评或欣赏，颇足以舒展胸怀而慰藉心的寂寞。所以往往愈谈愈有兴味，直到窗下的火油灯光没却在晨光中而变成焦黄色的一粒的时候，方才各去睡觉。最近他别了他的老兄，独自旅居上海三德坊的友人家里，我去访问他，同他谈论贻孙高中毕业后升学的问题。这时候他微恙初愈，但见了我，谈兴还是很好，从升学问题谈到职业问题，社会问题,归根到人生问题,然而上海的紧张的空气与环境,不配作我们的从容的长谈的背景。我们的谈话不能延长,黄昏,我就同他分别。这回分别后的再聚,便是今朝了。从前我们的谈话中,也常常谈到死的问题。记得有一次半夜过后,我的阿姐从梦中醒来,撩开帐子一看,见我们三人正谈得兴高采烈。她是聋的,听不见我们的话,便招我过去问:"你们在半夜里起劲地讲什么?"我浪漫地回答她"讲死"两个字,使得她叹一口气,懊丧地睡了。那时我们都是活人,不过空口地谈死的话,已觉得滋味比世俗的应酬和日常的问答浓烈得多,足使我在古典派的聋子的阿姐面前自炫其浪漫。现在,小白实践地死倒来,要我坐了黄包车去看,今天我所尝到的人生滋味,实在过于浓烈而有些热辣了。我坐在车中仰望苍天,礼赞运命之神的伟力。他现在正拿着那册运命的大帐簿,在我名下翻出一行来给我看。我看见写着:"中华民国二十一年八月三日上午八时,你须得坐了黄包车去看你的朋友小白的尸体。"我想再看其次的一行写着要我做什么,他那帐簿早已闭拢了。

　　黄包车拉到了银宝家里。银宝家的客堂里坐着许多的人,眉头都颦蹙着。他们是小白的从兄弟及侄儿们,正在商办小白的后事。我和贻孙一到,就被两班人分别捉住,听他们从头诉说这突发的不幸事件的原委。有的详细地说述他的患病及进院的经过。有的精密地打算怎样把尸身从医院运到湖州会馆去办丧事的方法。有的猜谅练市本家的老太太、夫人,及老兄接到电报后的行动,又考虑怎样防止他们的过分的哀悼。有的屈指计算尸体上所应穿的寿衣,预备买衣料来赶紧去做。又有小白患病前所寄居的那人家的男子，拿了小白的遗物来当众人面前交付给银宝，说连一个铅笔蒂头都在这里面了。我对于这等诉述和商谈，只能用叹息或唯唯来应对。我是预备尝人生的浓烈滋味而来和老友诀别的，但他们的诉述和商谈已把这滋味冲淡了。我举头望着天井里，想重番召集我的诀别老友的心情。我的眼睛看到了玻璃窗上的八个白粉笔字："智矣富人，哀此茕独。"下面又注着三个小字"小白题"。我不期地叫道："唉！这字还是他写的！"这叫声引起了几声慨叹和暂时间的静默。

我知道这八个字，小白是为了"一·二八"战争逃难的民众而写的。"一·二八"事件的时候，小白正在闸北"躬逢其盛"。我从我的姐丈处间接知道他曾历尽艰苦而逃出战地，又冒了危险而进去营救他的病着的从兄，他亲眼看见商务印书馆的被毁，亲身被摄在虹口五洲大药房的捉人事件的照相中，登载在时报上。我久想觅个空闲的日子，和小白作一次长谈，倾听他的珍贵的阅历。可是为了战后谋生的忙碌，始终未曾偿愿。但猜想他那明白的头脑和透彻的眼光，在这一次意想不到的剧烈的市街战中，一定见到不少与我们所常谈的生死问题有密切关系的现象。想到这里，我不期地叫出："唉！我还想同小白谈话一次呢！"

下午，汽车把我载到了死一般静寂的闸北中兴路的湖州会馆的遗迹的门口。我随了众人走进遗迹中残存的几间破屋，就看见一所平屋的门口停着一个棺材，旁边二三个人在那里指点批评。有的说这货物卖二百四十块钱还算是便宜的，有的说照他的身家应该困这样的棺材。我明知道"小白要困这棺材"了。

但"小白"的 subject〔主语〕和"困这棺材"的 predicate〔谓语〕，在我心中一时竟造不起 sentence〔句子〕来。我本能地觉得小白还活着，棺材是我们谈死的问题时所用的一种语材。但我立刻责备自己的心的幼稚。六七个月之前，横死在这片广大的遗迹上的人不知几千，不过我不曾认识他们罢了。小白在车夫阿三的看护之下病死在时疫医院里，又有许多亲族同他殡殓，比较起那几千人来，死得着实舒泰了，又何用我来惺惺怜惜呢？于是我也走上前去抚摸那棺材——我的老友的永久的本宅。

　　死一般静寂的环境中忽然听到汽车的叫声。不久一个西洋人和一个中国人扛着一只精美而清洁的病床向平屋走来，床上横着全部用白布包裹的小白的尸体。他们把这奇异的白布包抬到屋内铺设着的尸床上，由那外国人仔细地打开来，再用雪白的手巾把尸体揩抹干净，安放端整。然后向袋中摸出发票来，向治殡的人要钱，我听说这柩车是从万国殡仪馆借来的。从医院里载送到此，车费三十五两银子。我看见那外国人一路讲话，一路指点小白，似乎在那里讲价。小白则同雕像一般仰卧着，一任他们指点。

　　我从那外国人进来的时候起，就默默地为小白念佛。现在叫人点起香烛来，让我向这老友作永远的告别。我拜伏在他的灵前，热诚地为他祈愿，愿他从此永离秽趣，早生西方极乐世界。南无阿弥陀佛。

民国二十一年十月二十七日写

胡桃云片[1]

凭窗闲眺,想觅一个随感的题目。

说出来真觉得有些惭愧:今天我对于展开在窗际的"一·二八"战争的炮火的痕迹,不能兴起"抗日救国"的愤慨,而独仰望天际散布的秋云,甜蜜地联想到松江的胡桃云片。也想把胡桃云片隐藏在心里,而在嘴上说抗日救国。但虚伪还不如惭愧些吧。

三四年前在松江任课的时候,每星期课毕返上海,黄包车经过望江楼隔壁的茶食店,必然停一停车,买一尺胡桃云片带回去吃。这种茶食是否松江的名物,我没有调查过。我是有一回同一个朋友在望江楼喝茶,想买些点心吃吃,偶然在隔壁的茶食店里发见的。发见以后,我每次携了藤箧坐黄包车出城的时候必定要买。后来成为定规,那店员看见我的车子将停下来,就先向橱窗里拿一尺糕来称分量。我走到柜上,不必说话,只须摸出一块钱来等他找我。他找我的有时两角小洋,有时只几个铜板,视糕的分量轻重而异。每月的糕钱约占了我的薪水的十二分之一。我为什么肯拿薪水的十二分之一来按星期致送这

---

[1] 本篇原载 1933 年 1 月 16 日《东方杂志》第 30 卷第 2 号。

糕店呢？因为这种糕实有使我欢喜之处，且听我说：

云片糕，这个名词高雅得很。云片二字是糕的色彩形状的印象的描写。其白如云，其薄如片，名之曰云片，真是高雅而又适当。假如有一片糕向空中不翼而飞，我们大可用古人"白云一片去悠悠"之句来题赞这景象。但我还以为这名词过于象征了些。因为糕的厚薄固然宜于称片，但就糕的轮廓的形状上看，对于上面的云字似觉不切。这糕的四边是直线，四根直线围成一个长方形。用直线围成的长方形来比拟天际缭绕不定的云，似乎过于象征而有些牵强了。若把云片二字专用于胡桃云片上，那么我就另有一种更有趣味的看法。

胡桃云片，本是加有胡桃的云片糕的意思。想象它的制法，大约是把一块一块的胡桃肉装入米粉里，做成一段长方柱形，然后用刀切成薄薄的片。这样一来，每一片糕上都有胡桃肉的各种各样的切断面的形状。胡桃肉的形体本是非常复杂，现在装入糕中而切成片子，就因了它的位置、方向，及各部形体的不同，而在糕片上显出变化多样的形象来。试切下几片糕来，不要立刻塞进口里，先来当作小小的画片观赏一下。有许多极自然的曲线，描出变化多样的形象，疏疏密密地排列在这些小小的画片上。倘就各个形象看：有的像果物，有的像人形，有的像鸟兽，还有许多像台湾。就全体看：有时像蠹鱼钻过的古书，有时像别的世界的地图，有时像古代的象形文字，然而大都疏密无定，颇像现在窗外的散布着秋云的天空。古人诗云："人似秋云散处多。"秋天的云，大都是一朵一朵地分散而疏密无定的。这颇像胡桃云片上的

模样。故我每吃胡桃云片便想起秋天,每逢秋天便想吃胡桃云片。根据了这看法而称这种糕曰"胡桃云片",岂不更为雅致适切而更有趣味吗?

松江人似乎曾在胡桃云片上发见了这种画意的。他们所制的糕,不像别处的产物似地仅在云片中嵌入胡桃肉,他们在糕的四周用红色的线条作一黄金律的缘,而把胡桃的断面装点在这缘线内。这宛如在一幅中国画上加了装裱,或是在一幅西洋画上加了镜框,画的意趣更加焕发了。这些胡桃肉受了缘的隔离,已与实际的世间绝缘,不复是可食的胡桃肉,而成为独立的美的形体了。

因这缘故,松江的胡桃云片使我特别欢喜。辞了松江的教职以后,我不能常得这种胡桃糕,但时时要想念它——例如今天凭窗闲眺而望天际散布的秋云的时候。读者也许要笑:"你在想吃松江胡桃糕,何必絮絮叨叨地说出这一大篇!"不,不,我要吃糕很容易:到江湾街上去买两百文胡桃肉,七个铜板云片糕,拿回家来用糕包裹胡桃肉,闭了眼睛塞进嘴里,嚼起来味道和松江胡桃云片完全一样。我的想念松江胡桃云片,是为了想看。至少,半是为了想看,半是为了想吃。若要说吃,我吃这种糕是并用了眼睛和嘴巴而吃的。

我们中国的市上，仅用嘴巴吃的东西太多了。因此使我拿薪水的十二分之一来按星期致送松江的糕店，又使我在江湾的窗际遥遥地想念松江的胡桃云片。我希望我国到处的市上，并用眼睛和嘴巴来吃的东西渐渐多起来。不但嘴吃的东西，身体各部所用的东西，也都要教眼睛参加进去才好。我又希望我国到处的市上，并用眼睛和身体来用的东西也渐渐多起来。

民国二十一年十一月一日

画　谶[1]

我把上文[2]所说的铁扇骨描写为一幅小小的毛笔画，题了"邻人"两字，放在画箧里，有机会想给它制版印刷在画报杂志上，以广求世间同感的人。不久果然得到了海外的同感者。

上海某日本杂志问我索画稿，我随手把这幅画送给他们，他们制了锌版印在那杂志上了。后来我遇见该杂志的编者，他问我说："丰君，你那幅画是描写中国和日本的吗？"我的本意不是如此的；又因为虽然我和他相熟识，但我们总是两国的人民，各负着千万分之一的国家的责任，即使那画本意如此，一个中国人和一个日本人当面谈话两国邦交的问题，总觉

---

[1] 本篇曾与作者的另一篇随笔《羞耻的象征》（即《随笔十二篇》中的《邻人》一文）一起，发表在1933年1月《良友》图书月刊第73期上。

[2] 上文，即指《羞耻的象征》。

得是不有趣的事,所以我回答他说:"不,我们不谈国事,我是描写天通庵附近的实景的,这是人类社会的一种现象。"我们的话题就转向别处去。

那正是中日邦交形势渐趋恶劣的时候,我把这画投登在日本杂志上,在别人看来显然要起那样的猜想。但我不大关心时局,这画完全是偶凑的,我当时曾想,这事与最近我为某君的讣闻写的像赞同一情形了:我的亲戚某君死了,其家族为他发丧,印一卷讣闻,把遗像放在卷首,要我在他的遗像后面写一幅像赞。我对某君虽是亲戚,但属远分,又不同居在一乡,似乎不曾见过面;即使见过一面,也完全记不起了,他的生活性情我都不明了,像赞没有话可说,我就用普通佛徒的口气,写"是大解脱"四个字送了去。他的家族只要是我写来的,就不加审查,把它印在讣闻上了。后来他们的亲族中有个识者问我,说:"你知道那人是缢死的吗?"这时候我才知道那人是缢死的,不过秘而不宣,讣闻上仍写着"寿终正寝"。我的无意的题赞,在知道这秘密的人看来正是有意的讽刺了。其实,假如我预先知道这秘密,我一定不写这四个字,和我不欢喜对一个日本人说中日邦交同一心理。这两件事,都是奇妙的偶凑。

说得文雅些,这是"谶"。谶都是事体经过之后说说的。主宰世间众缘的神,依照了他自己的旨意而制定万事万物的运命。人探寻神所制定的事件的经过,而把其中相联络的不祥的言语与事实选集出来,名之曰"谶"。现在我也可探寻一下:神在暗中制使我在那时描那画,又制使中日邦交破坏,又制使那日杂志的编者对我的画作那样的猜想,最近又制使日本人于九月十八日在沈阳闹事,于一月廿八日在上海闯祸。这样说来,我自称那幅画为"画谶",亦无不可。

表象人类的羞耻的那把铁扇骨,因了那日本人的猜想而变成了中日邦交破坏的画谶。照那日本人的猜想,现在这画中的两个邻人不复是背向而坐,是各人卷起衣袖,隔着铁扇骨而厮打了。这样说来,这幅画是人类的羞耻的象征,也可看作国际的羞耻的象征。

二十一年十二月十四夜

陋　巷[1]

杭州的小街道都称为巷。这名称是我们故乡所没有的。我幼时初到杭州,对于这巷字颇注意。我以前在书上读到颜子"居陋巷,一箪食,一瓢饮"的时候,常疑所谓"陋巷",不知是甚样的去处。想来大约是一条坍圮、齷齪而狭小的弄,为灵气所钟而居了颜子的。我们故乡尽不乏坍圮、齷齪、狭小的弄,但都不能使我想象做陋巷。及到了杭州,看见了巷的名称,才在想象中确定颜子所居的地方,大约是这种巷里。每逢走过这种巷,我常怀疑那颓垣破壁的里面,也许隐居着今世的颜子。就中有一条巷,是我所认为陋巷的代表的。只要说起陋巷两字,我脑中会立刻浮出这巷的光景来。其实我只到过这陋巷里三次,不过这三次的印象都很清楚,现在都写得出来。

第一次我到这陋巷里,是将近二十年前的事。那时我只十七八岁,正在杭州的师范学校里读书。我的艺术科教师L先生[2]似乎嫌艺术的力道薄弱,过不来他的精神生活的瘾,把图画音乐的书籍用具送给我们,自己到山里去断了十七天食,回

---

[1]　本篇原载 1933 年 4 月 16 日《东方杂志》第 30 卷第 8 号。
[2]　L 先生,指李叔同先生。

来又研究佛法，预备出家了。在出家前的某日，他带了我到这陋巷里去访问 M 先生[1]。我跟着 L 先生走进这陋巷中的一间老屋，就看见一位身材矮胖而满面须髯的中年男子从里面走出来应接我们。我被介绍，向这位先生一鞠躬，就坐在一只椅子上听他们的谈话。我其实全然听不懂他们的话，只是断片地听到什么"楞严""圆觉"等名词，又有一个英语"philosophy〔哲学〕"出现在他们的谈话中。这英语是我当时新近记诵的，听到时怪有兴味。可是话的全体的意义我都不解。这一半是因为 L 先生打着天津白，M 先生则叫工人倒茶的时候说纯粹的绍兴土白，面对我们谈话时也作北腔的方言，在我都不能完全通用。当时我想，你若肯把我当作倒茶的工人，我也许还能听得懂些。但这话不好对他说，我只得假装静听的样子坐着，其实我在那里偷看这位初见的 M 先生的状貌。他的头圆而大，脑部特别丰隆，假如身体不是这样矮胖，一定负载不起。他的眼不像 L 先生的眼地纤细，圆大而炯炯发光，上限帘弯成一条坚致有力的弧线，切着下面的深黑的瞳子。他的须髯从左耳根缘着脸孔一直挂到右耳根，颜色与眼瞳一样深黑。我当时正热中于木炭画，我觉得他的肖像宜用木炭描写，但那坚致有力的眼线，是我的木炭所描不出的。我正在这样观察的时候，他的谈话中突然发出哈哈的笑声。我惊奇他的笑声响亮而愉快，同他的话声全然不接，好像是两个人的声音。他一面笑，一面用炯炯发光的眼黑顾视到我。我正在对他作绘画的及音乐的观察，全然没有知道可笑

---

[1] M 先生，指马一浮先生。

的理由，但因假装着静听的样子，不能漠然不动；又不好意思问他"你有什么好笑"而请他重说一遍，只得再假装领会的样子，强颜作笑。他们当然不会考问我领会到如何程度，但我自己问心，很是惭愧。我惭愧我的装腔作笑，又痛恨自己何以听不懂他们的话。他们的话愈谈愈长，M先生的笑声愈多愈响，同时我的愧恨也愈积愈深。从进来到辞去，一向做个怀着愧恨的傀儡，冤枉地被带到这陋巷中的老屋里来摆了几个钟头。

第二次我到这陋巷，在于前年，是做傀儡之后十六年的事了。这十六七年之间，我东奔西走地糊口于四方，多了妻室和一群子女，少了一个母亲；M先生则十余年如一日，长是孑然一身地隐居在这陋巷的老屋里。我第二次见他，是前年的清明日，我是代L先生送两块印石而去的。我看见陋巷照旧是我所想象的颜子的居处，那老屋也照旧古色苍然。M先生的音容和十余年前一样，坚致有力的眼帘，炯炯发光的黑瞳，和响亮而愉快的谈笑声。但是听这谈笑声的我，与前大异了。我对于他的话，方言不成问题，意思也完全懂得了。像上次做傀儡的苦痛，这回已经没有，可是另感到一种更深的苦痛：我那时初失母亲——从我孩提时兼了父职抚育我到成人，而我未曾有涓埃的报答的母亲。痛恨之极，心中充满了对于无常的悲愤和疑惑。自己没有解除这悲和疑的能力，便堕入了颓唐的状态。我只想跟着孩子们到山巅水滨去picnic〔郊游〕，以暂时忘却我的苦痛，而独怕听接触人生根本问题的话。我是明知故犯地堕落了。但我的堕落在我所处的社会环境中颇能隐藏。因为我每天还为了糊口而读几页书，写几小时的稿，长年除荤戒酒，不看戏，又不赌博，所有的嗜好只是每天吸半听美丽牌香烟,吃些糖果,买些玩具同孩子们弄弄。在我所处的社会环境中的人看来,这样的人非但不堕落,着实是有淘剩[1]的。但 M 先生的严肃的人生,显明地衬出了我的堕落。他和我谈起我所作而他所序的《护生画集》,勉励我;知道我抱着风木之悲,又为我解说无常,劝慰我。其实我不须听他的话,只要望见他的颜色,已觉羞愧得无地自容了。我心中似有一团"剪不断,理还乱"的丝,因为解不清楚,用纸包好了藏着。M 先生的态度和说话,着力地在那里发开我这纸包来。我在他面前渐感局促不安,坐了约一小时就告辞。当他送我出门的时候,我感到与十余年前在这里做了几小时傀儡而解放出来时同样愉快的心情。我走出那陋巷,看见街角上停着一辆黄包车,便不问价钱,跨了上去。仰看天色晴明,决定先到采芝斋买些糖果,带了到六和塔去度送这清明日。但当我晚上拖了疲倦的肢体而回到旅馆的时候,想起上午所访问的主人,热烈地感到畏敬的亲爱。我准拟明天再去访他,把心中的纸包打开来给他看。但到了明朝,我的心又全被西湖的春色所占据了。

　　第三次我到这陋巷,是最近一星期前的事。这回是我自动去访问的。M 先生照旧孑然一身地隐居在那陋巷的老屋里,两眼照旧描着坚致有力的线而炯炯发光,谈笑声照旧愉快。只是使我惊奇的,他的深黑的须髯已变成银灰色,渐近白色了。我心中浮出"白发不能容宰相,也同闲客满头生"之句,同时又

---

[1] 淘剩,作者家乡话,意即出息。

悔不早些常来亲近他，而自恨三年来的生活的堕落。现在我的母亲已死了三年多了[1]，我的心似已屈服于"无常"，不复如前之悲愤，同时我的生活也就从颓唐中爬起来，想对"无常"作长期的抵抗了。我在古人诗词中读到"笙歌归院落，灯火下楼台"，"六朝旧时明月，清夜满秦淮"，"白头宫女在，闲坐说玄宗"等咏叹无常的文句，不肯放过，给它们翻译为画。以前曾寄两幅给M先生，近来想多集些文句来描画，预备作一册《无常画集》。我就把这点意思告诉他，并请他指教。他欣然地指示我许多可找这种题材的佛经和诗文集，又背诵了许多佳句给我听。最后他翻然地说道："无常就是常。无常容易画，常不容易画。"我好久没有听见这样的话了，怪不得生活异常苦闷。他这话把我从无常的火宅中救出，使我感到无限的清凉。当时我想，我画了《无常画集》之后，要再画一册《常画集》。《常画集》不须请他作序，因为自始至终每页都是空白的。这一天我走出那陋巷，已是傍晚时候。岁暮的景象和雨雪充塞了道路。我独自在路上彷徨，回想前年不问价钱跨上黄包车那一回，又回想二十年前做了几小时傀儡而解放出来那一会，似觉身在梦中。

一九三三年一月十五日于石门湾

---

[1] 作者的母亲死于1930年农历正月初五，即公历2月3日。据此"三年多"一说，疑文末之写作年代为农历。

标 题 音 乐 [1]

"雨是哪里落下来的?"

窗外一个孩子的话声牵惹了我的注意。我放下手中的书,侧着耳朵,静听下文。

"雨?雨是天上菩萨[2]落下来的呀!"

李家大妈用竹丝扫帚"沙沙"地扫着天井里的梅雨的积水,有口无心地回答四岁的一宁[3]的质问。一宁把"天上菩萨"这个名词反复说了三遍,似乎对它颇感兴味的。但继续又是疑问:

"天上菩萨面盆里倒出来的吗,天上菩萨?"

她大约是要练习这刚才学来的新名词"天上菩萨",所以尽量地应用,开头用一个,末脚再用一个。

"嗳!勿错!天上菩萨!乖官官[4],真聪明!"

李家大妈把说话合上了"沙沙"的拍子,有口无心地,断断续续地回答。

我听了发生兴味,抛弃手中的书,立起身来,准备开门去

---

[1] 本篇原载 1933 年 8 月 1 日《文学》月刊第 1 卷第 2 号。
[2] 在作者家乡一带,称老天爷为"天上菩萨"。
[3] 一宁,作者之幼女,后改名一吟。
[4] 官官,作者家乡一带对小主人的称呼。

参加她们的说话。但又立刻缩回开门的手,仍旧坐下来,侧着耳朵静听。因为我忽然悟到,我似乎没有参与她们那种说话的资格。

"面盆呢?面盆在哪里?"

这回一宁的话声比前响亮得多。我想见她正在仰起头向空中找寻面盆,朝天喊着。但李家大妈只管拼命地"沙沙",置之不答,恐怕是没有听见她的话的。她接连问了几遍,带着哭声了。李家大妈这才停止了"沙沙",而专任对付她:

"什么了,什么了?"

"面盆呢!你为啥勿响?"

"面盆?"李家大妈惊奇地反问,"要面盆做什么?面盆水弄勿得,弄湿了衣裳姆妈要骂。"

"勿是!"一宁顿着脚,恨恨地喊,"喏:落雨呀,面盆呢?面盆在哪里?"

"落雨世界[1],面盆水弄勿得,弄湿了衣裳姆妈要骂。"李家大妈说过,便开始"沙沙"地扫到大门口去了。

一宁在阶沿上顿着足,连叫"勿是!勿是!勿是"!但李家大妈愈扫愈远,渐渐扫到门外去了。一宁便开始盛气地号哭。

我隔着窗子静听,明知道她是被误解而受冤屈了。那老太婆真是糊涂透顶!我恨不得把自己的灵魂钻进一宁的身体中,帮她表白,但立刻知道无须。因为我静听她的哭声,觉得其抑扬顿挫的音节中已雄辩地详尽地发泄着她心中的愤懑了。现在

---

[1] 石门湾方言,称天气为世界。——作者原注。

我试把这片洋洋的哭声翻译为言语：

"你这老太婆该死！我刚才问你'雨是否天上菩萨从面盆里倒出来的'，你不是说过'勿错'，又赞我'聪明'吗？既然我的话是'勿错'的，现在我就请你把天上菩萨的面盆指出来给我看！怎么你又诬我想弄面盆水呢？既然你称赞我'聪明'，我这质问正是'聪明'的进步，怎么你反拿'姆妈要骂'这等话来坍我的台呢？你所答非所问，你无端污人清白！你这老太婆该死！"

我因此联想到近代的"标题音乐"（program music）——用音描写事象或心情的音乐，换言之，含有文学的内容的音乐。裴德芬〔贝多芬〕（Beethoven）以来世间所盛行的标题音乐，就是从我家的一宁的哭声进步而成的。

一九三三年六月二十日

忆 弟[1]

突然外面走进一个人来,立停在我面前咫尺之地,向我深深地作揖。我连忙拔出口中的卷烟而答礼,烟灰正擦在他的手背上,卷烟熄灭了,连我也觉得颇有些烫痛。

等他仰起头来,我看见一个衰老憔悴的面孔,下面穿一身褴褛的衣裤,伛偻地站着。我的回想在脑中曲曲折折地转了好几个弯,才寻出这人的来历。起先认识他是太,后来记得他姓朱,我便说道:

"啊!你是朱家大伯!长久不见了。近来……"

他不等我说完就装出笑脸接上去说:

"少爷,长久不见了,我现在住在土地庵里,全靠化点香钱过活。少爷现在上海发财了?几位官官[2]了?真是前世修的好福气!"

我没有逐一答复他在不在上海,发不发财,和生了几个儿子;只是唯唯否否。他也不要求一一答复,接连地说过便坐下在旁边的凳子上。

---

[1] 本篇原载 1933 年 8 月《文学》杂志第 1 卷第 2 号。
[2] 官官,作者家乡一带对小主人的称呼。

我摸出烟包,抽出一支烟来请他吸,同时忙碌地回想过去。

二十余年之前,我十三四岁的时候,和满姐、慧弟[1]跟着母亲住在染坊店里面的老屋里。同住的是我们的族叔一家。这位朱家大伯便是叔母的娘家的亲戚而寄居在叔母家的。他年纪与叔母仿佛。也许比叔母小,但叔母叫他"外公",叔母的儿子叫他"外公太太"(注:石门湾方言。称曾祖为太)。论理我们也该叫他"外公太太";但我们不论。一则因为他不是叔母的嫡亲外公,听说是她娘家同村人的外公;且这叔母也不是我们的嫡亲叔母,而是远房的。我们倘对他攀亲,正如我乡俗语所说"攀了三日三夜,光绪皇帝是我表兄"了。二则因为他虽然识字,但是挑水果担的,而且年纪并不大,叫他"太太"有些可笑。所以我们都跟染坊店里的人叫他朱家大伯。而在背后谈他的笑话时,简称他为"太"。这是尊称的反用法。

太的笑话很多,发现他的笑话的是慧弟。理解而赏识这些笑话的只有我和满姐。譬如吃夜饭的时候,慧忽然用饭碗接住了他的尖而长的下巴,独自吃吃地笑个不住。我们便知道他是想起了今天所发见的太的笑话了,就用"太今天怎么样?"一句话来催他讲。他笑完了便讲:

"太今天躺在店里的榻上看《康熙字典》。竺官[2]坐在他旁边,也拿起一册来翻。翻了好久,把书一掷叫道:'竺字在哪里?你

---

[1] 满姐,即作者的三姐丰满(梦忍)。慧弟,即作者的大弟丰浚(慧珠)。
[2] 竺官,系店里的伙计。

这部字典翻不出的!'太一面看字典,一面随口回答:'蛮好翻的!'竺官另取一册来翻了好久,又把书一掷叫道:'翻不出的!你这部字典很难翻!'他又随口回答:'蛮好翻的!再要好翻没有了!'"

讲到这里,我们三人都笑不可仰了。母亲催我们吃饭。我们吃了几口饭又笑了起来。母亲说出两句陈语来:"食不言,寝不语。你们父亲前头……"但下文大都被我们的笑声淹没了。从此以后,我们要说事体的容易做,便套用太的语法,说"再要好做没有了"。后来更进一步。便说"同太的字典一样"了。现在慧弟的墓木早已拱了,我同满姐二人有时也还在谈话中应用这句古话以取笑乐。——虽然我们的笑声枯燥冷淡,远不及二十余年前夜饭桌上的热烈了。

有时他用手按住了嘴巴从店里笑进来,又是发见了太的笑话了。"太今天怎么样?"一问,他便又讲出一个来。

"竺官问太香瓜几钱一个,太说三钱一个,竺官说:'一钱三个?'太说:'勿要假来假去!'竺官向他担子里捧了三个香瓜就走,一面说着:'一个铜元欠一欠,大年夜里有月亮,还你。'太追上去夺回香瓜。一个一个地还到担子里去,口里唱一般地说:'别的事情可假来假去,做生意勿可假来假去!'"

讲到"别的事情都可假来假去"一句,我们又都笑不可仰了。

慧弟所发见的趣话,大都是这一类的。现在回想起来,他真是一个很别致的人。他能在寻常的谈话中随处发见笑的资料。例如嫌冷的人叫一声"天为什么这样冷"!装穷的人说了一声"我哪里有钱"!表明不赌的人说了一声"我几时弄牌"!

又如怪人多事的人说了一句"谁要你讨好"！虽然他明知道这是借疑问词来加强语气的，并不真个要求对手的解答，但他故意捉住了话中的"为什么""哪里""几时""谁"等疑问词而作可笑的解答。倘有人说"我马上去"，他便捉住他问"你的马在哪里"？倘有人说"轮船马上开"，他就笑得满座皆笑了。母亲常说他"吃了笑药"，但我们这孤儿寡妇的家庭幸有这吃笑药的人，天天不缺乏和乐而温暖的空气。我和满姐虽然不能自动发见笑的资料，但颇能欣赏他的发见，尤其是关于太的笑话，在我们脑中留下不朽的印象。所以我和他虽已阔别二十余年，今天一见立刻认识，而且立刻想起他那部"再要好翻没有了"的字典。

但他今天不讲字典，只说要买一只甏缸，向我化一点钱。他说：

"我今年七十五岁了，近来一年不如一年。今年三月里在桑树根上绊一绊跌了一交，险险乎病死。靠菩萨，还能走出来。但是还有几时活在世上呢？庵里毫无出息。化化香钱呢，大字号店家也只给一两个小钱，初一月半两次，每次最多得到三角钱，连一口白饭也吃不饱。店里先生还嫌我来得太勤。饿死了也干净，只怕这几根骨头没有人收拾，所以想买一只缸。缸价要七八块钱，汪恒泰里已答应我出两块钱，请少爷也做个好事。钱呢，买好了缸来领。"

我和满姐立刻答应他每人出一块钱。又请他喝一杯茶，留他再坐。我们想从他那里找寻自己童年的心情，但终于找不出，即使找出了也笑不出。因为主要的赏识者已不在人世，而被赏识的人已在预备买缸收拾自己的骨头,残生的我们也没有心思再作这种闲情的游戏了。我默默地吸卷烟,直到他的辞去。

一九三三年六月廿四日在石门湾

取 名[1]

孩子们的名字，叫惯了似乎是各人出世时就写好在额骨上的，其实都是他们的外公所取定。且据我回想，外公的取名都有深长的用心。想起之后不免记录一些。

阿大是半夜里出世的，很肥胖，哭声甚大，但是女。她的外婆和娘舅都预先来我家等她出世，虽然只等着一个外甥女，但头生，不论男女总是大家欢喜的。次日娘舅回城，我就托他代请外公给阿大取一个名字。过几天收到外公的回信，信内附一张红纸，红纸上面横写着"长命富贵"四个小字，下面直写着"丰陈宝"三个大字。信内说，知道她是夜里出世的，哭声甚大，故引用古典，给她取名"陈宝"。

我不知道古典，检查《辞源》，果然找到了"陈宝"一项，下面写着："神名，秦文公获若石于陈仓北阪城。祠之。其神来。常于夜。……其声殷殷。以一牢祠之名曰陈宝。见《史记》。"

我一向不懂取名的方法，《康熙字典》里有数万个字，无头无脑，教从何处取起？我叹佩外公的博闻，这真可谓巧立名目。可惜我们的陈宝现在虽已十四岁而在小学毕业了，但只是一个

---

[1] 本篇原载 1933 年 8 月 16 日《东方杂志》第 30 卷第 16 号。

寻常的少女，并不像神，将来不致变为神女。这也可谓名不副实了。

阿二出世时我在东京，没有看她堕地。家人写信告诉我说，这回又是女，她的祖母和外婆略微有些失望。外公已给她取名叫做"麟先"。这回不必翻《辞源》，我也知道外公的用心了："麟之趾，振振公子。"麟是男儿，先是先行，麟先就是男儿的先行。外公的意思，这女儿是将来的男儿的先锋。换言之，我们的阿二非为自己做人而投生，只是为男的阿三报信而来的。总言之，将来的阿三定要他是男。

但麟先也是名不副实的，她不能尽先锋之职，终于引出了一个女的阿三来。这会失望的不但祖母和外婆，外公一定更甚。但祖母用心尤深：阿三临盆的一天，她袋里预先藏着一只洋钉和两粒黄豆。听见阿三的呱呱声之后，没有稳婆的"恭喜"声，便把洋钉和两粒黄豆投在胞瓶里，这叫做"演样"。这样一来，将来的阿四身上一定带了一只洋钉和两粒黄豆的东西而出世。故失望之余，大家还是放心。不过对于这滥竽的阿三大家很冷淡，没有人提出给她取名字的话。外公也不寄红纸来。起初大家叫她"小毛头"或阿三，后来乳母在眠歌里偶然唱了一声"三宝宝"，从此大家就自然地叫她三宝。三是她的排行，宝是女孩子的通称（嘉兴人称女儿为宝宝），这名字确是很自然的。但没有外公写在红纸上，终非名正言顺。这无名的三宝终在四岁上辞职而去。不称职的麟先似乎怕被革职，她入学之后自己把名字改写为"林仙"了。

阿四出世在我所旅食的他乡，祖母投在胞瓶里的一只洋钉和两粒黄豆,果然移在他身上了。祖母在故乡得信后,连忙做寿桃分送诸亲百眷。外公信里附一张红纸来,红纸上头横写着"长命富贵",下面直写着"丰华赡"。并在信里说:"赡是丰足的意思。"外公的深长用心真使我感动。那时我从东京回来,负了一身债,家累又日重一日,生活窘迫得很。故外公的意思,明白地说,是"有了儿子以后,还要有钱"。我家虽然此后增出了一个乳母的开销,但有儿子名"赡",似乎也就胆大了。

阿五又是男,块头大得很,外公给他取名奇伟。但他负了这大名,到五岁上就死去。阿六又是男的,外公给他取名元草。这里的用意我可不知,也没有问外公。将来我到地下,倘遇见我的岳父一定要补问。生到阿六,我家子女稍稍嫌多了,但钱却还是不多。这恐怕是阿四的"赡"字常常被人误写为"瞻"字的缘故。不然,阿四也是名不副实的。

最后的阿七在肚里的时候就被惹厌,问起的人都说"又要生了"?生的时候也没有人盼望他是男,她就做了女。外公给她取名一宁。又在信上告诉我们说,一宁是"得一以宁"之意。明白地说,就是"生了这一个不可再生,免得烦恼"。一宁总算听外公的话的,今年五岁了,没有弟妹。

一九三三年六月二十五日于石门湾

《数学趣味》[1] 序

我中学时代最不欢喜数学,最欢喜图画,常常为了图画而抛荒数学课。看见某画理书上说:"学数学与学图画,头脑的用法相反,故长于数学者往往不善图画,长于图画者往往不善数学。"我得了这话的辩护,便放心地抛荒数学课,仿佛数学越坏图画会越好起来似的。现在回想觉得可笑,又可惜,放弃了青年时代应修的一种功课。我一直没有尝过数学的兴味,一直没有游览过数学的世界,到底是损失!

最近给我稍稍补偿这损失的,便是这册书里的几篇文章。我与薰宇相识后他便做这些文章。他每次发表,我都读,诱我读的,是它们的富有趣味的题材。我常不知不觉地被诱进数学的世界里去。每次想:假如从前有这样的数学书,也许我不会抛荒数学,因而不会相信那画理书上的话。我曾鼓励薰宇续作,将来结集成书。现在书就将出版了,薰宇要我作序。数学的书,教我这从小抛荒数学的人作序,也是奇事;而我居然作了,更属异闻!序,似乎应该是对于全书的内容有所品评或阐发的;然而我的序没有,只表示我是每篇的爱读者而已。——唯其中

---

[1] 《数学趣味》(刘薰宇著)系 1934 年开明书店出版。

《韩信点兵》一篇给我的回想不很好：这篇发表时，我正患眼疾，医生叮嘱我灯下不可看书，而我接到杂志，竟在灯下一口气读完了。次日眼睛很痛，又去看医生。

一九三三年耶稣诞节，子恺

劳者自歌
（十一则）

一 [1]

住在乡镇里生病，只得请中医看，吃中国药。都会里的朋友写信来，劝我到上海去进医院。我感谢他，然而没有听他的话。

因为在这里，我这病人的治疗法，算最合理的了。同镇的病人，有的正在那里请巫女看鬼，有的请道士驱邪，或者抬泥菩萨到家里来镇魔，差不多天天有敲锣鸣炮送神的声音，送到我的病床上来。我家常送"谢菩萨"份子，家里的工人常常餍足了"谢菩萨夜饭"的酒肉而归来。我生病不请教鬼神而请教中国医生，在这里已算是最合理、最正当、最开通的治法。满足之不暇，哪里还有工夫去讲医术和药质呢？

---

[1] 此则原载《劳者自歌》(1934年9月〔上海〕生活书店初版，系十六人合集) 一书。

二 [1]

体温天天三十九度,身子天天躺在床里。这也可谓人间寂寥的境地了。然而也还可找求生的欢喜与感兴。

视线所直射的梁木上有一只壁蟢[2]在那里做窠。最初只看见木头上淡淡的一小白点。壁蟢在其周围逡巡徘徊了一天,第二日那白点大了一圈,白了一些,壁蟢又在其旁逡巡徘徊了一天,第三日那白点又大了一圈,又白了一些。这样地经过了五日,梁木上就有了一个圆圆白白的小月亮,壁蟢从此不再见了。

这个小动物,也知道要保存自己的种族,也肯为子孙作牛马。天地好生之德,可谓广大而普遍了。

三 [3]

劳者休息的时候要唱几声歌。

他的声音是粗陋的。不合五音六律,不讲和声作曲。非泣非诉,非怨非慕。冲口而出,任情所至。

他的歌是短简的。寥寥数句,忽起忽讫。因为他只有微小的气力,短暂的时间。

他的歌是质朴的,不事夸张,不加修饰。身边的琐事,日

---

[1] 此则原载《劳者自歌》(1934年9月〔上海〕生活书店初版)一书。
[2] 壁蟢,即壁钱,也称壁茧。
[3] 第三、四、五则原载1934年9月1日《良友》第93期。

常的见闻,断片的思想,无端的感兴,率然地、杂然地流露着。

他原是自歌,不是唱给别人听的。但有人要听,也就让他们听吧。听者说好也不管,说不好也不管。"聋人也唱胡笳曲,好恶高低自不闻。"劳者自歌就同聋人唱曲一样。

廿三年七月十五日

·四

中国画描物向来不重形似,西洋画描物向来重形似;但近来的西洋画描物也不重形似了。中国画描色向来像图案,西洋画描色向来照自然;但近来的西洋画描色也像图案了。中国画向来重线条,西洋画向来不重线条;但近来的西洋画也重线条了。中国画向来不讲远近法,西洋画向来注重远近法;但近来的西洋画也不讲远近法了。中国人物画向来不讲解剖学,西洋人物画向来注重解剖学;但近来的西洋人物画也不讲解剖学了。中国画笔法向来单纯,西洋画笔法向来复杂;但近来的西洋画笔法也单纯了。中国画向来以风景为主,西洋画向来以人物为主;但近来的西洋画也以风景画为主了。etc.〔等等〕。自文艺复兴至今日的西洋绘画的变迁,可说是一步一步地向中国画接近。这一篇话其实只要列一个表。

廿三年七月二十日

·五

我梦见一只大船,在一片茫无涯际的大海上飘摇。船里的乘客,有的人高卧着,有的人闲坐着,有的人站立着,有的人连立脚地都没有,攀住了船沿而荡空着。

为了舱位不均,各处都在那里纷争。有的说高卧的应该让位,有的说闲坐的应该站起来,有的说站立的应该排紧些,有的说荡空的应该放下来,议论纷纷,莫衷一是;声势汹汹,满船鼎沸。就中有少数人提议说:"我们是同船合命,应该大家觉悟,自动地坐均匀来,讨论一个最重大的根本问题:我们这船究竟开往哪里?"但是他们的声音细弱,有的人听不到,有的人听到了,却怪他们迂阔,说现在争舱位都来不及,哪有工夫讨论这种问题?

我在梦中希望他们的声音放大来。不然,我想,要到舱位终于争定了或终于争不均匀的时候,大家才会想起这根本问题来。

廿三年七月三十

·六 [1]

猪好像是最蠢最丑恶的东西。上海人骂愚蠢的人为猪猡。西洋画中描写猪的极少,中国画好像从来不曾描过猪。但日本

---

[1] 第六、七、八则原载 1934 年 10 月 20 日《人间世》第 14 期。

画家中，却有关于画猪的逸话：名画家应举，欲写卧猪图，托一村妪留心找模特儿。一日，妪来报有猪卧树下，请速去画，应举匆匆携画具往，摹写一幅而归。翌日，有山乡老农来，应举出画示之。老农说，此非卧猪乃死猪，应举不信，驰往村妪处观之，见猪仍卧树下，果死猪也。

应举是有名的写实画家。这逸话正是表明他的写实手腕的高妙的。但我觉得那老农比画家更可佩服。画家只会依样描写，连死活都勿得知。

廿三年八月二日

·七

从茶楼上望下来，看见对面的水门汀上坐着一个丐婆和她的两个孩子。那丐婆蓬头垢面，伸长了头颈，打起了江北白叫苦求乞。那两个孩子一个大约七八岁，一个大约三四岁，身上都一丝不挂，在她母亲旁边的水门汀上，匍匐着，并且跟着他母亲的声音号啕。我只听见"老爷……太太……"别的话我都听不懂。我注意那三四岁的孩子的皮肤很白嫩，和乳母车里的孩子差不多。

一个穿新皮鞋的洋装青年从水门汀的一端走来，他的履声尖锐强烈而均匀，好像为丐婆的哭声按拍的檀板声。他昂首向天，经过丐婆之旁。

我亲看见那白嫩的小脚趾被那新皮鞋踏了一脚，小乞丐大哭失声。但那丐婆只管继续号帐,没有知道这事。

廿三年八月十三日

·八

在经营画面位置的时候,我常常感到绘画中物体的重量,另有标准,与实际的世间所谓轻重迥异。

在一切物体中,动物最重。动物中人最重,犬马等次之。故画的一端有高山丛林或大厦,他端描一个行人,即可保住画的均衡。

次重的是人造物。人造物能移动的最重,如车船等是。固定的次之,如房屋桥梁等是。故在山野的风景画中,房屋车船等常居画面的主位。

最轻的是天然物。天然物中树木最重,山水次之,云烟又次之。故树木与山可为画中的主体,而以水及云烟为主体的画极少。云烟山水树木等分量最轻,故位在画的边上不成问题。家屋舟车就不宜太近画边,人物倘描在画的边上了,这一边分量很重,全画面就失却均衡了。

廿三年八月十六日

九[1]

黑猫衔了正在哺乳的母老鼠去,剩下四只刚才出世的小老鼠在屉斗角里,被工人发现了,双手捧出来给我看。

我看见一团乱纸屑里,裹着四只粉红色的小老鼠。浑身无毛,两眼微开,形似四粒会颤动的花生米。"可怜!这么大就没有了保护者。怎么办呢?"我不自知地感慨、怜惜,似将设法救济了。工人讥讽地笑道:"这是'老鼠'呀!有什么可怜呢?"我又不自知地跟着他说道:"啊,这是'老鼠!'"他以为我已被他提醒,就捧着小老鼠得意地走了。

我也知道老鼠是害虫,然而感慨怜惜不已。因为这光景使我联想起最近的惨闻:乱机轰炸嘉兴车站上的难民,弹片削去了一个母亲的头,尸体不倒,膝下的婴儿还在牵衣,怀中的襁褓还在吃奶。

原来我所感慨而怜惜的,不是老鼠本身,而是老鼠所象征的人生。戒杀护生,皆当不失此旨。不然,今恩足于及禽兽,而功不至于同类者,独何欤?

廿六年、十、廿三

---

[1] 第九、十、十一则原载 1937 年 11 月 21 日《宇宙风》第 52 期。

·十

得失与祸福,有时表里相反。例如日本用飞机载许多炸弹到中国各地轰炸,似是中国之大祸,实则每个炸弹都是唤起中国民众的一架警钟。未被轰炸的地方,多数民众不识炸弹为何物,因而不能想象被侵略之苦痛与作亡国奴的滋味,还想照旧安居乐业,养生丧死呢。等到亲眼看见了敌人侵略的手腕,方才切身地感动,彻底地觉悟。群起抗敌,敌无不克。因为众志所成的城,是炸弹所不能破坏的。

所以日本在中国所投炸弹虽多,我还嫌其太少。最好在全国各市镇的空地上各投一个,打碎几块石头,飞起几只树根来给我们的民众看看。那时日本仿佛奉送中国各地一架警钟,唤起四万万民众来征伐日本。在日本是偷鸡蚀米,在中国是因祸得福。我们真要感谢日本呢。

廿六年、十、廿九

·十一

某家庭中几乎每天相骂。老主人交易所少赚了些,见人就骂。老太太放了坍帐,拼命地打丫头。大少爷二少爷每次从上海寄东西来,大少奶奶二少奶奶必然和公婆相骂一场。三小姐每逢要做一件新衣裳,必然啼哭几场,或者断食一顿。一年三百六十六日之内,几乎没有安宁的日子。

自从今年八月十三以来,这家庭忽然和睦了。为的是中日战争突发,老主人的大批趸货沦入虹口战区;老太太的存款被银行扣留不发;大少爷的公司全部被焚,二少爷托故请假归家,在松江车站吃了一颗敌机的枪弹,跷着脚逃回,又被当局开除了差使;三小姐不再上杭州上海去剪衣料,看电影。因此一家团聚,融融怡怡。每天只要敌机不来,败兵不到,就大家心平气和,各无异言,更无相骂的余兴了。

我想,现在正是这家庭的最和平幸福的时代。因为到了中国决胜,百业恢复之后,恐怕他们又要每天相骂,没有安宁的日子了。

廿六年、十、卅

新 年 试 笔 [1]

在现在的中国社会里生活，有两件最麻烦的事，便是大洋小洋与阴历阳历。洋价忽而长了，忽而短了，贴水忽而增了，忽而减了。不会心算的我，为此讨了不知次数的麻烦。阳历某月某日就是阴历几月几日？阴历某月某日就是阳历几月几日？不曾熟读历本的我，为此又讨了不知次数的麻烦。

对于这许多麻烦的唯一的报酬，就是一年中得逢两个新年——一正一副，但又好像一副一正。

---

[1] 本篇原载 1934 年 1 月 1 日《文学》月刊第 2 卷第 1 号（新年号），在《新年试笔》专栏下共载冰心等十五位作家的十五篇文章，丰子恺之文为其八。

教师之经验及其感想[1]

《湖北教育月刊》向我征本题的文。我离教师生活已久,没有近感,只能说些回忆的话。

回忆从前当中学图画音乐教师时,教课上所最感困难的,是学生程度的参差不齐。因为同一年级中的学生,其关于艺术科的天分,高下悬殊,有好几等可分。最低年级中的艺术科的天才者,常比最高年级中的艺术科的低能者成绩优良得多。倘要以艺术科的才能为标准而分班,势必将全校的班次全部推翻,另行编制;好像推倒了一副麻雀从新再来一般。这程度的参差不齐,原是应有的状态。因为学校招考新生时,只考知识方面的学科,并不考图画音乐。而数学好的图画不一定好,国语好的音乐不定好。结果,每一班中的艺术科程度就非常参差不齐,可以分编好几个小班。这在教学上是很不方便的。倘以少数天才者为主而教得艰深些,多数中才以下的人就茫无头绪。倘以少数低能者为主而教得浅易些,多数中才以上的人就没有兴味。折中的办法,只有以中才为主而教得不深不浅。然而看了天才者俯而就之和低能者跂而望之的状态,做先生的心中有些儿焦

---

[1] 本篇原载 1934 年 8 月《湖北教育月刊》第 1 卷第 8 期《湖北教育问题专号》。

灼不安!

我当图画音乐教师时,常常感到这点困难。但也想不出良好的补救的办法。只是怜惜几个特殊的天才者,常常向各班中征集数人,在课外组织研究会,私下培养他们艺术科的天才。现在我还记得,曾经办过 EC 唱歌会(EC 是 Evening Choir 的略写,就是黄昏合唱之意。这是在春晖中学时办的),月夜画会(这是在立达学园办的)等。然而我自己觉得这不是良好的办法。屏弃了多数人而专教少数人,不顾低能者而偏爱天才者,做先生的心中仍有些儿不安。

我也想过几次,怎样才是良好的补救法。然而很不容易想出。因为这事[1]艺术科的特性有关:艺术科的特性,先天之力大而后天之力小。常见先天缺乏音乐才能的学生,教到了毕业还是音程唱不正确;先天缺乏图画才能的学生,教到了毕业还是静物描不正确。所以这问题牵连中等学校艺术教育的根本问题,不是可以局部解决的。现在我不过回想过去,略述经验和感想而已!不知现在的中学校艺术科中,是否仍有这种困难的存在?

一九三四年四月廿二日

---

[1] "事",疑为"与"之误。

热天写稿[1]

从夏至到现在,半个多月以来,天好像生了大病。人们相见时第一句总是"你看今天有得好些吗"?回答的大概是"不见得!比昨天更热了"!或者是"连风都没有了"。至多是"稍微好些"。寒暑表上的水银好像一个勤勉学生的争分数,只想弄到 full mark〔满分〕,或竟超出其上。

吾乡有俗语说:"陈抟老祖活了八百,勿曾见过黄梅水勿发。"可见陈抟老祖的寿命太短,眼界未广。假如他能活到今年,就说不出这句话。今年的黄梅时节,看来不是迟到,而是请假了。现在快到初伏,还是天天青天白日,浇上水去也不会落下雨来似的。河里、池里、田里,都已见底。草木禾秧快要枯死。正是"黄梅时节家家旱,枯草池塘处处泥"。

在这大热大旱的时候,我所感到困苦的,第一是笔头的易干。那枝羊毛笔必须一刻不停地工作;停了片刻,笔头上就干结,非润笔不可。只管要润笔也讨厌。于是我右手握笔,左手拿了储水的铜笔套等候着。等到停笔的时候,立刻把笔套进铜笔套管里,要写时再拔出来。然而这方法也不完全有效。到后来铜

---

[1] 本篇原载 1934 年 8 月 1 日《论语》第 4 卷第 46 期。

笔套管里储蓄着的水蘸干了，套了一会拔出来，笔头还是干结，写不出字。总之，在这样热的天气之下写稿，终非时时润笔不可。

润笔的地方，不外砚子和水盂。这两处的水，看似比我的笔端多得多，但也不能时时润我的笔，砚子里望去好似汪洋一片黑海，其实只有表面薄薄的一层水，底下便硬如石田了。在这样热的天气之下，这薄薄的一层墨水也很容易干燥；若是新砚子，这薄薄的一层墨水给它自己吸收还不够，哪里还有余沥来润我的笔？逢到这种时光，我只得拿笔向水盂去蘸。水盂中固然可以装很多的水，然而我的笔也不能每次蘸到。因为它的消费也很多：第一，每天被白日蒸发掉的水不少。第二，那只小猫阿花每天要来饮水一二次。这几天天气特别热，它又穿上那件翻转皮外套，热得厉害，口也渴得厉害，每天要来饮水三四次。虽然不是牛饮，但水盂的容量毕竟有限，禁不起猫饮三四次的。所以我把干结的笔放到砚子上，或者伸进水盂里，往往不得润湿，非另外设法求水不可。有时感觉麻烦不过，投笔而起，往有风的地方去乘凉了。旱年没得清茶喝，喝几口南风，或者西风，也觉爽快。

在这样大旱大热的天气之下，我希望换一种无须润的笔来写稿。换用外国式的钢笔、自来水笔吗？不行！外国人用的钢笔，需要润笔尤多！在平时，写了几个字，就非伸进墨水瓶里去蘸水不可；到了这样炎热的时光，其蘸水尤勤。任凭你用最新式的波罗笔头，写了一行字笔头也就干结。而且墨水瓶中水也特别容易蒸发。蒸发完了，非出几毛大洋[1]去另买一瓶墨水不可。用自来水笔呢，凭着笔管里暗中储蓄的效力，似觉墨水源源而

---

[1] 当时角币有大洋小洋之分：一毛大洋合三十个铜板，一毛小洋合二十五个。

来，笔头不怕不润。然而橡皮管子里储蓄容易用完，用完之后，要求吸水更多。浅浅的墨水瓶还够不上给它吸，它非沉浸在满满的墨水瓶中吸一个饱不可。况且橡皮管里储蓄着的墨水，在这几天的炎暑期中，也不能顺利供给到你的笔头上来。往往在笔头上干结而阻滞墨水的来路，教你写不出字。故在这几天写稿，中国的毛笔和西洋的钢笔，自来水笔，都时时刻刻地要润笔，都是不适用的。

我想，无须润笔的，只有铅笔或木炭。铅笔用钝了要削，仍不免麻烦。只有木炭可以爽爽快快地一直用到底，没有什么润笔，吸水等讨厌的事。我们不要那种经过许多人工或装着许多机关的笔，我们可拿农人种在堤旁的柳枝，或者木匠劈下来的木条来，教它受火的洗礼，造成一种极真率，自然，而便利的笔。用这种笔，欢喜写的时候便写，应该写的时候便写，没有笔头干结的阻碍，也没有润笔的需要，写稿真是何等爽快的事！但稿纸上这种细碎的格子必须放大或除去。否则用这种笔写字仍受拘束；不受拘束时好像一种越轨行动。

廿三年七月十五夜

我与手头字 [1]

陈望道先生提倡手头字,我很赞成。[2] 现在我来谈谈自己对手头字的种种因缘。

我家自洪杨以来,以开染坊店为业。我十来岁时,每逢年假,店忙的时候,被母亲派到店里去帮忙。所谓帮忙,原不过做小老板在店里玩玩,但因此学得了染店帐簿上所惯用的种种简笔字。例如"三蓝",他们写作"三艻",不过艻字最后一笔下面打一个弯曲。"二厘",他们只在"二"字的下一画上拖一撇,其余不胜枚举。染坊店里的学徒们,没有认识"蓝""釐"等本字的,却能自由应酬主顾,用靛泥做的粉笔在大布 [3] 绵绸上标记姓名丈尺和所欲染的颜色,这在我觉得奇怪。更使我奇怪的,是主顾的姓名的记法。我们的主顾几乎全部是不识字的农人。姓名大都以声音为主,不讲字眼。譬如一个农人走上门来,从篮里抽出一段布来向柜台上一掷。伙计便接了量尺寸。

---

[1] 本篇原载 1935 年 3 月 20 日《太白》第 2 卷第 1 期。

[2] 本文根据编者手头保存的一份原稿校对过。在《太白》杂志上发表时没有此句。这是作者在原稿上加上去的。又:原稿上已将篇名改为《手头字》,即删去了"我与"二字。现仍按发表稿保留。

[3] 大布,作者家乡话,意即阔门幅。

嘴里喊道:"三丈二!"接着又问:"二厘头?"农人大概会点头。因为他们这种布大概都染这种颜色,不必像上海老正和染厂地拿出数百种颜色的样本来请顾客挑选的。最后问:"啥名字?"回答的声音是"Wan Foo Sen"。伙计就写"王福生"。有时生意空,再添问一句:"草头黄?三画王?"这很希奇,一字不识的农人,居然也会决然地回答"三画王",或者"草头黄"。其实他不会写,只是别人教他,他硬记着,有人问他,他就说"我姓三画王"。所以姓不完全以声音为主。至于名字,就完全重声音,伙计不会向他讨卡片看,也不会顾虑他是,"复孙"或"馥荪",一定是"福生"无误。而且福字可作简笔写,像蜡烛台上所雕的。我在店里学会了种种简笔字,觉得很便当。后来到学堂里,应用在"默书"课中,把"青出于蓝"写作"青出于艹",把"圣人出而黄河清"写作"圣人出而黄河清",曾经吃先生的骂。他说:"你倒不写青出于卅?""你将把聖人当作怪人了!"以后我就不敢再写简笔字,直到现在为止。这是我对手头字的第一因缘。

第二因缘,是为了我的姓太难写[1],却又不好改,曾经有一次为它发愁。当民国光复之初,我大约十三四岁的时候,地方上办自治会,盛行选举。当时我年幼无知,学堂里又不像现在地有常识、公民等课,使我无从明白选举这件事的意义。我但听镇上的大人们说,这好比先前的考乡试,升官发财都是从这里开花的。我又听见有些人把名字改写为简字。譬如原名"纯

---

[1] 指繁体字豐。

甫"的,现在改为"仁夫"。原名"益荪"的,现在改为"一生"。据说选举者大多数是乡下人,而乡下人大多数不会写字,故名字难写,大有妨害于被选,非改简不可。此风盛行到学堂里,年幼而尚无被选举权的学生们,也及早预防,大家改名字。本来双名的改作单名。本来单名的改作一个同音的简字。我原名润,一位先生给我改作"仁",我莫名其妙地顶戴了这名字,一直沿用到二十岁,虽然并未靠它升官发财。当时别人为我深惜,而我自己也认真地发愁的,就是我的姓的难写。我的姓有十八笔,而且装法很不容易,于被选上大有妨害!但姓不可改。这好比命里注定不得富贵,怎不教人深惜而发愁呢?假如手头字早提倡了廿几年,使我的姓名"丰仁"一共只消八笔,同学们当何等地羡慕我,而我自己又何等地快活!虽然到现在改简,好比"贼去关门",但因有前缘,总觉可喜。实际,我的姓太古怪了。这样地难写,又那样地少见。陌生人问"尊姓"时,回答他"敝姓丰",往往叫他想不出哪一个丰字来。虽然昔年我曾发明用"泰丰公司"的"丰",或"汇丰银行"的"丰"来注释,但近来也觉得有些不妥。泰丰公司已经关门,银行又东坍西倒,将来也许使我无法注解。望道先生们提倡手头字,第一期字汇中就有我的丰字,此后不但可使我每次少写十四笔,逢人问"尊姓"时,也可以说"三画王上下出头",没有人不懂得了。这是第二因缘。

　　第三因缘,是我喜欢手头字的形式,为了它们与我的画相像。我的画不写细部,仅描大体。例如画人的颜面,我大都只画一张嘴。并非表示人只会讲话和吃饭,实因嘴是表情中最重要的部分,只描一张嘴已经够了。非但够了,有时眉、目、鼻竟不可描,描了使观者没有想象的余地,反而减弱人物画的表情。手头字中有大部分是省略本字的笔画而成的,与我的画相似。假如画变了大众文化的重要工具,我将提倡我的画,名之为"手头画",也弄一个"第一期画汇"出来。画的省略,在画法上美其名曰"意到笔不到"。在美学上更美其名曰"个中全感"。我看手头字也如此。我们过去数十年间看惯了本字,现在看到本字的大体轮廓,便会想象其全体,而且所想象的常是端正美好的本字。故我觉得手头字富有美术的意义。例如乄、气、时、坐、与、沪、么、压、应、声、虽、归、虫、丰、旧、医、边、丽等字,在我都能从其"意到笔不到"的简写中窥见其本字的全体,而且这些全体都是很美丽的。"又"字的暗示尤为神妙,能使我由此想象叓、叁、舃、雚、奚、单等种种变化不测的形相,这些形相也都非常美丽。故美不一定要工致富丽,简单的尽可以美。

美术是为人生的。人生走到哪里,美术跟到哪里,我们的人生走到手头字上了,美术也非跟上来不可。那么手头字的美不仅是我个人的所感,也应是大众的要求。

廿四年三月二日于杭州

《随园诗话》[1]

诗话、词话，是我近年来的床中伴侣兼旅中伴侣。它们虽然都没得坐在书架的玻璃中，只是被塞在床角里或手提箱里，但我对它们比对书架上的洋装书亲近得多；虽然都被翻破、折皱、弄脏、撕碎，个个衣衫褴褛，但我看它们正像天天见面的老朋友，大家不拘形迹了。

初出学校的时代，还不脱知识欲强盛的学生气。就睡之前，旅行之中，欢喜看苦重的知识书。一半，为了白天或平日不用功，有些懊丧，希望利用困在床里这一刻舒服的时光或坐在舟车中的几小时沉闷的时光来补充平日贪懒的损失。还有一半，是对未来的如意算盘：预想夜是无限制的，躺在床里可以悠悠地看许多书；旅行的时间是极冗长的，坐舟车中可以埋头地看许多书。屡次的经验，告诉我这种都是梦想。选了二三册书放在枕畔，往往看了一二页就睡着。备了好几种书在行囊里，往往回来时原状不动，空自拖去又拖来。

后来看穿了这一点，反动起来，就睡及出门时不带一字。躺在床里回想白天的人事，比看书自由得多。坐在舟车中看看

---

[1] 本篇原载 1935 年 6 月 1 日《文学》第 4 卷第 6 期。

世间相，亦比读书有意思得多。然而这反动是过激的，不能持久。躺在床里回想人事，神经衰弱起来要患失眠症；坐在舟车里看世间相，有时环境寂寥，一下子就看完，看完了一心望到，不绝地看时表，好不心焦。于是想物色一种轻松的，短小的，能引人到别一世界的读物，来作我的床中伴侣兼旅中伴侣。后来在病中看到了一部木版的《随园诗话》，爱上了它。从此以后其他的诗话、词话，就都作了我床中旅中的好伴侣。

最初认识《随园诗话》是在病中。六七年之前生伤寒病，躺在床里两三个月。十余天水浆不入口，总算过了危险期。渐渐好起来的时候，肚子非常的饿，家人讲起开包饭馆的四阿哥，我听了觉得津津有味。然而医生禁止我多吃东西，只许每天吃少量的薄粥。我以前也在病理书上看到，知道这是肠病，多吃了东西肠要破，性命交关，忍住了不吃东西。这种病真奇怪，身体瘦得如柴，浑身脱皮，而且还有热度；精神却很健全，并且旺盛。天天躺着看床顶，厌气十足，恨不得教灵魂脱离了这只坏皮囊，自去云游天涯。词人谓："重门不锁相思梦，随意绕天涯。"又云："小屏狂梦绕天涯。"做梦也许可以神游天涯；可是我清醒着，哪里去寻昼梦呢？

于是索书看。家人选一册本子最小而分量轻的书给我，使我的无力的手便于持取，这是一册木版的《随园诗话》，是父亲的遗物。我向来没有工夫去看。这时候一字一句地看下去，竟看上了瘾，病没有好，十二本《随园诗话》统统被看完了。它那体裁，短短的，不相连络的一段一段的，最宜于给病人看，力乏时不妨少看几段；续看时不必记牢前文；随手翻开，随便看哪一节，它总是提起了精神告诉你一首诗，一种欣赏，一番批评，一件韵事，或者一段艺术论。若是自己所同感的，真像得一知己，可死而无憾。若是自己所不以为然的，也可从他的话里窥察作者的心境，想象昔人的生活，得到一种兴味。但我在病中看这书，虽然轻松，总还觉得吃力。曾经想入非非：最好无线电播音中有诗话一项，使我可以闭目静卧在床中，听收音机的谈话。或者，把这册《随园诗话》用大字誊写在一条极长极长的纸条上装在床顶，两头设两个摇车，一头放，一头卷，像影戏片子一样。那时我不须举手持书，只要仰卧在床里，就有诗话一字一句地从床顶上经过，任我阅读。嫌快可以教头横头的卷书人摇得慢些。想再看一遍时，可以教脚横头[1]的放书人摇回转去，重新放出来。

后来病好了，看见《随园诗话》发生好感，仿佛它曾经在我的苦难中给我不少的慰安，我对它不胜感谢。而因此引起了我爱看诗话词话的习好，又不可不感谢它。我认为这是床中旅中的好伴侣。我就睡或出门，几乎少它们不来，虽然搜罗的本子不多，而且统统已经看过。但我看这好像留声机唱片，开了一次之后，隔些时候再开一次，还是好听——或者比第一次听时兴味更好，理解更深。

久不看《随园诗话》了。最近又去找木版的《随园诗话》来看，发见这里面有许多书角都折转，最初不知道这是谁的工作，有何用意。猜想大约是别人借去看，不知为什么把书角折起来。

---

[1] 头横头，意即头的一端；脚横头，即脚的一端。都是作者家乡话。

或者是小孩子们的游戏。后来看见折角很多，折印很深，而且角的大小形状皆不等。似乎这些书角已折了很久，而且是有一种用意的。仔细研究，才发见书角所指的地方，每处有我所爱读的文章或诗句。恍然忆起这是当年病中所为。当时因病床中无铅笔可作 mark〔记号〕，每逢爱读的文、句，便折转一书角以指示之。一直折了六七年，今日重见，如寻旧欢，看到有几处，还能使我历历回忆当时病床中的心情。六七年前所爱读的，现在还是爱读，此是证明今我即是故我，未曾改变。但当展开每一个折角时，想起此书角自折下至展开之间，六七年的日月，浑如一梦，不禁感慨系之。我选出几段来抄录在这里，而把书角依旧折好，以为他日重寻旧欢之处。

"凡作诗者各有身分，亦各有心胸。毕秋帆中丞家漪香夫人有青门柳枝词云：'留得六宫眉黛好，高楼付与晓妆人。'是闺阁语。中丞和云：'莫向离亭争折取，浓阴留覆往来人。'是大臣语。严冬友侍读和云：'五里东风二里雪，一齐排着等离人。'是词客语。夫人又有句云：'天涯半是伤春客，飘泊烦他青眼看。'是慈云获物之意。张少仪观察和云：'不须看到婆娑日，已觉伤心似漠南。'则明是名场耆旧语矣。"

"王西庄光禄为人作序云：'所谓诗人者，非必其能诗也。果能胸境超脱，相对温雅，虽一字不识，真诗人矣。如其胸境龌龊，相对尘俗，虽终日咬文嚼字，连篇累牍，乃非诗人矣。'"

"易牙治味，不过鸡猪鱼肉；华佗用药，不过青枯漆叶。其胜人处，不求诸海外异国也。"

"如陈古说：世界大族，厦庭高堂，不得已而随意横陈，愈昭名贵。暴富儿自夸其富,非所宜设而设之,置械斋于大门,设尊罍于卧寝,徒招人笑!"

"抱韩、杜以凌人,而粗脚笨手者,谓之'权门托足'。仿王、孟以矜高,而半吞半吐者,谓之'贫贱骄人'。开口言盛唐,及好用古人韵者,谓之'木偶演戏'。故意走宋人冷径者,谓之'乞儿搬家'。好叠韵、次韵,刺刺不休者,谓之'村婆絮谈'。一字一句,自注来历者,谓之'骨董开店'。"

"酒肴百货,都存行肆中,一旦请客,不谋之行肆而谋之厨人,何也?以味非厨人不能为也;今人作诗,好填书籍,而不假锤錾,取别真味。是以行肆之物享大宾矣。"

"严冬友曰:'凡诗文好处,全在于空。譬如:一室之内,人之所游息焉。息焉者,皆空处也。若室而塞之,虽金玉满堂,而无放此身处,又安见富贵之乐耶?钟不空则哑矣,耳不空则聋矣。'"

"田实发云:'我偶一展卷,颇似穿窬入金谷,珍宝林立,眩夺目精。时既无多,力复有限。不知当取何物,而鸡已鸣矣。'"

书角所指点的,还有写景的佳句,不胜枚举。现在选录一打在这里:

"水藻半浮苔半湿,浣纱人去不多时。"(默禅上人)
"西下夕阳东上月,一般花影有温寒。"(方子云)
"旧塔未倾流水抱,孤峰欲倒乱云扶。"(宋维藩)
"水面星疑落,船头树似行。"(苏汝砺)
"一水涨喧人语外,万山青到马蹄前。"(朱子颖)

"山远疑无树,湖平似不流。"(宋人)

"风能扶水立,云欲带山行。"(霞裳)

"斜月低于树,远山高过天。"(陈翼叔)

"宛如待嫁闺中女,知有团圆在后头。"(方子云《咏新月》)

"月来满地水,云起一天山。"(板桥)

"山远始为容,江奔地欲随。"(唐人)

"蝶来风有致,人去月无聊。"(赵仁叔)

廿四年作

什么是"三部曲"？[1]

"三部曲"是文学向音乐借用的名词。先把它在音乐上的意义解说了，然后再说其在文学上的意义。

三部曲，即 Trio，英语的解释为 Composition for three vocal or instrumental parts（三部合唱或三部合奏）。例如把唱歌者分为高音、中音、次中音三部而使之合唱一曲，即为"三部合唱"。又如用钢琴、小提琴、大提琴（piano, violin, cello）三乐器合奏一乐曲，即为"三部合奏"。但所谓合唱或合奏，不是三种人或三种乐器大家唱奏同一种音乐，他们所唱奏的各不相同，而互相谐和，作成复杂的音节（唱奏同一种音乐的，叫做齐唱或齐奏，与合唱或合奏全然不同）。合唱合奏不限于三部，自二部至九部，各有一种特殊名称。二部的称为 Duet，四部的称为 Quartet，五部的称为 Quintet，六部的称为 Sestet，七部的称为 Septet，八部的称为 Octet，九部的称为 Nonet。就中三部曲为最常用的合唱合奏法，二部及四部在近世也常用，但不及三部曲的富有历史。十七八世纪时，作曲者常于大曲中用舞曲

---

[1] 本篇原载生活书店 1935 年 7 月初版《文学百题（文学二周纪念特辑）》（傅东华编）。

Minuet（或 Menuet，Menuetto 是最重要的一种舞曲），而这种舞曲常是三部合奏或合唱的。故三部曲可说是音乐合演上最普遍的一种组织法。

于是文学作品中分三部的，就借用这名称，以表示其互相关联。在音乐上，三部原是同时演出的，不是先后演出的；但在文学上当然不能同时，只能先后演出。所借用的只是三部互相"类似""调和""对照""衬托"的意义。所以不借用别的二部曲、四部曲等而仅借用三部曲者，大概是由于"三"这数目的特性。文学上的"三部曲"，仿佛是"三位一体"的意思。文学常向别的艺术借用名词。像"素描""轮廓"，是向绘画借来的。

Trio 在音乐上还有一种意义：例如有一种乐曲，其中间的一部分称为 Trio（在乐谱字注明这个字）。但这部分并不用三部人声或乐器唱奏，不过是旋律的气势一变，与前后作成对比。因此 Trio 在作曲上又有"对比部"的意义。这转变的来由是这样的：十七八世纪时的作风，一乐曲中含有两个相对比的 Menuet。其中第二个 Menuet 常用三种人声或乐器合奏。因此这对比的部分称为 Trio。后来乐风变更，第二 Menuet 不用三声合唱或三器合奏了，但沿着习惯，仍称这部分为 Trio，于是 Trio 就转成了"对比部"的意思。我们在现今流行的西洋小曲（大都是三部形式的）中，常常可以看见乐曲的中间注着一个 Trio 字。而乐曲却是独唱或独奏的。要知道这 Trio 是"对比部"的意思，不是"三部曲"的意思，即不是文学上的三部曲所借用的。

二　学　生[1]

　　暑假中，有两个我所稔熟的中学生各自来访我。甲学生来访时我问他"几时开学"？他回答说："再过一个月就要开学了！"乙学生来访时我问他"几时开学"？他回答说："还要一个月才开学呢！"这两句话表露了这两人的性行的不同。我觉得这二人是青年学生性行的两大类型的代表者，就据我所见闻为他们写照如下：

　　甲学生今年十七岁，但其沉着苍白的脸色，朴素简陋的服饰，可以使人误猜他是二十岁了。他脸上极难得有笑容。大家齐声笑乐的时候，他偏偏不笑。倘有人把自己以为可笑的话说给他听，说过之后把眼睛盯住他，看他笑不笑，那时他就更加不肯笑了。反之，在宿舍里，或教室里，别人认真地谈话，或认真地讲解问难的时候，他们的一句一字，有时会使他一个人掩口葫芦，弄得别人大家不解。实则他所笑的，有时是讲话者的口头禅，别人所不注意而他所独感兴味的。有时是他自己脑中的回想，不是目前出现的事情，根本不能使别人共感。他在人丛中既不笑乐，又沉默不语，好像是聋且哑的。逢到有人问

---

[1]　本篇原载 1935 年 9 月《中学生》第 57 号。

他一句话，他不得不回答时，也仅说寥寥数语，甚或只说然否二字，而且这然否二字也轻微得不易听到，全靠点头或摇头的动作帮助着使人理解的。因此同学都当他特殊人看。有的同学向众人揶揄，逢到他就不侵犯；有的同学拉大家出去胡闹，放他一个人独在室中，而大家视为当然，从没有一个人提出"为什么除外他"的话。同学中有人不得已而要同他讲一句话，就得换一种口气与态度，恭敬地向他启请。但也并非特别敬重他，只是当他特殊人看。好比他们是一群中国人，而他是住在这群中国人中的一个外国人。中国人大家用国语自由谈天，他一概听不懂，不闻不问。中国人要对他谈话，须得改用外国语调，简要地问答一下就完了。他呢，就好像一个不谙熟中国语的外国人；逢到别人有问，只能简单地说一句答语；逢到自己万不得已而要问别人一声，那就十分困难，他的从来难得听到的喉音，以及生硬的语调，往往使满座静默，十目注视，仿佛发生了特别事件一般。同时他的脸孔就涨红了，好像做了一件极难为情的事。

　　他在众人前说话如此困难，但是说也奇怪，他在一二知友或家人前，是一个雄辩家！但这雄辩家的出现，须在星期六晚上，人迹不到的校园里；一二知己朋友的面前，或者校外的僻静处，同着一二知己散步的时候，这一二知己，在他真是唯一唯二的朋友；但他们倒并非同他一样性格的人。他们除他以外还有许多朋友，闲常也混在众人队里；只是他们的性格中备有某种要素，因此能获得和他的交际。他们深知道他，在闲常，当众人前，轻轻地隐隐地同他说话，他也轻轻地隐隐地回答，大类在翁姑伯叔面前的新郎新娘。等到背了众人，他就像新娘进了房里一般，有说有笑地和新郎讲起情话来。他有见识，有决断，有主张，而且还能雄辩地批评世间一切的事，以及他的对手的言行。当他伴着一二知己躲在僻静的房间里纵谈的时候，你倘在壁上钻一个洞，偷偷地看他的态度，听他的说话，你一定要惊诧，误认他是另一个人了。

他嫌恶一切共同生活。共食的时候看他最不自由，往往疗饥似地吃了些饭，第一个离席。开同乐会的时光，可不到的他就不到，必须到会时就难为了他。因为如前所说，他对于别人认为可笑可乐的事，都不感兴味。只在别人欢笑的旁边枯坐了几小时，闷闷地退出。他不欢喜穿制服。可不穿时，尽量地不穿。非穿不可的时候，不自然地套在身上，领头折了也不管，钮扣脱了也不管，仿佛故意显出制服的恶点来，为他的不愿穿辩护。总之，他是一个个性很强而落落寡合的孤独者。他把生活力全部发泄在书本里，所以学业成绩多是甲上。他来访我时，总是跟他父亲同来。我从他的父亲和同学处知道他的性行。

乙学生今年十九岁。但其嬉皮笑脸的神气，短小精悍的身材，齐齐整整的衣服，可以使人误猜他只有十五六岁。有时他的崭新的制服的口袋上，装着闪亮的一个笔套夹，脚上穿着一双闪亮的黑皮鞋，头上生着一对闪亮的黑眼睛，独自跑来访我。我骤见他时觉得眼睛发耀，心中暗赞"好一个翩翩少年"！他一见我就带笑带说，笑个不休，说个不休，但说得不教听者讨厌。每逢我想对他说话的时候，他会敏捷地收住自己的话头，怡颜悦色地听我说话，中间随时加以爽快的答应。但当我抽烟，喝茶，或说得口乏而想停下来的时候，他的话就巧妙地补衬上来，以防相对沉默的寂寞。我对他提出什么话，没有说完，他的嘴巴已表出说"是呀！"的姿势。有时不禁使我想象："假如我对他说'今天太阳从西方出来的呀！'，他也会接上一个'是的！'来。"然而这也不过极言其说话之和悦。其实，他并非人云亦云，或阿人所好。只为他懂得说话技法，要表示反对的时候，也从赞成入手，旁征远引地说出他反对的意见来，使听者不得不同意他。他到我家一二次，就同我家的孩子们都稔熟，好像旧相识的。连我家的老妈子也同他谈得很投机，每次殷勤地倒茶给他吃。他到我家如此，在学校里的行状便可想见。

我从他的先生及同学处，知道他是全校第一个交际家。他没有一个知己，但没有一个同学不是他的好朋友。同学会里有什么兴行，他是总干事。学生个人间发生了什么问题，他是调解者，慰安者，帮助者。他知道一切同学的性行、习惯、生活，以及在校外的行动，甚至家庭间的状况。他仿佛是一个学校里的包探。同学之外，教师的家里有几个人，茶房每年可赚多少钱等事他也都知道。所以他的生活很忙。不大有自修的工夫。

其实，他即使有空的时间，也雅不欲埋头"读死书"。他常用巧妙的谦虚的言词，对众人表明他对于求学的意见，隐隐地指摘"读死书"之无用。他的话是这样："世间有两种书，一种是纸做的，一种是人做的。像你们，聪明的人，有能力读破万卷纸做的书，原可以埋头用功。像我，既无聪明，又不耐劳，埋头纸做的书中，一生也读不好，等于自杀。像我这样又笨又懒的人，进了学校只能读人做的书。先生的教训，同学的交游，以及我所对付的一切人，都是我的书。"这类的话说得对方既欢喜，自己又体面。于是他就实行他的求学政策。晚上自修的时间，他只在先生来督看的一会儿时间内作些必不可少的自修。例如要交卷的东西，他只得草草地写起来。要背诵的东西，他只得硬记一下。其他都可在上课时间内临时预备。等到先生走开了，他也就走开，走到谈得上话的同学那里，拉了他出自修室，到阅报室里去谈话。谈话同志越多越好。有时幸而集了一群人，在阅报室里，他插身其间如鱼得水，浑身畅快。他对于阅报室感情特别好，不仅为了每晚可作他的谈话室，正因为室中有的是报纸，满载着他所最关心的国家大事，社会新闻。他们可以随手指着报纸上的某一事件，作为谈话的引子。若是外交问题，他的谈论比大使更雄辩。若是内政问题，他的批评可以压倒一切要人。若是民事问题，他的裁判活像一位法官。若没有先生干涉，他们会谈到就寝。有时熄灯后和几个同志偷偷地走出寝室，到先生听不到的地方去作夜谈。

吃饭的时候，他往往是最后出食堂的人。有人以为他是大饭量，其实冤枉。他每餐所吃的饭不多，只是吃得十分缓慢。缓慢的用意，就是要等多数人吃毕而去，然后纠合几个健饭健谈的同志，添些儿菜，从容地且谈且吃。然而在学校的食堂里，这事到底行得不痛快。故他所最盼望的是假日的撒兰花。（在一张纸上画了许多线条，在线脚上注明多少不等的钱数，然后把钱数卷藏了。请各人各选一根线头。发开线脚来看，各人依注明的数目出钱去买食物共吃，叫做撒兰花。）他们或者拿撒来的钱买了各种糖果在校里吃，或者多撒些儿，大家上饭菜馆去，那更吃得畅快，谈得尽情。

　　然而我知道，他的欢喜约了人聚吃，并非征逐饮食，目的在于交际。因为他平素不贪吃，不饮酒，且反对饮酒，曾经在演讲比赛会中讲过"饮酒之害"这题目，大意说：酒能使人脑筋糊涂，非有为青年所宜饮。有害卫生还在其次。又说：中国之贫弱，非关于人民体格不强，实由于人民脑筋糊涂，只顾自己而不管国事之故。说得满堂师友大家拍手。拿讲演比赛的锦标送给他。他有这般的交际手腕和这般的荣誉，因此全校上下对他都有好感。只有他的级任教师微微不满于他，说他的学业成绩太差了。这也难怪，他事务这般忙，哪有工夫对付学业？能够保住六十分，不留级，已是亏他的了。总之，他在人类社会中是像皮球一般圆滑周转的一个人。除了睡眠以外，他几乎没有片刻的孤独生活。"与众乐乐"，"善与人同，乐取于人以为善"，这种古话都可以送给他作座右铭。他可以访我时必来访我。有时坐片刻就去，如他所说，是"专诚来望望"我的。我从他自己及他的父亲、先生和同学处知道他的性行。

　　现在离开学很近，恐怕这几天甲学生有些儿怅惘，而乙学生在那儿高兴了。

廿四年立秋

谈 梅 兰 芳 [1]

我只看过一次梅兰芳。约十年前,在上海,不记在何舞台,不记所看何戏,但记得坐的位置很远,差不多在最后一排的边上。因为看客很挤,不容易买得戏票。这位置还是我的朋友托熟人想办法得来的。

记得等了好久,打了许多呵欠,舞台上电灯忽然加亮。台下一阵喝彩,台上走出一个衣服鲜丽得耀目的花旦来,台下又是一阵喝彩。但我望去只见大体,连面貌都看不大清楚。故我只觉得同别的花旦差不多,不过衣服鲜丽,台上电灯加亮而已。台下嘈杂得很,有喝彩声,谈话声,脚步声,以及争坐位的相骂声。唱戏声不大听得清楚。即使听得清楚,我那时也听不懂,因为我是不大欢喜看戏的。此来半为友人所拉,半为好奇,想一见这大名鼎鼎的"伶界大王"。

事后我想:我坐在远处,看不清楚梅兰芳的姿态,也好。因为男扮女的花旦,以前曾经给我一个不快的印象,看清楚了恐怕反而没趣。为的是有一次,我到乡下亲戚家作客,适值村上要做夜戏,戏台已经搭好,班子船已停在河埠上。亲戚家就

---

[1] 本篇原载 1935 年 11 月 1 日《宇宙风》第 1 卷第 4 期。

留我过夜，看了戏才去。下午，我同了我的亲戚到河边闲步，看见一个穿竹布[1]大衫而束腰的中年男子，嘴里咬着一支带长甘蔗[2]，从班子船中走上岸来。亲戚指着他对我说，这是花旦。后来我正在庙后登坑，看见一个人手里拿着旱烟筒，头颈下挂着辫子，走进来，也解开裤子，蹲在坑上。其人就是那花旦。这样地见了两次，晚上我立在台前最近最正的位置里看他做花旦戏，觉得异常难看，甚至使人难堪。从此男扮女的花旦给了我一个不快的印象。但梅兰芳，听说与众不同，可惜我没有看清楚。但幸而没有看清楚，使我最近得安心地怀着了好感而在蓄音机〔唱机〕上听他的青衣唱片。

前年我买了一架蓄音机。交响乐、朔拿大〔奏鸣曲〕的片子，价钱太贵，不能多买；即使能多买，上海的乐器店里也不能多供应——他们所有的大多数是上海的外国商人所爱听的跳舞音乐片子。于是我就到高亭、胜利等公司去选购中国人制的唱片。苏滩，本滩，绍兴调，宁波调，滑稽小调，歌曲等都不合我的胃口。还有许多调子我听不懂，昆剧片子很少。可听而易购的，还是平剧〔京剧〕的片子。我就向这门里选购唱片。不知何故，最初选了七八张梅兰芳的青衣唱片。乡居寂寥，每晚开开唱片，邻里的人聚拢来听，借此共话桑麻。听惯了梅氏的唱片，第二批再买他的，第三批再买他的，……我的蓄音机自然地变成了专唱梅兰芳片子的蓄音机。而且所唱的大多数是男扮女的花旦

---

[1] 竹布，在作者家乡指一种沙细而很挺的薄布，常是很淡的蓝色的。
[2] 带长甘蔗，作者家乡话，指不切断的原株甘蔗。

戏。因此，青衣的唱腔给我听得相当地稔熟。

平剧的音乐的价值，青衣唱腔的音乐的价值，当作别论，不是现在所要说的。现在所要说的，是青衣唱腔给我的一种感想。而且这感想也不限于梅兰芳的青衣。我觉得平剧中的青衣的唱腔，富有女人气。不必理解唱词，但一听腔调，脑际就会浮出一个女子的姿态来，这是西洋音乐上所没有的情形。老生，大面的唱腔，固然也可说富有男人气，但他们的唱腔都不及青衣的委婉曲折。青衣的唱腔，可谓"女相十足"。我每次听到，觉得用日本语中的 onnarashii 〔有女人风度的〕一语来形容它，最为适切。在事实上，从古以来，女子决没有用唱代话，而且唱得这样委婉曲折的。然而女子的寻常语调中，确有这么委婉曲折的音乐的动机潜伏着。换言之，青衣唱腔的音乐，是以自来女子的寻常语调为原素，扩张，放大，变本加厉而作成的。这使我联想起中国的仕女画。雪白而平而大的脸孔，细眉细眼，樱桃口，削肩，细腰，纤指，玉腕，长裙，飘带，……世间哪里有这样畸形的女人？然而"女相十足"，onnarashii，使人一见就能辨识其为"女"，而且联想起"女"的种种相，甚至种种性格。为了这也是以自来女子的寻常姿态为原素，扩张，放大，变本加厉而作成的缘故。这也是西洋绘画上所没有的情形。可见以前的音乐、绘画，在东西洋各自成一格调。

言归本题。上面所说的"女相十足"，固然不限于梅兰芳的青衣，一切青衣的唱腔，都是具有这特色的。不过梅氏倘真是"伶界大王"，则他所唱的青衣应是代表的，即我的唱片没有选错，即上面的话不妨说是为梅氏说的。四十多岁的男子，怎么唱得出这样"女相十足"的腔调？我觉得有些儿惊异。在现代，为什么花旦还是由男子担任，我又觉得有些儿疑问。难道"当女子"这件事，也同"缝纫"和"中馈"一样，闲常由女子司理，出客[1]必须烦成衣和厨夫等男子担任的吗？

廿四年十月五日石门湾

---

[1] 出客，意即在正式场合。

小钞票历险记[1]

欢喜旅行的小朋友,也许会羡慕我们足迹遍天下,而怪我们绝不肯把旅行的经历讲给听听。其实我们并非不肯,只因经历太多,讲不胜讲,所以大家索性不讲了。

现在我们的家族中突遭重大的变故,我的诸姑姊妹全都到国库里去作长期的休息了。只有我们男人还留落在外边,过着流浪的生活。在这可纪念的时候,我准定把我自身的遭遇,在这里和诸位少年们谈谈。

我一出世,就穿了一件崭新的花标布长衫,伴着许多弟兄,裹着报纸,连日睡

---

[1] 载 1936 年 1 月 10 日、1 月 25 日、2 月 10 日《新少年》第 1 卷第 1 号、第 2 号、第 3 号。前两期署名"子恺";后一期目录页署名"子恺",正文署名"丰子恺"。1947 年 10 月,万叶书店出版《小钞票历险记》连环图画,所配文字与原刊本有较大出入。

在会计室里的铁洋箱中。这好比"衣锦夜行",好不闷人!有一天,铁门开了。会计先生请我们出来,郑重地打开报纸,把我取出。我以为可以看看世景,出出风头了。谁知他说了一声"张先生!还有一角找头呢!"就把我交给一个穿洋装的人。我才略略一见会计室的天花板和窗外的天空,就被那张先生塞进洋装袋里。这里先有两个圆圆的小白脸的姊妹住着。各人脸上打着一个黑而大的圆印,一个"昌"字,一个"兴"字。我忍不住哈哈大笑。她们都动怒,骂起我来:"你自己穿着新衣,就看人不起!我们没有洗脸的原故!看你这件新衣裳永远不旧不破!"我自知不合笑她们,也不回话了。

　　过了一会,我从袋中被张先生取出。他用两手把我提高,像看信一般念道:"一张新钞票!中国农民银行的!恐怕还是第一次出门呢。"他的女儿慧贞跑来,仰起了头看我的背部,说道:"美丽啊!像爸爸的图案画原稿!爸爸,给了我!"恰好他的儿子文彬放学回家,听见了姊姊的话,就背了书包赶过来,不问事由,嚷着"给了我!我要的!"便去拉下他父亲的手,把我夺去。慧贞撅着嘴说道:"这是钞票!你要它做什么?你

想积起来,讨个老婆么?"文彬两手捧着我向房间里跑,一面回头对他姊姊说:"我想积起来买飞机!航空救国!"

张先生跟进房间来,笑着摸文彬的头,说道:"阿彬!你要航空救国么?"阿彬却用手指着了我的额上念道:"中,国,农,民,银,行。"又注视我的长衫,念道,"积,成,拾,角,兄,付,国。爸爸,这是什么字?"张先生笑道:"不是'兄',是'兑'。"就把我身上的字一个个教给他。又取出显微镜来,把我衣裳地子里的许多细字"壹角"指给阿彬看。慧贞从室外跑来看。她的妈妈拿了针线走来看。大家称赞:"细来!清爽来!多来!"这时候我真快乐!我觉得做钞票比做人光荣!张先生对阿彬说:"藏得好,不可失去。"阿彬把我夹在一册画帖里。我的前面画着一架飞机,后面画着一只轮船。起初我独自看看飞机、轮船,不觉寂寞。但地方太暗、太窄,使人气闷,不久我睡着了。

明天,阿彬翻开画帖来看我。我看见身在一个教室中,有许多孩子正在读书,一个女先生站在台上教他们。忽然女先生对着我骂起来:"张文彬为啥勿读?你在看什么?"文彬慌忙把画帖塞进桌板底下,跟着大家读书了。我却从画帖中跌出,落到地上。我拼命地喊:"我跌出了!快救我!"但文彬没有听见。忽然一阵风来,把我吹到后面一个穿柳条布裤子的孩子的右脚边。这孩子从上面望见了我,立刻用右脚踏在我身上。我被他踏得透气不转。他的鞋子底上有着鸡粪,臭气难闻。我拼命地喊:"踏死我了!臭死我了!救命!救命!"但是孩子的脚越是踏得紧些。过了好久,他的脚突然移开,他的手急忙伸下来把我拾起。一到亮处,我看见自己的新长衫的裾上,染着了一大块青黑色的鸡粪的迹!我正想吸些新鲜空气,不料才透一口气,这孩子就把我塞进他的鞋子里去。这时候女先生又对我骂起来:"朱荣生的手在下面弄什么?坐好来!"我拼命地喊:"先生!救救小钞票!他要把我塞进鞋子里!"没有喊完,他已胡乱地把我塞进鞋口,我的身体被折成三

段，践踏在他的脚板底下，这里的环境，比以前稍柔软些。然而一股脚臭，加了一股潮气，令人难受。我屈身在这里面，仰头看见他的脚底，奇怪起来：我记得刚才明明看见他是穿蓝袜的，怎么忽然赤了？仔细研究，原来他的袜底差不多已经完全落脱；只有中部还有一处连络，然而狭得很，好像地图上的中亚美利加。倘然有人在这里开一条巴拿马运河，他的袜就要完全无底了。

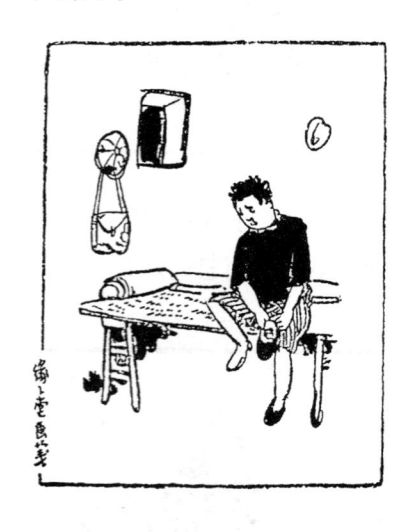

忽然，脚底和鞋底鼓动起来。一宽一紧，不绝地把我压榨。我料想这朱荣生在走路了。但不知他带我到什么地方去？我被榨了好几百次，方才静止。一会儿脚底板脱出了鞋子，我被朱荣生取出。他见我身体弯成三段，外加折了一臂，连忙为我抚摩。但一时我也伸不直来。我忘记了痛苦，忙着观察我的新环境。这里同文彬家里大不相同。屋很低小，墙上只有一个窗洞，也没有窗帘。窗洞旁边挂着旧帽子和破书包。书包下面就是一只床，也没有床架和蚊帐，只是两只板凳和三块松板。板上铺着草席，放着油腻的枕头和破旧而薄的被。朱荣生坐在这床上把我抚摩了一会，就把我藏在枕头底下。我觉得有几只小动物爬到我身上来。一看，焦黄色的，好像小乌龟。它们都来舔食我身上的鸡粪。

　　过了一会,枕头被拿开了,朱荣生又来把我取出,递给一个中年妇人,说道:"妈妈,这是我今天在学校里拾得的,就去买了夜饭米罢。"我知道要被送出了,很高兴。因为枕头底下的小动物有一股别致的臭气,比脚臭、鸡粪臭更加难闻,我实在不愿在这里过夜。那中年妇人蓬头垢面,蹙着眉头,穿着破旧的衣服,伸手来接了我,看着我说道:"阿荣,这一定是你的同学们失落的。你应该交给先生,归还失主。我们怎么可以用呢?"阿荣说:"妈妈,不要紧。等爸爸寄了钱来,我去还给先生,叫先生招领,并向先生说明迟还的理由。好吗?"他的母亲点点头,取了竹箩,把我放在衣袋里,出去买米了。

　　我从朱荣生的妈妈的手里,走进了米店的帐桌抽斗里。这里先有我的许多伯叔、姑母和兄弟姊妹们住着,我们相见甚欢。帐桌的中央有一个狭长的洞,透进光线来,好像一个天窗。我借了这天窗的光,看看自己,浑身是泥迹、汗迹,外加鸡粪迹,和伤痕,不禁叹息。一位伯伯冷笑着对我说:"你叹什么?我们身上有着更多的龌龊和伤痕呢!到这世间来,谁能避免龌龊和伤痕?"我看看他们,悲观起来,正要再同伯伯谈心,忽然抽斗开了,管帐先生的手带了我们的五公公进

来，又把我和四位伯伯带出去，并列在柜台上，对一个农妇说道："贵林嫂，找头来了。收你五块钞票一张，除去一斗米大洋九角，找还你大洋四元（指四位伯伯），一角（指我）。"贵林嫂在我们身上包了两层纸，一层布。在米店的门槛上朝里坐了，解开衣襟，把我们藏在她肚兜袋里。然后背了米走路。

我想继续同伯伯谈心，但住在贵林嫂的胸前，跟了她的两只大乳房，一抛一抛地抛个不止，一句话也不好谈。后来不抛了。她取我们出来，对我们一个一个地细看。我看见她坐在一个灶门口。这里的环境虽然也很萧条，但比朱荣生家清爽。灶门口的木栅窗外，统是青青的竹。竹叶在风中摇曳，把绿影送进灶间里来，很是清幽。贵林嫂伸手到里面的灶肚里，从灰中取出一个美丽牌香烟罐头来。开盖，把我们五人放进罐内，盖好。但觉罐头摇动，罐外沙沙地响，料想她又把我们埋在灶肚里的灰中了。我喊将起来："喂！贵林嫂！你怎么活葬了我们？"忽然听见罐头底下有女人们的声音："阿官，不要着急，我们做伴罢。我们已被活葬了两个多月了！"原来先有两位姑母住在罐头底里。

我见了姑母，如同见了母亲一般，连忙俯身注视着她们的圆圆的大白脸，把近来被污及受伤的苦痛告诉她们。一位姑母笑着说："你不知道我们的苦痛咧。我们每次经过人手，必被在地上用力掼几下，或者拿我们的头互相敲击，敲出响亮的声音来。甚至用一个铁印，在我们脸上凿几下，痛不可当，伤痕永远不退！"另一位姑母说："我脸上这种伤痕最多，可惜这里没有灯，不能教你看见。"于是伯伯的话又来了："谁能避免龌龊和伤痕呢？在这世间，无论男女都苦……"忽然听见外面有男子的怒骂声："老太婆哪里去了？渴得要死，茶一滴儿也没有！"停了，一会又说："你倒弄了米来烧饭吃？让我用里面的锅子烧茶喝罢！"屑屑索索地响了一会，我们的罐头渐渐发热起来。伯伯们吃惊道："不好了，我们要受炮烙了！"姑母们也慌张地说："咦，我们住了两个多月了，这灶从来不曾烧过，怎么今天烧起来了？啊哟，我们最怕烫呢！"

伯伯们说:"还是你们,不过烫痛了。我们要被烧焦的。"

火气渐渐攻我的心。我挣扎叫喊,终于发晕。等到醒来时,只见香烟罐头和盖分作两处,躺在地上,正在冒烟。伯伯们焦头烂额地躺在香烟罐口的地上,四人滚作一堆,二位姑母躺在罐外的地上,浑身冒出烟气来。我自己就躺在姑母们身旁,觉得周身发热,皮焦骨裂似的。我向上面望,看见贵林嫂右手拿着火钳,哭丧着脸立在灶间门口,嘴里说着:"啊哟,总共只有卖菜来的两块钱,和卖丝来四元一角,被你当作纸锭烧掉了!你这醉鬼!哪里去灌饱了黄汤?"又骂她自己:"我这死尸,原要死快了!迟不去,早不去,偏偏在这时光去洗衣。我在这里,不会被这醉鬼烧掉。"又骂贵林:"你千年没得喝茶的?"贵林一跌一撞地从灶间里出来,看见我们躺在地上,笑嘻嘻地来拾,贵林嫂拦阻不及,被他夺了我和两姑母,逃出门去。

我和两姑母伏在贵林的胸前的背心里,身体渐渐凉些,大家互相慰问。但是姑母们挂念着四位伯伯,流下泪来。我说:"这回的灾难,他们原是无意的。贵林嫂一定会给伯伯们调养,而且以后决不会再叫他们住在那危险的地方。"姑母们叹口气说:"真如你伯伯所说,在这世间,受污和受伤是谁也不能避免的!"

忽然贵林的手伸进背心来，把我摸出，砰地一声，把我按在一张板桌上，吓得我旁边的姊妹们直跳起来。同时他口中大叫一声"天门"！我身上颇有些痛，但这新环境立刻使我忘记了痛。这里没有遮盖，是在光天化日之下。我们的许多伯叔、姑母、兄弟，及子侄们分作数群，布置在板桌上，好不热闹！
许多人张大着眼睛和嘴巴，围着板桌注视我们，好不光荣！可惜我的新衣又污，又皱，又焦，没有风头可出！忽然一个额上盖一块糙纸的糙胡子，伸手把我移到他身边，叠在七八个姊姊的身底下。不久，刚才同遭炮烙之灾的一位姑母也来了，坐在我的旁边。她说："这里好爽气！"又对姊姊们说："你们轻些儿，不要压坏了我的小侄儿！他刚才受了伤的。"

不久我和许多族人进了糙胡子的衣袋里。这里虽然阴暗，但是人多，不觉寂寞。只是有一股特别的气味，使人闻了恶心。这气味从衣袋角里的一个锡纸包里发出，好像焦布臭，又好像焦糖气。一位姑母用头擦开了那锡纸包的一角。我们看见里面裹着的是焦黄色的粒子。气味更猛了！我从它们旁边擦过，身上又染了一个焦黄的迹。忽然，一只手伸进袋来，取了三个姊姊出去。同时听见糙胡子对人说话："今天生意不好，照应些

罢!"一个毛喉咙接着说:"不捉你赌,已经照应了!你也要识相啊!"手又伸进袋来,把我取出,递给那毛喉咙的人。我看见他戴着鸭舌头帽,衣服像个兵,嘴唇永远撅起。他接了我,看看,闻闻,冷笑着对糙胡子说:"这焦黄的是什么?"糙胡子拍拍他的肩,含糊地说:"老朋友,老朋友!"他哼地一笑,就把我塞入他的裤袋中。

毛喉咙的裤袋里,已有我的一个弟兄住着。他身上焦黄迹比我更多。他看见我进来,笑着问:"你从哪里来的?"我说:"糙胡子身边。"他说:"我也是从他那里来的,昨天下午。我气极了!他竟拿我当抹布,去揩他的一支特别粗大的烟筒……"他正在说,忽闻外面有锣鼓声、人声,非常热闹。我们侧着耳朵听了一会,大家脚底痒起来。正在想出去看,但见一只龌

酲的手，徐徐地伸进裤袋来，徐徐地执住了我们兄弟两个，又徐徐地扯出去。出裤袋后，一刹那间，我瞥见一个戏台上正在做戏，台下无数人站着看。其中有一个癞头，把我从毛喉咙的裤袋中取出，立刻塞进他自己的裤腰里。其间不到一秒钟。我们沿了他的肚皮落下，以为要从裤管中落出在地上了。谁知他的裤管用带扎好，下面不通。我们恰好搁在他的裤裆里。这是我们从来未曾逢到过的恶环境！就是我们的伯伯、公公，恐怕也未必遭逢到。这是我们的奇耻大辱！

我们兄弟二人伏在裤裆中，交口谩骂这癞头。裤裆不绝地荡动了一会，忽然停止了。癞头取我们出来时，我但见他脱下了半条裤子，蹲在毛厕上，热心地观察我们。这里臭气熏天！但比裤裆中总好些，我们已堪庆喜了。我捏紧了鼻子，眺望毛厕外面，看见了美丽的野景：密密的桑叶筑成一堵浓绿色的城墙，上有小鸟儿歌唱着。青的草织成一条广大的毯子，上有蝴蝶儿跳舞着。日光鲜丽，空气清爽，好个神仙世界！回思我们做钞票的，天天躲在酲里酲酲、狭里狭窄、乌天黑地、阴阳怪气的地方，真是阳间地狱！我们不敢奢望做鸟儿蝴蝶，但能做桑地里的一块泥土，也是万幸了！

一会儿，癞头把我们塞在毛厕的墙洞里，然后起来缀他

的裤子。后来又把脚架在毛厕缘上,把裤管的带从新缀过,缀得越紧越好。我知道了!他原来是以裤裆为临时储藏库的!人这件东西,真是千态万状的怪物!他们的生活样式,无奇不有。甚至有以裤裆为临时储藏库的人!于是我猜谅他把我们塞在这墙洞里,这里大约是他的正式储藏库了。

虽然有臭气,但可看野景,我倒欢喜。可是事实不然:他缀好了脚带,就把我们二人从墙洞中取出,把我的兄弟藏在他的衣袋里,拿了我走到毛厕外面的溺甏边,蹲下去,掀开甏边的一块砖头,把我压在砖头底下。这里又潮、又暗、又臭,我想大声呼救。但砖头已把我紧紧地压住,我不能作声了。

我气得睡着了。醒来时,看见那癞头正在取我出来,同时对一个方头胡子说:"我只有这一角大洋了。不过,我现在只能先还你半角,请你找我十七个铜板,让我买碗夜粥吃吃。大家老朋友了!"方头胡子见了我,立刻上前来夺,同时凶狠地说:"贼癞痢!欠了人铜钱不还,却自己喝酒,又把余钱储藏在这里?拿过来,这张角票还了我再说。你的库房一定不止这一处。让我再打一顿,好教你再说出来。"就一手来打他的癞头皮,一手来夺我。争夺的结果,算我倒运:我被腰斩为两段!痛苦万状!我拼命地喊:"救命!救命!你们欠钱,关我小钞票啥事体!为什么腰斩了我？"他们不来理我。方头胡子使劲地在癞头上打了几下，我的下半身终于归到方头胡子手里。他把我两半身叠起来，折好，塞在衣袋里，骂着"贼癞痢！"去了。

我被腰斩了，放在方头胡子的衣袋里，半死半活，不省人事。后来我渐渐苏醒，觉得自己的身体仰卧在平稳的地方，有人正在抚摩我。我想大约已经躺在医院里的病床上，有医生正在为我接骨了。我心中安慰些。但是，为什么我的上半身仰天而下半身合扑呢？张开眼睛一看，原来那医生就是方头胡子。他正在用右手的小指甲，向自己的牙齿上括下齿粪来，涂在两个小纸条上。我又不解其意，心想难道这种龌里龌龊的东西可以当药的么？难道他要把这些纸条贴到我的身上来？没有想完，果然不出所料，他拿起涂着一层浓厚的齿粪的小纸条来，要贴到我的腰际来。

我拼命地喊:"我的下半身合扑着,快给我翻转来!"但他已经贴牢,用掌心重重地敲我三下。又把我的身体翻转,用另一纸条贴在我的背上,又重重地敲我三下。然后说一声"好!"把我放在灶山上。我扭着身体躺着,看见灶头,回想起贵林嫂家的炮烙之灾来。我觉得,与其在此做残废者,不如早些儿在贵林嫂家的灶里烧死了。

平生所闻的臭气,不少了:朱荣生鞋底上的鸡粪臭,他的脚臭,他枕头底下的焦黄小乌龟臭,糙胡子袋角里的焦黄小粒子臭,癞头的裤裆臭,毛厕臭,溺甏臭。但臭之难当,无过于方头胡子的齿龚了!这种臭带着腥气,好像夏天的死鱼的气味;又带着酸味,好像没有放石炭酸的陈腐的浆糊气。别人"腰缠万贯",我却腰缠了这种臭东西!但是说也奇怪,我的腰果然被接好了。在灶山上烘了一会,愈加牢了。方头胡子把我拿下来,两手执住我的头和脚,拉了两下,说:"好!蛮牢蛮牢!"

就拿我到门口，递给一个浓眉小眼而臂上挂着篮的人，向他买一包仙女牌。那人看看我，摇摇头，说："这票子用不来。"方头胡子拍拍胸部，说："用不来包退包换！"那小眼睛终于接受了我，把我塞在他的篮底里。

我听了方头胡子和小眼睛所说的"用不来"一句话，心中十分悲伤。回想当日何等体面，何等光荣！不料今日弄得浑身臭秽，半身不遂，甚至被人说"用不来！"正在悲伤，忽被从篮底取出。但见天色已黑，小眼睛坐在一只板桌旁边。桌上放着洋油灯，他的贩卖篮，和一个空盆，一双筷，一只空酒杯，和一只空酒桶，倒立在桌边上。他把我取在手中，看了一回，就骂我："妈的，半斤酒一剁剁就喝完。只剩你这张破钞票，现在要派你去添酒了。"忽然他把我在桌子上用力一掷，大骂起来："妈的，我辛苦地跑了一天，喊了一天，只赚得你这个破东西！我在为你受苦！我一生一世吃了你的亏！这会你在我手里了，请你吃点苦头去。我要你的命！"他就拿我的脚到洋油火上去烧。我痛极大叫："冤枉！冤枉！不关我事！"但他烧了我的右脚，再烧左脚，再烧右臂，再左臂。我的腰已经扭转，如今四肢都残缺了。

他烧好了，把我丢在地上，地上有许多肉骨头，大约是刚才他下酒时抛下来的。我用一根肉骨头当枕头卧了，想静养一会。听见小眼睛还是怒气冲冲地在骂我："妈的！我要你的命！屋漏水打湿了一包香烟，蚀耗了十一只板。昨天偷脱两包酥糖，又是蚀耗了十四只板。"我伏在地轻轻地说："不关我事！"他继续骂："妈的，我要你的命！冬衣当光了！糕饼店里的一块二角讨得真凶，新货定要现交！工厂里倒出来的人都做小贩，生意

被他们抢光了！"我又伏在地上轻轻地说："不关我事！"他用手指着了我，再继续骂："妈的，我要你的命！你为什么不肯到我这里来？你多来几个，我不致吃这等苦头！你害了我终身！我要你的命！"他立起身来了。我想大喊"不关我事"，他已经用脚在我身上乱踏。一边骂，一边踏，踏得我的头和脚都豁裂，我痛得晕去了。

我醒转来，看见自己躺在一张桌子上，身旁放着浆糊和剪刀，一个老婆婆戴着眼镜，在那里救治我的头和脚的破裂。她刚才用一条纸，从头至踵，贴在我身上。一边向墙角里藤椅上的老头子说："隔壁的小眼睛阿二吃得烂醉，又来打酒，用了张破钞票进来。我要同他掉，他说没有了；用不掉包退包换。这张票真破得厉害。黑得字也看不出了。别人已经补过一根横条，我再补一根直条上去。弄得纸头多，钞票少了，哈哈。"说着,把我翻转来,再用一条纸贴到我的背上去。老头子衔着旱烟筒,独语似地说:"阿二这东西,不知哪里去弄这种破东西来!明天我给主雇罢。用不脱,定规同他掉!"他慢慢地走向老婆婆这边来。这时老婆婆已把我补好,摊在灯下。老头子提起我来,到灯光底下细看了一会,说:"下半张还是反转贴的!三八一五八八,"又翻转来看,念道,"三八一五八八,号子倒没有错。"他放下我,踱开去,一面说:"只要好用,还不是一样的。"

我在酒店老婆婆的抽斗角里,昏昏沉沉地睡了一夜。次晨醒来,听见旁边有女人的声音在那里吃吃地笑。一看,原来是面孔上曾盖"昌"字印子的姊姊。她的圆圆的脸已揩得雪白,坐在我身旁,用下颚向我冷笑。我低下了眼睛。她却开口问我:"小弟弟,你的新衣裳呢?"我羞得满面通红,低头不语。她又说了:"我以为你的新衣裳永远不破不旧了!"我愤怒起来,厉声质问她:"我在受难,你还要嘲笑我!"她难为情起来,就来安慰我,抚摩我的痛处。我睡着了。晚快醒来,这姊姊已不知去向。过了一会,老婆婆拿我出来,递给一个工役样子的男人。他手中拿着一瓶酒,立在柜边等我。他见了我,提起我来一

看,还给老婆婆,说:"这张票子不大好用呢,你找我铜板罢。"老婆婆缩着头颈,笑着说:"阿芳哥,铜板没有了。这票子好用的!我们也是主雇用进来的。破有啥要紧,只要值三十五个铜板,还不是一样的!"阿芳向我再看一会,拿了我出门,回头又喊一声:"倘然东家不要,我要来掉呢!"老婆婆说:"好的,好的。东家一定要的。"

阿芳拿了我走进一家人家,我觉得这地方很稔熟,但一时记不起来。他把我递交一位洋装先生,一面说:"酒店里的老太婆定要找我一张破角票,我说不好用要来掉的。"洋装先生笑嘻嘻地伸手接了我。我方才认识,他就是张先生,文彬的父亲。我悲喜交集,一时说不出话来。

张先生又像看信一般,用两手把我提高,念道:"一张破钞票!中国农民银行的!下半张还是反转贴的!不知它游了几多地方?经过了哪些人的手?"他的女儿慧贞跑过来,仰起头看我的背部,说道:"咦!这张也算钞票!"恰好文彬放学回家,听见了他姊姊的话,就背了书包赶过来,向我一看,也说道:"咦!这张也算钞票!"张先生突然问他:"阿彬,前会我给你的一张新钞票呢,崭新崭新的一张?"阿彬想了一想,蹙紧小眉头说:"我夹在画贴里,后来翻不着了!"

张先生用指头点点他,说:"我晓得你要失去的。"慧贞笑着问他:"你想积起来买飞机,航空救国呀!你救了什么?"阿彬白她一眼。她挺起眼睛回想一下,说道:"可惜!很美丽的一张!像爸爸的图案画稿!如今不知到哪里去了!"阿彬也挺起眼睛想了一会,接上去说:"上面还有字。中,国,农,民,银,行,……壹角,壹角,壹角……细来!清爽来!多来!如今不知到哪里去了!"两人耽于回想的欢喜中,脸上现出同样的微笑来。我已悲愤填胸,听到这话,大声叫喊:"我就是那张新钞票呀!你们怎么不认识我?"但是他们听不见。慧贞还是在说:"唉!那张新钞票不知到哪里去了!"又指着我对文彬说:"这张你也要了去吧!"文彬摇摇头说:"我不要它!"我又大声叫喊:"我就是你的新钞票呀!"但是他始终没有听见。

　　张先生对着我沉思了一会,又说:"不知它游了几多地方?经过了哪些人的手?"就用图画钉把我钉在他书室中的墙上,他的图案原稿的旁边。我的残躯总算得了休养之所。

廿四年十月十二日

二重生活 [1]

西洋文化用了不可抵抗的势力而侵入中国来。同时中国文化也用了顽强的势力而保住它的传统。于是中国人的思想上，生活上，处处出现新旧文化同时并存的状态。这叫做二重生活。譬如：这里在组织小家庭，那里在励行九世同居。这里在登离婚广告，那里在建贞节牌坊。甚至两种状态出现在一份人家里，或者一个人身上，造成了种种的烦闷与苦痛。

大家只知道把年来民生的不安，归罪于天灾人祸，内乱外患等种种大原因上。殊不知除此以外，还有一种最切身地使民生不安的原因，便是这二重生活。它能使一般民众左顾右虑，东张西望，茫然莫知所适从，始终彷徨在生活的歧途上。它能使各种言行得到成立的根据，各种罪恶找得到辩护的理由，以致是非颠倒，黑白混淆。为了生活的方针而满腹踌躇，煞费苦心；终于陷入盲从，遭逢失败的，在近来中国的民间不知有几千万人呢！不说别的，但看二重生活上最小的一件事——阴历阳历的并存，已足够使人麻烦杀了！

"诚于中，必形于外"，岂独个人如此？社会也是这样的。

---

[1]　本篇原载 1935 年 11 月 6 日《申报》。

度着二重生活的我国的民间社会里，处处显露着时代错误的不调和状态，形成了一个奇妙的漫画世界。漫画在最近的我国相当地流行，二重生活正是其主因。试闲步市街中，静观其现状，必可发见种种二重生活的不调和状态，可笑或可惊。流线型的汽车旁边有时抬过一顶官轿。电车前面有时掮过两扇"肃静""回避"的行牌。水门汀的人行道上走着一双钉鞋，霓虹灯的邻近挂着六只红纱灯。铁路旁边并列着一爿石造的环洞桥。两座高层建筑的中间夹着一所古庙。……走进屋内：有时你会看见洋房的 drawing room〔客厅〕里，挂着"天官赐福"，供着香炉蜡台和两串纸做的金元宝。抽水马桶间的对门，贴着"姜太公在此百无禁忌"的黄纸条。若是冬天，你会看见头戴大礼帽而坐在宁式眠床上的人；脚踏铜火炉而手捧水烟筒的人。若是喜庆日子，你会看见古代的新娘与现代的新郎，和穿洋装行跪拜礼的人；若是为了病人，你还可看见西医和道士一同走进这份人家呢。……

但这也不是我们中国特有的状态。日本也是如此。在形式上，也可说在美术上，日本是东洋风最盛的国家。东方古代生活的种种样式，例如席地而坐，木屐而行，以及男女服装，礼貌等，在中国早已废弃，在日本至今还奉行着。当明治维新，西方文化传入日本的时候，他们社会里的二重生活状态，恐怕比我们现在的更加可笑又可惊呢。著名的浮世绘大家芳年的作品，就有讥讽当时的不调和状态的绘画。他画明治初年的国会议员，身穿"羽织"（haori，日本的外套），腰束围裙（hakama），而头戴西洋的大礼帽，脚登西洋的皮鞋，成个滑稽的样子。近代日本的美术论者,也有诅咒东京的二重生活的。例如:穿了木屐乘电车,古装新娘与燕尾服新郎,洋风大建筑与日本风古屋,鸟居(torii,木造的牌坊)并列,穿洋装的人相见时跪下来行日本礼……他们说这东西洋风的并存,使街景不调和,使环境丑恶化,是"非美术的"。他们努力要求改进,要求调和,要求市街的美术化。住在现在中国社会里的美术家,美术爱好者,和关心"市容"者,对于他们这种诅咒与要求,大约都有同感吧?

这种诅咒与要求固有正常的理由,但那种不调和相也是必然的产物。西洋文化用了不可抵抗的势而冲进东洋来,不接受是不可能的。

然而谁能一扫东洋旧习,使它立刻全部西洋化呢?推美术家的心,似乎希望立刻全部西洋化,使人立在东京或上海的街上,感觉得如同立在巴黎或伦敦的街上一样。否则,索性全部东洋风,使人住在现代社会里,感觉得如同住在古代社会里一样。然而两者都是不可能的。回复古代当然做不到;全部西洋化"谈何容易"?即使"容易"(注:忆某古人说,此容易二字不相连,乃何容二字相连,今强用之),我们的鼻头天生成不高,眼睛天生成不蓝,皮肤天生成不白,这西洋化也是不彻底的,那么生在现代中国的我们,对于这事应取甚样的态度呢?我们将始终度送这种可笑的不调和的二重生活吗?

不,我们的前途,自有新的道路正待开辟。这是东西洋文化的"化合"路,也可说是世界文化的"大同"路。物质文明发迹于西洋,但不是西洋所专有的,应是现世一切民族所不得不接受的"时代"的赠物了。现今我国所有各种物质文明的建设，大半是硬子子[1]地从西洋搬运进来的，生吞活剥地插在本国土内。一切可笑的，不调和的二重生活，即由此产生。换言之，目前我们的生活中，东西洋文化"混合"着，所以有二重。须得教他们"化合"起来，产生第三种新生活，然后方可免除上述的种种丑恶与苦痛。进言之，西洋不永远是先进民族。今后的世界，定将互相影响，互相移化，渐渐趋于"大同"之路。

我们对于各种旧习应该不惜放弃，对于各种新潮应该不怕接受。只要以"合理"为本，努力创造新的生活，便合于世界大同之旨了。听说日本人曾有废除其原有的文字而改用罗马字横排的提议。又有废除美术学校里的"日本画系"与"西洋画系"的分立而仅设一"绘画系"的企图。然而还没有成功。记得中国也曾有少数人试用横写的、注音字母拼成的国音，然而没有人顾问。这当然不是容易办到的事。但我却在这里愚痴地梦想：置军备，事战争，无非为了谋人类生活的幸福。诚能教世界各国大家把军备和战争所用的经费如数省下来，移作未来的"大同世界"的建设费，这一定不难实现，全人类的生活一定幸福得多！世间的美术家一定欢庆尤深！可惜这只是我的梦想。

---

[1] 硬子子，作者家乡土话，意即生硬。

欲穷千里目　更上一层楼[1]

（十一月献词）

过了这个月，便是今年的最后一个月了。

人生度岁，仿佛登楼。现在我们已经爬到了扶梯的最后第二级上；再跨上一步，就是最后一级，便可更上一层楼了。欲穷千里目，现在正是可以从容准备的时候。踏上了最后一级而作准备，不免太局促了。

古人云："近乡情更怯，不敢问来人。"我们现在将近登楼，情也有些怯怯。时间逼着我们向上跑，不许却步，不许停足。我们大家非更上一层楼不可。然而上了一层楼，所处若何？所见若何？谁能预知呢？假如有从这层楼上走下来的人，和我们交臂而过，我们很想问问他；但同时又怕听他的报告，和近乡者"不敢问来人"一样。

假如你敢问他，他大约会这样告诉你："更上了一层楼，你所处更高，所见更广。但离开你的根蒂的大地更远了，所见的万物的形态更略了。请回想你初登楼时，所处虽低，但接近大地，还未远离人生的根本。所见虽狭，但近在目前，物物皆得详见

---

[1] 本篇原载生活书店 1935 年 11 月版《文艺日记》。

其真相。后来你渐登渐高，离地渐远，自然之气渐消；眼界渐广，所见之物渐略。因为世间有一种红尘，为人障碍，能阻人身，便隔离自然，能翳人目，使不见真相。诸君如不信，请回味过去，或再登几层，自然知道了。"

听了这番话，谁不心有戚戚呢？但是请君勿虑，只要保养明慧之眼，使勿受红尘障碍，那么即使身在最高层楼，也能时时回顾人生的根本，详见万物的真相了。

更上一层楼，还差一级。现在大家正好从容保养眼力。再跨一步，便可用明慧之眼，去穷千里之目了。

七 巧 板[1]

有一位热心学画的青年来问我:"画如何可以学成?"我对于这个广泛的疑问,一时真想不出答话来,但他正襟危坐,双目注视我的嘴唇,好像满望着这里落出几句学画秘诀来。我刹时间把念头转到一般学画者所最易犯的临画的弊端上,仓卒地答道:"画如何可以学成?一言难蔽。根本的方法,可说是手与眼要并重。即不可专练手腕的描写,必须并练眼睛的观察。"我的意思,是学画必须从写生入手,不可徒事临摹他人的作品。因为画的生命存在于物象中,决不存在于画帖中。

这青年学了一会,又来问我:"画如何可以学成?"我看他过去的成绩,大都偏重细部而忽略大体,因此所写的物象都失了真。就再告诉他:"写生不可重细部须重大体,务求全部同真物一样。"我的意思,是说他的观察没有精到,见其小而忘其大,因此他的描写没有全部正确。

这青年学了一会,又来问我:"画如何可以学成?"我看他过去的成绩,虽然比前好些,但形状还是不正。就再告诉他:"写生第一要注意'形'。无论细部或大体,形不正确,画的基础就

---

[1] 本篇原载 1936 年 2 月 17 日《申报》。

不稳。"我的意思，是说他的描形还没有全部正确，还要加意观察。

这青年学了一会，又来问我："画如何可以学成？"我看他过去的成绩，比前好得多了，但形终未十分正确，细部及大体终未能完全兼顾，即观察的眼终未完全养成，就用抽象一些的话，再告诉他："学画第一要写出物象的'神气'，不可专写死板的形骸。"我的意思，是希望他把眼光放得远大些，捉住物象的特点，描出物象的神气。

但是，这话太抽象了，弄得这位青年画学生莫名其妙，索性把画的学习停顿了。我很抱歉，恨不得把自己的体感分些给他，以完成其一篑之亏。有一天，我又与这青年在某处相会，旁边一个孩子正在搭七巧板。我看见他正在搭一个人的模样，所用的只是三种形状：正方形，三角形，平行四边行（麻糖片形）。虽然简陋不拘小节，然而大体很像人，而且神气活现。我见了似有所感，即兴地对那青年说："学画要取法于七巧板！"这青年竟在这句话下顿悟，以后的成绩，忽然进步，都有画意了。

这话大类禅宗说法，似不可信；却是根据画理的。原来画帖上第一重要的事，是大体姿态的描写，物象的神气端在于此，绘画的生命端在于此。有了大体，即使细部忽略，亦无大碍。反之，大体不正，即使细部十分精详，亦属徒劳。可举日常生活为例，譬如看人，你的朋友远远地走来，即使眉目未曾看清，仅就大体姿态即可看出其为某君。反之，仅看一双手，或仅看眉目一小部分，即使是熟识的人，一时也不易认识。又如看风景，远观山形，如屏，如幛，如牛，如狮，如夏云，如秋黛。这所见的正是山的神气。反之，若身入山中，细看局部，即不见其神气,或竟不觉身在山中了。远观杨柳,如烟,如雾,如醉,如睡。这所见的正是柳的神气。反之,若走近柳边,细看局部,即不见其神气,似觉是另一种树了。看电影要坐得远,看画要退远几步,也都是为了远看能见其大体,能见其神气的原故。可知物象的神气,不在细部而在大体。描画而欲得神,必须注重大体姿态的描写。

形象的表现中,专讲大体的,莫如七巧板,或者十三块凑成的益智板。它们的工具的简陋,使它们不得不重大体,然而搭得巧妙的,不但形神毕肖,又留着给人想象的余地,颇富画意。这虽然是一种玩具,却暗示着画法的要点。一般小学生用画帖,初学用的画谱,大都从正方,三角等几何形体开始;写生画法,起稿时必须用直线,即使画个皮球也得先用直线围成,都是根据这个画理的。详言之,学画者执笔之前,宜对物象先作大体的观察,忽略其详细点,但把它看作各种三角形,正方形,长方形等几何形体所凑成的现象。画的初稿,就不妨先用几何形体描出,以后根据这大体一一加详描写,这样,无论何等加详描写,大体总归正确,即物象的神气总归保全。那个学画青年的所以成功,便是走上了这学画的大道的原故。

学画须从大体入手。这意思不是说细部描写无用,是说大体为重,细部为轻。详言之,画不外三种:(一)大体与细部兼顾的,(二)顾大体而忽略细部的,(三)顾细部而忽略大体的。前两种皆佳,第一种是良好的工笔画。像文艺复兴期的宗教画,古典派,浪漫派,写实派的作品,皆属其例。第二种是良好的粗糙画或简笔画。像表现派,野兽派的作品,以及各种 sketch

访疗养院记 [1]

黄包车沿着西湖边奔向疗养院[2]去，我坐在车中这样闲想：三数日前我到这疗养院来探望Y[3]后坐车归寓时，曾经在车中想道："我再走这条路，要在上海回来之后了。但是谁能担保我这回定能如愿地安抵上海，如愿地安然返杭，又如愿地再走这条到疗养院的路呢？"现在我果然到过上海，回过杭州，又在走这条到疗养院的路了。我的预期已经实行。然而这真是偶凑的。"未来"是何等变幻不测的一个哑谜啊！现在我又坐在车中赴疗养院，但是谁能担保我数小时后定能仍归寓中？谁能担保我数十分钟后定能看见Y？疗养院的大门已经在望了。但是谁能担保我数分钟后定能跨进他的门槛？一个和尚站在离我约五十步的前方的路旁，但是谁能担保数秒钟后我的车子定能通过和尚的前面呢？啊！我的车子果然通过了和尚的面前！然而这真是偶凑，奇迹的偶凑！"未来"是何等变幻不测的一个哑谜啊！……换点想想吧：我到了疗养院，先要问问Y的病。

---

[1] 本篇原载1936年4月1日《宇宙风》第2卷第14期。
[2] 指当时开设在杭州葛岭的一所疗养院。
[3] Y，指作者的二姐的儿子周志道（贻孙）。

胸部不痛，大事已定。其次，热度如何？睡眠如何？胃口如何？还有一件喜事：看看他的新相知的女友——她是在我赴上海的期间中特从乡间出来陪伴他养病的。我不曾见过她，但思当此春光明媚的季节，肯到这半山里来伏在这修道院一般的疗养院里陪着他养病，料想她一定是与Y志同道合，而情高意真的人。"情高意真，眉长鬓青，小楼明月调筝，写春风数声。"也许她是"眉长鬓青"的一个人，但不知会不会调筝？……

车子拉到了山脚上的大门边，我登上山，果然跨进了疗养院的门，见了Y。他养病的成绩很好：胸不痛了，热度如常人，胃口等都还好。我到时是三点一刻，疗养院规定的绝对安全期间已过。Y便起身，拿形色很美丽的糖果请我吃。这是我以前来望他时所没有见过的东西，料想是那"情高意真"的人给他买来的。他的养病成绩，一半是医生与地点的所赐，一半恐是这些温情的慰安所助成的吧？然而不见那人，她利用疗养院的绝对安全期间，下山去散步了。我坐着同Y君闲谈，想等她回来。这房间很幽僻，前山后山，把春光返照入室，映成暗绿色。室外偶有人经过，皆缓步低声，如入三宝殿。宜于常住在这里的人，除了修行者之外，只有病人。我很同情于为了病人而常住在这里的那些健康人。

鬓影在纱窗外隐约出现，看护女进来量热度了。黑的长发，白的长衣，脸孔像海棠花。拿温度表，看手表，都有剧的姿态。"三十七度。很好。下午睡得着吗？"她说过，向我点一点头退出去了。

两个鬓影在纱窗外隐约出现，伴着吃吃的笑声。进来的是

两个看护女。一人即前者,另人比她矮,也是黑的长发,白的长衣,脸孔像莲花,眉眼像梅兰芳的。前者笑着说:"你是子恺先生,给我们描张画!""你们怎样知道我是?""嗳,我们知道的。我们常在杂志里看见你的画。你给我们各描一个像,好不好?"大家笑了,病人也笑。我说:"好的,不过我描的像是不像的呢!没有眉目,有时连嘴巴都没有。"没有说完,她们就转身去拿纸笔,笑声跟着她们远去。不久她们拿了一枝铅笔和两张纸来。笑声又充满了病室中。我说:"先画的来!你站着。不是拍照,稍微动动不要紧的。笑笑也不要紧的!"大家笑起来。我就在笑声中给海棠花脸孔的描 sketch〔速写〕。她把一双手巧妙地组合在胸前,衬着雪白的衣服,色彩很好,可惜我的笔描不出来,只描些线条。"好了!""这么快?"大家看了,笑个不休。我拦住了笑,说:"这回你来!"那莲花脸的把右手插在白长衣的小袋里,姿势也很自然。她的态度很认真,最初凝神伫立,一笑也不笑。这便引得大家发笑,她自己也笑了。我又在笑声中描了一个 sketch。"好了,好了,给你们签字。TK,老牌商标!"大家又笑起来,病人笑得脸孔上泛红色,同健康人一样。两个看护小姐各拿了自己的画像,一边谢,一边笑,一边去了。

她们去后,我回想:刚才的现象,绝不像是疗养院的病室中所应有的。但这种趣味的空气,或许也是一种疗养的药方呢。四点钟了,Y 的伴侣还不回来,我只得下回见她了。别了 Y 下山,走近山脚,瞥见一个脸孔像玉兰花的青年女子,携着些罐头食物,坐在山坡旁的凳上休憩,正在对我注视。但我从山坡上向下行,留不住脚,无暇设法探知她是否 Y 的伴侣。山脚下一辆黄包车,立刻载了我和这疑案离山。

回到了城市里的寓中,回想今日的遭遇,似乎不是这个世间中所有的事,恰像一梦,又像一篇小说。两个看护女印象和一个疑案停留在我的心目中,暂时不散。就给它默写在画笺上,又写了这一篇记。

廿五年三月十三日

蟹[1]

一个穿白衣服的人手里拿着一只空盆子,口里喊着"客人吃饭,客人吃饭",摇摇摆摆地走过三等车厢。他的衣服和盆子,他的喊声和步态,都富有广告色彩。我似觉走来的不是一个人,而是一个活的 mannequin〔(做广告用的)人体模型〕。

摸出时表一看,六点还差五分,是吃夜饭的时候了。本来,我在火车里不吃饭。因为他们弄的都是荤腥,我不要吃。曾经有一次,一个 mannequin 对我说,他们也会弄素的菜炒饭。但他拿来的是猪油炒的生菜和饭,我闻到气息就要泛胃。幸而有同乘的朋友包办去了,没有兴起交涉,也没有暴殄天物。此后我在火车里抱不吃饭主义。这一次,看见同车厢中有人吃牛奶和土司,不免口角生津。等那 mannequin 再走过时,我就照样地定了一杯牛奶和一客土司。

不久货就送到:一只盆子里盛着两片土司,一只有盖、有底、有环的瓷杯里盛着牛奶,杯旁放着四块方糖。我把三块糖放入牛奶中,用匙一搅,觉得底上有沉淀物。捞起一看,原来是未溶水的炼乳。我觉得有些糟。因为我怕甜,平日用糖三块为度。

---

[1] 本篇原载 1937 年 1 月 16 日《宇宙风》第 3 卷第 9 期。

炼乳是含有多量的糖分的，又放进了三块方糖，这杯牛奶不知甜到什么地步了。然而糖已放入，就同覆水一样难收；人生多苦，今天甜他一甜吧。这样一想，也就不觉得糟。

土司是抹好奶油的，倒很便利。我就先吃土司。预备吃完了土司再吃牛奶。

对座是一位三四十岁的男客。从他的相貌、服装和举止上观察，我猜想他是一个商人。额上的头发生得很低，好似戴着便帽。眼睛生得很紧，两眼之间大约只有一个铜板的地位，而且这铜板须得是一分法币。脸的下部有特别丰满的筋肉，保护着一张健全的嘴。脸皮特别红润而光洁，可想见它是常常被使用着的。他的衣服很楚楚，淡蓝色哔叽袍子上罩着元色直贡呢背心，大小长短都相称。两只袖口好像两圈盘香，从淡蓝色的袍子的袖圈到雪白的绒衬衫的袖圈，由外而内，由大而小，渐层地排列着，非常整齐，毫无参差。他的举止很审慎，上了车，先把一笼蟹仔细地放在靠窗的小几的下面，然后用报纸将椅子一揩，再撩起后面的衣裙，用袍子的里子贴切了椅子而坐下去。他把脚适当地靠着在蟹笼的一边，其用意仿佛是防备蟹笼万一被窃，则他虽不看见，也可由脚感知。这样地坐好了，然后用手摸摸车窗下的小几，放心地把右肘搁在小几上，展开一份《新闻报》，热心地"读"。虽在车轮轧轧声中，他的读报声也能时时传送到我的耳朵里来。

我饮了几口牛奶，正在眺望窗外，嚼着最后一口土司的时候，忽然听见眼前"仓郎"一响。收回视线，但见牛奶泛滥在小几上，一只瓷杯和一个盖在小几上滚，将要超越几边的凸线而滚到地板上去,被我立刻扶持了,没有落地。然而牛奶已经淋漓尽致,湿了我的香烟盒子和自来火和一册英译《阿Q正传》还不够,又沛然莫之能御地流下去,滴在对座客人的衣裾上,和小几下的蟹笼上。推翻这杯牛奶的动力,来自对座客人的右肘,而对座客人的右肘的动力,则来自一只黄蜂。它不知为了什么原因,忽然钻进火车的窗,来停在对座客人的拿着《新闻报》的右手上。虽是这样小小的一个虫,但因身上带着凶器,使我这位谨慎仔细的对座客人也不免惊慌起来,顾不得牛奶或羊奶,右手用力一闪,右肘便把我的牛奶推翻了。但也许他因为热中于读报,没有知道我有牛奶放在小几上。倘使知道,则牛奶事大,未有不谨防推翻者。我虽未便预先通知他"我有牛奶,请君小心",但他因为不知而误将牛奶推翻,况且由于闪避黄蜂的袭击,我对他也有几分同情和抱歉。当他仓皇起立,助我扶持瓷杯,涨红着脸勉强作笑,说着"还好,还好,真对不起了!"的时候,我就说"不要紧,不要紧,但你的衣裾弄脏了"!他看看衣裾,眉头一蹙;但好像忽然觉悟了比弄脏衣裾更大的事情,又立刻对我说:"我喊他再弄一杯牛奶!"我老实说:"不必不必,这牛奶太甜,我本来不大要吃,倒翻算了。"他周章了一会,继续又说:"那么等一会归我付钞。"我又老实说:"这牛奶我已饮过几口,怎么要你付钞?想法揩揩你的衣裾吧。"这时候那黄蜂不管自己闯祸,还在座间翱翔。它大约是闻得牛奶的气味太香,因此不顾犯罪,恋恋不去。我的对座客连说了许多"对不起",就用《新闻报》当作扇子,死命地打扑黄蜂,同时口中谩骂起来:"娘杀的,还要来?!……"骂得很凶,打扑得很用力。似乎把怪怨我吃牛奶，责备自己不小心，痛惜衣服弄脏等种种愤懑，统统在这谩骂和打扑中发泄了。然而那黄蜂如同不听见一样，管自在车厢里飞来飞去，不肯飞出窗去。它反正是免票乘车的，多乘一站毫无问题。最后它向前面的客座飞去，我的对座客也不再追击。只要我们这里没有黄蜂为害，就同全车厢没有黄蜂为害一样了。他放心地坐下来，开始揩他的衣裾。同时穿白衣服的 mannequin 又来了，我还了他钱，又叫他揩拭小儿。

对座的客人揩好了衣裾，向小几下拉出蟹笼来，用报纸揩拭笼上的牛奶，笑着对我说："两只蟹交运，牛奶吃饱了！"我也笑着，把他的话反复了一遍。但觉得太枯燥，不免随便谈谈："这两只蟹倒很大的。几钱一只？"他说："讲分量的，×分钱一两。"我想："世间无论何事，无经验而要扮假内行是不行的。区区买蟹一事，教我这全无买蟹经验的素食者谈起来就做笑话。原来蟹有大小轻重，不比牛奶可以规定几钱一杯，土司可以规定几钱一客。我今问他几钱一只，显然是外行的话。而且他不曾知道我是素食者，听了我这句孩子气的问话一定在心中窃笑了。当此秋光正好的黄花时节，人们的胃口正开，这几天谁不在那里要蟹的命？谁不关心于蟹的市价？像我这样的问话实在太不像样了。"然而话已说出，也同覆水一般难收。我接着说："啊，讲分量的，×分一两，还算便宜的吗？"我不敢再扮内行品评价钱的贵贱，所以接着讲了这句不着边际的问话。他把蟹笼提到我眼前，指着说："你看，只只是雌蟹，又大又肥，×分一两是很便宜的。我直接向簖上买，比向市上买便宜的多。而且这簖上的人又是熟识的，所以格外便宜。"他非常得意地收回笼子，正要上盖，突然勇敢地对我说：

"我送你两只蟹。"他就伸手到笼里来捉。

"不，不，你自己带回去，我不吃的。"我连忙阻止他。

"蟹哪里不吃？我一定送你两只。"他说着就找绳子。

"我真不吃，我吃素的，请你不必客气吧。"

"吃素的？"他楞了一楞，忽然又高声笑着叫道："你吃牛奶的！还说吃素？我送你，我送你！"说着，毅然决然地伸手捉蟹了。

"牛奶是素的，但蟹是荤的。"

"哪里？牛奶是素的，蟹也是素的，你吃，你吃！"

"我真不吃，请你一定不要送我。你的好意领谢了。"

"哪里的话？我把你的牛奶倒翻了，还有什么好意？我一定送你。"他把一只很大的蟹用绳缚牢，再捉一只同样大小的重叠在它身上，用余多的绳再缚。同时口里反复地说："我一定送你，我一定送你。"

我感到一种不快：他把牛奶当作荤的，我颇想辩解，并且告诉他我的长年吃素的经历。然而那人头脑简单，态度顽强，辩解不会有效；况且交浅言深，告诉他也有些不配。他说蟹也是素的，明明是开玩笑，诬我说谎，我觉得有些冤枉。但我即使骗他，他即使冤枉我，都是出于好意的，我又何必认真。还是付之一笑，试再向他婉谢吧。

"请你一定不要送我！我真是不吃蟹的。"我站起来说。

"我一定送你，我一定送你！"他如同不听见我的话一样，管自把缚好的两只蟹挂在我的窗边的帽钩子上了，然后缚他自己的蟹笼。风吹进窗,把蟹嘴上的泡沫吹散下来,好似许多小小的肥皂泡,落在我身上。这时候,我的不快变成了好笑:被人损坏了物质拒绝赔偿,别人不受报时硬要回报,我们这两个真像君子之徒,羲皇上人,同这车厢里的社会对比之下,实在迂腐得可笑。

"唉!那么难为你了,谢谢!"我受了蟹。

"不值钱的!这东西在杭州、上海买,就很贵;但我们在本乡买,价钱便宜,货色又好。尊姓?"自从打翻牛奶以后,他的脸很不自然,直到送掉了两只蟹,方始恢复元气。这时候他意气轩昂,眉飞色舞地同我攀谈起来。尊姓大名,贵府舍间,宝号敝业……一直谈到他的目的地,"再见,再见!"

不久,我也到了我的目的地。我提着两只蟹回寓,就把绳子解开,放它们在庭中的池塘里。以后每天朝晨我在池塘上小立,看见蟹在蕴藻间匐行的时候,必然回想起当日火车中的情形,对着池塘独笑。

廿五年十月二十日

家

廿六〔1937〕年冬,我仓皇弃家,徒手出奔。所有图书器物,与缘缘堂同归于尽。卅五〔1946〕年秋胜利还乡,凭吊故居,但见一片草原,上有野生树木高数丈矣。忽有乡亲持一箱来,曰:此缘缘堂被毁前夕代为冒险抢出者,今以归还物主。启视之,书籍、函牍、书稿、文稿,乱杂残缺,半属废物;惟中有原稿一篇题名为"家"者依然完好。读之。十年前事,憬然在目。稿末无年月;但料是"八一三"左右所作,未及发表,委弃于堂中者。[1] 此虎口余生,亦足珍惜。遂为加序,付杂志发表。卅六〔1947〕年六月十日记。

从南京的朋友家里回到南京的旅馆里,又从南京的旅馆里回到杭州的别寓里,又从杭州的别寓里回到石门湾的缘缘堂本宅里,每次起一种感想,逐记如下。

当在南京的朋友家里的时候,我很高兴。因为主人是我的

---

[1] 作者记忆有误,本篇其实曾发表在1936年11月16日《论语》第100期("家"的专号)上。发表时文末有日期。作者于箱中所发现的或许是自留底稿。作者后来又在文前加此开场白,发表于《文艺知识》连丛第一集之四(1947年8月1日)。

老朋友。我们在少年时代曾经共数晨夕。后来为生活而劳燕分飞，虽然大家形骸老了些，心情冷了些，态度板了些，说话空了些，然而心的底里的一点灵火大家还保存着，常在谈话之中互相露示。这使得我们的会晤异常亲热。加之主人的物质生活程度的高低同我的相仿佛，家庭设备也同我的相类似。我平日所需要的：一毛大洋[1]一两的茶叶，听头的大美丽香烟，有人供给开水的热水壶，随手可取的牙签，适体的藤椅，光度恰好的小窗，他家里都有，使我坐在他的书房里感觉同坐在自己的书房里相似。加之他的夫人善于招待，对于客人表示真诚的殷勤，而绝无优待的虐待。优待的虐待，是我在作客中常常受到而顶顶可怕的。例如拿了不到半寸长的火柴来为我点香烟，弄得大家仓皇失措，我的胡须几被烧去；把我所不欢喜吃的菜蔬堆在我的饭碗上，使我无法下箸；强夺我的饭碗去添饭，使我吃得停食；藏过我的行囊，使我不得告辞。这种招待，即使出于诚意，在我认为是逐客令，统称之为优待的虐待。这回我所住的人家的夫人，全无此种恶习，但把不缺乏的香烟自来火放在你能自由取得的地方而并不用自来火烧你的胡须；但把精致的菜蔬摆在你能自由挟取的地方，饭桶摆在你能自由添取的地方，而并不勉强你吃；但在你告辞的时光表示诚意的挽留，而并不监禁。这在我认为是最诚意的优待。这使得我非常高兴。英语称勿客气曰 at home[2]。我在这主人家里作客，真同 at home 一样。所以

---

[1] 当时角币有大洋小洋之分：一毛大洋合三十个铜板，一毛小洋合二十五个。
[2] at home，英文，原义是"在自己家里"，转义是"像在家里一样"，"无拘束"，"舒适自在"。

非常高兴。

然而这究竟不是我的 home，饭后谈了一会，我惦记起我的旅馆来。我在旅馆,可以自由行住坐卧,可以自由差使我的茶房,可以凭法币之力而自由满足我的要求。比较起受主人家款待的作客生活来，究竟更为自由。我在旅馆要住四五天，比较起一饭就告别的作客生活来，究竟更为永久。因此，主人的书房的屋里虽然布置妥帖，主人的招待虽然殷勤周至，但在我总觉得不安心。所谓"凉亭虽好，不是久居之所"。饭后谈了一会，我就告别回家。这所谓"家"，就是我的旅馆。

当我从朋友家回到了旅馆里的时候，觉得很适意。因为这旅馆在各点上是称我心的。第一，它的价钱还便宜，没有大规模的笨相，像形式丑恶而不适坐卧的红木椅，花样难看而火气十足的铜床，工本浩大而不合实用、不堪入目的工艺品，我统称之为大规模的笨相。造出这种笨相来的人，头脑和眼光很短小，而法币很多。像暴发的富翁，无知的巨商，升官发财的军阀，即是其例。要看这种笨相，可以访问他们的家。我的旅馆价既便宜，其设备当然不丰。即使也有笨相——像家具形式的丑恶，房间布置的不妥，壁上装饰的唐突，茶壶茶杯的不可爱——都是小规模的笨相，比较起大规模的笨相来，犹似五十步比百步，终究差好些，至少不使人感觉暴殄天物，冤哉枉也。第二，我的茶房很老实，我回旅馆时不给我脱外衣，我洗面时不给我绞手巾，我吸香烟时不给我擦自来火，我叫他做事时不喊"是——是——"，这使我觉得很自由，起居生活同在家里相差不多。因为我家里也有这么老实的一位男工，我就不妨把茶房当作自己的工人。第三，住在旅馆里没有人招待，一切行动都随我意。出门不必对人鞠躬说"再会"，归来也没有人同我寒暄。早晨起来不必向人道"早安"，晚上就寝的迟早也不受别人的牵累。在朋友家作客，虽然也很安乐，总不及住旅馆的自由：看见他家里的人，总得想出几句话来说说，不好不去睬他。脸孔上即使不必硬作笑容，也总要装得和悦一点，不好对他们板脸孔。板脸孔，好像是一种凶相。但我觉得是最自在最舒服的一种表情。我自己觉得，平日独自闭居在家里的房间里读书，写作的时候，脸孔的表情总是严肃的，极难得有独笑或独乐的时光。若拿这种独居时的表情移用在交际应酬的座上，别人一定当我有所不快，在板面孔。据我推想，这一定不止我一人如此。最漂亮的交际家，巧言令色之徒，回到自己家里，或房间里，甚或眠床里，也许要用双手揉一揉脸孔，恢复颜面上的表情筋肉的疲劳，然后板着脸孔皱着眉头回想日间的事，考虑明日的战略。可知无论何人，交际应酬中的脸孔多少总有些不自然，其表情筋肉多少总有些儿吃力。最自然，最舒服的，只有板着脸孔独居的时候。所以，我在孤癖发作的时候，觉得住旅馆比在朋友家作客更自在而舒服。

然而，旅馆究竟不是我的家，住了几天，我惦记起我杭州的别寓来。

在那里有我自己的什用器物，有我自己的书籍文具，还有我自己雇请着的工人。比较起借用旅馆的器物，对付旅馆的茶房来，究竟更为自由；比较起小住四五天就离去的旅馆生活来，究竟更为永久。因此，我睡在旅馆的眠床上似觉有些浮动；坐在旅馆的椅子上似觉有些不稳；用旅馆的毛巾似觉有些隔膜。虽然这房间的主权完全属我，我的心底里总有些儿不安。住了四五天，我就算帐回家。这所谓家，就是我的别寓。

当我从南京的旅馆回到了杭州的别寓里的时候，觉得很自在。我年来在故乡的家里蛰居太久，环境看得厌了，趣味枯乏，心情郁结。就到离家乡还近而花样较多的杭州来暂作一下寓公，借此改换环境，调节趣味。趣味，在我是生活上一种重要的养料，其重要几近于面包。别人都在为了获得面包而牺牲趣味，或者为了堆积法币而抑制趣味。我现在幸而没有走上这两种行径，还可省下半只面包来换得一点趣味。

因此，这寓所犹似我的第二的家。在这里没有作客时的拘束，也没有住旅馆时的不安心。我可以吩咐我的工人做点我所喜欢的家常素菜，夜饭时同放学归来的一子一女共吃。我可以叫我的工人相帮我，把房间的布置改过一下，新一新气象。饭后睡前，我可以开一开蓄音机〔唱机〕，听听新买来的几张蓄音片〔唱片〕。窗前灯下，我可以在自己的书桌上读我所爱读的书，写我所愿写的稿。月底虽然也要付房钱，但价目远不似旅馆这么贵，买卖式远不及旅馆这么明显。虽然也可以合算每天房钱几角几分。但因每月一付，相隔时间太长，住房子同付房钱就好像不相联关的两件事，或者房钱仿佛白付，而房子仿佛白住。因有此种种情形，我从旅馆回到寓中觉得非常自然。

然而，寓所究竟不是我的本宅。每逢起了倦游的心情的时候，我便惦记起故乡的缘缘堂来。在那里有我故乡的环境，有我关切的亲友，有我自己的房子，有我自己的书斋，有我手种的芭蕉、樱桃和葡萄。比较起租别人的房子，使用简单的器具来，究竟更为自由；比较起暂作借住，随时可以解租的寓公生活来，究竟更为永久。我在寓中每逢要在房屋上略加装修，就觉得要考虑；每逢要在庭中种些植物，也觉得不安心，因而思念起故乡的家来。牺牲这些装修和植物，倒还在其次；能否长久享用这些设备，却是我所顾虑的。我睡在寓中的床上虽然没有感觉像旅馆里那样浮动，坐在寓中的椅上虽然没有感觉像旅馆里那样不稳，但觉得这些家具在寓中只是摆在地板上的，没有像家里的东西那样固定得同生根一般。这种倦游的心情强盛起来，我就离寓返家。这所谓家，才是我的本宅。

当我从别寓回到了本宅的时候，觉得很安心。主人回来了，芭蕉鞠躬，樱桃点头，葡萄棚上特地飘下几张叶子来表示欢迎。两个小儿女跑来牵我的衣，老仆忙着打扫房间。老妻忙着烧素菜，故乡的臭豆腐干，故乡的冬菜，故乡的红米饭。窗外有故乡的天空，门外有打着石门湾土白的行人，这些行人差不多个个是认识的。还有各种负贩的叫卖声，这些叫卖声在我统统是稔熟的。我仿佛从飘摇的舟中登上了陆，如今脚踏实地了。这里是我的最自由，最永久的本宅，我的归宿之处，我的家。我从寓中回到家中，觉得非常安心。

但到了夜深人静，我躺在床上回味上述的种种感想的时候，又不安心起来。我觉得这里仍不是我的真的本宅，仍不是我的真的归宿之处，仍不是我的真的家。四大的暂时结合而形成我这身体，无始以来种种因缘相凑合而使我诞生在这地方。偶然的呢？还是非偶然的？若是偶然的，我又何恋恋于这虚幻的身和地？若是非偶然的，谁是造物主呢？我须得寻着了他，向他那里去找求我的真的本宅，真的归宿之处，真的家。这样一想，我现在是负着四大暂时结合的躯壳，而在无始以来种种因缘凑合而成的地方暂住，我是无"家"可归的。既然无"家"可归，就不妨到处为"家"。上述的屡次的不安心，都是我的妄念所生。想到那里，我很安心地睡着了。

廿五年十月廿八日

房间艺术[1]

英国工艺美术革命者莫理士〔莫里斯〕(William Morris)曾以提倡"生活的艺术化"著名于世。他同王尔德一样,叹息世间大多数的人只是"生存"而已,极少有真个"生活"的人。他同卡本德〔卡彭特〕一样,主张生活是一种艺术。但他的主要事业是改良工艺美术品。因此他的所谓"艺术化",偏重了外生活的方面,尤其是日用器物等的形式方面。他说生活的美化,并非奢侈的意想,只要合乎两个条件:即"单纯"与"坚牢"。故美的器物,就是单纯而坚牢的器物。这话实在很对!现今我国大多数的人,大家把"艺术的"及"美的"等字误解,曲解,认为奢侈,浮靡,时髦,甚至香艳的意思。这种人真可谓"不知趣"。他们倘看见莫理士风的单纯而坚牢的工艺品,反将指斥它们为不漂亮,不美,非艺术的呢。"趣"之一字,实在只能冷暖自知,而难于言宣。我没有为莫理士艺术说法的广长舌。现在只就房室布置的小事谈谈。

莫理士说:一个趣味健全的人的房室的设备,以单纯而合用为主,不求奢华。他把房室里所需要的器物开一篇帐如下,

---

[1] 本篇曾收入杨牧编《丰子恺文选》(台北洪范书店1982年初版本第4册)。

以为不必再多，也不可再少了。

1. 大容量的书橱一架。
2. 桌子一只。
3. 可搬动的椅子若干。
4. 可坐卧的长椅一只。
5. 抽斗的食物橱一架。
6. 有壁上装饰若干——绘画，雕刻，模样美好的壁衣等。
7. 花瓶一个。（都会的房室中尤不可缺）。
8. 火炉一架。（英国气候的房室中尤不可缺）。
9. 披雅娜〔钢琴〕（piano）一架。
10. 二分钟可以收拾出室的地毯一条。

我初看这篇帐，觉得可笑。这位莫理士先生非但美术单纯，连他自己的头脑也太单纯了。人心如此不同，人生如此复杂，怎么可把房间的设备规定一律，像学校里规定学生的童子服装一样呢，尤其是在中国的环境里，看了这篇帐，觉得荒唐。没有洋房的人怎么装火炉呢？不懂音乐的人用什么披雅娜呢？不看书的人备什么书橱呢？然而这是我的谬见。古语云"人穷志短"，生在精神物质两俱饥荒的现今中国社会里的人，往往因陋就简，而抛撇人生的远大的理想。理想的人生，原是个个人应该读书，个个人可以弹披雅娜，个个人胜任上述的设备的。

且不讲个个人，单用我自己个人的生活趣味来看这篇帐，这的确是适当的房间设备。假如莫理士先生这样地设备了一个房间而白请我住，我除了第一条和最后两条略有可议以外，其余都很满意。桌子，椅子，长椅，食物橱，壁上装饰，花瓶，火炉，我都是乐用的——虽然我现在的房间并没有这样的设备。大书橱和披雅娜搬运不便，二分钟可以收拾的地毯反而麻烦，我想加以修改。

莫理士用大书橱，大概取其"单纯"，一架橱里可以包罗万象。但我嫌其太过笨重，不易搬运。洋装书足有砖头的重量，一个大书橱的容积的三分之二倘是洋装书，这书橱就仿佛一堵包墙[1]，抬起来比棺材更重。把洋装书统统拿出，然后搬动，在我觉得惮烦。假如莫理士先生质问：既然惮烦，你为什么要搬动它？让它永久摆在适当的地方就好了！在这里我自有一种嗜好和主张，说出来，也许不会使提倡生活艺术化的莫理士先生反感。原来我有一种习惯，欢喜搬房间，房间看得厌倦了要摆过。在青年时代，我的房间是每半月搬动一次，把几件家具像着棋一般调来调去，调出种种的景象来。照"市容"例，这种景象不妨称之为"室容"。室容一变，室中的主人的趣味一新，看书写作都高兴了。当时我自笑这真是 capricious〔反复无常〕的青年人的行径。但现在这行径已大改变，非但不喜常常搬动，有时连布置都任别人代办，无论办得怎样"非艺术的"，我也安之若素。别人说我到底年纪一大，好静不好动了。其实完全不对。我的习惯改变的原因有二，第一，我心底里的 capricious 气质并不消失，还是容易厌倦，现在连"搬房间"这种习惯也觉得厌倦了，所以不搬。第二，我的年龄大起来，对于世间各种已

---

[1] 包墙，是指房子周围造得很高的围墙。一般比房子本身更高，把房子包围起来，以达到防火防盗的目的。

成的艺术都有些儿看厌，同时自己又造不出比已有的艺术更艺术的艺术来，变成了既不能令又不受命的绝物。因此无意再用热心去玩弄这种花样。对于环境感觉不满的时候，宁可闭了眼睛，欣赏自己心中的虚构，或者放眼天空，在白云中假想艺术的表现。却不肯再同少年时代一样卷起衣袖来扛桌搬橱，补壁糊窗，以求不过如此的新景象。所以表面上我的脾气已经改变，内部依然未改；那种要求只有比前更大。行动上我似乎好静而不好动，心情中依然好动而不好静；动得只有比前更甚。因此，在事实上我虽不再要求常常搬房间，在理论上我还是主张房间常常要搬，而嫌莫理士先生那口大书橱搬起来太笨重。我的意思，书橱不宜全体连牢，宜乎划分数段，每段的大小，以同衣箱一般一两人可以随意搬运为度。这样办法，除便于搬运外，还有一种便利：书物的性质可以因此有了大致的分类，容易寻找。需要某类书籍较多时可以把各部分交换地位，使常用的部分近在手头。而在广大的房间中，这种书橱还有一种妙用：即拿书橱代替墙壁把房间隔分。这墙壁可以移动的，故如何隔分，可随人意而自由变换。我国旧式的书箱，就具有这点好处，其实比新式的长大笨重的书橱适用得多。样子也并不比书橱难看。若用银杏木制，涂广漆，既坚固耐用，又朴素耐看，真是合于莫理士的"单纯坚牢"主义的良好工艺美术品。恐怕莫理士先生没有见过我国这种书箱。假如看见了，也许会把上面的帐单上的第一条改作"银杏木制广漆书箱数幢"呢。

披雅娜这件东西，我以为不必列入帐单，因为爱好音乐者不一定人人需要披雅娜。这对于一般人仿佛不是公约数。像我，用披雅娜就除不尽。我也曾练习过这乐器。但现在只爱听而不能弹。一则生活烦忙,无暇每天练习,荒疏日久手指就硬。二则别种艺术及研究占据了我的心房,没有余地留给披雅娜了。假如莫理士先生要费六百块钱为我的房间里设备一架披雅娜,我宁愿请他改买一架蓄音机和各种唱片。假如六百块钱用不了,而莫理士先生定要客气的话,余多的钱给我买一架收音机吧。现在收音机正流行,蓄音机几被打倒。为什么先蓄音机而后收音机呢?这也有一篇大道理:在音乐选择全不苛刻,而度量极大的人,听《毛毛雨》[1]也好,蹦蹦戏也好,《小热昏》[2]也好,甚至听广告演说也津津有味。那么此人当然欢喜收音机,既不要用唱片,又不要换片子,把木钮旋动一下就可袖手听赏。但在我,音乐选择虽不像别人择婿一般苛求,却有所不要听。有所不要听,另一面就是有所要听。我空闲了或想听音乐的时候,收音机上所奏的往往是我所不要听的。而我烦忙了或不想听的时候,它管自在那里奏我所要听的东西。它不能凑我的时间。几点几分听什么,几点几分听什么,听音乐同上课一样,同乘火车一样,又何苦来!若是"装成只是熏香坐"的太太们,或是牢监里的囚犯,倒毫无问题。横竖一无所事,度日如年,就是以听收音机为业,也不算作孽。但我的生活同他们不同,我有读书的时间,写作的时间,散步的时间,和听音乐的时间;

---

[1] 《毛毛雨》,当时一首流行歌曲的名称。
[2] 旧时上海街头卖糖者双手持大、小曲板,边打边唱各种即兴小调,以招徕顾客,此种卖糖者自称"小热昏"("热昏"为上海一带方言,意即头脑发昏者,此处是卖唱者自己戏称)。《小热昏》指此种人所唱的曲调。

平日大致规定，不愿轻易改变。在我的听乐的时间而去开收音机，开出来的往往不要听。收音机中的报告和讲演，我原也有要听的，但是很少，且也可得可失。故为听乐而设备，我要后收音机而先蓄音机。蓄音机没有上述的缺憾。唱片（其实是奏片）可以依自己的胃口而选购，时间可以依自己的要求而指定。所缺者就是要开。利有二而弊只一，况且开开究竟不甚费事，故可谓"患不补功"，"失不偿得"。莫理士生于百年前，倘使那时候收音机和蓄音机也同现今一般盛行，我想他那帐单里至少还要添加一种，收音机和蓄音机。听说他对音乐不是特别专长的，那么他也主张把披雅娜换作蓄音机和收音机，也未可知。

二分钟可以收拾的地毯，在我觉得全是多事。我们吸卷烟的人，嘴巴上是常常在那里撒下烟灰来的。撒在新衣服上尚且顾不得许多，何况撒在地上呢！我不欢喜漆地板便是为此。那漆地板同桌子一样光洁，稍微落下一点烟灰，就很触目，令人（就是我）看了感觉很是不快。想扫，扫不得许多；为了地板而戒烟，又不犯着。于是漆地板的房间里，我就坐不牢。我喜欢木色的地板，半新旧的尤佳。为了它的颜色同烟灰相似，任凭你撒下多少去，眼睛看不出来。我一天要抽四十支烟，而大多数在房间里抽。自从新生活运动励行以来，散步时的几支烟也移归房间里抽，烟灰愈多了。虽然没有实际焚烧起三四十支美丽牌香烟来，量它的灰看究有几合几勺；但推想起来，半包牙粉模样大约是有的。倘莫理士先生给我的房间里铺了地毯，而我每天把半包牙粉撒在地毯上，这地毯非每天收拾出去拍一次灰尘不可。虽然像莫理士先生所说，"二分钟可以收拾"的，但我家的工人阿毛不做惯这事，难于胜任。请莫理士先生每天派人来给我收拾，又说不过去，所以地毯我不敢领受。形式还好看的痰盂，倒不妨多备几只。但痰盂里定要常常有水，否则烟蒂丢下去不肯断气，把它临命终时的气息散布满室，令人咳嗽涕零。

廿五年十月三十一日

看残菊有感 [1]

近月来的报纸上，菊花展览会的广告常常傍着了水灾求赈的启事而并载着。我向来缺乏看花的兴趣，对这广告很抱歉。昨天，偶然路过一处菊花展览会，同行的朋友说："这是最后的一天了。我们明年有没有得看菊花？天晓得！进去看一看吧。"我就跟了他进去看。

我懊悔进去看了！因为时节已是初冬，那些菊花都已萎靡或凋残，在北风中颤抖，样子异常可怜。好似伏在地上的一群褴褛的难民，正在伸手向人求施。又好似送尽了青春的繁荣而垂死的人，使我们中年人看了分外惊心动魄。

我看了一看，就拉我的朋友一同出来。我没有从看花受到快乐，却带了一种感伤出来。它一路随伴我，一直跟我到了家里，现在且把我的所感写出些来，聊抒胸中抑郁之情。

看花到底是春日的事。虽说秋花也有冷艳，然而寂寞的秋心难于领略，何况残秋的残菊，怎不令人感伤呢？幼年时唱西洋歌曲《夏天最后的蔷薇》，曾经兴起感伤，而假想这所谓"最后的蔷薇"便是菊。这会从残菊的展览会里出来，那曲的歌词——

---

[1] 本篇曾收入杨牧编《丰子恺文选》(台北洪范书店 1982 年初版本第 3 册)。

Thomas Moore〔托马斯·莫尔〕的诗——的最后几句特别感伤地在我胸中响着：

> So soon may I follow, when friendships decay; And from love's shining circle the gems drop away; When true hearts lie withered, and fond ones have flown, Oh, who would inhabit this bleak world alone! [1]

以看花为乐事的，恐怕只有少年或乐天家。多感的中年人，大抵看了花易兴人生无常之叹，反而陷入悲哀。故我国古代诗人常以花的易谢来比方或隐射人生的易老。《古诗十九首》中就有这类的诗句：

> 伤彼蕙兰花，含英扬光辉。过时而不采，将随秋草萎。君亮执高节，贱妾亦何为？

陶潜诗中对此也有痛切的慨叹：

> 采采荣木，结根于兹。晨耀其花，夕已丧之。人生若寄，

---

[1] 歌词大意是：我也会跟你前往，当那友情衰亡；宝石从光环上掉落，爱情暗淡无光；当那真诚的心儿枯萎，心爱的人们都去远方，谁愿意孤独地生活，忍受人世凄凉！

憔悴有时。静言孔念，中心怅而。

唐人诗中，我最易想起的是这一首：

> 劝君莫惜金缕衣，劝君惜取少年时。花开堪折直须折，莫待无花空折枝！

我暗诵了这些诗，觉得看菊的感伤愈加浓重了。某词人云："春风欲劝座中人，一片落红当眼堕。"今日展览会里的残菊，正像这"一片落红"，对我这霜须的人下了一个恳切的劝告。

中年以后的人，因为自己的青春已逝，看了花大抵要妒忌它，以为人不如花。这妒忌常美化而为感伤。我细细剖析自己的感伤，觉得也含着不少这样的心情。记得前人的诗词中，告白着这心情的亦复不少：

> 今年花似去年好，去年人到今年老。始知人老不如花，可惜落花君莫扫。
>
> 年年岁岁花相似，岁岁年年人不同。
>
> 白发悲花落，青云羡鸟飞。
>
> 但愁花有语，不为老人开！

没奈何，感伤者往往逃入酒乡，作掩耳盗铃的自慰。故曰：

> 日日人空老，年年春更归了。相欢有樽酒，不用惜花飞！

一月主人笑几回？相逢相值且衔杯。眼看春色如流水，今日残花昨日开。

一年又过一年春，百岁曾无百岁人。能向花中几回醉，十斤沽酒莫辞贫。

酒乡可说是我国古代诗人所公认的避愁处。倘真能"长醉不用醒"，果然是一个大好去处，可惜终不免要醒，醒转来依然负着这一颗头颅而立在这一个世界里！

花终于要凋谢，人终于要老死，这种感伤也同归于尽。只有从这些感伤发出来的诗词，永远生存在这世间，不绝地引起后人的共鸣。"人生短，艺术长"，其此之谓欤？

我 的 母 亲 [1]

中国文化馆要我写一篇《我的母亲》，并寄我母亲的照片一张。照片我有一张四寸的肖像，一向挂在我的书桌的对面。已有放大的挂在堂上，这一张小的不妨送人。但是《我的母亲》一文从何处说起呢？看看母亲的肖像，想起了母亲的坐姿。母亲生前没有摄取坐像的照片，但这姿态清楚地摄入在我脑海中的底片上，不过没有晒出。现在就用笔墨代替显影液和定影液，把我母亲的坐像晒出来吧：

我的母亲坐在我家老屋的西北角[2]里的八仙椅子上，眼睛里发出严肃的光辉，口角上表出慈爱的笑容。

老屋的西北角里的八仙椅子，是母亲的老位子。从我小时候直到她逝世前数月，母亲空下来总是坐在这把椅子上，这是很不舒服的一个坐位：我家的老屋是一所三开间的楼厅，右边是我的堂兄家，左边一间是我的堂叔家，中央一间是我家。但是没有板壁隔开，只拿在左右的两排八仙椅子当作三份人家的界限。所以母亲坐的椅子，背后凌空。若是沙发椅子，三面有

---

[1] 本篇曾收入 1948 年 9 月 1 日中国文化馆香港分馆出版的《我的母亲》一书中。
[2] 老屋不是朝南而是朝东的，所以西北角应作西南角。

柔软的厚壁，凌空原无妨碍。但我家的八仙椅子是木造的，坐板和靠背成九十度角，靠背只是疏疏的几根木条，其高只及人的肩膀。母亲坐着没处搁头，很不安稳。母亲又防椅子的脚摆在泥土上要霉烂，用二三寸高的木座子衬在椅子脚下，因此这只八仙椅子特别高，母亲坐上去两脚须得挂空，很不便利。所谓西北角，就是左边最里面的一只椅子。这椅子的里面就是通过退堂的门。退堂里就是灶间。母亲坐在椅子上向里面顾，可以看见灶头。风从里面吹出的时候，烟灰和油气都吹在母亲身上，很不卫生。堂前隔着三四尺阔的一条天井便是墙门。墙外面便是我们的染坊店。母亲坐在椅子里向外面望，可以看见杂沓往来的顾客，听到沸翻盈天的市井声，很不清静。但我的母亲一向坐在我家老屋西北角里的这样不安稳、不便利、不卫生、不清静的一只八仙椅子上，眼睛发出严肃的光辉，口角上表出慈爱的笑容。母亲为什么老是坐在这样不舒服的椅子里呢？因为这位子在我家中最为冲要。母亲坐在这位子里可以顾到灶上，又可以顾到店里。母亲为要兼顾内外，便顾不到坐位的安稳不安稳，便利不便利，卫生不卫生，和清静不清静了。

我四岁时，父亲中了举人[1]，同年祖母逝世，父亲丁艰在家，郁郁不乐，以诗酒自娱，不管家事，丁艰终而科举废，父亲就从此隐遁。这期间家事店事，内外都归母亲一人兼理。我从书堂出来，照例走向坐在西北角里的椅子上的母亲的身边，向她

---

[1] 丰鐄于1902年中举，1906年病逝。如按虚岁，作者在1902年应为五岁。后面的九岁也是虚岁。

讨点东西吃吃。母亲口角上表出亲爱的笑容，伸手除下挂在椅子头顶的"饿杀猫篮"[1]，拿起饼饵给我吃；同时眼睛里发出严肃的光辉，给我几句勉励。

　　我九岁的时候，父亲遗下了母亲和我们姐弟六人，薄田数亩和染坊店一间而逝世。我家内外一切责任全部归母亲负担。此后她坐在那椅子上的时间愈加多了。工人们常来坐在里面的凳子上，同母亲谈家事；店伙们常来坐在外面的椅子上，同母亲谈店事；父亲的朋友和亲戚邻人常来坐在对面的椅子上，同母亲交涉或应酬。我从学堂里放假回家，又照例走向西北角里的椅子边，同母亲讨个铜板。有时这四班人同时来到，使得母亲招架不住，于是她用了眼睛的严肃的光辉来命令、警戒，或交涉；同时又用了口角上的慈爱的笑容来劝勉、抚爱，或应酬。当时的我看惯了这种光景，以为母亲是天生成坐在这只椅子上的，而且天生成有四班人向她缠绕不清的。

　　我十七岁离开母亲，到远方求学。临行的时候，母亲眼睛里发出严肃的光辉，诚告我待人接物求学立身的大道；口角上表出慈爱的笑容，关照我起居饮食一切的细事。她给我准备学费，她给我置备行李，她给我制一罐猪油炒米粉，放在我的网篮里；她给我做一个小线板，上面插两只引线放在我的箱子里，然后送我出门。放假归来的时候，我一进店门，就望见母亲坐在西北角里的八仙椅子上。她欢迎我归家，口角上表出慈爱的

---

[1] "饿杀猫篮"，一种用细篾制成的、四周有孔的、通风的有盖竹篮，菜碗放此篮中，猫吃不到，故名。

笑容，她探问我的学业，眼睛里发出严肃的光辉。晚上她亲自上灶，烧些我所爱吃的菜蔬给我吃，灯下她详询我的学校生活，加以勉励，教训，或责备。

我廿二岁毕业后，赴远方服务，不克依居母亲膝下，唯假期归省。每次归家，依然看见母亲坐在西北角里的椅子上，眼睛里发出严肃的光辉，口角上表现出慈爱的笑容。她像贤主一般招待我，又像良师一般教训我。

我三十岁时，弃职归家，读书著述奉母。母亲还是每天坐在西北角里的八仙椅子上，眼睛里发出严肃的光辉，口角上表出慈爱的笑容。只是她的头发已由灰白渐渐转成银白了。

我三十三岁时，母亲逝世。我家老屋西北角里的八仙椅子上，从此不再有我母亲坐着了。然而我每逢看见这只椅子的时候，脑际一定浮出母亲的坐像——眼睛里发出严肃的光辉，口角上表出慈爱的笑容。她是我的母亲，同时又是我的父亲。她以一身任严父兼慈母之职而训诲我抚养我，我从呱呱坠地的时候直到三十三岁，不，直到现在。陶渊明诗云："昔闻长者言，掩耳每不喜。"我也犯这个毛病；我曾经全部接受了母亲的慈爱，但不会全部接受她的训诲。所以现在我每次在想象中瞻望母亲的坐像，对于她口角上的慈爱的笑容觉得十分感谢，对于她眼睛里的严肃的光辉，觉得十分恐惧。这光辉每次给我以深刻的警惕和有力的勉励。

民国廿六年二月廿八日

我的少年时代 [1]

我的少年时代的回忆中印象最鲜明的,是剪辫子事件。民国光复之初,我正在高等小学读书。一位已剪辫子的先生在上课时对我们说:"我们汉人本来没有辫子。二百余年前,满人夺了我们的土地,强迫我们养辫子,不听号令者死罪。我们屈服了二百多年。如今大汉光复,我们倘再保留这条辫子,无异甘心为人奴隶。大家赶快剪去!"我们一班同学少年听了这番话,个个感应。没有几天,大家脑后拖着半尺多长的头发,戴着鸭舌头帽子,活像现今戏班子里的花旦下台时的模样了。有不少人的家庭中,老人们拘于世代的旧习,反对剪辫,闹起小小的家庭问题来。我的母亲也反对我,当她发现我的脑后少了一条辫子的时候,把我骂了一顿,自己又哭了一场,然后把剪下来的辫子套在红封筒内,拿去珍藏了。第二天我到学校,连忙把这场家庭风波告诉同学少年,邀他们的同情。有的安慰我说:"老年人大都讲不通,他们是不读书之故。我们读过历史,明知满洲人压迫我们已经二百多年。现在大汉光复,剪去这条辫子是应该的。你怕什么呢?"有的人代我想法:"你可告诉你母亲:

---

[1] 本篇原载 1937 年 4 月 8 日《少年周报》第 1 卷第 2 期。

辫子好比是一个尾巴。养辫子赛过是生尾巴,做畜生。这是满洲人侮辱我们的办法。这样对你母亲辩解,她一定不会再骂你了。"还有人鼓励我:"即使不做畜生,辫子总是无益有害而且难看的东西。试想一个人,为什么后面要挂这条累赘的东西?这完全是满洲人的野蛮的办法!现在我们革命成功,一切有害的事都要除去。我们从剪辫子开始,将来逐渐革除一切有害的事,提倡一切有益的事,国家自会强盛起来。那时西洋人和日本人就会知道:以前我国外交屡次失败,不是我国人民懦弱之故,全是满洲人政治不良之故。如今汉人自己管了,四万万人齐心协力,东西洋那些小国哪里还敢欺负我们?"以后接着说话的人就离开了辫子问题:"满洲人是专制的,尊重皇帝而看轻百姓,谁肯为他们出力呢?现在我们收了回来,改成共和国,四万万人一律平等,为国家出力就是为自己出力,将来的中国岂有不强之理?今年是民国元年,大家已经这般高兴。再过十年廿年,到了我们长大的时候,中国一定非常强盛,人民一定还要高兴。那时我们汉人真光荣呢!""岂但光荣而已,我们还要收回屡屡的损失呢。《马关条约》,《南京条约》,《北京条约》,《天津条约》……许多地盘,许多赔款,都是满洲人给我们败了的。将来我们要统统收回来,造成一个完全无缺的大中华共和国!"讲到这里,我们几个同学少年大家慷慨激昂,个个以民族英雄自许了。我早把母亲的哭骂忘却,跟着住校的同学走进房间里,借他的木梳来梳掠我那半尺多长的短发。一梳一梳地梳出来的,似乎全是快乐,幸福,和光荣的希望。

这是二十五年前的旧事了。现在回忆,还可使我眉飞色舞。

几位同学少年大都无恙，虽无"五陵裘马轻肥"之辈，但大家都努力为社会国家服务，果然不失为大中华共和国的好百姓。只是我每天早晨梳掠我的斑白的短发，再也梳不出当时那种快乐，幸福，和光荣的希望来了。这些希望似乎并不消灭，但被一种东西包住了，暂时失落在某处，将来一定有重新发见的一日。

二十五年八月十一日

不惑之礼[1]

廿六〔1937〕年阴历元旦,我破晓醒来,想道:"从今天起,我应该说是四十岁了。"摸摸自己的身体看,觉得同昨天没有什么两样;检点自己的心情看,觉得同昨天也没有什么差异。只是"四十"这两个字在我心里作怪,使我不能再睡了。十年前,我的年岁开始冠用"三十"两字时,我觉得好像头上张了一把薄绸的阳伞,全身蒙了一个淡灰色的影子。现在,我的年岁上开始冠用"四十"两字时,我觉得好比这顶薄绸的阳伞换了一柄油布的雨伞,全身蒙了一个深灰色的影子了。然而这柄雨伞比阳伞质地坚强得多,周围广大得多,不但能够抵御外界的暴风雨,即使落下一阵卵子大的冰雹来,也不能中伤我。设或豺狼当道,狐鬼逼人起来,我还可以收下这柄雨伞来,充作禅杖,给它们打个落花流水呢。

阴历元旦的清晨,四周肃静,死气沉沉,只有附近一个学校里的一群小学生,依旧上学,照常早操,而且喇叭吹得比平日更响,步伐声和喇叭一齐清楚地传到我的耳中。于是我起床了。盥洗毕,展开一张宣纸,抽出一支狼毫,一气呵成地写了这样

---

[1] 本篇原载 1938 年 1 月 11 日《宇宙风》第 57 期。有副题:自传之一章。

的几句陶诗：

> 先师遗训，余岂云坠！四十无闻，斯不足畏。
> 脂我名车，策我名骥。千里虽遥，孰敢不至！

下面题上"廿六年古历元旦卯时缘缘堂主人书"，盖上一个"学不厌斋"的印章，装进一个玻璃框中，挂在母亲的遗像的左旁。古人二十岁行弱冠礼，我这一套仿佛是四十岁行的不惑之礼。

不惑之礼毕，我坐楼窗前吸纸烟。思想跟了晨风中的烟缕而飘曳了一会，不胜恐惧起来。因为我回想过去的四十年，发生了这样的一种感觉：我觉得，人生好比喝酒，一岁喝一杯，两岁喝两杯，三岁喝三杯……越喝越醉，越醉越痴，越迷，终而至于越糊涂，麻木若死尸。只要看孩子们就可知道：十多岁的大孩子，对于人生社会的种种怪现状，已经见惯不怪，行将安之若素了。只有七八岁的小孩子，有时把眼睛张得桂圆大，惊疑地质问："牛为什么肯被人杀来吃？""叫化子为什么肯讨饭？""兵为什么肯打仗？"……大孩子们都笑他发痴，我只见大孩子们自己发痴。他们已经喝了十多杯酒，渐渐地有些醉，已在那里痴迷起来，糊涂起来，麻木起来了，可胜哀哉！我已经喝了四十杯酒，照理应该麻醉了。幸好酒量较好，还能知道自己醉。然而"人生"这种酒是越喝越浓，越浓越凶的。只管喝下去，我将来一定也有烂醉而不自知其醉的一日，为之奈何！

于是我历数诸师友，私自评较：像某某，数十年如一日，足见其有千钟不醉之量，不胜钦佩；像某某，对醉人时自己也烂醉，遇醒者时自己也立刻清醒，这是圣之时者，我也不胜钦佩；像某某，愈喝愈醉，几同脱胎换骨，全失本来面目，我仿佛死了一个朋友，不胜惋惜；像某某，醉迷已极，假作不醉，这是予所否者，不屑评较了。我又回溯古贤先哲，推想古代的人生社会，知道他们所喝的也是这一种酒，并没有比我们的和善。始知人的醉与不醉，不在乎酒的凶与不凶，而在乎量的大与不大。

我怕醉，而"人生"这种酒强迫我喝。在这"恶醉强酒"的生活之下，我除了增大自己的酒量以外，更没有别的方法可以避免喝酒。怎样增大我的酒量？只有请教"先师遗训"了。

于是我检出靖节诗集来，通读一遍，折转了三处书角。再拿出宣纸和狼毫来，抄录了这样的三首诗：

> 日暮天无云，春风扇微和。佳人美清夜，达曙酣且歌。
> 歌竟长叹息，持此感人多。皎皎云间月，灼灼叶中花，
> 岂无一时好，不久当如何？

> 迢迢百尺楼，分明望四荒。暮作归云宅，朝为飞鸟堂。
> 山河满目中，平原独茫茫。古时功名士，慷慨争此场。
> 一旦百岁后，相与还北邙。松柏为人伐，高坟互低昂。
> 颓基无遗主，游魂在何方。荣华诚足贵，亦复可怜伤！

> 人生归有道，衣食固其端。孰是都不营，而以求自安？
> 开春理常业，岁功聊可观。晨出肆微勤，日入负耒还。
> 山中饶霜露，风气亦先寒，田家岂不苦，弗获辞此难。

四体诚乃疲,庶无异患干,盥濯息檐下,斗酒散襟颜。遥遥沮溺心,千载乃相关。但愿常如此,躬耕非所叹。

  写好后,从头至尾阅读一遍,用朱笔在警句上加了些圈;好好地保存了。因为这好比一张醒酒的药方。以后"人生"的酒推上来时,只要按方服药,就会清醒。我的酒量就仿佛增大了。

  这样,廿六年阴历元旦完成了我的不惑之礼。

廿六年八月二日于杭寓

决　心[1]

——避寇日记之一

十二月二十三上午，我们的船到了兰溪。一停泊，我妻和长女陈宝即刻登岸，奔向汽车站去。约一小时，两人回来，站在岸上向船里欢呼："外婆失而复得！"船里也起一阵欢呼。

为的是我们避地桐庐时，寇犯杭州。我决心西行赴长沙。有一班无知的乡人说，杭州一破，浙江马上失守。衢州、江山非常紧张，到江西、湖南的路交通断绝。要去只有徒步。我们这团体中，都能徒步，只有最小的和最老的走不动。最小的是亲戚家的三岁孩子，他的父母预备背了逃。最老的是我妻的七十岁的母亲，但没有人能背了她逃。我们计虑：与其半途尴尬，不如寄在桐庐山中，免得飘泊。于是就用轿子将老太太抬上桐庐的深山中，寄托在一位画友黄宾鸿君的家里。黄君与我原不相识。萍水相逢，同道相谋。一见如故，竟把家族托付他。好在他家也有老人，可以相伴。且在深山中，可以放心。但我们开船后，发见行路并不困难，船舶无阻，汽车照常，乡人的话全是谣言。同时我妻忽忽若有所失，茶饭无心。诸儿闻炮声

---

[1]　本篇原载 1938 年 4 月 5 日《少年先锋》第 4 期。

即纪念外婆。连同行的亲戚也为之流泪。于是我下个决心,托章桂(亲戚)半途上岸,回到桐庐山中,陪老太太乘汽车南行,预约在兰溪相会。所以我们的船一到兰溪,我妻首先到汽车站等候她的母亲。奇巧得很!相差仅半小时,先后来到。我们的团体缺而复完,大家欢喜,小孩们欢呼"外婆失而复得"!

然我在途中曾一度懊悔。因为我的船停泊在建德附近的三河镇时,上岸遇一操上海白的女人。她皱着眉头告诉我,她有亲戚在江西,想去投奔。可是人告诉她,江山、玉山之路不通,江西到不得。于是她失望了,流落在这小镇上。我听了这话惊心,回想桐庐乡人之言到底不是无据。但事已至此,非努力向前不可。我又下个决心:我定要带了完全无缺的团体到湖南!

但这决心又几乎打消。为的是我在兰溪临江旅馆一宿,遇见老同学曹聚仁兄。他浑身军装,担任各报战地记者,正在握笔从戎。我一见他如获至宝,立刻探问他前途的情况。他断然地告诉我:"你们要到长沙,汉口,不能!我们单身军人,可搭军用车的,尚且不容易去,何况你带了老幼十余人!你去了一定半途折回。我为你计,还是到浙江的永康或仙居。那里路近,生活程度又低。设或有警,我会通知你。"他说话向来毅然决然。穿了军装说话更加力强。我确信他,且感谢他。立刻打消了西行的决心。

是晚,他说是地主,请我全家在聚丰园会餐。我辞谢不得,就同家姐带了四个小孩赴约。席上聚仁兄把前线的模样描写给我们听,有声有色,使我们如同身历其境。"大时代到了!"这句话他反复了数次。随后他注视我说:"你胡不也做点事?"我摸摸我的胡须说："我是老弱者，哪能跟你一样做事呢？在这大时代有甚事好做呢？不过，我其实只有四十岁。西洋人有一句谚语说：Life begins at forty〔生活开始在四十岁〕，照西洋人说，我现在正是生活开始的时候。现在我的牺牲虽然很大，但今后可以重新来过。灰心我是决不会的。"（近见《少年先锋》第二期聚仁兄的杂感中，也记录着我和他兰溪相会事。内有数处错误：他说我对他自称以前"昏聩"，又说"以后要改变做人的态度"，皆非我说的话，恐是他军事繁忙，记不清这些小事之故，或另有他故。还有，他说我从桐乡逃来，非也。我是崇德人，乃从崇德逃来。又说我四十一岁，亦非也。我当时四十岁。又说我的儿子瞻瞻是高中生，亦非也。他十四岁，是初中二年级生。此等事在他虽甚小，但在我却有关系：例如外人看了他的文，以为我是桐乡人而冒充崇德籍，或者以为我的儿子以初中二年级生冒充高中学生，岂不冤枉。故须在此附笔声明。）

是晚我同他住在同一旅馆。他明天要到乡下去。我原约在旅馆等他，一同把家眷送到仙居去，投奔我们的老同学黄隐秋兄。但他去后，我同家姐商量一会，觉得非西行不可，同行的一位朋友也主张西行。于是我的决心死而复活："我决定要到长沙！否则半路转入沟壑！但决不愿居浙江！仙居也许比长沙好，但我决定要到长沙！"吾心既决，就留一张条子在旅馆老板处，托他转交聚仁兄，谢他招待的厚意，并道失约之歉。遂另雇一舟，载了老幼十余人和两担行物，开向衢州去了。

我们离兰溪后，一路顺风地到衢州，经常山、上饶、南昌、萍乡，终于平安地到达长沙。现在我个人且已到了汉口。沿途非但毫无阻碍,并且到处蒙当地老百姓的同情,受兵士的帮忙。(事实将见另文。)我觉得比太平时行路更容易。因为敌忾同仇,军民一家,同胞互相爱护,不如太平时代的分你我了。但我相信聚仁兄的话决不是骗我,一定是当时时局紧张,交通情形骤变莫测之故。现在幸赖将士捍卫之劳,仙居和长沙均无恙。我感佩聚仁兄的眼光和诚意,同时又庆幸自己的决心的成功,就补写这篇日记。

劳者自歌

（三则）

·粥饭与药石 [1]

原来是个健全的身体：五官灵敏，四肢坚强，百体调和。每日所进的是营养丰富，滋味鲜美的粥饭。

一种可恶的病菌侵入了这个身体，使他生起大病来。头晕目眩，手足挛痉，血脉不和。为欲使他祛病复健，就给他吃杀菌的剧药，以毒攻毒，为他施行针灸、刀圭，以暴除暴。

但这是暂时的。等到大病已除，身体复健的时候，他必须屏除剧药、针灸和刀圭，而仍吃粥饭等补品，使身体回复健全。

我们中华民族因暴寇的侵略而遭困难，就好比一个健全的身体受病菌的侵害而患大病。一切救亡工作就好比是剧药、针灸，和刀圭，文艺当然也如此。我们要以笔代舌，而呐喊"抗敌救国"！我们要以笔当刀，而在文艺阵地上冲锋杀敌。

但这也是暂时的。等到暴敌已灭，魔鬼已除的时候，我们也必须停止了杀伐而回复于礼乐，为世界人类树立永固的和平

---

[1] 此则原载 1938 年 4 月 16 日《立报》。

与幸福。

病时须得用药石；但复健后不能仍用药石而不吃粥饭。即在病中，除药石外最好也能进些粥饭。人体如此，文艺界也如此。

廿七年四月十日，汉口

·散沙与沙袋 [1]

沙是最不可收拾的东西。记得十年前，我在故乡石门湾的老屋后面辟一儿童游戏场，买了一船河沙铺在场上。一年之后，场上的沙完全没有了。它们到哪里去了呢？一半粘附了行人的鞋子而带出外面去，还有一半陷入泥土里，和泥土相混杂，只见泥而不见沙了。这一船沙共有十多石，讲到沙的粒数，虽不及"恒河沙数"，比我们中华民国的人口数目，一定更多。这无数的沙粒到哪里去了呢？东西南北，各自分散，没有法子召集了。因为它们的团结力非常薄弱，一阵风可使它们立刻解散。它们的分子非常细小，一经解散，就不可收拾。

但倘用袋装沙，沙就能显示出伟大的能力来。君不见抗战以来，处处地方堆着沙袋，以防敌人的炮火炸弹的肆虐么？敌人的枪子和炮弹一碰着沙袋，就失却火力，敌人的炸弹片遇着沙袋，也就不能伤人，沙的抵抗力比铁还大，比石更强。这真

---

[1] 此则原载 1938 年 4 月 21 日《立报》。

是意想不到的功用。

原来沙这种东西，没有约束时不可收拾，一经约束，就有伟大的能力。中国四万万人，曾经被称为"一盘散沙"。"抗战"好比一只沙袋，现在已经把他们约束了。

廿七年四月十日，汉口

·喜　剧[1]

同学孔君从浙江走浙赣路来汉口。一下车，就被警察错认为日本间谍，拉去拘禁在公安局。因为孔君脸色焦黄，眉浓目小，两颊多须，剃成青色，而且西发光泽，洋服楚楚，外形真像日本人。警察的错认是难怪的。

他向警察声辩，说是自家人，不是敌人。警察问："你是中国哪地方人？"孔君答："我是浙江萧山人，刚才从萧山来。"警察问："你是萧山人，应该会讲萧山话。你讲几句看！"孔君就讲了一套道地的萧山话。警察冷笑着说："你们日本人真有小聪明，萧山话学得很像！"这使孔君无法置辩，只得任其拘禁。一面设法打电话通知汉口的朋友，托他们来保。结果被拘禁五六小时，方始恢复自由。演了一出喜剧。

晚上我同孔君共饮，就用这件逸事下酒。我安慰孔君说："你

---

[1]　此则原载 1938 年 4 月 23 日《立报》。

虽失却了五六小时的自由,但总是可喜的。我们侦察日本间谍,惟恐其不严。过严是可以体谅的。你们孔家人往往吃这种眼前亏:昔夫子貌似阳货,几乎送了性命。今足下貌似敌人,失却五六小时的自由,是便宜的。"

〔1938年〕四月十一日,汉口

一 饭 之 恩 [1]
——避寇日记之一

去年冬天我与曹聚仁兄在兰溪相会,他请我全家吃饭。席上他忽然问我:"你的孩子中有几人欢喜艺术?"我遗憾地回答说:"一个也没有!"聚仁兄断然地叫道:"很好!"

我当时想不通不欢喜艺术"很好"的道理。今天,三月二十三日,我由长沙到汉口。就有人告诉我:"曹聚仁说你的《护生画集》可以烧毁了!"我吃惊之下,恍然记起了去冬兰溪相会时的谈话,又忽然想通了他所谓不欢喜艺术"很好"的道理,起了下面的感想:

"《护生画集》可以烧毁了!"这就是说现在"不要护生"的意思。换言之,就是说现在提倡"救国杀生"的意思。这思想,我期期以为不然。从皮毛上看,我们现在的确在鼓励"杀敌"。这么惨无人道的狗彘豺狼一般的侵略者,非"杀"不可。我们开出许多军队,带了许多军火,到前线去,为的是要"杀敌"。

但是,这件事不可但看皮毛,须得再深思一下:我们为什么要"杀敌"?因为敌不讲公道,侵略我国;违背人道,荼毒生灵,

---

[1] 本篇原载 1938 年 5 月 5 日《少年先锋》第 6 期。

所以要"杀"。故我们是为公理而抗战,为正义而抗战,为人道而抗战,为和平而抗战。我们是"以杀止杀",不是鼓励杀生。我们是为护生而抗战。

《护生画集》中所写的,都是爱护生灵的画。浅见的人看了这些画,常作种种可笑的非难:有一种人说,"今恩足于及禽兽,而功不至于百姓者,独何欤?"又有一种人说:"用显微镜看,一滴水里有无数小虫。护生不能彻底。"又有一种人说:"供养苍蝇,让它传染虎列拉[1]吗?"他们都是但看皮毛,未加深思;因而拘泥小节,不知大体的。《护生画集》的序文中分明说是:"护生"就是"护心"。爱护生灵,劝戒残杀,可以涵养人心的"仁爱",可以诱致世界的"和平"。故我们所爱护的,其实不是禽兽鱼虫的本身(小节),而是自己的心(大体)。换言之,救护禽兽鱼虫是手段,倡导仁爱和平是目的。再换言之,护生是"事",护心是"理"。以前在报纸看见一段幽默故事,颇可以拿来说明护生的意旨:有一位乡下老婆进城,看见学校旁边的操场上,有两大群学生正在夺一根绳,汗流满面,声嘶力竭,起而复仆者再,而绳终未夺得。老婆见此,大发慈悲,上前摇手劝阻道:"请你们息争!这种绳子舍间甚多,回头拿两根奉送你们!"盖此老婆只见夺绳的"事",不解拔河之戏之"理",故尔闹此笑话,护生者倘若执着于禽兽鱼虫,拘泥于放生吃素,而忘却了"护心""救世"的本旨,其所见即与此乡下老婆相等,也是闹笑话。故佛家戒杀,不为己杀的三净肉可食。儒家重仁,不闻其声亦

---

[1] 虎列拉,cholera(霍乱)一词的旧时译名。

忍食其肉，故君子远庖厨。吃三净肉和君子远庖厨，都是"掩耳盗铃"。掩耳盗铃就是"仁术"。无端有意踏杀一群蚂蚁，不可！不是爱惜几个蚂蚁，是恐怕残忍成性，将来会用飞机载了重磅炸弹而无端有意去轰炸无辜的平民！岂真爱惜几个蚂蚁哉，所以护生的掩耳盗铃，是无伤的。我希望读《护生画集》的人，须得体会上述的意旨，勿可但看皮毛，拘泥小节。这画集出版已经十年，销行已达二十万册。最近又有人把画题翻译为英文，附加英文说明，在欧美各国推销着。在现今这穷兵黩武，惨无人道的世间，《护生画集》不但不可烧毁，我正希望它多多添印，为世界人类保留一线生机呢！

现在我们中国正在受暴敌的侵略，好比一个人正在受病菌的侵扰而害着大病。大病中要服剧烈的药，才可制胜病菌，挽回生命。抗战就是一种剧烈的药。然这种药只能暂用，不可常服。等到病菌已杀，病体渐渐复元的时候，必须改吃补品和粥饭，方可完全恢复健康。补品和粥饭是什么呢？就是以和平，幸福，博爱，护生为旨的"艺术"。

我的儿女对于"和平幸福之母"的艺术，不甚爱好，少有理解。我正引为憾事，叹为妖孽。聚仁兄反说"很好"，不知其意何居？难道他以为此次抗战，是以力服人，以暴易暴；想步莫索里尼〔墨索里尼〕、希特勒、日本军阀之后尘，而为扰乱世界和平的魔鬼之一吗？我相信他决不如此。因为我们抗战的主旨处处说着：为和平而奋斗！为人道而抗战！我们的优待俘虏，就是这主旨的实证。

从前我们研究绘画时，曾把画人分为两种：具有艺术思想，能表现人生观的,称为"画家",是可敬佩的。没有思想,只有技巧的,称为"画匠",是鄙贱的。我以为军人也可分为两种:为和平而奋斗,为人道而抗战,以战非战,以杀止杀的,称为"战士",是我敬佩的。抚剑疾视,好勇斗狠,以力服人,以暴易暴的,称为"战匠",是应该服上刑的。现今世间侵略国的军人,大都是战匠,或被强迫为战匠。世界和平,人类幸福,都被这班人所破坏,真是该死!所以我们此次为和平而奋斗,为人道而战争,我以为是现世最神圣的事业。这抗战可为世界人类造福。这一怒可安天下之民。

杜诗云:"天下尚未宁,健儿胜腐儒。"在目前,健儿的确胜于腐儒。有枪的能上前线去杀敌。穿军装的逃起难来比穿长衫的便宜。但"威天下,不以兵甲之利"。最后的胜利,不是健儿所能独得的!"仁者无敌",兄请勿疑!

我曾在流难中,受聚仁兄一饭之恩。无以为报,于心终不忘。写这篇日记,聊作答谢云尔。

神鹰东征琐话[1]

投我以炸弹,报之以传单。匪报也,永以为教也。

五月十九日午夜,中国神鹰精锐飞机一队由徐焕升队长率领,东征日本,于熊本、久留米、福冈等处发散传单百万份,安然飞返。传单文略谓:"尔再不训,则百万传单,将一变而为千吨炸弹,尔其戒之。"

二十日下午一时许,我听见人说,中国的空军带赴日本的不是传单而是炸弹。其中一个人说:"我们应该去投炸弹。他们在我们国内投了无数炸弹,杀了无数人民,我们应该去报复一下。况且,对这么残暴的敌人,还要用传单讲什么理呢?"到了下午四点钟,号外出了。大家才知道确是去投传单。然而在人群中还时时听到怨声。他们咕噜地说:"为什么不投炸弹呢?太可气了……"这些话引起了我的一些感想。

中国空军此次东征,态度至极堂皇,使命至极神圣。足为世间文明大国的表式,足为世间野蛮侵略者的警诫。盖日本向中国人乱投弹,其实并无伤害炸中国,却在那里炸毁日本自己

---

[1] 本篇原载 1938 年 5 月 21 日《中国的空军》第 11 期。

的国家命根。因之中国投在日本地方的传单,看似一张纸,其实每一份是一个重磅炸弹的种子。这些种子将在日本人的心发芽生长而爆发出来,炸毁日本军阀的命根。这些种子还要散播在全世界的人心中,长出无数的重磅炸弹来,炸毁世界上一切暴徒的命根,而促成和平幸福的大同世界。

孟子说:"以力服人者,非心服也,力不赡也。以德服人者,中心悦而诚服也,如七十子服孔子也。"这几句话说明着一个千古不易的定理:即道德胜于暴力,公理胜于强权。近视眼的人,只看见目前世界上的弱肉强食的事实。就以为要在世间立国,只有扩张军备,与世间的暴徒争一日之长,其实这是舍本逐末的浅见的自杀政策。甲国造飞机一千架。乙国造二千架来制胜他,丙国又造三千架来制胜他,丁国又造四千架来制胜他……这样下去,穷兵黩武,没有底止,和平之神愈走愈远,世界终于变成了修罗场,人间地狱,人类的没日,就来到了。所以武力只能暂时用以制暴,决不能作为立国治世的基本。现在暴日侵略我国,残杀人民。我们必须用炮火去抗战。但这是以毒攻毒。仿佛人体受病菌侵害,必须剧药,以杀病菌。但等到病菌杀尽,人体复健的时候,我们决不再服剧药,而需要营养丰富的粥饭了。这剧药好比抗战,粥饭好比人道、公理、正义、礼乐,我们是不得已而抗战,不是要用武力来同暴寇争长。他们在我们国内投了无数炸弹,杀了无数人民,这是他们的违犯国际公法,他们的背叛人道,他们的自杀政策。倘使我们的空军也带上炸弹去炸杀日本的人民,我们就也犯法律,伤道德,而我们的神圣抗战就变成"以暴易暴"了。上面所引孟子的话,没有引完,其下文又说："诗云：自东自西，自南自北，无思不服。此之谓也。"因为以德服人，人皆心悦诚服。所以治国平天下，非常容易。古代商汤的王天下，便是一个实例。孟子写汤的以德服人，说："东面而征西夷怨，南面而征北狄怨。曰：'奚我后，后来其苏。'"又说："民望之，若大旱之望云霓也。"盖世人爱和平者多，好杀人者少。若有好和平的人出来征伐，世间一定到处响应，到处盼望他的来征。正如孟子所说："今夫天下之人牧，未有不嗜杀人者也。如有不嗜杀人者，则天下民，皆引领而望之矣。"所以此次中国空军东征，不投炸弹而投传单，正是向日本人民宣扬我们的仁政，向日本人民表明我们的不嗜杀人。拾着我们的传单的日本人民，这几天一定在心中叫："奚我后，后来其苏。"不过他们被日本军阀所强制，不敢出声而已。我们这一类的仁政将来积多起来，一定可以使日本人民"心悦诚服，如七十子之服孔子"。那时他们自会起来打倒他们的军阀，不劳我们一兵一卒。有人怨我们的空军不用炸弹去报复，是浅虑之言。其实不用炸弹而用传单，是更大的报复！

俗语有句话："轻句还重句，先打没道理。"一般民众中，颇有信奉这句话的。在他们想来：日本到我国来投炸弹，我们也到日本去投炸弹，是天经地义。但这也是浅虑之言。因为日本侵略中国，不像阿二打阿大这么简单。阿二与阿大是一人对一人，日本与中国却是一国对一国。一国之中，人数很多，良莠不齐，我们不能拿一小部分来代表全体。侵略阿比西尼亚的是意大利人。但仁慈隐恻的《爱的教育》的著者也是意大利人。同理，侵略中国的是日本人，但同情于中国而反对侵略的日本人，亦正不少。最近日本国内常有因反战而被捕的，日本军队里常有反战而自杀的，日本兵士常有反侵略而向中国投诚的，日本俘虏的供词，多数是被迫从军，不愿参加侵略战的——这些事实在近来的报志上，时时可以看到。可见侵略中国的是少数的日本人。大多数的日本人是无害于中国或同情于中国的。倘根据"轻句还重句，先打没道理"的俗语，而用炸弹去炸杀东京、大坂的平民，则又是俗语所谓"吃了对门，谢隔壁"了。

孙中山先生的三民主义，处处教人以促进"世界大同"为最后目的。胸襟博大，至可钦佩。在军阀穷兵黩武的今日，我们尤须励行这主义，联合世界上的善良分子来打倒恶劣分子，为世界人类保留生机。原来人类不可以一概用国家来分群。意大利有恶人，也有好人；德国有恶人，也有好人；日本有恶人，也有好人。全世界各国爱好和平的善良的劳苦大众，不论何种族，不论何国籍，都是同气连志的好朋友。我们的抗战所要讨灭的，是日本的军阀，不是日本老百姓。所以我们的空军东征，不投炸弹而投传单，一本于孙中山先生的仁慈博大的精神，诚为大中华军人的表式！英国的《新闻纪事报》评论中国空军东征，说"传单力量强于炸弹"。因为这可以唤醒日本人民起来推翻军阀。又说：在日本，凡不利于政府及其侵略政策的新闻，一概禁止报纸揭载。因此日本人完全受政府欺骗，不明战事的真相。若中国空军能常常东征，把所有的日本军阀穷兵黩武欺骗民众的新闻用传单自空中掷下，则日本国内将起大乱，日本政府军阀的伎俩也就穷了。总之，我们不用炸弹去杀害无辜的日本民众，正是"仁政"的一端。换言之，就是促进"世界大同"的动机。

孟子曰："三代之得天下也以仁，其失天下也，以不仁。国之所以兴废存亡者亦然。"又曰："仁者无敌。"我们以"仁"存心，则最后胜利必属于我。

所以我闻知中国空军东征的消息，即在心中，改作了一首《诗经》：

> 投我以炸弹，
> 报之以传单。
> 匪报也，
> 永以为教也。

《口琴歌曲集》[1] 序

这里面的乐谱，可以歌唱，同时又可以用口琴演奏。

音乐是精神抗战的利器。而口琴音乐，尤为短小精悍。口琴的形状像手枪，放在衣袋里，随时随地可以拔出来用。其作用像机关枪；一串无形的子弹，个个可以打中敌人的要害。

放枪，第一要枪好，第二要手法好，才可抵抗暴敌。吹口琴也如此，第一要乐曲好，第二要吹法好。现行抗战歌曲甚多，其中不乏良好作品。现在我们编选这一小册，虽未能众美尽收，也好比口琴抗敌的一个机械化部队。我们在吹奏法之后附加曲选，虽未能详细说明，也好比一部简单的兵法书。希望此书的读者，都能速成为音乐抗战的将士。

二十七年五月编著者识

---

[1]《口琴歌曲集（附吹奏法）》（丰子恺、萧而化合编）系 1942 年 9 月成都越新书局出版。

横渠四句教附说[1]

前几天收到马一浮先生从江西泰和浙江大学寄来的信。其中有段说:"顷来泰和,为浙大诸生讲横渠四句教,颇觉此语伟大,与佛氏四弘誓愿相等。因读新制诸歌,(注:所言新制诸歌,乃指我与萧而化[2]合作的歌曲,是我寄去请他指教的。)谓此语意天然,似可谱之成曲。今写呈如下:

> 为天地立心。
> 为生民立命。
> 为往圣继绝学。
> 为万世开太平。

上四语试缓声吟咏,自成音节。第三句将声音提高拖长,第四句须放平而极和缓,乃是和平中正之音。其意义光明俊伟,真先圣精神之所托。未知是否可以谱入今乐,制成歌曲?但不得增损一字。深望□[3]贤者与萧而化君商榷,制成曲谱见寄,欲令此间学

---

[1] 本篇原载1938年6月1日《宇宙风》第69期。
[2] 萧而化,作者在立达学园的学生。
[3] 此处字迹漫漶不清。

生歌之,以资振作。吾国固有特殊之文化,为世界任何民族所不及。今后生只习于现代浅薄之理论,无有向上精神。如何可望复兴?来示引陶诗'人生归有道,衣食固其端'二话,甚有味。衣食固其一端,抗战亦其一端。若欲其归有道,则必于吾先哲之道理有深切之认识而后可。惜与□[1]贤者相去远,不得如在阳山阪(注:廿六〔1937〕年十二月间我和马先生同在桐庐城外阳山阪地方避寇,共数晨夕者半月有余。)时可于竹间敷坐畅谈此义也。"

我读了这信,心生欢喜,立刻派人到武昌去邀萧而化君来,同他详谈马先生的意旨和横渠先生的教训,请他作曲。而化得了这歌词,比我更加欢喜,立刻拿去作曲。二三天之后,曲成,大规模的四部合唱曲。同非常时期的因陋就简的简谱抗战歌曲比较起来,这一曲真是壮丽堂皇,规模宏大的制作。我特托人另抄一份,把一份寄给马先生,一份交《宇宙风》发表,以广流传,并为附说。

横渠是宋代大儒张载的别号。这四句教的意义至高至大。"只习于现代浅薄之理论"的后生看了,非但不能理解,或且笑为迂腐。实则诚如马先生所说:这是"吾国固有特殊之文化,为世界任何民族所不及"。近世人类愚痴愈甚,利用科学机械之力,大肆侵略虐杀,自以为强。实则玩弄小慧,暴露兽性,其愚痴万不可教及。今战争之祸,弥漫于全世界。和平之神远而避之,圣贤之教,置之高阁,民不聊生,地天变色,全与横渠四句教相背驰。马先生以四句教教浙大学生,真可谓"寻坠绪之茫茫,挽狂澜于既倒"。

---

[1] 此处字迹漫漶不清。

这与我民族"为正义、人道、和平而抗战"之旨正相符合，而意义更为高大深远。这是最根本的救世之道。"抗战"仅为其"一端"耳。我还希望马先生将此意发为文章，使天下人广受教益，勿令浙大学生独享其福，实无量之功德也。

关于乐曲，恐有人不解，略加说明于下。这是四部合唱曲，用风琴或洋琴〔钢琴〕伴奏。乐谱中第一、二行是前奏，第三行中央开始唱歌。每行有六条五线谱，第一条是高音部唱的，第二条是中音部唱的，第三条是次中音部唱的，第四条是低音部唱的，第五条是右手弹琴的谱，第六条是左手弹琴的谱。四句歌词之后，末了还有两行琴谱，是后奏，与前奏相对称。演奏此曲时，须用四班人，和一座琴。这是规模很大的一个合唱曲。

倘一个人要唱，可唱其高音部，因为高音部是这曲的主要旋律。今译为简谱，附录于下，以便不曾学过五线谱的人唱奏。这是长音阶〔大音阶〕乐曲，但第三句转入短音阶〔小音阶〕，特别强调。

横渠四句教

E调 $\frac{2}{2}$

| 1 - 7 1 | 2 - #2 - | 3 - - - | 3 - 3 3 | #4 - - - |
| 为　天地　立　　　　心，　　为　生民　立 |

| 5 - - - | 5 - - - | 7 - 1 - | 1 7 6 #5 | 6 - - - |
| 命，　　为　　　往　圣　继　绝　学， |

| 3 - 6 - | 5 - 4 - | 3 - 2 - | 2 - 1 - ‖ |
| 为　万　　世　开　太　　　平。 |

横渠四句教

四部合唱　萧而化作曲

横渠四句教附说

空军的人格亦要至高无上[1]

蒋委员长手订空军信条第十条曰：

空军的地位，是至高无上的。空军的人格，亦要至高无上。

我们的空军过去的行为，例如忠勇抗战，杀身成仁，远征日本，宣扬仁风等，都已证实了我国空军的人格同他们的地位一样地"至高无上"，都已实证了中国空军是恪守空军信条的。

日本空军处处和我们反对，他们的空军的人格，可说"至低无下"！何以言之？有事为证：

中央社郑州六月十一日电：十六日九时许，平汉路信阳以南柳林车站，发现敌机三架竟涂我青天白日国徽。投弹三枚，伤亡平民三十余人。

做到冒用国徽的地步，其人已把人格两字从心中连根拔起，投入深渊。故可说"日本空军人格至低无下"！

查这是日本一般军人的惯技。五月十九日中央社讯：日前

---

[1] 本篇原载 1938 年 7 月 11 日《中国的空军》第 13 期。

鱼台之敌,在向丰县前进途中,曾揭我青天白日旗帜。我地方团队未能识别,致被其袭击,颇有损失。可见日军人惯于不守信义。

信义,是立身之大本,也是立国之大本。人不守信义,虽一时便宜,终必失败。国不守信义,虽一时横行,终必灭亡。故一切人间事业,皆建立在"信义"的基地上。

举最小的事实来说:譬如你雇黄包车,对车夫说:"到中山公园,一毛钱,去不去?"车夫说:"好!"这一个"好"字就是契约的签字,在车夫是守信义的。拉到了目的地,你给他一毛钱,他照收,自去。有时他要求增加二分钱,但必然另有一番理由:或者是说雨下得太大,或是说中途你要停得太久,或是说你的行李太重……但决不会否认了以前签字的契约,而说"讲了一毛二分的"!倘存此心,则他所签字的契约既非书面,全无凭据,他尽可否认一切,而咬定说,你允给他两毛钱的,四毛钱的,或一块钱的,亦无不可。——这些事或许有之,乃属于极少数,为顾客所愤慨,为警察亦应干涉,为黄包车夫同行所不齿。后来此黄包车夫会终于觉悟此路不通,而痛改前非。俗语云:"上当上一次。"可见不守信义的事业,不能持久。拉黄包车这件小事业,尚且以信义为根基地而建立,何况国家大事呢?

中国自古为道义之邦。凡百事业,以道义为先。《论语》里说:"君子无所争,必也射乎。揖让而升,下而饮,其争也君子。"比赛射箭,也讲礼仪。

杜甫诗云:"挽弓当挽强,用箭当用长。射人先射马,擒贼先擒王。苟能制侵凌,岂在多杀伤?"可见我国人战争时也恪守道义,而以仁爱为心,黄帝子孙,皆保有这种道德在每人的血管里。

一切人间事业皆建设在"信义"的基地上。离开这基地,凭空建设,未有不崩溃的。故日本军人的放弃人格,是催促日本早日崩溃。中国军人恪守人格,是催促中国最后胜利早日实现。

未来的国民——新枚 [1]

三月间我初到长沙时,就写信给广西柳州的朋友,问他柳州的生活状况,以及从长沙到柳州的路径。当时我有三种主张,一是返沪,一是入川,一是赴桂。返沪路太远,入川路太难,终于决定赴桂。还有一更重要的原因:久闻桂有"模范省"之称,我想去看一看。所以决定赴桂。柳州的朋友复我一封长信,言桂中种种情状,并附一纸详细的路径。结论是劝我早日入桂,表示十分的欢迎。然而长沙也是可爱的地方,虽曾被屈原贾谊涂上一层忧伤的色彩,然而无数的抗战标语早已给它遮住,如今不复有行吟痛哭之声,但见火焰一般的热情了。况且北通汉口,这实际的首都中的蓬勃的抗战热情,时常泛滥到长沙来,这环境供给我一种精神的营养,使我在流亡中不生悲观,不感失望,而且觉得极有意义,极有希望。所以我舍不得离开湘鄂,把柳州朋友的信保存在行囊中。直到五月间,桂林教育当局来信,聘我去担任"暑期艺术师资训练班"的教课,我方才启程入桂。桂林与柳州相去只有一天的行程,若赴柳州必经桂林。与我的初衷并不相背。且在这禽兽逼人的时候,桂人不忘人间和平幸

---

[1] 本篇原载 1938 年 9 月 16 日《宇宙风》第 75 期。

福之母的艺术，特为开班训练，这实在是泱泱大国的风度，也是最后胜利之朕兆，假使他们不来聘请我，我也想学毛遂自荐呢。我就在六月廿三日晨八时，率眷十人，同亲友八人，乘专车入桂。

从长沙到桂林，计五百五十公里，合旧时约千余里。须分两天行车。这么长的汽车旅行，我们都是第一次经历。这么崎岖的公路，我们在江南也从来没有走过。最初大家觉得很新奇，很有趣味。后来车子颠簸得厉害，大家蹙紧了眉头，相视而叹。小孩中有的嚼了舌头，有的震痛了巴掌，有的靠在窗口呕吐了。那些行李好像是活的，自己会走路。最初放在车尾，一会儿走到车中央来了。正午车子在衡阳小停，车夫教我们到站旁的小饭店去吃饭。有多数人不要吃，有些人吃了一点面。一小时后，车子又开，晚七时开到了零陵。零陵就是柳子厚所描写过的永州，然而我们没有去玩赏当地的风景，因为时候已迟，人力已倦，去进牢狱似的小客栈，大家认为无上的安乐窠，不想再出门了。

夜饭后，我巡视各房间，看见我家的老太太端坐竹凳上摇扇子，我妻拿着电筒赶来赶去寻手表（她失了手表，后来在草地上寻着），我心中就放下两块大石头。第一，因为老太太年已七十一岁，以前旅行只限于沪杭火车。最近从浙江到长沙，大半是坐船的。这么长途的汽车旅行，七十年来是第一次。她近来又患一种小毛病，一小时要小便一二次。然而她又怕臭气，毛厕里去了两次就发痧。今天她坐在汽车里，面前放一个便桶。汽车开行时，便桶里的东西颠簸震荡，臭气直熏她的鼻子，然而她并不发痧，也不疲倦，还能端坐在凳上摇扇子，则明天还有大半天的行程，一定也可平安通过，使我放心。第二，我妻十年不育了，流亡中忽然受孕，怀胎已经四个月。据人说，三四个月的胎儿顶容易震脱，孕妇不宜坐汽车。然而她怀了孕怕难为情，不告诉人，冒险上汽车去。我在车中为她捏两把汗。准备万一有变，我同她半途下车求医，让余人先赴桂林，幸而直到零陵不见动静，进了旅馆她居然会赶来赶去寻手表，则明天大半天的行程，一定也能平安通过。这更使我放心而且欢庆。

大肚皮逃难，在流亡中生儿子，人皆以为不幸，我却引为欢庆。我以为这不过麻烦一点而已。当此神圣抗战的时代，倘使产母从这生气蓬勃的环境中受了胎教，生下来的孩子一定是个好国民，可为未来新中国的力强的基础分子。麻烦不可怕。现在的中国人倘怕麻烦，只有把家族杀死几个，或者遗弃几个给敌人玩弄。充其极致，还是自杀了，根本地免了麻烦。倘中国统是抱这种思想的人，现在早已全国沦亡在敌人手里，免却抗战的麻烦了！这里我想起了一件可痛心的事：去年十二月底，我率眷老幼十人仓皇地经过兰溪，途遇一位做战地记者的老同学[1]，他可怜我，请我全家去聚丰园吃饭。座上他郑重地告诉我："我告诉你一件故事。这故事其实是很好的。"他把"很好"二字特别提高。"杭州某人率眷坐汽车过江，汽车停在江边时，一小孩误踏机关，车子开入江中，全家灭顶。"末了他又说一句："这故事其实是很好的。"我知道了，他的意思，是说"像你这样的人，拖了这一群老小逃难，不如全家死了干净"。这是何等浅薄的话，这是何等不仁的话！我听了在心中不知所云。我们中国有

---

[1] 指曹聚仁。

着这样的战地记者,无怪第一期抗战要失败了。我吃了这顿"嗟来之食",恨不得立刻吐出来还了他才好。然而过后我也并不介意。因为这半是由我自取。我在太平时深居简出,作文向不呐喊。逃难时警察和县长比我先走,地方混乱。我愤恨政府,曾经自称"老弱",准备"转乎沟壑",以明政府之罪。

因此这位战地记者就以我为可怜的弱者,他估量我一家在这大时代下一定会灭没。在这紧张的时候,肯挖出腰包来请我全家吃一餐饭,在他也是老同学的好意。这样一想,我非但并不介意,且又感谢他了。我幸而不怕麻烦,率领了老幼十人,行了三四千里戎马之地,居然安抵桂林。路上还嫌家族太少,又教吾妻新生一个。这回从长沙到桂林的汽车中,胎儿没有震脱,小性命可保。今年十月间,我家可以增一人口,我国可以添一国民了。十年不育,忽然怀胎,事情有点希奇。一定是这回的抗战中,黄帝子孙壮烈牺牲者太多;但天意不亡中国,故教老妻也来怀孕,为复兴新中国增添国民。当晚我们在零陵的小旅馆里欢谈此事,大家非常高兴。我就预先给小孩起名。不论男女,名曰"新枚"。这两字根据我春间在汉口庆祝台儿庄胜利时所作的一首绝诗。诗云:"大树被斩伐,生机并不绝。春来怒抽条,

气象何蓬勃！"这孩子是抗战中所生，犹似大树被斩伐后所抽的新条。我最初拟即名之曰"新条"。他（或她）的大姐陈宝说，条字不好听，请改"条枚"的枚字。我赞成了。新枚虽未出世，但他（或她）的名字已经先到人间。家人早已虚席以待了。

第二天，又是八点钟开车。零陵以西的公路比前愈加崎岖。有时汽车里的人被抛到半尺之高。下午三时到桂林，全家暂住大中华旅馆。新枚还是安睡在他（或她）母亲的肚子里，也被带进大中华。

大中华民国廿七年六月廿
五日于桂林，大中华旅馆三〇三号

佛 无 灵 [1]

我家的房子——缘缘堂——于去冬吾乡失守时被敌寇的烧夷弹焚毁了。我率全眷避地萍乡,一两个月后才知道这消息。当时避居上海的同乡某君[2]作诗以吊,内有句云:"见语缘缘堂亦毁,众生浩劫佛无灵。"第二句下面注明这是我的老姑母的话。我的老姑母今年七十余岁,我出亡时苦劝她同行,未蒙允许,至今尚在失地中。五年前缘缘堂创造的时候,她老人家镇日拿了史的克[3]在基地上代为擘划,在工场中代为巡视,三寸长的小脚常常遍染了泥污而回到老房子里来吃饭。如今看它被焚,怪不得要伤心,而叹"佛无灵"。最近她有信来(托人带到上海友人处,转寄到桂林来的),末了说:缘缘堂虽已全毁,但烟囱尚完好,矗立于瓦砾场中。此是火食不断之象,将来还可做人家。

缘缘堂烧了是"佛无灵"之故。这句话出于老姑母之口,入于某君之诗,原也平常。但我却有些反感。不是指摘某君思

---

[1] 本篇原载 1938 年 8 月 13 日《抗战文艺》第 2 卷第 4 期。

[2] 某君,疑即徐益藩(一帆),作者姑丈前妻之孙。

[3] 史的克,英文 stick 的音译,意即手杖。

想不对,也不是批评老姑母话语说错,实在是慨叹一般人对于"佛"的误解,因为某君和老姑母并不信佛,他们是一般按照所谓信佛的人的心理而说这话的。

我十年前曾从弘一法师学佛,并且吃素。于是一般所谓"信佛"的人就称我为居士,引我为同志。因此我得交接不少所谓"信佛"的人。但是,十年以来,这些人我早已看厌了。有时我真懊悔自己吃素,我不屑与他们为伍。(我受先父遗传,平生不吃肉类。故我的吃素半是生理关系。我的儿女中有二人也是生理的吃素,吃下荤腥去要呕吐。但那些人以为我们同他们一样,为求利而吃素。同他们辩,他们还以为客气,真是冤枉。所以我有时懊悔自己吃素,被他们引为同志。)因为这班人多数自私自利,丑态可掬。非但完全不解佛的广大慈悲的精神,其我利自私之欲且比所谓不信佛的人深得多!他们的念佛吃素,全为求私人的幸福。好比商人拿本钱去求利。又好比敌国的俘虏背弃了他们的伙伴,向我军官跪喊"老爷饶命",以求我军的优待一样。

信佛为求人生幸福,我绝不反对。但是,只求自己一人一家的幸福而不顾他人,我瞧他不起。得了些小便宜就津津乐道,引为佛佑(抗战期中靠念佛而得平安逃难者,时有所闻);受了些小损失就怨天尤人,叹"佛无灵",真是"阿弥陀佛,罪过罪过"!他们平日都吃素、放生、念佛、诵经。但他们的吃一天素,希望比吃十天鱼肉更大的报酬。他们放一条蛇,希望活一百岁。他们念佛诵经,希望个个字变成金钱。这些人从佛堂里散出来,说的统是果报;某人长年吃素,邻家都烧光了,他家毫无损失。

某人念《金刚经》，强盗洗劫时独不抢他的。某人无子，信佛后一索得男。某人痔疮发，念了"大慈大悲观世音菩萨"，痔疮立刻断根。……此外没有一句真正关于佛法的话。这完全是同佛做买卖，靠佛图利，吃佛饭。这真是所谓"群居终日，言不及义，好行小惠，难矣哉"！

我也曾吃素。但我认为吃素吃荤真是小事，无关大体。我曾作《护生画集》，劝人戒杀。但我的护生之旨是护心（其义见该书马序），不杀蚂蚁非为爱惜蚂蚁之命，乃为爱护自己的心，使勿养成残忍。顽童无端一脚踏死群蚁，此心放大起来，就可以坐了飞机拿炸弹来轰炸市区。故残忍心不可不戒。因为所惜非动物本身，故用"仁术"来掩耳盗铃，是无伤的。我所谓吃荤吃素无关大体，意思就在于此。浅见的人，执着小体，斤斤计较：洋蜡烛用兽脂做，故不宜点；猫要吃老鼠，故不宜养；没有雄鸡交合而生的蛋可以吃得。……这样地钻进牛角尖里去，真是可笑。若不顾小失大，能以爱物之心爱人，原也无妨，让他们钻进牛角尖里去碰钉子吧。但这些人往往自私自利，有我无人；又往往以此做买卖，以此图利，靠此吃饭，亵渎佛法，非常可恶。这些人简直是一种疯子，一种惹人讨嫌的人。所以我瞧他们不起，我懊悔自己吃素，我不屑与他们为伍。

真是信佛，应该理解佛陀四大皆空之义，而屏除私利；应该体会佛陀的物我一体，广大慈悲之心，而护爱群生。至少，也应知道亲亲而仁民，仁民而爱物之道。爱物并非爱惜物的本身，乃是爱人的一种基本练习。不然，就是"今恩足以及禽兽而功不至于百姓"的齐宣王。上述这些人，对物则惺惺爱惜，对人间痛痒无关，已经是循流忘源，见小失大，本末颠倒的了。再加之于自己唯利是图，这真是世间一等愚痴的人，不应该称为佛徒，应该称之为"反佛徒"。

因为这种人世间很多，所以我的老姑母看见我的房子被烧了，要说"佛无灵"的话，所以某君要把这话收入诗中。这种人大概是想我曾经吃素，曾经作《护生画集》，这是一笔大本钱！拿这笔大本钱同佛做买卖所获的利，至少应该是别人的房子都烧了而我的房子毫无损失。便宜一点，应该是我不必逃避，而敌人的炸弹会避开我；或竟是我做汉奸发财，再添造几间新房子和妻子享用，正规军都不得罪我。今我没有得到这些利益，只落得家破人亡（流亡也），全家十口飘零在五千里外，在他们看来,这笔生意大蚀其本！这个佛太不讲公平交易,安得不骂"无灵"？

我也来同佛做买卖吧。但我的生意经和他们不同：我以为我这次买卖并不蚀本，且大得其利，佛毕竟是有灵的。人生求利益,谋幸福,无非为了要活,为了"生"。但我们还要求比"生"更贵重的一种东西，就是古人所谓"所欲有甚于生者"。这东西是什么？平日难于说定，现在很容易说出，就是"不做亡国奴"，就是"抗敌救国"。与其不得这东西而生，宁愿得这东西而死。因为这东西比"生"更为贵重。现在佛已把这宗最贵重的货物交付我了。我这买卖岂非大得其利？房子不过是"生"的一种附饰而已。我得了比"生"更贵的货物，失了"生"的一件小小的附饰，有什么可惜呢？我便宜了！佛毕竟是有灵的。

叶圣陶先生的《抗战周年随笔》中说："……我在苏州的家

屋至今没有毁。我并不因为它没有毁而感到欢喜。我希望它被我们游击队的枪弹打得七穿八洞，我希望它被我们正规军队的大炮轰得尸骨无存，我甚而至于希望它被逃命无从的寇军烧个干干净净。"他的房子，听说建成才两年，而且比我的好。他如此不惜，一定也获得那样比房子更贵重的东西在那里。但他并不吃素，并不作《护生画集》。即他没有下过那种本钱。佛对于没有本钱的人，也把贵重货物交付他。这样看来，对佛买卖这种本钱是没有用的。毕竟，对佛是不可做买卖的。

廿七年七月二十四日于桂林

宜山遇炸记 [1]

宜山第一次被炸时,约在二十七(1938)年秋,我还在桂林。听说那一次以浙江大学为目标,投了无数炸弹。浙大宿舍在标营,该地多沟,学生多防空知识,尽卧沟中,侥幸一无死伤。却有一个患神经病的学生,疯头疯脑的不肯逃警报,在屋内被炸弹吓了一顿,其病霍然若失,以后就恢复健康,照常上课。浙大的人常引为美谈。

我所遇到的是第二次被炸,时在二十八(1939)年夏。这回可不是"美谈"了!汽车站旁边,死了不少人,伤了不少人,吓坏了不少人。我是被吓坏的人之一。自从这次被吓之后,听见铁锅盖的碰声,听见茶熟的沸声,都要变色,甚至听见邻家的老妇喊他的幼子"金保",以为是喊"警报",想立起身来逃了!日本军阀的可恶,今日痛定思痛,犹有余愤。幸而我们的最后胜利终于实现了,日本投降了,军阀正在诛灭了!而我依然无恙。现在闲谈往事,反可发泄余愤,添助欢庆呢!

---

[1] 本篇原载 1939 年 11 月 6 日某报。后又载 1946 年 8 月 1 日《导报》月刊第 1 卷第 1 期及同年 12 月 1 日《论语》第 118 期。

我们初到宜山的一天,就碰一个大钉子:浙江大学的校车载了我一家十人及另外几个搭客及行李十余件,进东门的时候,突被警察二人拦阻,说是紧急警报中,不得入城。原来如此!怪不得城门口不见人影。司机连忙把车头掉转,向后开回数公里,在荒路边一株大树下停车。大家下车坐在泉石之间休息。时已过午,大家饥肠辘辘。幸有粽子一篮,聊可充饥。记得这时候正是清明时节。我们虽是路上行人,也照故乡习惯,裹"清明粽子"带着走。这时候老幼十人,连司机及几位搭客,都吃着粽子,坐着闲谈。日丽风和,天朗气晴。倘能忘记了在宜山"逃警报",而当作在西湖上 picnic〔野餐〕看,我们这下午真是幸福!从两岁到七十岁的,全家动员,出门游春,还邀了几位朋友参加。真是何等的豪爽之举,风雅之事!唉,人生此世,有时原只得作如是观。

粽子吃完,太阳斜斜地,似乎告诉我们可以入城了。于是大家上车,重新入城,居然进了东门。刚才下车,忽见许多人狂奔而来。惊问何事,原来又是警报!我们初到,不辨地势,只得各自分飞,跟了众人逃命。我家老弱走不动的,都就近逃出东门,往树木茂盛的地方钻。我跟人逃过了江,躲进了一个山洞内。直到天色将黑,警报方才解除。回到停车的地方,幸而行李仍在车上,没有损失;人也陆续回来,没有缺少。于是找住处,找饭店,直到更深才得安歇。据说,这一天共发三次警报。我们遇到的是第二、第三两次。又据说,东门外树木茂盛处正是车站及军事机关。如果来炸,这是大目标。我家的人都在大目标内躲警报!

我们与宜山有"警报缘":起先在警报中初相见,后来在警报中别离;中间几乎天天逃警报,而且遇到一次轰炸。

我们起初住在城内开明书店的楼上。后来警报太多,不胜奔走之劳,就在城外里许处租到了三间小屋,家眷都迁去,我和一个小儿仍在开明楼上。有一天,正是赶集的日子,我在楼窗上闲眺路旁的地摊。看见一个纱布摊忽然收拾起来,隔壁的地摊不问情由,模仿着他,也把货收拾起来。一传二,二传三,全街的地摊尽在收拾,说是"警报来了"!大家仓皇逃命。我被弄得莫名其妙,带着小儿下楼来想逃。刚出得门,看见街上的人都笑着。原来并无警报,只是庸人自扰而已。调查谣传的起因,原来那纱布摊因为另有缘故,中途收拾。动作急遽了些,隔壁的地摊就误认为有警报,更快地收拾,一传二,二传三,就演出这三人成虎的笑剧。但在这笑剧的后面,显然可以看出当时人民对于警报的害怕。我在这风声鹤唳、草木皆兵的空气中,觉得坐立不安,便带了小儿也回乡下的小屋里去。

这小屋小得可怜:只是每间一方丈的三间草屋。我们一家十口,买了两架双层床,方才可住。床铺兼凳椅用,食桌兼书桌用,也还便当。若不当作屋看,而当作船看,这船倒很宽畅。况且屋外还有风景:亭、台、岩石、小山、

竹林。这原是一个花园，叫做龙岗园。我住的屋原是给园丁住的。岩石崎岖突兀，中有许多裂缝。裂缝便是躲警报的地方。起初，发警报时大家不走。等到发紧急警报，才走到石缝里。但每次敌机总是不来，我们每次安然地回进小屋。后来，正是南宁失守前数日，邻县都被炸了。宜山危惧起来。我们也觉得石缝的不可靠，想找更安全的避难所。但因循下去，终于没有去找。

有一天，我正想出门去找洞。天忽晴忽雨，阴阳怪气。大家说今天大约不会有警报。我也懒得去找洞了。忽然，警报钟响了。门前逃过的人形色特别仓皇。钟声也似乎特别凄凉。而且接着就发紧急警报。我拉住一个熟人问，才知道据可靠消息，今天敌机特别多，宜山有被炸的可能。我家里的人，依警报来分，可分为两派：一派是胆大的，即我的太太、岳老太太，以及几个十六岁以上的青年。另一派是胆小的，即我的姐姐和两个女孩。我呢，可说无党无派，介乎其中。也可说骑墙，蝙蝠，两派都有我。因为我在酒后属于胆大派，酒前属于胆小派。这一天胆大派的仍旧躲到近旁的石缝里。我没有饮酒，就跟了胆小派走远去。

走远去并无更安全的目的地，只是和烧香拜佛者"出钱是功德"同样的信念，

以为多走点路，总好一点。恰好碰到一批熟人，他们毅然地向田野间走，并且招呼我们，说石洞不远。我们得了向导，便一脚水一脚泥地前奔。奔到一处地方，果然见岩石屹立，连忙找洞。这岩石形似一个 V 字横卧在地上，可以由叉口走进尖角，但上面没有遮蔽，其实并不是洞！但时至此刻，无法他迁，死也只得死在这里了。

许多男女钻进了 V 字里。我伏在 V 字的口上。举目探望环境，我心里叫一声"啊呀"！原来这地点离大目标的车站和运动场不过数十丈，倒反不如龙岗园石缝的安全！心中正在着急，忽然听到隆隆之声，V 字里有人说："敌机来了！"于是男女老幼大家蹲下去拿石上生出来的羊齿植物遮蔽身体。我站在外口，毫无遮蔽，怎么办呢？忽见 V 字外边的石脚上，微微凹进，上面遍生羊齿植物。情急智生，我就把身体横卧在石凹之内，羊齿植物之下。

我通过羊齿植物的叶，静观天空。但见远远一群敌机正在向我飞来，隆隆之声渐渐增大。我心中想：今天不外三种结果：一是爬起来安然回家；二是炸伤了抬进医院里；三是被炸死在这石凹里。无论哪一种，我唯有准备接受。我仿佛看见一个签筒，内有三张签。其一标上一字，其二标上二字，其三标上三字，乱放在签筒内。而我正伸手去抽一张。……

正在如此想，敌机三架已经飞到我的头顶。忽然，在空中停住了。接着，一颗黑的东西从机上降下，正当我的头顶。我不忍看了，用手掩面，听它来炸。初闻空中"嘶"的声音，继而砰然一响，地壳和岩石都震动，把我的身体微微地抛起。我觉得身体无伤。张眼偷看，但见烟气弥漫，三架敌机盘旋其上。又一颗黑的东西从一架敌机上落下，"嘶"，又一颗从另一架上落下。两颗都在我的头顶，我用两手掩面，但听到四面都是"砰砰"之声。

一颗炸弹正好落在 V 字的中心，"砰"的一声，我们这一群男女老幼在一刹那间化为微尘——假如这样，我觉得干干脆脆的倒也痛快。但它并不如此，却用更猛烈的震动来威吓我们。这便证明炸弹愈投愈近，我们的危险性愈大。忽然我听见 V 字里面一个女声叫喊起来。继续是呜咽之声。我茫然了。幸而这时敌机已渐渐飞远去，隆隆之声渐渐弱起来。大家抽一口气。我站起来，满身是灰尘。匍伏到 V 字口上去探看。他们看见我都惊奇，因为他们不知我躲在哪里，是否安全。我见人人无恙，便问叫声何来。原来这 V 字里面有胡蜂作窠。有一女郎碰了蜂窠，被胡蜂螫了一口，所以叫喊呜咽。

敌机投了十几个炸弹，杀人欲似已满足，便远去了。过了好久，解除警报的钟声响出，我们相率离开 V 字，眼前还是烟尘弥漫，不辨远景。蜂螫的女郎用手捧着红肿的脸，也向烟尘中回家去了。

我饱受了一顿虚惊，回到小屋里，心中的恐怖已经消逝，却充满了委屈之情。我觉得这样不行！我的生死之权决不愿被敌人操持！但有何办法呢？正在踌躇，儿女们回来报告：车站旁、运动场上、江边、公园内投了无数炸弹，死了若干人，伤了若干人。有一个女子死在树下头已炸烂，身体还是坐着不倒。许多受伤的人呻吟叫喊，被抬赴医院去。……我听了这些报道，觉得我们真是侥幸!原来敌人的炸弹不投在闹市,而故意投在郊外。他们料知这时候人民都走出闹市而躲在郊外的。那么我们的V字,正是他们的好目标!我们这一群人不知有何功德,而幸免于难。现在想来,这V字也许就是三十四〔1945〕年八月十日之夜出现的V字,最后胜利的象征。

这一晚,我不胜委屈之情。我觉得"空袭"这一种杀人办法,太无人道。"盗亦有道",则"杀亦有道"。大家在平地上,你杀过来,我逃。我逃不脱,被你杀死。这样的杀,在杀的世界中还有道理可说,死也死得情愿。如今从上面杀来,在下面逃命,杀的稳占优势,逃的稳是吃亏。死的事体还在其次,这种人道上的不平,和感情上的委屈,实在非人所能忍受!我一定要想个办法,使空中杀人者对我无可奈何,使我不再受此种委屈。

次日,我有办法了。吃过早饭,约了家里几个同志,携带着书物及点心,自动入山,走到四里外的九龙岩,坐在那大岩洞口读书。

逍遥一天,傍晚回家。我根本不知道有无警报了。这样的生活,继续月余,我果然不再受那种委屈。城里亦不再轰炸。

但在不久之后,传来南宁失守的消息。我又只得带了委屈之情,而走上逃难之路。

卅五年五月十六日于沙坪[1]

---

[1] 应为:二十八〔1939〕年七月二十一日于宜山。作者于1946年再度发表此文时误署。

读《爱国女子诗选》[1]

汪精卫到东京的消息传到那一天,汪静之诗人送我他的新著《爱国诗选》一部。上自《无衣》《出车》(《诗经》里的爱国诗),下至秋瑾女士等慷慨激昂之作,都数千首,分三厚册,最近由商务印书馆出版的。我一口气读完了这三厚册,觉得有话要说,心身非常疲劳。因为读的时候,全身的血时时沸腾起来,呼吸时时喘急,常想抛却了书卷去找扇子。而终于在两三天内一口气读完了。

读完之后,休息了一会,回想了一番,觉得话要说,就写在下面:

秦良玉,明末的一位女子,是忠州人,石砫宣抚使马千乘的夫人。这女子有胆识,善骑射,又长于文词。马千乘死了,她代他领兵,讨叛贼奢崇明。有功,封都督佥事,充统兵官。崇祯皇帝派她去援辽东,亲制诗四首赐她,其中一首曰:

凭将箕帚靖皇都,一派欢声动地歌。

试看他年麟阁上,丹青先画美人图。

---

[1] 本篇原载 1939 年 7 月 5 日《中学生战时半月刊》第 5 期。又载 1939 年 8 月 25 日《现实》第 3 册,题名为《读〈爱国女子诗选〉》,文字略有改动。

流贼入川，良玉守石砫，屡次攻破贼阵。张献忠陷四川，良玉召集她所部的兵士，下令道："有从贼者，杀无赦。"乃分兵守四境。这时张献忠迫诱兵民投降，各地从贼者甚多。独有石砫境内没有一人降贼的。绵州知州陆逊之到良玉的营中来访问。良玉作男子装，冠带出见。办酒请他，并在席上慷慨谈论兵事。陆逊之看她穿着男子的战袍，用手拉她的衣袖。良玉拔出佩刀来，立刻把他所拉的衣袖斩断，使得陆逊之大惊大惭，不敢再放肆。后来良玉出战，连斩六贼，自己觉得筋疲力尽了，深恐为贼所侮辱，就在战场中自刎而死。

沈云英，也是明末的一位女子，萧山人，道州守备沈至绪的女儿。工书法，通经史。至绪与张献忠战，死在阵中了。云英闻知父亲战死，自己拿了矛冲进贼阵，夺得父亲的尸体。贼左右围攻，想捉住她，终被她奋勇杀却，负父尸还家。而道州亦得保全。皇帝封她为游击将军，使她继承她父亲的事业。

清朝董榕著一部传奇，名叫《芝龛记》，就是描写秦良玉、沈云英勇抗战的故事的，凡百余出。秋瑾女士《题〈芝龛记〉》诗曰：

今古争传女状头，红颜谁说不封侯？
马家妇共沈家女，曾有威名振九州。
莫重男儿薄女儿，平台诗句赐蛾眉。
吾侪得此添生色，始信英雄亦有雌。

"状头"就是状元，"平台诗句"就是崇祯皇帝赐秦良玉的诗。

毕著，也是明末的一位女子，歙县人，好勇，能诗。她的父亲为蓟邱守，与贼抗战，败死。尸体为贼掳去。部下将士都主张向京师请兵复仇。毕著时年二十，独表示反对，她说："请兵要许多日子，使贼有所戒备。不如今夜立刻冲杀过去。"这晚上，她自己领了精锐的部队，闯入贼营，亲手斩杀贼的首领，驱逐贼兵，抬了父亲的尸体还家。自作纪事曰：

吾父矢报国，战死于蓟邱。
父马为贼乘，父尸为贼收。
父雠不能报，有愧秦女休。
乘贼不及防，夜率千貔貅。
杀贼血瀌瀌，手握仇人头。
贼众自相杀，横尸满阬沟。
父体与亲归，薄葬荒山陬。
相期智勇士，慨焉赋同仇。
蚁贼一扫清，国家固金瓯。

郑启秀，是明末的一位少女，湖南人，从小读书知礼，长后蕙心兰质。清兵犯湖南，启秀逃难不及，被清兵掳去，装在船里，预备送北方去。船过黄鹤渚，启秀乘贼不备，一跃入水，仅留八首凄惨慷慨的绝命诗在人间。其诗曰：

照影江干不暇悲，永辞鸾镜敛双眉。
朱门曾识谐秦晋，死后相逢总不知。

征帆已说过双姑,掩泪声声海夜乌。
葬入江鱼波底没,不留青冢在单于。

少小伶仃画阁时,诗书曾拜母兄师。
涛声夜夜催何急,犹记挑灯读楚辞。

生来弱质未簪笄,身没狂澜叹不齐。
河伯有灵怜薄命,东流直绕洞庭西。

当年闺阁惜如金,何事牵裾逐水滨。
寄语双亲休眷恋,入江犹是女儿身。

遮身只是旧罗衣,梦到湘江恐未归。
冥冥风涛又谁伴,声声遥祝两灵妃。

厌听行间带笑歌,几回肠断已无多。
青鸾有意随王母,空费人间设网罗。

国史当年强记亲,杀身自古以成仁。
簪缨虽愧奇男子,犹胜王朝供事人。

汪静之君的《爱国诗选》中只录其第二首。其余七首我从《曼殊文集》里找得,全录在此。我想这诗必可使读者特别感动。

因为假如当时有学校，这少女正是一位中学生，与本刊读者是一类的人！她虽是一个民间女子，但是志气极高，不肯像王昭君似的靦颜事胡而留"青冢在单于"。她虽是一个"生来弱质"的少女，但抵抗力极强，终使敌人"空设网罗"，一点也奈何她不得。她虽是一个"未簪笄"的女孩子，但胸怀极大，能体会"杀身成仁"之道，愧杀无数忍耻偷生的"王朝供事人"。但同时又多情善感，缠绵悱恻，显然不是暴虎冯河死而无怨的蛮子，而是富有人性人情的淑女。故命将临终，犹叹"朱门曾识谐秦晋，死后相逢总不知"。犹不忘"少小伶仃画阁时""挑灯读楚辞"之事。想见她垂髫读《离骚》时，小小的芳心对于屈原的高洁早已向往，早已打定"不以身之察察受物之汶汶"的决心了。看到她"寄语双亲休眷恋，入江犹是女儿身"之句，使人觉得悲壮无极，不忍卒读，同时又钦佩这少女节孝双全，人格伟大！我最初想像作者是一个小姑娘。但越读她的诗，看见她的人越大，读到这里，看见她顶天立地，高不可仰了。

随后我又想起了另一女子，不知姓氏，但知是徐君宝之妻。徐君宝守岳阳，为寇兵所杀。其妻貌美，且能诗词，被寇所执，掳到杭州。酋长欲娶她，逼迫再三。她假意答允了。对酋长说："我愿相从。但须向先夫之灵奠祭一番，然后改嫁。"酋长信以为真，也答允了。她乘人不备，投河自杀，留下一阕《高阳台》在人间。其词曰：

汉上繁华，江南人物，尚遗宣政风流。绿窗朱户，十里烂银钩。一旦刀兵齐举，旌旗拥百万貔貅。长驱入歌楼舞榭，风卷落花愁。

清平三百载,典章人物,扫地都休。幸此身未北,犹客南州。破鉴徐郎何在,空惆怅相见无由。从今后断魂千里,夜夜岳阳楼。

这位徐夫人与郑启秀女士,志行相契,若合符节,可谓千古双绝。两相比较,徐夫人词笔委婉,长于描述。如"绿窗朱户,十里烂银钩",如"长驱入歌楼舞榭,风卷落花愁",正是今日江南浩劫之状,使人读之疑为现代人所作。然其所惆怅,归结于"破鉴徐郎""相见无由"。但望"从今后断魂千里,夜夜岳阳楼",而无一语涉及社稷与纲常。其行虽烈,其志较郑女士终差一筹。但这原是求全之毁,比较起所谓"王朝供事人"来,又不可同年而语了。

徐夫人的词,《爱国诗选》中亦未选入,是我在《词选》里见到的。但《爱国诗选》中,诚不乏轰轰烈烈,惊天动地的大作。三厚册中,印着许多赤心,洒着许多碧血,流着许多热泪。永远绚焕灿烂,与日月争光。我所以不讲爱国男儿而单讲爱国女子者,一则因为一般人说起爱国英雄就想起烈士,义士,心目中总认定是男性的;独不知吾国礼教渊深,不但男子勇于杀身成仁,妇人少女亦知舍身取义。所以我特别提出来说,以明救国不分男女。二则因为抗战以来,常闻无耻之徒,见利忘义。为顺民者有之,当汉奸者有之,希望屈膝求和者有之,甚至身为党国要人,而倒戈事敌者,竟亦有之!此等人名为男子,实与熊狗无异!而上述的许多女性,虽现女身,所行实是大丈夫事。所以我特别提出来说,以明无耻男子之耻。《爱国诗选》中所载秋瑾作《满江红》词曰:

小住京华，早又是，中秋佳节。为篱下，黄花开遍，秋容如拭。四面歌残终破楚，八年风味徒思浙。苦将侬，强派作蛾眉，殊未屑。

身不得，男儿列。心却比，男儿烈！算平生肝胆，因人常热。俗子胸襟谁识我？英雄末路当磨折。莽红尘，何处觅知音？青衫湿。

所谓"俗子胸襟"，指其夫王廷钧，也可说是指一般庸碌男子。故秋瑾耻为男子，而恨天公"强派"她"作蛾眉"。有诗曰：

谪来尘世耻为男，翠鬓荷戈上将坛。
忠孝而今归女子，千秋羞说左宁南。

左宁南者，明末大将左良玉是也。拥重兵四十万守武昌。清兵南下，不战自退。终至国破身亡。故秋瑾讥之，而耻为男子。不料秋瑾死后，神圣抗战中又有更羞于左宁南之人。秋瑾死而有知，当在地下立誓，生生世世不为男子也。

二十年[1]六月二日于宜山

---

[1] 原刊作"二十〔1931〕年"，应为"二十八〔1939〕年"。

逃 难 板 [1]

——黔桂流亡日记之一

下午用木板,铁丝,及钉三物,自制壁上搁板,名之曰"逃难板"。制法极简,用处极多,而携带极便,适于逃难之用。

制法:托木匠截长二尺半阔七寸之板一块,买二寸钉两只,一寸钉两只,铁丝五六尺,逃难板之材料即备。将一寸钉钉板底距两端数寸处,以铁丝围成直角三角形,而结合于一寸钉上。然后将直角三角形之三十度角弯成一纽,挂于壁上之二寸钉上,"逃难板"即完成。

用处:此板挂于室内适当之处,可置杂物,可置碗盏,可置书籍,其用无限。若用大板,大钉而挂在稍低处,即可当长桌。或置物,或读书写作,均胜任。且此长桌下方无脚及横木,两膝活动自由,又可堆放多量物件。若遇迁居,则从钉上除下,仅得一板,汽车可以载走。即使放弃,亦不甚可惜。两年以来,我家流离无定所。往往席不暇暖,突不得黔。人口众多之家,家具屡次抛弃,屡次新置,实为一大不便。即使不惜金钱,购置亦不胜其劳。且小城市及穷乡僻壤,往往无现成家具,定制

---

[1] 本篇曾载 1947 年 12 月 1 日《天津民国日报》。

颇费时日，生活甚感不便。有此种"逃难板"，可以多得便利少受麻烦，而节省金钱。今日共制六具，其一以床板为之，可当长桌；其一以二小板重叠而成，为双层逃难板，可置碗盏。其四皆高挂壁上，当作书架衣橱之代用品。此事有类于李笠翁一家言中所述之小玩意。（如暖椅，壁上小便处等。）然李老乃承平日之闲玩，我则出于不得已，形相似而实不相同。

二十七年[1]七月十六日于宜山

---

[1] 二十七年，应为二十八年，即1939年。见《看〈凤凰城〉》文末注。

荒冢避警 [1]

——黔桂日记之一

天阴，欲雨，料无空袭，决定不上龙山。而八时一刻，警钟忽鸣。二十一日狂炸时亦阴雨天气。寇乘吾不备，将出奇以制胜也。但此间警报线甚长。自空袭警报至紧急警报，至少十余分钟。自紧急警报至来袭，亦至少七八分钟。故闻警报而走避，绰有余裕。盖自我家出门，缓行二十分钟，已达于荒凉之龙山路上，即敌机至，于我无可如何矣。故我等闻警报，即扬长而去。中途闻解除警报。因未进朝食，即返家。时已十时，始吃朝粥。甫吃一二口，警报声又作。即弃碗筷，重上龙山之路，饿且疲，无意上龙山，息足于途中科哥山麓荒冢之旁。天雨甚，六人携小伞，衣履尽湿。警报声已不可闻，解除与否，不得而知。但决意不返家。盖时在上午，已警报二次，可知敌机正翱翔于附近空中，即使现已解除，下午难免再至也。时已正午，婴儿新枚[2] 随带牛奶，而吾等皆尚未进食。饥甚，偕宁馨[3] 向附近村中

---

[1] 本篇原载 1947 年 11 月 17 日《天津民国日报》。
[2] 新枚，作者之幼子。
[3] 宁馨，即软软，作者之三女（义女）。

求食。无店铺,食物了不可得。忽见一老妪携竹筐行村旁,筐上盖白布,似是卖小食者。亟追及之,启其布,香气扑鼻,皆豆黄饽[1]糯米团子也。大喜,即出四毫,买十六个归。而家人送粥亦至。诸人皆得果腹。时雨已晴,凉风至,衣履渐干。上午之狼狈尽去。遂于墓旁偃仰啸歌,以消遣此危险之下午。视墓碑,知墓中人为宜山承审员,去年卜葬于此者。墓前有石凳,可供我等坐憩。墓封甚高,可以遮风。新枚睡,即卧墓旁草中。青蛙跳登其胸,蚂蚁巡游其颈,而新枚熟睡如故。五时归家。知一时解除警报后,并无第三次警报。夜与家人议迁居。我主张远行,卜居天河,使老幼皆得安居,然后独赴宜山浙大上课。此事宜力图之。

廿八年七月二十八日于宜山

---

[1] 豆黄饽,作者家乡话,即黄豆粉。

桐庐负暄[1]

——避难五记之二

中华民国二十六〔1937〕年十一月下旬。当此际,沪杭铁路一带,千百年来素称为繁华富庶,文雅风流的江南佳丽之地,充满了硫磺气、炸药气、厉气和杀气,书卷气与艺术香早已隐去。我们缺乏精神的空气,不能再在这里生存了。我家有老幼十口,又随伴乡亲四人,一旦被迫而脱离故居,茫茫人世,不知投奔哪里是好。曾经打主意:回老家去。我们的老家,是浙江汤溪。地在金华相近,离石门湾约三四百里。明末清初,我们这一支从汤溪迁居石门湾。三百余年之后,几乎忘记了自己的源流。直到二十年前,我在东京遇见汤溪丰惠恩族兄,相与考查族谱,方才确知我们的老家是汤溪。据说在汤溪有丰姓的数百家,自成一村,皆业农。惠恩是其特例。我初闻此消息,即想象这汤溪丰村是桃花源一样的去处。其中定有良田美池,桑竹之属,和黄发垂髫怡然自乐的情景。而窃怪惠恩逃出仙源,又轻轻为外人道,将引诱渔人去问津了。我一向没有机会去问津。到了石门湾不可复留的时候,心中便起了出尘之念,想率妻子邑人

---

[1] 本篇原载 1940 年《文学集林》第 4 辑(译文特辑)。

投奔此绝境,不复出焉。但终于不敢遂行。因为我只认得惠恩,并未到过老家。惠恩常居上海。战起前数月我曾在闸北青云路他的寓中和他会晤。闸北糜烂以后,消息沉沉,不知他逃避何处。今我全无介绍,贸然投奔丰村,得不为父老所疑?即使不被疑,而那里果然是我所想象的桃花源,也恐怕我们这班四体不勤,五谷不分的人一时不能参加他们的生活。这一大群不速之客终难久居。因此回老家的主意终归打消。正在走投无路而炮火逼近我身的时候,忽然接到马湛翁[1]先生的信。内言先生已由杭迁桐庐,住迎薰坊十三号,并询石门湾近况如何,可否安居。外附油印近作五古《将避兵桐庐留别杭州诸友》一首(见第一记[2])。这封信和这首诗带来了一种芬芳之气,散布在将死的石门湾市空,把硫磺气、炸药气、戾气、杀气都消解了。数月来不得呼吸精神的空气而窒息待毙的我,至此方得抽一口大气。我决定向空气新鲜的地方走。于是决定先赴杭州,再走桐庐。这时候,离石门湾失守只有三十余小时,一路死气沉沉,难关重重。我们一群老弱,险些儿转乎沟壑。幸得安抵桐庐,又得亲近善知识,负暄谈义。可谓不幸中之大幸。其经过不可以不记录。

十一月二十一日下午一时,我们全家十人和族弟平玉,店友章桂,共十二人,乘了丙潮放来的船,离去石门湾,向十里外的悦鸿村(即丙潮家)进发。这是一只半新旧的乡下航船,

---

[1] 马湛翁,即马一浮。湛翁为其号。
[2] 第一记即避难五记之一《辞缘缘堂》。

并非第一记中所述的玻璃窗红栏杆的客船。我们平时从来不坐这种船。但在这时候，这只船犹如救世宝筏，能超渡我们登彼岸去。其价值比客船高贵无算了。因为四乡的船只都被军队统制。丙潮这只船不被封去，是万一的挂漏。上午他押送空船从悦鸿村开来，路上曾经捏两把汗。幸而没有意外。道经五河泾，我从船窗里望见河岸上的小茶店门口，老同学吴胜林与沈元（最近他已病死在失地里了！）二人正在相对品茗，脸上没有半点笑容。吴是本地人。沈是我的邻居，石门湾被炸后迁避在这乡下的。我颇想招呼他们，向他们告别。并且，假如可能的话，我又颇想拉他们下船，和他们一同脱离这苦海。然而事实上我并不招呼他们。因为他们都有父母，还有妻子；他们的生活都托根在本地，即使我的船载得下他们两家的人，他们必不肯跟了我去飘泊。所以我不向他们招呼，告别，免却了一番无用的惆怅。石门湾镇上的人，像他们这样生活托根在本地的占大多数。像我这样糊口四方的占最少数。所以逃出的很少，硬着头皮留着的很多。"听天由命！""逃不动，只得不逃！""逃出去，也是饿死！"这是他们的理由或信念。我每次设身处地的想象炮火迫近时的他们的情境，必定打几个寒噤。我有十万斛的同情寄与沦落在战地里的人！

　　船到悦鸿村，已是傍晚，更兼细雨。石埠子发滑，丙潮一一扶我们上岸。预备在他家吃了夜饭，略事休息，于半夜里开向杭州。丙潮的继母，是我的叔母的妹妹。虽有这瓜葛，我一向没有到过他家。今日突然全家登门，形势颇为唐突。但也顾不得了。丙潮的父亲是修行的，正在庙里诵经，大约是祈祷平安。丙潮的母亲,我叫她五娘姨的,捧着水烟筒出来迎接。连忙督率媳妇去为我们备夜饭。我们走进他们的房间里去休息,看见他们也有明窗净几,窗外也有高高的粉墙。我虽同他家素少来往,但一见就可推知这是村中的小康之家。想象他们在太平时代,饱食暖衣,养生丧死无憾,又有"月明松下房栊静,日出云中鸡犬喧"的清趣,真可令人羡煞。但是现在,村上也早已闻到风声鹤唳。常有邻人愁容满面,两眼带着贼相,偷偷地走进来,对屋里的人轻轻地讲几句话,屋里的人也就愁容满面,两眼带了贼相。炮火的逼迫,已使得全村的房屋田地都动摇起来。我似乎看见,这主人家的那一副三眼大灶头,根柢已经松动,在那里浮荡起来了。主人有两房儿媳,均已抱孙,丙潮是次房,有一子方三岁。金家一向融融泄泄地同居在这村屋中。现在主人将把次房儿孙交付给我,同到天涯去飘泊,是出于万不得已吧。他的意思是:大难将临,人命不测。而不孝有三,无后为大。故把两房儿孙分居两处,好比把一笔款子分存两个银行。即使有变,总不会两个银行同时坍倒。我初闻此言,略起异感;这异感立刻变成严肃与悲哀。这行为富有悲壮之美!为了保存种族,不惜自己留守危境,让儿孙退到安全地带去。这便是把一族当作一体看,便是牺牲个体以保存全体。能推广此心,及于国家、民族和人类,则世界大同也是容易实现的。我极愿替他带丙潮一房出去,同他们共安危。故乡的亲友中,比丙潮亲近而常来往的,不知凡几。今当远行,偏偏和这疏远而素不来往的丙潮在一起,全是天意!而丙潮爱好艺术,视画如命,原属我辈中人,又是天意!

半夜里,大家起身。丙潮夫人把钞票缝在孩子的棉衣领里,背心里,和袖子里了,预备辞家。他们又办了两桌菜,给我们吃半夜饭。将欲下船,丙潮含了两眶眼泪,问我要不要到庙里去向他父亲告别,后半句呜咽不成声了。我在理性上赞成他行这个礼,在感情上不赞成他演这种悲剧,踌躇不能对。后者终于战胜了前者,我劝他不必去了。于是大家匆匆下船。一行大小十五人。行李一共不过七八件。知道行路难,行李大家竭力简单。我们十人,行物已简单到无可再简的程度。每人裹在身上的一套冬衣而外,所谓行李者,只是被褥,日用品如牙刷、毛巾、热水壶等;和诸儿正在学习的几册英文书、数学书而已。我的书籍文具,一概不拿。因为一则拿不胜拿;二则我不知因何根据,确信石门湾不会糜烂,图书没有人要,决定抱易卜生主义:"不完全则宁无。"故我离开故乡时,简直是"仅以身免"。不过身边附有表一只,香烟匣一只,香烟嘴一只,和钱袋一只。钱袋内除钞票外,还有指南针一只,石章一方,边款刻着一篇细字《般若波罗蜜多心经》的牙章一方,和鉴赏心经时用的小扩大镜一具。这些旧物至今还随附在我的身边。

船里睡的半夜,不知怎样过去了。天明,船已开过新市镇。天气大晴,而远处有隆隆之声。这显然不是雷,必是炮声或炸弹声。我摸出指南针来一量,知道隆隆之声自北方来。我疑心桐乡、濮院等处已在打过来了。但恐惊吓船里的老幼,就把这恐怖藏在心里独自受用。好在这也同绘画音乐的鉴赏一样:一幅画数十人共看,看到的并不少;一人独看,看到的也并不多。一支曲数十人共听,听到的并不少;一人独听,听到的也并不多。现在把这恐怖归我一人独自受用,受用的也并不多。然而船里的人终于大家恐怖起来。因为他们疑心这是炸弹声,一定有一批敌机正在附近大肆轰炸。倘使飞过来,我们这船一定是轰炸的目标。因为石门湾被炸后第二天,我们避居在离镇五里的南沈浜时,曾经亲见敌机又来轰炸石门湾。那时镇上的人家早已搬空,只有两只逃难船正在运河里走,就被用机关枪扫射,死了两个背纤的,伤了船里许多人。为有这事实,我们这船不敢再在青天白日之下的运河里走。约上午八九时,我们在一株大树下停泊了。上岸去一看,附近有一所坍损的庙宇,额曰白云庵。我们就进去坐。这庵破得不成样子,显然久已断绝香火了。只有一个老太太正在灶间烧芋艿。我们没吃早饭,正在肚饥,看见地上堆着生芋艿,就向她买,并且托她代烧,再给她柴火钱。老太太答允了,便搬出几个条凳来让我们在廊下坐。屋向南,太阳暖洋洋的晒着,很是舒畅,令人暂时忘记了自己是无家可归的流离者。吃饱了芋艿,女孩儿们穿着大衣,披着围巾,戴着手表,在水边树下往来嬉戏,全同在杭州西湖上游汪庄、郭庄一样。我心中戒严,就吩咐她们回船去把大衣围巾手表脱去了,并把两个较新的手提皮箱藏在船舱中。忽然,有四个穿黑衣服的中年男子来了。他们也到庵里来坐,注视我们,并互相耳语。平玉是老于江湖的人,就暗中通知我,教我当心。太阳正大,北方的隆隆声不息,庵门口有中国军源源不绝地开过。忽然飞机声近来了。大家吓得落胆,找地方躲避。幸而不是飞机,是一只小轮船开过。然而我们不敢开船,只得和那四个穿黑衣服的可疑的人在白云庵里默默相对。后来这四人出去了。我疑惧未释,过了一会,走到门外去窥探他们的行踪。但见他们并没有去,却在离庵数十步的树旁交头接耳,徘徊顾视。其视线常向着庵内。时已下午二时半,船人催着要走,我们就下船。四个穿黑衣的人站在远处监视我们下船。平玉走到离开四人最近的地方,故意高声喊道:"到新市镇去!"实则我们这船开向与新市镇反对方向的杭州。我想:四人倘继续监视,一定看破这一点。我深恐平玉弄巧成拙,下船后疑惧更增。若果他们乘了小船追上来,不必有手枪,也可取得我们身上的钞票。我们大有转乎沟壑的恐怖。况且时光尚早,太阳正大,敌机的机关枪扫射又另是一种恐怖!

船行将近塘栖,我们又尝到一种异味的恐怖:一只船与我们的船对面行来,船里满装着兵。一个兵士站在船头上。当两船交臂的时候,他向我们的船里探望了一下,没有什么。两船背驰之后,他忽回转头来,向坐在我们的船头上的章桂叫问:"喂!矮鬼子在什么地方?"章桂一时听不懂他的话,讨一句添。那兵士重说一遍:"矮鬼子在什么地方?"章桂还是听不懂,回答他一个"不晓得"。这时两船已经背驰得很远,这问答就结束了。我坐在章桂邻近的船棚下,分明听见这番问答。最初我也听不懂。因为我虽然从那隆隆的炮声而推测敌已犯桐乡、濮院,然主观不能承认,感情不肯确信;主观和感情之所以反对者,因为我的心中自有一个从某种灵感得来的信念:我决不会披发左衽。因此我确信自己决不会遇到敌人。因此我不预备别人问我们敌人的行踪,最初也不能理解那兵士的话。但是听了两遍,终于听出了。我告诉了章桂,大家回想,又证之以环境的种种现状，就确信矮鬼子已经逼近我们，这一船兵士是去抵抗的！我探望船外，看见运河之水，既广且深。矮鬼子倘用汽船溯运河而来，我这只人力船定被追及！到那时候要免披发左衽，惟有全家卜居于运河之底，长眠于河床之中。我催船人摇快一点，但没有说明理由。船人不解其意，虚应了一声。忽然那边有人喊我们停船。我探首一望，喊停船的是另一只兵船，他们一面大喊我们停船，一面拼命地凑近我们来。船上人说："要拉船了。"拼命地逃，不理睬他们。他们的喊声更严厉了。我再探首一望，看见兵士已举枪向我们瞄准，连忙命船人停手。可是风很大，水很急，一时停不得，船就在中流打圈子。打了七八个圈子，兵船已凑得上来，两个兵士拉住了我们的船棚木，两只船就一同在运河的中流打圈子。我以为要逐我们这一群老幼上岸了。幸而不然，只是要借一个船夫。那兵士指着我们的来处说："前方很紧急，我们要赶快运东西去。你借给我一个人，摇三十里路就放他回来。"说着就拉住我们船上把大橹的丫头（三十余岁的男工）[1]，拼命地拉到他们的船里去。丫头拼命地挣扎，并且叫喊。另一个兵士就拿枪柄来打丫头的屁股。其间我曾经向他们讲些道理，但都不被理睬。到这时候，我大声叫喊了。我劝丫头不要挣扎，我们一定在塘栖等他。谁知我们从此断送了一个丫头。因为我们开到塘栖，看见两岸的商店房屋，统统变成兵营。且有许多兵窥探我们的船，都有想拉的样子。我们势

---

[1] 在作者家乡一带，从前惯于称独子、宠儿为"丫头""小狗"等，参看《爱子之心》一文。

不能在塘栖等丫头的回来！只得管自开了。于是我们在船里作种种检讨：有人说，"摇三十里放回来"是说说的。即使我们真个在塘栖等候，也是徒然。有人说，在这局面之下，我们对丫头爱莫能助了，也没有什么对他不起。惟丙潮有一点不放心：丫头原是丙潮村上的人，由丙潮雇请来为我们摇逃难船的。丙潮知道他身上不曾带钱。假如兵士没有送他工钱，他走回家去，路上要挨饿！为了塘栖等候的失信，我对丫头也万分抱歉。然而没有法子报谢。惟有叮嘱丙潮，船到杭州后，托船人带加倍的工资去送丫头。

半夜里，船摇到了拱宸桥，就在桥外停泊了。大家肚饥。船里有饭而没菜。幸而丙娘娘拿出一个枕头来。枕头里装的是熏豆。于是拆开枕头，大家用熏豆下饭。有的人嫌它太干，下不得咽。又幸而船上有酱油。于是用酱油淘饭。吃过了饭，另一只船也开到了，停泊在我们的旁边。章桂等出去探望，认得船里的人是张班长，便同他攀谈起来。所谓张班长，是曾在石门湾当过公差的人。为欲探问消息，我也走出船来和他谈话。他的船很小，没有棚，船上用一张芦扉障风御寒。时值严冬，况已夜半，船里不能过夜。他正在拿些衣物，想上岸去求宿；满口咒骂叹息，分明是不胜其悲愤者。我同平玉、章桂、丙潮四人跟着他上岸，一边问他消息。据说，他是从桐乡来的。他的家眷住在桐乡。他今天去接，不料桐乡正在杀人放火，他险些儿送了命，幸而坐了这小船逃脱。讲到这里，其人长叹一声，"唉！我家里的人不知怎么样了！"午夜的寒风把他的余音吹得发抖，变成一种哭声。惊惧之极，我反有余暇来鉴赏他的哭声。

我想起颜渊所闻的桓山之鸟的悲鸣声，大约有类于此。我等默默跟着他走，走进一间房子。这房子里面荒凉而广大，好似某种作坊。内有一个伛偻的老头子伴着一盏菜油灯。张班长同他好像本来相熟的，并没有讲什么借宿的话，就把肩上一只行囊除下来放在一堆砻糠旁边的一堆烂木头上。我们再问前方的情形。他在摇头、叹息和颤抖中间断断续续地讲了几句话："啊哟，杀人！""啊哟，放火！""啊哟，强奸！"就把身子钻进砻糠堆里去睡觉了。我们见此情形，面面相觑，大家觉得惊奇，而又发笑。然而这时候没有心情讨论砻糠里如何睡觉的问题，大家默默退去，再去找那伛偻的老头子谈话。我问他："杭州到桐庐还有公共汽车吗？"那老头子向我发出鄙视的笑声，说道："还想汽车？船也没有了！还是前几天，他们雇桐庐船，出到一百六十元！现在是一千六百元也雇不到了！"我们默默地退出。将下船，我叮嘱三人一句话："不要把张班长所说杀人放火等话告诉船里的人。"

　　回船，我但言情形紧张，船只难得，我们恐非步行不可。就劝大家把行李挑选，求其极简。把可以不带的托船户载回悦鸿村去，免得抛弃道旁。我妻和丙潮夫人皆有难色，但我们力劝，她们终于打开包裹箱子来，复选了一次。我也打开皮箱来，把孩子们正在诵读的三册笨重的英文原本 Stevenson：*New Arabian Nights*〔斯蒂文生：《新天方夜谭》〕统统拿出；又把英文字典拿出；又把我的一册 *English Japanese Dictionary*〔《英日辞典》〕拿出；简之又简，结果只剩几册几何演草等买不到的东西而已。于是索性把这些东西塞在包裹里，把其余的东西连皮箱交给船户,请他退回悦鸿村去。时候已过夜半,船里的人互相枕藉地就睡了。我睡不着。我想起了包裹里还有一本《日本帝国主义侵略中国史》和月前在缘缘堂时根据了此书而作《漫画日本侵华史》的草稿。我觉得这东西有危险性。万一明天早晨敌人追上了我,搜出这东西,船里的人都没命。我自己一死是应得的,其他的老幼十余人何辜?想到这里,睡梦中仿佛看见了魔鬼群的姿态和修罗场的状况,突然惊醒,暗中伸手向包裹中摸索,把那书和那画稿拉出来,用电筒验明正身,向船舷外抛出。"东"的一声,似乎一拳打在我的心上,疼痛不已。我从来没有抛弃过自己的画稿。这曾经我几番的考证,几番的构图,几番的推敲,不知堆积着多少心血,如今尽付东流了!但愿它顺流而东,流到我的故乡,生根在缘缘堂畔的木场桥边,一部分化作无数鱼雷,驱逐一切妖魔;一部分开作无数自由花,重新妆点江南的佳丽。我坐着朦胧就睡,但听见船舱里的孩子们叫喊。有的说胸部压痛了,有的说腿扯不出了,有的哭着说没处睡觉。他们也是坐着,互相枕藉而就睡的,这时吃不消而叫喊了。满哥[1]被他们喊醒,略为安排,同时如泣如诉地叫道:"这群孩子生得命苦!"其声调极有类于曼殊大师受戒时赞礼僧所发的"悲紧"之音,在后半夜的荒寂的水面上散布了无限的阴气。我又不能入睡了。

五点钟,天还没亮,大家起身。(其实无所谓起不起,大家坐着睡觉的。)带了初选复选后的精选的行李上岸。虽经精选,

---

[1] 满哥,即作者之三姐丰满。在作者故乡一带,有一时期盛行以哥、弟称呼姐妹。

连棉被等毕竟也有两三担。但是岸上无人，挑夫无处寻觅。只有几个兵在那里站岗。他们都一脸横肉，杀气腾腾，用电筒探照我们，发见是一群难民，脸上的横肉弛懈而去。我们向附近各处找挑夫，结果找到二人。行李作两担太重。于是轻的东西由各人自己拿了。船里还有两个被包，再也带不动。我不谋于家人，擅自放弃在船里，交船户带回去了。这一件事虽小，却引起了长期的后悔。因为这两个包裹里是两条最上的丝绵被和几件较新的衣服。我们经过江西、湖南，以至广西，一路都没有丝绵。每逢冬天，大家必然回忆起这两个包裹来，而埋怨我的孟浪。因为当时第三个挑夫并非绝对雇不到的。况且后来得到失地里传出来的消息，丙潮家于地方失陷后即遭盗劫，我们所寄存的东西一概被抢。所以当天交船户带回去的东西，等于抛弃路旁！"早知如此，拱宸桥上岸的时候无论如何也背了它走！"直到两年后的现在，我家已由广西深入贵州，家人还常讲这样的话。我最初常在心中窃怪：缘缘堂中无数的衣服器具书籍尽付一炬，何以反不及拱宸桥抛弃的一些东西的受人怜惜？后来一想，这里边大有道理：缘缘堂所损失的虽多，其代价是神圣抗战以求最后胜利，是大家所甘心的。拱宸桥所损失的虽小，但由于慌张与无计划，因此足以引起长期的后悔。我更加怀疑世间注重物质的人了。人根本是惟心的动物。义之所在，视死可以如归，何况区区身外之物？情所不甘，一毛也不肯拔，何况拱宸桥船里崭新的丝绵被与衣服呢？

　　行李已有人挑。言定每人工资三元，挑到六和塔下。但是人的进行还有问题：从拱宸桥至六和塔，三十六华里，十五个人中有十三个能走。只有丙潮家三岁的传农和我家七十岁老太太走不动。丙潮背负了传农，老太太却无办法。摇船的都是丙潮的同村人。我托丙潮商借一人，请其背负老太太。言明送到桐庐，奉送相当的报酬。结果一个长身的壮年人，名叫阿芳的，来应我的聘。就请阿芳背了老太太。一行十六人，行李两担，于晨光熹微中迤逦向六和塔进发。杭州可说是我的第二故乡。小时候[1]在这里当过五年寄宿生，最近又在这里做了多年的寓公。城中田家园三号我的寓屋，朋友们戏称为我的"行宫"的，到最近两个月之前方才撤消。所以我们一家人对杭州都很熟悉。但这时候，大家都不认识它了。因为它的相貌已经大变。从前繁盛的街道，现在冷落无人。马路两旁的店铺都关上门，使人误认为阴历正月初。但又没有正月初所特有的穿新衣裳拜年的人，和酒旗戏鼓之类。只是难得有几个本地人战战兢兢地走过，用一双好奇的眼光向我们注视；或者一队兵士匆匆忙忙地开过，用一排严肃的眼光向我们扫射而已。行了一程，老太太发生了问题：她的胸部贴在阿芳的背脊上，一抛一抛地走，上压力大得很。走不到十里路，气喘得说不出话来，决不能再走了。扶了她走呢，一步不过五寸，一分钟可走十步，明天才走得到六和塔。幸而平玉有门路，出重价访到了一顶轿子。这才如鱼得水，悠然而逝了。我们行了一程，西湖忽然在望。保俶塔的姿态依然玲珑，亭亭玉立于青山之上，投一个清晰的倒影在下面的大镜子中。这分明就是往日星期六我同儿女们从功德林散出时所

---

[1] 小时候，此处指青少年时期。

见的西湖，也就是陪着良朋登山临水时所见的西湖，也就是背着画箱探幽览胜时所见的西湖。如今在仓皇出奔中再见它，在颠沛流离中和它告别，我觉得非常惭愧，不敢仰起头来正面看它。我摸出一块手帕来遮住了脸，偷偷地滴下许多热泪来。辞家以来，从没有流过泪。今天遇于一哀而出涕，窃怪涕之无从。我们平日的自然观照，大都感情移入于自然之中，故我喜，自然亦喜，我愁，自然亦愁。但我当时的自然观照，心理并不如此。我当时把西湖这自然美景当作一个天真烂漫的婴儿看。他不理解环境的变迁，不识得人事的沧桑，向人常作笑颜，使人常觉可爱。在这风雨满城，浩劫将至的时候，他的姿态越是可爱，令人越是伤心。我的涕泪即由此而来。平玉走在我近旁，还以我是为了抛弃故乡的财产，身受流离之苦痛而哭。用不入耳之言，来相劝慰。唉！他如何能理解我的心情！

走到南山路，空袭警报来了。我们一群人，因为走得快慢不同，都失散了。只得各人管自逃命。我逃进一个树林中，看见里面有屋子，屋子里都是兵士。他们都不介意，我也放心了些。过了一会，飞机声响了，炸弹爆发了。声音很远，兵士说是炸钱江大桥。我想，我们正是向着这地方前进，走得快的，逼近目标，一定比我吃惊更多。但也无法顾及他们了。幸而大家无恙，于下午二时许会集于六和塔下的一所小茶馆内。坐在这小茶馆内的三小时的生活，我将永远不能忘却。在这里我尝到了平生从未尝过的恐怖、焦灼、狼狈、屈辱的滋味。现在安居在后方补记此事，提起笔来还觉寒心。我们一到六和塔下，大家又疲又饥。道旁的店铺都关门，只此一家还开着。这就成了我们的惟一的休息所。店门口还有一个卖油沸粽子的,更是难得。我们泡了几碗茶,吃了些油沸粽子,就开始找船。先问茶店老板。谁知这老板有意趁火打劫,想拿我们作牺牲,他最初笑我们一大群人,到此刻还想走桐庐。他把前几天难民雇船的困难一一告诉我们,其结论是今天无论如何也雇不到了。他告诉我们这钱江大桥的脚上,早已埋藏炸药。早晚可以炸断。昨天敌人已经打到了临平(是骗我们),今天这桥要炸断也说不定。我信以为真,说些好话,请他帮忙。他得意地笑道:"法子倒有一个:走路,凉亭里宿夜。"他说时用手指点我家的七十岁的老太太,又用手指点门外细雨蒙蒙中的泥泞的路。时候已是下午三时,茶店老板的帮助已经绝望。我只有委托平玉章桂二人负责觅船,意在必得。二人受嘱,深入江之上游,百计搜求。四时许,一女子自外来,谓现有一船,赴桐庐至少七八十元,如肯出,即可同去下船。我们嫌贵。那女子怫然而去,走入店之内房。我记得曾经在茶店内房门隙中看见过这女子,料定她必是老板娘。于是恍悟老板的奸计。我的胆子忽然大起来,不理睬他们,管自坐着吃茶。过了一会,老板来下逐客令了:"喂,你们这一大批人究竟怎样?坐了大半天还不走!坐位都被你们占杀了!"我遏住心头的无明业火,婉言答道:"我们没办法,只得再坐一下。你再泡几碗茶来,我奉送加倍的茶钱是了!"老板冷笑道:"我们要关门了!有船你们不要坐,老坐在我这店里算什么呢?"他指着我们对旁人说道:"你们看,这店好像是他们开的了!"又对我说:"我们要关门了!你们马路旁边坐吧!"我正在无地容身的时候,平玉和章桂来了。他们带了一个船户来，要我同到某处去讲价。我绝处逢生，对于那不仁老板的愤怒，忽然消解了一大半。我叮嘱大家忍气吞声，再坐一下，便起身而去。出门时犹闻老板的咕噜之声，但只作不闻，绝不理睬。我们跟着船户走到一处地方，一个警察模样的人正在等候我们。他对我说："这船原是我们机关里封着的。但我们一时无用，可以让给你。开到桐庐，你付他二十五元，不可再少。"我一口答应，并且表示感谢。我们拿出两块钱来送他。强而后受。既得船，我连忙回到茶店去通知家人上船。半路里遇见一部分人正在走来。他们因为受不了老板的白眼，宁愿彷徨于歧途了。他们得知这消息，如久旱之逢甘雨，连忙下船。我回到茶店，救出了其余诸人，便付茶钱。老板脸上凶相已经不见，只见非常颓唐的颜色，大约他失败之后，对于刚才的不仁已经后悔了；他来收茶钱的时候，我瞥见他的棉袄非常褴褛，大约他的不仁，是贫困所强迫而成的。人世是一大苦海！我在这里不见诸恶，只见众苦！

下午五时，正欲开船逃出这可怕的杭州，忽然又来一种阻力，使我们几乎走不成。阿芳正欲下船，忽被兵士拉去挑担了！我再三说情，兵士说"一下子就放他回来"，便押着他远去了。我们昨天损失了一个丫头，不能救回，抱歉满胸。今离乡已远，时局又紧，这阿芳必须救他回来一同逃难。姑且相信兵士的话，把船停在江边等候。然而警察模样的人来劝告了。他说："你们应该赶快开！被他们看见了，一定请你们上岸，把船拉去。"我们把左右为难的情形告诉他。大家搔头摸脚了一会。忽然一个军人跳上船头来，说"借一借"！就收起船缆，一脚把船撑开，大家吃了一惊,后来才知道这军人住在一只大轮船内,大轮船靠不得岸,停在江心。他要借我们的船摆一个渡,去大轮船上取物,于是大家放心。反从这军人得到了好消息。他站在船头上报告我们:"平望我军大胜,敌人死伤无算。他们无论如何打不到杭州。"平望在湖州境内,离我乡不远。如果我军大胜,我乡不会沦陷。讲到这里,大家拍手喝采。等到兵士取物完毕,把船撑回岸边归还我们的时候,阿芳已蒙兵士放回,在岸边等我们了!大家又是拍手喝采。连忙开船。等到船离一二里,遥望江干,六和塔可以入画的时候,我心里好似放下了一块大石头。我这时候已能用完全"无关心"[1]的眼睛来鉴赏江干的风景了。自然永远调和、圆满,而美丽。惟人生常有不调和,缺陷与丑恶的表演。然而人生的丑,终不能影响大自然之美。你看:人间有暴徒正在从事屠杀,钱江的胜景不但依旧,又正像西施得了嫫母的对照,愈加显示其美丽了。我过去曾把自己的悲欢的感情移入于自然之中,而视自然为我忧亦忧,我喜亦喜的东西,未免亵渎了大自然!

我在不仁老板的店门口买了些油沸粽子下船,这时拿出来分送给船里的十余个饿人,就当作夜饭了。我名下派到一只。这一只油沸粽子非常味美,为我以前所未曾尝到。我一粒一粒地吃,惟恐其速完。我欣赏一粒一粒的米,由此发见了人类社会的祸苗:这美味,分明不在粽子上,而在我的舌上。可知味的美恶无绝对价值,全视舌的感觉而定。大饥大荒,则树皮草

---

[1] 无关心,来自日本文,意即不关心。此处指心中毫无牵挂。

根味美于粱肉；穷奢极欲，则粱肉味同糟粕，而必另求山珍海味。得十求百，得百求千，得千求万……这人欲的深渊没有底止。人类社会中一切祸乱，都是这种人欲横流而成！在这类的遐想中，我昏沉欲睡。满船的人都劳倦，不久全船静悄悄地。惟有船老大在暗中撑着这一船劳倦的难民，向钱江上游迈进。你以为这船老大是超渡众生的大慈大悲救苦救难观世音菩萨吗？不，他是魔鬼。半夜里，他就显出原形来。

我睡梦中听见人语，还以为是缘缘堂中早起浇花的儿女们的笑语声；惊醒细听，方知身在逃难船中，这是船老大与平玉的对话声。船已经停泊。船老大正在诘问平玉："到桐庐你给我多少钱？"平玉回答："不是讲好二十五块钱吗？已经付你十五块，到桐庐再付你十块！"对话就这样继续下去：

"哪个同我讲到？二十五块钱怎么到桐庐？"

"那位警察同你讲到。我们在六和塔下当场付你十五块钱！"

"那钱是你们给他的，我没有用得！"

"啊哟……"

"你们要到桐庐，究竟出多少钱？"

"二十五块！已经付了你十五块！"

"二十五块？现在什么时候？我不去了！"说着他就上岸去。

我从船棚缝里望望岸上，最初一团漆黑；渐渐看见一片荒地，岸边站着几株小树和一个船老大的可怕的黑影，我此时愤懑填胸，关不住了，就发泄出来。我厉声向那人说：

"喂，我们明明讲好的，你怎么没信用！你想敲竹杠，欺侮我们逃难的人！你这……"平玉连忙阻住了我，低声下气地对那人说：

"喂，船老大，有话好讲！现在的确不比平常时候，你要多少，总可商量。不过我们家里已被鬼子打掉，现在只剩这几条命了。你要多少，我们到了桐庐一定向亲戚朋友借来送你。不过你既然载了我们，请你一定送到，总算救救我们的命！"

我佩服平玉的机警，自惭太老实，几乎闯祸。于是也压住了一肚子气，把语气从强硬转到哀婉，说了些好话。船老大风凉地说道：

"我撑不动了。锅子里有饭，你们吃吃饱吧！"

这话有一股阴气笼罩了满船的人。我立刻想起了《水浒传》中某一回来。平玉穿了套鞋上岸了。我看见他手扶着一株小树，同船老大低声谈判。过了好一会，谈判完成，最后的结论是到桐庐送他四十五块钱，六和塔下付的十五块钱作废。平玉满口好话，伴了船老大一同下船。船又开了。船里人都醒了；然而静悄悄地，没有一句话。只有平玉向我耳语："我已用草柴在岸边的小树上打了一个圈。万一有事，我们可向这记号的地方去追究。他的伙伴一定在这里头。"我佩服他，究竟是老江湖。在我，做梦也不会想到这种策略。船已经依旧向前迈进。想来今晚不会再有事了。然而我辗转反侧，不能入睡。我觉得这船老大很可怜。他是一个魔鬼，但是魔鬼中的有道君子。他不敢用武力威胁，正是阿Q所谓"君子动口不动手"。他敲诈不求现交，信用我们的话，愿意到桐庐收款，足见"盗亦有道"。为爱惜维护这一线"信义",我颇想履行条约,到桐庐时付他四十五元。但平玉胸有成竹,定要惩诫他,我也不便干涉了。

船到富阳,是次日的清晨。我们肚子饿得很,大家上岸去找食物。我同了两个孩子,到一所小店里去吃素面。约有两天不得吃热食了,这碗面热辣辣的,味美无比。正在想吃第二碗,章桂来催我们下船了。说是兵要拉船,须赶快开走为妥。于是买了些干粮匆匆下船。有的人买了肉馒头带到船里,慢慢地吃。我看见他们的馒头里裹着一块大肉,半块露出在外面,我素来不知肉味的人,看了也可推想其广告力之大。我没有到过富阳,这时匆匆一踏其地,所得的印象,只是热辣辣的素面与广告性的肉馒头而已。

这一日天气晴朗,冬日可爱。我们把船棚推开,坐在船头上欣赏江景,算是苦中作乐。我们在江里常常遇着别的逃难船。并舷的时候,彼此交谈一会,互述来路及去处。有好几个人问我们:"你们到了桐庐想再走吗?"我们回答说:"不定。"其人大都摇摇头,表示非再走不可。我望见岸上有黄包车,载了人和铺盖在走长途。又有一种极简单的轿子:两根竹杠上挂下两块板来,高的一块坐人,低的一块踏脚。我们看惯藤轿官轿的,最初以为这是专为逃难而造的轿子。后来深入内地,才知道山乡走长路的轿子都是这样简单的。

船到桐庐,已是晚上十点半。我们在船里远远望见一座高楼,玻璃窗内灯烛辉煌,大家很高兴,预想这一定是我们的休息慰安之所了。停泊后,我同平玉、丙潮上去找旅馆。一连问了好几家,都没有空房。占住着的全是兵士,连走廊里都有人躺着。只有一家旅馆,有一间大厅,厅的一旁已经有兵士睡着,另一旁可以租给我们住。我们十六个人中,只有五个是男子,其余的都是女人或小孩。教他们同兵士杂处在一间屋子里,他们一定不肯,我也一定不做。计无所出,只得先去访问了马先生再说。迎薰坊不远。一敲门,开门出来的是张立民君。他的一双眉毛和一脸糙胡子,大类日本人画的达摩祖师所有的,本来富有严肃之气。见我半夜三更敲进马先生的门来,大约已知情形不妙,脸色愈加严肃了。他住在楼下的厢房内,就延我们三人到厢房内坐。我说明了来意,他就上楼去通知马先生。我想阻止他。因为时已十一点钟,马先生一定已经就寝,我不该惊扰他。然而这回我竟惊扰了他。炮火的暴力使我越礼于我所尊敬的人,过后思之常抱遗憾。往日在杭州,我的寓所常在他家的近邻。然而我不常去访,去访时大都选择阴雨的天气。因恐晴天去访,打断他的诗兴或游兴。我每次从马氏门中回出来,似乎吸了一次新鲜空气,可以继续数天的清醒与健康。数天之后,又为环境中的恶浊空气所困,萎靡不振起来。"八一三"前我离开杭州后,不曾再吸过这种新鲜空气。这一天半夜里,我带了满身的火药气与血腥气而重上君子之堂,自觉得非常唐突。我在灯光下再见马先生。我的忧愁,疑惑与恐惧,不久就被他的慈祥,安定而严肃的精神所克服。我又觉得半夜惊扰的唐突还可乞恕,这副忧愁,疑惑,恐惧的态度真是最可鄙的。然而马先生并不鄙视我,反而邀我这一船难民立刻上岸,到他家投宿。在无可奈何之下,我也不及辞让,就派平玉和丙潮去迎取船里的老幼上岸。难民像侵略军一样,突然占据了他的一楼及一厢。

占据了还不够,平玉和船老大又在堂上演了一幕丑剧!

　　平玉昨晚向船老大哀求乞怜之后,今天坐在船头上,脸上常常现出愤愤不平之色。我曾戏称他为"不平玉"。他皱一皱眉头说:"我有办法,到桐庐发表。"大家笑他,又戏称为"桐庐发表"了。原来我们都是平玉所谓"好人"。我们昨夜没有吃刀子,绳子,或冷水馄饨,心中就感谢皇天好生之德以及船老大不杀之恩,无暇顾及报复或惩戒了。所以怪他不平,笑他有什么办法,以为他是说说罢了。谁知人和行李全部上岸之后,船老大站在马氏堂前等候付价的时候,平玉忽然满脸溅朱,一把抓住了船老大胸脯,雷鸣一般地骂道:"你这忘八,半夜里敲诈良民,我拉你公安局去!"说着,拖了船老大就走。船老大的一件短小破棉袄,被他使劲一拉,半件缩了上来,挤在胸前,下面露出裤腰和肉体来。我们大家上前劝解,平玉放了手,回转头来向着马先生,一五一十地诉述这船老大的可恶。抵掌而谈,几乎把唾沫溅在马先生的脸上。船老大如同遭了雷殛一般,咕噜地说了些话,便在庭中双膝跪下,对天立誓了。他用近似于杭州白的一种口音哀号地说:"我某某倘然有心敲诈,天诛地灭,百世不得超生!"又跪着哭诉了许多话,对马先生表白他的无罪。他一定是认马先生为皇天,觉得"到此难瞒"了。不然,昨夜那么凶狠的一个魔鬼,世间哪个人能够使他变成如此驯良的一个人,而跪着忏悔呢?这决不是平玉的武力所能致。我回想昨夜的情形,而观照此刻的现象,觉得这是"最后的审判"中的一幕。Michelangelo〔米开朗琪罗〕在 Sistine〔西斯廷(礼拜堂)〕壁上所绘的画中,决定找不出这样动人的一幕。

这一幕丑剧的最后，经我们劝解，平玉收回了赴公安局的成命，照六和塔下原约付了他十块钱，然后闭幕。这晚我睡在马先生家的厢屋中的小铁床上，身体很舒服，而心甚不安。人间以飘泊为苦，比之于蓬絮。我带着一大群眷族，这飘泊又非蓬絮可比。我们从这时候起，渐感觉一家好比覆巢之鸟，今晚幸得栖息于这高枝上，但终非久长之计。我总得另营一个新巢。三天之后果在离桐庐二十里的河头上找到了我们的新巢。

这时候马氏门人在桐庐的，除前述的张立民以外，还有王星贤。从我门外汉看来，马先生如果是孔子，则王、张就好比是颜、曾[1]。记得投奔马氏的第二天，我早晨起来，听见孩子们在那里说："昨夜睡时无垫被，冷得很！"在平时，例如旅行中携带不周；或家居时天气骤寒，被褥在箱橱中未及拿出，他们偶尔也有这样的诉说。今天他们也只如平时地诉说，并不作啼饥号寒的语调。然而这声音传入我的耳中，异常凄楚。因为现在我们更无箱橱，这是真正的号寒！我家虽贫贱，这群孩子从来未曾受过真正的冻馁。今日寇相追，使我家的孩子们身受冻馁之苦，我岂能坐视？我立刻赴市上买了垫被回来给他们。我脸上的悲愤之色，终日不消。大约这已被张君所注意了。他有一次同我在路上走，诚意地对我说："你要远行，路上倘不便的话，你家的老太太可以住在这里，我替你看顾。"我曾经对他说过："我想到汉口，而任重道远，难于实行。"现在他用这样的话来慰藉我，我当时的感激，真难于言宣。我在这戎马仓皇中扶老携幼而逃

---

[1] 颜、曾，指孔子的学生颜渊和曾参。

难，若非有这种朋友的慰藉，其结果不堪设想。但他不是本地人，况且时局变化正未可知。我决不可以此相累；然而他的慰藉使我觉得人间还有"爱"的存在，我还有生的意味。勇气一增加，悲愤就消失。我想，张君一定能"老吾老"，故能"以及人之老"。王君为学不厌。后来我曾和他同住过数月，见他终日伏案读圣贤书，而且鼻子里哼出一种音调来。足见其中大有乐趣。古人有"此肘三十年不离案"者，我想就是这种人。他又诲人不倦。我曾和他同在一个学校里当教师。见他从来不请假，恪守教师的一切任务。听说他以前在别处教课，也是从来不缺课，病假一定照补的。这可谓教不倦。他的生活非常俭约。他的衣服很朴素，一袭恐不止穿三十年。他的帽子古色苍然，一冠恐不止着十年。他的两个肩膀微微扛起（而且微有高低），无论何时都像准备鞠躬的样子。他说话时，对无论何人都和颜悦色，低声下气；在无论何时都从容不迫，侃侃而谈。我决不能想象此人怒骂的样子。我和他在一个师范学校里同事的时候，膳厅里的饭比箪食瓢饮更苦，同事都不堪其忧，只有此人不改其乐；每天欣然地上饭厅，欣然地上教室，从来不曾在房间里扇一个风炉。我猜想他已经找到了"孔颜乐处"了。我的新巢，即因王星贤的辗转介绍而得来。

王星贤有一个学生，姓童名鑫森的，以前不知什么时候曾经因不知什么人的介绍而向我要过一幅画。这时童君来马府访老师，知道我逃难到此，就来相见，并且邀我到一家菜馆里去吃饭。这时候马先生已决定迁居离城二十里的阳山畈的汤庄，我为欲追随马先生，正想在阳山畈附近找房子。恰好这位童君有朋友姓盛名梅亭的,在阳山畈附近的河头上的小学当校长,而且是本地人。他就在席上写一张介绍片给我,托他在河头上找房子。我河头上的新巢因此找到。这一饭之恩实在不止一饭而已。我持片到河头上去找盛梅亭校长,居然承他转请他的叔父(是乡长),把三间楼屋借给我们住,不肯说租金,但说:"我要感谢日本鬼。不是他们作乱,如何请得到你们来住。"我找到房子,在马府已扰了四天。我心非常不安。马先生却对我说:"你们不来住,兵士也要来住的。"其实那时的桐庐,兵士不一定强占民房。马先生这话是安慰我们这一批难民的。

十一月二十八日,我们辞别马先生,先行入乡。借乘马先生运书的船。请汤庄的工人志元同他的儿子凤传二人摇船。桐江山明水秀,一路风景极佳;但我情愿欣赏船头上的白布旗。旗上"桐庐县政府封"六字,是马先生的亲笔。(盖当时民间难得雇船,这运书船是由县政府代雇来的。)我珍爱马先生的字,而尤其珍爱他随便挥写的字,换言之,可说是"速写"的字。并非说他用心写出的字不及随便写出的字的好,乃根据我的一种艺术欣赏论。我以为造形美术中的个性、生气、灵感的表现,工笔不及速写的明显。工笔的艺术品中,个性生气灵感隐藏在里面,一时不易看出。速写的艺术品中,个性生气灵感赤裸裸地显出,一见就觉得生趣洋溢。所以我不欢喜油漆工作似的西洋画,而欢喜泼墨挥毫的中国画;不欢喜十年五年的大作,而欢喜茶余酒后的即兴;不欢喜精工,而欢喜急就。推而广之,不欢喜钢笔而欢喜毛笔;不欢喜盆景而欢喜野花;不欢喜洋房而欢喜中国式房子。我的尤其珍爱马先生随便挥写的字,便是为此。我曾经拿他寄我的信的信壳上的字照相缩小,制版刊印名片。这时我很想偷了这面白布旗去珍藏起来,但终于没有这股艺术的勇气。

船到河头上,已是下午。留守汤庄的金先生已为我们买了鸡肉蔬菜,准备进屋请神之用。平玉就卷起衣袖去当厨司。盛乡长的房子三楼三底,很是宽大,坚固,而且新。分明建造得不久,梁上的红纸儿全没褪色。红纸上的字,为我所未曾见过:右边一个"有"字,左边一个倒写的"好"字。我们看了都不解其意。研究了一下,才知是"有到头,好到底"之意。我们草草安排了房室,就往屋外察看。这里毗邻的不过三四份人家,都是盛氏本家。四周处处有竹林掩护。竹林之外,是一片平畴。平畴尽处,是波澜起伏的群山。山形特别美丽的一方面,离我们不到一里之处,有一大竹林,遥望形似三潭印月。竹林中隐藏着精舍,便是汤庄,马先生即日要来卜居的。我颇想在我所租的房屋的梁上加贴一张红纸,红纸上倒写一个"住"字,但愿在这里"住到底"。谁知这一住不过二十三天,又被炮火逼走了!

这一住虽只二十三天,却结了不少的人缘。至今回想起来,还觉得有一根很长的线,一端缚住在桐庐的河头上,迤逦经过江西、湖南、广西,而入贵州,另一端缚住在我们的心头上。第一是几家邻居:右邻是盛氏的长房,主人名盛宝函的,是一个五六十岁的loudspeaker[1],读书而躬耕,可称忠厚长者。他最先与我相过从,他的儿子,一个毛二十岁的文弱青年,曾经想

---

[1]　意即扬声器,这里是指大喉咙。

进音乐学校的，便与我格外亲近。讲起他的内兄，姓袁的，开明书店编辑部里的职员，"八一三"时逃回家来的，和我总算是同事。于是我们更加要好。盛大先生教儿子捧了一甏家酿的陈酒来送我。过几天又办一桌酒馔，请我去吃。我们的前邻是盛氏的二房，便是替我租屋的小学校长盛梅亭君之家。梅亭之父即宝函之弟，已经逝世。梅亭是一个干练青年，把小学办得很好。他的儿子七八岁，天生是聋哑，然而特别聪明。我为诸邻人作画，他站在旁边看。看到高兴的时候，发出一声长啸，如哭如笑，如歌如号。回家去就能背摹我的画。他常常送酒和食物来给我。有一次他拿了一把炭屑来送我。我最初不解其意，看了他的手势，才知道是给我作画起稿用的。试一试看，果然选得粒粒都好，可以代木炭用。这聋哑孩子倘得常处在美术的环境中，将来一定是大美术家。他的感官的能力集中在视觉上，安得不为大美术家呢？我们的后邻是盛氏的四房。四先生也是耕读的，常和我来往，也送我一甏酒，又办了菜请我去吃饭。只有三先生，即我的房东，身任乡长，不住在这里，相见较少，特地办了酒请我到乡公所去吃。乡公所就在学校里。学校里的美术先生姓黄名宾鸿的，是本乡人，其家在二十五里外的一个高山——名船形岭——的顶上。有一次他特地邀我到他家去玩。他的父亲和祖父都是善良忠厚的山民，竭诚地招待我，留我在山顶上住了一晚，次日才回来。凡此种种人缘，教我今日思之，犹有余恋。使我永远不能忘记，而为我这桐庐避难进行曲的 climax〔高潮〕的，是汤庄的负暄。

"逃难"把重门深院统统打开，使深居简出的人统统出门。

这好比是一个盛大的展览会。平日不易见到的杰作,这时候都出品。有时这些杰作竟会同你自己的拙作并列在一块。我在桐庐避难,而得常亲马先生的教益,便是一个适例。我们下乡后一二天,马先生也就迁居到汤庄来。王星贤君及其家族一同迁来。他们和我相距不过一里。时局不定。为了互通消息及慰问,我的常访汤庄,似乎不是惊扰而反是尽礼,不是权利而反是义务了。我很欢喜,至多隔一二天,必定去访问一次。马先生平时对于像我这样诚敬地拜访的人,都亲切地接见,谆谆地赐教。山中朋友稀少,我的获教就比平时更多。这时候正是隆冬,而风和日暖。我上午去访问,马先生就要我和星贤同去负暄。僮仆搬了几只椅子,捧了一把茶壶,去安放在篱门口的竹林旁边。这把茶壶我见惯了:圆而矮的紫砂茶壶,搁在方形的铜炭炉上,壶里的普洱茶常常在滚。茶壶旁有一筒香烟,是请客的;马先生自己捧着水烟筒,和我们谈天,有时放下水烟筒,也拿支香烟来吸。有时香烟吸毕,又拿起旱烟筒来吸"元奇"。弥高弥坚,忽前忽后,而亦庄亦谐的谈论,就在水烟换香烟,香烟换旱烟之间源源地吐出来。我是每小时平均要吸三四支香烟的人。但在马先生面前吸得很少。并非客气,只因为我的心被引入高远之境,吸烟这种低级欲望自然不会起来了。有时正在负暄闲谈,另有客人来参加了。于是马先生另换一套新的话兴来继续闲谈,而话题也完全翻新。无论什么问题,关于世间或出世间的,马先生都有最高远最源本的见解。他引证古人的话,无论什么书,都背诵出原文来。记得青年时,弘一法师做我的图画音乐先生，常带我去见马先生，这时马先生年只三十余岁。弘一法师有天对我说："马先生是生而知之的。假定有一个人，生出来就读书；而且每天读两本（他用食指和拇指略示书之厚薄），而且读了就会背诵，读到马先生的年纪，所读的还不及马先生之多。"当时我想象不到这境地，视为神话。后来渐渐明白；近来更相信弘一法师的话决非夸张。古人所谓"过目成诵"，是确有其事的。记得有一次，有人寄一张报纸来，内有关于时局的消息。马先生和我们共看。他很快地读下去，使我无论如何也赶不上。我跳了几行赶上了，不久就落伍；再跳几行赶上去，不久又是落伍。这时我想，古人所谓"一目十行"，也是确有其事的。马先生所能背的书，有的我连书名都没有听见过！所以我在桐庐负暄中听了不少的高论。但不能又不敢在这里赞一词。只是有一天，他对我谈艺术。我听了之后，似乎看见托尔斯泰、卢那卡尔斯基等一齐退避三舍。王星贤记录着马先生每次的谈话。我向他借来抄一段在这里：

十二月七日丰君子恺来谒，先生语之曰：辜鸿铭译礼为 arts〔艺术〕，用字颇好。arts 所包者广。忆足下论艺术之文，有所谓多样的统一者。善会此义，可以悟得礼乐。譬如吾人此时坐对山色，观其层峦叠嶂，宜若紊乱，而相看不厌者，以其自然有序，自然调和，即所谓多样的统一是也。又如乐曲必合五音六律，抑扬往复而后成。然合之有序，自然音节谐和，铿锵悦耳。序和同时，无先后也。礼乐不可斯须[1]去身。平时如此，急难中亦复如此。困不失亨，而不失其亨之道在于贞。致命是贞，遂志即是亨。见得此义理端的，此心自然不乱，便是礼。不忧不惧，便是乐。纵使造次颠沛，槁饿以死，仍不失其为乐也。颜子不改其乐，固是乐。乐必该礼。而其所以能如是者，则以其心三月不违仁。故仁是全德，礼乐是合德。以其于体上已自会得。故夫子于其问为邦，乃就用上告以四代之礼乐。会不得者，告之亦无用。即如此时，前方炮火震天，冲锋肉搏，可谓极乱。而吾与二三子犹能于此负暄谈义，亦可谓极治。即此一念，便见虽当极乱之时，活机固未息灭。扩而充之，未必不为将来拨乱反正之因端也。非是漠然淡然，不关痛痒。吉凶与民同患，自然关怀。但虽在忧患，此义自不容忘。亦非故作安定人心之语。克实而言，理本如此。所谓真语者，实语者，如语者，不妄语者也。礼乐之兴，必待其人。苟非其人，道不虚行。吾今与子言此，所谓千钧之弩不为鼷鼠发机。善会此义而用之于艺术，亦便是最高艺术……

我希望春永远不来，使我长得负暄之乐。春果然不来，而炮火逼近来了。敌兵在吾乡石门湾与中央军相遇，打了四进四出。其间我们正在桐庐负暄。后来中央军终于放弃吾乡，说是"改变战略"，敌兵就向杭州进犯。有一天我们正在负暄谈义，听见远处有人造的雷声，知道炮火迫近来了。我们想走，天天

---

[1] 斯须，意即一会儿。

在讨论"远行"或"避深山"的问题。我主张远行,并且力劝马先生也走。马先生虽只孑然一身,但有亲戚学生僮仆相从,患难中他决计不愿独善其身,一行十余人,行路困难,未能容允我的劝请。其实我也任重道远,老幼十五人,盘费只剩三百元,如何走得动!于是在附近找桃源。我想起二十五里外的船形岭顶上的黄家,以前我曾经到过一次的,觉得地利人和均合意。有一天我便雇了四顶轿子,请黄宾鸿引导,邀马先生和星贤一同上山观看。路上的人看见我们一连四乘轿子向深山去,大都惊惶,拦住轿子探问消息。足见时局已很紧张了。到了山上,黄氏父祖闻知马先生来,倒屣出迎,办起丰盛的酒食来款待;知道我们来觅万一的退步,便应允将新造的屋让出来给马先生住,还有老屋可以馆待我们。我们盘桓至下午二三点钟,方始下山。我还记得轿子在路亭旁休息的时候,我们入亭小坐,看见壁上用木炭题着一首诗,大约是出于农夫工人的手笔的:"山上有好水,平地有好花。好花年年有,同栈不在乎。"马先生考辨了好久,说同栈恐是铜钱之误,于是对于作者的胸襟不凡大加赞叹。赞叹之不足,又讨论之;讨论之不足,又删改之。马先生改作云:"山上有好水,平地有好花。好花年年有,铜钱何足夸。"王星贤别有所见,另为改作一首:"山上有好水,平地有好花。好花年年有,到处可为家。"当此之时,风鹤虫沙,已满山中;我等为寻桃源而来,得在长亭中品评欣赏农夫野老的诗歌,正是一段佳话,不可以不记。而这作者在长亭中弄斧,恰被鲁班路过看见,加以斧正,又是一段奇迹,更不可以不记。

　　邻人盛宝函请马先生晚酌,我也奉陪。黄昏席散,僮仆提灯来迎马先生返汤庄。我也送去。路上马先生对我说："近又作了一诗,比前(见第一记)□□得多,明天写出来给你看。开头是'天下虽干戈,吾心仍礼乐'。大意你或者可以想象了。"上文两个方框,我记不清是什么字,大体是和平中正之意,未便乱加,且付阙如。第二天我到汤庄,到手了一张横幅。上面写着:

避乱郊居述怀兼答　诸友见问

天下虽干戈,吾心仍礼乐。避地将焉归?藏身亦已绰。
求仁即首阳,齐物等南郭。秉此一理贯,未释群生缚。
琐尾岂不伤,三界同漂泊。人灵眩都野,壹趣唯沟壑。
鱼烂旋致亡,虎视犹相搏。纳阱曰予智,俪规矜改错。
胜暴当以仁,安在强与弱!野旷知霜寒,林幽见日薄。
尚闻战伐悲,宁敢餍藜藿。蠢彼蜂蚁伦,岂识天地博!
平怀颓沧溟,寂观尽寥廓。物难会终解,病幻应与药。
定乱由人兴,森然具冲漠。麟凤在胸中,豺虎宜远却。
风来晴雪异,时亨鱼鸟若。亲交不我遗,持用慰离索。

十二月十七八中,传闻将有大军来桐庐,欲利用山地作战场,以期歼灭日寇。傍晚果然开到了一批军队,敲我们的门,说要借宿一宵,明晨开赴杭州作战。兵队纪律很好。其长官晚上和我闲谈,说他是从吾乡石门湾退出来的,亲见石门湾变成焦土。又忠告我们,说:这地方不可再住,须得迁往远处或大山中。说不定这地方要放弃。明晨,兵队果然把地扫得精干净而开拔了。我忽然感觉得这里不可再留,连忙去汤庄,再劝马先生作远行之计。然马先生首阳之志已决,对于诸种环境的变迁,坦然不慌。我不能动他。于是返家收拾萧条的行物,与姐妻子女计议,故园既已成为焦土,我们留在这里受惊毫无意义,决定流徙于远方。岳老太太年已七十,不胜奔走之苦。我破晓起来同我妻商量,拟把老太太寄托与船形岭黄宾鸿家。因为他家也有七八十岁的老人,当不致因我家老太太而受累。我妻向老太太商请,得其同意。于是我们二人同赴学校请托黄君,黄君慨然允诺。当日雇了一乘轿子,由黄君领导,章桂护送,抬老太太上山。临别,许多人偷偷地弹泪,说不出话来。我心中除了离别之苦以外,又另有一种难过:我不能救庇一位应该供养的老人,临难把她委弃在异乡的深山中,这是何等惭愧的事!

  我们的难民队中最干练的平玉已于前日冒险赴上海。阿芳也已回去。平玉有一朋友姓车的,住在我们附近的江边。我去托他找船,知道他也有远行之意。为了途中互助之计,我就约他同行,请他在门口的江边物色一只小船,定于明晨载我们到二十里外的桐庐城中,再找远行的船。布置已定,即走汤庄去辞别马先生,路上我想好了许多话,预备再苦劝他一番,务请他离开这飘摇的桐庐。但等到一走进门,望见了他的颜色,却一句话也说不出来。但觉得这里有一股强大的力。一切战争、炮火、颠沛、流离等事当着了它都辟易[1]。我含糊地说道:"我也许要走,但没有定。"回到家里,写了一张纸送去,书面告别。

---

 [1] 辟易,意即退避、惊退。

邻人都依依不舍,彼此往返,辞送,馈赠,忙了一天。古语云:"悲莫悲于生别离。"这种日子连过十天,包你断肠而死!事后我揽镜自照,发现鬓边平添了不少的白发。

我在桐庐的最后一天,十二月廿一日的早晨,我们黎明即起,打点下船。一行十四人除去了老太太,得十三人。想起了西洋人的习惯,我一时对于这个数目觉得讨嫌。幸而车氏父子三人加入了,得十六人,便不介意。王星贤和马先生的外甥丁安期,管汤庄的金先生,搭我的便船赴城,欲用原船把马先生留存在城中的书载回乡下。王星贤看见我们十余人只有两担行李,表示惊讶。被他一提醒,我自觉得一寒至此,不胜飘零之感。幸而船到桐庐,不久找到了一只较大的船,言定二十八元送到兰溪,即于下午二时离开桐庐。一帆风顺,溯江而上。我抽了一口气,环顾家人,发现大家神情惆怅,如有所失,而吾妻尤甚。一个孩子首先说破:"外婆悔不同了来!"言下各处响应。我在桐庐时看见公共汽车还通。便下个决心,喊船夫停船,派章桂上岸步行回船形岭,迎老太太下山,搭公共汽车到兰溪相聚。这时候杭州快要失守,富阳桐庐一带交通秩序混乱。我深恐此事难得圆满。谁知章桂果能完成其使命:带了一位七十岁的老太太,搭了最后一班的公共汽车,与我们差不多同时到达兰溪。好像是天教我们一家始终团聚,不致离散似的!

第二记完。一九三九年十二月三日夜于都匀

杀身成仁 [1]

贪生恶死,是一切动物的本能,人是动物之一,当然也有这种本能,但人贪生恶死,与其他动物的贪生恶死有点不同:其他动物的贪生恶死是无条件的。人的贪生恶死则为有条件的。古人云:"人之所以异于禽兽者几希。"这几希可说就在于此。

何谓无条件的?只要吃得着东西就吃,只要逃得脱性命就逃,而不顾其他一切道理,叫做无条件的。人以外的动物都如此,狗争食肉骨头,猫争食鱼骨头,母鸡被掳,小鸡管自逃走,母猪被杀,小猪管自吃食,不是人所常见的吗?

何谓有条件?照道理可以吃,方才肯吃。照道理活不得,情愿死去。这叫做有条件的。条件就是道理。故人可说是讲道理的动物。除了白痴及法西斯暴徒以外,世间一切人都是讲道理的动物。

许多动物中,何以只有人讲道理呢?是为了人具有别的动物所没有的一件宝贝,这宝贝名叫"同情"。同情就是用自己的心来推谅别人的心。人间一切道德,一切文明,皆从这点出发。

---

[1] 本篇原载 1939 年 12 月 1 日上海《大美报》。作者在本文的一份抄稿上,曾将题目写成"伟大的同情"。

孔子曰："己所不欲，勿施于人。"又曰："己欲立而立人，己欲达而达人。"这就是说：自己所不愿有的事，不要使别人有。自己要立身，希望别人都立身。自己要发达，希望别人都发达。故韩诗外传曰："己恶饥寒焉，则知天下之欲衣食也。己恶劳苦焉，则知天下之欲安佚也。己恶衰乏焉，则知天下之欲富足也。"这便是孔子所谓"忠恕"。忠恕就是同情的扩充。我国古代的圣人，普遍爱护一切同类。故孟子说："禹思天下有溺者，犹己溺之也。稷思天下有饥者，犹己饥之也。"伊尹也是如此，孟子说他"思天下之民，匹夫匹妇，有不被尧舜之泽者，若己推而纳之沟中"。他们为什么能如此？就为了富有同情。同情极度扩张，能把全人类看做一个身体。左手受伤，右手岂能独乐？一颗牙齿痛，全身为之不安。这样，"一己"和"大群"就不可分离。我就有"小我"和"大我"。小我就是一身，大我就是全群。

孔子曰："志士仁人，无求生以害仁，有杀身以成仁。"求生害仁，就是贪小我而不顾大我。杀身成仁，就是除小我以保全大我。子贡问政，子曰："足食，足兵，民信之矣。"子贡曰："必不得已而去，于斯三者何先？"孔子曰："去兵。"子贡曰："必不得已而去，于斯二者何先？"孔子曰："去食。自古皆有死，民无信不立。"信就是做人的道理。倘去信而保全食，就同不讲道理的禽兽一样。人是讲道理的动物，故最后必然去食而保住信。去食虽杀身，但人道可以保全。即虽失小我，而大我无恙。人总有一死。失了身体还是小事，倘失了人道，则万人万世沦为禽兽，损失甚大。志士仁人，因富有同情，故能为全体着想，故能杀身成仁。

舍小我以全大我，轻身体而重精神，不独志士仁人如此，一般人都有如此的倾向。孟子说得很详细："鱼，我所欲也。熊掌，亦我所欲也。二者不可得兼，舍鱼而取熊掌者也。生我所欲也，义亦我所欲也。二者不可得兼，舍生而取义者也。生亦我所欲，所欲有甚于生者，故不为苟得也。死亦我所恶，所恶有甚于死者，故患有所不避也。"他又加以反证："如使人之所欲莫甚于生，则凡可以得生者，何不用也？使人之所恶莫甚于死，则凡可以避患者，何不为也？"然后加以结论："由是则生，而有不用也。由是可以避患，而有不为也。是故所欲有甚于生者，所恶有甚于死者，非独贤者有是心也，人皆有之。贤者能勿丧耳。"他又举一个实例："一箪食，一豆羹，得之则生，弗得则死。嘑尔而与之，行道之人勿受。蹴尔而与之，乞人不屑也。"这就是前面所谓照道理可以吃，方才肯吃。照道理活不得，情愿死去。除了疯狂者及法西斯暴徒以外，凡人皆有此心，即凡人皆有杀身成仁之心，不过强弱厚薄有等差耳。

生道杀民[1]

某日上午，某处被空袭。车站附近被投炸弹一百多枚。当天下午，一位军界的朋友告诉我："都是汉奸不好，我们有大批飞机从外国运来，今天上午经过该地。汉奸把这消息报告敌人，他们就拼命地来投炸弹。"当时有许多人在旁静听。听到这里，大家异口同声地焦灼地问：

"飞机被炸着没有？飞机被炸着没有？"

那朋友骄傲地回答道："没有！早已运到别处去了！"听的人又异口同声地说道："还好，还好。"大家脸上表出满足幸运的神气。接着就扬眉高谈汉奸的可恶和敌人的可笑。一时竟没有人问起炸死多少人。直到后来，才有人提出这问题，据说是炸死两个人，和一头牛。

我想起了《论语》中一段话："厩焚。子退朝，曰：'伤人乎？'不问马。"孔子退朝下来，听得人说马厩火烧了。但他问有没有烧伤人，却不问有没有烧伤马。他并非不爱马，但因为人比马更贵，故只须问有没有伤人，若不伤人，则大事已定，马的伤不伤无关重要，所以他不问了。

---

[1] 本篇原载 1940 年 1 月 2 日上海《大美报》。

天地间人最贵。故孟子曰："民为贵，社稷次之。"但上述这班人已经把这定理变通，变做"飞机为贵，人次之"了。我觉得这变通颇可原谅。他们并非不爱人，并非"非人道"。只因禽兽逼人，人不得不用武力杀其锋。不得不以战弭战，以杀止杀。要为人类除暴，不得不借飞机的威力。要安天下之人，不得不一怒。孟子曰："以生道杀民，虽死不怨。"我们为了要消灭扰乱人类和平的暴徒，所以运大批飞机。为了运飞机，所以被轰炸。为了被轰炸，所以死两个同胞。这两个同胞死而有知，一定不怨政府。因为如程子所解释："以生道杀民，谓本欲生之也。除害去恶之类是也。盖不得已而为其所当为，则虽拂民之欲，而民不怨。"可知这一天被炸死的两个同胞，倘死而有知，其英魂只恨敌人，决不怪怨人们先问"有没有炸着飞机"，而后问"有没有炸死人"。所以目下的人暂把"民为贵"的定理变通为"飞机为贵"，我觉得是可以原谅的。

孟子又说："以佚道使民，虽劳不怨。"程子解释道："以佚道使民，谓本欲佚之也，播谷乘屋之类是也。"为播谷乘屋，况且虽劳不怨，何况为求全民族的生存？所以抗战以来，前方将士出生入死，后方民众颠沛流离，而再接再厉，百折不挠，毫无一句怨言者，便是为了"以生道杀民""以佚道使民"之故。反之，日本民众间的情形就和我们相反：他们的军阀强迫他们参加这野蛮的侵略战，拿他们的性命来满足自己的野心。换言之，他们的政府不是"以佚道使民"，而是"以劳道使民"；不是"以生道杀民"，而是"以死道杀民"。所以日本民众反战，所以日本军人厌战，所以日本的侵略战一定要失败。

论正诈及其他
——读书杂记四则[1]

读《淮南子·人间训》一卷,其中有一故事,常盘旋脑际。抄录于此:

> 昔晋文公将与楚战于城濮。问于咎犯曰:"为奈何?"咎犯曰:"仁义之事,不厌忠信。战陈之事,不厌诈伪。君其诈之而已矣。"辞咎犯,问雍季。雍季对曰:"楚林而猎,愈多得兽,后必无兽。以诈伪遇人,虽愈利,后无复。君其正之而已矣。"于是不听雍季之计,而用咎犯之谋。与楚人战,大破之。还归赏有功者,先雍季而后咎犯。左右曰:"城濮之战,咎犯之谋也。君行赏先雍季,何也?"文公曰:"咎犯之言,一时之权也。雍季之言,万世之利也。吾岂可以先一时之权而后万世之利也哉?"

下午有一青年来访,谈及仁义,因以此故事告之。其人曰:"我不以晋文公为然。设用雍季之谋而行仁义,则战不胜,不胜

---

[1] 本篇原载 1940 年 12 月《读书通讯》第 15 期。

即败。今用咎犯之谋而得胜,夫功终属咎犯也。"我对曰:"行仁义一时虽败,其后必胜。最后胜利必属于仁义也。"其人笑而不言,吾知其不以吾言为然,但亦未知之何。世人眼光短浅,往往贪目前之小便宜而失其大者。实则咎犯、雍季之谋,非仁义道德问题,只是两种算盘。雍季之算盘比咎犯之算盘大。晋文公先雍季而后咎犯,不愧为一眼光远大之国土商人。故此事实非仁义道德问题,只是利害得失之问题而已。今人于利害得失尚不识轻重大小,何足与谈仁义道德?

昨夜雷雨,今晨日出。地方潮湿,三和土尽变黑色。人在天地变乖之中,头晕目眩,似感疾病。倚床偶展旧日漫画集,见"燕归人未归","翠拂行人首"二帧。前者写楼头少妇及垂杨归燕之景;后者写柳下踏青之状。反忆过去太平春景,令人惆怅。遂援笔作画。画一屋半为炮火所摧残,旁有杨柳依旧垂条,上有燕子来归故巢,而旧主人不知去向。题曰:"燕归人未归"。又画一群男女老幼仓皇逃难,道旁杨柳垂条正拂其头,题曰:"翠拂行人首"。以此二幅与前二幅相对比,不胜今昔之感。忆廿七年春客某地时,被某团体邀宴。宴毕座谈,主席首先发问:"先生昔日曾写'月上柳梢头'等画,请问今日宜如何写?"吾告以"和平为常,战争为变"之大义,使知"月上柳梢头"永远美丽,决不因战事而变损其审美价值。惟浅薄之人,以为今后战争时髦,大家将靠战吃饭,遂思尽行打倒和平幸福之作品,而提倡杀人放火之描写。惜当时未曾作上述二幅。若已作者,当将新旧二种出以相示,试问何者为美?垂杨归燕为美欤,抑家破人亡为美欤?柳下踏青为美欤,抑仓皇出走为美欤?若曰前者为美,则常变之义大明,主席之问即不成问题。画家处今日固不得不写战时之所见所感以惕励民众;但平时所写和平幸福之作品,并不失却其价值,并非今后不可再作。不但如此,吾等今日之努力,其目的正欲去暴除害,使天下重归于太平,而人人皆得欣赏和平幸福之作品也。

下午赴校上课,行至磐安门,警报至。街上人如潮涌,其势可怕,一时慌张,不知所向。努力镇静,念此城唯一条闹街,街之两旁皆空地与山,皆可避警,即向左转入小弄中。迤逦行约十分钟,至一山脚,于石上坐憩。一身穿旧制服而面带病容之男子与吾同路。询其有紧急警报否,彼亦不知,但言过去屡为敌机所窘,故每遇警报必远避,并劝吾再深入山。从之,相与同行又约十分钟,至一处,四面环山,谷中水声潺潺,仅有一农家,与一水车。盖为欲利用水力转磨,故卜居于此者也。时天末忽起大风,黄云飞驰,恐有大雨,即于屋旁树下坐憩。与同行者交谈,知彼姓某,北平人,现在某餐厅跑堂。因询其有否素菜,答言颇有数种。因与之约,今晚当来吃素菜,吾出门时曾与群儿相约,五时在丁字口聚会,晚餐后共赴电影院看《迷途的羔羊》。正苦不知何家有素菜可吃,不意于警报中得此人之介绍也。闲谈之间,雷声忽起,颇似敌机迫近之声,而感念大异。敌机声威胁人耳,使人心生屈辱、不平、愤怒之感。雷声亦威胁人耳,但使人只觉恐惧,不感屈辱;只觉严肃,不感不平;只觉自身之渺小可怜,绝不敢愤怒于大自然之严威也。不久雨至,遂叩农家之门而托庇焉。农家有夫妇二人及一小孩,另有一男人正共主人磨谷簸米,似是其戚友。貌皆慈和,揩凳让坐,并进茶。屋中设磨,藉水力转运石轮,碾米甚速。屋外雨甚大,久不止。吾闲观其磨,齿轮构造颇似钟表之机械,不过粗细悬殊耳。归家后尚能忆其构造,遂为作图,以明中国农人之机械天才。三时雨止,兴辞而出。主人相送,约下次再来。返城已三时半,入教室,阒无人,课二小时为敌机盗去矣。

某君擢少将,赴蜀就任,今自重庆来信,谓前日闻吾谈"晋文公与楚战于城濮不用雍季之谋(诚)而用咎犯之计(诈),凯旋赏功时先雍季而后咎犯"之事,于心不忘。自谓今后处世,"愿诚而败,不愿诈而成",问是否可行。大哉此问!未可率尔答复。几经考虑,复之曰:"'愿诚而败,不愿诈而成',自是千古不易之原则,请决行之,无须犹豫。但有一字,亦不可忘,即孟子所谓'权'是也。吾人处世应事,有时不能呆板而需要权变。故平日宜守男女授受不亲之礼,至嫂溺之时,又不得不越礼而援之以手。若呆板到底,嫂溺亦守礼而不援,则如孟子所说,是豺狼也。诚伪之道,亦复如此。诚为原则,伪为权变。君好闻军旅之事,今再述之:昔秦穆公兴兵袭郑,过周而东。(以兵伐国不击鼓密声,曰袭。)郑贾人弦高将西贩牛,道遇秦师于周郑之间。乃矫郑伯之命,犒以十二牛,宾秦师而却之,以存郑国。(非君命也,而称君命,曰矫。)夫三军矫命,过之大者也。应得何罪?足下当详知之。但事有信反为过,诞反为功者,故弦高之矫命,无罪而反有功也。《淮南子》说此理甚畅,今节录数语,以供参研:'言而必信,期而必当,天下之高行也。直躬其父攘羊而子证之,(直躬楚叶县人也。叶公子高谓孔子曰:吾党有直躬者,其父攘羊而子证之。孔子曰:吾党之直者异于是,父为子隐，子为父隐，直在其中矣。凡六畜自来而取之，曰攘。）尾生与妇人期死之。（尾生鲁人，与妇人期于梁下，水至溺死也。）直而证父，信而溺死，虽有直信，孰能贵之？''昔楚恭王与晋厉战于阴陵，潘尪、养由基、黄衰微、公孙丙，相与篡之。（四子楚大夫，篡晋取恭王。）恭王惧而失体，（威仪不如常，坐不能起也。）黄衰微举足蹴其体，恭王乃觉。怒其失礼，奋体而起。四大夫载而行。昔苍吾绕娶妻而美，以让兄。此所谓忠爱而不可行者也。是故圣人论事之曲直，与之屈伸偃仰，无常仪表。时屈时伸，卑弱柔如蒲苇，非摄夺也。则强猛毅，志厉青云，非本矜也，以乘时应变也。夫君臣之接，屈膝卑拜，以相尊礼也。至其迫于患也，则举足蹴其体，天下莫能非也。是故忠之所在，礼不足以难之也。孝子之事亲，和颜卑体，奉带连履。至于溺也，则捽其发而拯之。非敢骄侮，以救其死也。故溺则捽父，祝则名君。（周人以讳事神敬之至也。）势不得不然也。此权之所设也。故孔子曰：可与共学矣，而未可与适道也。（适之也，道仁义之善道。）可与适道，未可与立也。（立德立功立言。）可与立，未可与权。权者，圣人之所独见也。故忤而后合者，谓之知权。合而后舛者，谓之不知权者。不知权，善反丑矣。'足下立志'愿诚而败，不愿诈而成'，不胜赞佩之至。但深恐有时'善反为丑'，故不惜笔墨而又为论'权'如上。愿明辨而慎思之。"

我写文章的一些经验[1]

一、写作兴趣的由来

我过去所写文学作品,只是随笔,即《缘缘堂随笔》所载各篇。此种随笔写作的原因,是因为我信了佛教,对人生发生种种感想,便信笔写出。那时郑振铎等办《文学周报》《小说月报》,就把我所写的拿去登载。接着就有许多人索稿,但索稿以后写的,都非完全主动,草率应酬。后来不久就封笔。自前年起,绝对不写文,不得已时,用旧日杂记敷衍索稿的友人。现在,旧日杂记也没有了。

二、写作年龄的开始

我二十五岁从日本归国,方始动笔作文。

三、写作开始后的倾向

我写文章全用白话,只有画集《人间相》的序文,偶用文言,记忆所及,没有第二个例外。

我开始写作,第一次是翻译,所译的是屠格涅夫的《初恋》,由英文译出,后由开明出版。

---

[1] 本篇原载天地出版社 1943 年 9 月初版《文艺写作经验谈》。

四、写作生活的叙述

关于写作时间的选择，我三十岁以前写作却在深夜，十点钟之后，至一二点钟止，难得写到天明，三十以后不复写文学作品，只写艺术理论。白天晚上，任何时都行。四十以后，文章绝少做了，因为身体不好。一提笔就头晕眼花，惟作画不倦。

关于写作场合的选择，总是僻静的地方最好。但只要关得住门，他人不进来同你讲话，到热闹地也可。天气阴晴则不拘。

我写文必须吸香烟和喝浓茶。大约一刻钟一支烟，喝酒容易得到文思，但酒后不能写作，略记所感，待酒醒后再写出来。

我的写作速率和久持力，大概在文思满胸时，一气能写二三千字，继续三四小时不倦，但此事只在三十岁以前有之，今也则无。

我对作品大抵不修删，即刻寄给人家去发表。

五、写作上的困难之点

我觉得写作最困难的，还是"感动"的由来，没有感动，要硬做，最苦。有了感动，觉得非说不可，那么开场、结局、穿插、修饰等都不成问题，自然而然。

六、写作完成后的感觉

作品发表后的感觉，在初期是高兴的。

后来就无感觉，发表也好，不发表也好。懊悔有时有之。譬如回想起来，这文太不满意，或者说了不应该说的话，就觉得后悔。这也是三十岁以前的事。

七、作品落选后的感觉

我作品发表，只有一次落选，即民国初年，我拿所译的《初恋》投寄《东方杂志》，编者来信说，此文在中国目下还不便发表，我就把他塞在箱底。过了十年，开明向我要此稿，就拿出来，同英文对照了，给开明出版。落选时我并不怨恨，也并不兴奋，我知道时候还没有到。此后我投稿不曾落选。因为都是编者来索的，不是自己去投的。

养　鸭[1]

除了例假日有长长大大的四个学生——两大学，一高中，一专科——回家来热闹一番之外，经常住在家里的只有三个半人：我们老夫妇二人，一个男工，和一个五岁的男孩。但畜生倒有八口：两狗，两猫，两鸽，和两鸭。有一位朋友看见了说："人少畜生多。"

这许多畜生之中，我最喜欢的是两只鸭。狗是为了防窃贼设法讨来的；猫是为了抵抗老鼠出了四百多块钱买来的，都有实用性。并且狗的贪婪、无耻和势利，猫的凶狠和谄媚，根本不能使我喜欢。至于鸽子呢，新近友人送来的，养得不久；我虽久仰他们的敏捷和信义，但是交情还浅，尚未领教，也只得派在不欢喜之列。惟有两只鸭，我觉得有意思。

这一对鸭不是原配，是一个寡妇和一个第二后夫。来由是这样的：今年暮春，一吟（就是那专科学生）从街上买了一对小鸭回来。小得很，两只可以并排站在手掌上。白天在后门外水田游泳，晚上共睡在一只小篮里，挂在梁上：为的是怕黄鼠狼拖去吃。鸭子长得很快，不久小篮嫌挤，就改睡在一个字纸

---

[1]　本篇原载 1944 年 10 月《中学生》战时半月刊第 79 期，署名：子恺。

篓里，还是挂在梁上。有一天半夜里，我半睡中听见室内哗啦哗啦地响，后来是鸭子叫。连忙起身，拿电筒一照，只见字纸篓正在摇荡中，下面地上，一只小雄鸭仰卧在血泊中。仔细一看，头颈已被咬断，血如泉涌了。连忙探望字纸篓，小雌鸭幸而还在。环视室内，凶手早已不知去向了。这件血案闹得全家的人都起来。看看残生的小雌鸭，各人叹了好几口气。

后来一吟又买了一只小雄鸭来。大小和小雌鸭仿佛。几日来，小雌鸭形单影只，如今又鹣鹣鲽鲽了。自从那件血案发生以后，我们每晚戒备很严，这一对续弦的小鸭，安全地长大起来，直到七月初我们迁居新屋的时候，已经长成一对中鸭了。新屋四周没有邻居，却有篱笆围着一大块空地。我们在篱笆内掘一个小塘，就称为乳鸭池塘。一对鸭子尽日在篱笆内仰观俯察，逡巡游泳，在我的岑寂的闲居生活上增添了一种生趣。不知不觉之间，他们已长成大鸭，全身雪白，两脚大黄[1]，翅膀上几根羽毛，黑色里透着金光，很是美观。他们晚上睡在屋檐下一只箩子底下。箩子上面压上一块石板，也是为防黄鼠狼。谁知有一天的破晓，我睡醒来，听见连新——我们的男工，在叫喊。起来探问，才知道一只雄鸭又被拖去了，一道血迹从箩子边洒到篱笆的一个洞口，洞外也有些点滴，迤逦向荒山而去。查问根由，原来昨夜连新忘记在箩子上压石板，黄鼠狼就来启箩偷鸭了。既经的疏忽也不必责咎。只是以后的情景着实可怜。那雌鸭放出箩来，东寻西找，仰天长鸣，"轧轧"之声，竟日不

---

[1] 大黄，即橙黄。

绝。其声慌张、焦躁,而似乎含有痛楚,使闻者大为不安。所谓"行人驻足听,寡妇起彷徨"者,大约是类乎此的鸣声吧。以前小雄鸭被害了,她满不在乎,照旧吃食游水,我曾经笑她"她毕竟是禽兽"!但照如今看来,毕竟是人的同类,也是含识的、有情的众生。傍晚我偶然走到箩子旁边,看见早上喂的饭全没有动。

雌鸭"丧其所天"之后,一连三四日"轧轧"地哀鸣,东张西望地寻觅。后来也就沉静了。但样子很异常,时时俯在地上叩头,同时"咯咯"地叫。从前的邻人周婆婆来,看见了,说她是需要雄鸭。我们就托周婆婆作媒,过了几天,周婆婆果然提了一只雄鸭来,身材同她一样大小,毛色比她更加鲜美。雄鸭一到地上,立刻跟着雌鸭悠然而逝,直到屋后篱角,花阴深处盘桓了。他们好像是旧相识的。

这一对鸭就是我现在所喜欢的畜生。我喜欢他们,不仅为了上述的一段哀史,大半也是为了鸭这种动物的性行。从前意大利的辽巴第〔列奥巴尔迪〕(Leopardi)喜欢鸟,曾作《百鸟颂》。鸭也是鸟类,却没有被颂在里头,我实在要替鸭抱不平。许多人说,鸭步行的态度太难看。我以为不然,摇摇摆摆地走路,样子天真自然,另有一种"滑稽美"。狗走起路来皇皇如也,好像去赶公事;猫走起路来偷偷摸摸,好像去干暗杀,这才是真难看。但我之所以喜欢鸭子,主要是为了他们的廉耻。人去喂食的时候,鸭一定远远的避开。直到人去远了才慢慢地走近来吃。正在吃的时候,倘有人远远地走过来,一定立刻舍食而去,绝不留恋。虽然鸭子终吃了人们的饭,但其态度非常漂亮,绝不摇尾乞怜，绝不贪婪争食，颇有"履霜坚冰"之操，"不食嗟来"之志，比较之下，狗和猫实在可耻：狗之贪食，恐怕动物中无出其右了。喂食的时候，人还没有走到食盆边，狗已摇头摆尾地先到，而且把头向空盆里乱钻。所以倒下去的食物往往都倒在狗头上。猫是上桌子的畜生，其贪吃更属可怕。不管是灶头上，柜子里，乘人不备，到处偷吃。甚至于人们吃饭的时候，会跳上人膝，向人的饭碗里抢东西吃。一旦抢到了美味的食物，若有人追打，便发出一种吼声，其声的凶狠，可以使人想象老虎或雷电。足证它是用尽全身之力，为食物而拼命了。凡此种种丑态在我们的鸭子全然没有。鸭子，即使人们忘了喂食，仍是摇摇摆摆地自得其乐。这不是最可爱的动物吗？

这两只鸭，我决定养他们到老死。我想准备一只笼子，将来好关进笼里，带他们坐轮船，穿过巴峡巫峡，经过汉口南京，一同回到我的故乡。

一九四三年十一月十七日

文 明 国[1]

一

文儿和明儿到山中去采花果。文儿采了一袋果子,明儿采了一篮花。果子很甜,花很香。

二

忽然警报响了。柱子上挂起两个红球来。文儿和明儿发现山中有一个洞,就赶快进洞去躲避。

---

[1] 1944年3月作家书屋初版,"儿童文库"第一种。

·三

这洞很深,而且弯弯曲曲。文儿和明儿走了一回,忘记来路,回不出来。幸而文儿身上有火柴,可以照路。两人向前走。肚子饿了,吃果子。疲倦了,嗅嗅花的香气。

·四

烧完了一盒火柴,吃完了一袋果子,方才走到洞口,但不是进来的洞口。却是另一个洞口。远远看见许多旗子。旗子上都有一个G字。

·五

许多穿长衣的人走来看文儿和明儿。原来这地方叫做"善山",是另一个国土,和我们向来不交通。善山的山长看见文儿和明儿,很爱他们。他们就住在善山的山长家里。

·六

这善山中的人,真是异怪:有一天,山长正在和文儿明儿谈话,忽然他的头上痛起来。他说,"赶快去查,我的国土里一定有一个人头上受伤了。"

·七

出去一看,果然有一个小孩在树旁跌了一交,把头撞在树根上,正在喊痛。原来这国土里的人,凡有一个人害痛,大家觉得痛。

·八

又有一次,善山的山长正在和文儿明儿谈笑,忽然他的背上痒起来。文儿明儿就给他搔痒。他说:"赶快去查,我的国土里一定有人被蚊虫咬了。"

· 九

出去一查,果然有一个孩子睡着,没有放下蚊帐,两只蚊子正在咬他的背脊。原来这国土里的人,凡有一人害痒,大家都觉得痒。

· 十

又有一天,山长刚吃过晚饭,就觉得肚饥,非常的饥。他说:"赶快去查,我的国土内一定有人没有吃饭。"

· 十一

出去一查,果然有一个孩子爬到山下海边去玩,爬不上来,坐在海边上挨饿。原来这国土里的人,凡有一人挨饿,大家觉得饿。

·十二

又有一天,山长口干,要吃茶。吃了一大壶,还是口干。他说:"赶快去查,我的国土内一定有人口渴。"

·十三

出去一查,果然有一孩子,因为口渴,爬上树去采果子吃,岂知果子一个都没有,他却爬不下来。太阳很大,他坐在树上哭。原来这国土里的人,凡有一人口渴,大家觉得口渴。

·十四

文儿和明儿在善山的国土里住了几天,想回家去,山长说:"海的那边,还有一个国土,我派人摇船载你们去玩过,然后回家。"

·十五

文儿和明儿在船中望见那国土的旗子，上面有一个T字。到了那国土，看见许多方头的人胸前都挂着一面心形的镜子。这国土叫做"真山"。真山的山长很爱文儿和明儿，叫他们住在他家里。

·十六

有一天，真山的山长正在和文儿明儿谈话，他胸前的镜子里显出一杯茶来。这表示他想喝茶了。原来这国土里的人，凡心中想什么，镜中就显出什么，不能瞒人。

·十七

又有一天，真山的山长正在和文儿明儿谈笑，他胸前的镜子里显出一碗饭来，文儿和明儿知道他想吃饭了，就请他吃过饭再讲。

·十八

文儿和明儿走到山外去玩，看见一个农人急急忙忙地走，他的镜中显出一只鸭子。文儿明儿知道他找鸭子，就帮他去找。

·十九

文儿和明儿走到街上去玩，看见一个工人急急忙忙地走，他的镜中显出一把斧头。文儿和明儿知道他找斧头，就帮他去找。

·二十

文儿和明儿到山中采苹果回来，看见一个方头的男孩子，镜子里显出苹果，知道他是想吃苹果，就送他一只。

·廿一

文儿和明儿到海边去采花回来，看见一个方头女孩子，镜子里显出一朵花，知道她想要花，就送她一朵。

·廿二

真山的山长拿两面镜子来挂在文儿和明儿的胸前，镜子里都显出一间房子来。山长知道他们想回家了。

·廿三

山长说："你们想回家了，我用降下伞送你们去。因为山洞很难走。今天有风，这风叫做'仁风'，你们就可乘风归去。"

·廿四

　　文儿和明儿回国，连忙到学校里把在真山和善山里所见的向全体同学宣传。同学很感动，向国内大众宣传。大众很感动，大家设法仿造那种衣服和镜子，后来果然成功了。国中的人就都同那两山中的人一样，大家不欺骗人，大家痛痒相关。这国因为是由文儿和明儿改良的，就叫做"文明国"。从此敌人不敢来侵犯，国内就没有警报，永远平安了。

读丏师遗札 [1]

丏师逝世后,开明书店拟为出纪念刊,向我索取从前丏师给我的信件。我原有一大包"纪念品",是师友们给我的值得保留的信件等物。内有丏师来示不下十余通。这一大包,一向郑重保存。胜利后半年,我决意卖屋,准备东归时,为使行李简洁化,把这一大包纪念品加以清理,抛弃了一大半。丏师的信,只留抗战最初时一封,及论画一封。其余的都抛弃了。以前我郑重保藏,是防丏师在战时死去。胜利之后,眼见得不久可与丏师见面,倘再保存这些信件,我想,反而不祥,就把它们烧了。谁知相差两个月,竟不能再见一面,使我今日后悔无及!烧去的信件中,所谈大都是一时琐事,不能尽忆。但记得:抗战后期的一封信内,夏先生说,他近来吃"扁担饭"。即每日上午吃了一餐,跑去办公,下午回来再吃一餐,一天的食事就完了。这话现在想起了倍觉伤怀!又胜利后不多时给我一信,内言:战后交通与生活,一定困难。你故园尽毁,而沙坝倒有小屋,不如暂断归念。"暂断归念"四个字,当时在我颇觉逆耳。我已归心如箭,正漫写"即从巴峡穿巫峡,便下襄阳向洛阳"的

---

[1] 本篇原载 1946 年 7 月《中学生》战时半月刊。

诗来分送朋友，读到这四字，好比被浇一桶冷水。心想：夏先生好煞风景！谁知后来，复员一天困难一天，终于到了胜利后九个月的今天，我还搁浅在重庆。今日想起了夏先生那四个字，几乎感激涕零呢！

今天我把保存着的两封信寄给开明书店。读了一遍，颇有所感，就写这一篇感想。先把夏先生的原信抄录在这里：

其 一

子恺：去秋屡承寄画相慰，及后闻石湾恶消息，辄为怅惘。无可为君慰者，唯取《几人相忆在江楼》的横幅张之寓壁，日夕观览，聊寄遐想，默祷平安而已。仆衷魄落胆者数月，近已略转平静，一切都无从说起，凡事以"度死日"之态度处之。弘一师过沪时，曾留一影，检寄一纸，藉资供养。（师最近通讯处：泉州承天寺。）斯影摄于大场陷落前后，当时上海四郊空爆最亟，师面上犹留笑影，然须发已较前白矣。不一，祝安吉。

丏 尊

三月十日（廿七〔1938〕年，子恺注）

其 二

子恺：十月廿六日发航空函，收到已一星期。牵于校课，今日始写复信。劳盼望矣。关于绘画拙见，蕴藏已久，前函乘兴漫说，蒙采纳，甚快。委购画帖，便当至坊间一走，购得即寄，乞稍待。鄙意：中国人物画有两种，一是以人物为主的（如仕女、如钟进士、佛像等），一是以人物为副的（如山水画中之人物）。前者须有画题，少见有漫然作一人物者，后者只是点缀。其实二者之外，尚有第三种方式，就是背景与人物并重。此种人物，比第一种可潦草些（不必过于讲究面貌与衣褶），比第二种须工整些（眼睛不能只是一点）。第一种人物画，功夫不易，出路亦少（除仕女外，佛像三星而已）。第三种人物画，是有背景之人物，人物与背景功力相等，背景情形颇复杂，山水，竹石，房屋，树木，因了画题一切都有。大致以自然风景为最主要。由此出发，则背景与人物双方并重，将来发展为山水，为人物，都极便当。君于漫画已有素养，作风稍变（改外国画风），即可成像样之作品。暂时试以此种画为目标如何？闻画家言，"枯木竹石"，为山水画之初步，亦最难工。人物背景，似宜以"枯木竹石"为学习入手也。将来代选画帖，拟顾到此点。由漫画初改图画，纯粹人物和纯粹山水，一时恐难成就（大幅更甚），如作人物背景并重之画，虽大幅当亦不难。且出路亦大，可悬诸厅堂，不比漫画之仅能作小幅，十九以锌版印刷在书报中也。画佛千幅，志愿殊胜。募缘启事，当代为宣传。仆愿得一地藏像。今夏读《地藏本愿经》，有感于此菩萨之慈悲，故愿设像供养（尺许小幅），迟早不妨。《续护生画集》已付印，月底可出书。沪地尚可安居，惟物价仍高昂不已。米每石七十余元。青菜一角五至二角。肉二元余。舍下五人每月开销须三百元以上（娘姨已不用）。薪水本来无几，凑以版税，不足则借贷支撑。浙东不通如故，欲归不得。在上海也恐活不下去，只好不去想他，得过且过再说矣。烟，酒，瓶花，结习未除，三者每日约耗一元（一人）。酒每餐饮一玻璃杯，烟已吸至平常不吸之劣牌子，花瓶无一存者，以瓦茶壶插花供案头。菊花已过，水仙新起。此信即在水仙花下写者。率复祝好。

丏　尊

十一月十五日夜半（廿九〔1940〕年，子恺注）

第二函是专为论画的。第一函中也说起画。夏先生给我的信，总有几句关于画的。这虽是为了我是画画的人之故，也足见夏先生自己对于画很有兴味。他自己不作画，但富有鉴赏力，论画颇多卓见。这第二函中所述，当时我极感佩。今日重读这信，觉得更有价值，可说是世界绘画倾向的一个预言。

夏先生的意思，中国有人物的画，原来只有两种，一种是以人物为主的，一种是以风景为主的，人物为点缀的。但他以为应该还有第三种，即人物与风景并重的画。这第三种绘画，在今日东西洋画界，的确很少。是应该有而尚未出现的一种绘画。

试回溯世界绘画史：不论东西洋，都是先有人物画，然后再来风景画的。先看中国，唐代以前的绘画，大都是人物画。据史传，汉武帝于甘泉宫画天地太一及诸鬼神像，又于明光殿画古烈士像。宣帝时，画功臣十一人于麒麟阁。元帝时设立宫廷画院，亦以人物画为主。画王昭君的毛延寿便是当时人物画家之一。明帝设画官，令专写经史中的故事，也是人物画。汉以后，三国魏晋六朝时代，知名的画家，曹不兴、张僧繇、陆探微、顾恺之,也都是人物画家。顾恺之的名作《女史箴》,至今保存在大英博物馆〔不列颠博物馆〕内。总之,六朝以前,中国纯是人物画。六朝以后,自唐代起,方才有不写人物而专写自然风景的山水画。这山水画从此发达下去,直至今日,常在发达的路上,不过进度快慢各时代不同而已。

再看西洋:十八世纪以前的画,纯是描写宗教题材的人物画。希腊时代的绘画失传,但观其人物雕像之精,可想见当时的绘画也必以人物为主。意大利文艺复兴期的画家,如辽拿独达文西〔列奥纳多·达芬奇〕、米侃朗琪洛〔米开朗琪罗〕、拉费尔〔拉斐尔〕,所谓文艺复兴三杰,其作品没有一幅不是人物画,题材大都是《圣经》里的故事,如《最后的晚餐》《最后的审判》《圣母子像》等。此类题材,一直沿用下去,直至十九世纪的初头。到了十九世纪中叶,写实派、印象派兴起,西洋画界方始有风景画出现。这风景画又从此发达下去,直到现在,仍在发达的路上。

中国以唐代为界,划分人物画时代与风景画时代。西洋则以十九世纪中叶为界而划分。时间迟早不同,而其顺序完全一致。故世界绘画,现在都尚在风景为主的时代。

夏先生所说的第三种画,我以为在将来必然要出现。而且已有小规模的先驱者,便是今日蓬勃发展的木刻画。优良的木刻画中,人物与其背景(风景)一样注重,一样写实,并无主客轻重之分。用木刻画的手法来描写的大画,便是夏先生所盼望的第三种画。这种画的出现,一定是在最近的将来,因为风景画发达到今日,已经烂熟,过熟,应该是蜕化的时候了。试看中国的山水画，千百年来，终古如斯，令人看得腻烦。而西洋的印象派、后印象派的风景画，浓涂大扫，至今也觉不新鲜了。世界绘画渴望一个新的转机。这回转向哪里呢？唯有人物风景并重的一路了。

从绘画哲理上看，这一路也是必由的。人类初生，最注意自己，及与自己同类的牛羊鸡犬等动物。初民的岩洞上的壁画，纯是这种，便是其证明。中国画、西洋画都是从人物画开始，又是其实证。要到后来，方才注意到周围的环境中的自然现象，于是有风景画。把人物画和风景画截然分开，是二元的。归并起来，成为一元的，便是人物风景并重的第三种画。这种画，在绘画哲理上看，实在是更进步的一种画。因为二者并重时，画家就把人物当作风景看，或把风景当作人物看。把人物当作风景看，叫做"艺术的绝缘（isolation）"。就是屏除一切传统习惯，而用全新的直觉的眼光来观看世间，便不分这是人，这是山，这是水，即所谓物我无间，一视同仁的境界了。把风景当作人物看，叫做"艺术的有情化（personification）"。就是把感情移入于万象中，视山川草木为自己的同类，于是万物皆有生命，皆有情感了。绝缘与有情化，都是艺术的最高境地。绘画不发达则已。如果发达，一定要走向这最高的境地。画家体会了这最高境地，所作的画就不分人物风景。这样，才能作出良好的人物风景并重的绘画。马路旁有叫卖"看洋画"的。他的箱中挂着画片，你给他钱，就可以向洞中窥看。伦敦大桥、纽约摩天楼、上海黄浦滩……人物也有，建筑也有，风景也有，件件都详细清楚。你说这不是人物风景并重的绘画吗？不，不，这是照相，或摹仿照相而画的低级绘画，不是艺术的绘画。因为这里面只有客观的形象而没有主观的创意。用主观的创意来描写的人物风景并重的绘画，才是艺术品，才是夏先生所盼望的画。

夏先生第一封信中说起我的《几人相忆在江楼》。他说："无可为君慰者，唯取《几人相忆在江楼》的横幅张之寓壁，日夕观览，聊寄遐想，默祷平安而已。""几人相忆在江楼"这一句诗，实在就是夏先生所盼望的第三种画的最好的画题。故虽为遥念我而挂这画，同时也可说是为了这适合他的艺术趣味而挂这画的。此诗句中的要件是"几人"与"江楼"，正是人物与风景并重的一个画题。不过我那幅画没有成功，还是漫画风的，夏先生所盼望的，便是这画的"中国画化"。

陶渊明诗云："先师遗训，余岂云坠？四十无闻，斯不足畏。脂我名车，策我名骥。千里虽遥，孰敢不至！"我也想遵照夏先生的遗嘱，而勉力学习。（本文稿酬移赠夏先生纪念金）

卅五年五月十四日于重庆

蜀道奇遇记[1]

我旅游蜀地，途中曾经遇到一件奇事。这奇事并无关于四川，却是战争这件万恶的事所产生的畸形怪相。现在写出来，刊印出来，使我的读者知道，战争的结果，除了家破人亡之外，还有使人哭笑不得的副产物。

民国三十一〔1942〕年冬，我曾在蜀道中一个小县城投宿。滑竿夫把我扛进一家旅馆。照例，外面是茶店，许多白包头的人坐着吃茶，许多绿色的痰点缀在地上。里面是旅馆，没有窗，床头却有一个没有盖的粪桶，里面盛着半桶便溺。幸而是冬天，还闻不到气味。

么司（川人称茶房为么司）拿登记簿来要我登记姓名来历，我一一如实填写了。我洗了一个脸，叮嘱我的工友替我铺陈被褥，自己携了一根手杖，出去吃饭。看见门口旅客姓名牌上，已经用白粉笔写下我姓名了。

我初到一个地方，找饭吃是一件难事。我不吃荤，而饭店总是荤的。请他们不用猪油而用麻油烧菜，他们须得特地去买麻油，大都摇头。有几家认真的，还摇手忠告我："要不得，锅

---

[1] 本篇原载 1946 年 6 月 1 日《导报》月刊第 13、14 期（合刊）。

子是烧荤的。"其实我并不同一般佛徒一样认真,只是生来吃不进肉和猪油,荤锅子倒不在乎的。这一天找了两家,碰了两个钉子。找到第三家,遇到老板娘,一个中年女人,是浙江人,言语畅通,就接受了我这主雇。我在这地方遇到同省人,觉得有点乡谊,吃饭时便同她谈话。知道她是嘉兴人,离我故乡不过数十里。她一家二十六年冬天从嘉兴逃难出来,到过衡阳、桂林、重庆,去年才到这地方来。我说:"这铺子是你开的?"她说:"是。"我想问"你的丈夫呢",觉得不妥,改口说:"你家里几个人?"她指着一个五六岁的孩子说:"就是我们俩,我同这个孩子。"这才可问起她的丈夫,我就说:"你的先生呢?""就在这里××公司办事。这饮食店是我管的。"说时音调和脸色都带些不自然的样子。这样子只有我们同乡人可以看出。我想:人世之事,复杂万状。这妇人心中或许有难言之恸。但我这行旅之人,萍水相逢,谁管你们这些闲事呢?我搭讪着:"很好,你们两人挣钱,一定发财了。"起身就走。

　　回到旅馆,工友告诉我,有一个军友来访,留名片在此,过一小时他还要来的。原来是二十年前的美术学生王警华,我眼前立刻浮出一个笑嘻嘻的圆面孔来。这人爱漫画,与我最亲近,我至今还清楚记得。我就打发工友出去吃夜饭,自己歪在铺盖上休息,等候王警华来访。过了约半小时,果然走进一个军装的人来。我伸出右手,他却双手抱住了我的肩膀,表示握手还不够的意思。他口中连称:"老师,难得,老师,难得!"我也双手抱住了他的肩膀,看他面孔还是圆圆的,不过放大了些,苍老些,笑嘻嘻的表情还是有,不过不及二十年前的自然了。

他的面孔从前好比一只生番茄，结实、玲珑，而有光彩；现在好比番茄煮熟了，和软、稳重，而沉着了。二十年来的世故辛酸、人事悲欢把一个青年改成壮夫，犹之烈火沸汤、油盐酱醋，把一只生番茄烧成熟番茄。我每逢阔别的人，常有此感。今天看见王警华，觉得这比方更是适当。

一番寒暄，彼此说明了别后的经过，和到此的来由，便继之以慨叹。原来他在学校毕业后，不久就投笔从戎。抗战军兴，他随军辗转，一年前来到此地。他说在这个小县中，最苦的是缺少旧日师友。适才他到此吃茶，看见名牌上我的姓名，万料不到我会来此，以为必定是同姓名的。后来问我的工友，方才知道是本人。谈到这里，他模仿本地人对下江人的客套话："要不是抗战，请也请不到这里！我们真要感谢鬼子，哈哈哈哈。"

寒暄过后，他定要我出去吃夜饭。我说吃过了，刚才出门便是吃夜饭。他不信，问我哪里吃的。我告诉他地方，并且说有一个嘉兴籍的中年妇人和一个小孩子的那一家。他脸上现出神秘的笑容，说道："啊，老师怎么会找到那一家去？那是一个古今东西从来未有的奇女子啊！若把她的故事告诉老师，老师定有一篇动人的小说可写呢！"我正想问这故事，一个勤务兵立正在门口，大叫"报告"。他听了"报告"，便说："我有些小事，去一去就来，今晚我陪老师宿在这里，可以长谈。"说着就走，一面大声喊："么司，丰老师的房金不收！都是我的！"室中原有两张床。一张我原来准备给工友睡的。如今他要来陪我，我就吩咐工友另外去开个单房，把这床让给他睡。到了八点钟，他换穿便衣，欣然地来了，后面跟一个勤务兵，提着一只篮，篮内是酒、肴馔和一匣美国香烟,都放在桌上,勤务兵就去了。他便同我对酌对谈。我们把门关了,寒滹迢迢,旧话娓娓,这真是旅中难得的乐事啊!我忽想起他所提出的故事,就要他讲,他一面笑,一面摇头,烧起一支美国香烟,说道:

"这样的奇人,这样的奇事,古今东西,恐怕是独一无二的。老师要知道这奇,请慢慢地听我讲来:我初到这里时,租一间房子。某处一个三开的堂屋,我租了东边。西边早有租客,便是这女子和她的小丈夫、小儿子。为何称他小丈夫呢?因为比妻子小了十岁。"

我诧异地叫:"咦!"他说:"这并不算奇,奇文还在后面:我因和他们住在同一个屋里,又是大同乡,所以很亲热。我的女人同那奇女子更要好。因此便详知他们的奇事。这女子是嘉兴人,曾在故乡嫁过姓范的,生下一女,名叫玲姐。二十六年冬天,他们一家三口从嘉兴逃出,辗转流徙,到了衡阳。二十七年秋,武汉、广州吃紧,衡阳空袭很凶。一个炸弹,把她的丈夫范某炸死,租的房子也烧光,只剩下范嫂母女二人,两双空手。不能糊口,便替人家当佣工,范嫂到了一家当汽车站员的人家做老妈子。这站员姓李,名侠,是南京人,也是逃难到衡阳的,那时不过二十余岁,家中只有一个太太,和一个初生的婴孩。李太太是师范毕业生,在逃难途中做产后,身体太亏,需要人帮忙,得了范嫂,甚是欢喜。至于那女儿玲姐呢,那时年方十五岁,经人介绍,到某团长家当女仆。团长太太也待她很好。这样,寡妇孤女,大家有了托身之所,免于冻馁了。

"最初,母女二人工余往来,常常相见,倒也可以互相安慰。

谁知战局变化，广州、武汉失守，衡阳的人事大有变迁。李侠夫妇先赴桂林，范嫂跟他们同走。她临别叮嘱女儿，好生做工，将来好好地拣个丈夫。母女就分散了。听说起初还可通信，后来团长的军队开往他处，就音信不通。后来打听得那团长已经战死，就无法探问女儿的下落了。"

我插话道："啊，孤儿寡妇，还要骨肉分离，真是人间惨事！不过这样的事，今日世间恐怕多得很，有什么奇呢？"他捧一支美国香烟敬我，续说道："奇文还在后面，你听我说呀：且说李侠带了太太和范嫂迁桂林，时局暂定，倒也可以安住。李太太担任当地某女校教师。范嫂起初想念女儿，后来也置之度外。因为李氏夫妇，都待她很好。夫妻二人白天出门办公，家事及婴孩都交给范嫂。范嫂非常忠心，对婴孩尤其疼爱，喂牛奶代乳粉，是她一手包办的。后来孩子竟疏远母亲而亲近范嫂，晚上也跟范嫂睡了。李侠南京的家中原有父母二人。李侠夫妇逃出后，母亲就得病而死，父亲在南京，饮酒使气，豪侠好义。自母亲死后，父子音讯也很少通了。所以李侠常常说，范嫂好比我的母亲。李太太呢？对范嫂更好，后来竟订盟约，改称大姐。李侠也跟着改口。范嫂这时已经三十开头，但因生得年青，看上去只有二十四五。李侠和李太太都是二十开头。这三人并辈称呼，原是很自然的。"

说到这里，勤务兵又来"报告"。我趁空出去洗了一次手。回来勤务兵已走，他继续讲："范嫂在李家做大姐，很是安乐。讵知不到数月，李太太染了流行病，一命呜呼。李侠哀悼逾常。大姐更是哭得泪人儿一般。"说到这里，他站起来转个圈圈，说：

"那么你想,下文是什么?"我笑问:"大姐嫁了李侠?"他坐下来,敲着桌子说:"对啊,对啊!还是李太太的临终遗嘱。这时候李侠二十二岁,大姐已经三十二岁,女比男大了十岁。但因感情的投合,事实的趋势,加了爱妻的遗志,使他们自然地结合了。那孩子一向是跟范嫂的,死了母亲全不觉得,从此就叫范嫂做妈妈,就是你看见的那一个。后来李侠迁调到重庆,改业经商,辗转地到了这地方。我和他们结了半年邻。后来他们发了些财,自己开铺子,才和我们分手,迁到这店铺里头去。奇事奇文就发生在与我结邻的时代。

"李侠入川后,经济渐渐宽裕。本性孝友,便想起了沦落在南京的父亲。常常通信,汇款子去。太平洋战事发生后,李侠认为上海不妥,便写信去,劝父亲到后方来,走界首、洛阳、西安、宝鸡入川,路是畅通的。又说所娶继媳虽未拜见,但秉性贤淑,必能尽孝,请勿远虑。他父亲起初拒绝,来信说,上海还可住,他近来戒了酒,谋得一个小差使,生活也可过去,教儿子不必挂念。(后来才知道,这差使原来是替日本人当翻译。他父亲原是东洋留学生,通日本话的。)后来李侠再三去信劝驾,他父亲来信老实说:你母死后,家中无人照料,去年已经娶后母,所以不便独赴后方;若偕后母同来呢,又太费事云云。李侠接到信,笑对大姐说:原来我已有了后母了。不知是怎样的一个人。李侠这时手头很丰裕,夫妇二人又都是孝友存心的。便决计汇二人的盘费去,欢迎父亲和继母同来。又说生活一切由儿子供养;万一不安心,此地要找点安闲的差使也很容易云云。父亲回信说,即日动身。有一天,父亲果然到了,怪剧就发生了。那时我正在家,亲眼看见这一幕怪剧。儿子、媳妇对父亲表示欢迎后,就向初见的继母施礼。继母是一个很年轻的女人,看来不过二十开头,我和我的女人从窗洞里偷窥,私下惊奇地说:他后母的脸很像他的太太呢?没有说完,忽然看见新来的后母抢上前去,抱住了她的媳妇狂呼母亲,把头撞在她的怀里,号啕大哭起来。"

"原来这后母就是她的女儿?"我吃了一惊,立起身来。王警华也立起身来;用了手足姿势的帮助而演讲这故事的最精彩部分。"这一哭之后,全家沉默了,连我们偷看的两人也沉默了。约摸一二分钟之后,方有动静。他们四人如何,不得而知。我和我的女人,面面相觑,有时摇头,有时苦笑。好像多吃停了食,不能消化似的。你想:一家是母女二人,一家是父子二人。儿子娶了那母亲,父亲娶了那女儿。这不是古今东西从来未有的奇事么?"

"那女儿怎样会嫁给这父亲呢?"我问。他说道:"事后我女人从大姐处探听详情,原来是这样:当年的范嫂离开衡阳时,把女儿留在团长家里当女工。后

来军队开拔，这女儿跟团长太太同走，住在江西某处。后来团长阵亡了。团长太太是南京人，就带了这女工回到沦陷的故乡南京。那时女儿已经十七八岁，自己觉得当女工没有出头，辞了团长太太到纱厂里做工。有一天，偶然晚上外出，行至冷静处，突被兽兵二人用手枪恐吓，拉着就走。女儿原有七八分姿色，何况暗夜碰着兽兵，自知难免受辱，一路呜咽。忽然弄里转出一人，正是李侠的父亲，做完了翻译工作回家。他本性豪侠好义，又是日本通，看见这情形，立刻上前叫声'女儿'，用日本话向两个兽兵说情，说这是我的女儿，找我来的。偶然冒犯，请求恕罪。并说明自己任职的机关，拿出证章来看。兽兵知道不是生意，便释放那女子而去。李老拉了这假女儿，恐被兽兵侦出破绽，一直拉回家中。问明她的住处，然后再送她回厂。李老是个义侠，原来光明正大，毫无私意。讵知玲姐自遭逢这次危险以后，痛惜自己的孤苦伶仃，又深感李老的英勇义侠，便常常拿纤手做出来的工资，买了礼物去报谢李老。后来知道李老鳏居，便起了依托终身的念头。这时李老年已四十二岁，但因生得年青，看来不过三十余岁。玲姐还只十九岁，实际上相差二十三岁，外形上倒并无不称。玲姐长年飘泊，深感一个弱女生在这万恶社会里的危险与苦痛。她决意找一个正直英雄来托付终身。年龄等事，在所不计了。这愿望果然立刻达到，不久她就做了李侠的继母。她也知道丈夫有个前妻的儿子名叫李连夫（李侠这名字是后来起的），在四川经商；但不知道就是她母亲的主人，衡阳的汽车站员李侠。又万万想不到李侠会娶了她的母亲！"讲到这里大家默默无言了好久。王警华从袋里拿出一张纸来,用铅笔画四个人,用线把每二人连结起来,单线表示亲子关系,双线表示夫妻关系。(我看出他的画技并未抛荒,虽然改业已经多年。)然后按图说道:

"这两对,一方面都是天成佳耦,但在另一方面都是越礼背义,骇俗乱伦!推究这大错铸成的原因,无他,便是这万恶的战争!假使没有战争,哪里会有这种奇事呢?现在我们试来派派这四人的关系看,有更奇妙的情形。"他拿起铅笔,在图的旁边列表。"先就范嫂说:她的丈夫,同时又是她的外孙。她的公公,同时又是她的女婿。她的女儿,同时又是她的继婆婆。次就玲姐说:她的母亲,同时又是她的媳妇。再就李老说:他的儿子,同时又是他的岳父。最后就李侠说:他的妻,同时又是他的外婆。他的继母,同时又是他的干女儿。他的父亲,同时又是他的女婿。哈哈哈哈……"次日登程之前,王君陪我去吃早点,故意仍到那一家。我看见范嫂,又看见李侠,他们都向王君招呼。王君轻轻地告我:他父亲和

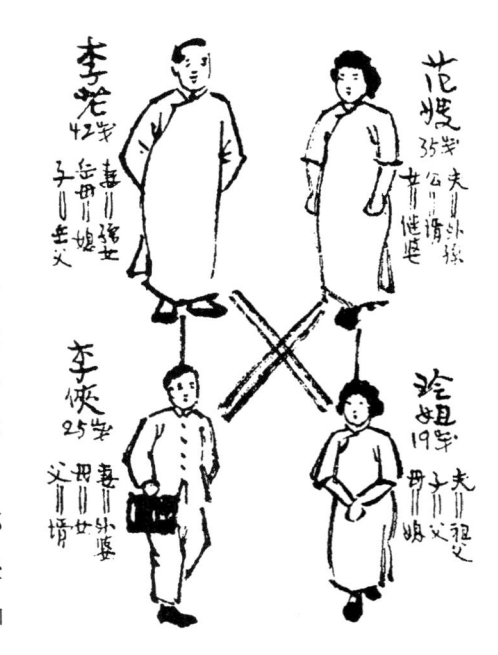

玲姐另租房子住在那边，听说两家不往来的。食毕我就上滑竿，与王君握别。昨夜的奇谈与今晨的目击，就做了我滑竿上的冥想的题材。啊！万恶的战争！其结果除了家破人亡之外，还有这使人哭笑不得的副产物！

一九四六年作

日本人气质 [1]

日本投降后数日，欢庆的空气还没有消散的时候，我们几个朋友，聚会在一堂，漫谈未来的幸福的梦。话头自然的转到了日本人身上。大家一致地非笑日本人的愚蠢，慨叹日本人的下场。结论是，这民族的小气的根性，是其败亡的主因。因此，我想起了昔年在东京所遇到的一件事，这件事正是当日聚谈座上的佳话。

我到东京去，是为了研究美术，但因自费不多，不能正式入学，不合称为"留学"。又因我不是做官的，也不能美其名曰："考察美术。"所以至多只能称为参观或游览。我跑来跑去，东看西看。东京、西京、横滨等处的画展、音乐会、歌剧场、旧书铺中，多有我的足迹。有一次，我有感于日本的玩具的精美，发心参观玩具厂。因为我确信，玩具是美术、教育，与工业三者密切合作的产物；只懂美术与教育，而不懂工业，或只懂工业而不懂美术与教育，决定不能制造出良好的玩具来，所以我有参观工厂的必要。我向中国使馆里的朋友讨了一张介绍片，拣定了

---

[1] 本篇原载 1946 年 7 月 13 日《益世报·副刊》第 105 号。

一个赛璐珞玩具厂,冒然地去参观。

我走进玩具厂,把名片和介绍书交给阍人,求见他们的经理。不久,经理果然出来了,但脸色下沉没有笑容。从日本人特有的这种表情上,我已猜到了事情不妙。我说明来意之后,他率直地答道:"我们厂里的规定,是谢绝参观的。对不起得很!"我也率直地答道:"啊,是这样么?我没有知道,对不起得很!再会!"

我碰了一个钉子,回到我的下宿里。恰巧,一位提琴研究所里的日本同学来访。这位日本同学是帝大医科的学生,年纪已有三十多岁了,胡子满面,眉毛极浓,日本相十足的。但为人很诚实,对我特别要好,因为他是比我迟进研究所,而且初学提琴,进步极难,嫌先生教的时间太少,全靠我的友谊的指导的补充,才得入门的。他常常把日本生活的种种门槛指示我,例如神田区的食堂哪家最便宜,冰哪家最好,乘电车的捷径以及小病的自疗法等,藉以报答我的提琴指导的辛劳。这一天他来访我,我便把参观玩具厂碰钉子的事告诉了他。他劈头便问:"你有没有送礼物给他?"我觉得这一问来得稀奇,岂有素不相识而带了礼物去参观的?我说:"没有。"他笑道:"你毕竟是中国人,不知道日本人的性情。日本人是很重情面的。你有礼节,他一定客气,我劝你明天买一点礼物,再去访问那经理。他一定会欢迎你进去参观。"我以为他是说笑,答道:"那远不如问他多少钱看一次,干脆的送他多少钱吧!"他认真地说:"送钱不行,钱不是礼物!他的工厂又不是戏馆,怎么可以送钱呢?你必须买礼物,才可表示你有礼貌!"我也认真起来:"你的话当真?"他正式地用指导的口气说:"自然当真!你到某家铺子去买一匣糖果,大约五元钱,叫店员加上装潢,用帕子包了拿去,恭敬地送上,包管你成功。"我口上答应,心中吃惊:"日本人作风是这样的!"他告辞时又反复地指导了一遍,我表示接受。

次日我有些犹疑,我怕我不会做这出戏。又怕上了那人的当,再碰一个钉子。继而我想:日本人的确眼光很浅,为了研究玩具,我做戏,碰钉子,都不在乎。我告了奋勇,照他所指导的去做了。

我走进工厂大门,照例交名片求见经理,经理果然又出来了。我硬着头皮,双手捧上礼物。经理的脸孔本来同昨日一样沉下,至此忽然笑逐颜开。口中说着谦让的话,双手接受我的糖果匣子。我没有开口他先说了:"先生是要参观我们的工厂吗?我们本来是谢绝参观的。不过,先生这样热心,又这样客气,我们破例请你参观。"他表示引导我进内,我好比渔夫探桃花源,忽觉"豁然开朗",跟他走进里面,承他逐一指示,而且详加说明。约摸参观了两小时之久,方始告辞。赛璐珞玩具制造法的要点及其工业与美术教育的关联,我心中便已了然。这是五元钱糖果换得来的。

又次日,我在提琴研究所里会见那日本同学。他一见便问:"成功了没有?"我说:"多谢多谢!完全成功了。"便把经过的详情告诉了他,而归功于他的指导。他也同玩具厂经理一样地笑逐颜开,而且得意非常。又热心地补充一点指导:"还有一点,你也要记着:你以后凡有请求,送上礼物之后,务须立刻开口,不要怕难为情。倘你当时不说,过了一天再请求,便难得见效了。"我惊骇之极,索性用演剧似的腔调答道:"对啊!对啊!过了一天,糖果已经吃完了！"他却认真地说："对啊！这便难得见效了！"

　　上述这一件事，给我印象很深，这可说是日本人眼光浅的一个实例。但我必须声明，我确实知日本人决不个个如此。日本人中尽有伟大的灵魂与高远的眼光。只是像那玩具厂经理的人，不在少数而已。记得从前李鸿章督办中国海军，伊藤博文特来参观。他看见一只军舰上晒着一条红裤子，便断定中国海军不可怕，因为晒红裤表示没有军纪。他就进攻，果然中国海军被歼。我倘用伊藤博文的看法来推论，该早点说："日本的侵略不可怕。因为玩具厂经理的接受糖果，表示日本人眼光浅；眼光浅必定败亡。"

　　糟糕社会逼迫一个人走上绝路很容易，而在我们的想像中事情不会那么坏。一个大悲剧发生时我们往往谴责作者笔下太不留情，说不定他完全是叙述真实，未添枝叶；我们谴责作者而不谴责社会，这说明是我们认识尚浅，我们谴责作者而不谴责造成悲剧的主角，这说明是我们对人性了解不深。我们的心软手软虽然可以帮助我们做一个好人，但是要做一个好的作家却不能不把善恶说个分明。因此，我就想，你我读到的许多夸张的情节也许就是真实。我们还是仔细的观察观察社会，认真的研究研究人性再下结论的好，不然，我们就显得幼稚的可笑了。

　　我想，好好做人，好好努力，对于我们这就是一切。此外，我不知道更有旁的，如果说还有旁的，那该是我希望藉着这封信，□[1]你奠定一生的友谊，把这友谊建立在相互砥砺的基础上。

---

[1]　"□"，此字不清。

会场感兴[1]

我的画展开幕期间,我总是每天坐在会场里。朋友们说:"你太辛劳,还是回去休息,会场的事另有人管的。"但我总是不肯。我舍不得离开会场。为的是舍不得找我晤谈的许多新朋旧友。

坐在会场里,自晨至暮,不断的有人找我晤谈。其中有一小部分是旧友,而大部分是新朋。我接见这些新朋旧友,觉得十分兴奋,十分欢欣。

旧朋重逢,当然是欢欣的。有的是逃难时的朋友。有的是十余年前的旧友。有的是二十年前的学生。更有的是三十年不曾见面的亲友。"乍见翻疑梦,相悲各问年。""去日儿童皆长大,昔年亲友半凋零。"这种诗意,我每天要反复数十次。我觉得欢欣之极,兴奋之极,同时又不免感慨之至!

新朋相会,我觉得有更多的感兴。他们都是我的读者,他们都从我的文集画册中详知我的生活,见过我的照片,知道我的家庭,以及我的儿女。甚至连我的儿女的名字都叫得出——阿宝,软软,瞻瞻。故在我看来他们是我的新朋;而在他们看来,

---

[1] 本文是1946年8月作者率眷从重庆回江南的途中在汉口举行画展时所写,曾载当年9月初武汉《大同日报》。

我是他们的旧友。这在我是何等欣幸的事！因此我必须探询他们的生活，他们的志趣与事业。务求彼此相知，借以报答他们的诚意。但这每使我非常感动，非常兴奋。因为他们每人都有不凡的抱负，艰辛的经历，高尚的志趣，与热烈的情怀。换言之，每人都是我的同志，我的好友，我的知音。团体机关的同事，是偶然聚集的；学校的同学，也是偶然在一起的；亲戚同乡，往往是勉强结合的；邻居也往往是萍水相逢的。只有我的展览会场中找我晤谈的新朋，真可说是同志、好友、知音，因为经过精神生活（文与画）的介绍，是根本上志趣投合的朋友。古人云："乐莫乐于新相知。"为了追求这乐，我舍不得离开我的展览会场。我每天会晤无数的新朋，我每天带了欢乐的疲劳而回到我的寓所。

[1946 年] 八月三十一日于开明书店

新枚的故事[1]

我家有一个七岁而未曾上学的男孩子，叫做新枚。新枚是抗战第二年在桂林出世的。流亡中为防空袭，常住乡下，因此没有送他上学；但由他的姑母及兄姊们自己教教。他每天学习不过二三小时，余多的时间是玩。玩得腻了，就要我讲一只故事。这已成了习惯。我肚里的故事讲完了，就自己编造。兴之所至，信口乱造，讲完就算，从来不曾记录。今天又讲一只。偶然高兴，把他记录在下面：

有一天，我到一处地方去玩，看见旷野中有一伙人打架。起先是两人相打，一个是老人。他身上穿的衣服很高贵，而且很多。狐皮外套，貂皮褂子，缎罗，缎匹，一重一重的，穿得身体十分庞大。他的帽子更高贵，嵌着许多宝石。他的靴子也很出色，是用海外奇材制成的。但他年纪很老，而且脸色憔悴，好像是有病的。另一个青年，一看就知道是个流氓。他一双浓眉毛，一脸横肉，装一种狞笑，可怕而又可恶。他穿的衣服不及那老人的多而好。但他身体很强健，而且手里拿一根棒。——这样的两个人最先打起架来。

---

[1] 本篇原载 1946 年 11 月 15 日《文艺春秋》第 3 卷第 5 期。手稿文末署"卅四年八月十一日于重庆作"。

两人为什么打架呢？我是从头至尾看到的：那流氓看见那老人身上穿得比自己好，起了不良之心，想掠夺他老人家的。无端不好动手。他便走到老人身边，假装绊了一交，爬起来狠狠地说："你这老头子真可恶！身体这么庞大，走路这么迟笨，我为了避你，才被树根绊倒。我痛得很！你非赔偿我损失不可！"他举起棒来要打。那老人自然不敢对抗，连忙拱手，向他赔话。他说："人家跌坏了身体，不是一句空话可以了事的，我要打你！"他举起棒来。老人连忙作揖，答允赔偿。那流氓说："把你头上的帽子给我，当作医疗费，我就不打。"老人实在舍不得这帽子，而且觉得冤屈得很！他看见附近有几个壮年人在旁观，就向他们求救，要他们作公正的调定。但他们都对他冷笑，反背着手，一切不管。而流氓又举起棒来了。于是老人不得不忍痛答允，把帽子除下来送给他。流氓得了老人的珍贵的帽子就走开了。

过了一回，流氓又走到老人的背后来了。老人一阵咳嗽，想要吐痰。他不提防流氓在他背后，旋转头去"呸"地一声，一点痰沫溅在流氓的脚上了！这在流氓是求之不得的，他直跳起来，骂道："你这肺病鬼！把痰吐在我身上，教我传染肺病？这明明是有意伤害我的生命，我非打死你不可！"老人又是拱手作揖，努力辩白；但流氓不理，一棒打去，正打在老人的秃头上。老人痛得发昏，一面伸手招架，一面连说："莫打，莫打，有话好讲，有话好讲！"流氓放下棒，乘势又在老人屁股上打了一下，然后说道："要我不打，把你的外套脱下来给我，作为肺病防治费！不然我就……"他又举起棒来了。老人连忙答允。他摸摸他的珍贵的狐皮外套，抬起眼来看看附近的几个壮年男子,意思是说:"这回太冤枉,请你们帮帮忙了!"但他们悠然地吸着雪茄,在旁闲看,不管别人的帐。在流氓的谩骂和恐吓之下,老人终于脱下了狐皮外套。流氓拿了外套就走。

流氓去了一回,又转来了。手里除棒以外,又拿着一枝红花,像桃花,又像杏花,不知从哪里采来的。他走过老人的身旁,故意把花枝擦过老人的庞大的身体,擦下了一朵红花。"哇呀!好花被你擦坏了!"他把花摔在地上,顺手抓住了老人的衣领,厉声骂道:"你这老糊涂!赔偿我的名花来!这是天下最美丽的樱花。我是盆栽的专家。我费了很大苦心,才得到这枝名花。这是无价之宝!如今被你毁坏了,无法赔偿,我只要打死你!"说过,举起棒来向老人的腰里痛打。老人已经忍耐了两次,积愤在胸。如今他第三次敲诈,而且来势这样横蛮,老人实在不能再忍耐了。他就提起精神,大叫一声,拔出老拳来抵抗。老人本性爱好和平,而且自知力弱,外加手无寸铁,不是他的对手。但对方无赖敲诈,层出不穷;而且得寸进尺,欲壑难填。老人毕竟读圣贤书,深明大义,到了忍无可忍的时候,为了正义人道,他就不顾这条老命了!一棒打来,一拳还去;跌倒爬起,爬起跌倒,两人打个落花流水。流氓一面打,一面剥夺老人的衣服。剥了褂子,剥了绵袄,剥了衬衣,脱了靴子,脱了袜子……打到后来,老人只剩一条裤子,和遍体鳞伤。而流氓则越打越强,大有剥他的裤子,要他的老命之势。最使老人伤心的,是他在被流氓拷打剥夺的中间,瞥见旁观的壮年人们非但不救,而且其中有人看见流氓的棒掉了,帮他拾起来教他再打。但在这片旷野中,只有势利,强权和暴力,而全无道义与法律。老人在这情况之下，眼见得只有死路一条！

老人只穿一条裤子，在血泊中挣扎。流氓穿了老人的衣帽靴袜，得意洋洋，高声喊道："你把裤子脱了来给我，向我屈膝跪拜！这才饶你的狗命！"老人哪里肯屈膝？他坚不答应，只管在血泊中挣扎。流氓见此情形，得意忘形，便使起棒来，好像戏台上的孙行者。

他使棒，显武艺。旁边的几个壮年人们坐着欣赏。他见他们悠然地吸着雪茄，欣赏武艺，忽然想道："我武运长久，天下无敌！这老家伙不是我的对手，打死了也不够味。这几个壮年人嬉皮笑脸，神气活现的，大约都是饭桶，经不起打的。我何不乘势打倒他们，独占这旷野，这才真是天下无敌呢！时机不可错过，来！"突然一棒，打在一个壮年人的脚上。这人正坐在花坡上闲眺，把他那穿着珍珠缀成的鞋子的脚伸出在外，靠近流氓的身边。不提防这重重的一棒，打得珍珠飞散，皮破肉绽，血流如注。这壮年人受此意外打击，一时狼狈周章，想不出对付办法。流氓以为他不敢抵抗，便用力再打他的腿，乘便又打了另一个人的脚和腿。两人都受了伤。但他们都是魁梧奇伟，年富力强的，虽然受伤，还是站得起来。他们立刻站起，挥着手杖，大骂"这小流氓胆敢惹你老子？"便打将过来。流氓吃惊，拼命乱打。三人酣战，一时不分胜负。老人见此情形，心中大快；连忙从血泊中爬起身来，一跷一拐地走到壮年人们身边，同他们合伙，拔出老拳，共打流氓。拳头没有打到流氓身上，反被他棒头一拨，跌倒在地。壮年人扶持，没有跌死。从此他便双手挽住壮年人的衣带，同他们并肩作战。他的参加，虽然只有空口叫喊,没有实力,但也可助长威势,况且他以前的拼命抵抗,多少已经消耗了流氓的气力。如今流氓以一抵三,毕竟吃力,终于渐渐退却了。壮年人和老人乘势追击,打伤了流氓的腿,又打断了流氓的臂,又打破了流氓的头。最后,一个壮年人身边摸出一部弹弓来,一颗弹子"扑"地飞出,正打中流氓的右额;又一颗子弹"扑"地飞出,正打中流氓的左额。流氓头破血淋,遍体重伤,便丢了棒,向壮年人和老年人跪下,口称"饶命!"老人转败为胜,不胜庆喜,连忙剥取流氓身上的衣服,靴帽,收回原物,连很早以前被他夺去的一个鼻烟壶也收回了。老人依旧穿得很阔绰而且庞大。壮年人们便把这个打得半死半活的流氓用索子拴在树上,尽行剥取他的衣物,永远不许他自由行动。一场打架,如此结束。

　　故事讲完了。现在我们来回想想看:那流氓欺侮老弱,穷凶极恶,而且野心勃发,不自量力。他的败亡是自取的。这人可野而又可怜。那壮年人呢,吃了亏起来报复,终于算清冤债,还有赔偿,真是了不起的强者。实在可羡而又可佩。至于那老人呢,已经到了九死一生的时候,忽然转败为胜;外加如数收回他所失去的东西,真是意想不到的奇迹!我觉得可庆而又可笑。可庆的是他的运命好。假使流氓不打壮年人这一棒,老人孤立无援,结果必死无疑。流氓这一棒,不啻把老人从地狱里赶上了天堂,而自己钻进了地狱。这真是"天道有知","报应不爽",岂非老人的大庆?可笑的是在这不讲道义而只有强权的旷野中,强人居然会跪在老人的面前,好像是做梦而不是事实;如今真成事实,一向气高趾昂的人对着一向打拱作揖的人跪倒下来，岂不太难为情？使人看了要笑。

老人交此好运，前途应该很有希望。可惜最近这老人正在患病，头晕眼花，麻木不仁，好像有病菌在他体内作祟。我们希望他赶快请医服药，好好地注意营养，使身体恢复健康。古语云："老当益壮。"老人只要自爱，未始不能比壮年人更强的。

狂 欢 之 夜

处处响着爆竹声。我挤向一家卖爆竹的铺子，好容易挤到了铺子门口。我摸出钞票来，预备买两串爆竹。那铺子里的四川老板正在手忙脚乱地关店门，几乎把我推出门外。我连喊"买鞭炮，买鞭炮"，把手中的钞票高举送上。老板娘急忙收了钞票，也不点数，就从架上随便取了两包爆竹递给我，他们的门就关上了。我恍然想到：前几天报上登着，美国人预料胜利将至，狂欢之夜，店铺难免损失，所以酒巴、咖啡店等，已在及早防备。我们这四川老板急忙关门，便是要避免这种"欢喜的损失"。那老板娘嘴里咕噜咕噜，表示他们已经为这最后胜利的庆祝会尽过义务了。

挤得倦了，欢呼得声嘶力竭了，我拿着爆竹，转入小弄，带着兴奋，缓步回家。路上遇到许多邻人，他们也是欢乐得疲倦了，这才离开这疯狂的群众的。"丰先生，我们来讨酒吃了！"后面有几个人向我喊。这都是我们的邻人，他们与我，平日相见时非常客气。我们的交情的深度，距离"讨酒吃"还很远；若在平时，他们向我说这句话，实在唐突。但在这晚上，"唐突"两字已从中国词典里删去，无所谓唐突，只觉得亲热了。我热诚地招呼他们来吃酒。我回到家里到主母房里搜寻一下，发见两瓶茅台酒。这是贵州的来客带送我的,据说是真茅台酒,不易多得的。我藏久矣,今日不吃,更待何时?我把酒拿到院子里,许多邻人早已坐着笑谈;许多小孩正在燃放爆竹。不知谁买来的一大包蛋糕,就算是酒肴。不待主人劝酒大家自斟自饮。平日不吃酒的人,也豪爽地举杯。一个青年端着一杯酒,去敬坐在篱角里小凳上吃烟的老姜。这本地产的男工,素来难得开口,脸上从无笑容。这晚上他照旧默默地坐在篱角里的小凳上吃他的烟,"胜利"这件事在他似乎木知木觉。那个青年,不知是谁,我竟记不起了,他大约是闹得不够味,或者是怪那工人不参加狂欢,也许是敬慕他的宠辱不惊的修养功夫,恭敬地站在他面前,替他奉觞上寿。口里说:"老姜,恭喜恭喜!"那工人被他弄得莫名其妙,站起身来,从来不曾笑过的脸上,居然露出笑容来。他接了酒杯,一口饮尽。大家拍手欢呼。老姜瞠目四顾表示狼狈,口里说:"啥子吗?"照这样子看来,他的确是不知"胜利"的!他对于街上的狂欢,眼前的热闹,大约看作四川各地新年闹龙灯一样,每年照例一次,不足为奇,他也向不参加。他全不知道这是千载一遇的盛会!他全不知道这种欢乐与光荣在他是有份的!当时大家笑他,我却敬佩他的"不动心",有"至人"风。到现在,胜利后一年多,我回想起他,觉得更可敬佩;他也许是个无名的大预言家,早知胜利以后民生非但不得幸福,反而要比战时更苦。所以他认为不值得参加这晚上的狂欢。他瞠目四顾,冷静地说:"啥子吗!"恐怕其意思就是说:"你们高兴啥子?胜利就是糟糕!苦痛就在后面!"幸而当晚他肯赏光,居然笑嘻嘻地接受了我们这青年所敬他的一杯茅台酒,总算维持了我们这一夜狂欢的场面。

酒醉之后,被街上的狂欢声所诱,我又跟了青年们去看热闹。带了满身欢乐的疲劳而返家的时候,已是后半夜两点钟了。就寝之后,我思如潮涌,不能成眠。我想起了复员东归的事,想起了八年前被毁的缘缘堂,想起了八年前仓皇出走的情景,想起了八年来生离死别的亲友,想起了一群汉奸的下场,想起了惨败的日本的命运,想起了奇迹地胜利了的中国的前途……无端的悲从中来。这大约就是古人所谓"欢乐极兮哀情多",或许就是心理学家所谓"胜利的悲哀"。不知不觉之间,东方已经泛白。我差不多没有睡觉,一早起来,欢迎千古未有的光明的白日。

卅五年复员途中作

谢谢重庆[1]

胜利前一年,民国三十三〔1944〕年的中秋,我住在重庆沙坪坝的"抗建式"小屋内。当夜月明如昼,我家十人团聚。我庆喜之余,饮酒大醉,没有赏月就酣睡了。次晨醒来,在枕上填一曲打油词。其词曰:

七载飘零久。喜中秋巴山客里,全家聚首。去日孩童皆长大,添得娇儿一口。都会得奉觞进酒。今夜月明人尽望,但团圆骨肉几家有?天于我,相当厚。
故园焦土蹂躏后。幸联军痛饮黄龙,快到时候。来日盟机千万架,扫荡中原暴寇。便还我河山依旧。漫卷诗书归去也,问群儿恋此山城否?言未毕,齐摇手。(贺新凉)

我向不填词,这首打油词,全是偶然游戏;况且后半夸口狂言,火气十足,也不过是"抗战八股"之一种而已,本来不值得提及。岂知第二年的中秋,我国果然胜利。我这夸口狂言竟成了预言。我高兴得很,三十四年八月十日后数天内,用宣

---

[1] 本篇原载 1947 年 1 月《新重庆》月刊第 1 卷第 1 期。

纸写这首词，写了不少张，分送亲友，为胜利助喜。自己留下一张，贴在室内壁上，天天观赏。

起初看看壁上的词，读读后面一段，觉得心情痛快。后来越读越不快了。过了几个月，我把这张字条撕去，不要再看了！为什么原故呢？因为最后几句，与事实渐渐发生冲突，使我读了觉得难以为情。

最后几句是"漫卷诗书归去也，问群儿恋此山城否？言未毕，齐摇手"。岂知胜利后数月内，那些"劫收"的丑恶，物价的飞涨，交通的困难，以及内战的消息，把胜利的欢喜消除殆尽。我不卷诗书，无法归去；而群儿都说："还是重庆好。"在这情况之下，我重读那几句词句，觉得无以为颜。我只得苦笑着说，我填错了词，应该说："言未毕，齐点首。"

做人倘全为实利打算，我是最应该不复员而长作重庆人的。因为一者，我的故乡石门湾，二十六〔1937〕年冬天就被敌人的炮火改成一片焦土。我的缘缘堂以及其他几间老屋和市房，全部不存，我已无家可归。而在重庆的沙坪坝，倒有自建的几间"抗建式"小屋，可蔽风雨。二者，我因为身体不好，没有担任公教职员，多年来闲居在重庆沙坪坝的小屋里卖画为生，没有职业的牵累，全无急急复员的必要。我在重庆，在上海，一样地是一个闲人。何必钻进忙人里去赶热闹呢？三者，我的子女当时已有三个人成长，都在重庆当公教人员。他们没有家室，又不要担负父母的生活，所得报酬，尽可买书买物，从容自给。况且四川当局曾有布告，欢迎下江教师留渝，报酬特别优厚。为他们计，也何必辛苦地回到"人浮于事"的下江去另找饭碗呢?——从上述这三点打算,我家是最不应该复员而最应该长作重庆人的。

不知道一种什么力,终于使我厌弃重庆,而心向杭州。不知道一种什么心理,使我决然地舍弃了沙坪坝的衽席之安,而走上东归的崎岖之路。明知道今后衣食住行,要受一切的困苦;明知道此次复员,等于再逃一次难;然而大家情愿受苦,情愿逃难,拼命要回杭州。这是什么原故?自己也不知道。想来想去,大约是"做人不能全为实利打算"的原故吧。全为实利打算,换言之,就是只要便宜。充其极端,做人全无感情,全无意气,全无趣味,而人就变成枯燥、死板、冷酷、无情的一种动物。这就不是"生活",而仅是一种"生存"了。古人有警句云:"不为无益之事,何以遣有涯之生?"(清项忆云语)这句话看似翻案好奇,却含有人生的至理。无益之事,就是不为利害打算的事,就是由感情、意气、趣味的要求而做的事。我的去重庆而返杭州,正是感情、意气、趣味的要求,正是所谓"无益之事"。我幸有这一类的事,才能排遣我这"有涯之生"。

"漫卷诗书归去也,问群儿恋此山城否?言未毕,齐摇手。"其实并非厌恶这山城,只是感情、意气、趣味所发生的豪语而已。凡人都爱故乡。外国语有 nostalgia 一语,译曰"怀乡病"。中国古代诗文中,此病尤为流行。"去国怀乡",自古叹为不幸。今后世界交通便捷,人的生活流动,"乡"的一个观念势必逐渐淡薄,而终至于消灭;到处为家,根本无所谓"故乡"。然而我们的血管里,还保留着不少"怀乡病"的细菌。故客居他乡,往往要发牢骚,无病呻吟。尤其是像我这样,被敌人的炮火所逼,放逐到重庆来的人，发点牢骚，正是有病呻吟。岂料呻吟之后，病居然好了，十年不得归去的故乡，居然有一天可以让我归去了！因此上，不管故园已成焦土，不管交通如何困难，不管下江生活如何昂贵，我一定要辞别重庆，遄返江南。

重庆的临去秋波，非常可爱！那正是清和的四月，我卖脱了沙坪坝的小屋，迁居到城里凯旋路来等候归舟。凯旋路这名词已够好了，何况这房子站在山坡上，开窗俯瞰嘉陵江，对岸遥望海棠溪。水光山色，悦目赏心。晴朗的重庆，不复有警报的哭声，但闻"炒米糖开水""盐茶鸡蛋"的节奏的叫唱。这真是一个可留恋的地方。可惜如马一浮先生赠诗所说："清和四月巴山路，定有行人忆六桥。"我苦忆六桥，不得不离开这清和四月的巴山而回到杭州去。临别满怀感谢之情！数年来全靠这山城的庇护，使我免于披发左衽。谢谢重庆！

一九四七年元旦脱稿

无锡重到[1]

我在大后方的十年间,每于荒山僻壤中,热烈的回想江南风景,预算我此生有无重到的一日。除了杭州以外,最常想起的是无锡。"燕雁无心,太湖西畔随云去。数峰清苦,商略黄昏雨。"我每在心中暗诵这几句,就算精神的重游了。

不料真有一天,我果然偕了十余年不见的老友,立在十余年不到的太湖边上了!这就是前天,风和日暖的一个可爱的冬日,我与黄君吉兄同游鼋头渚,使我心中发生无限的感兴。

古人感兴,有"江山不可复识"之语。我重游无锡,觉得不然:无锡依旧繁荣,太湖依旧明爽;山光水色,云彩风声,一切与十余年前无异。谁说"江山不可复识"呢?

所不可复识者,却在心头!战争的浩劫,沦陷的苦痛,生活的重压,和平的渴望……这些心情,倒是十余年前所没有的。

自然界终古如斯,人世间变幻无常。我希望文明的人

---

[1] 本篇原载 1947 年 1 月 4 日《锡报》副刊《小锡报》。

世间，摹仿自然之美，永远保住和平、博爱、光明、美丽的生活！

卅五[1946]年除夕于无锡旅窗

《弘一大师全集》序[1]

刘绵松居士自闽南来信，说近辑弘一大师全集，要我写一篇序文。词意非常诚恳，使我不能推却。法师圆寂后，我关于法师只写过一篇《为青年说弘一法师》，登在开明书店的《中学生》杂志上。此外并未写过一个字。因为关于这样崇高伟大的人格，我只能零零星星地为小朋友们说说，却不敢总括地赞一词。现在刘居士要我为全集写序，便是强我总括地赞词。我踌躇了很久，方才动笔，勉强来赞"一词"：我崇仰弘一法师，为了他是"十分像人的一个人"。凡做人，在当初，其本心未始不想做一个十分像"人"的人；但到后来，为环境、习惯、物欲、妄念等所阻碍，往往不能做得十分像"人"。其中九分像"人"，八分像"人"的，在这世间已很伟大；七分像"人"，六分像"人"的，也已值得赞誉；就是五分像"人"的，在最近的社会里也已经是难得的"上流人"了。像弘一法师那样十分像"人"的人，古往今来，实在少有。所以使我十分崇仰。至于怎样十分像"人"，有这全集表明，不须我再多费词了。我自己，也是一个心想做到十分，而实际上做得没有几分像"人"的人，所以

---

[1] 《弘一大师全集》后来终于未曾出版。此"序"据作者手稿。

对于弘一法师这样崇高伟大的人格,实在不敢赞一词。这篇序文,只能算是不赞词的赞词。

　　弘一法师生西〔1942年10月13日〕五周年纪念日于杭州

沙坪的酒[1]

胜利快来到了。逃难的辛劳渐渐忘却了。我辞去教职,恢复了战前的闲居生活。住在重庆郊外的沙坪坝庙湾特五号自造的抗建式小屋中的数年间,晚酌是每日的一件乐事,是白天笔耕的一种慰劳。

我不喜吃白酒,味近白酒的白兰地,我也不要吃。巴拿马赛会得奖的贵州茅台酒,我也不要吃。总之,凡白酒之类的,含有多量酒精的酒,我都不要吃。所以我逃难中住在广西贵州的几年,差不多戒酒。因为广西的山花,贵州的茅台,均含有多量酒精,无论本地人说得怎样好,我都不要吃。

自从由贵州茅台酒的产地遵义迁居到重庆沙坪坝,我开始恢复晚酌,酌的是"渝酒",即重庆人仿造的黄酒。

富有风趣的一位朋友讥笑我说:"你不吃白酒,而爱吃黄酒,我知道你的意思了:吃白酒是不出钱的,揩别人的油。你不用人间造孽钱,笔耕墨稼,自食其力,所以讨厌白酒两字。黄酒

---

[1] 本篇原载 1947 年 3 月 31 日《天津民国日报》。编入 1957 年版《缘缘堂随笔》时,作者曾加以修饰删改,并改名为《沙坪的美酒》。现采用其修饰之处。删节的段落仍予恢复,并加注说明。

是你们故乡的特产，你身窜异地，心念故乡，所以爱吃黄酒。对不对？"我说："其然，岂其然欤？"这朋友的话颇有诗意，然而并没有猜中我不爱白酒爱黄酒的原因。揩别人的油，原是我所不欲的；然而吃酒揩油，我觉得比其他的揩油好些。古人诗云："三杯不记主人谁。"吃酒是兴味的，是无条件的，是艺术的。既然共饮，就不必斤斤计较酒的所有权；吝情去留，反而杀风景，反而有伤生活的诗趣。我倒并不绝对不吃"白酒"（不出钱的酒）。至于为了怀乡而吃黄酒，也大可不必。我住在大后方各省各地的时候，天天嘴上所说的是家乡土白。若要怀乡，这已尽够，不必再用吃黄酒来表示了。[1]

我所以不喜白酒而喜黄酒，原因很简单：就为了白酒容易醉，而黄酒不易醉。"吃酒图醉，放债图利"，这种功利的吃酒，实在不合于吃酒的本旨。吃饭，吃药，是功利的。吃饭求饱，吃药求愈，是对的。但吃酒这件事，性状就完全不同。吃酒是为兴味，为享乐，不是求其速醉。譬如二三人情投意合，促膝谈心，倘添上各人一杯黄酒在手，话兴一定更浓。吃到三杯，心窗洞开，真情挚语，娓娓而来。古人所谓"酒三昧"，即在于此。但决不可吃醉，醉了，胡言乱道，诽谤唾骂，甚至呕吐、打架。那真是不会吃酒，违背吃酒的本旨了。所以吃酒决不是图醉。所以容易醉人的酒决不是好酒。巴拿马赛会的评判员倘换了我，一定把一等奖给绍兴黄酒。

---

[1] 从"富有风趣的一位朋友……"至此的一段，编入 1957 年版《缘缘堂随笔》时被删去。

沙坪的酒，当然远不及杭州上海的绍兴酒。然而"使人醺醺而不醉"，这重要条件是具足了的。人家都讲究好酒，我却不大关心。有的朋友把从上海坐飞机来的真正"陈绍"送我。其酒固然比沙坪的酒气味清香些，上口舒适些；但其效果也不过是"醺醺而不醉"。在抗战期间，请绍酒坐飞机，与请洋狗坐飞机有相似的意义。这意义所给人的不快，早已抵消了其气味的清香与上口的舒适了。我与其吃这种绍酒，宁愿吃沙坪的渝酒。

"醉翁之意不在酒"，这真是善于吃酒的人说的至理名言。我抗战期间在沙坪小屋中的晚酌，正是"意不在酒"。我借饮酒作为一天的慰劳，又作为家庭聚会的助兴品。在我看来，晚餐是一天的大团圆。我的工作完毕了；读书的、办公的孩子们都回来了；家离市远，访客不再光临了；下文是休息和睡眠，时间尽可从容了。若是这大团圆的晚餐只有饭菜而没有酒，则不能延长时间，匆匆地把肚皮吃饱就散场，未免太功利的，太少兴趣。况且我的吃饭，从小养成一种快速习惯，要慢也慢不来。有的朋友吃一餐饭能消磨一两小时，我不相信他们如何吃法。在我，吃一餐饭至多只花十分钟。这是我小时从李叔同先生学钢琴时养成的习惯。那时我在师范学校读书，只有吃午饭后到一点钟上课的时间，和吃夜饭后到七点钟上自修的时间，是教弹琴的时间。我十二点吃午饭，十二点一刻须得到弹琴室；六点钟吃夜饭，六点一刻须得到弹琴室。吃饭，洗碗，洗面，都要在十五分钟内了结。这样的数年，使我养成了快吃的习惯。后来虽无快吃的必要，但我仍是非快不可。这就好比反刍类的牛，野生时代因为怕狮虎侵害而匆匆地把草吞入胃内，急忙回到洞内，再吐出来细细地咀嚼，养成了反刍的习惯；做了家畜以后，虽无快吃的必要，但它仍是要反刍。如果有人劝我慢慢吃，在我是一件苦事。因为慢吃违背了惯性，很不自然，很不舒服。一天的大团圆的晚餐，倘使我以十分钟了事，岂不太草草了？所以我的晚酌，意不在酒，是要借饮酒来延长晚餐的时间，增加晚餐的兴味。

沙坪的晚酌，回想起来颇有兴味。那时我的儿女五人，正在大学或专科或高中求学，晚上回家，报告学校的事情，讨论学业的问题。他们的身体在我的晚酌中渐渐地高大起来。我在晚酌中看他们升级，看他们毕业，看他们任职，就差一个没有看他们结婚。在晚酌中看成群的儿女长大成人，照一般的人生观说来是"福气"，照我的人生观说来只是"兴味"。这好比饮酒赏春，眼看花草树木，欣欣向荣；自然的美，造物的用意，神的恩宠，我在晚酌中历历地感到了。陶渊明诗云："试酌百情远，重觞忽忘天。"我在晚酌三杯以后，便能体会这两句诗的真味。我曾改古人诗云："满眼儿孙身外事，闲将美酒对银灯。"因为沙坪小屋的电灯特别明亮。

还有一种兴味，却是千载一遇的：我在沙坪小屋的晚酌中，眼看抗战局势的好转。我们白天各自看报，晚餐桌上大家报告讨论。我在晚酌中眼看东京的大轰炸，莫索里尼〔墨索里尼〕的被杀，德国的败亡，独山的收复，直到波士坦〔波茨坦〕宣言的发出，八月十日夜日本的无条件投降。我的酒味越吃越美。我的酒量越吃越大，从每晚八两增加到一斤。大家说我们的胜利是有史以来的一大奇迹。我更觉得奇怪。我的胜利的欢喜，是在沙坪小屋晚上吃酒吃出来的！所以我确认，世间的美酒，无过于沙坪坝的四川人仿造的渝酒。我有生以来，从未吃过那样的美酒。即如现在，我已"胜利复员，荣归故乡"；故乡的真正陈绍，比沙坪坝的渝酒好到不可比拟。我也照旧每天晚酌；然而味道远不及沙坪坝的渝酒。因为晚酌的下酒物，不是物价狂涨，便是盗贼蜂起；不是贪污舞弊，便是横暴压迫！沙坪小屋中的晚酌的那种兴味，现在了不可得了！唉，我很想回重庆去，再到沙坪小屋里去吃那种美酒。

卅六年二月于杭州

我的烧香癖[1]

《论语》出这个题目要我作文。我初接到邵洵美先生的信的时候，决定不能作。因为我想，我的生活平淡无奇，与普通人无异，并无癖好可说。我把征稿启事和信札塞在抽斗里，准备置之不理。我坐在案前，预备做别的写作。忽然觉得缺乏一种条件。原来是案头的炉香已经熄灭，眼睛看不见篆缕，鼻子闻不到香气，我的笔就提不起来。于是开开香炉盖，把香灰推平，把梅花架子装上，把香末添进，用铜帚细细地塑制。正在这时候，我忽然觉悟了：这不是一种癖好吗？为什么写作一定要点香呢？这样一想，就发见我自己原有癖好，我的生活并不平淡，与普通人并不相同。同时我又发生一种警惕之感，即主观的蒙蔽的可怕。凡有嗜好的人，因为主观的感情作用，往往认为这嗜好是最合理的，最有意义的，是人人应该有的，不是我一人的偏好。于是就不认为这是一种癖好。我刚才的初感，便是由主观的蒙蔽而生。此事虽小，可以喻大，我安得不警惕呢！于是我就来

---

[1] 本篇原载 1947 年 3 月 16 日《论语》半月刊第 125 期《癖好专号》。编者保存有此文的手稿，作者在这手稿上用毛笔删去第一段及第二段首句，改题名为《炉烟》。

写自己的癖好，以应《论语》的雅嘱。抗战以前，我闲居石门湾缘缘堂时，癖好最多。首屈一指的是烧香。我烧的是"寿字香"。寿字香者，就是在一铜制的香炉中，用香末依寿字形的模型塑成的香。这模型普通是一篆文寿字。从头至尾，一气连贯。也有不取寿字而取别种形式的；但因多数为寿字，故统称为寿字香。这种香炉，大都分两层，上层底下盛香灰，寿字香末就塑在这层香灰上面。下层是盛香末以及工具的地方。工具共有四件：一是铜模，模中雕出弯弯曲曲一个寿字，从头至尾，一气连贯。二是铜片，乃和香炉同样大小的一片铜，寿字香点过以后欲重制时，先拿这铜片将香灰压平，然后重新塑制于香灰之上。三是铜瓢，形似小铲刀，用以取香末的。四是铜帚，用以括平香末，完成塑制的。这种香炉我家共有八九只之多。有方形的，有圆形的，有梅花形的，有如意形的。我每次到杭州上海，必赴旧货店找寻此物，找到了我家所未有的形式，便买回来。因此积聚了八九只之多。我的书案上，不断地供着这种香炉。看厌了，换一只。所点的香末，也分数种，常常调换，有檀香末，降香末，麝香末，以及福建香末，都是托药店定制的。我当时生活很普罗[1]，布衣，蔬食，不慕奢侈；独于点香一事，不惜费用。每月为香所费的，比吃饭贵得多！这正是一种癖好。为什么有这种癖好？我爱它有两种好处：第一是香的气味的美。香气使鼻子的嗅觉发生快感。美学者言，人的感觉，分高等下等两种，视觉与听觉，对精神发生关系的，称为高等感觉。味觉触觉等，

---

[1] 普罗，英文 proletarian（无产阶级的）译音的简化，在这里是朴实的意思。

对肉体发生关系的,称为下等感觉。其实这也不能绝对分别。只是视觉与听觉不须接触身体,隔着距离即可摄受,故认为高等耳。味觉与触觉必须接触身体,不能隔开距离,故认为下等耳。照这说法,嗅觉应该称为中等感觉。因为它可以隔着距离,凭香气的接触而摄受。欣赏艺术品,如看画,听乐,是用高等感觉的。吃饭穿衣,是用下等感觉的。其中间还有一种闻香,是用中等感觉的。因为它不接不离,若接若离,介乎高等与下等之间。我们爱好艺术的人,常常追求高等感觉的快美。所以欢喜看画,欢喜读书,欢喜听乐,欢喜看戏。但好画,好书,好戏,是不能常得的。所以高等感觉常被闲却。这是一件憾事。我所以欢喜点香,就是为了要利用中等感觉的快感来补充美欲的不满足。吃烟,也是与嗅觉发生关系的。但它必须通过嘴巴深入肺腑,而且有瘾,近于饮酒吃饭,与美欲相去太远。故吃烟不是完全属于中等感觉的。惟有点香,完全属于中等感觉,其品位还在吃饭穿衣之上。而仅次于看画、读书、听乐、看戏。古人对于这中等感觉,早已注意。所以"炉香","篆缕","沉水","金鸭"等字眼,屡见于诗词。我常觉得,古人的事不一定可取法。但烧香这件事,大可效仿。我效仿了多年,居然成了一种癖好。鼻子闻不到香气时,意懒懒的提不起笔来,展不开书来。

其次,我的爱点香,是为了香的烟缕的形象的美。我们所居的房屋中,所陈列的物件,都是静止的。好画满壁,好花满瓶,好书满架,都是不动的。久居在静止的房间内,有沉闷,单调之感。有的人爱养鸟,大概是欢喜它的动。窗前挂一个鸟笼,听听鸟的鸣声,看看鸟在樊笼内跳来跳去的动作,可以打破静的沉闷与单调。但我不爱这办法。把天空遨翔的动物禁锢在立方尺内,让它哀鸣挣扎,而认为乐事,到底不是好办法。与其养鸟,远不如点香。香烟缭绕,在空中画出万千种美妙的形状,实在是可以赏心悦目的。古人称之为"篆缕""篆烟",以其飘曳的形状颇像篆文。又有"心字香"之称。考据者说是古人的线香制成篆文心字的形,故名。但我以为不一定要线香制成心字形,香的烟气的形状,也常绕成篆文心字形状,一切香都不妨称为"心字香"。而且还有一种意义。香烟缭绕之形,象征着人心的思想。思想也是缥渺无定的东西,与烟气的随风飘荡,委婉曲折,十分相似。故静看炉烟,可助思想。或思入风云变态中,或想入非非,或成独笑,或做昼梦。烟缕有启发思想之功。龚定庵诗云:"瓶花贴妥炉烟定,觅我童心四十年。"炉烟的飘曳,可以教人怀旧,引人回忆,促人反省,助人收回失去的童心。

　　点香对我固有上述的好处,就成了我的癖好。但这是抗战以前,故国平居时的话。抗战军兴,我弃家西窜,流离迁徙,深入不毛。有时连香烟都缺乏,谈不到炉烟。有时连吃饭都成问题,谈不到点香。重庆的四年,生活比较安定;但是抗战未了,生灵涂炭未已,我哪有闲情逸致去点香呢?所以这癖好一直戒除了九年。去年秋天,我复员返沪。回到故乡石门湾去看看,故居缘缘堂不是焦土,而早已变成草地,昔日供炉烟的地方,已有很高的野生树木在欣欣向荣了。我到杭州来找住处。杭州住屋亦不易得,我先住在功德林的旅馆内。住了几天,找不到房子，就借住在和尚寺内。我一进和尚寺，就到梅花碑[1]去找旧货店，想买一只香炉，恢复我旧时的癖好。岂知十年战乱之后，民生凋疲，此物自知无人顾问，都已消形灭迹，无处寻访了。好容易在一处旧货店内找到一只梅花形的寿字香。出一万块钱[2]买了回来，供在寺内的案头。香末更难访到，我就向香烛铺去买檀香末，聊以代替。檀香末是粗粒的，实在不宜于点寿字香。但在十年战乱之后，能恢复我这小小的癖好，已经心满意足了。我得了这东西，好比失恋的人恢复了旧欢。我正想与它订白头之盟，从此永不分离。只是内乱方殷，民生还在涂炭，使我这炉烟的香气的美，与篆缕的形状的美，都大打折扣，不知何日方得全部恢复也。

卅六年三月三日于杭州

---

[1] 梅花碑，是当时杭州旧货店集中的地方。
[2] 一万块钱，是当时的"法币"。

桂林的山[1]

"桂林山水甲天下",我没有到桂林时,早已听见这句话。我预先问问到过的人,"究竟有怎样的好?"到过的人回答我,大都说是"奇妙之极,天下少有"。这正是武汉疏散人口,我从汉口返长沙,准备携眷逃桂林的时候。抗战节节失利,我们逃难的人席不暇暖,好容易逃到汉口,又要逃桂林去。对于山水,实在无心欣赏,只是偶然带便问问而已。然而百忙之中,必有一闲。我在这一闲的时间想象桂林的山水,假定它比杭州还优秀。不然,何以可称为"甲天下"呢?

我们一家十人,加了张梓生先生家四五人,合包一辆大汽车,从长沙出发到桂林,车资是二百七十元。经过了衡阳、零陵、邵阳,入广西境。闻名已久的桂林山水,果然在二十七〔1938〕年六月二十四日下午展开在我的眼前。初见时,印象很新鲜。那些山都拔地而起,好像西湖的庄子内的石笋,不过形状庞大,这令人想起古画中的远峰,又令人想起"天外三峰削不成"的诗句。至于水,漓江的绿波,比西湖的水更绿,果然可爱。我初到桂林,心满意足,以为流离中能得这样山明水秀

---

[1] 本篇原载 1947 年 5 月 19 日《天津民国日报》。

的一个地方来托庇，也是不幸中之大幸。开明书店的陆联棠经理，替我租定了马皇背（街名）的三间平房，又替我买些竹器。竹椅、竹凳、竹床，十人所用，一共花了五十八块桂币。桂币的价值比法币低一半，两块桂币换一块法币。五十八块桂币就是二十九块法币。我们到广西，弄不清楚，曾经几次误将法币当作桂币用。后来留心，买物付钱必打对折。打惯了对折，看见任何数目字都想打对折。我们是六月二十四日到桂林的。后来别人问我哪天到的，我回答"六月二十四"之后，几乎想补充一句："就是三月十二日呀！"

汉口沦陷，广州失守之后，桂林也成了敌人空袭的目标，我们常常逃警报。防空洞是天然的，到处皆有，就在那拔地而起的山的脚下。因了逃警报，我对桂林的山愈加亲近了。桂林的山的性格，我愈加认识清楚了。我渐渐觉得这些不是山，而是大石笋。因为不但拔地而起，与地面成九十度角，而且都是青灰色的童山，毫无一点树木或花草。久而久之，我觉得桂林竟是一片平原，并无有山，只是四围种着许多大石笋，比西湖的庄子里的更大更多而已。我对于这些大石笋，渐渐地看厌了。庭院中布置石笋，数目不多，可以点缀风景；但我们的"桂林"这个大庭院，布置的石笋太多，触目皆是，岂不令人生厌。我有时遥望群峰，想象它们是一只大动物的牙齿，有时望见一带尖峰，又想起小时候在寺庙里的十殿阎王的壁画中所见的尖刀山。假若天空中掉下一个巨人来，掉在这些尖峰上，一定会穿胸破肚，鲜血淋漓，同十殿阎王中所绘的一样。这种想象，使我渐渐厌恶桂林的山。这些时候听到"桂林山水甲天下"这句盛誉，我的感想与前大异：我觉得桂林的特色是"奇"，却不能称"甲"，因为"甲"有十全十美的意思，是总平均分数。桂林的山在天下的风景中，决不是十全十美。其总平均分数决不是"甲"。世人往往把"美"与"奇"两字混在一起，搅不清楚，其实奇是罕有少见，不一定美。美是俱足圆满，不一定需要奇。三头六臂的人，可谓奇矣，但是谈不到美。天真烂漫的小孩，可为美矣，但是并不稀奇。桂林的山，奇而不美，正同三头六臂的人一样。我是爱画的人。我到桂林，人都说"得其所哉"，意思是桂林山水甲天下，可以入我的画。这使我想起了许多可笑的事：有一次有人报告我："你的好画材来了，那边有一个人，身长不满三尺，而须长有三四寸。"我跑去一看，原来是做戏法的人带来的一个侏儒。这男子身体不过同桌子面高，而头部是个老人。对这残废者，我只觉得惊骇与怜悯，哪有心情欣赏他的"奇"，更谈不到美与画了。又有一次到野外写生，遇见一个相识的人，他自言熟悉当地风物，好意引导我去探寻美景，他说："最美的风景在那边，你跟我来！"我跟了他跋山涉水，走得十分疲劳，好容易走到了他的目的地。原来有一株老树，不知遭了什么劫，本身横卧在地，而枝叶依旧欣欣向上。我率直地说："这难看死了！我不要画。"其人大为扫兴，我倒觉得可惜。可惜的是他引导我来此时，一路上有不少平凡而美丽的风景，我不曾写得。而他所谓美，其实是奇。美其所美，非吾所谓美也。这样的事，我所经历的不少。桂林的山，便是其中之一。

　　篆文的山字，是三个近乎三角形的东西。古人造象形字煞费苦心，以最简单的笔划，表出最重要的特点。像女字、手字、木字、草字、鸟字、马字、山字、水字等，每一个字是一幅速写画。而山因为望去形似平面，故造出的象形字的模样，尤为简明。从这字上，可知模范的山，是近于三角形的，不是石笋形的；可知桂林的山，不是模范的山，只是山之一种——奇特的山。古语说："仁者乐山，智者乐水"，则又可知周围山水对于人的性格很有影响。桂林的奇特的山，给广西人一种奇特的性格，勇往直前，百折不挠，而且短刀直入，率直痛快。广西省政治办得好，有模范省之称，正是环境的影响；广西产武人，多名将，也是拔地而起山的影响。但是讲到风景的美，则广西还是不参加为是。

"桂林山水甲天下"，本来没有说"美甲天下"。不过讲到山水，最容易注目其美。因此使桂林受不了这句盛赞。若改为"桂林山水天下奇"则庶几近情了。

卅六年三月七日于杭州

怀太虚法师[1]

我和太虚法师是小同乡，同是浙江崇德县人。但我们相见很晚，是卅二三〔1943，1944〕年间在重庆的长安寺里第一次会面的。一见之后，我很亲近他，因为他虽然幼小离乡，而嘴上操着一口崇德土白，和我谈话，很是入木。我每次入城，必然去长安寺望望他。那时我常常感到未见面时的太虚法师，与见面后的太虚法师，竟判若两人。

未见面之前，我听别人的传说，甚是惊奇。有人说他是交际和尚，又有人说他是官僚和尚，还有人说他是出风头和尚。我不相信，亲去访问他。一见之后，果然证明了外间的传说都是误解。他是正信、慈悲，而又勇猛精进的，真正的和尚。我这话决不是随便说的。正信者，他对佛法有很正确的认识与信仰。慈悲者，他的态度中绝无贪嗔痴的痕迹。勇猛精进者，他对宏法事业有很大的热心。真正的和尚者，正信、慈悲、勇猛精进之外，又恪守僧戒，数十年如一日，俱足比丘的资格。我每次访问他之后，走出长安寺，下坡的时候，心中叹羡不置。我诧异："崇德怎么会出这样的一个人？"

---

[1] 本篇原载 1947 年 5 月 16 日《申报·自由谈》。

外间对他的误解，实在是他的对世间的勇猛精进所招来的。凡对于佛法、佛教、僧人有利的事业，他都关心；不避艰难，不怕麻烦，他都要尽心竭力去计划、维持，或发起。凡和社会发生关系，总难免有招摇、议论，或谣诼。太虚法师的受一部分人的误解，全是他的护法的热心所招来的。但他对于这些误解，绝不关心，始终勇猛精进，直到圆寂。

我在重庆与太虚法师最后的会面，是复员前几天在紫竹林素菜馆。那天我请客，邀在家、出家的七八位好友叙晤，作为对重庆的惜别。我不能忘记的，是我几乎教他开了酒戒。紫竹林的酒杯与茶杯是同样的。酒壶也就用茶壶。席上在家人都喝酒，而出家人之中也有一二人喝酒，我不知道太虚法师喝不喝酒，敬他一杯，看他是否同弘伞法师一样谢绝。大约他那时正和邻席的人谈得热心，没有注意我的敬酒，并不谢绝。我心中纳罕："太虚法师不戒酒的！"既而献樽，太虚法师端起杯子，尽量吸一口，连忙吐出，微笑地说道："原来是酒，我当是茶。"满座大笑起来。我倒觉得十分抱歉，我有侮蔑这位老法师的罪过。倘换了印光法师，我说不定要大受呵斥。但太虚法师微笑置之而已。太虚法师已经不在人间了，这点抱歉还存在我的心头。我只有祝他往生极乐，早证菩提。

卅六年五月九日于杭州

胜利还乡记[1]

避寇西窜，流亡十年，终于有一天，我的脚重新踏到了上海的土地。我从京沪火车上跨到月台上的时候，第一脚特别踏得重些，好比同它握手。北站除了电车轨道照旧之外，其余的都已不可复识了。

我率眷投奔朋友家。预先函洽的一个楼面，空着等我们去息足。息了几天，我们就搭沪杭火车，在长安站下车，坐小舟到石门湾去探望故里。

我的故乡石门湾，位在运河旁边。运河北通嘉兴，南达杭州，在这里打一个弯，因此地名石门湾。石门湾属于石门县（即崇德县），其繁盛却在县城之上。抗战前，这地方船舶麇集，商贾辐辏。每日上午，你如果想通过最热闹的寺弄，必须与人摩肩接踵，又难免被人踏脱鞋子。因此石门湾有一句专用的俗语，形容拥挤，叫做"同寺弄里一样"。

当我的小舟停泊到石门湾南皋桥堍的埠头上的时候，我举头一望，疑心是弄错了地方。因为这全非石门湾，竟是另一地方。

---

[1] 本篇原载 1947 年 6 月 24 日《天津民国日报》。当时题名《还乡记》。现据作者自编的 1957 年版《缘缘堂随笔》所收编入。

只除运河的湾没有变直,其他一切都改样了。这是我呱呱坠地的地方。但我十年归来,第一脚踏上故乡的土地的时候,感觉并不比上海亲切。因为十年以来,它不断地装着旧时的姿态而入我的客梦;而如今我所踏到的,并不是客梦中所惯见的故乡!

我沿着运河走向寺弄。沿路都是草棚、废墟,以及许多不相识的人。他们都用惊奇的眼光对我看,我觉得自己好像伊尔文 Sketch Book 中的 Rip Van Winkle[1]。我感情兴奋,旁若无人地与家人谈话:"这里就是杨家米店,""这里大约是殷家弄了!""喏喏喏,那石埠头还存在!"旁边不相识的人,看见我们这一群陌生客操着道地的石门湾土白谈话,更显得惊奇起来。其中有几位父老,向我们注视了一会,和旁人切切私语,于是注目我们的更多,我从耳朵背后隐约听见低低的话声:"丰子恺。""丰子恺回来了。"但我走到了寺弄口,竟无一个认识的人。因为这些人在十年前大都是孩子,或少年,现在都已变成成人,代替了他们的父亲。我若要认识他们,只有问他的父亲叫什么了。"儿童相见不相识,笑问客从何处来",这两句诗从前是读读而已,想不到自己会做诗中的主角!

"石门湾的南京路[2]"的寺弄,也尽是草棚。"石门湾的市中心"的接待寺,已经全部不见。只凭寺前的几块石板,可以追忆昔日的繁荣。在寺前,忽然有人招呼我。一看,一位白须老翁,

---

[1] Rip Van Winkle(《瑞普·凡·温克尔》)是美国作家华盛顿·欧文的《见闻杂记》中的篇名,亦即该篇中的主人公名。
[2] 南京路是上海最热闹的一条路,这里是借喻。

我认识是张兰墀。他是当地一大米店的老主人,在我的缘缘堂建筑之先,他也造一所房子。如今米店早已化为乌有,房子侥幸没有被烧掉。他老人家抗战至今,十年来并未离开故乡,只是在附近东躲西避,苟全性命。石门湾是游击区,房屋十分之八九变成焦土,住民大半流离死亡。像这老人,能保留一所劫余的房屋和一掬健康的白胡须,而与我重相见面,实在难得之至,这可说是战后的石门湾的骄子了。这石门湾的骄子定要拉我去吃夜饭,我尚未凭吊缘缘堂废墟,约他次日再见。

从寺弄转进下西弄,也尽是茅屋或废墟,但凭方向与距离,走到了我家染纺店旁的木场桥。这原来是石桥。我生长在桥边,每块石板的形状和色彩我都熟悉。但如今已变成平平的木桥,上有木栏,好像公路上的小桥。桥堍一片荒草地,染坊店与缘缘堂不知去向了。根据河边石岸上一块突出的石头,我确定了染坊店墙界。这石岸上原来筑着晒布用的很高的木架子。染坊司务站在这块突出的石头上,用长竹竿把蓝布挑到架上去晒的。我做儿童时,这块石头被我们儿童视为危险地带。只有隔壁豆腐店里的王囡囡,身体好,胆量大,敢站到这石头上,而且做个"金鸡独立"。我是不敢站上去的。有一次我央另一个人拉住了手,上去站了一会,下临河水,胆战心惊。终被店里的人看见,叫我回来,并且告诉母亲,母亲警戒我以后不准再站。如今百事皆非,而这块石头依然如故。这一带地方的盛衰沧桑,染坊店、缘缘堂的兴废,以及我童年时的事,这块石头一一亲眼看到,详细知道。我很想请它讲一点给我听。但它默默不语,管自突出在石岸上。只有一排墙脚石,肯指示我缘缘堂所在之处。我由墙脚石按距离推测,在荒草地上约略认定了我的书斋的地址。一株野生树木,立在我的书桌的地方,比我的身体高到一倍。许多荆棘,生在书斋的窗的地方。这里曾有十扇长窗,四十块玻璃。石门湾沦陷前几日,日本兵在金山卫登陆,用两架飞机来炸十八里外的石门县,这十扇玻璃窗都震怒,发出愤怒的叫声。接着就来炸石门湾,一个炸弹落在书斋窗外五丈的地方,这些窗曾大声咆哮。我躲在窗内,幸免于难。这些回忆,在这时候一一浮出脑际。我再请墙脚石引导,探寻我们的灶间的地址。约略找到了,但见一片荒地,草长过膝。抗战后一年,民国二十七〔1938〕年,我在桂林得到我的老姑母的信,说缘缘堂虽毁,烟囱还是屹立。这是"烟火不断"之象。老人对后辈的慰藉与祝福,使我诚心感动。如今烟囱已不知去向。而我家的烟火的确不断。我带了六个孩子(二男四女)逃出去,带回来时变了六个成人,又添了一个八岁的抗战儿子。倘使缘缘堂存在,它当日放出六个小的,今朝收进六个大的,又加一个小的作利息,这笔生意着实不错!它应该大开正门,欢迎我们这一群人的归来。可惜它和

老姑母一样作古，如今只剩一片蔓草荒烟，只能招待我们站立片时而已！大儿华瞻，想找一点缘缘堂的遗物，带到北平去作纪念。寻来寻去，只有蔓草荒烟，遗物了不可得。后来用器物发掘草地，在尺来深的地方，掘得了一块焦木头。依地点推测，大约是门槛或堂窗的遗骸。他髫龄的时候，曾同它们共数晨夕。如今他收拾它们的残骸，藏在火柴匣里，带它们到北平去，也算是不忘旧交，对得起故人了。这一晚我们到一个同族人家去投宿。他们买了无量的酒来慰劳我，我痛饮数十钟，酣然入睡，梦也不做一个。次日就离开这销魂的地方，到杭州去觅我的新巢了。

一九四七年五月十日于杭州作

白　象[1]

白象是我家的爱猫，本来是我的次女林先家的爱猫，再本来是段老太太家的爱猫。

抗战初，段老太太带了白象逃难到大后方。胜利后，又带了它复员到上海，与我的次女林先及吾婿宋慕法邻居。不知为了什么原因，段老太太把白象和它的独子小白象寄交林先、慕法家，变成了他们的爱猫。我到上海，林先、慕法又把白象寄交我，关在一只无锡面筋的笼里，上火车，带回杭州，住在西湖边上的小屋里，变成了我家的爱猫。

白象真是可爱的猫！不但为了它浑身雪白，伟大如象，又为了它的眼睛一黄一蓝，叫做"日月眼"。它从太阳光里走来的时候，瞳孔细得几乎没有，两眼竟像话剧舞台上所装置的两只光色不同的电灯，见者无不惊奇赞叹。收电灯费的人看见了它，几乎忘记拿钞票；查户口的警察看见了它，也暂时不查了。

白象到我家后，慕法、林先常写信来，说段老太太已迁居他处，但常常来他们家访问小白象，目的是探问白象的近况。我的幼女一吟，同情于段老太太的离愁，常常给白象拍照，寄

---

[1]　本篇曾连载于 1947 年 5 月 30 日至 6 月 1 日《申报·自由谈》。

交林先转交段老太太，以慰其相思。同时对于白象，更增爱护。每天一吟读书回家，或她的大姐陈宝教课回家，一坐倒，白象就跳到她们的膝上，老实不客气地睡了。她们不忍拒绝，就坐着不动，向人要茶，要水，要换鞋，要报看。有时工人不在身边，我同老妻就当听差，送茶，送水，送鞋，送报。我们是间接服侍白象。

有一天，白象不见了。我们侦骑四出，遍寻不得。正在担忧，它偕同一只斑花猫，悄悄地回来了，大家惊喜。女工秀英说，这是招贤寺里的雄猫，说过笑起来。经过一个短促的休止符，大家都笑起来。原来它是到和尚寺里去找恋人去了，害得我们急死。

此后斑花猫常来，它也常去，大家不以为奇。我觉得白象更可爱了。因为它不像鲁迅先生的猫，恋爱时在屋顶上怪声怪气，吵得他不能读书写稿，而用长竹竿来打。后来它的肚皮渐渐大起来了。约摸两三个月之后，它的肚皮大得特别，竟像一只白象了。我们用一只旧箱子，把盖拿去，作为它的产床。有一天，它临盆了，一胎五子，三只雪白的，两只斑花的。大家称庆，连忙叫男工樟鸿到岳坟去买新鲜鱼来给它调将。女孩子们天天冲克宁

奶粉给它吃。

小猫日长夜大,二星期之后,都会爬动。白象育儿耐苦得很,日夜躺卧,让五个孩子纠缠。它的身体庞大,在五只小猫看来,好比一个丘陵。它们恣意爬上爬下,好像西湖上的游客爬孤山一样。这光景真是好看!

不料有一天,一只小花猫死了。我的幼儿新枚,哭了一场,拿一条美丽牌香烟的匣子,当作棺材,给它成殓,葬在西湖边的草地中。余下的四只,就特别爱惜。我家有七个孩子,三个在外,四个在杭州,他们就把四只小猫分领,各认一只。长女陈宝领了花猫,三女宁馨、幼女一吟、幼儿新枚,各领一只白猫。这就好比乡下人把孩子过房给庙里的菩萨一样,有了"保佑","长命富贵"。大约因为他们不是菩萨,不能保佑;过一会,一只小白猫又死了。剩下三只,一花二白,都很健康,看看已能吃鱼吃饭,不必全靠吃奶了。白象的母氏劬劳,也渐渐减省。它不必日夜躺着喂奶,可以随时出去散步,或跳到女孩子们的膝上去睡觉了。女孩子们笑它:"做了母亲还要别人抱?"它不理,管自睡在人家怀里。

有一天,白象不回来吃中饭。"难道又到和尚寺里去找恋人了?"大家疑问。等到天黑,终于不回来。秀英当夜到寺里去寻,不见。明天,又不回来。问题严重起来,我就写二张海报:"寻猫:敝处走失日月眼大白猫一只。如有仁人君子觅得送还,奉酬法币十万元。储款以待,决不食言。××路××号谨启。"过了两天,有邻人来言,"前几天看见一大白猫死在地藏庵与复性书院之间的水沼里,恐怕是你们的。"我们闻耗奔丧,找不到尸体。问地藏庵里的警察,也说不知;又说,大概清道夫取去了。我们回家,大家沉默志哀,接着就讨论它的死因。有的说是它自己失脚落水,有的说是顽童推它下水,莫衷一是。后来新枚来报告,邻家的孩子曾经看见一只大白猫死在水沼上的大柳树根上。后来被人踢到水沼里。孩子不会说谎,此说大约可靠。且我听说,猫不肯死在家里,自知临命终了,必远行至无人处,然后辞世。故此说更觉可靠。我觉得这点"猫性",颇可赞美。这有壮士风,不愿死户牖下儿女之手中,而情愿战死沙场,马革裹尸。这又有高士风。不愿病死在床上,而情愿遁迹深山,不知所终。总之,白象确已不在"猫间"了!

白象失踪的第二天,林先从上海来杭。一到,先问白象。

骤闻噩耗，惊惶失色。因为她原是受了段老太太之托，此番来杭将把白象带回上海，重归旧主的。相差一天，天缘何悭！然而天实为之，谓之何哉。所幸它还有三个遗孤，虽非日月眼，而壮健活泼，足以承继血统。为防损失，特把一匹小花猫寄交我的好友家。其余两匹小白猫，常在我的身边。每逢我架起了脚看报或吃酒的时候，它们爬到我的两只脚上，一高一低，一动一静，别人看见了都要笑。我倒已经习以为常，似觉一坐下来，脚上天生成有两只小猫的。

一九四七年五月二十七日于杭州作

宴会之苦[1]

复员返杭后数月,杭州报纸上给我起了一个诨名,叫做"三不先生"。那记者说,我在战前是"三湾先生",因为住过石门湾、江湾、杨柳湾(嘉兴);胜利后变了"三不先生",因为不教书、不讲演、不宴会。(见卅六〔1947〕年五月某日《正报》)

"三不先生"这诨名,字面上倒也很雅致,好比欧阳修的"六一居士"之类。但实际上很苦,决不如欧阳修的"书一万卷,金石一千卷,琴一张,棋一局,酒一壶,人一个"的风雅。我的不教书,不讲演,实在是为了流亡十年之后,身体不好,学殖荒芜,不得已而如此。或有人以为我已发国难财或胜利财,看不起薪水,所以不屑教书,那更不然。我有子女七人,四人已经独立,我的担负较轻;而版税画润所入,暂时足以维持简朴的生活,不必再用薪水,所以暂不教书,这是真的。至于不宴会,我实在是生怕宴会之苦。希望我今生永不参加宴会。

宴会,不知是谁发明的,最不合理的一种恶剧!突然要集

---

[1] 本篇曾载 1947 年 7 月 1 日《论语》第 132 期《吃的专号》。编入 1957 年版《缘缘堂随笔》时,作者曾加以修饰删改,改题为《宴会》。现采用其修饰之处。余处据最初发表稿。

许多各不相稔的人,在指定的地方,于指定的时间,大家一同喝酒、吃饭,而且抗礼或谈判。这比上课讲演更吃力,比出庭对簿更凶!我过去参加过多次,痛定思痛,苦况历历在目。

接到了请帖,先要记到时日与地点,写在日历上,或把请帖揭在座右,以防忘记。到了那一天早晨,我心上就有一件事,好比是有一小时教课,而且是最不欢喜教的课。好比是欠了人钱,而且是最大的一笔债。若是午宴,这上午就忐忑不安;若是夜宴,这整日就瘟头瘟脑,不能安心做事了。到了时刻,我往往准时到场。并非励行新生活,却是俗语所说,"横竖要死,早点爬进棺材里。"可是这一准时,就把苦延长了。我最初只见主人,贵客们都没有到。主人要我坐着,遥遥无期地等候。吃了许多茶,许多烟,吃得舌敝唇焦,饥肠辘辘,贵客们方始陆续降临。每来一次,要我站起来迎迓一次,握手一次,寒暄一次。他们的手有的冰冷的,有的潮湿的,有的肉麻的,还有用力很大,捏得我手痛的。他们的寒暄各人各样,意想不到。我好比受许多试官轮流口试,答话非常吃力。最吃力的,还是硬记各人的姓。主人介绍"这是王先生"的时候,我精神十分紧张,用尽平生的辨别力和记忆力,把"王"字和这脸孔努力设法联系。否则后来忘记了,不便再问"你到底姓啥"?若不再问,而用"喂,喂""你,你",又觉得失敬。这种时候,我希望每人额上用毛笔写一个字。姓王的就像老虎一样写一"王"字。这便可省却许多脑力。一桌十二三人之中,往往有大半是生客。一时要把八九个姓和八九只脸孔设法联系,实在是很伤脑筋的一件苦工!我在广西时,这一点苦头吃得少些。因为他们左襟上大家挂一个徽章，上面写出姓名。忘记了的时候，只要假装同他亲昵，走近去用眼梢一瞥，又记得了。但入席之后，围坐在大圆桌的四周的时候，此法又行不通，因为字太小了。若是忘记对座的人的姓，距离大圆桌的直径，望去看不清楚，又不便离席，绕道到对面去检阅襟章。若是忘记了邻座的人的姓，距离虽近而方向不好，也不便弯转头去看他的胸部。故广西办法虽好，总不及额上写字的便利。

入席以后，恶剧的精彩节目来了。例如午宴，入席往往是下午两点钟，肚子饿得很了。但不得吃菜吃饭。先拿起杯来，站起身来，谢谢主人，喝一杯空肚酒，喝得头晕眼花。然后"请，请"，大家吃菜。这在我是一件大苦事。因为我平生不曾吃过肉。猪肉，牛肉，羊肉一概不吃。抗战前十年是吃净素的。逃难后开戒吃了鱼，但猪油烧的鱼仍不能下咽。因为我有一种生理的习惯，怕闻猪油及肉类的气味。这点，主人大都晓得，特为我备素菜。两三盆素菜，香菇竹笋之类，价格最高而我所最不欢喜吃的素菜，放在我的面前。"出力不讨好"这一念已经使我不快，何况各种各样的荤腥气味，时时来袭我的嗅觉。——这原是我个人因了特殊习惯而受的苦，不可算在"宴会之苦"的公帐上。但我从旁参观其他的人吃菜的表演，设身处地，我相信他们也有种种苦难。圆桌很大，菜盆放在中央，十二三只手臂辐辏拢来，要各凭两根竹条去攫取一点自己所爱吃的东西来吃，实在需要最高的技术！有眼光，有腕力，看得清，夹得稳，方才能出手表演。这好比一种合演的戏法！"戏法人人会变，各有巧妙不同"。我看见有几个人，技术非常巧妙。譬如一盆虾仁，吃到过半以后，只剩盆面浅浅的一层。用瓢去取，虾仁不肯钻进瓢里，而被瓢推走，势将走出盆外。此时最好有外力帮助，从反对方向来一股力，把虾仁推入瓢中。但在很客气的席上，自己不便另用一手去帮，叫别人来帮，更失了彬彬有礼的宴会的体统。于是只得运用巧妙的技术。大约是先下观察功夫，看定了哪处有一丘陵，就对准哪处，用迅雷不及掩耳的势力，将瓢一攫。技术高明的，可以攫得半瓢；技术差的，也总有二三粒虾仁入瓢，缩回手去的时候不伤面子。因为此种表演，为环桌二十余只眼睛所共睹，而且有人替你捏两把汗。如果你技术不高明，空瓢缩回，岂不是在大庭广众之中，颜面攸关呢！

我在宴会席上，往往呆坐，参观各人表演吃菜。我常常在心中惊疑：请人吃饭，为什么一定要取这种恶作剧的变戏法的方式呢？为什么数千年来没有人反对或提倡改革呢？至此我又发生了一个大疑问："食色性也"。"饮食男女，人之大欲也"。圣贤把这两件事体并称，足证它们在人生具有同等的性状与地位。何以人生把"色"隐秘起来，而把"食"公开呢？要隐秘，大家隐秘；要公开，大家公开！如果大家公开办不到，不如大家隐秘。因为这两件事，从其丑者而观之，两者都是丑态。吃饭一事，假如你是第一次看见，实在难看得很；张开嘴巴来，露出牙齿来，伸出舌头来，把猪猡的肾肠，鸡鸭的屁股之类的东西拼命地塞进去，"结格结格"地咀嚼，淋淋漓漓的馋涎，这实在是见人不得的事！何以大家非但不隐秘，又且公开表演呢？

"不以人废言"，我不忘记周作人的两句话："人是由动物'进化'的"，"人是由'动物'进化的"。前句强语气在"进化"二字，所以人"异于禽兽"。后句强语气在"动物"二字，所以人与动物一样有食欲性欲。这是天经地义。但在习惯上，前者过分地隐秘，甚至说也说不得；后者过分地公开，甚至当作礼节，称为"宴会"。这实在是我生一大疑问。隔壁招贤寺里的弘伞法师，每天早晨吃一顿开水，正午吃一顿素饭。一天的饮食问题就解决。他到我家来闲谈的时候，不必敬烟，不必敬茶，纯粹的谈话。我每逢看到这位老和尚，常常作这样的感想：人是由"动物"进化的，"动物欲"当然应该满足；做和尚的只有一种"动物欲"，也当然要满足。但满足的方式，越简单越好，越隐秘越好。因为这便是动物共通的下等欲望，不是进化的文明人的特色，所以不值得公开铺张的。做和尚的能把唯一的动物欲简单迅速地满足，而致全力于精神生活，这正是真的和尚，也正是最进化的人。和尚原作别论，不必详说。总之，两种"动物欲"的"下等"程度即使有高低之差，不能如我前文所说"要隐秘大家隐秘，要公开大家公开"。但饮食一事，不拘它下等得如何高尚，至少不值得大事铺张，公开表演。根据这理论，我反对宴会，嫌恶宴会。

"三不先生"的资格，我也许不能永久保有。但至少，不宴会的"一不先生"的资格，我是永远充分具备的。

卅六年五月卅一日于杭州作

访梅兰芳[1]

复员返沪后不久，我托友介绍，登门拜访梅兰芳先生。次日的《申报·自由谈》中曾有人为文记载，并登出我和他合摄的照片来，我久想自己来写一篇访问记：只因意远言深，几次欲说还休。今夕梅雨敲窗，银灯照壁；好个抒情良夜，不免略述予怀。

我平生自动访问素不相识的有名的人，以访梅兰芳为第一次。阔别十年的江南亲友闻知此事，或许以为我到大后方放浪十年，变了一个"戏迷"回来，一到就去捧"伶王"。其实完全不然。我十年流亡，一片冰心，依然是一个艺术和宗教的信徒。我的爱平剧〔京剧〕是艺术心所迫，我的访梅兰芳是宗教心所驱，这真是意远言深，不听完这篇文章，是教人不能相信的。

我的爱平剧，始于抗战前几年，缘缘堂初成的时候，我们新造房子，新买一架留声机。唱片多数是西洋音乐，略买几张梅兰芳的唱片点缀。因为"五四"时代，有许多人反对平剧，要打倒它，我读了他们的文章，觉得有理，从此看不起平剧。不料留声机上的平剧音乐，渐渐牵惹人情，使我终于不买西洋

---

[1] 本篇曾连载于1947年6月6日、7日、8日、9日《申报·自由谈》。

音乐片子而专买平剧唱片,尤其是梅兰芳的唱片了。原来"五四"文人所反对的,是平剧的含有封建毒素的陈腐的内容,而我所爱好是平剧的夸张的象征的明快的形式——音乐与扮演。

西洋音乐是"和声的"(harmonic),东洋音乐是"旋律的"(melodic)。平剧的音乐,充分地发挥了"旋律的音乐"的特色。试看:它没有和声,没有伴奏(胡琴是助奏),甚至没有短音阶〔小音阶〕,没有半音阶,只用长音阶〔大音阶〕的七个字(独来米法扫拉西),能够单靠旋律的变化来表出青衣、老生、大面等种种个性。所以听戏,虽然不熟悉剧情,又听不懂唱词,也能从音乐中知道其人的身分,性格,及剧情的大概。推想当初创作这些西皮二黄的时候,作者对于人生情味,一定具有异常充分的理解;同时对于描写音乐一定具有异常敏捷的天才,故能抉取世间贤母、良妻、忠臣、孝子、莽夫、奸雄等各种性格的精华,加以音乐的夸张的象征的描写,而造成洗练明快的各种曲调,颠扑不破地沿用到今日。抗战以前,我对平剧的爱好只限于听,即专注于其音乐的方面,故我不上戏馆,而专事收集唱片。缘缘堂收藏的百余张唱片中,多数是梅兰芳唱的。廿六〔1937〕年冬,这些唱片与缘缘堂同归于尽;胜利后重置一套,现已近于齐全了。

我的看戏的爱好,还是流亡后在四川开始的。有一时我旅居涪陵,当地有一平剧院,近在咫尺。我旅居无事,同了我的幼女一吟,每夜去看。起初,对于红袍进,绿袍出,不感兴味。后来渐渐觉得,这种扮法与演法,与其音乐的作曲法同出一轨,都是夸张的,象征的表现。例如红面孔一定是好人;白面孔一定是坏人；花面孔一定是武人；旦角的走路像走绳索；净角的走路像拔泥脚……凡此种种扮演法，都是根据事实加以极度的夸张而来的。盖善良正直的人，脸色光明威严，不妨夸张为红；奸邪暴戾的人，脸色冷酷阴惨，不妨夸张为白；好勇斗狠的人，其脸孔峥嵘突兀，不妨夸张为花。窈窕的女人的走相，可以夸张为一直线。堂堂的男子的踏大步，可以夸张得像拔泥足。……因为都是根据写实的，所以初看觉得奇怪，后来自会觉得当然。至于骑马只要拿一根鞭子，开门只要装一个手势等，既免啰苏繁冗之弊，又可给观者以想象的余地。我觉得这比写实的明快得多。

从此，我变成了平剧的爱好者；但不是戏迷，不过欢喜听听看看而已。戏迷的倒是我的女孩子们。我的长女陈宝，三女宁馨，幼女一吟，公余课毕，都热中于唱戏。就中一吟迷得最深，竟在学校游艺会中屡次上台扮演青衣。俨然变成了一个票友。因此我家中的平剧空气很浓。复员的时候，我们把这种空气当作行李之一，从四川带回上海。到得上海，适逢蒋主席六十诞辰，梅兰芳演剧祝寿。我们买了三万元一张的戏票，到天蟾舞台去看。抗战前我只看过他一次，那时我不爱京戏，印象早已模糊。抗战中，我得知他在上海沦陷区坚贞不屈，孤芳自赏；又有友人寄到他的留须的照片。我本来仰慕他的技术，至此又赞佩他的人格，就把照片悬之斋壁，遥祝他的健康。那时胜利还渺茫，我对着照片想：无常迅速，人寿几何，不知梅郎有否重上氍毹之日，我生有否重来听赏之福！故我坐在天蟾舞台的包厢里，看到梅兰芳在《龙凤呈祥》中以孙夫人之姿态出场的时候，连忙俯仰顾盼，自拊其背，检验是否做梦。弄得邻座的朋友莫名其妙，怪问"你不欢喜看梅兰芳的"？后来他到中国大戏院续演，我跟去看，一连看了五夜。他演毕之后，我就去访他。

我访梅兰芳的主意，是要看看造物者这个特殊的杰作的本相。上帝创造人，在人类各部门都有杰作，故军政界有英雄，学术界有豪杰。然而他们的法宝，大都全在于精神，而不在于身体。即全在于运筹、指挥、苦心、孤诣的功夫上，而不在于声音笑貌上。（所以常有闻名向往，而见面失望的。）只有"伶王"，其法宝全在于身体的本身上。美妙的歌声，艳丽的姿态，都由这架巧妙的机器——身体——上表现出来。这不是造物者的"特殊"的杰作吗？故英雄豪杰不值得拜访，而伶王应该拜访，去看看卸妆后的这架巧妙的机器的本相看。

一个阳春的下午，在一间闹中取静的洋楼上，我与梅博士对坐在两只沙发上了。照例寒暄的时候，我一时不能相信这就是舞台上的伶王。只从他的两眼的饱满上，可以依稀仿佛地想见虞姬、桂英的面影。我细看他的面孔，觉得骨子的确生得很好，又看他的身体，修短肥瘦，也恰到好处。西洋的标准人体是希腊的凡奴司〔维纳斯〕（Venus），在中国也有她的石膏模型流行。我想：依人体美的标准测验起来，梅郎的身材容貌大概近于凡奴司，是具有东洋标准人体的资格的。他很高兴和我说话，他的本音宏亮而带粘润。由此也可依稀仿佛地想见"云敛晴空，冰轮乍涌"和"孩儿舍不得爹爹"的音调。

从他的很高兴说话的口里，我知道他在沦陷期中如何苦心地逃避，如何从香港脱险。据说，全靠犯香港的敌兵中，有一个军官，自言幼时曾由其母亲带去看梅氏在东京的演戏，对他有好感，因此幸得脱险。又知道他的担负很重，许多梨园子弟都要他赡养，生活并不富裕。这时候他的房东正在对他下逐客令，须得几根金条方可续租。他慨然地对我说，"我唱戏挣来的钱，哪里有几根金条呢！"我很惊讶，为什么他的话使我特别感动。仔细研究，原来他爱用两手的姿势来帮助说话；而这姿势非常自然，是普通人所做不出的！

然而当时使我感动最深的，不是这种细事，却是人生无常之恸。他的年纪比我大，今年五十六[1]了。无论他身体如何好，今后还有几年能唱戏呢？上帝手造这件精妙无比的杰作十余年后必须坍损失效；而这坍损是绝对无法修缮的！政治家可以奠定万世之基，使自己虽死犹生；文艺家可以把作品传之后世，使人生短而艺术长。因为他们的法宝不是全在于肉体上的。现在坐在我眼前的这件特殊的杰作，其法宝全在这六尺之躯；而这躯壳比这茶杯还脆弱，比这沙发还不耐用，比这香烟罐头（他请我吸的是三五牌）还不经久！对比之下，使我何等地感慨，何等地惋惜！于是我热忱地劝请他，今后多灌留声片，多拍有声有色的电影，唱片与电影虽然也是必朽之物，但比起这短短的十余年来，永久得多，亦可聊以慰情了。但据他说，似有种种阻难，亦未能畅所欲为。引导我去访的，是摄影家郎静山先生，和身带镜头的陈鹜骧盛学明两君。两君就在梅氏的院子里替我们留了许多影。摄影毕，我告辞。他和我握手很久。手相家说：

---

[1] 梅兰芳生于1894年。当时应为五十三岁。

"男手贵软,女手贵硬。"他的手的软,使我吃惊。

  与郎先生等分手之后,我独自在归途中想:依宗教的无始无终的大人格看来,艺术本来是昙花泡影,电光石火,霎时幻灭,又何足珍惜!独怪造物者太无算计;既然造得这样精巧,应该延长其保用年限;保用年限既然死不肯延长,则犯不着造得这样精巧;大可马马虎虎草率了事,也可使人间减省许多痴情。

  唉!恶作剧的造物主啊!忽然黄昏的黑幕沉沉垂下,笼罩了上海市的万千众生。我隐约听得造物主之声:"你们保用年限又短一天!"

卅六年六月二日于杭州作

假 辫 子[1]
——答《漫画阿 Q 正传》读者

抗战开始前数月,我画了一册《漫画阿 Q 正传》。正在刊印,战争开始,我逃到大后方,此画原稿在上海南市的印刷店内被毁。我在大后方重画一遍,遥寄上海开明书店,在孤岛上海出版;在大后方也有土纸印的本子流行。我住在遵义的时候,《贵州日报》上有一天登出一篇关于此书的批评。前面是称赞我画得好;后面说,不过有一点错误,就是第十二图正在用哭丧棒打阿 Q 的假洋鬼子多了一条辫子。评者说假洋鬼子的辫子明明是在留东的时候早已剪了的;为此,他的老婆跳了三回井。为什么这第十二图中给他画了一条辫子呢?末了很客气,他说这小小的笔误,本来无关大体,只因爱护我的画,所以提出来说,希望这画册尽善尽美云云。

我一看这评文,就知道他评错了。因为我作画时把鲁迅先生的原文读过多遍,很熟悉。我记得假洋鬼子回国后是装一条假辫子的。所以我的画并没有画错。只是画里的辫子看不出真假,因此引起误会。鲁迅先生原文里说:"阿 Q 尤其深恶而痛绝之的,是

---

[1] 本篇曾连载于 1947 年 6 月 10 日、11 日《申报·自由谈》。

他的一条假辫子,辫子而至于假,就是没有做人的资格。他的老婆不跳第四回井,也不是好女人。"(见第三章《优胜记略》。)我就写一篇答辩,也登在《贵州日报》上。末了说,我没有把装假辫子的一段文字摘录在画旁,因此引起读者误会,也是难怪的云云。

昨天,开明书店徐调孚兄转来一封信,是同样的批评。我想战时的《贵州日报》是不普遍的;这画集的读者中,这样误解的人也许还有,因此我又写这一篇登在《申报》上,免得再有人误会。

误会的原因,固然是读者没有细读鲁迅先生原文,而我没有把假辫子一段摘录画旁的原故。但今天我又想起另外一个重要原因:读者大都是未满三十六岁的人,即生在民国时代的人,根本没有亲见过"假辫子"这件东西。所以即使细读原文,看见过上述这一段文字,也马马虎虎读过,留下的印象不深,便容易忘记。这真是"难怪"的。

我是十五岁的时候剪辫子的,我看见过假辫子。在四十岁以下的人(四十岁以上的人看见,一定忘记了)面前,我可以吹一吹牛。这是用假发做的一条辫子,缀在帽子的后面,连帽戴上,看不出真假。但切不可脱帽。装假辫子的人,有两种:一种是从外国回来的人,一种是被人捉奸把辫剪去的人。假洋鬼子便是属于第一种的。我小时候,我乡这两种人都有。属于第一种的,是小学里的俞先生。他是从外乡请来教英文及唱歌的。他曾经留学日本,把辫剪去。回国后在街上走路,人都要指点嘲笑,背后常有人喊"偷老婆的!"他因此装一条假辫子,以免麻烦。那时候吾乡初有"香洋肥皂",人们把它装在袋里,挂在襟上,当作香牌。而俞先生竟用香洋肥皂洗脚。此事盛传全镇,大家认为此人"没淘剩[1]",其辫子多分是偷老婆而被剪,不见得是留学而剪脱的,果然不久他就不容于石门湾,打打铺盖,拖着假辫子回外乡去。

属于第二种的,是烂污阿二。他是我乡一个流氓,其名字由"撒烂污"一语得来,其人可想而知。烂污阿二同一个有夫之妇姘姘头。女人被丈夫痛打,自己寻死,丈夫和地方上的人把烂污阿二捉来,把他和死尸两人脱光衣裳,用索子捆在一起,关闭在一间空屋里。这正是炎夏天气。关了三天放出来时,烂污阿二没有死,但浑身是烂肉和蛆虫,又少了一条辫子。

烂污阿二为了有碍观瞻,装一条假辫子。他夏天也戴帽子。另有个叫做钟庆和的,也是流氓,故与烂污阿二要好。两人常常戏耍。烂污阿二看见钟庆和,当众高声向他招呼:"庆和吃过了吗?"但说时鼻子闭紧,把"庆和"二字读作"吃污",全句就变成:"吃污(吾乡称屎曰污)吃过了吗?"众人大笑。庆和受了这嘲弄,不作一声,飞奔过去揭他的帽子,连假辫子一起揭下。众人又大笑。庆和要把帽子连辫子抛到屋上,烂污阿二跪下来讨饶,一幕戏方始演毕。——这很像是鲁迅先生《阿Q正传》里的材料。现在因了答辩假辫子问题,使我得重温儿时的旧梦。

卅六年六月五日于杭州作

---

[1] 没淘剩,作者家乡话,意即没出息。

端阳忆旧 [1]

我写民间生活的漫画中,门上往往有一个王字。读者都不解其意。有的以为这门里的人家姓王。我在重庆的画展中,有人重订一幅这类的画,特别关照会场司订件的人,说:"请他画时在门上改写一个李字。因为我姓李。"这买画人把画当作自己家里看,其欣赏态度可谓特殊之极!而我的在门上写王字,也可说是悖事之至!因为这门上的王字原是端五日正午用雄黄酒写上的。我幼时看见我乡家家户户如此,所以我画如此。岂知这办法只限于某一地带;又只限于我幼时,现在大家懒得行古之道了。许多读者不懂这王字的意思,也是难怪的。

我幼时,即四十余年前,我乡端午节过得很隆重:我的大姐一月前头就制"老虎头",预备这一天给自家及亲戚家的儿童佩带。染坊店里的伙计祁官,端午的早晨忙于制造蒲剑:向野塘采许多蒲叶来,选取最像宝剑的叶,加以剑柄,预备正午时和桃叶一并挂在每个人的床上。我的母亲呢,忙于"打蚊烟"和捉蜘蛛:向药店买一大包苍术白芷来,放在火炉里,教它发出香气,拿到每间房屋里去熏。同时,买许多鸡蛋来,在每个

---

[1] 本篇原载 1947 年 6 月 23 日《申报·自由谈》。

的顶上敲一个小洞，放进一只蜘蛛去，用纸把洞封好，把蛋放在打蚊烟的火炉里煨。煨熟了，打开蛋来，取去蜘蛛的尸体，把蛋给孩子们吃。到了正午，又把一包雄黄放在一大碗绍兴酒里，调匀了，叫祁官拿到每间屋的角落里去，用口来喷。喷剩的浓雄黄，用指蘸了，在每一扇门上写王字；又用指捞一点来塞在每个孩子肚脐眼里。据说，老虎头、桃叶、蒲剑可以驱邪；蜘蛛煨蛋可以祛病；苍术白芷和雄黄可以驱除毒虫及毒气。至于门上的王字呢，据说是消毒药的储蓄；日后如有人被蜈蚣毒蛇等咬了，可向门上去捞取一点端午日午时所制的良药来，敷上患处，即可消毒止痛云。

世相无常，现在这种古道已经不可多见，端阳的面目全非昔比了。我独记惦门上这个王字。并非要当作DDT用，却是为了画中的门上的点缀。光裸裸的画一扇门，怪单调的；在门上画点东西呢，像是门牌，又不好看。唯有这个王字，既有装饰的效果，又有端阳的回想与纪念的意味。从前日本废除纸伞而流行"蝙蝠伞"（就是布制的洋伞）的时候，日本的画家大为惋惜。因为在直线形过多的市街风景中，圆线的纸伞大有对比作用，有时一幅市街风景画全靠一顶纸伞而生色；而蝙蝠伞的对比效果，是远不及纸伞的。现在我的心情，正与当时的日本画家相似。用实利的眼光看，这事近于削足适履。这原是"艺术的非人情"。

重庆觅屋记[1]

三十一〔1942〕年的重庆,房荒的程度比胜利复员后的京、沪、杭更高。那时我不顾一切,冒昧地从遵义移家到重庆。现在回想,着实替当时的自己担心。但在当时,铤而走险已成习惯,满不在乎的。

那时候,我家的大儿女们,已都住宿学校,家里只剩两个小儿女,连我夫妇,一共四人。四人还不敢一同走,分作两批,把我妻及一幼儿暂留在遵义,我带一小女孩和行李先赴重庆,住在朋友人家,着手觅屋。

这朋友住在重庆郊外,因为来得早,优先地租得房屋,竟有一间空室可暂借我住。不过他们去晒衣服,必须走过我们的住室。

不久,我在附近找到了一间楼面,楼底下是店铺,楼上划分两间,后楼已有一家租住,我就住了前楼。到这时候,才写信去叫其余的两人来归。大小四口,住一方丈半的前楼,在当时的重庆,已经算得其所哉了。可是楼矮得很,站在楼窗前,

---

[1] 本篇原载 1947 年 9 月 1 日《天津民国日报》。当时题名为《陪都觅屋记》,现据作者自编的 1957 年版《缘缘堂随笔》。

额骨上面就是屋檐。这已是四月中。重庆夏日的炎威，到处闻名。旁人忠告我，再过一个月，此屋如火坑，即使你不怕热，恐要发痧生病。我着急得很，四处托人物色，终于在五月初找到了附近一间坟庄屋，如获至宝。

这坟庄屋位在重庆的郊外。附近荒坟累累，墓木森森。房子倒有两起。一起是房东自己住的，另一起是三开间平屋。中间供着牌位，死气沉沉，非人所居；东间另有一家租住，我就住了西间。泥墙很厚，足有二尺。四周并无窗子，只有三十二开本大小的一个天窗。因此室中幽暗阴凉。介绍人说，在这屋里过夏，倒是好的。这无异一个山洞，我不惯穴居，而且要求光明。我在屋上添开了一排天窗，好比装了日光灯，皆大欢喜。

我在重庆开个画展，得了五万多法币。就拿出四万元来，在附近租地造两间小屋。屋快造好，方始和房东来往。我知道他有一个儿子在中学读书，他的家教很严。他家的工人说，他教儿子，常把儿子吊在树上，用鞭子抽。

不久我的小屋落成，我乔迁了。我向房东和邻家告别。邻家也是一个文化人，分手以后，互相往还，反比邻居时亲近了。这正是盛夏，重庆的太阳大肆炎威的时候。街上发生了一件命案，是儿子毒死了老子。据说，最近有一家，老子重伤风，到医院里看，医生给他一包药粉，叫他次日早晨空肚里用开水送下。他拿了药粉回家，放在床前桌上。儿子偷将毒药调换。这毒药是以前儿子腿上生疮时医生给他洗疮用的。次日早晨老子醒来，倒一杯开水，将药送下。忽然四肢发痉，不省人事。赶速叫滑竿抬到医院里看。没有抬到医院门口，病人已经在滑竿上气绝了。

我家的人听了这新闻,当作报上看见的一样,评论一回,叹息一回而已。后来又知道了死者的姓名,才惊奇起来。原来死者就是我们以前的房东!过了三天,我冒了太阳,去访我的邻居。走到门口,看见许多人正在进进出出,大家以手掩鼻。我起初不解其意,走到了门口,忽然闻着一阵臭气,倒退了几步。这种臭气的滋味,我们的笔难以形容:好像粪臭,但比粪臭新鲜;好比屁臭,但比屁臭得浓烈;好比咸鲞臭,但比咸鲞臭更入味;好比绍兴人常吃的霉千张臭,但比霉千张臭得更动人;好比臭豆腐干臭,但比臭豆腐干臭得更腥气——总之,把粪、屁、咸鲞、霉千张、臭豆腐干五种东西放在一起,嗅它们的总和,大约可以懂得我时所闻到的那种臭气了。我恍然大悟,这是死人臭!我想:定是打官司,尸体还停在屋中。我连忙向后转。我十分同情于我的邻居,不知他们一家是否与尸为邻。重庆的炎夏的太阳晒在头上,异味的臭气进入鼻孔,我头晕眼花起来。我在路上走进一个做医生的朋友人家去休息。医生给我吃几颗仁丹。

后来我才知道,那人家的亲族,有的主张告官,有的反对,争论了好几天,终于没有告官,私自买棺成殓。但尸体停了数天,烂得面目模糊,身上遍是蛆虫。屋里烧了好几炉檀香,仍是不可向迩。而停尸的屋,正是我以前所住的屋的中央一间,供牌位的一间。我的邻居竟是与尸为邻。在房荒严重的重庆,他虽欲暂避,竟无可投奔,只得密密地关闭了与中间相通的门,从后门进出。幸而如我以前所说,这屋泥墙有二尺多厚,四周没有窗子而开天窗,故那种臭气,没有侵入他的室中。但生受了好几天的嫌恶与恐怖。

我想假如我的小屋迟一点落成，又如房东家的命案早一点发生，我也必须与尸为邻。我又想：虽说逃难中颠沛流离，我比前线上的兵士究竟好得多。战场上尸横遍野，夏日臭气熏天。兵士们倘得饱尝那种"五味调和"的臭气，而自己不变成尸体，还是极大的幸福呢！

一九四七年作

防空洞中所闻 [1]

南宁将失守的前两个月，宜山的警报像课程表一样排定：上午八时起一次，下午二时起一次。我在浙江大学教课。我的课，艺术欣赏与艺术教育，排在下午二时。这一学期中，我只上过一次课，其余的都被警报放假了。放假是先生的幸福。尤其是我，从家里到学校，要走三四里崎岖不平的路，走到时气喘汗流，讲不得课。放假在我应是很大的幸福。但在那时候，这幸福并不大。因为不上教室，就得上防空洞，防空洞的路也很崎岖。只是上教室要唱独脚戏，讲自己并不高兴讲的话；而上防空洞，没有这种苦处，倒可选几个相识或不相识的人，随意谈天，自得其乐。有时"联络感情，交换知识"，有时"奇文共欣赏，疑义相与析"，那时我想：上防空洞比上教室更有意义。

警报规定来，而飞机难得来。因此我进洞以后，恐怖的心情少，而谈天的兴味多。在最初，有许多胆大的人，经验了这情形，便懒得上防空洞，而冒险住在家里。结果便宜了他们，他们便自豪。后来有一次，飞机真个来了，而且炸死了许多人。从此以后，自豪的人便不敢再豪，警报一响，大家按时入洞。因此

---

[1] 本篇原载 1947 年 9 月 8 日《天津民国日报》。

入洞一事，渐渐成了定规，竟同上课一样。有时大家诧异："今天皮包小姐为什么还不来？"话未说完，那小姐果然挟了那皮包姗姗而来。"今天大块头一家为什么还不来？"东张西望，"啊，原来大块头一家今天坐在里面的洞里！"

我入防空洞，最初带一册书，后来废止了。因为我觉得和同洞人闲谈，比读死书有意思得多。我不欢喜找熟识的同洞人谈天，而欢喜找不相识的同洞人谈天。在洞内，不比在路上，素不相识的人，都可以随便招呼，而且一招呼就很亲热。我往往选定一个对象，预先估量这人是什么路道，有过怎样的生涯的，然后去同他攀谈。

我虽然没有学过相面，然而我的估量，大都近似。有一次，我在同洞的人中注意到了一个瘦长的中年人。他的脸色特别忧愁，他的态度特别严肃。入洞他总是最早，出洞他总是最迟。在洞中，有一次他忽然站起来摇手，制止别人谈话："静些，静些！外面好像有飞机的声音呢！"其实是旁边一个胖子躺在石上打眠鼾的声音。有一次，他旁边一位国文教师，手里捧着一册唐诗，用鼻音扯起了调子哼诗。他愁眉不展了好久，终于向他开口："啊呀，你不要这样念诗呀！这声音很像飞机呢！"我看中了这位中年人，同他攀谈起来。我料量他一定有着恐怖的经验，受过很大的刺激。结果不出我之所料，他告诉我这样的故事：

他是江西人，在广州营商的，家中原有一妻一子。子三岁的时候，广州警报频仍，而且炸得很凶。每天，他担了被头和食篮，他的夫人背了三岁的儿子，逃进防空洞去。

有一天，警报发得迟了一点，他们没有进洞，炸弹已经下来。

响声震地,烟雾漫天!许多人在入洞的路上被炸死了,血肉横飞,溅到他们的身上和脸上,而他们俩幸未吃着弹片,九死一生地逃进了洞中,他们俩到得洞中,一面喘息,一面揩拭脸上、衣上的别人的血肉。幸而洞中黑暗,看不出形色,免得惨不忍睹。他忽然想起了他夫人背上的娇儿,料他身上也有别人的血肉,就用手去摸。不摸则已,一摸,啊呀!娇儿的头哪里去了?旁人用电筒来照,一个无头的孩子紧紧地缚住在他母亲的背上!

他夫妇二人哭得晕去。幸赖旁人救护劝慰,得在警报解除后担了被头和食篮,背了无头的孩子,啼啼哭哭的出洞。他们想回家去殓葬这娇儿。岂知走近门巷,但见一片烟火,家已不知去向了!他们俩只得跟了许多无家可归的人,到临时避难所去息足。他的夫人,至此眼泪已经哭完,不知所云了。幸有一条被头,铺在檐下,给夫人坐了。他从夫人背上解下无头的娇儿。他夫人看了,不哭而笑,足见她已经变成痴子了!他不忍抛弃这娇儿的身体,而又无法殓葬,就把它塞在佛像的座下。这临时避难所,原是一所庙宇,供着佛像的。他回到檐下,看见夫人已经躺在被上入睡了。他坐在她旁边,定一定神,他想:完了!幸而夫妻两人还在,而且大家年纪还轻。不怕,重新来过!他一告奋勇,便觉得肚饥。他想起食篮里还有冷饭和肉。他就向篮里去找。篮上粘满了血肉,篮面上的遮布变成了红布。他撩开红布去探饭团,摸着一个软软的、湿湿的东西,拿出来一看,啊呀!原来是娇儿的半个脑袋!他惊叫一声,他的夫人坐了起来,旁的避难者也都来看。他的夫人一见这东西,长号一声,倒在地上,从此不再醒来了!……这样,他就变成了一个光棍,以后设法埋葬了妻和儿,流亡到宜山地方来。我听他讲完,觉得浑身发冷。最"动人"的是后来在饭篮里发见孩子的半个脑袋。料想是路上被弹片切下,偶然落入自家的饭篮中的。这个"偶然"实在太残忍了,太恶作剧了!

我自从探得了这人的惨史以后,每次入洞,对他特别亲热。我同情他,勉励他,并且表示愿意尽我的能力帮助他。他在一个机关里当收发,我曾经亲自去访他。那机关长是认识我的,见我去访他的门吏,甚是惊奇。后来对我说:"这人神经异常,只能管收发。"我就把这段惨史告诉他,而且要求他照拂。当时他也表示感动,答允我的要求。后来南宁失守,大家各自分飞,我也顾不得他,下文就没有了。

一九四六年作[1]

---

[1] 文末写作时间为1957年版《缘缘堂随笔》中所署。疑为1947年之误。

《猫叫一声》序言

　　这篇故事和二十四张插图是民国二十六年,即抗战前些时,在故乡石门湾缘缘堂写的。写后不久,我就弃家逃难。转辗十余省,经过九足年,我才回乡。回到故乡,看见缘缘堂已成一片荒草地,只剩几块墙脚石。里面的书物器什,早已全部被毁了。我去访问一家乡亲,他们说九年之前缘缘堂被毁的前一天他们代我抢出几箱子书物,现在还保存着。就拿出来还我。我感谢他们的好意,又欣逢我的旧物,我一一翻看,在许多杂乱的旧衣旧书中,发现这篇故事的原稿,及二十四张插图。我读了一遍,好似读别人的文章。这文与画何时写的,曾否在报纸发表,完全记不起了。似乎是未曾发表过的。不然,何以原稿留在缘缘堂呢?

　　缘缘堂无数书物尽行损失而这篇文章和插图居然保存。这也是奇妙的原因,所产生的奇妙的结果。所以现在把它出版,以志纪念。人世间的事,全是偶然的。这稿子偶然保存,偶然出版,小朋友们也是偶然读到而已。

三十五年十一月三十日

子恺记于杭州招贤寺

猫叫一声的结果[1]

这是什么时候发生于什么地方的事?笔者尚未考实。但知这是过去、现在或未来的世间所有的一件事实。笔者为欲使读者易于想象,在叙述中借用目前的风习,但这是假定的。

后半夜,猫不知为什么,在屋顶上大叫一声。一只老鼠刚从字纸篓里觅得一张酥糖包纸,正在衔着它爬过伯伯床前的停火桌[2],听见了猫叫,吓得魂不附体,就把酥糖包纸遗弃在停火桌上,只身逃命,不敢再出洞来收回它的宝贝。这酥糖包纸恰好盖在伯伯的近

---

[1] 1947年9月〔上海〕万叶书店曾出版作者《猫叫一声》一书("万叶儿童文库"之一)。本篇据手抄稿。
[2] 按作者家乡方言,晚上睡觉时留着灯火不熄,叫停火。放该灯的桌子即停火桌。

视眼镜上,而且摆得很正,好像伯伯有意放在床前桌上的一册薄书。

天亮了,老妈子进来为伯伯倒痰盂,看见伯伯昨夜睡前躺在床里看的二册书落脱在痰盂旁边,就为他拾起来,放在停火桌上的酥糖包纸上。她误认这酥糖包纸是一册书,想为伯伯的东西归类。谁知伯伯的眼镜已被重重叠叠地遮盖了!

伯伯的眼睛近视得厉害,一起身,就要找眼镜戴。但他找了好久,不见眼镜。他不戴眼镜,一二尺外的东西也看不清楚,不得已,只好摸索地走到窗前来喊:"谁来替我找找眼镜!谁来替我找找眼镜看!"喊了两声,一朵痰涌上气管,几乎塞住了他的喉头。他"阿狠!"一声,又滑又咸的一朵浓痰填充了半口腔。他来不及回去找痰盂,用力一"呸!",那朵痰就向窗外二丈多远的草地里飞。二男今天要跟爸爸乘火车到外婆家去邀姆妈,刚才换好新衣新鞋,听见伯伯着急地喊人找眼镜,不及绕道回廊,就穿过草地,由近路赶来接应。伯伯不能看见他,他也不及让避伯伯的痰,那痰恰好落在他的新鞋的头上。浮萍大的浓绿色的一堆,牢牢地粘住在他的玄色直贡呢新鞋的头上。他想喊出"啊呀,姆妈要骂了!",但他暂时不作声,暂时穿了这只"绣

花鞋",去替伯伯寻到了眼镜,然后去找老妈子商量办法。

老妈子蹲下去看看二男的鞋子,跳起来说:"咦!隔夜饭吐出了!拿到河里去洗,一刹时不会干。今天偏偏要去做客人,怎么办呢?"她仰起头一想,得意地说:"穿了哥哥的一双吧,大得真有限的。"二男就借穿了大男的新鞋子,跟着爸爸向火车站去。

二男穿着大男的鞋子在路上走,虽然略嫌宽些,却很舒服,好像赤脚似的。但当快步的时候,脚趾头须得使个劲儿,否则似有落脱之虞。幸而火车站就到,火车就来,二男上车坐定后,倒也不觉得什么。他背着窗坐[1],回头望望窗外飞奔的景物,觉得异常新鲜。因为他是难得坐火车的。他屡屡回头,颈骨异常酸痛,不免扭过腰来,向着窗子跪在凳上,可以饱看一顿。

---

[1] 旧时火车车厢中的座位是直排的:即两旁靠窗各一长排,中间背靠背两长排。

二男的爸爸买了一包卫生豆腐干，递给二男。这是火车上所特有的食物，在二男又觉得异常新鲜。火车窗沿有毛两寸阔，大可当小台子；娘舅新近送他的德国小洋刀又带在身边。他就拿出小洋刀来在这小台子上切卫生豆腐干吃。他把豆腐干切成细条，把刀搁在窗缘上，然后一条条地取食。享乐往往容易过去，不久洋刀旁边只剩下一条豆腐干。他拿了这最后的一条豆腐干，正想往嘴里送，一个肥大的旅客欲赴便所，在他背后擦过。二男的鞋子本已很宽，经他用力一擦，左脚上的鞋子就落地。二男立刻扭转腰来回复背窗而坐的姿势，同时俯下身去拾他的新鞋。正在这时候，坐在他前排上的旅客，遇到一个相识的人，连忙摸出香烟来请客。他的香烟篓子内只剩二枝香烟。他拿出了这两枝香烟，就把篓子丢在地上。一张画片从篓子里跌出，恰巧碰着俯身拾鞋的二男的视线。这使得他触目动心：因为二男费了半年多的心血，积受此类画片九十八张，再访二张，就成全套，可换脚踏车一辆。而目前地上的一张，正是这二张中之一！他先伸手拾了画片，然后拔上鞋子。他忘记了一切，热心地鉴赏这稀有的画片，热心地庆祝自己的幸运,又热心地把这事告诉他爸爸:"再积一张我可以有一辆脚踏车了!""有了脚踏车我可以旅行了!""爸爸以后常吃这种香烟!"正谈得起劲,不觉火车已到目的地,他们所坐的一节三等客车恰好停在车站的门口。二男把他的德国小洋刀遗忘在火车中的窗缘上,跟着爸爸匆匆下车。

二男和爸爸挤进这车站时,看见有一个乡下人,一手提着一个包裹,一手拿着一张四等车票,仓皇地挤出车站来,死命地奔向火车。他不管三等四等,拉着最近一节车厢的门纽用力乱旋。收票的在门口喊:"四等在后头!这里是三等!"但这时候火车已经慢慢地开动,那乡下人已慌张得无暇听这忠告,那收票人也不好意思阻难他了。他终于把门扭开,平安地跳上火车。这就是二男和爸爸走下来的一节三等客车,两个靠窗的坐位依然空着,就被乡下人和他的包裹所占据。他先把车票藏入袋里,然后揩揩额上的汗,定一定神。他本来不识字,三等车厢和四等车厢也少有分别,除了"三"字和"四"字不同之外,一样的统长坐位,一样的玻璃窗,一样的乘客。他坐在这里,除了袋里的车票上的文字

以外，也没有一点足以证明他不应该。他扭转身子，把一只腿搁在包裹上，回头向窗外眺望野景。他正在心中艳羡比他种得更好的麦田，讥笑比他种得更坏的瓜田时，忽觉眼睛底下亮闪闪地，似有一样东西在牵惹他的眼光。他把视线从野外收回，移注在窗缘上，但见一把很精致的小刀，横卧在离他的眼睛不到半尺的地方。"这是谁的？"这念头最初涌出在这正直的乡下人的心中。"这可以归我吗？"这念头继续起来摇动了这穷苦的乡下人的心。他暂时不动声色，回头调查他的环境。但见他身旁的乘客，都是同他差不多的乡下人，不像是这精美的小刀的所有者；况且他们都被火车的振动催眠着，形同庙里的菩萨，更无工夫注意他的行为了。他伸手取刀，敏捷地把它收拢了，敏捷地藏入袋中。

不一会，查票员来了。我们这位坐三等车的乡下客人不慌不忙地伸手入袋，坦然地摸出一张四等票，高高地擎起来，交查票员查验。"四等后面去！四等后面去！"查票员一面连喊着，一面连推这乡下人的身体，继续又咕噜着："字不识得，难道嘴巴也不生，不会问一问人的？"我们这和善的乡下人受惊若宠，乘势提了包

裹,一颠一撞地向后面走。当他把验过了的票子藏入袋里的时候,他的手指触着了冷冰冰的一条,心里一阵欢喜。他想起了他们村上所流行着的谚语:"天上落脱,地上拾得,十八个皇帝夺勿脱!"

乡下人坐在四等车里打了一个瞌睡,本能地知道目的地将到了。果然不到一管旱烟模样,火车已停在他所熟识的火车站旁。他提了包裹下车,交出了票子,立刻登上回家的小路。因为从火车站到他家,还有六七十里的距离,须得用他的脚步来消灭。他走了好久,经过一个小市镇。这市梢有一座石桥,是从他家到火车站必须经过的。当他走上桥的时候,把脚踏在一块动摇的桥步石上,"各东"一响,吓得他直跳起来。可喜安然地走过了桥。但他没有知道,当他踏了跷石头的时候,他的小洋刀已通过了老鼠在他袋上咬破的小洞而翻落在跷石头的旁边,"各东"的声音恰巧

把小刀翻落的声音遮掩,使他不曾留意。而他袋上的洞,则是昨天藏了客人家所赠与的花生米而被老鼠咬破的,他自己全然没有得知,所以放心地把小刀保藏在这里。这洞比黄豆大,比蚕豆小,若在平时,小刀也漏不出。他上桥时的一跳恰巧给它钻出了。这确是他所防不到的失误。他穿过市镇的时候,买了两个圆子当午饭吃,继续上道回家。他直到傍晚抵家,方始发见了小刀的损失和袋上的洞。他如何惋惜,暂且不提。

却说那小市镇里,石桥附近,住着一个爱赌的某甲。他的老婆相貌很漂亮,而性情非常凶悍。每逢他赌输了,她就要骂。昨夜他赢了十只大洋,本想回家了,为欲格外讨好他的老婆,想多赢些,继续赌了几盘,赢的十元统统吐出,反而输了五只大洋。为此,他的老婆今天一直骂人,骂得他坐立不安。晚上他对老婆说:"不要骂了,等我去捞回来吧!"说着就匆匆出门,意欲到赌友某乙家去讨些旧欠来作赌本。他走过石桥,踏上那块跷角石头。"各东"一响,使他的眼睛望脚下看。但见一件小东西,在月亮底下闪闪发光。伸手拾起一看,原来是一把精美的小刀。他想想这小小的利益也许是今天赌风顺的预兆,拿了小刀,满心欢喜地走向某乙家去。

到了某乙家的门口,听见屋里也有骂声。推门进去,看见某乙坐在一张破桌子旁,一面吃酒,一面敲桌子,一面骂人。他的儿子把背脊靠在柱上,在那里旁观。某乙看见某甲进来,骂声越响:"那老畜生!欠了他三块六角的利息,搬了老子的八仙桌和眠床,外加拿了一把锡酒壶去!你当心些,总有一天落在你老子手里!"某甲在他旁边的板凳上坐下,暂把小刀在桌子边上一放,先问他动怒的情由。才知道本地盘剥重利的财主,为了某乙欠他利息未清,今天乘他不在家时,派人来搬了他的东西去,外加他又赌输了钱。他赊了两斤酒来,吃个烂醉,骂个痛快,想消心头之气。

某甲正碰在他的懊恼头上,但他的使命也很重要,不得不开口:"不瞒你老兄说:我今天来,想你帮我一臂之力。家里的雌老虎闹得天翻地覆,今天非捞一点回

去,不好过日子了。可是一双空手,怎么捞法呢?你该我的已有十多块钱,今天不拘多少,请你付我一点,总算你救我的急,千万勿却!"某乙听毕,眼球瞪出了大半个,敲一记桌子,厉声骂道:"见你的鬼!老子的家都被贼抄空了,你还想我还赌钱?发昏!"说着,顺手用食指向某甲额上一指。某甲几乎从板凳上翻了下来。幸而一手扳住了桌子的破洞,没有翻下。但这一气非同小可,他卷起袖子,也敲了一记桌子,骂道:"你吃了对门谢隔壁?他们抄你的家,不关我事;你欠了我钱,不许我讨?你才是发昏!"也用手指还他一指,两人就打起架来。你一拳,我一掌,越打越凶,终于滚倒在桌子旁边的地上。

放在桌边上的那把小刀,当他们谈话时已被某乙的孩子好奇地打开,这时候桌子被他们猛力一撞,恰好落在某乙手旁的地上,映着油灯光闪闪发亮。某乙被压在某甲底下,不得翻身,正愁手无寸铁,瞥见这亮闪闪的小家伙,就顺手取来,向某甲的喉头乱刺。德国制的小洋刀原是极锋利的,外加某乙受足了气吃饱了酒,使的更加用劲。没有几刀,某甲的喉管已被完全割断,仰卧在地上奄奄待毙了。某乙爬起身来,定神一看,知道已闯大祸,酒醉吓醒了一半。正想设法救治,某甲已经断气。他禁止孩子声张,悄悄地出

去闩上了门。回来用冷水洗了一个面,对着尸体呆看,看了一会,计上心来。他熄灭了室内的油灯,拉着他的孩子到草柴堆里去睡觉了。睡到半夜,他独自悄悄起声,拾了小刀,背了尸体,开门就走。朦胧的月光照着这一对赌友,一直照到财主家的后墙内。然后悄悄归家,扫净了地上的血迹,整理了屋里的纷乱,再到草柴堆里去睡。

明天,这小镇上发生了大事件:财主家的后门发见一个死尸,经邻人报告公安局,派警察来查,验明死者确是石桥头的某甲。尸妻赶到,抱了尸身大哭,又披头散发地闯进财主家中,要撞死在他们的廊柱上。许多旁人前来劝阻。昨天吃了财主亏的尸友某乙,此时从人丛中挤出,对尸妻说:"你撞死了有什么用?我帮你去告状,钉没他一家,也替你丈夫出口气!"尸妻觉悟了,收泪出门,央某乙同去告官。财主数十年来以重利放债起家,性又吝啬凶狠,本镇没有一个人不吃他的亏,没有一个人不怨恨他。某乙替甲妻做的诉状,诬告财主要得她为妾,故将其夫设计杀死。诉状上盖了本镇许多商店的印子,这诉讼变成了公诉。县官亲来验尸,于财主家后庭中搜得德国制小洋刀一把,与某甲喉

头的伤痕相符,而且刀上还有血痕。财主是地方绅士,曾担任许多公务。这时候又有许多人提出诉讼,告他吞没公款。两件案子归并在他一身,而且都有实据。于是财主就定罪下狱,财产全部充公。他家里只有一个老妻。这老妻气愤成疾,一命呜呼。僮仆纷纷散去,只有一个老家人不忘旧主,常到狱中去问省。

财主下狱后,闻得家产充公和老妻病死的消息,气得死去活来。他有足赤金条十大镑,密藏在住宅后院落中,梧桐树旁边的地窖里。这件事除了他的老妻以外,世间没有第三个人知道。现在他的住宅虽已充公,这地窖一定无人想到。他有一个唯一的至友,住在外埠。他想写封信给他,密嘱他设法取出藏金,并为他向最高法庭诉冤,务求水落石出,回复自由。他托禁子[1]买了纸笔,在狱中写了一封长信。恐怕被官家查出,不敢交托禁子去寄。他暂时把信放在贴身的熟罗短衫的袋中,想等那老家人来探监牢时,托他

---

[1] 禁子,在牢狱中看守罪犯的人。

付邮。

不料这一天晚上,财主在狱中生起病来。起初神思昏迷,继而目瞪口呆,后来人事不省。五更未到,一命呜呼。官家验明财主委系在狱病死,而且无人领尸,就给他收敛,把棺材停放在城外的义冢上。当他的棺材抬到义冢上时,跟着看的闲人很多。大家说着:"看哪!财主进牢洞,困施棺材,上义冢去了!"声调中带着复仇的欢喜。有一个拾荒的,这时候正在义冢旁边捉狗屎[1],眼看见财主的棺材被放在义冢的一角上,顿时起了念头。他原是无所不为的人,不得已时,也曾做过开棺盗尸的勾当。财主的家产虽然不曾带进棺材里,但他在狱中时所穿的一套衣裳,想来也比别人的寿衣高贵得多。今夜倘弄得到手,足够他坐吃一两个月,其间无须再捉这牢什子的狗屎了。

是夜月色朦胧,拾荒的身怀铁器,偷偷地来到义冢的一角,密访财主于施棺材中。那松板做的盖不消费力,已经随手而开。天气还不很热,财主的尸体还不很烂,不过稍有些儿咸鲞气味。他从腰里解下一根绳来,一端缚住了财主的头颈,一端穿过近旁的树枝,从树的那面把绳死命地拉。拉了好久,财主的尸

---

[1] 捉狗屎,作者家乡话,意即捡狗屎(作肥料)。

体已被拉出棺材，挂在树上。他把绳头拴在另一树上，然后走近尸体，从容地卸下他的衣裳。马褂一件，袍子一件，夹衣一件，夹裤一件，衬里罗衫一件，鞋子一双。他似乎知道财主死了也要面子，独不取他那条衬里裤子。他把施棺材拖将过来，接住财主的脚。然后把绳头一放，尸体就倒在棺中。他把松板盖上，挟了衣裳悄悄回家。

次日，拾荒的起身很迟，悄悄出门，把衣裳设法变卖，独留一件熟罗衬衫在床脚底下不拿出去。因为这上面有着血迹和咸鲞气，一时变不来钱。然而变来的钱已经超过他的预期了。他搁置了拾荒的工具，过了许多日子的享乐生活。最后，他不得不想起床底下的熟罗衬衫来。他拉出来一看，霉天的潮气已经使它变成发黑。这黑色却遮掩了血迹，又

消灭了咸蓊气。他向隔壁人家借一只脚桶,吊满井水,就在井边洗濯这发黑的罗衫。这里本是很冷僻的场所,况且又在很早的清晨,在他看来实同自己家里的秘密室一样。他洗了一会儿,发现衣裳里有一封信。他素不识字,即使很清楚的信放在他的眼前,在他看来也同蚂蚁一样没有意思;何况这信已经濡湿,模糊不清呢!他拿来团一团拢,丢在井边的墙角里。然后赶紧完成他的洗濯工作,准备去换钱。后事如何,暂且不表。

却说这国家,同现今的阿比西尼亚〔埃塞俄比亚〕相似,当时正受一个强敌的压迫。国土的一半已经陷入敌人之手,这小镇亦在被陷之列。大凡侵略者夺人国土,往往用一种无形的压迫手段,使当地的愚民不但不觉苦痛,反而觉得舒服。像这回的惩戒财主,大快人心,便是这种手段之一。当时地方上人大家称赞新政府的清明,忘记了祖国。只有一位爱国志士独自愤慨,不愿为亡国奴,宁愿为祖国鬼。他结合全国的志士,密图恢复。处心积虑,已非一日。他最近的工作,就是假装收字纸的,担着两只"敬惜字纸"的大笼,在市内巡行,借口暗察敌方的情形。这一天他照例挑了"敬惜字纸"的担,拿了一把竹夹,出门闲行。他走过拾

荒者所住的弄口，原定不进这寂寞的地方去，恰巧望见弄内一个楼窗里飞下一张废纸来。为了假装尽职，他就踱进弄去。那纸飘了一会，停落在井旁的墙角里。他走近一看，原来是一张包花生米的报纸，就把它挟入笼中。同时他的眼睛注意到墙角里另有一团字纸。挟起一看，这是一封曾被打湿，团皱，而现在晒干了的信。并且上面粘着未盖印的邮票，明明是欲寄而未发的。他小心地把信壳揭开，但见头上这样写着：

"我遭此不白之冤，命在旦夕。能救我者，惟有老兄……"这几句开场白引起了他的绝大的注意。他把信藏入袋里，转身就走。回到家里，仔细阅读这信，才知这是最近死在狱中的财主的秘密信，不知缘何被打湿，团皱，而落在井旁的墙角里。他的思想一时混乱，最后就决定要取那信上所说的十鬆金条。因为他想：如信上所说，这笔藏金除了财主主妇二人以外，世间没有第三人知道。那么，现在二人皆死，此信未发，世间知道这藏金的人，就只有他一人了。若说已有识者先看此信，决不会把它抛在路上。故这希望是十分确实的。他又想："国家大事，正需要财力。我们

所以未敢发动者，正为经济能力薄弱之缘故。我不想得此财产而作富翁，但想借此助力以恢复祖国的主权。"

他立刻去访藏金的屋，看见门口贴着"召租"。他立刻租了，召集四方的同志来住。一星期后，藏金已被如数发掘。一个月后，他的义勇军集了数万。二个月后，他们的国土完全恢复。三个月后，这爱国青年不但驱尽了外侮，又整理了内政。这国家从此成了一个强盛而公正的模范国，为全世界所景仰。其流风善政，颇有引导世界趋向和平大同的力量。这便是猫叫一声的结果。

因为：这大功的告成由于发掘藏金；发掘藏金由于爱国青年的拾信；拾信由于拾荒者的弃信；弃信由于盗尸；盗尸由于财主的死狱；死狱由于某乙的诬告；诬告由于某甲的被误杀；误杀由于某甲的拾刀；拾刀由于乡下人的失刀；失刀由于得刀；得刀由于二男的忘刀；忘刀由于发见香烟画片；发见香烟画片由于拾鞋；拾鞋

由于鞋的太大；鞋的太大由于伯伯的吐痰；吐痰由于找眼镜；找眼镜，是为了老妈子用书盖住了眼镜的缘故；用书盖住眼镜，是为了眼镜上有了老鼠所遗弃的酥糖包纸的缘故；老鼠把酥糖包纸遗弃在眼镜上，是为了猫叫一声的缘故。至于猫为什么叫，开篇已经说过，是不知为什么了！

这辗转相生的因果，好像一条曲折的河流。在这河流的旁边，还有无数复杂的支流，一条都少不得。倘少了一条，就流不到现在所流到的地方。举最显明的例来说：伯伯倘不吃酥糖，老鼠也不会把酥糖包纸遗弃在眼镜上；以后的事就不会发生。其次，伯伯的书倘不翻落地上，老妈子也不会用书遮掩眼镜；以后的事也就不会发生。其余的例统统如此：伯伯的眼睛倘近得不厉害，也不会找眼镜；二男倘不走草地，鞋子上也不会受痰；火车里赴便所的人倘不肥大，二男也不会俯身拾鞋；二男对面的旅客不请人吸香烟，二男拾了鞋也不会忘了小刀；乡下人乘火车倘不迟到，也不会拾到小刀；他的袋里倘不放花生米，也不会被老鼠咬洞而失落小刀；某甲倘不赌输，也不会拾到小刀；某乙的孩子倘不把小刀打开，某甲也不会被杀；

财主倘没有种种恶行，也不会被人诬告；财主倘不是养尊处优，也不会死在狱中；拾荒的倘识字，也不会抛弃那封信。那时这笔藏金将被别人所得：或者被比这爱国者更好的人所得，而建更大的功勋；或者被比那财主更坏的人所得，而祸国殃民，皆不可得而知了。

口中剿匪记[1]

口中剿匪,就是把牙齿拔光。为什么要这样说法呢?因为我口中所剩十七颗牙齿,不但毫无用处,而且常常作祟,使我受苦不浅。现在索性把它们拔光,犹如把盘踞要害的群匪剿尽,肃清,从此可以天下太平,安居乐业。这比喻非常确切,所以我要这样说。

把我的十七颗牙齿,比方一群匪,再像没有了。不过这匪不是普通所谓"匪",而是官匪,即贪官污吏。何以言之?因为普通所谓"匪",是当局明令通缉的,或地方合力严防的,直称为"匪"。而我的牙齿则不然:它们虽然向我作祟,而我非但不通缉它们,严防它们,反而袒护它们。我天天洗刷它们;我留心保养它们;吃食物的时候我让它们先尝;说话的时候我委屈地迁就它们;我决心不敢冒犯它们。我如此爱护它们,所以我口中这群匪,不是普通所谓"匪"。

怎见得像官匪,即贪官污吏呢?官是政府任命的,人民推戴的。但他们竟不尽责任,而贪赃枉法,作恶为非,以危害国家,蹂躏人民。我的十七颗牙齿,正同这批人物一样。它们原

---

[1] 本篇原载 1947 年 12 月 5 日《东南日报》副刊《笔垒》。

是我亲生的,从小在我口中长大起来的。它们是我身体的一部分,与我痛痒相关的。它们是我吸取营养的第一道关口。它们替我研磨食物,送到我的胃里去营养我全身。它们站在我的言论机关的要路上,帮助我发表意见。它们真是我的忠仆,我的护卫。讵料它们居心不良,渐渐变坏。起初,有时还替我服务,为我造福,而有时对我虐害,使我苦痛。到后来它们作恶太多,个个变坏,歪斜偏侧,吊儿郎当,根本没有替我服务、为我造福的能力,而一味对我贼害,使我奇痒,使我大痛,使我不能吸烟,使我不得喝酒,使我不能作画,使我不能作文,使我不得说话,使我不得安眠。这种苦头是谁给我吃的?便是我亲生的,本当替我服务、为我造福的牙齿!因此,我忍气吞声,敢怒而不敢言。在这班贪官污吏的苛政之下,我茹苦含辛,已经隐忍了近十年了!不但隐忍,还要不断地买黑人牙膏、消治龙牙膏来孝敬它们呢!

我以前反对拔牙,一则怕痛,二则我认为此事违背天命,不近人情。现在回想,我那时真有文王之至德,宁可让商纣方命虐民,而不肯加以诛戮。直到最近,我受了易昭雪牙医师的一次劝告,文王忽然变了武王,毅然决然地兴兵伐纣,代天行道了。而且这一次革命,顺利进行,迅速成功。武王伐纣要"血流漂杵",而我的口中剿匪,不见血光,不觉苦痛,比武王高明得多呢。

饮水思源,我得感谢许钦文先生。秋初有一天,他来看我,他满口金牙,欣然地对我说:"我认识一位牙医生,就是易昭雪。我劝你也去请教一下。"那时我还有文王之德,不忍诛暴。便反问他:"装了究竟有什么好处呢?"他说:"夫妻从此不讨相骂了。"我不胜赞叹。并非羡慕夫妻不相骂,却是佩服许先生说话的幽默。幽默的功用真伟大,后来有一天,我居然自动地走进易医师的诊所里去,躺在他的椅子上了。经过他的检查和忠告之后,我恍然大悟,原来我口中的国土内,养了一大批官匪,若不把这批人物杀光,国家永远不得太平,民生永远不得幸福。我就下决心,马上任命易医师为口中剿匪总司令,次日立即向口中进攻。攻了十一天,连根拔起,满门抄斩,全部贪官,从此肃清。我方不伤一兵一卒,全无苦痛,顺利成功。于是我再托易医师另行物色一批人才来。要个个方正,个个干练,个个为国效劳,为民服务。我口中的国土,从此可以天下太平了。

一九四七年冬于杭州

新年忆旧年[1]

三十七〔1948〕年的元旦又到了。我忆起了卅六年在无锡度元旦的情景。那时我从重庆回上海不久。与江南阔别十年,好比旧雨重逢,倍觉兴奋。我冒了寒威,向京沪路巡礼一次。元旦那一天,我住在无锡公园对面的旅馆内,与公园隔湖相望。记得那一天早晨,推窗一望,旭日当空,严霜满地;公园里红男绿女,已经来往幢幢,活现地画出一幅江南春晓图。我很高兴,我很得意,我对于我们的江南十分满足。那时只觉得一点小小的不满,便是旅馆把便桶放在房间里卧榻之旁。这有些野蛮,远不及大后方的厕所的合理。

我走出房间,掏出六百元,在旅馆门口的摊上买了一包美丽牌香烟,就走向城里去看热闹。我走过功德林,在民教馆的门口,看见一位中年男人跪在地上,旁边站着一个六七岁的孩子,穿着单衣,向行人号啕大哭,涕泗满面。这在江南的晴明的元旦的晨光中,是何等唐突的不调和相!我掏出二千元来,放在孩子面前的地上,竟自走向城里去了。在街上约摸走了一个多

---

[1] 本篇原载 1948 年 1 月 1 日《天津民国日报》。编入 1957 年版《缘缘堂随笔》时,作者曾加以删改,并改题目为《最可怜的孩子》,现仍据最初发表稿。

钟头,看过了劫后江南的元旦的一面,循原路回转。走到老地方,看见那位男人依然跪在地上,旁边依然站着那个孩子,穿着单衣,向行人号啕大哭,涕泗满面。我看看手表,的确经过了两个钟头;而那孩子还是用同样的表情,同样的声调,和同样的热情,向行人号啕大哭。他脸上的眼泪鼻涕与二小时前同样地淋漓纵横。我吃惊了。这回不再给钱,我站着看。旁边一位摆地摊的人也站着看。他看了一会,用轻蔑的口气自言自语地说:"哭了两三个钟头了,真本事!"我对他一看,他又低声对我说道:"那大人扭他的腿,强迫他哭的!啧!啧!"说罢便转向别处看。我也就离开,回旅馆去。

我初见这孩子时,觉得可怜。为了他小小年纪没有温暖的家庭,而在元旦的早上跪在路上向人号哭求乞。我再见这孩子时,觉得更可怜了。无衣无食而向人求乞,还是寻常的可怜;被强迫继续号哭两小时,而以此为求食的手段,才真是特殊的可怜了!这孩子给我极深的印象。说起无锡,我首先想到这孩子。

卅六年十二月二十日于杭州西湖边

新年小感[1]

我自从有知以来,已经过了四十几个新年。我觉得新年之乐,好像一枝蜡烛,越点越短。点了四十几年,只剩下一段蜡烛芯子,横卧在一摊蜡烛油里,明灭残光,眼见得就要消逝了!

我儿时,新年是一年中最快乐的时期。快乐的原因,在于个个人闲,个个人新,个个人快乐。从元旦起,真好比天上换了一个新太阳,人间换了一种新的空气。

我家是开染坊店的。一年四季,早上拔开店板,晚上装上店板;白天主顾来往,晚上店员睡觉,不容我们儿童去打扰的。只有到了元旦,店板白天也不开,只在中间拔去一块板,使天光照进店堂,店堂就变了儿童和大人们的游戏场了。店员个个空闲,吃饱了饭,和我们儿童一起游戏,打年锣鼓,掷骰子,推牌九,踢毽子,放炮竹,捉迷藏……邻家的人,亲戚家的人,大大小小,都可参加,来者不拒。从这天起,人与人之间的关系似乎另换了一套:一向板脸的管帐先生,如今也把嘴巴拉开,来同我们掷骰子了。一向拒绝小孩子到店堂里来的伙计,如今也卷起袖子,来帮我们放爆竹了。甚至一向要骂小孩子的隔壁

---

[1] 本篇原载《大美晚报》。

的老爹爹，也露出了两三颗牙齿，来和我们打锣鼓了。这样的狂欢，一直延续半个月。

走到街上，家家闭户，店店关门，好似紧急警报中。但见满街穿新衣的人，红红绿绿，花花样样，大大小小，男男女女，没有一个人的嘴巴不拉开，没有一个人的袋里没有钱。茶馆里，酒店里，烧卖摊上，拥挤着许多新衣服，望过去好像油画家的调色板。老头子都穿着闪亮的天青缎子马褂，在街上踱方步。老太婆都穿红绸绵袄，上面罩一件翠蓝短衫，底下露出一大段红绸，招摇过市。乡村里的女人，这一天全体动员，浮出在大街上；个个身上裹着折印很明显的新衣裳，脸上的香粉涂得同戏台上的曹操一样白。青年小伙子们穿着最时髦的一字襟背心，花缎袍子，游蜂浪蝶似的东来西去，贪看粉白黛绿，评量环肥燕瘦。女人们在这一天特别大方，"目眙不禁，握手无罚。"总之，所有的人，在元旦这一天，不是做人而是做戏了。这样的做戏，一直延续半个月。

一年一度，这样的戏剧性狂欢，在人生实在是很需要的。好比一支乐曲，有了节奏，有了变化，趣味丰富得多。可惜四十年来，因了政治不清明，社会组织不良，弄得民不聊生。新年的欢乐，到现在已经不绝如缕了。我不想开倒车，回到古昔；我但望有另一种合于现代人生的新的节奏，新的变化，来调剂我们年中生活的沉闷。目前的人的生活，尤其是都会人的生活，实在太枯燥了，太缺乏戏剧的成分了。三百六十六日，天天同样，孜孜兀兀，一直到死，这人生岂不太单调，太机械，太不像"人生"吗？

然而人生总是人生。人生的幸福可由人自己制造出来。物极必反。人生苦到了极点，必定会得福。好比长夜必定会天亮一样。新年之乐的蜡烛已经快点完了。不要可惜已经点去的部分，还是设法换一枝新的更长大的蜡烛；最好换一盏长明灯，光明永远不熄。

卅六年十二月廿五日于杭州

贪污的猫[1]

我家养了五只猫。除了一只白猫是已故的老白猫"白象"所生以外,其余四只都是别人送我们的。就因为我在《自由谈》上写了那篇悼白象的文章,读者以为我喜欢猫,便你一只、我一只地送来。其实我并不喜欢真猫,不过在画中喜欢画猫而已;喜欢猫的,倒是我的女孩子们。因为她们喜欢,就来者不拒,只只收养。客人偶然来访,看见这许多猫围着炭火炉睡觉,洗脸,捉尾巴,厮打,互相舐面孔,都说"好玩!""有趣!"殊不知主人养这五只猫,麻烦透顶,讨气之极!客人们只在刹那间看到其光明的一面,而不知其平时的黑暗生活;好比只看见团体照相的冠冕堂皇,而不悉机关内容的腐败丑恶,自然交口赞誉。若知道了这群猫的生活的黑暗方面,包管你们没有一人肯收养的!原来它们讨气得很:贪嘴,偷食,而且把烂污撒在每人的床脚底下,竟是一群"贪污的猫"。

有一天,大司务买菜回来,把菜篮向厨房的桌上一放,去解一个溲。回来时篮内一条大鳜鱼不翼而飞了。东寻西找,遍觅不得。忽听见后面篱笆内有猫吼声,原来五只猫躲在那里分赃,

---

[1] 本篇原载 1948 年 1 月 5 日《天津民国日报》。

分得不均，正在那里吵架！大司务把每只猫打一顿，以示惩戒；然而赃物已大半被吞，狼藉满地，收不回来了。

后来又有一天，因为市上猫鱼常常缺乏，大司务一次买了一万元猫鱼来囤积。好在天冷，还不致变坏。他受了上次的教训，把囤积的猫鱼放在菜橱的最高层。这天晚上，厨房里"砰澎括拉"，闹个不休。大司务以为猫在捉老鼠，预备明天对猫明令嘉奖。岂知第二天早上起来一看，橱门已经洞开，囤积在上层的猫鱼被吃得精光，还把鱼骨头零零落落地掉在下层的菜碗里。大司务照例又把五只猫各打一顿，并且饿它们一天，以示惩戒。自今以后，橱门上加了锁，每晚锁好，以防贪污。

猫在一晚上吃了一万元猫鱼，隔夜饱了，次日白天，不吃无妨。但到了晚快，隔夜吃的早已消化，肚子饿起来，就向大司务叫喊。大司务不但不喂，又给一顿打。诸猫无奈，就向食桌上转念头。这晚上正好有一尾大鱼。老妈子端齐了菜蔬碗，叫声大家吃饭，管自去了。偏偏这晚上大家事忙，各人躲在房间里，工作放不下手，迟了一二分钟出来。一看，桌上有一只空盆，盆底上略有些汤。我以为今晚大司务做

了一样别致的菜了。再看，桌上一道淋漓点滴的汤，和几个猫脚印。这正是猫的贪污的证据了，我连忙告发。大家到处通缉，迄无着落。后来听得厢房内有猫叫声，连忙打开电灯一看，五只猫麇集在客人床里吃一条大鱼，鱼头、鱼尾、鱼汤，点缀在刚从三友实业社出三十万元买来的白床毯上！这回大加惩罚：主母打一顿，老妈子和大司务又打一顿。打过之后，也不过大家警戒，以后有鱼，千万当心，谨防贪污。而这天的晚餐，大家没得鱼吃了。

以后，鱼的贪污，因为防范甚严，没有发生。岂知贪污不一定为鱼，凡有油水有腥气的东西，皆为猫所觊觎。昨天耶稣圣诞，有人送我一个花蛋糕，像帽笼这么一匣。客人在座，我先打开来鉴赏一下，赞美一下，但见花花绿绿的，甜香烘烘的，教人吞唾液。客人告辞，大家送出门去，道谢道别。不过一二分钟，回转来一看，五只猫围着蛋糕，有的正在舐食上面的糖花，有的咬了一口蛋糕，正在歪着头咀嚼。连忙大喊"打猫"，五猫纷纷跳下桌子，扬长而去。而蛋糕已被弄得一塌糊涂，不堪入目了。我们只得把五猫吃剩的蛋糕上面削去一层，把下面的大家分食了。下令通缉，诸猫均在逃，终无着落。

上面所举，只是著名的几件大案子。此外小小案件，不可胜计，我也懒得一一呈报了。更有可恶的，贪吃偷食之外，又要撒烂污在每人的床底下。就如昨夜，我睡在床里，闻得猫屎臭，又腥又酸的，令人作呕。只得冒了夜寒，披衣起床，用电筒检查。但见枕头底下的地上，赫然一堆猫屎！我房间中，本来早已戒严，无论昼夜不准贪污的猫入内。但是这些东西又小又滑，防不胜防。

我们无法杜绝贪污,只得因循姑息下去。大小贪污案件,都只在发生的当初轰动一时,过后渐渐冷却,大家不提,就以不了了之。因此诸猫贪污如旧。

今天,我忽发心,要彻底查究猫的贪污,以根绝后患。我想,猫的贪污,定是由于没有吃饱之故;倘把只只猫喂饱,它们食欲满足,就各自去睡觉,洗脸,捉尾巴,厮打,或互相舐面孔,不致作恶为非了。于是我叫大司务来,问他"每日喂几顿?每顿多少分量"?大司务说:"每日规定三顿,每顿规定一千元猫鱼,拌一大碗饭。"我说:"猫有五只,这一点点怎么吃得饱呢?"大司务说:"它们倾轧得厉害。有时大猫把小猫挤开,先拣鱼来吃光,然后让小猫吃。有时小猫先落手为强,轮到大猫就没得吃。吃是的确吃不饱的。"我说:"为什么不多买点猫鱼,多拌点饭呢?"大司务说:"……"过了一会,又说:"太太规定如此的。"我说:"你去。"就去找太太,讨论猫的待遇问题。我说:"这许多猫,怎么每天只给一千元猫鱼呢?待遇这样薄,难怪它们要贪污了!"太太满不在乎地回答:"并没有薄,一向如此呀!"我说:"物价涨了呀!从前一千元猫鱼很多,现在一千元猫鱼只有一点点了!你这办法,正是教唆诸猫贪污!你想,它们吃不饱,只有东钻西钻,偷偷摸摸,狼狈为奸,集团贪污。照过去估计,猫的贪污,使我们损失很大!你贪小失大,不是办法。依我之见,不如从今大加调整。以物价指数为比例:米三十万元的时候每天给一千元猫鱼,如今米九十万了,应给三千元猫鱼。这样,它们只只吃饱,贪污事件自然减少起来。"太太起初不肯。后来我提及了三友实业社的三十万元的床毯被猫集团贪污而弄脏的事件，太太肉痛起来，就答允调整。立刻下手令给大司务，从明天起每日买三千元猫鱼。料想今后，我家猫的贪污案件，一定可以减少了。

一九四七年十二月二十六日于杭州

告窃画人

我复员后在杭州住了半年多，曾经参加过两次画展。第一次是浙江美术会办的，今年春间在民众教育馆开幕。俞乃大君来借画，我借给他两张。第二次是民众教育馆办的，为招待外宾参观而办的，也在民众教育馆开幕。该馆职员郑尚谷君来借画，我也借给他两张。

奇怪得很，两次画展，我的画每次被偷掉一张。第一次俞乃大君来借时，我叮嘱他，这两幅是我自藏的，请你好好保管，用毕交还。他郑重答允，负责送还。闭会后好久，他垂头丧气地来见我，说事出意外，又说略有线索，或可追还。我说已经失了，也就算了，你不必追究。况且偷画与偷书偷花同类，非寻常扒手或贪污等可比，我就送了他吧。你不必介怀。他千万抱歉地去了。这次，郑尚谷君拿了油印信来借画，我说：画是有的，不过上次已受过教训，这回不再请教了。他用四川人所特有的坚毅的腔调说：我负责，请放心。不料今天，他也垂头丧气地来了，劈头就说："画又偷掉一张！"就拿出馆长张彭年先生的信来。我看信后，他就照信中的意思一样地说："因为先生名太大了，所以别人的都没有偷，单是偷先生的。"我有一二秒钟不快，后来也就笑了，"已经失了，也就算了。"他匆匆就去，说了许多抱歉的话。

他去后，我把这事说给家人听，大家觉得很希奇。有人说：这两窃画人一定是偏好我的画的人。又有人说：说不定同是一人。不管偏好不偏好，一人或两人，我现在好奇心发，颇想知道：这人是谁，为什么肯为了我这张画，而不惜辛苦，不怕冒险，动手去偷？我仔细地想，他一定不是为利。若为利，偷画去卖，一定不偷我的画，而另偷别的名家的墨宝。因为我已定润格卖画，而润格不高，即使卖脱，所得也很有限，犯不着辛苦冒险的。结果不为利，那么难道真是偏好我这种"尝试成功自古无"的画，而无力出润笔，就不惜辛苦和冒险，而到民教馆去偷吗？这人是我的知己，我愿意替他偷得的画题一上款"某某仁兄大人雅正"，以酬劳他的辛苦和冒险。这不是谎话，我以人格担保。如果这人拿了画来访，我立刻题款奉赠，决不扭送警察，也决不对外界任何人宣布"偷画的原来是某人"。你持画来访时，倘座上有外客，使你不便的话，你只说："这画请加题上款某某"，不必说别的话，我就心照不宣了。至于我的住址，你大概是知道的。

新 年 话 旧 [1]

四十年前，我做小朋友的时光，过新年真是一年中最大的乐事。这是现在的小朋友们所未曾逢到过的。所以我讲给你们听听。

那时没有阳历，大家用阴历。所以很专一，不像现在的有人用阳历，有人管自用阴历；有人一年过两次年，有人一次也不过。那时一到正月初一，全国各地，不论城市乡村，不管老幼男女，不论贫富贵贱，一切人，大家空闲，大家崭新，大家快乐。好像从这一天起，天上换了一个新太阳，人间换了一种新空气。

我家是开染坊店的。平时早上拔开店板，晚上关上店板；白天顾客进出，晚上店员睡觉。我们做儿童的是不许去店堂内吵扰的。但到了元旦，白天店板只拔开两块，让光线透进店堂里；店堂忽然变了游戏场。男女老幼，伙计学徒，邻人客人，谁都可以进去游戏。庆年锣鼓，掷骰子，推牌九，踢毽子，放花炮，捉迷藏……每个人的嘴巴张开。天天骂人的老爹爹，天天板脸孔的管帐先生，这一天也把嘴巴拉开，来

---

[1] 本篇原载1948年2月1日《儿童故事》第2卷第3期。

参加游戏了。

走到街上,家家闭户,店店关门,好似发了紧急警报的时候。但见满街穿新衣的人,红红绿绿,花花样样,好似做戏。茶馆,酒店,烧麦摊,挤满了穿新衣服的人。老头子穿着天青缎子马褂,在路上踱方步;老太婆穿着红绸棉袄,在人丛中乱挤。乡村的女人,这一天全体动员,浮出在大街上;个个身上裹着折印很明显的新衣,脸上涂着很厚的白粉。青年小伙子穿着花缎袍子,钻来钻去看女人;或者在到处的摊头上赌博。自元旦到初四,四天之内,赌博开放,街路上到处是赌摊。每个人的袋袋里有的是闲钱,这钱是去年底特地留着新年里使用的。所以我们的故乡有一支歌:

廿七廿八活急杀。
廿九三十勿在家。
初一初二扮赌客,
你无铜钱我有啦!

意思是说人们欠了债不还,留着新年里作赌本钱。从前,买东西通行欠账,到年底还清的。所以到了廿七、廿八,将要还债了,人就"活急杀"。到了廿九、三十,人就逃走,有人来讨债,说"不在家"。到了开年元旦,他就拿留着的钱去赌,而且很慷慨,如果你没有钱,"我有"!那时的习惯,一到元旦,大家见面时要说"恭喜""发财",不准说不吉利的话,不准讨债。如果有人说不吉利话,或是向人讨债,就要吃耳光,而且要替那人保一年中的吉利。如果这一年中那人有了不利，就要他负责赔偿。所以讨债必须在除夕。天一亮，就不准讨债。元旦黎明的时候，常见有人提了灯笼向人讨债。提着灯笼，表示天没有亮，还是除夕，还没有到元旦，还可以讨债。如果不提灯笼，就要被人打耳光了。

我从小对于赌没有兴味。所以赌摊上的事我全不知道。我还记得几种我在新年里最欢喜的玩意，现在给小朋友们谈谈。我最喜欢放花炮。大人们给我的压岁钱大半送给花炮店里。最好看是"万花筒"，放出火树银花来，又高又大又亮；若是摆在河岸上放，倒影里又是一株火树银花，更加好看。但是万花筒价钱贵，我的压岁钱不能多买。所以我最多玩的是"雪炮"，一颗闪亮的流星，从炮口飞出，有时可以飞到隔河对岸，有时可以飞上远处的屋顶，真是好看，而且痛快。最经济的玩法，是买一串鞭炮，把它们拆开，一个一个地，用种种方法来燃放。点着引火线，"拍"地一响，是最原始最简单的玩法，我不欢喜。我去找一只洋铁箱来，把鞭炮点着投在箱里，其声铿锵，好比打碎一块玻璃。又拿一个氅来，把鞭炮投在氅里，其声幽闷，好比敲大木鱼。又拿一盆水来，等鞭炮的引火线烧入了内部，把它迅速投入水中，它在水中爆发时，钻来钻去，好像一只水老鼠。玩得腻了，它把鞭炮底上的黄泥用手指捻出，把上面的引火线拔出来，插在底下，倒立起来，就变成一个"小万花筒"。或者，把十几个鞭炮统统折断，折缝里露出火药来。使甲的折缝衔住乙炮的引火线，乙炮的折缝衔住丙炮的引火线，丙炮的折缝衔住丁炮的引火线……十几个互相衔接，然后将甲炮点火，折缝里喷出火花,将乙炮的引火线点着;乙炮的折缝里喷出火花,又将丙炮的引火线点着……这样,一连串放下去,好比一条火龙,非常好看。这是最经济而多变化的玩法。一串鞭炮,可玩不少时光。

正月半之前,有一种玩法,叫做"火炉头娘子"。其法,拿一根稻草柴来,折成三节,把两脚各插入铜火炉的盖子上的洞中,好像足球场上的一个球门。再用两根稻柴心,做两只草标,挂在那球门上,使两草标的脚挂在空中。再拿一根鸡毛,一张冬青叶来。右手拿住鸡毛,放在铜火炉上烘,同时左手拿住冬青叶,将鸡毛按在铜火炉上擦刷。等到鸡毛热了,便把它拿到草标的脚旁边离开一寸许的地方,同时口中唱:"火炉头娘子踢一脚!"那草标的脚就会踢起来,与鸡毛黏住。再把鸡毛放在两个草标的中间,同时口中唱:"火炉头娘子交一脚!"鸡毛左右的两个草标的脚就会在鸡毛上相交。大人们说,这玩意必须在正月半之前可玩。我信以为真。后来年纪大了,过了正月半再玩这花样,仍旧很灵,始知这是一种物理

作用：冬青叶在热火炉上把鸡毛磨擦，鸡毛生了电，就会吸动草标的脚。小时候不懂这道理，但见草标好像是活的，有知觉的，会听话的，看了真是好笑。

四个人在一起，我们有一种玩意，叫做"官打捉贼"。拿四张小纸，一张上写个"官"字，一张上写个"打"字，一张上写个"捉"字，还有一张上写个"贼"字。然后把四张纸卷好，掷在桌上。各人拿一卷，秘密地打开来看，不教别人知道。只有拿到"捉"字的人，应该自己先说："我是捉。"就要此人在其他三人中指出那一个"贼"来。此人就察看三人的面色，面色很高兴的，大约是"官"或"打"，面色呆瞪瞪的，大约是"贼"。他就指着那人说："你是贼。"打开那人的纸来一看，果然是"贼"，捉的人很得意，便问："官判几句？"这时各人的纸都已打开，拿"官"字的人就说"打×句！"这"官"如果与这"贼"要好，就少说几句："打一句！"或"打半句！"这"官"如果与这"贼"不要好，就多说几句："打五十句！"或"打一百句！"于是拿"打"字的人就捉住"贼"的手打他×句。如果捉错了人，捉的不是"贼"而是"官"或"打"，"贼"就大喊"逃出！"而由"官"判"捉"的罪，说"官判×句"！就由"打"打"捉"×句。如果误把"官"当作"贼"，那官大怒，多判几句。如果误把"打"当作"贼"，"打"也动怒，打起来重一点。这样，一次游戏已完，把纸收集卷拢来，再玩第二次。在这游戏中，拿到官的最高兴，因为他决不被打，只要判别人的罪。拿到"打"的也高兴，因为他也决不被打，而可以打别人。拿到"捉"或"贼"的，就要碰运气了。"捉"如果捉得牢"贼"，原也无罪，但倘捉错了，须得受罚。"贼"如果逃得脱，原也免罚；但倘被他捉牢了，须得吃打了。据我的经验，与其做"捉"，还是做"贼"好。因为"捉"要在三人中看出"贼"来，甚是困难，往往容易捉错。真个做"贼"的人，往往假装高兴的样子，使你看不出来；而做"官"和"打"的人，也很调皮，往往假装胆小虚心的样子，使你误认为贼，捉错了受打。故"捉"被打的可能性很多。至于"贼"呢，巧妙地装假，往往容易逃脱。假装高兴，还是幼稚的办法；"捉"猜到你是假装高兴，一捉就着。更进一步的办法，是故意老实说："啊！我是贼，你来捉我吧！"那时"捉"就被弄得莫名其妙，拿不定主意，就把贼放走了。这种游戏，不限定在新年内做。但必需四个空人，故平时做的机会少，新年里玩的多。

我国废除阴历，改用阳历，到现在已经三十六年。但是废的没有尽废，用的没有尽用，弄得"陀子跌一交，两头勿着实"。又因世乱年荒，苦多乐少，故新年的欢乐，现在还不及我小时候的浓重了。听说今年寒假特别延长。小朋友们倘有空闲，不

妨玩玩我上面所说的玩意。不过放爆竹还是不弄的好。我小时是住在乡间，在室外广大的空地上玩的。若住在都市中，房子狭隘，人烟稠密，就不可弄火，提防闯祸。

三十七年一月二日作

读《西湖古今谈》原稿[1]

沈风人先生以所著《西湖古今谈》原稿相示,使我得先睹之快。我于西湖,可谓第二故乡。幼时求学于此,中年卜居于此,胜利后复无家可归,即僦居于此。先后凡十余年矣。湖上胜迹,大都游过;然不善考据,懒于探索,到处徘徊徜徉,不详其史迹。此犹渊明读书,不求甚解。今读沈先生之著,始恍然于各地之典故。今后重游,当更增怀古之情矣。沈先生考据精详,文章畅茂,使人乐于阅读。此书诚为最良之西湖导游者。

卅七年二月廿一日　丰子恺　读后记

---

[1] 风人(沈达夫)著《西湖古今谈》于1948年4月大东书局初版,由丰子恺作序并绘画封面。现据香港新文丰出版公司1980年2月版所刊辑录。

义　齿[1]

我行年五十,口中只剩十七枚牙齿,而且多半动摇了。但我胃口很好,还想在这世间吃些东西。于是找到一位当牙医师的读者易昭雪,请他把这十七枚没用的牙齿拔光,装了全口的假牙齿。"假"字我嫌不好,就称它为"义齿"。自己没有儿子,养一个螟蛉子。这儿子称为"义子"。自己没有牙齿,装一副假牙齿,这牙齿当然也可以称为"义齿"。

易昭雪牙医师在十一天内拔光了我口中的十七颗牙齿。我一点也不觉得痛苦,就写一副四言联送他:"技进于道,人造胜天。"上联已经证实了;下联是我的希望,尚未证实。过了一个月,我的牙肉收缩了,就去打模型,造义齿。元旦早晨,我的义齿果然装上了,整齐洁白,非常美观。照照镜看,年纪轻了二十岁!

但是口中很是难过。衔着两大块东西,好像是暂时的,常常想把它们吐出来。舌头往上一舔,不是自己的肉,而是一块石板,更不自然,说起话来呢,发音不清,好像舌头肿大了。尤其是吃起东西来,不能嚼紧,嚼紧了上下的牙肉非常之痛。比饭更硬的东西就嚼不动,都是生吞囫囵咽的。有时想练习,

---

[1] 本篇原载 1948 年《申报·自由谈》。

吃早粥时硬把一粒花生米交与右边的臼齿，忍痛用力一嚼，花生米没有碎，而左边的臼齿一齐跷起。跷起之后，口中的粥粒便走进了牙肉与义齿的中间，再嚼的时候痛得更凶。于是只得停止了吃粥，把义齿取下来洗；又用水漱过口，然后再装上去。自从元旦装上之后，约摸一个月之内，我的义齿，只好看而不好用。其间隔一二天必访问易昭雪一次。因为牙肉常常作痛，请他修改义齿。这部分修过，果然不痛了；但到了明天，别的部分又作痛，于是再去请他修。自从开始拔牙，直到装上之后一个月，其间约有八九十天之内，我访问易昭雪不下数十次。我好比在易昭雪的学校里当了教师，隔一二天，坐黄包车去上一次课。从我家到易家，路上的风景、房屋、店铺，都被我看得烂熟。招牌上的字都背得出了。拐角上一家人家的两个孩子，一男一女，男的大约五岁，女的大约三岁，怪可爱的。我的车子每次从他们门前拉过，我必留意看这两个孩子。他们有时在玩耍；有时在吃番薯；有时小的在哭，大的在骂她；有时两人在打架……都很好看。记得有一次我修牙回来，大的一个不见了，只剩小的一个独坐在门槛上，撅起小嘴唇发愁。我很怀疑，很担心，想停车问问她："你的哥哥哪里去了？""你为什么发愁？"又觉得这太唐突，太多事，太非人情，终于没有问。但这一天我始终怀疑，始终担心。直到第二次去修牙时，看见这两个孩子依旧在一起玩，方才放了心。现在，我的义齿早已得用，不需去修，久不访问易昭雪了，不知这两个孩子无恙否。颇想专诚去看一次。但这岂非更唐突，更多事，更非人情吗？不去也罢！

　　说话走入歧途了！赶快回来说我的义齿。说也奇怪，装上之后大约一个月，这义齿渐渐变好了。口中全然不觉难过，说话发音很正确，牙肉一点也不痛，东西什么都可嚼，总之，可以说同"亲齿"一样了。我仔细体味，变好的原因有两个：一者，牙肉被石板压了个把月，压得皮肤老了，抵抗力也强了。从前我有"亲齿"的时候，嚼东西由牙根用力抵抗，牙肉一向不负责的。所以牙肉很嫩，没有抵抗力，难怪它初装的时候吃不消重压而要作痛。如今压惯了，嚼惯了，它知道此后要它出力，努力锻炼，居然也能成功，从此牙肉代理牙根的职务了。二者，我装义齿，好比一向用手指拿东西吃的原始人一朝用了筷子。起初拿筷的技术很笨拙，觉得用这两根竹棒取食物，何等隔膜，何等不便！用手指直接去取，何等便利而痛快！但你一定要他用筷，绝不许他用手指。经过训练之后，他居然也会用惯。到后来，用筷的技术大大进步，可以夹，可以拌，可以拉，可以挑，可以切，可以撕……同手指一样直接痛快，敏捷便利了。我装义齿，全同这原始人用筷子一样，初装的时候这边用力咀嚼时，那边要跷起来；吃糯米圆子时义齿要被粘脱；咬瓜子时上下齿对不准；食物的碎屑要钻进义齿与牙肉中间去。……都是技术不高明之故。经过一个月训练之后，技术高明了，上述的缺憾完全没有了。易昭雪诊所里挂着我送他的四言联"技进于道，人造胜天"。以前我去修牙时，看到下联四个字很不舒服。我想"人造"实在不能"胜天"！我夸奖了！我颂扬得太过份了！我用撒谎替他做广告！这是多么无聊而难为情的事呀！我着实后悔。但是，前天，我无端去访他，又看见这副四言联，我非常高兴。我没有夸奖他，我没有撒谎，我的希望果然实现了！前几天，开明书店的章雪村先生来和我共饮。谈起了这副联，他敏捷地替我再做一副："易牙能知味，凿齿信多才。"我为这天造地设的五言联，浮一大白。这比我的四言联高明得多，确切得多，巧妙得多。易昭雪不妨更名为易牙。他的诊所扩充的时候，我想再把这副五言联写了送他。

一九四八年三月二十八日于西湖

湖 畔 夜 饮 [1]

前天晚上,四位来西湖游春的朋友,在我的湖畔小屋里饮酒。酒阑人散,皓月当空。湖水如镜,花影满堤。我送客出门,舍不得这湖上的春月,也向湖畔散步去了。柳荫下一条石凳,空着等我去坐。我就坐了,想起小时在学校里唱的春月歌:"春夜有明月,都作欢喜相。每当灯火中,团团清辉上。人月交相庆,花月并生光。有酒不得饮,举杯献高堂。"觉得这歌词温柔敦厚,可爱得很!又念现在的小学生,唱的歌粗浅俚鄙,没有福份唱这样的好歌,可惜得很!回味那歌的最后两句,觉得我高堂惧亡,虽有美酒,无处可献,又感伤得很!三个"得很"逼得我立起身来,缓步回家。不然,恐怕把老泪掉在湖堤上,要被月魄花灵所笑了。

回进家门,家中人说,我送客出门之后,有一上海客人来访,其人名叫 CT[2],住在葛岭饭店。家中人告诉他,我在湖畔看月,他就向湖畔去找我了。这是半小时以前的事,此刻时钟已指十时半。我想,CT 找我不到,一定已经回旅馆去歇息了。

---

[1] 本篇原载 1948 年 4 月 16 日《论语》第 151 期。

[2] CT,指郑振铎。

当夜我就不去找他，管自睡觉了。第二天早晨，我到葛岭饭店去找他，他已经出门，茶役正在打扫他的房间。我留了一张名片，请他正午或晚上来我家共饮。正午，他没有来。晚上，他又没有来。料想他这上海人难得到杭州来，一见西湖，就整日寻花问柳，不回旅馆，没有看见我留在旅馆里的名片。我就独酌，照例倾尽一斤。

　　黄昏八点钟，我正在酩酊之余，CT来了。阔别十年，身经浩劫，他反而胖了，反而年轻了。他说我也还是老样子。不过头发白些。"十年离乱后，长大一相逢。问姓惊初见，称名忆旧容。"这诗句虽好，我们可以不唱。略略几句寒暄之后，我问他吃夜饭没有。他说，他是在湖滨吃了夜饭，——也饮一斤酒，——不回旅馆，一直来看我的。我留在他旅馆里的名片，他根本没有看到。我肚里的一斤酒，在这位青年时代共我在上海豪饮的老朋友面前，立刻消解得干干净净，清清醒醒。我说："我们再吃酒！"他说："好，不要什么菜蔬。"窗外有些微雨，月色朦胧。西湖不像昨夜的开颜发艳，却有另一种轻颦浅笑，温润静穆的姿态。昨夜宜于到湖边步月，今夜宜于在灯前和老友共饮。"夜雨剪春韭"，多么动人的诗句！可惜我没有家园，不曾种韭。即使我有园种韭，这晚上也不想去剪来和CT下酒。因为实际的韭菜，远不及诗中的韭菜的好吃。照诗句实行，是多么愚笨的事呀！

　　女仆端了一壶酒和四只盆子出来，酱鸭、酱肉、皮蛋和花生米，放在收音机旁的方桌上。我和CT就对坐饮酒。收音机上面的墙上，正好贴着一首我写的，数学家苏步青的诗："草草杯盘共一欢，莫因柴米话辛酸。春风已绿门前草，且耐余寒放眼看。"有了这诗,酒味特别的好。我觉得世间最好的酒肴,莫如诗句。而数学家的诗句,滋味尤为纯正。因为我又觉得,别的事都可有专家,而诗不可有专家。因为做诗就是做人。人做得好的,诗也做得好。倘说做诗有专家,非专家不能做诗,就好比说做人有专家,非专家不能做人,岂不可笑?因此,有些"专家"的诗,我不爱读。因为他们往往爱用古典,蹈袭传统;咬文嚼字,卖弄玄虚;扭扭捏捏,装腔做势;甚至神经过敏,出神见鬼,而非专家的诗,倒是直直落落,明明白白,天真自然纯正朴茂,可爱得很。樽前有了苏步青的诗,桌上酱鸭、酱肉、皮蛋和花生米,味同嚼蜡;唾弃不足惜了!

我和CT共饮,另外还有一种美味的酒肴!就是话旧。阔别十年,身经浩劫。他沦陷在孤岛上,我奔走于万山中。可惊可喜,可歌可泣的话,越谈越多。谈到酒酣耳热的时候,话声都变了呼号叫啸,把睡在隔壁房间里的人都惊醒。谈到二十余年前他在宝山路商务印书馆当编辑,我在江湾立达学园教课时的事,他要看看我的子女阿宝、软软和瞻瞻——《子恺漫画》里的三个主角,幼时他都见过的。瞻瞻现在叫做丰华瞻,正在北平北大研究院,我叫不到,阿宝和软软现在叫丰陈宝和丰宁馨,已经大学毕业而在中学教课了,此刻正在厢房里和她们的弟妹们练习平剧〔京剧〕!我就喊她们来"参见"。CT用手在桌子旁边的地上比比,说:"我在江湾看见你们时,只有这么高。"她们笑了,我们也笑了。这种笑的滋味,半甜半苦,半喜半悲。所谓"人生的滋味",在这里可以浓烈地尝到。CT叫阿宝"大小姐",叫软软"三小姐"。我说:"《花生米不满足》《瞻瞻新官人,软软新娘子,宝姐姐做媒人》《阿宝两只脚,凳子四只脚》等画,都是你从我的墙壁上揭去,制了锌板在《文学周报》上发表的。你这老前辈对她们小孩子又有什么客气?依旧叫'阿宝''软软'好了。"大家都笑。人生的滋味,在这里又浓烈地尝到了。我们就默默地干了两杯。我见CT的豪饮,不减二十余年前。我回忆起了二十余年前的一件旧事,有一天,我在日升楼[1]前,遇见CT。他拉住我的手说:"子恺,我们吃西菜去。"我说"好的"。他就同我向西走,走到新世界[2]对面的晋隆西菜馆楼上,点了两客公司菜,外加一瓶白兰地。吃完之后,仆欧[3]送帐单来。CT对我说:"你身上有钱吗?"我说"有!"摸出一张五元钞票来。把帐付了。于是一同下楼,各自回家——他回到闸北,我回到江湾。过了一天,CT到江湾来看我,摸出一张拾元钞票来,说:"前天要你付帐,今天我还你。"我惊奇而又发笑,说:"帐回过算了,何必还我?更何必加倍还我呢?"我定要把拾元钞票塞进他的西装袋里去,他定要拒绝。坐在旁边的立达同事刘薰宇,就过来抢了这张钞票去,说:"不要客气,拿到新江湾小店里去吃酒吧!"大家赞成。于是号召了七八个人,夏丏尊先生、匡互生、方光焘[4]都在内,到新江湾的小酒店里去吃酒。

---

[1] 日升楼,当时上海一家有名的茶馆,位于南京路浙江路口。(由于这一带十分繁华,后来人们往往以"日升楼"泛指这一地带。)

[2] 新世界,当时上海一个游乐场的名称。

[3] 仆欧,英文boy的译音,意即侍者。

[4] 夏丏尊、匡互生、方光焘,皆作者在立达学园的同事,其中夏丏尊又是作者在浙江省立第一师范的老师,匡互生为立达学园创办人。

吃完这张拾元钞票时，大家都已烂醉了。此情此景，憬然在目。如今夏先生和匡互生均已作古，刘薰宇远在贵阳，方光焘不知又在何处。只有CT仍旧在这里和我共饮。这岂非人世难得之事！我们又浮两大白。

夜阑饮散,春雨绵绵。我留CT宿在我家,他一定要回旅馆。我给他一把伞，看他的高大的身子在湖畔柳荫下的细雨中渐渐地消失了。我想："他明天不要拿两把伞来还我！"

卅七年三月廿八日夜于湖畔小屋

女人专家[1]

对于某学术富有天才，而研究之，就成为某专家。例如数学专家，雕刻专家等皆是。我现在所要说的那个人，也是一位专家。但他所富有天才而研究的学术，叫做"女人"。他自己是男人，但他能表现女人的声音笑貌和态度，表现得比女人更"女"。因为他能用极明敏的感觉来采取一切女人所有的最美的特点，集大成而为标准的、模范的、十全的女人。好比画佛像，采取一切相貌所有的最美的特点，集大成而为标准的、模范的、十全的相貌。这位女人专家就是梅兰芳。

---

[1] 本篇原载1948年10月《青年界》新6卷第2期（总83号）《人物素描特辑》。

再访梅兰芳[1]

去年梅花时节,我从重庆回上海不久,就去访梅博士,曾有照片及文章刊登《申报》。今年清明过后,我同长女陈宝、四女一吟,两个爱平剧〔京剧〕的女儿,到上海看梅博士演剧,深恐在演出期内添他应酬之劳,原想不去访他。但看了一本《洛神》之后,次日到底又去访了。因为陈宝和一吟渴望瞻仰伶王的真面目。预备看过真面目后,再看这天晚上的《贩马记》。

这回不告诉外人,不邀摄影记者同去,但托他的二胡师倪秋平君先去通知,然后于下午四时,同了两女儿悄悄地去访。刚要上车,偏偏会在四马路上遇见我的次女的夫婿宋慕法。他正坐在路旁的藤椅里叫人擦皮鞋,听见我们要去访梅先生,擦了半双就钻进我们的车子里,一同前去了。陈宝和一吟说他,"天外飞来的好运气!"因为他也爱好平剧,不过不及陈宝一吟之迷。在戏迷者看来,得识伶王的真面目,比"瞻仰天颜"更为光荣,比"面见如来"更多法悦。所以我们在梅家门前下车,叩门,门内跑出两只小洋狗来的时候,慕法就取笑她们,说:"你们但愿一人做一只吧?"

---

[1] 本篇原载 1948 年 5 月 26 日《申报·自由谈》。

坐在去春曾经来坐过的客室里，我看看室中的陈设，与去春无甚差异。回味我自己的心情，也与去春无甚差异。"青春永驻"，正好拿这四字来祝福我们所访问的主人。主人尚未下楼，琴师倪秋平先来相陪。这位琴师也颇不寻常：他在台上用二胡拉皮黄，在台下却非常爱好西洋音乐，对朔拿大〔奏鸣曲〕，交响乐的蓄音片〔唱片〕，爱逾拱璧。他的女儿因有此家学，在国立音乐院为高才生。他的爱好西洋音乐，据他自己说是由于读了我的旧著《音乐的常识》（亚东图书馆版）。因此他常和我通信，这回方始见面。我住在天蟾舞台斜对面的振华旅馆里。他每夜拉完二胡，就抱了琴囊到旅馆来和我谈天，谈到后半夜。谈的半是平剧，半是西乐。我学西乐而爱好皮黄，他拉皮黄而爱好西乐，形相反而实相成，所以话谈不完。这下午他先到梅家来等我们。我白天看见倪秋平，这还是第一次。我和他闲谈了几句，主人就下来了。

握手寒暄之间，我看见梅博士比去春更加年轻了。脸面更加丰满，头发更加青黑，态度更加和悦了。又瞥见陈宝一吟和慕法，目不转睛地注视他，一句话也不说，一动也不动，好像城隍庙里的三个菩萨，我觉得好笑。不料他们的视线忽从主人身上转到我身上，都笑起来。我明白这笑的意思了：我年龄比这位主人小四岁，而苍颜白发，老相十足；比我大四岁的这位老兄，却青发常青，做我的弟弟还不够。何况晚上又能在舞台表演美妙的姿态！上帝如此造人，真是欠通欠通！怎不令人发笑呢？

我提出关于《洛神》的舞台面的话，希望能摄制有声有色的电影，使它永远地普遍地流传。梅先生说有种种困难，一时未能实现。关于制电影，去春我也向他劝请过。我觉得这事在他是最重要的急务。我们弄书画的人，把原稿制版精印，便可永远地普遍地流传；唱戏的人虽有蓄音片，但只能保留唱工；要保留做工，非制电影不可。科学发达到这原子时代，能用萝卜大小的一颗东西来在顷刻之间杀死千万生灵，却不肯替我们的"旷世天才"制几个影片。这又是欠通欠通，怎不令人长叹呢！

话头转入了象征表现的方面。梅先生说起他在莫斯科所见投水的表演：一大块白布，四角叫人扯住，动荡起来，赛是水波；布上开洞，人跳入洞中，又钻出来，赛是投水。他说，我们的《打渔杀家》则不然，不需要布，就用身子的上下表示波浪的起伏。说这话时，他就坐在沙发里穿着西装而略作桂英儿的身段，大家发出特殊的笑声。这使我回想起以前我在某处讲演时，无意中在黑板上画了一个人头而在听众中所引起的笑声。对于平剧的象征的表现，我很赞善，为的是与我的漫画的省略的笔法相似之故。我画人像，脸孔上大都只画一只嘴巴，而不画眉目。或竟连嘴巴都不画，相貌全让看者自己想象出来。（因此去年有某小报拿我取笑，大字标题曰"丰子恺不要脸"，文章内容，先把我恭维一顿，末了说，他的画独创一格，寥寥数笔，神气活现，画人头不画脸孔云云。只看标题而没有工夫看文章的人，一定以为我做了不要脸的事。这小报真是虐谑！）这正与平剧的表现相似：开门，骑马，摇船，都没有真的门，马，与船，全让观者自己想象出来。想象出来的门，马，与船，比实际的美丽得多。倘有实际的背景，反而不讨好了。好比我有时偶把眉目口鼻一一画出；相貌确定了，往往觉得不过如此，一览无余，反比不画而任人自由想象的笨拙得多。

想起他晚上的《贩马记》，我觉得要让他休息，不该多烦扰他了，就起身告辞。但照一个相是少不得的。我就请他依旧到外面的空地上去。这空地也与去年一样，不过多了一只小山羊。这小山羊向人依依，怪可爱的。因为不邀摄影记者，由陈宝一吟自己来拍。因为不带三脚架，不能用自动开关，只得由二人轮流司机，各人分别与伶王合摄一影。这两个戏迷的女孩子，不能同时与伶王合摄一影，过后她们引为憾事。在辞别出门的路上，她们絮絮叨叨地说了许多"悔不该"。[编者[1]按：为了想弥补这个"悔不该"，我踌躇了好久。丰先生寄给我的两张照片，章法全同，实在无法全登，登一张又觉得不痛快，于是和本报负责制版的陆先生（丰先生的学生）商量，结果是现在刊出的一张。为 poetic justice〔富有诗意的、公平的处理〕着想，我看这样也不要紧吧？]

我却耽入沉思。我这样想：

我去春带了宗教的心情而去访梅兰芳，觉得在无常的人生中，他的事业是戏里戏，梦中梦；昙花一现，可惜得很！今春我带了艺术的心情而去访梅兰芳，又觉得他的艺术具有最高的社会的价值，是最应该提倡的。艺术种类繁多，不下一打：绘画，书法，金石，雕塑，建筑，工艺，音乐，舞蹈，文学，戏剧，电影，照相。这一打艺术之中，最深入民间的，莫如戏剧中的

---

[1] 系本文所载报刊《申报·自由谈》的编者。

平剧！山农野老，竖子村童，字都不识，画都不懂，电影都没有看见过的，却都会哼几声皮黄，都懂得曹操的奸，关公的忠，三娘的贞，窦娥的冤……而出神地欣赏，热诚地评论。足证平剧（或类似平剧的地方剧）在我国历史悠久，根深柢固，无孔不入，故其社会的效果最高。书画也是具有数千年历史的古艺术，何以远不及平剧的普遍呢？这又足证平剧不但历史悠久，而且在其本质上具有一种吸引人情，深入人心的魔力，故能如此普遍，如此大众化的。只可惜过去流传的平剧，有几出在内容意义上不无含有毒素，例如封建思想，重男轻女，迷信鬼神等。诚能取去这种毒素，而易以增进人心健康的维他命，则平剧的社会的效能，不可限量，拿它来治国平天下，也是容易的事。那时我们的伶王，就成为王天下的明王了！

前面忘记讲了：我去访梅先生的时候，还送他一把亲自书画的扇子。画的是曼殊上人的诗句"满山红叶女郎樵"。写的是弘一上人在俗时赠歌郎金娃娃的《金缕曲》。其词曰：

秋老江南矣。忒匆匆，春余梦影，樽前眉底。陶写中年丝竹耳，走马胭脂队里。怎到眼都成余子？片玉昆山神朗朗，紫樱桃漫把红情系。愁万斛，来收起。

泥他粉墨登场地。领略那英雄气宇，秋娘情味。雏凤声清清几许，销尽填胸荡气。笑我亦布衣而已。奔走天涯无一事，问何如声色将情寄？休怒骂，且游戏。

书画都是在一个精神很饱满的清晨用心写成的。因为这个人对于这样广大普遍的艺术负有这样丰富的天才，又在抗战时代表示这样高尚的人格，——我对他真心的敬爱，不得不"拜倒石榴裙下"。（别人讥笑我的话。）我其实应该拜倒。"名满天下"，"妇孺皆知"（别人夸奖我的话）的丰子恺，振华旅馆的茶房和帐房就不认识。直到第二天梅先生到旅馆来还访了我，茶房和账房们吃惊之下，方始纷纷去买纪念册来求我题字。

卅七年五月二十二日，
梅兰芳停演之日，作于杭州

参观夏声平剧学校[1]

我怕参观学校。因为一进学校,往往被人包围了要讲话,要签字,甚至拿出册子来要你画几笔。接受了呢,手忙脚乱,疲劳得很,不接受呢,拂人之情,没趣得很。所以还是不跨进学校去为是。这回破例了。我在梅兰芳先生家里遇见了夏声平剧〔京剧〕学校的副校长郭建英先生,知道他们的学校已经复员到上海,我自动的约他,次日前去参观,因为一则我在重庆看过他们的表演,舞台面整齐得很,连跑龙套的都精神勃勃,想见他们教的很认真。二则教平剧的学校,平生没有见过,我想去广广眼界。

次日上午,两路局的朋友罗良能楼国华夫妇二人,替我备了一辆小汽车,载了我的女儿陈宝一吟,一共五个人,依约,十点钟开到了闸北宋公园该校的门口。门房不问姓名,很客气的请我们进内,似乎预先知道的。走进会客室,郭先生就出来招待。他敬烟敬茶之后,就把学校的过去现在种种详情,一五一十的讲给我们听。良能和国华不是戏迷,听了觉得稀罕,表示十分佩服他们的办学精神。陈宝和一吟呢,因为一向被人

---

[1] 本篇原载 1948 年 5 月 31 日《申报》。

讪笑为"戏迷",如今听见这样认真,这样坚苦,这样有条理,这样大规模地教平剧,好似在他乡遇到了大批同乡人,在外国遇到了大批的中国人,兴奋之极,得意之至!我呢,一边听郭校长讲,一边对于从里面的教室里飘到我耳边来的悠扬的老生唱腔和青衣唱腔,时时发生异样的感觉。因为我过去只听见一人单独唱皮黄,从来没有听见过多数人集团而齐唱皮黄。当这齐唱声飘到我耳边的时候,我最初总以为是西洋风的小曲,岂知其旋律委婉曲折,异乎寻常学校的唱歌,是我所从来没有听到过的,当时我说不出这种异样的感觉的性状。现在我好有一比,好比做初次看见集团结婚,许多新郎和许多新娘同时出现,岂不异样的好看呢?

我就要求郭校长领导我们进去参观教室。他们的校舍很简明,笔直的一排,分作许多间教室。我们逐一参观,有的正在教唱老生,有的正在教唱青衣,还有较大教室,没有课桌凳的,正在教演武戏。学生大都是十余岁童男童女。嗓子都很清朗,很正确,没有像普通学校唱歌的毛喉咙[1]和音程不准确之病,足见都是经过考选的具有平剧天才的儿童。我又吃惊于他们的教演武戏的认真。那天教演的是《三叉口》,一个孩子仰卧在桌上,假作睡着;另一个孩子在他身边演种种动作,假作想杀他。还有许多孩子坐在旁边看,大约是尚未轮到演习的。我很觉得好笑。但是这些孩子个个板起脸孔,认真地演,认真地看,绝对没有一个笑的。陈宝和一吟也曾请她们的戏教师教《虹霓关》。但她

---

[1] 毛喉咙,意即沙哑的嗓子。

们往往拿枪厮杀了一回，大家笑起来。这笑与不笑之别，便是非专门与专门之别，便是不认真与认真之别。这引起了我的深思，我想："戏"与"真"相对，故不认真叫做"儿戏"。谁知专门的"戏"比"真"还要认真！反观这世间：个人的事，家庭的事，社会的事，国家的事，国际的事，大都马马虎虎，随随便便，奇奇怪怪，鬼鬼祟祟，全同儿戏一样！故"戏"和"真"这两个字的意义，在现在应该颠倒过来，交换一下，把戏称为真，把真称为戏！

我想到这里，良能指着壁上的脸谱教我看。我看见各种脸谱的分类图，忠奸贤愚，一一分别，下面有字注明。良能所指给我看的，是一只凶猛的脸孔，下面注着"强盗与和尚"。良能指着这行字对我笑。我也笑起来。看破红尘的和尚，与谋财害命的强盗同类，脸谱上早有定规。足见人世社会的马马虎虎，随随便便，奇奇怪怪，鬼鬼祟祟，自古已然，不是从今世起的！可胜叹哉！可胜笑哉！

参观过各教室之后，郭校长又引我们到后面的空地上去看。一看，那空地就同教室一样，也有许多小团体在教练，有教唱的，有教演的。可见他们的校舍太狭窄，课业太认真，不得不向外发展到空地上去。陈宝和一吟就在外光下替他们拍了好几张照片。参观毕，少不得讲演一次。我对平剧是门外汉，爱而不懂，只有从旁讲了些赞扬勉励的话。告辞上车，回到良能家将近正午。他们已经准备午酒，等我们去吃。席上除丰盛的肴馔外，还有夏声参观的回忆，都是很好的下酒物。国华在酒中也是巾帼英雄，一口能干半斤。良能在宾朋前不便对夫人示弱，也用大杯狂饮。

我被这一对小夫妇灌醉,苍颜白发,颓乎其中了。席散,扶醉出门,小步园中。时值暮春,林花烂漫。好风习习,吹人欲仙。自流亡以来,十一年间,不曾有过像今日的邀游与痛饮,故不可以不记。

卅七年五月廿七日于杭州

海上奇遇记[1]

破晓,我被房舱外面的旅客的嘈杂声所惊醒。起来,向圆形的窗洞中一望,但见天色已明,台湾岛的海岸清楚可见。参参差差的建筑物,隐隐约约的山林,装在圆形的窗洞内,好像一件壁上装饰画,怪好看的。我睡的是下铺。睡在上铺中的是我的女儿一吟。圆窗洞就在上铺的旁边。我叫醒一吟来:"台湾岛在迎接你了!快起来和它相见!"她坐起身来,面孔正好装在圆窗洞里。我就向自己铺旁的盥洗盆里去洗脸了。

和我们的小房舱相连通的较大的房舱,是同行的章先生[2]一家住的。我们两人,他们四人:章先生、章太太、章姑太太,和章小姐阿宓。他们这时候也都已起身。一吟洗过脸就出去看热闹;我坐在两个房舱交界的门口,点一支烟,和太太小姐们闲谈。章先生就走进我的房舱来洗脸。他把上衣脱去,又把手表除下,放在一吟睡的上铺上,然后从事盥洗。我偶尔站起身来,向上铺旁边的圆窗洞里望望,但见海岸越来越近,我们的

---

[1] 本篇原载 1948 年 11 月 1 日《论语》第 164 期。
[2] 章先生,指章锡琛(雪村),开明书店的创办人,作者的好友。

船快要和台湾岛握手了。我是初次到此,预想这海岸后面的市街、人物、山川、草木,不禁悠然神往了几分钟。我从圆窗洞里收回视线,看见上铺的垫被上放着一只手表。数十年的尘劳世智,使我本能地感到这件物资的所有权的安全问题。它和圆窗洞之间,约有两只手臂长短的距离;从窗外无法取得手表。我就毫不介意,仍旧坐下来和她们闲谈。其实,我上面所说的那种本能的感觉,非常模糊,绝不曾具体地想到从窗洞中伸手取表的事实。好比平时拿起茶杯来喝一口茶,把茶杯还放到桌子上的时候,本能地放在离开桌边稍远的地方,以求茶杯的安全;但决不具体地想到茶杯翻落地上而打破的事实。况且,我是以抗战胜利国的国民的身份,来此探望我们的失而复得的台湾岛的;兴奋之情和沧桑之感充塞了胸怀,谁还想到"偷表"这些猥琐的事呢?

岂料这只表果然不见了。章先生盥洗毕,穿好衣服,戴了他那副深度近视眼镜,把上铺的垫被到处地嗅。"我的表阿宓拿去了吗?"章小姐说"没有"。于是大家来寻。上下铺的毛毯和垫被都翻过;章太太又拿出电筒来,向下铺的底下探照。遍觅不得,外面又无人进来过,于是确定这手表是被人从圆窗洞中扒去了。我们努力回忆手表放置的地点,以确定其对窗洞的距离。我们起初惊讶偷表者的手臂的长,后来确信他用钩子钩取,经过了数分钟的喧骚之后,大家对这手表表示绝望,坐了下来。一向被人称为"达观"而自己称为"糊涂"的章先生,早已置之度外;烧起卷烟,高谈阔论他去年在香港买得这表的经过。他买这表出港币七十五元。我说:"港币七十五元,约合金圆[1]四五十元，即一张船票的代价。譬如你家再多一人来游吧。"他说："多一人来游，还要替他买回来的船票呢！"我说："那么，你再丢一枝自来水笔就差不多了。"满舱的人哈哈大笑。

茶房进来了。这茶房非常客气，临别请我们吃牛奶咖啡。因为前晚帐房先生在旅客名册上看到了我的姓名，特来访问。请喝汽水，要我画画。今天茶房也如法炮制。谈话之中，不免说起了刚才失表的事。此君非常愤慨，定要查究。我们再三阻止，他不答允。他说："这轮船的特甲三号房间失脱手表，与我茶房名誉有关，非查不可！"这样一说，我们就不便阻止，只得听他去查了。他报告了帐房，会同许多人，在舱外走来走去，东侦西探。在我想来，在这样大的轮船，这样稠杂的人群之中，要侦探这样小的一只手表的下落，真同海底捞针，是不可能的事。他们是敷衍我们，表示好意而已。

约摸十分钟之后，茶房面红气喘地跑进来，拿着一只手表说："是这只表吗？"向章先生原物奉还，又说："妈的，一个穿雨衣的年青人，终于被我查到了。已经打脱几个耳光，就要送警察局。"这时候船已靠岸，乘客已在开始登陆，圆窗洞外人影渐稀。但见一只粗而黑的脸装在圆窗洞内对我们得意地笑。茶房指着这脸说："是他告发的！他看见那年青人用钩子扒去。我们一查，果然查到这手表，还有一打毛巾，是别人的，……"章先生摸出两张五元金圆券来交与茶房，茶房就从窗洞中交与那脸。那脸一笑就不见了。据说这是一个走单帮的。茶房便咆

---

[1] 金圆，指1948年8月19日发行的金圆券（以代替当时的法币）。

哮地把侦查的经过向我们反复讲了几遍,最后翘起一根拇指得意地说:"我是福尔摩斯!"他旋转身来,指着门口说:"你看,这样一个家伙,不要脸的!"

港警已把那年青人和他的三件行李带进大菜间来,等候乘客上陆完毕,然后押送警察局。这大菜间做了他的临时拘留所。我走出房舱,站在角落里偷看那人:穿着蜜色雨衣、雨帽、西装裤、黑皮鞋;脸色光润,眉清目秀,轩昂地坐在大菜桌边的靠臂椅子里。我怕他难为情,所以站在角落里偷看他;他却旋转头来堂皇地看我,反而使我难为情起来。这个人相貌堂堂、衣冠楚楚,原来具有养成英雄豪杰、贤良圣哲的可能性。只因千丑万恶的社会环境逼他堕入暴弃,造成了眼前这畸形的结果——相貌堂堂、衣冠楚楚的一个窃贼!

茶房从他身上搜出文件来,交章先生看。我听见章先生不断的"啊哟,啊哟",也挨过去看。啊哟,啊哟,原来其人是某地某望族的后裔,曾在有名的某学院肄业,经一位正直的某教育家的介绍,到某地某高级中学去担任训导主任兼史地教师的!这意外的消息,倒使我们十分为难了。区区一只手表,想不到会惹出这样的一个大问题来的!章先生就向船上人要求,请勿送局,顾全教育界脸面。但是港务局的警察为了责任所在,一定不肯放走这窃贼。章先生要求替他把三件行李带去保管,待他放释后来领。这以德报怨的请求,警察也就答允了。我们六个人,自己有七八件行李。这位"训导主任"的三件行李便加入其中,一同登陆,运送我们的住处。我是以抗战胜利国的国民的身份,来访问我们的失而复得的台湾岛的。我的脚最初踏上这土地的时候,照理应该十分愉快,现在只得九分!下文我也懒得再写了。

一九四八年十月十日在台北作

南国女郎[1]

小朋友们：我现在台北游玩。今天给台北的女郎描一张画，寄你们看（见扉页）。台湾，原是我们中国的地方。五十多年前，被日本夺去。三年前，抗战胜利了，日本方才归还我们。所以台北沦陷了五十多年。在这五十多年中，台湾女子的服装，本来仍照中国式。抗战中，有一次日本人强迫台湾女子穿日本女人的服装。说是要她们"皇民化"。台湾女子都是爱中国的，死不肯穿日本服装。但是日本人凶得很，台湾女子不敢完全反对他们的命令，就想出一个办法

---

[1] 本篇原载1948年12月1日《儿童故事》第3卷第1期。

来，改用西洋式的服装：年青的女郎，上身穿一件衬衫，下面束一条长裙，好像跳舞衣，怪好看的。年纪较大的女人，上身穿对襟短衫，下面也穿长裙。这样，总算改了装，日本人也就算了。光复以后，穿这种跳舞式的衣服的女郎仍是很多。有一班时髦的女郎，效仿上海杭州的女郎，改穿旗袍。旗袍，在我们看来是老式了，但在台湾女子看来是最新式的。因此台北有许多裁缝店，专做旗袍。他们的招牌上写着："最新流行江浙旗袍公司"。我那张画里就有的画着。我觉得，她们本来的跳舞式的服装很好看；但旗袍也很好。因为这样，可使台湾女子和内地女子服装统一，不分彼此，大家同是中国女子。

三十七年写于台北

杵舞和台湾的番人[1]

这里（见扉页）我画的一幅图，是台湾番人的杵舞。她们每人手拿一根舂米用的木杵，一面在地上敲，一面跳着唱歌。这种番人，本来住在深山中，与台湾人隔绝。后来渐渐交通。现在已有许多会讲台湾话，甚至讲国语。他们的生活已与普通人差不多。不过衣服还是特别，很华丽的。杵舞所唱的歌，是他们的土白，我们听不懂的。但觉得音调很悲哀。这本来是他们舂米时唱的。他们在地上掘一洞，洞里放一只石臼，石臼里放米。许多女人拿着木杵舂米，齐声唱歌。后来，生活进步，他们舂米也用电气，不用人力了。于是这种杵和歌，失去

---

[1] 本篇原载 1949 年 1 月 1 日《儿童故事》第 3 卷第 2 期。

了实用性，专门当作歌舞之用。这杵舞可说是台湾番人的一种艺术。

台湾的番人，现在已经很开通，同我们差不多了。但在三百多年前，他们非常野蛮，非常凶狠。有一个故事，我讲给你们听：三百多年前，清朝康熙年间，台湾是属于中国的。中国人到台湾去，不敢走进深山。因为番人见了汉人要杀。中国派一个人去教导番人，这人姓吴，名凤。吴凤能讲番话，到了台湾，对番人很优待，番人很爱护他，当他父亲一样。番人向来有一种习惯，每年冬天，必须杀一个异族的人的头来祭他们的神明。吴凤教训他们，说杀人是不道德的，以后不可再杀。他们果然听从吴凤的话，不再杀人。过了多年，他们听了别的山里的番人的话，一定要杀人头来祭神明。他们对吴凤说："长久没有人头祭神明，神明要动怒，所以今年必须杀一个来祭神明。"吴凤再三教训，再三劝阻，他们不听。吴凤就对他们说："那么我准许你们，今年杀一个人头，以后不准再杀，好不好？"番人答允了。吴凤说："明天早上，有一个穿红衣戴红帽的汉人从山下经过，你们可把这汉人的头杀下，拿来祭神明。但从此以后，不准再杀人了。"番人听从他的话。

明天早晨，番人下山去，果然看见一个身上穿红衣而头上蒙着红帽子的人，低着头在山下走路。他们抢上前去，一刀把这人杀死，割下头颅，用布包好，提上山来。打开包布一看，原来是吴凤的头！

番人对吴凤非常敬爱，同父亲一样的，现在把他杀死，非常难过。许多番人对着头号啕大哭！后来把头和尸体合起来，好好地安葬。又造一只大庙，叫做吴凤庙，年年礼拜他。从此以后，番人感悔，真个不再杀人了。

吴凤牺牲自己的性命，来救许多汉人，又教好了许多番人。真是一个了不起的英雄！我游台湾，到过吴凤庙。我站在吴凤的神像前，深深地三鞠躬。

我与弘一法师 [1]

——卅七年十一月廿八日在厦门佛学会讲

弘一法师是我学艺术的教师,又是我信宗教的导师。我的一生,受法师影响很大。厦门是法师近年经行之地,据我到此三天内所见,厦门人士受法师的影响也很大;故我与厦门人士不啻都是同窗弟兄。今天佛学会要我演讲,我惭愧修养浅薄,不能讲弘法利生的大义,只能把我从弘一法师学习艺术宗教时的旧事,向诸位同窗弟兄谈谈,还请赐我指教。

我十七岁入杭州浙江第一师范,廿岁[2]毕业以后没有升学。我受中等学校以上学校教育,只此五年。这五年间,弘一法师,那时称为李叔同先生,便是我的图画音乐教师。图画音乐两科,在现在的学校里是不很看重的;但是奇怪得很,在当时我们的那间浙江第一师范里,看得比英、国、算还重。我们有两个图画专用的教室,许多石膏模型,两架钢琴,五十几架风琴。我们每天要花一小时去练习图画,花一小时以上去练习弹琴。大家认为当然,恬不为怪,这是什么原故呢?因为李先生的人格

---

[1] 本篇原载 1948 年 12 月 12 日《京沪周刊》第 2 卷第 49 期。
[2] 作者二十二岁毕业于浙江省立第一师范学校。

和学问，统制了我们的感情，折服了我们的心。他从来不骂人，从来不责备人，态度谦恭，同出家后完全一样；然而个个学生真心的怕他，真心的学习他，真心的崇拜他。我便是其中之一人。因为就人格讲，他的当教师不为名利，为当教师而当教师，用全副精力去当教师。就学问讲，他博学多能，其国文比国文先生更高，其英文比英文先生更高，其历史比历史先生更高，其常识比博物先生更富，又是书法金石的专家，中国话剧的鼻祖。他不是只能教图画音乐，他是拿许多别的学问为背景而教他的图画音乐。夏丏尊先生曾经说："李先生的教师，是有后光的。"像佛菩萨那样有后光，怎不教人崇拜呢？而我的崇拜他，更甚于他人。大约是我的气质与李先生有一点相似，凡他所欢喜的，我都欢喜。我在师范学校，一、二年级都考第一名；三年级以后忽然降到第二十名，因为我旷废了许多师范生的功课，而专心于李先生所喜的文学艺术，一直到毕业。毕业后我无力升大学，借了些钱到日本去游玩，没有进学校，看了许多画展，听了许多音乐会，买了许多文艺书，一年后回国，一方面当教师，一方面埋头自习，一直自习到现在，对李先生的艺术还是迷恋不舍。李先生早已由艺术而升华到宗教而成正果，而我还彷徨在艺术宗教的十字街头，自己想想，真是一个不肖的学生。

　　他怎么由艺术升华到宗教呢？当时人都诧异，以为李先生受了什么刺激，忽然"遁入空门"了。我却能理解他的心，我认为他的出家是当然的。我以为人的生活，可以分作三层：一是物质生活，二是精神生活，三是灵魂生活。物质生活就是衣食。精神生活就是学术文艺。灵魂生活就是宗教。"人生"就是这样的一个三层楼。懒得（或无力）走楼梯的，就住在第一层，即把物质生活弄得很好，锦衣玉食，尊荣富贵，孝子慈孙，这样就满足了。这也是一种人生观。抱这样的人生观的人，在世间占大多数。其次，高兴（或有力）走楼梯的，就爬上二层楼去玩玩，或者久居在里头。这就是专心学术文艺的人。他们把全力贡献于学问的研究，把全心寄托于文艺的创作和欣赏。这样的人，在世间也很多，即所谓"知识分子""学者""艺术家"。还有一种人，"人生欲"很强，脚力很大，对二层楼还不满足，就再走楼梯，爬上三层楼去。这就是宗教徒了。他们做人很认真，满足了"物质欲"还不够，满足了"精神欲"还不够，必须探求人生的究竟。他们以为财产子孙都是身外之物，学术文艺都是暂时的美景，连自己的身体都是虚幻的存在。他们不肯做本能的奴隶，必须追究灵魂的来源，宇宙的根本，这才能满足他们的"人生欲"。这就是宗教徒。世间就不过这三种人。我虽用三层楼为比喻，但并非必须从第一层到第二层，然后得到第三层。有很多人，从第一层直上第三层，并不需要在第二层勾留。还有许多人连第一层也不住，一口气跑上三层楼。不过我们的弘一法师，是一层一层的走上去的。弘一法师的"人生欲"非常之强！他的做人，一定要做得彻底。他早年对母尽孝，对妻子尽爱，安住在第一层楼中。中年专心研究艺术，发挥多方面的天才，便是迁居在二层楼了。强大的"人生欲"不能使他满足于二层楼，于是爬上三层楼去，做和尚，修净土，研戒律，这是当然的事，毫不足怪的。做人好比喝酒：酒量小的，喝一杯花雕酒已经醉了，酒量大的，喝花雕嫌淡，必须喝高粱酒才能过瘾。文艺好比是花雕，宗教好比是高粱。弘一法师酒量很大，喝花雕不能过瘾，必须喝高粱。我酒量很小，只能喝花雕，难得喝一口高粱而已。但喝花雕的人，颇能理解喝高粱者的心。故我对于弘一法师的由艺术升华到宗教，一向认为当然，毫不足怪的。

艺术的最高点与宗教相接近。二层楼的扶梯的最后顶点就是三层楼，所以弘一法师由艺术升华到宗教，是必然的事。弘一法师在闽中，留下不少的墨宝。这些墨宝，在内容上是宗教的，在形式上是艺术的——书法。闽中人士久受弘一法师的熏陶，大都富有宗教信仰及艺术修养。我这初次入闽的人，看见这情形，非常歆羡，十分钦佩！

前天参拜南普陀寺，承广洽法师的指示，瞻观弘一法师的故居及其手种杨柳，又看到他所创办的佛教养正院。广义法师要我为养正院书联，我就集唐人诗句："须知诸相皆非相，能使无情尽有情"，写了一副。这对联挂在弘一法师所创办的佛教养正院里，我觉得很适当。因为上联说佛经，下联说艺术，很可表明弘一法师由艺术升华到宗教的意义。艺术家看见花笑，听见鸟语，举杯邀明月，开门迎白云，能把自然当作人看，能化无情为有情，这便是"物我一体"的境界。更进一步，便是"万法从心""诸相非相"的佛教真谛了。故艺术的最高点与宗教相通。最高的艺术家有言："无声之诗无一字，无形之画无一笔。"可知吟诗描画，平平仄仄，红红绿绿，原不过是雕虫小技，艺术的皮毛而已。艺术的精神，正是宗教的。古人云："文章一小技，于道未为尊。"又曰："太上立德，其次立言。"弘一法师教人,亦常引用儒家语:"士先器识而后文艺。"所谓"文章","言","文艺",便是艺术;所谓"道","德","器识",正是宗教的修养。宗教与艺术的高下重轻,在此已经明示;三层楼当然在二层楼之上的。

我脚力小,不能追随弘一法师上三层楼,现在还停留在二层楼上,斤斤于一字一笔的小技,自己觉得很惭愧。但亦常常勉力爬上扶梯,向三层楼上望望。故我希望:学宗教的人,不须多花精神去学艺术的技巧,因为宗教已经包括艺术了。而学艺术的人,必须进而体会宗教的精神,其艺术方有进步。久驻闽中的高僧,我所知道的还有一位太虚法师。他是我的小同乡,从小出家的。他并没有弄艺术,是一口气跑上三层楼的。但他与弘一法师,同样地是旷世的高僧,同样地为世人所景仰。可知在世间,宗教高于一切。在人的修身上,器识重于一切。太虚法师与弘一法师,异途同归,各成正果。文艺小技的能不能,在大人格上是毫不足道的。我愿与闽中人士以二法师为模范而共同勉励。

嫁给小提琴的少女[1]

我乘船到香港。经过汕头海关人员来检查。那人员查到我的房间,和我握手,口称"久仰","难得"。他并不检查,却和我谈诗说画,谈得非常起劲。隔壁房间的客人和茶房们大家挤进来看,还道是查出了禁品,正在捉人了。海关人员辞去之后,邻室的客人方始知道我的姓名,大家耳语,像看新娘一般到门边来窥看我。茶房们亦窃窃私语。可惜讲的闽南话我一句也不懂。

挤进来看的人群中,有一个垂髫女郎,不过十八九岁模样,面圆圆的,眼睛很大,盯着我炯炯发光。海关人员走后,此人也就不见了。开船,吃夜饭之后,我独坐房舱中(我的房两铺,但客人少,对铺空着,我独占一房)看当日的《星岛日报》。有人叩门。开门一看,正是那个大眼睛女郎。她忸怩地说:"我是先生的读者,先生的文集画集我都读过。景仰多年,今日得在船中见到,真是大幸,所以特来拜访。打扰了!"一口国音,正确清脆,十足表示她是个聪明伶俐的女孩子。我留她坐,问她姓名籍贯,以及往何处去。她告诉我姓 Y,是 W 城人,某专科学校毕业,随她姐姐乘船到香港去谋事。就住在我的隔壁房中。

---

[1] 本篇原载 1949 年 4 月 9 日香港《星岛日报》。

接着她就问我《子恺漫画》中的阿宝、瞻瞻、软软（我的子女，现在都比她大了）的近状；又慰问我在大后方十年避寇的辛苦。足证她的确都读过我的书，知道得很清楚。我发见她在听我答话的时候，常常忽然把大眼睛沉下，双眉颦蹙；忽然又强颜作笑，和我应酬。我心中猜疑：这个人恐有难言之恸。

忽然她严肃地站起来，郑重地启请："丰老先生，我有一个大疑问要请教，不知先生肯不肯教我？"说着，两点眼泪突然从两只大眼睛里滚出，在莲花瓣似的腮上画了两条垂直线，在电灯下闪闪发光。这是丹青所画不出的一个情景。突如其来，使我狼狈周章。我立刻诚恳地回答她："什么疑问？凡我所知道的，一定肯回答你，你说吧。"她说："先生，世间到底有没有'纯洁的恋爱'？"我说："你所谓'纯洁'，是什么意思？"她断然地说："永不结婚。"我呆住了，心中十分惊奇。后来我说："有是有的，不过很少很少。西洋古代曾经有一位大哲学家柏拉图，提倡这种恋爱，Platonic love〔柏拉图式的爱〕。但我没有见到过实例。你为什么问我这个呢？"她凄凉地说："啊，你没有见到过？那么，世间所谓'纯洁的恋爱'，都是骗人！都是骗我们女人！啊，我上当了！"她竟在我房中呜咽地哭起来。

我更是狼狈周章了。等她哭过一阵，我正色地说："你不必伤心，说不定你所遇到的确是柏拉图恋爱主义者。我所见狭小，岂能确定你是受骗呢？你究竟是怎么一回事？不妨对我说。也许我能慰藉你。"因了我的催促和探诱，她断断续续吞吞吐吐地把她的恋爱故事告诉我。原来是这样的一回事！

她出身于书香人家。她的父亲是当地很有名的文人。她从小爱好文艺，尤其是诗词。她今年十九岁半，性格十分天真，近于儿童。她憧憬于诗词文艺中所描写的人生的"美"与"光明"，而不知道又不相信人生还有"丑"与"黑暗"的一面。她只欢喜唯美的浪漫主义，而不欢喜暴露的写实主义。她注意灵的要求，而看轻肉的要求。我猜想，养成她这种性情的，半由于心理，即文艺诗词的感染，而半由于生理，即根本没有结婚的要求，亦即没有性欲。古人说"食色性也"。"没有性欲"这句话似乎不通，除非是残疾的人，况且她的体格很好，年龄也已及笄，我岂可这样武断呢？但我相信"性欲升华"之说，而且见过许多实例（历史上独身的伟人不少）。故我料她的性欲已经升华，因而在世间追求"纯洁的恋爱"。据她说，她和她的姐姐很亲爱，大家抱独身主义，本来不再需要异性的爱。但因她迷信了"纯洁的恋爱"，觉得除姐姐以外，再有一个异性纯洁的爱人，更可增加她的人生的"美"与"光明"。于是她的恋爱故事发生了。她的一个男同学追求她。起初她拒绝。后来因为合演话剧的关系，渐渐稔熟起来。那男同学就向她献种种的殷勤，和非常的真诚。据说，他是住校的，她是通学，每天回家吃午饭的。而他每天到半路上接她两次，送她两次，风雨无阻。她说："教我怎么不感动呢？"但她很审慎，终未明白表示"爱"他，因此他失望、绝食、生病了。别的同学来拉拢，大家恨她太忍心。她逼不得已，同时真心感动，便到病床前去慰问，并且明白表示了"我爱你"。但附带一个条件："纯洁的爱永不结婚。"男的一口答允，病就好了。她说，从此以后，她的确过了两个月的"美"的"光明"的恋爱生活。但是两个月后，男的便隐隐的同她计划结婚了。屡次向她宣传"结婚的神圣",解说"天下没有不结婚的恋爱"之理,抨击"独身主义"的不人道。她愤愤地对我说:"到此我才知道受骗呀!"她又哭了,我忍不住笑起来。我想:"真是一个傻孩子!"又想:"这天真烂漫而奇特的女孩子,真真难得!"

她个性很强,决心和他分手。但因长时间的旅伴,和感情的夹缠,未便突然一刀两断。她就拖延,想用拖延来冲淡两个人的爱情,然后便于分手。她说:"这拖延的几星期,是我最苦痛的时间。"但男的只管紧紧地追求,死不放松。她急煞了。幸而她已毕业,就写了一封绝交信寄他,突然离开 W 城,投奔在远方当教师的姐姐。至今已将一年。幸而那男子没有继续来追她。并且,传闻他已另有爱人。因此她也放心了。但她还有疑心,常常怀疑:世间究竟有没有"永不结婚的恋爱"?因此不怕唐突,来"请教"萍水相逢的我。她恭维我说:"丰老先生,你是我们孩子们的心灵的理解者、润泽者、爱护者。惟有你能够医好我心头的创伤。"我听了又很周章。我虽然曾经写过许多关于儿童生活的文和书,但不曾研究过柏拉图爱。对眼前这个痴疑天真的少女的特殊的恋爱问题,实在无法解答。我只劝她:"你爱你的姐姐。你用功研究你的学问。倘是欢喜音乐的话,你最好研究音乐。因为音乐最能医疗心的创伤。"她破涕为笑,说:"我正在学小提琴,已经学到 *Hohmann*〔《霍曼》〕第二册了。"我说:"那是再好没有了!你不必再找理想的爱人,你就嫁给小提琴吧!"她欢喜信受,笑容满面地向我告辞。

一九四九年儿童节之夜记于丰祥轮一等十七号房舱中

我与《新儿童》[1]

读过我的文章,看过我的儿童漫画,而没有见过我的人,大都想象我是一个年青而好玩的人。等到一见我,一个长胡须的老头子,往往觉得奇怪而大失所望。这样的人,我遇到过不知几百十次了。我自己也常常觉得奇怪,为什么我使他们奇怪?

想了一想,我明白了。我的身体老大起来,而我的心还是同儿童时代差不多。因此身心不调和,使人看了奇怪。

记得我初见《新儿童》刊物时,是六七年前,我在重庆避寇的时候。那时我的幼女一吟,年十二岁[2]。向桂林定一份《新儿童》,按期阅读,并且投稿。最初刊物寄到,我同她抢来看,她说:"《新儿童》是我们儿童看的!你老人家不看!"终于被她抢去。但等她看完了,我必找着来看。看过后同她讨论里面的问题,同她玩里面的游戏,她觉得高兴。以后《新儿童》就变成了她和我合读的刊物。

胜利复员时,她已经积存了数十册的《新儿童》,满满的一小箱子。但我们走西北陇海路回上海,路上不便多带行李。她

---

[1] 本篇原载 1949 年 5 月 1 日《新儿童》半月刊第 138 期。

[2] 六七年前应作五六年前,当时一吟十四五岁。

经过几次踌躇，终于割爱，把一箱子《新儿童》分送给不复员的邻家儿童。叮嘱他们好好保藏，不要毁弃。这件事，她至今想起了还有遗憾。因为那时她虽然已是十六七岁的少女了，但还是一个儿童；就是现在，她虽已在国立艺专毕业，而变成一个快二十岁的女郎了，但是童心依旧，想起了从前遗弃的一箱子《新儿童》，不免还要伤心呢。

现在我到香港来了。我的车子经过《新儿童》编辑社的门口，李君毅兄指给我看，并说编者云姐姐知道我来港，曾经问他，一吟有没有同来？一吟是云姐姐的信徒之一，本该带她同来见见面。可是因为我家在上海，要她陪伴母亲，不能跟我同来，真是憾事！我回上海时，一定多买几本《新儿童》带给她，用以滋养她的童心。

我相信一个人的童心，切不可失去。大家不失去童心，则家庭，社会，国家，世界，一定温暖、和平而幸福。所以我情愿做"老儿童"，让人家去奇怪吧。

一九四九年四月八日于香港

《前尘影事集》序 [1]

先师李叔同先生,为中国西洋画、西洋音乐,及话剧之首先创导者。清末留学日本,入东京美术专门学校及音乐专门学校;又在东京办春柳剧社,自饰茶花女。归国后,编《太平洋画报》,复于南京高等师范及浙江两级师范教授洋画、洋乐;春柳剧社亦移入中国,为后来话剧进步发达之起点。先生于中国新艺术界之贡献,至多至大。三十九岁削发为僧,六十四岁圆寂于福建之泉州。人皆知弘一法师为现代律宗唯一之高僧,而不知此苦行头陀乃中国新时代艺术之急先锋也。

先生不但精通西洋艺术,于中国文学亦复深造。书法之工,世所共仰。而诗词歌赋之清新隽逸,尤为晚清诸家所望尘莫及。顾所作极少;且不喜发表。故世间知闻极少。先生剃度前数日,曾将平生所作,手书一卷,入山前夕,以此手卷授余,曰:"此前尘影事,子姑存之,藉留遗念云尔。"余谨受之,珍藏于石门湾缘缘堂。廿六〔1937〕年日寇侵华,以迂回战袭击石门湾。余仓皇出奔,仅以身免。缘缘堂被焚,前尘影事诗词稿与堂同

---

[1] 《前尘影事集》(李叔同著,丰子恺编写)系 1949 年 7 月上海康乐书店出版。原书还有他人序,此序原题为"序一"。

归于尽。余迤逦西奔,入万山中。每念此卷,不胜惋惜。全卷诗词共二十四首。余能背诵者仅及其半耳。惜哉!

胜利后四年,余南游泉州,谒先师往生之处。当地一居士,出《小说世界》一册示余,谓有缘缘堂藏弘一法师在俗时所作诗词。余展阅之,赫然原稿,乃照相版缩印者。恍忆此卷被焚前某年,友人编《小说世界》,曾向余借此卷去,照相制版后即归还缘缘堂。幸有此事,今日余得重睹此手卷之面影,诚为一大胜缘!顾此二十年前之杂志,今世保存者极少,不易求得。余亟向居士借钞全稿,携归上海。虽非复先师亲笔,亦聊可慰十余年来惋惜之情耳。

上海解放后,学友张生心逸因缘同里,见余所钞藏之前尘影事卷深为宝爱。盖张生酷爱文艺,于弘一法师尤深钦仰。即持去制版,将以流通于世。嘱序于余,因记其因缘如上。

夫民主革命,夷阶级,就平等,去虚伪,见大真;与佛法之普渡众生,斥妄显正,实为同源共流。第所流之深浅远近各有不同耳。故集所载,虽属旧时代作风,亦可以窥见弘一法师由艺术转入宗教之步骤,由小我进于大我之痕迹。读者勿视为士大夫阶级之笔墨游戏,斯可矣。

一九四九年六月二十日石门丰子恺记于上海

三 层 楼[1]

有一个地方，有一座三层楼房子。这房子很高大，每一层有三个房间，一共有九个房间。有九份人家同住在这房子里。这九份人家是同族的，大家姓王。

你以为一份人家住一个房间吗？不是的！最高的三层楼上只住一家，这一家独占了三个房间。二层楼上住两家，每家住一个房间，中央的房间当作公共的客堂。至于最底下一层呢？三个房间住了六份人家。他们把每个房间隔分为两小间，每家住一小间。为什么这样分配呢？这是很久以来的恶习惯。

所以，三层楼上的人家非常宽舒；二层楼上的人家也很舒服；只有底下一层的六份人家，很不舒服。他们每一家，许多人挤在一个小房间内，狭窄得很！

三层楼上，空气非常新鲜。因为地位很高，四面没有遮蔽。开开窗子，新鲜的空气流通进来，带着树木花卉的香气，使人身体健康，感觉愉快。二层楼呢，空气也还新鲜。只有底下一层，四面被别的房子遮住，空气不新鲜，窗外常常有马车走过，扬起灰尘，吹进窗里来。人们在灰尘中呼吸，有害健康。

---

[1] 本篇曾连载于1950年1月29日、2月5日北京《新民报》(日刊)。

三层楼上,光线非常之好。个个窗子放进大光明来,把壁上的书画,桌上的花瓶,照得很清楚。人们住在里面非常高兴。二层楼呢,光线也还好。只有底下一层,四面有别的房子遮住,光线很暗。看书写字等细的工作都不能做。女人们穿针线,要走到窗口,才穿得进。小孩们温习课本,字也不大看得清楚。他们很不方便。

三层楼上,风景非常之好。每个窗子外面,有近景和远景,花卉,树木,小桥,流水,宝塔,山峰。还有天上的白云,飞鸟。还有夜里的月亮和星。二层楼呢,风景也还好。只有底下一层窗子里望出来都是人家的墙壁,后门,或者垃圾桶。一点风景也没有。

三层楼上的人家这样舒服了还不够,还要欺侮下层的人家呢。

三层楼上的人常常跳舞,或者吵闹。楼板上"砰砰彭彭"一刻不停。灰尘落在二层楼中的人家的桌子上,可以用手指写字。二层楼中的人非常厌烦,他们也来跳舞,也来吵闹;而且跳得更重,吵得更凶,把椅子凳子随便推倒,发出很大的声音。底下一层的人听来,好像擂鼓,又像打雷。连说话也不大听得清。灰尘像细雨一般落下,落在他们的饭碗里,菜碗里。但是他们住在最下层,对于上层的人无可奈何,只得忍气吞声,受尽苦恼。

三层楼上的人常常把污水打翻在楼板上。污水从楼板缝里流到二层楼中,滴在二层楼中的人们的桌子上,床铺上,或者人的头上。二层楼中的人非常讨厌,他们也把污水打翻,让它从楼板缝里流到底层的人家里去。有时竟把痰盂和尿瓶打翻,让痰唾和尿滴在下层人家的桌子上,床铺上,头上。三层楼上的人,常把污水从窗中浇下,经过二层楼的窗,浇在下层人家窗外的泥地上。泥污的水溅起来,溅进下层人家的窗里。二层楼中的人也效法他们。但下层人家因为地位最低,对于上层人家无可奈何。他们只得忍气吞声,受尽苦恼。

这座三层楼房子里,这样不合理的生活过了很久。

上层的人家天天把污水倒下来,倒在房子四周的地上。房子四周的柱脚天天浸在水里。浸了很久,柱脚渐渐地烂了。

有一天晚上,哗啦一声,这座三层楼房子倒塌了!下层的人,先已逃出,没有一个被压伤,上层的人呢,正在熟睡中,有好些人被压伤了。至于倒塌的原因,据说是柱角已将烂断,

下层的人起来合力推倒的。

房子倒了,房子的木材和砖头还有用。下层中有好几位木工和泥工,他们就来领导大家工作,拿木材和砖头来造起九间平屋来。造在一个空场上,每间一样高,一样大,空气一样新鲜,光线一样明亮,风景一样美丽。从此大家一样舒服了。只是住在上层的人们中,有几个因被房子压伤,变成了废人。

一九四九年十一月二十日于上海

拜观弘一法师摄影集后记[1]

谢志学居士珍藏弘一法师的照片,从法师少年时代起,一直到出家,圆寂,一共有数十张。他把这些照片依年代顺序编成一本册子,有一天拿来给我看,要我替这册子写一点感想。我本来早有感想。因为其中一部分照片,曾经是我所珍藏的。

三十多年前,法师出家前若干天,把许多书物送给我。其中有一包是照片。我打开一看,有少年人,有壮年人,有穿袍褂的,还有女的和扮演京戏的……。我不能辨别哪几个是法师自己的像,曾经拿了这一包照片去问他。法师带着轻蔑的、空虚的、玩耍似的笑声,把照片一张一张地说明:"这是我年青时照的。""这是我初到上海时,穿了上海最时髦的一字襟背心而照的。""这是我在东京时照的。""这是我和东京美术学校里一位印度同学交换了服装而照的。""这是我演京戏《白水滩》时照的。""这是祭孔子时穿了古装而照的。""这是我假扮上海女郎,穿了当时最摩登的女装而照的。""这是我演话剧,扮茶花女时照的。那腰身束得非常之细呢,哈哈哈哈!"这笑声又好像是在笑另外一个人。……不久法师出家了。我把照片拿回家中保藏。

---

[1] 本篇原载 1950 年 3 月 30 日《觉有情》第 11 卷第 3 期。

许多亲友来借看。看过之后，大都摇摇头说："这是一个无所不为的人！"有的人说："他做和尚，怕不久要还俗的呢！"

这包照片一直保藏在我家。抗战事起，我家石门湾缘缘堂，被日本兵烧毁。这包照片也被烧毁在内。（但有乡亲说，我出走后，日本兵先把我家中书物搬空，然后放火烧屋。如果这样，这包照片也许还在人间。）我流亡在大后方，想起了这包照片，常恨走得太匆促，懊悔没有把它拿出。我在大后方住了数年之后，有一天接到天津某居士的信，内附照片一套，正是法师给我的那一套。我看了信，方知这套照片保藏在缘缘堂的期间，曾经一度借给天津某居士。这位居士把它们复制了，把原片寄还我。这件事我已经忘记，经他提出我方才忆及。他在报纸上看见我追悼缘缘堂的文章，知道我已失去那套照片，特地拿他所保藏的底片重印一套，寄送给我。失而复得，我很庆幸。我前次把它们出借，似乎是出于灵感的！据这位居士信上说，他曾经重印许多套，遍赠同志。现在谢志学居士所宝藏的，我不知道他从何处得来，但料想是与天津某居士的复制品有关。因为我并未借给第二人去复制。不过谢居士又把它们放大精印。所以其来源虽然在于我家，但比我家原来所藏的更好。且我家所藏，止于出家前的照片。从出家到圆寂这廿几年间的种种照片是谢居士另行搜求来的。天津某居士寄到大后方来赠我的那套照片，我已经转送他人。因为我自从缘缘堂被毁以来，深感收藏的虚空，同人生一样虚空。所以每逢有人送我珍贵的东西，我一定转送给相当的朋友。我自己片纸也不收藏了。所以这次谢居士拿这照片册子给我看，我久不看见，从前看时那种感想，从新活跃起来。现在就略写些在上面：

看了这套照片，想见弘一法师的生活异常丰富。世间多数人的生活是平凡的，农家的人一辈子做农，工家的人一辈子做工，商家的人一辈子做商，……我们的法师的一生，花样繁多：起初做公子哥儿，后来做文人，做美术家，做音乐家，做戏剧家，做编辑者，做书画家，做教师，做道家，最后做和尚。浅见的人，以为这人"好变"，"没长心"，所以我乡某亲友说，"他做和尚不久要还俗的。"我的感想，他"好变"是真的：他具有多方面的天才，他的好变是当然的。全靠好变，方得尽量发挥他各方面的天才，而为文艺教育界作不少的榜样，增不少的光彩。然而他变到了和尚，竟从此不变了。他三十九岁做和尚，六十四岁圆寂。他做和尚的期间，有二十五年。算他十四岁出场吧，那么他做其他种种花样的期间，也是二十五年。为什么前头的二十五年这样"好变"，这样"没长心"，而后面的二十五年这样"不变"，这样"有长心"呢？可见在他看来，做和尚比做其他一切更有意思。换言之，佛法比文艺教育更有意思，最崇高，最能够满足他的"人生欲"。所以他碰到佛法便叹为观止了。料他"不久要还俗"的朋友，现在大约也能相信我这句话："佛法最崇高。"

看了这一套照片，使人猛悟人生的无常。李先生是银行家的儿子，幼年时曾经尊荣富厚。李先生是沪学会、南社的巨子，少年时曾经驰誉文坛。李先生是中国最早研究洋乐洋画和话剧的新艺术家，壮年时曾经蜚声艺苑。李先生是中国最早的艺术教师，中年时曾经有过决不止三千的门墙桃李。他曾经用苦功弹钢琴，用苦功写魏碑，用苦功作诗文。料想他在当时一定对每一种东西热中，为每一种东西兴奋，而尝到每一种东西的甘味。然而这些东西都像甘蔗，尝完了甘味之后，剩下来的只是渣滓，使他不得不唾弃，而另找永久的"法味"。看了李先生一生的照片之后，可知号称"不朽"的文艺，也只有一时之荣，何况世间其他的"名利恭敬"呢？人生一切是无常的！能够看透这个"无常"，人便可以抛却"我利私欲"的妄念，而安心立命地、心无挂碍地、勇猛精进地做个好人。所以佛法决不是消极的！所以佛法最崇高！

《童年与故乡》写者后记[1]

古尔布兰生这册书,是自己作画,自己作文,自己写字的。写的字当然是德文。吴朗西兄把它译为中文;为要保存原书的特色,嘱我代为写字。我从来没有做过这种工作,但也居然鼓着兴趣写成了。

古尔布兰生的画,充分具有写实的根柢,而又加以夸张的表现,所以能把人物和景物的姿态活跃地表出。他的文字近于散文诗,也很生动。他把童年在故乡所为、所见、所闻的精彩的片断,用绘画和文字协力地表现出了。有的地方文字和绘画交互错综,分不出谁是宾主。这种艺术表现的方式,我觉得很特殊,很有趣味。这可说是一种特殊的连环图画。今日我国歌颂解放,宣扬政治的作品,作者倘能采用这种特殊的表现方式,一定可以增多阅读的兴味,加强宣传的效力。因此,我赞成这书的出版,并且乐为书写。

译文,朗西兄用很忠实的直译的笔法;但我书写的时候,为欲迁就中国语法的习惯,有几处把句法加以改造,有时添加

---

[1] 本篇原载《童年与故乡》,挪威奥纳夫·古尔布兰生作,吴朗西译,文化生活出版社 1951 年 6 月初版。

几个字,有时减少几个字。写好后,朗西兄用原文对勘一遍,认为无妨,就此出版了。但是,假使有失之不忠实之处,那是我的责任,谨在此声明。

一九五一年六月三日丰子恺记

我 的 心 愿 [1]

读了周总理的关于知识分子问题的报告,我表示衷心的拥护。我确信这个报告一定会使我国所有知识分子毫无例外地发挥每个人的力量,一定会使我国的文化科学也来一个飞跃突进,赶上世界水平。我们一定可以在不很长的时间内实现毛主席的伟大号召——"我们将以一个高度文化的民族出现于世界"。

我想我们每一个知识分子读了这个报告之后,大家一定奋发自励。我也不例外。

我因为患肺病,近年来一直在家休养,又患了风湿,不能用毛笔作画。到现在只能半天工作半天休息,来从事译述。解放六年来,我用了约两年时间来学习俄文,用了约三年时间来译述苏联美术音乐教育书籍,其中一年多是在生病,不能工作。六年中,我译述的书,关于美术教育的有三册,关于音乐教育的有六册(其中几册是和丰一吟、杨民望合译的),关于文学的有屠格涅夫的《猎人笔记》。在数量上看来似乎不算少,倘若仔细检查起来,在质量上一定有很多缺陷。我读了周总理的报告,深深地觉得自己的译述工作做得还不够多不够好。今后除了积

---

[1] 本篇原载 1956 年 2 月 8 日《文汇报》。

极参加我们知识分子必不可缺的政治学习之外,更要努力从事业务学习,并在我的健康所许可的最大限度内,尽量增加我的工作量。

我现在正和丰一吟合译柯罗连科的《我的同时代人的故事》,全书共有一百二十多万字,要在两三年内才能译完,我要尽快完成它。我要求自己尽最大的能力,把它译好。再来译其他的书。

我们不久将以一个有高度文化的民族出现于世界上。我们每一个知识分子都要对此献出自己最大的力量,我自己也不例外。

谈"百家争鸣"[1]

让我用美术上的譬喻来发表关于"百花齐放,百家争鸣"的意见。

色彩法中有一种叫做"补色调和"。例如红对绿,两种色彩的性质是完全相反的,然而调和美满;又如蓝对橙,两种色彩的性质也是完全相反的,然而也很调和美满。因为世界上一切色彩都由红、黄、蓝三原色合成,而上述的两对色彩都具备着红黄蓝三原色:例如绿是黄和蓝合成的,配上红就具足三原色!橙是红和黄合成的,配上蓝就俱足三原色。所以上述的两对色彩,表面上看似对立的,相反的,而实际上是互相补足的,互相调和的。这就叫做"补色调和"。

"百花齐放,百家争鸣"就同这"补色调和"一样:在文艺上,在学术上,尽管意见纷歧,尽管花样繁多,然而因为异途同归,所以相得益彰。"争鸣",表面上看似对抗的、相反的,而实际上是互相补足的、互相调和的,就同红补足绿、蓝补足橙一样。绿荫深处一面红旗,色彩多么美丽!青天上一抹朝霞,色彩多么美丽!为什么美丽?就是为了性质完全相反、完全对立的两

---

[1] 本篇原载 1956 年 7 月 19 日《解放日报》。

种色彩互相补足、互相调和的原故。今后的文化界，即将出现绿荫红旗、青天朝霞一般的美景！

构图法中有一种叫做"多样统一"。构图就是布局，就是各种物象在画面上的安置法。画中物象尽管多，尽管大大小小，高高低低，远远近近，形形色色，各种都有，然而并非散漫无章地塞进画面里，却是按照一定的规律而布置，具有统一的中心点。《长江万里图》中不知有多少各式各样的山水，《清明上河图》中不知有多少各式各样的人物，然而布置井井有条，一气呵成。这就是说，又多样，又统一。小学生在图画课上画三只苹果，也逃不出多样统一的原理：三只苹果呆板板地并排在一起，统一而不多样；三个苹果东倒西歪，多样而不统一：都是不美观的。一定要布置得巧妙，方才多样而又统一，统一而又多样，方才美观。所以物象尽管多，形色尽管各不相同，只要有一个共通的中心，就会显出多样统一的美。

"百花齐放，百家争鸣"，就同这"多样统一"一样；在文艺上，在学术上，尽管各持一说，各成一家，然而具有共通的动机，符合共通的目标。"百家"在数目上可说是很多了；然而只要目标统一，即使千家也不嫌多。不但如此，家越是多，气象越是热闹，鸣声越是强大，仿佛"千人交响乐"在英明的指挥棒下面发挥庄严美丽的乐想，登峰造极地表现出多样统一之美。

我们的共通的目标是什么？正是发扬人民文化。在发扬人民文化这个指挥棒下面，百家各抒己见，各展所长，互相切磋，互相琢磨。这样，哪怕人民文化不繁荣发达呢！

在解放前的混乱时代,我们的文化界是多样而不统一的;在初解放的时期,我们的文化界是统一而不多样的。今后,在"百家争鸣"的号召之下,一定会出现多样统一的美满状态。

西湖忆旧[1]

我少年时代是西湖上的学生，中年时代是西湖上的寓公，现在老年时代，是西湖上频来的游客。除了抗战期间阔别九年之外，西湖上差不多每年春秋都少不了我的足迹。西湖的山水给我的印象是优美；详言之，是秀丽；再详言之，是妩媚。辛稼轩说："我见青山多妩媚，料青山见我应如是。"我觉得第一句拿来描写西湖上的青山，最为恰当；不过第二句有些可笑。

这印象最初是由一个歌曲帮我造成的。我少年时代在西湖上当学生，我们的音乐教师李叔同先生——就是后来在虎跑寺出家为僧的弘一法师——教我们唱一个三部合唱的歌曲，叫做"西湖"。歌词是李先生自己作的，我至今还背得出：

（高音部独唱）
看明湖一碧，六桥锁烟水。
塔影参差，有画船自来去。
垂杨柳两行，绿染长堤。

---

[1] 本篇原载 1956 年 10 月 20 日《东海》杂志创刊号，1958 年作者增补文字写成另外一篇散文《西湖春游》，收入散文集《缘缘堂新笔》，参见第二卷。

飏晴风，又笛韵悠扬起。
（中音部独唱）
看青山四围，高峰南北齐。
山色自空濛，有竹木媚幽姿。
探古洞烟霞，翠朴须眉。
霎暮雨，又钟声林外起。
（次中音部独唱）
看明湖一碧，六桥敛烟水。
塔影参差，有画船自来去。
垂杨柳两行，绿染长堤。
飏晴风，又笛韵悠扬起。
（三部合唱）
大好湖山如此，独擅天然美。
明湖碧，又青山绿作堆。
漾晴光潋滟，带雨色幽奇。
靓妆比西子，尽浓淡总相宜。

  李先生是天津人，曾经在上海作寓公，在杭州当教师，最后在西湖上出家。出家以前作这曲歌，还刻了个图章："襟上杭州旧酒痕"。这位"艺僧"对杭州和西湖的好感，于此盖可想见。我少年时候常常在星期天跟两三个同学到西湖上游玩，当然是步行。往往一边步行，一边唱这曲歌。我年纪最小，嗓子最高，总是唱高音部；另外几个同学唱中音部和次中音部。这比较在音乐教室里唱畅快得多。因为面对着实景，唱出来的个个字都不落空，都有印证；有时唱到"又钟声林外起"，正好远远地飘来一声晚钟。这样，艺术美和自然美互相衬托，互相掩映，就觉得这曲歌越唱越好听，这西湖越看越妩媚。现在回想，这时候我真是十足地欣赏了西湖的美。

然而这十足的欣赏到后来就打折扣。李先生出家后不久，我结束了学生时代，开始奔走衣食。那时候我游玩西湖，不再一边步行一边唱歌；大都是陪着三朋四友乘车、坐船、品茗、饮酒。西湖的妩媚固然依旧，然而妩媚之中有一种人造的缺陷，常常侵扰我的观感，伤害我的心情，使西湖的美大为减色，使我的游兴大打折扣。这人造的缺陷就在于人事上：

游西湖最主要的交通工具是游船，即杭州人所谓"划子"。这种划子一向入诗、入词、入画，真是风雅不过的东西；红尘万丈的都市里来的人坐在这种划子里荡漾湖中，其有"春水船如天上坐"的胜概。于是划划子的人就奇货可居，即杭州人所谓"刨黄瓜儿"。你要坐划子游西湖，先得鼓起勇气来，同划划子的人们作一场斗争，然后怀着余怒坐到划子里去"欣赏"西湖景致。照例是在各名胜古迹地点停船：平湖秋月、中山公园、西泠印社、岳坟、三潭印月、雷峰夕照、刘庄、汪庄……。这些名胜古迹的确是环肥燕瘦，各有其美；然而往往不能畅游，不能放心地欣赏。因为这些地方的管理者都特别"客气"，一看到游客，立刻端出茶盘来；倘使看到派头阔绰的游客，就端出果盒来。这种盛情，最初领受一二，也还可以；然而再而三，三而四，甚至而五，而六，而七……游客便受宠若惊，看见茶盘连忙逃走，不管后面传来奚落的、讥讽的叫声。若是陪着老年人游玩，处处要坐下来休息，而且逃不快，那就是他们所最欢迎的游客了。我在这些时候往往联想起上海西藏路一带夜间行人的遭遇，虽然这比拟不免唐突了些。

游西湖要会斗争，会逃走——这是我数十年来的宝贵经验。直到最近几年，解放后几年，这宝贵经验忽然失却效用。有一年我到杭州，突然觉得西湖有些异样：湖滨栏杆旁边那些馋涎欲滴的划子手忽然不见了，讨价还价的斗争也没有了，只看见秩序井然的卖票处和和颜悦色的舟子。名胜古迹中逐人的茶盘也不见了，到处明山秀水，任你逍遥盘桓。这时候我才重新看到少年时代所见的十足美丽的西湖；不，少年时代我还不是斗争的对象，还没有逃走的资格，看不到这种人造的缺陷，只觉得山水的妩媚，这是片面的观感，不足为凭。现在所看到的，才真是十足美丽的西湖了。

"西子蒙不洁，则人皆掩鼻而过之。"解放前数十年间，我每逢游湖，就想起这两句话，路过湖滨的船埠头，那种乌烟瘴气竟可使我"掩鼻"。解放之后，西子"斋戒沐浴"过了。"大好湖山如此"，不但"独擅天然美"，又独擅了"人事美"。现在唱起这歌曲来，真可感到十足的畅快了。李先生的灵骨，前年由我们安葬在虎跑寺后面山坡上的石塔下。往生西方的李先生如果有时也回到虎跑来，看到这"大好湖山"现在已经"如此"，一定欢喜赞叹！

一九五六年八月廿二日作于上海

欢迎内山完造先生[1]

日中友好协会理事长内山完造先生最近来中国参加鲁迅先生逝世二十周年纪念会。我同他阔别十年，最初看到他从飞机里走下来的时候，觉得这位七十二龄的和平使者比我预想的壮健得多，完全就是十年前的内山先生。握手的时候我想：爱好和平，令人健康长寿！

我陪他到旅馆里，寒暄之后，他首先问我鲁迅先生新墓的情况。其次问我夏丏尊先生的墓在何处，弘一法师（即李叔同先生）的墓在何处。他说他都要去拜扫。最后他又和我谈起葬在万国公墓的内山夫人的墓的情况。这时候我似乎觉得他不是外国人，而是我们自家人，是爱好和平的人民的自家人。我觉得中日友好的前途异常光明！我想起了他几天之前从北京寄给我的信。信中说：他曾经到过西安、成都、重庆，即将到上海；他看了新中国的气象，"希望及早促进中日友好，使邦交正常化"。又谦虚地说："我虽能力微弱，亦当老马加鞭。"他身上穿着自出心裁的改良日本装，衣襟比日本的"羽织"（即外套）短一尺多，衣领是中国古装，他的老友葛祖

---

[1] 本篇原载 1956 年 11 月 29 日《新闻日报》。

兰先生称它为"内山式和服"。这时候我看看他的内山式和服，想道：古语云，老马识途，要促进中日友好，使中日邦交正常化，恐怕必须这穿内山式和服的识途老马来引路，才能及早达到吧。

内山先生实在是中日友好的识途老马。他过去表面上虽然在中国开书店，但是实际上并非经商，却是致力于中日文化交流。从前向内山书店买过书的人都应该记得：内山书店不像一爿书店，却像一个友人的家里；进去买书的人都坐着烤火，喝茶，吃点心，谈天。买了书也不必付钱，尽管等你有钱的时候去还帐，久欠不还，他也绝不来索。内山先生结交中国许多进步文人，十分同情他们在黑暗时代的苦痛生活。内山夫人美喜子也绝不像一个书店的老板娘，真是一位温良贤淑的好主妇。这书店原是她在北四川路魏盛里的小屋子里开始创办，后来扩充起来的。我从她手里不知喝过多少杯日本茶，吃过多少个日本点心。内山先生是日本人，同时又十分熟悉中国情况，十分同情中国人民。所以他实在是中日友好的识途老马，一定能够帮助引导中日友好走上光明正确的路径。

写这篇短文的时候，我刚陪内山先生去扫了内山夫人之墓回来。严霜十月的万国公墓中安眠着美喜子夫人。墓石上有夏丏尊先生写的墓志铭："以书肆为津梁，期文化之交互。生为中华友，殁作华中土。吁嗟乎，如此夫妇！内山书店创立者内山美喜子之墓。"我脱下帽子、眼镜、围巾，放下手杖，深深地三鞠躬。同来的照相专家蔡仁抱先生（也是内山先生的老友）拍了许多照片。这些照片是我们欢迎内山先生，拜扫美喜子夫人墓的纪念物，同时又是热望中日友好的一种表示。

　　　　　　　　　　　一九五六年十一月廿七日下午

元旦小感[1]

一九五七年元旦到了。想起了某古人的一首小词的开头三句:"春日宴,绿酒一卮歌一遍,再拜陈三愿:……"我也想在元旦陈愿。但是没有酒,没有歌,只能陈一愿:

一九五六年十一月廿五日我曾经在《新闻日报》上发表一张小画。画中描着三个奇形怪状的女人:一个女人头上梳一个髻,有一尺多高。第二个女人的眉毛画得很阔,占据了半个额骨。第三个女人的衣服的袖子非常大,拖在地上的有七八尺,又转

---

[1] 本篇原载 1957 年 1 月 1 日《文汇报》。

个弯堆在地上。这幅画上写着一个画题:"城中好高髻,四方高一尺。城中好广眉,四方且半额。城中好大袖,四方全匹帛。"画题下面还有小字:"《后汉书·长安城中谣》。注云:改政移风,必有其本。上之所好,下必甚焉。一九五六年深秋子恺画。"

近来有些号召提出之后,我似乎看见社会上有许多同这三个女人一样奇形怪状、变本加厉的情况,因此画这幅画。

我但愿一九五七年以后不再有这种奇形怪状、变本加厉的情况出现。

爆炒米花[1]

楼窗外面"砰"的一响,好像放炮,又好像轮胎爆裂。推窗一望,原来是"爆炒米花"。

这东西我小时候似乎不曾见过,不知是什么时候开始有的。这个名称我也不敢确定,因为那人的叫声中音乐的成分太多,字眼听不清楚。问问别人,都说"爆炒米花吧"。然而爆而又炒,语法欠佳,恐非正确。但这姑且不论,总之,这是用高热度把米粒放大的一种工作。这工作的工具是一个有柄的铁球,一只炭炉,一只风箱,一只麻袋和一张小凳。爆炒米花者把人家托他爆的米放进铁球里,密封起来,把铁球架在炭炉上;然后坐在小凳上了,右手扯风箱,左手握住铁球的柄,把它摇动,使铁球在炭炉上不绝地旋转,旋到相当的时候,他把铁球从炭炉上卸下,放进麻袋里,然后启封——这时候发出"砰"的一响,同时米粒从铁球中迸出,落在麻袋里,颗颗同黄豆一般大了!爆炒米花者就拿起麻袋来,把这些米花倒在请托者拿来的篮子

---

[1] 本文系作者生前未发表过的手稿,作者去世后初载于 1980 年 9—10 月南京师范学院《文教资料简报》总第 105、106 期,后收入丰一吟编《缘缘堂随笔集》(浙江文艺出版社 1983 年 5 月初版)。

里,然后向他收取若干报酬。请托者大都笑嘻嘻地看看篮子里黄豆一般大的米花,带着孩子,拿着篮子回去了。这原是孩子们的闲食,是一种又滋养、又卫生、又经济的闲食。

我家的劳动大姐主张不用米粒,而用年糕来托他爆。把水磨年糕切成小拇指大的片子放在太阳里晒干,然后拿去托他爆。爆出来的真好看:小拇指大的年糕片,都变得同十支香烟篓子一般大了!爆的时候加入些糖,吃起来略带甜味,不但孩子们爱吃,大人们也都喜欢,因为它质地很松,容易消化,多吃些也不会伤胃。"空隆空隆"地嚼了好久,而实际上吃下去的不过小拇指大的一片年糕。

我吃的时候曾经作如是想:倘使不爆,要人吃小拇指大的几片硬年糕,恐怕不见得大家都要吃。因为硬年糕虽然营养丰富,但是质地太致密,不容易嚼碎,不容易消化。只有胃健的人,消化力强大的人,例如每餐"斗米十肉"的古代人,才能吃硬年糕;普通人大都是没有这胃口的吧。而同是这硬年糕,一经爆过,一经放松,普通人就也能吃,并且爱吃,即使是胃弱的人也消化得了。这一爆的作用就在于此。

想到这里,恍然若有所感。似乎觉得这东西象征着另一种东西。我回想起了三十年前,我初作《缘缘堂随笔》时的一件事。《缘缘堂随笔》结集成册,在开明书店出版了。那时候我已经辞去教师和编辑之职,从上海迁回故乡石门湾,住在老屋后面的平屋里。我故乡有一位前辈先生,姓杨名梦江,是我父亲的好友,我两三岁的时候,父亲教我认他为义父,我们就变成了亲戚。我迁回故乡的时候,我父亲早已故世,但我常常同这位义父往来。他是前清秀才,诗书满腹。有一次,我把新出版的《缘缘堂随笔》送他一册,请他指教。过了几天他来看我,谈到了这册随笔,我敬求批评。他对那时正在提倡的白话文向来抱反对态度,我料他的批评一定是否定的。果然,他起初就局部略微称赞几句,后来的结论说:"不过,这种文章,教我们做起来,每篇只要廿八个字——一首七绝;或者二十个字——一首五绝。"

我初听到这话,未能信受。继而一想,觉得大有道理!古人作文,的确言简意繁,辞约义丰,不像我们的白话文那么啰里啰苏。回想古人的七绝和五绝,的确每首都可以作为一篇随笔的题材。例如最周知的唐诗:"去年今日此门中,人面桃花相映红。人面不知何处去,桃花依旧笑春风。""少小离家老大回,乡音无改鬓毛衰。儿童相见不相识,笑问客从何处来。"这两个题材,倘使教我来表达,我得写每篇两三千字的两篇抒情随笔。"昨日入城市,归来泪满巾。遍身罗绮者,不是养蚕人。""长安买花者,一枝值万钱。道旁有饥人,一钱不肯捐。"这两个题材,倘教我来表达,我也许要写成——倘使我会写的话——两篇讽喻短篇小说呢!于是我佩服这位老前辈的话,表示衷心地接受批评。

三十年前这位老前辈对我说的话,我一直保存在心中,不料今天同窗外的"爆炒米花"相结合了。我想:原来我的随笔都好比是爆过、放松过的年糕!

一九五七年一月二十日作于上海

《缘缘堂随笔》[1]选后记

一九五七年岁首，人民文学出版社来信，要我把解放前所作的散文选成一个集子，交他们出版。我表示同意。我在抗战前所刊行的散文集，有《缘缘堂随笔》、《缘缘堂再笔》（开明版）、《车厢社会》（良友版）、《率真集》（万叶版）等。抗战中在大

---

[1] 人民文学出版社1957年11月初版。此书共收随笔五十九篇，均选自过去出版的随笔集。这些随笔集都已分别按集编入文集，故不再按原书形式编入。为便于研究者参考，特将原书所收文章目次抄录如下：

1. 渐 2. 东京某晚的事 3. 自然 4. 从孩子得到的启示 5. 华瞻的日记 6. 阿难 7. 闲居 8. 大帐簿 9. 忆儿时 10. 儿女 11. 颜面 12. 立达五周年纪念感想 13. 儿戏 14. 作父亲 15. 两个"？" 16. 新年的快乐 17. 蜜蜂 18. 蝌蚪 19. 放生 20. 杨柳 21. 鼓乐 22. 三娘娘 23. 野外理发处 24. 肉腿 25. 送考 26. 学画回忆 27. 谈自己的画 28. 春 29. 山中避雨 30. 旧地重游 31. 作客者言 32. 吃瓜子 33. 半篇莫干山游记 34. 记音乐研究会中所见之一 35. 记音乐研究会中所见之二 36. 手指 37. 蟹 38. 辞缘缘堂 39. 怀李叔同先生 40. 悼夏丏尊先生 41. 读《缘缘堂随笔》（附录：《读〈缘缘堂随笔〉》）42. 宜山遇炸记 43. "艺术的逃难" 44. 沙坪的美酒 45. 白鹅 46. 谢谢重庆 47. 防空洞中所闻 48. 蜀道奇遇记 49. 重庆觅屋记 50. 胜利还乡记 51. 最可怜的孩子 52. 桂林的山 53. 宴会 54. 我的漫画 55. 白象 56. 贪污的猫 57. 口中剿匪记 58. 义齿 59. 海上奇遇记

后方及胜利后在杭州又陆续写了不少随笔,但都没有结集出版。现在这集子里所收的,就是从上述的抗战前的四册[1]及抗战后所作的留稿中选出来的。自一九二五年[2]起,至一九四八年止,依照年代先后排列,共得五十九篇,每篇末尾都注明年代。这些都是我的旧作,结集付刊,乃雪泥鸿爪之意耳。

一九五七年人日[3] 子恺记于日月楼

---

[1] 其中《率真集》出版于1946年10月,并非抗战前。

[2] 据后来查考,该书中最早的随笔并非作于1925年(而是作于1927年)。大约是作者在1957年重编此书时记错了年份。

[3] 人日,指农历正月初七。

石川啄木的生涯与艺术 [1]

石川啄木是二十世纪初头日本文坛的一位短命天才。他的生涯只有二十七年，但是作品丰富，对当时日本文坛有重大影响。今略叙其生涯与艺术如下。

石川啄木这姓名的读法是 Ishigawa Takuboku。他在明治十八年（即一八八五年）十月二十八日生于本州岛北部的岩手县的玉山村。六岁上移居涩民村，入本村初等小学，天才早露，有神童之称。十岁在初等小学毕业，独自负笈赴盛冈，寄居舅家，入盛冈市立高等小学。他在学校里办杂志，开始发挥其文艺才能。十三岁入盛冈中学。起初有志于海军，终于专心于文艺。十四岁开始作诗歌。这期间他认识了当地堀合家的女儿节子，这就是后来的石川节子夫人。文学研究的兴趣日渐浓厚，他终于抛荒了学校课业，常常从教室的窗子里逃出去，到山野中，奄卧在草地上读书或咏诗。他的短歌开始在杂志《三日月》上发表，少年诗人初露头角。十七岁上退学，赴东京，以写作为生。次年在京患病，回涩民村疗养。这期间诗思勃发，所作

---

[1] 本篇系作者为他所译的《石川啄木小说集》（人民文学出版社 1958 年 11 月初版）而写，未用。现据手稿刊出。

长诗甚多。又次年,十九岁时,再赴东京。诗篇在各刊物上发表,诗人之名渐高。又次年六月,二十岁,自京返盛冈,与堀合节子女士结婚。父母及妹光子同居,一家五人。廿一岁四月,自盛冈迁回涩民村,当初等小学代用教员(非师范毕业而当教员,叫做代用教员,地位很低。),月薪八元,以"日本第一代用教员"自任。是年七月开始作小说,《面影》是他的处女作,续作《云是天才》《葬列》。生长女京子。生活困穷,父亲离家入寺院。廿二岁那年四月,为反对校长,煽动学生风潮,被免除教职。五月赴函馆,当《红苜蓿》杂志编辑。函馆大火,印刷局遭焚,处女作长篇小说《面影》被毁。是年秋,迁居札幌,当报馆校对,月薪廿元。后又转小樽,当《小樽日报》记者。廿三岁春,迁居钏路,当《钏路新闻》编辑。五月离去,又赴东京,在京作小说《病院之窗》《天鹅绒》《两条血痕》《刑余的叔父》《赤痢》。东京《每日新闻》连载他的长篇小说《鸟影》。第一歌集《一握砂》出版。廿四岁居东京,始作自传小说《足迹》,描写在涩民村小学闹风潮被解职之事。发表第一章后,《早稻田文学》上有人批评,说他是"夸大妄想狂"。作者意气沮丧,这篇小说就没有续完。三月入《朝日新闻》社当校对,月薪廿五元,夜工五元,共三十元。又作小说《明信片》。这时候家住东京,婆媳不和,诗人心绪烦恼,故诗歌中曾有"我家若养猫,猫即是争端"之句。是年岁暮,父亲返家团聚。次年,廿五岁,作小说《道》《我们的一团和他》。又次年,廿六岁,诗人表白自己是唯物论者,作诗歌甚多。但他的第二歌集《悲哀的玩具》是死后才出版的。是年三人患病:诗人患腹膜病及肋膜病,母亲和节子夫人皆患肺病,父亲又出家入寺院。病人全赖妹光子一人看护。次年一月,母亲咯血死。四月十三日,诗人亦病逝,时明治四十五年,即公历一九一二年。遗骸安葬于东京浅草等光寺,送葬者二百余人。节子夫人迁居房州,六月生遗腹女房江。不久携二女迁居函馆。越二年,大正二年(一九一四年)九月,节子夫人在函馆病逝。二女由亲友抚育成人。长女京子与函馆一青年记者须见正雄结婚,生一子一女。昭和五年(一九三〇年),京子患急性肺炎死。妹房江未嫁,亦于同年同月死于肺病。石川一家同归于尽。

* * *

石川啄木在二十七年的坎坷生涯中创作了许多诗歌和小说。关于他的艺术,为《啄木全集》作序言的土歧善麿有如下的话:

> 啄木晚年在一篇论文中说:"明日的考察!这实在是我们今日所应该做的唯一的,并且主要的事业。"现代的社会组织、家族制度、教育制度以及其他百般事象,都非全面地、仔细地、彻底地加以检查、讨究和批判不可。我们必须在希望回复昨日的旧思想家及埋头于今日研究的新思想家面前提示"明日"这个新问题。必须使这个问题和"时代"的意志及体验相结合。石川实在是为了对于"明日"的欲求、准备和计划而焦虑,斗争,叛逆,绝望,悲愤,叹息,而在切身的物质困穷中送尽了仅乎二十七年的短生涯。他的全部精神,是为"明日"而极度紧张;他的身体终于成了"今日"的可悲的牺牲品。

他一生不但在物质上受到极少的报酬,时人对于他的思想和艺术的真价的认识,在他生前也决没有达到应有的程度。他自己对这两方面的不遇,当然不能说不叹苦;然而他并不为此而减失生活的意欲,并不为此而转变他的艺术表现的方向,而终于展开了他独自的世界。这完全是由于他具有丰富的才能和坚强的意志的缘故。

石川啄木的诗歌作风,对日本的现代语短歌和无产阶级短歌有深刻的影响。啄木死后,东京及日本其他各地都有"啄木会"之组织,有许多文人努力研究他的生涯,追慕或承继他的作风。

石川啄木在日本文学界以"诗人"著名,小说是他的余事。因此评家都评论他的诗,极少谈到他的小说。但在石川,诗和小说同是发表他的思想感情的工具,不过形式不同而已。他的诗可说是韵文的小说,他的小说可说是散文的诗。

石川之所以少作小说而多作诗,固然是由于他的诗才富于文才的缘故,但一半也是由于人事的关系。他写小说,开始于在涩民村当小学教员的时候。最初写的是《面影》《云是天才》《葬列》。他写小说的动机是这样:农忙的时候,乡村小学都放假,因为小学生都要回家去帮助父母工作。这假期相当长,仿佛都会学校的暑假。那一年,石川利用农忙假,赴东京作客,耽搁在与谢野家。他在乡间忙于教育工作,没有机会和时间来阅读新书。这时候他看见与谢野家满架新小说,就拿来阅读。他越读越感兴味,一连读了十天。读后的感想是"我也会作小说"。后来他曾经对人说:"这是我这次从东京带回来的唯一的土产。"

他回到涩民村，就开始写小说。埋头一个月，每周总有三天通夜写作。最初写的是《面影》，其次是《云是天才》和《葬列》。他把《面影》寄给小山簧氏，托他找地方发表。然而原稿被退回来。后来他又托别人，都遭失败。这原稿一直保留在他的箧中，直到在函馆被大火焚毁，终于没有和世人相见。《云是天才》也没有人要。只有《葬列》好容易在《明星》杂志上刊出。他后来所作的《病院之窗》和《天鹅绒》，也被退稿。只有《鸟影》在报上连载。因为那时东京《每日新闻》的主笔是岛田三郎，石川和岛田的朋友栗原古城相识，托栗原斡旋，岛田才接受了《鸟影》，在《每日新闻》上逐日发表。然而稿费很少，全篇分六十天登出，每天稿费一元。

石川一生贫困。他的发心写小说，一部分原因也是为了可以多收稿费。然而小说终于不能救治他的贫困。他常常夏天没有蚊帐，穿了冬衣写稿；冬天断炊，脱下棉衣来换米；他常常拖欠房租，等候稿费来补偿；有一次为了债主逼迫，向出版者要求预支稿费，出版者不肯，他只得提出条件：打对折预支，即本来一张原稿纸稿费五角（那时日本稿费以原稿纸计算，原稿纸字数是规定的），预支时只取二角半。……石川放弃小说，一半是为了小说不能救治他的贫困的缘故。

石川曾经说：我们的诗，必须同日常食物一样是我们所必需的。我们必须用和实际生活毫无间隔的心来作诗。又说：诗人有三个条件："第一必须是人，第二必须是人，第三必须是人。"又说：诗应该是人的感情生活变化的最严密的报告，必须是真实的日记。又说：作家必须严格地拒绝一切空想，唯一的真实是"必需"。我们必须埋头于"今日"的研究，努力作"明日"的考察。他当小学教员时曾经说："只有诗人能做真正的教育者"。——这是石川作诗的态度。

石川作小说的态度，和作诗的态度完全一样。他的《病院之窗》和《天鹅绒》几次被退稿的时候，他说：我只得用小说的题材来作抒情诗。从此他对小说灰心了。其实石川的文才决不亚于诗才。只因资本主义社会的冷酷和剥削抹杀了他的文才，所以他所作的小说很少。假定社会制度良好，使石川生活安定，我相信他决不致在廿七岁的盛年夭逝，他的作品在数量上和质量上都会增进，他对当时日本文坛的贡献未可限量呢！

一九五七年五月十日记于上海

六 千 元[1]

J和S从黑暗的扶梯上走上楼来。

"小伯伯,汇丰支票四千元,现钞二千元,支票已经到银行照过了,现钞我和S阿哥两个人点过了。一共六千元,喏!"

J把一个蓝色牛皮纸包放在鸦片盘旁边了,向小伯伯交代。小伯伯正在吞云吐雾,鼻子里"嗯"了一声,就继续"嗦嗦嗦嗦"地吸烟。吸完了一筒,用右手的大拇指把枪斗的口子上一抹,放下烟枪,立刻拿起小茶壶来喝一口茶,然后闭上眼睛,停止呼吸,仿佛突然死了。

J立刻走到里面的马桶间里去了。S向鸦片铺上的美丽牌香烟罐头里抽了一支香烟,在烟灯上点着了,走到窗边,默默地坐在椅子上,等候小伯伯复活。

小伯伯死了约一两分钟,慢慢地张开眼睛来,伸手摸了一支香烟,抬起上身凑近烟灯上去吸着了,重新躺下来,摸摸胡须,慢慢地抽香烟。这时候J已经出来。小伯伯满面春风地看J掇裤带,洗脸,擤鼻涕,梳头发。

---

[1] 本篇在作者逝世后发表于1984年《西湖》杂志12月号。小说中有些人名由于不便公开,代之以英文字母。

"天落雨吗?你们辛苦了。"小伯伯说过之后,就打开那个纸包来。他先把那张汇丰银行明天到期的四千元支票映在鸦片灯上仔细察看了一会,然后放下支票,拿起厚厚的一刀钞票来约略一翻,对坐在鸦片铺上的J说:

"你们点过,总不会错了。J,今天银行关门了,这包东西暂时在你的洋箱里寄一寄吧。"

J答应一声,立刻站起身来,拿了纸包,走到鸦片铺旁边的洋箱面前,摸出钥匙来开了洋箱门,把纸包放进里面,再把洋箱门关上,锁好,把钥匙向鸦片铺上一丢,说:

"钥匙归您保管好吗,小伯伯?"

"岂有此理!你的洋箱钥匙怎么归我保管?你自己也有不少东西在里头。钥匙归我保管了,你少了东西我恕不负责呢,哈哈哈。"

J陪着"哈哈哈",坐上鸦片铺,随手拿了那串钥匙,放进衣袋里,一面搭讪地说:"那么你少了钞票我也恕不负责了。哈哈哈。"一面从小伯伯手里接过鸦片枪来,先把枪斗放在灯上,用力一吸,发出吱的一声。然后拿起签子来放在火上一烧,签住了一个烟泡,就向烟斗头上装烟。他的手法的熟练令人吃惊:拿签子的右手配合了灯的热度而不停地绕圈子,把签子上的烟泡逐渐移交到枪斗上去。最后他把签子迅速地一扯,所有的烟泡全都粘在枪斗上,签子头上一点也不留存。他立刻放下签子,用拇指和食指去塑造枪斗上的烟泡。他把烟泡塑成阎王殿前的"一见生财"的帽子的形状,然后迅速地拿起签子来放在火上一烧,迅速地向"一见生财"的顶上打进去,又迅速地拔出来,在这打洞的期间，他的拇指和食指不绝地把签子迅速旋转，就像木匠在木头上钻洞一样。他在枪口上吸一下，检验洞是否畅通，然后放下烟枪，透一口气，脸上表出面临幸福似的喜色。的确，他已经辛辛苦苦地把走向黑甜乡的路打通，今后即将逍遥恍惚地遨游于幸福的黑甜乡中了。他在这劳作期间不断地和小伯伯谈话：

"一手交钱，一手交货。现在他们钱已经交清，但我们言定六月一日交屋，今天是五月三十，明天是三十一，这屋子的所有权还是我们的。明天的事情倒也不少，你得把你自己的东西搬回家去；我呢，到汇中旅馆开房间吧。"小伯伯一面说话，一面摸胡须。

"倒要开个大一些的房间。这羊行开张了三十年，零星东西共有六大木箱。家具连屋子卖了，这六木箱您得带回家乡去，总算是淘存[1]。"J感慨地说。

"怎么，零星东西有六木箱？是些什么东西呢？"

"您没有出来的时候我早已整理好了。喏：帐簿、碗盏器具、被褥，还有杂七杂八的东西。我已经把破破烂烂的东西统统送给F(工役)拿回去了。木箱里的都是好用的，白送给他们犯不着，乐得带回去。"

小伯伯拿起一片松子云片糕塞在嘴里，也感慨地说："J，你家父子两代替我管这爿羊行。现在虽然为了生意难做而歇业，卖房子，然而过去三十年间你父子两人功劳不小！这只洋箱我

---

[1] 淘存，作者家乡话，意即收获、得益，在这里是"总算还有点剩下的"之意。

说过送给你了,这些零星东西你也带回家去,也许可以派派用度。这不能算我对你的报酬,是你应得的。我这房子卖得六千元,在这周家嘴路地带,价钱总算还好。我已经满意了。这也是全仗你的忠告和奔走而玉成的。不瞒你说,先父当时买这块地皮是不出钱的。造屋花的钱也很便宜。那时候上海滩上刚刚开辟租界,这一带都是荒地,没有人肯买地造屋。先父有先见之明,大胆地圈定了一块地皮,造起屋子来。造屋还是你父亲监工的呢。全靠有这机关,我们把湖州的羊运到上海来推销,扩大营业,三十年的日子总算大家过得还好。可是以后倒成问题了:我在家坐吃,一时还不至于山空;你那交易所的事到底怎么样?我倒替你担心呢。"

"我的事体,小伯伯,你不要担心。成功与否,虽然现在还渺茫,但是我在上海滩上混了十多年,吃口饭总有办法。过去三十年,我们父子全靠三公公、大伯伯和你小伯伯照顾,一直吃你家的饭,谈不上功劳。倒是这次我劝您把羊行歇业,把房地产让掉,确是替你小伯伯打算。倒不是为了六千元的收入。原来贩羊这个行当,显然已经不是生意了。五六年来连年蚀本,便是一个证据。这件湿布衫,小伯伯亏得现在脱却了,否则受累无穷:年年亏蚀下去,不消几年,连房子地皮都蚀光,恐怕还不够呢。啊,小伯伯,对不对?"J说到这里,正好在烟泡上打好洞,就放下烟枪,透一口气,脸上表现出面临幸福似的喜色。

S一直不讲话。在两人谈话的期间,他又到铺上来拿了一支香烟,把这支新的香烟用力在桌子上顿,顿到烟丝紧缩,香烟头上显出一两分深的一个洞的时候,把吸残的小半支香烟装进洞里,接成了一支特别长的香烟。然而,生怕接上去的小半支掉下来,所以他不敢把香烟放平了垂直地拿着它,却仰起头来吸它:直到火势延及新香烟,方才把手放平。他站起身来,走到烟榻旁边,把本来略驼的背脊弯下些,把本来翘出的下巴更加翘出些,对小伯伯发表一大篇议论:

"J阿哥真可说是两代功臣了。小伯伯总还记得:我们小时候在西栅头的平屋里。五间平屋,是我家公公和你家三公公兄弟两人的共同产业。两家同住,屋子又低小,又狭窄,又潮湿。后来你家三公公有见识,在上海圈了地皮,造了房子,开了湖羊行,全靠J伯伯在上海一手经营,不多几年三公公就在北栅头造起五进三开间的新房子来。那时候人家把我和你叫做'大侄儿、小阿叔'。我还记得新屋落成乔迁之喜那天的晚上,我和你长得一般高,大家穿着新衣服,打着小辫子,拿着火把走在前头,街上的人都喊:'大侄儿送小阿叔进新屋了!'不要说你进屋的阿叔,连我这送进屋的侄儿也满面风光。我记得三公公常说:我家全靠一个J一叔(J的父亲)和一只老母羊。J一叔在上海替你们挣家当;那只老母羊呢,真真忠心!每逢乡下收来一大批羊要装船运送上海的时候,那些羊都很调皮,仿佛知道这船是载它们去送命的,大家死不肯下船。有时伙计们硬把若干只拖下船去,上岸来再拖别的羊时,只要船里有一只跳上岸,其余的都立刻跟着跳上岸来。扶得东来西又倒,两个伙计竟无论如何不能把一大群羊装进船里去。这时候就非请那只老母羊来不可了:它最先独自乖乖地走下船,在那里咩咩地叫。一大群羊看见老母羊在船里，就模仿它。都自动地跳下船去，结果毫不费力，一大群羊全部装进船里了。船里的伙计立刻把老母羊拉到船头上，推它上岸，立刻开船。岸上的伙计拉了老母羊回去，给它好好地吃一顿。这样，一大船湖羊就装运到上海去换元宝了。可惜Ｊ一叔不寿长！然而我们的Ｊ阿哥实在能干，可说是'强爷胜祖'！轮到Ｊ阿哥手里，湖羊生意已经一落千丈，远不如昔了。几年来虽然连年亏蚀，然而比较起别家来，我们的亏蚀还是小的。湖州好几家湖羊行都破了产呢！全靠Ｊ阿哥有眼光，识时务，处处谨慎小心，处处把握胜算，所以这几年来，小伯伯和大伯伯可以安稳地躺在新屋里的鸦片榻上。这回的决策：把羊行歇业，把房子卖脱，又是Ｊ阿哥的胜算。要是不然，小伯伯！一年一年地蚀本下去……"

Ｓ忽然咳嗽起来，说不下去了。原来小伯伯的香烟蒂头丢在烟灰缸，没有熄灭，那股辣气冲上来，正好冲进Ｓ的鼻子里，使他咳嗽得把腰弯成九十度角，好像在对小伯伯深深地鞠躬。然而他觉得意思已经发挥，最后的一句话虽然没有说完，却没有补足的必要了。不，不补足反而余味无穷。所以他一面咳嗽，一面走开去，走到窗下，躺在Ｊ睡的床铺上了。

Ｊ默默地听Ｓ演讲，听到咳嗽的时候，Ｊ脸上的喜色愈加浓重了。他立刻拿起烟枪来，"嗉嗉嗉嗉"地抽。这筒烟装得真好：一口气抽下去，流畅而顺利，眼见得那个"一见生财"的帽子越来越低，而且四周平均地低下去，绝无参差，直到全部钻进烟斗里为止。Ｊ立刻放下烟枪，坐起身来，拿起小茶壶来喝一口茶，就屏着气息，站起身来，快步跑到自己睡的床铺旁边。S正好躺在他的床铺上,他见他快步跑过来,立刻起身让位。J爬上床铺,两膝跪下,两手按住褥子,头颅叩下去,作五体投地的姿势。忽然两脚飞起,翻了一个筋斗。他翻过之后立刻起身下床,站在地上透一口大气,然后拿起桌子上的水烟筒来,点着煤头纸[1],坐在以前S坐的那只椅子上吸水烟了。

J翻筋斗的时候,小伯伯和S都视若无睹,仿佛这是当然的,毫不足怪的事。J自己也绝无不好意思的样子,仿佛这是吐痰、擤鼻涕之类的寻常举动。原来J是吸鸦片专家,对此道有独得的研究。他替装鸦片制定三道规格:黄、光、松。这就是说:装出来的一筒鸦片,颜色要黄,表面要光,抽起来要松。如果颜色发黑,这就表示手脚不干净,烟泡烧得太久了,因而发黑,发黑就减味了。如果表面不光,这表示塑造得不好,抽的时候四周不能平均地钻进烟斗里去,即不能流畅顺利地抽完。如果抽的时候不松,这证明烟泡曾经脱落而再装,烧得太久,香味都走了。他还有一种别出心裁的"烟道":吸完一筒鸦片之后,必须屏息静气,不使烟气泄漏一点;同时翻一个筋斗,使烟的效力由于这"旋转乾坤"的动作而普及于全身。这样,一筒烟可抵三筒烟的效力。J一向实行这"烟道",的确见效:小伯伯一天要抽四钱,J只要抽两钱。J的抽烟,本来是小伯伯一手栽培起来的:父亲替小伯伯家的上海羊行当经理,J从小在小伯伯家里进进出出。小伯伯一天到晚躺在鸦片铺上,J常常躺在他的对面同他闲谈。小伯伯拿鸦片请客,非常"慷慨"——但

---

[1] 煤头纸,吸水烟时用来点火的长纸条。

必须补充说明，对不会抽的人非常"慷慨"，他逢到不会抽鸦片的人，像这时候的J之类，一定殷勤地请他抽，而且用最好的云土，亲自装好了教他抽。那人起初吞云吐雾，莫名其妙；然而主人这样殷勤，土又这样好，乐得享受，就天天来揩油。过了一两个月，主人鉴定他已经上瘾，态度就逐渐怠慢起来，终于停止请客。那人无油可揩，只得回家去置备烟具，自己开灯。有几个人后来弄得经济困难，废事失业。小伯伯得知了这消息，洋洋得意，捶床大笑。他自己说这是对揩油者的惩诫。其实他这行为出自更复杂的心理：父亲留下了一所三开间五进的大第宅和一笔用亿万条羊性命换来的、现在已经将近耗尽的财产而死去；越老越清健的母亲天天拿骂人和打丫头来消耗她的生活力；三寸金莲、一字不识而貌似土地夫人的太太天天晚上打翻醋瓶；私塾里的"四书""五经"和初等学堂里的英文数学和向上海订购来的新旧各种书籍杂志使他获得了在这小镇上可称"博古通今"的学识；同时遗传下来的守财奴气质又不许他利用遗产去"十年磨剑，五陵结客"；最后一桩近于乱伦的恋爱事件把他打入了"消沉颓废"的冷宫中，他就蓄须，自称三十老人，从此日夜伴着鸦片灯，沉浸在黑甜乡里了。这种种失意和不幸使他对世人——尤其是平安幸福的人——怀抱了嫉妒乃至仇恨的心情。他的不惜拿鸦片来请客，以诱人上瘾，正是这种嫉妒和仇恨的发泄和报复，仿佛拖人落水。J和S都是被小伯伯拖落水的人。J入水尤深，然而因为经济条件的限制，抽鸦片竭力撙节，十分精明：他抽一筒鸦片，总是一气呵成，不让一点烟气中途泄漏，这样可以增加烟的效力。翻筋斗的"旋转乾坤"

作用，也是撙节之一道。J这种举动，小伯伯和S阿哥都早已看惯，认为当然之事，毫不足怪了。

J翻筋斗的时候，小伯伯又开始装烟了。他一连抽了三四筒，然后站起身来，喊F办夜饭。

这是他们住在这屋子里的最后一晚，羊行里伙食已经停开。F押着一个满身油腻而胸前围着一条即将变成黑色的白布围裙的小伙子，走进房间来。小伙子一手提着一只有盖的大篮，一手拿着一壶酒。他把酒壶放在桌上，把篮子放在楼板上了。F揭开篮盖。掇出三碗羊肉大面、一盆白鸡、一盆划水[1]、一盆虾腰和三副盅筷来陈列了一桌。小伯伯身边摸出两角钱来交给F，说："你自己去买饭吃。"又对小伙子说："明天来算帐。"两人答应着下楼去，三个人就围住桌子，吃他们的"最后的晚餐"[2]。

第二天上午十点钟，小伯伯被S叫醒。S昨晚睡在提篮桥的一个堂兄家里。他是小伯伯乡下的羊行的主管，这一次陪小伯伯到上海来，帮他结束这爿羊行，本来应该和往常一样，跟小伯伯一同宿在这里。但是因为房子已经卖掉，员工已经遣散，伙食已经停开，留宿不很方便，所以他晚上宿在提篮桥的堂兄B家里，白天来替小伯伯办事。再则堂兄B最近做交易所得发，他家的鸦片供应很好，这是S所贪爱的。

"小伯伯，今天的生活结棍[3]呢！您要破例早起了。"

---

[1] 划水，江南一带方言，意即鱼尾。

[2] 典出《圣经·新约》。据说耶稣受难前曾与十二门徒共进晚餐，席中耶稣预言门徒中有人要出卖他。

[3] 结棍，江南一带方言，意即厉害、扎实、够呛，这里表示活儿挺多。

S说着，向桌子上的罐头里拿了一支香烟，坐在小伯伯对面的J的床铺上了。小伯伯平日最早下午三点钟起身，现在是上午十点钟，在他看来这是夜半。但是因为今天的生活的确"结棍"，他打了一个大呵欠，就坐起身来。他向S坐的床铺一看，问：

"J哪里去了？"

"我刚才到，推进房门来就不看见他。大概出去干什么事情了吧。"

"先到汇丰，把款子安顿了；再到汇中，开好一个房间；然后回来收拾。"小伯伯一面说，一面扭转身去向床头的洋箱上扯了一件毛绒背心，套在身上了；再反过来去扯那条夹裤子，裤脚管从洋箱上滑下的时候发出叮当的一声。小伯伯以为掉了什么东西，扭转身去察看。不看犹可，只因这一看，有分教公子落难，恶梦团圆。且听我慢慢地道来。

小伯伯看见洋箱的钥匙孔上挂着一串钥匙，被他的裤脚管碰了一下，正在摇荡，发出轻微的叮当声。小伯伯第一秒钟本能地观察这串摇荡的钥匙，只获得一个视觉印象；第二秒钟想起了这现象的内容意义，就感到警惕，终于惊心动魄起来。这情况好比是起初偶然看到一个不相识的女子挽着一个男子的手臂，后来忽然发见这女子是自己的恋人。他来不及穿夹裤，就穿着衬裤下床；来不及穿鞋子，就赤脚在楼板上跨了三四步，走到洋箱面前，伸手握住把柄，用力一拉。那铁门立刻敞开，使得小伯伯几乎向后跌翻，原来没有上锁。他向洋箱里面一望，看见许多纸包，但是其中没有昨晚那个蓝色牛皮纸包。他想，也许灯光之下看不清楚，那纸包并不是蓝色的吧。就把最外面的两个打开来看，然而包着的都是些旧的发票、收据、折子之类的东西，并无支票和现钞。小伯伯心中已有五分恐慌，禁不住叫起 S 来：

"S，昨夜你们拿来的一包到哪里去了？"

S 正在用一根火柴杆子来挖耳朵，侧着头，歪着嘴，闭着一只眼睛，没有注意到小伯伯的行动。听见了叫声，立刻丢了火柴杆，站起身来，吃惊地说：

"咦！昨天您叫 J 阿哥藏在洋箱里的呀！不是他曾经把钥匙交给您保管吗？"

"我并没接受，终于交还他的。喏，现在插洞里呢！"他一面说，一面打开第三个纸包、第四个纸包来看。这时候 S 也走过来了。两人一同检查了一会，S 说：

"昨夜拿来的是蓝色的牛皮纸包，这里面的都不是。"

小伯伯听说确是蓝色纸包，心里的恐慌又增加了两分，变成七分了。S 想了一想，恍然大悟地说：

"对啦，一定是 J 阿哥拿去存银行了。他想小伯伯上午不会起床，下午存银行要损失利息，所以代您去办了。"

小伯伯听了这话，心里的恐慌减去了三分，变成四分了。但他看见那串钥匙还在那里摇荡，就质问 S：

"那么为什么他不把洋箱锁好，不把钥匙拿走呢？"

S 约有三秒钟回答不出，后来用不大有力的声音说："大概他匆忙之中忘记锁了。"

"不会匆忙到这地步。管了十多年帐，连洋箱都忘记锁？"

"……" S 紧闭着嘴，下巴愈加翘出，比鼻子更高。

小伯伯心里的恐慌又添了两分，变成六分了。S忽然顿悟似地叫起来：

"啊，对啦，对啦！您看，这里面全是些旧发票、旧折子，一个钱也不值。蓝纸包已经拿出，还要锁它做什么呢？J阿哥是老练不过的！"

小伯伯觉得理由很对，心里的恐慌又减去了三分，只剩三分了。

这时候听见扶梯上脚步声响，S好像遭难遇救，欢喜地叫起来：

"喏，他回来了，他回来了。好了，好了。"

走进房门的并不是S所希望的"他"，却是F。他缩手缩脚地报告：

"先生，底下来了两个人，一个是一品香的帐房，一个是会乐里不知什么人家的，是个老太婆。他们都要找J先生，说今天月底，要向J先生收帐。"

"J先生呢？"小伯伯问。

"清早就跑出去了，还没有回来。"

这时候楼下有一个毛喉咙[1]高声叫喊：

"喂！有人吗？J老板在家吗？"

F向房门跨了一步，又把脚缩回来，看看两人的脸，又向房门跨一步，又缩回来，逡巡了好几次，脸上显出尴尬相，手足无措了。S挺身而出，说一声"我去"，就走下楼去，F跟着

---

[1] 毛喉咙，意即沙哑的嗓子。

他下楼。

小伯伯走到扶梯顶上,一面摸胡须,一面倾听。但听见毛喉咙先说:

"J老板在家吗?我们是六马路信昌,来收帐的。……不在家吗?什么时候回来呢?……我在这里等候吧。三个月没有付了,现在S都要现交,我们本钱短小,今天一定要算清了去。……"

接着是一个老太婆的声音:

"唔呢[1]是会乐里薛宝钏,喏,前天晚上J大少拿来的一颗金刚钻,哩[2]说值五百元。昨日唔[3]拿到好几家珠宝店去,都说是城隍庙[4]里的,一只铜板也勿值。唔要还给哩,请哩付现钞,两个多月勿曾破过J大少一文钞,今天一定要拿些回去。五百拿勿到,三百是少勿来的……"

最后一个粘润的声音说:

"我们是一品香,也是向J先生算帐的。喏,这是帐单……"

小伯伯听到这里,不想再听下去,就踱进房间去。他心里的恐慌突然增加了五分,变成八分了!"原来如此,J这个人啊!我一向蒙在鼓里!"接着他想:"我这笔钱凶多吉少了!"后来又退一步想:"那么为什么昨晚他把钥匙交给我保管呢!假定我真个保管了,怎么样呢?"再退一步想:"昨天我叫他和S去收款。假定他蓄意要谋这笔钱,为什么不半路上抛撇了S而

---

[1] 唔呢,上海方言,意即我们。
[2] 哩,意即他。
[3] 唔,意即我。
[4] 上海城隍庙一带专卖小商品。

逃走呢？为什么一定要拿回来交给了我，再从洋箱里偷去呢？"这退两步的想法又把他心里的恐慌减去了三分，恢复了原来的五分。这时候S上楼来了。他没精打采地说：

"我叫他们下午再来，下午他一定回来的。"

S这句毫无根据的话，在这时候的小伯伯听来很悦耳，而且是确有根据的。因为长年的习惯和现实的环境都在努力地证明它有根据：J是小伯伯看他长大的；十多年来每次小伯伯和S来上海，总是三个人一同在这个房间抽鸦片、喝酒、吃饭、谈天，并且一处睡觉。所以J的失踪，在小伯伯的感觉上是不可能的事。这感觉曾经暂时把小伯伯心里的五分恐慌全部取消。然而这暂时真不过几秒钟。因为眼前这只空洋箱是铁一般的事实！J的影迹全无是死一般的幻灭！小伯伯心里的恐慌一直保住五分。

小伯伯忽然觉得身体异常不舒服，原来是不曾吃早点，不曾吸鸦片的原故。他就叫S开铺，替他装烟。一面叫F去买一碗虾仁面。

F拿了虾仁面上楼来的时候，小伯伯已经一连吸了五筒鸦片，立刻爬起身来，匆匆地把面吞下肚子里，似乎不辨滋味的，又似乎吃在肚子外面的。

手表上指十一点四十五分，J音信全无。

且说J昨夜同小伯伯打对子抽鸦片，直到三点钟，J说："小伯伯明天事情多，今天早点睡吧。"小伯伯平常最早五点钟睡觉，今天情况特殊，就听从了J的话。三点半钟，两人都已就睡，电灯熄灭了。

J躺在床里，心事重重，不能入睡。他想："羊行关门了，房子卖脱了。我的饭碗敲破倒是小事,只要交易所和沙哈[1]顺利,一下子就抵得一年的薪俸。可恨近来总是财运不好。背了一身债,怎样得了?"他在被窝里屈指计算,妓院、菜馆、燕子窝[2]的赊款,以及欠朋友们的借款,共有三千元之谱!他原想在交易所或沙哈上捞一笔钱来抵偿这债款,可是屡次失败,债台就越筑越高。他劝小伯伯卖房子的动机中,的确略微含有一点不良之心,然而真不过百分之一二。因为J和小伯伯家是同乡又兼亲戚,并且两代宾主,数十年来相依为命。苟非万不得已,他决不肯断送这份老亲,而毁坏自己在故乡的声名。所以他这一点不良之心,一向深藏在胸怀的底奥的底奥里,从来不曾浮出到意识表面上来。三天之前,小伯伯到上海的前晚,J在法租界的赌场里过了一夜,竭力想从这里面解决问题,免得月底讨债人在小伯伯面前出他的丑。然而这一夜非但没有赢,又输掉了从老婆的秘密箱子里偷出来的四个金戒指。小伯伯到上海,正是J山穷水尽的时候。那天他和S去收款,他的手拿到那个蓝纸包的时候,这一点不良之心开始蠢动起来,放大起来。他和S并坐在电车里,胸前抱着内有蓝纸包的皮箧,偷偷地想:"如果这里的纸包归了我,了清债务之外还有三千元可以受用。有了这本钱,只要运道好,说不定会发大财。那时候就好在租界上另辟小公馆,把薛宝钗接进来,家里的母夜叉住在闸北,不会知道。再想法弄一间市房,开一爿店,不,开一爿洋行。开什么洋行呢?……"

---

[1] 沙哈,英文 Show Hand 的译音,一种打扑克赌博。
[2] 燕子窝,鸦片馆俗称。

想到这里,电车快到站了。S看见他坐着出神,用肘推他一下,大家站起身来。下了电车,须得走几十步路,再换乘公共汽车。走过一个弄堂口,S叫他等一下,就跑进弄堂里去解溲了。J站在弄堂口,又偷偷地想:"现在我挟着这皮箧逃脱了,怎么样呢?在这个三四百万人的上海滩上,只要有了这个,我随处都可安身,谁也找我不到。走吧,走吧!"J自己怂恿自己,但是忽然又回心转意:"来日方长,将来怎么见人面呢?怎么见小伯伯、S和许多亲戚朋友之面呢?我一个J难道只值六千块钱?使不得,使不得。"犹豫了一会,忽然想起了明天月底的债务,他的心又横转来:"了结债务的最痛快的办法,现在掌握在我手里,就藏在这皮包里。机会不可错过!我们父子两代替他们挣了偌大家当,用他们这一点钱不算罪过。速断速决,走吧,走吧!"他正要拔起脚来,S掇着裤带从弄堂里走出来了。他装着神秘的笑容挨近J身边,低声地说:

"厕所上面贴着春药广告,是新出的,和你用的牌子不同。我已经把发卖地点记牢了。"

J听了这个忘年的"酒肉嫖赌朋友"的知心着意的私语,本能地感到一种亲昵,本能地同他谈论此中奥妙,本能地跟着他乘上公共汽车,乖乖地回到小伯伯那里。

J在电车里和弄堂口所想的,到了小伯伯面前一切化为乌有,仿佛一个得道和尚偶然做了一个春梦。原来他从小在小伯伯身边长大起来,从小伯伯那里学得《三字经》《千字文》《百家姓》和珠算的活归、死归,在小伯伯的鸦片铺上听到做人的种种常识,最后又从小伯伯那里学会了鸦片的抽法。父亲死后终于蒙小伯伯栽培而世袭了这羊行经理的职位，到现在已经十多年了。所以小伯伯对 J 有一种魔力，能够镇压十多年来这奢侈淫荡、奇丑极恶的十里洋场所养成他的流氓气，仿佛马戏班里的人镇压狮子、老虎一样。J 把蓝纸包放在小伯伯的鸦片铺上的时候，那种不良之心早已退避到十亿国土之外了。

人生的大事件往往是黑夜躺在被窝里决策的。白天胆小的人，黑夜躺在被窝里的时候往往胆大起来；白天所不敢做的事，黑夜躺在被窝里的时候就敢做了。电灯熄后 J 躺在被窝里想起了明天月底的债务，想起了洋箱钥匙放在他的衣袋里，弄堂口的警句"机会不可错过""速断速决""走啊，走啊！"都在他心中复活起来，扩大起来。到了四点多钟，东方将白的时候，这些警句充塞了 J 的心。他毅然决然地爬起身来，迅速地穿好衣服，鹤步地走到洋箱边，敏捷地开洋箱，狠心地拿了纸包，再鹤步地绕着小伯伯的床铺走到房门口，用软硬工扳开门闩，走下扶梯。凡此种种动作，都异常机警敏捷，毫无一点声息。即使有点声息，小伯伯这时候正在睡乡深处，管不得了。

J 出门之后行踪如何，作者也不大清楚，暂时不去说它。

且说小伯伯吃过面之后，和 S 相对躺在鸦片铺上，很少说话。小伯伯有时挺起眼睛注视着天花板，出神地想；有时举手在床上敲一记，叹一口气；有时恨恨地拉过 S 装好的烟枪来，用力狂吸，吸到一半又猛然地把烟枪推开，闭目冥想。S 怯怯地收回烟枪，悄悄地吸完了他剩下来的半筒鸦片，连忙再装。这样吸了十几筒鸦片，看了十几次手表，时候已经是下午两点半钟。然而扶梯上一直肃静无声，不见半个人来。小伯伯心里的恐慌已经由五分逐渐增加到九分。他希望有人来,同时又恐怕有人来。希望的是J,恐怕的是那三个讨债的。其实希望的决不会来,恐怕的也决不会来。因为J已经自己分别上门去用小伯伯的钱来把债务对付过了。如果小伯伯知道这一点,让心中的恐慌就爽爽快快地达到了十分,倒也干脆;然而他不知道,所以心中还保留着一分希望,反而弄得不尴不尬。正在这时候,S毅然地坐起身来,用坚决的口气说:

"我去找他!"

立刻飞步下楼而去。小伯伯心中的一分希望本来已经渐渐动摇,这时候又稳定下来。他异想天开:也许J在马路上被汽车撞伤,送进医院,但无法来通知我。他心中的希望由一分增加到了三分。他像僵尸一样直挺挺地躺在鸦片铺上,静候S带福音回来。

六点半钟,S垂头丧气地走上楼来。报告如下:他先到闸北宝山路宝山里J的家里,J阿嫂说他七八天不回来了。再到一品香,那个声音粘润的帐司非常客气地说,他上午从羊行回来,J先生已经自己来付过一部分了。问他J先生付帐之后到哪里去了,他说这可不知道了。S连忙跑到会乐里薛宝钏家里,那个老鸨头回答的也是这样。S连忙跑到六马路信昌燕子窝,那个毛喉咙回答的也是这样。S又跑了两家舞厅和两处赌场,终于找不到J,空手回来。小伯伯听了这报告,气得发昏,张大眼睛和嘴巴不发一言。他仿佛已经失却知觉,连摸胡须也忘记了。S这时候就侃侃而谈:

"小伯伯,看样子J是溜脱了!这上海地方,哪里去找他呢?

我想他良心不会丧尽，小伯伯且请宽心。倒是目前的事体要紧。这房子明天要交出，今天我们非出屋不可。我去叫一辆榻车，把东西搬到汇中旅馆，再作道理。"接着他把 J 骂一顿，骂得狗血喷头，淋漓尽致。

小伯伯对 J 的痛恨本来已经达到十分，被 S 一骂，竟减去了五分，可见这一顿骂足值三千块钱！小伯伯过去躺在鸦片铺上替别人的纠纷争执打主意，常操胜算，所以来请教他的人很多，但这回自己的事却遭逢了失败。他就仿佛"张天师给鬼迷了"，毫无办法，瘟头瘟脑地呆坐在椅子上，身体似乎缩小了一半。S 本来仰承小伯伯鼻息，这时候被 J 的叛逆一衬托，显得更加忠良；被小伯伯的萎靡一对比，显得更加能干。他就发号施令，整理物件，叫车子，搬东西，像搬一件行李一般把小伯伯拖上车子。叔侄两人就在暮色苍茫中和这羊行的房子诀别，退避到汇中旅馆去了。

* * *

小伯伯和 S 在汇中旅馆住了三天。这期间 S 日夜跑在外面，像追妖怪一般追寻 J 的下落。S 的主意：越是能够早一刻找到 J，越是可以多捞回一些。小伯伯认为这句话是至理名言，所以特地买云土来供养 S，每餐总是叫茶房喊老正兴送酒菜来。但是小伯伯不曾知道：S 每天的外勤工作，主要是玩新世界，玩大世界，打台球，或者到会乐里去同熟识的妓女胡调，不过乘便打听打听 J 的消息而已。

第三天晚上，S 照例空手回来。他的总结报告是：凡 J 平日足迹所到的地方，他都已找过至少三次；宝山路的家里一共去过四次，有一次还是深夜闯进去的，然而毫无结果。小伯伯自己也曾到 J 家里去过三次，第二次和 S 在那里不期而遇。（S 预先知道他要去的。）J 阿嫂对他们只是哭，从来不曾供给他们半点消息。她诉说 J 平日里难得回家过夜，有时家里柴米断绝，须得她跑到羊行里去索取。这回已有十多天不曾回家，柴米又将断绝，教她如何是好！说过又哭。小伯伯起初相信她是真的，但是后来确定她是假的。为什么原故呢？因为今天下午，他第三次来的时候，偶然借马桶解溲，发现放草纸的凳子上放着一只香烟嘴。小伯伯细心，认得这是 J 的东西，而且分明记得前几天和 J 对卧在鸦片铺上的时候 J 常常摸出来使用它。他拿起这香烟嘴来仔细察看，插烟的洞里很滋润，显然是日常使用着的。这证明 J 阿嫂的话"十多天不曾回家"显然是假的。他就偷偷地把这香烟嘴藏进衣袋带回来。这时候他就摸出来给 S 看，用侦探小说中的语调对他说：

"香烟嘴十多天不用，一定干燥，不会这么滋润。放草纸的凳子上不会经常放香烟嘴，这一定最近放在那里的。J 阿嫂不抽香烟，两个小孩更不必说。即使说是客人的，客人不会用她这马桶。况且我在羊行里的三天常常看见他摸出来用，分明就是这只香烟嘴！这确证 J 最近一两天内曾经偷偷地回家去过。这个'母夜叉'也不是好人，他们夫妻约通了谋我的财产！好！我也有办法对付！"

S 连忙问什么办法，小伯伯不睬，他正在考虑，一面用力地摸胡须，仿佛要把它拔光的样子。

自古以来资本家是惜小不惜大的。所以吾乡俗语说："拔一根，吱哩哩；削一片，贼嘻嘻。"[1]可是我们的小伯伯似乎属于例外，他被削了一片之后，并不"贼嘻嘻"，却别出心裁，想用"一根一根"的收回来补偿"一片"的损失。所以他考虑停当之后毅然决然地说：

"我搬进Ｊ家去住，一定要他把钱还出来。不然，我一辈子住在他家里，吃它出来！"

Ｓ对于这个英明的措施表面上完全拥护。但他心里想："还出来是做梦，吃出来是犯贱！算了吧！家里还有几十间市房，几百亩田地，高楼大厦。不回去享福，却在弄堂房子里像叫花子一般讨饭吃，真是十足的犯贱！但我决不反对，反对了说不定他会疑心我'串通'。明天我把这胡子送进弄堂里，就回家去。关我的屁事！"当夜无话。

第二天上午十一点钟，Ｓ算清了旅馆帐，叫了一辆榻车和两部黄包车，把羊行里搬出来的木箱载上榻车，就和小伯伯各乘一部黄包车，跟着榻车向闸北扬长而去。

车子在宝山路宝山里某号的后门口停下了。小伯伯推开后门，径自进去。走过灶间，跨进客堂，吃了一惊：客堂里的红木陈设已经不见，却零乱地放着床铺、柜子、桌凳、箱笼等物。一男一女正在整理物件，还有三个小孩正在天井里玩耍。小伯伯不加考虑，怒气冲冲地问：

---

[1] 这是浙江崇德、吴兴一带地方的土语。"吱哩哩"是叫痛的意思。"贼嘻嘻"是木知木觉、满不在乎、无可如何的意思。——作者原注。

"你们做什么？"

男女两人挺起身子来吃惊地看着这胡子，理直气壮地回答："我们租定这房子，今天进屋！你做什么？"

小伯伯一时穷于对付，正在周章狼狈的时候，J阿嫂从扶梯上走下来了。

"小伯伯，请楼上坐。这客堂我已经租出，他们今天早上才搬来的。小伯伯请楼上坐。"

这时候S引导车夫搬进木箱来了。他本来想把木箱堆在客堂里。问明了情由，皱皱眉头，就吩咐车夫把木箱堆在扶梯底下，催小伯伯上楼去休息。小伯伯上楼之后，S一面监督车夫搬木箱，一面同J阿嫂悄悄地谈话。话谈完了，木箱也搬好了。J阿嫂立刻出门，S立刻上楼。

S上楼来，看见小伯伯默默地躺在前楼窗口的醉翁椅上，就把J阿嫂的话如实传达：他说"她说J始终不曾回来过"；他说"她说她因为经济来源断绝，不得不把客堂租出"；他说"她说小伯伯来住，本来可以住客堂，现在只得她自己搬到亭子间里，请小伯伯住前楼"；他说"她说她也正在四处托人寻找J……"。小伯伯鼻子里哼了一声，不说什么。两人默默无言，过了约五六分钟，J阿嫂手里端着一个盘走上楼来。她把盘里盛着的两碗虾仁面放在窗前的桌子上了，又从衣袋里摸出两包美丽牌香烟来放在桌子角上了，同时用无限凄凉的声音说：

"小伯伯，S阿哥，吃些点心……我真命苦，碰出这种事情来。这杀千刀的竟同死掉一样，叫我一个女人带着两个孩子（阿大和阿二刚才在后门口弄堂里看车夫搬木箱，现在悄悄地走上楼来，怯怯地靠在房门口向小伯伯看），怎么办呢！万不得已，我把红木器具卖掉了，把客堂租出了。小伯伯来住，我们当然欢迎，现在只好让我搬到亭子间……"

小伯伯不等她说完，从醉翁椅里坐起身来，提高了声音说："J阿嫂，你不必多说，实情我都知道了。J一定在借我这笔款子作本钱，去做一支生意。发了财自会回来。但我因为需用款子，定要在这里等他。住旅馆开销太大，所以搬到你家来住。你也不必让出前楼来给我住，我住亭子间够了；不过我的钱都被J拿走，今后的开销要你代付一下，我每天的需要你是知道的：四钱鸦片，四包香烟，饮食随你供给。等到J回来了，还了我钱，我一并算还你。"

"小伯伯说哪里话！我们应该招待小伯伯，只要我有办法。这回的事真真对不起小伯伯，千对不起，万对不起……"

"你不必多说了，快替我去打扫亭子间，买些烟来，要云土的。"小伯伯说过之后站起身来，坐到桌子旁边去吃面了。J阿嫂惶恐地退出前楼，去打扫亭子间，两个孩子跟着她走。

小伯伯和S默默地吃面。小伯伯心里想："一碗虾仁面三角，两包美丽牌两角，一共五角。我已经吃出了这笔款子的一万二千分之一了。"他觉得这办法很高明，津津自喜，脸上不免露出一些笑容来。他继续想："四两烟二元，四包香烟四角，伙食算它六角吧，一共三元。今后我每天可以吃出这笔款子的二千分之一。况且J不见得一辈子不回家，总有一天被我抓住……"

S先吃完面，就走到亭子间里去相帮J阿嫂布置亭子间。

这亭子间不算很小,虽然两面有窗,然而都被高墙遮住,所以光线幽暗,好像洞窟。J阿嫂已经把床铺打扫干净,把破破烂烂的东西拿出,把一只小桌子和两只凳子揩过。S就打开小伯伯的被包来,替他铺了床铺;再打开箱子来,把羊行里带来的鸦片盘、小茶壶、烟灰缸等拿出来,布置起鸦片铺来。刚刚就绪,小伯伯已经打着呵欠,流着眼泪,走进亭子间来了。S连忙拿出昨天吃剩的鸦片来,替他装烟,两人又遨游在黑甜乡中了。小伯伯看了这新环境,想起两句诗来:"山重水复疑无路,柳暗花明又一村。"这时候J阿嫂送进一匣鸦片来,又补了两包美丽牌香烟来,又泡了一壶茶来。小伯伯感到一种幸福。的确,自从发现洋箱上挂着钥匙的时候起直到现在,这三四天之内他好比热石头上的蚂蚁,一刻不曾安定,几乎到了山穷水尽的地步;现在能够安身在这柳暗花明的洞窟里,相形之下真是大大的幸福了。

S因为小伯伯已经决心作"持久战",就要求先回乡去。小伯伯并不挽留他,但吩咐他在三奶奶(小伯伯的母亲)和大伯伯面前不可直说,但言J暂时借用款项,小伯伯一定会把全部收回,然后还乡。S答应了,去讫。

小伯伯的"吃出六千元"的计划,第一两个星期胜利进行。J阿嫂像送牢饭一样供养他,饭菜虽然逐渐马虎,鸦片倒不缺乏。只是J影踪全无。小伯伯有时追问J阿嫂,但她只有骂和哭,使得小伯伯后来不敢再问。有一天下午,小伯伯起身不久,抽了几筒鸦片,偶然坐起身来,走到窗子旁边,望望窗外的一线天。他听见窗子下面有小孩子的话声,低头一望,看见阿大和阿二

坐在灶间的门槛上,正在争吵。阿二手里拿着几片饼干,说:

"这是客堂里的大妈给我吃的,我不肯给你。"

"你不肯给我,我下次买了棒糖也不给你吃。"阿大说。

"你没有铜板。"

"我会向爸爸讨。"

"爸爸不回来。"

"爸爸回来的时候你还睡觉,你不知道。"

"明天我早点醒来,也向爸爸讨铜板,也买棒糖。"

阿大突然抽了阿二手里的一片饼干,逃出后门,阿二哭着追出去。

小伯伯听了这番对话,真是"胜读十年书"。他倒身在鸦片铺上,挺起眼睛来看着了又低又黑又破的天花板,出神地想:原来J是常常回家的!时间是小伯伯就寝不久而正好睡的破晓!J阿嫂的哭骂原来都是假的!岂有此理!可恶之极!

这时候J阿嫂捧了一碗阳春面走进亭子间来,小伯伯心头火势正旺,就扯下面子,破口大骂:

"你这混帐东西!瞒得我好!J天天清早回家,你当我不知道,却在我面前假哭假骂!老实对你说,我早就知道。喏!(他从衣袋摸出那只香烟嘴来)这个东西为什么放在你马桶旁边的凳子上?这明明是J身边的东西!今天你的两个孩子分明在讲,爸爸是在清早回家的。你怎么还能骗我?现在我忠告你:明天清早他来的时候,你必须留住他,叫他来同我当面一谈。只要有个合理的解决办法,我就回乡去,小小损失我绝不计较。要是一味欺瞒我,老实说,我准备一直住在这里,要你供给一辈子。

再不然打官司，要你吃点苦头！"

"啊呀！小伯伯说哪里话？我瞒了你，不是人！香烟嘴是Ｊ一向放在那凳子上的，小孩子的话哪里可靠？我生得命苦，嫁了这个丈夫，死活不明，要我替他顶灾。我省吃省用。起早落夜，服侍你这老太爷，还要听你的骂声？钱是Ｊ用你的，关我什么事！你要赖在这里，我不怕你，有饭大家吃饭，有粥大家吃粥，没得吃大家饿死！打官司与我无关！"

她放连珠炮似地说完这番话，立刻板着脸回前楼去，接着听见打骂孩子的声音和孩子号啕大哭的声音。

小伯伯这一顿发泄实在是失策的。因为从此之后，Ｊ阿嫂的供养显然怠慢起来：鸦片常常不足四钱，而且比川土更坏；香烟换了品海牌；饮食一天比一天简陋起来，常常是残羹冷饭，而且里面常常有苍蝇或蟑螂。往时按时送来，现在必须千呼万唤，有时千呼万唤也没有人答应（Ｊ阿嫂带了两个孩子不知到什么地方去了），那时小伯伯只得自己跑出弄堂口去，在摊头上买些点心充饥。这时候已经是阳历六月下旬，天气炎热，床铺里无数臭虫全部出动，日日夜夜地剥削这整天整夜躺在床上的饿瘦了的小伯伯。有一天下午，小伯伯不胜其苦，靠楼下客堂间嫂嫂的帮助，把床拆去，就在楼板上铺一条席子，躺在那里吸鸦片。Ｊ阿嫂出门越来越勤，她是有意规避的；客堂间嫂嫂看见这个蓬头垢面而饿得七分像鬼三分像人的老头子（其实只有三十六岁）自己摸摸索索地到灶间（是公用的）里来炒冷饭，觉得可怜，常常帮助他。小伯伯满肚皮的气无处发泄，有一次把Ｊ携款潜逃的事讲给客堂间嫂嫂听了，想博得她的同情，聊以自慰。

客堂间嫂嫂听了他的话，问明了他家乡的情形之后，用开导的口气说：

"老先生，我劝你想开点，自家身体要紧。我看还是回家乡去好。在这里糟蹋了身体，反而损失。你们是老亲眷，事情总讲得明白的。犯不着自己吃苦。"

小伯伯回到亭子间里，躺在地板上抽他的搀着三分烟灰的鸦片，回想客堂间嫂嫂的话"犯不着自己吃苦"，觉得确有道理。他达观起来：我譬如没有到手这笔遗产，我譬如周家嘴路的房子火烧了，我譬如这纸包在电车里被扒手扒去⋯⋯然而这三四个星期——尤其是最近两个星期——的吃苦算什么呢？是谁教我吃苦的呢？他想了长久，想出的回答是"自己"。他痛悔"吃出六千元来"的计划的失策，埋怨S的不加劝阻。小伯伯心头又加了一种苦痛——后悔的苦痛。

小伯伯抽了三筒鸦片，站起身来，扶墙摸壁地走下楼梯，出得后门，看见一副凉面担子停着。今天J阿嫂整天出门，他没有吃过一点东西，这时候饥肠辘辘。他就站着吃了一碗凉面，然后摇摇摆摆地走出弄堂，到邮票代售处去买了五分邮票和一副信纸信封。回到亭子间里，就用铅笔写信。他写信给他哥哥，但说立刻派S接他回家，其余只字不提。写好之后，想自己去付邮，然而两眼昏花，耳朵里嗡嗡地响，坐在凳子里摇摇欲坠。他就把信放在桌子上，躺下在地板上的席子上的鸦片灯旁边了。他心知是鸦片失瘾之故，因为近几天J阿嫂供给的鸦片又少又坏。不能使他过瘾。今天他想和J阿嫂交涉，要她买好的来，然而J阿嫂整天出门，小伯伯叫天不应。正在狼狈，听见楼梯上脚步声，小伯伯如闻空谷足音，心情兴奋，坐起身来，正想叫喊，一个穿夏布长衫的男子已经出现在亭子间门口，这是B，是小伯伯的远房侄儿。

B站在亭子间门口向里面一望，不禁"呀"地叫了一声。因为他所看到的光景同他所预想的相去太远，使他大吃一惊：一个光线阴暗、墙壁龌龊、天花板发黑而破损了的亭子间里，楼板上铺着一条破席子，破席子上放着一个鸦片盘，鸦片盘旁边坐着一个人，胡须像乱麻，鬓毛两寸长，蓬头垢面，骨瘦如柴，身上穿着一件胸前有三四个破洞的汗衫和一条看来已有一个多月不曾洗过的白布裤子，光着的脚上垢秽堆积，好像油漆剥落了的某种器具——总之，竟是马路上的最标准的一个瘪三。周围地板上到处点缀着果壳、废物、灰尘和痰，看来是从来不扫地的；墙边放着两只痰盂，一只已经装满绿黝黝的小便，发出浓烈的又辣又酵又腥的气息，一直扑向B的鼻子里。

"呀，小伯伯，您，您……"

"B，你来得正好。我鸦片绝粮了，J阿嫂死不回来，你赶快替我去买了烟来再说。"他从鸦片盘底上摸出一张拾元钞票来，"喏，买十块钱，要云土！还有，这封信替我拿去寄了。"

B知道他失瘾，因为自己也是"瘾君子"，深深地懂得事态的严重，连忙把手里的一篮荔枝向桌子上一放，拿了钞票和信，飞奔下楼而去。

过了大约一个钟头，B带了云土回来。小伯伯贪婪地抽烟。B坐在凳子上同他谈话。他首先声明：他起初因为事情忙，后来因为生病，所以没有来探望小伯伯，甚为抱歉。其次谈起J

的事件,他骂了J几句,又安慰了小伯伯几句。最后他向小伯伯提出忠告,劝他还是早些回乡去,"犯不着自己吃苦"。——这句话和客堂间嫂嫂的话不谋而合。小伯伯听了又增加了后悔的痛苦,他拦住了B的话,说:

"我本来要回去了。那封信便是叫S来接的。几只木箱要带回去,我一个人照顾不了。"

天色渐黑,B烟瘾发作,颇想躺下去抽几筒,而席子上实在太龌龊了,他终于熬着烟瘾,匆匆告别。

J阿嫂始终不回来。小伯伯这一天就拿B送来的荔枝当作粮食。

第二天下午三点钟小伯伯起身,J阿嫂还没有回来。小伯伯心里想:"这婆娘有意规避,大概是回娘家去了,昨天我听见阿二在喊:'外婆家去'。好在我就要回家,由她去吧。"他捧住了鸦片枪,懒得出门求食。幸喜昨天的荔枝还没有吃完,就再用荔枝当饭吃。

黄昏,小伯伯肚痛起来,连忙走到扶梯头顶去找马桶。他在马桶上坐了半个钟头,站起来的时候眼前发黑,幸而没有跌下楼梯去。他扶墙摸壁地回到亭子间里,立刻躺下去抽鸦片。抽了一筒,觉得小肚子异常胀痛,又非找马桶不可。同时胸中异常难过,似乎要呕吐。然而他已经没有气力走到扶梯顶上去,就拿那只空着的痰盂来当马桶。同时哑的一声,喉咙里射出一道瀑布,不青不白的东西吐满了一地,溅到席子上和鸦片盘里。从黄昏到半夜,小伯伯吐泻了七八次。他知道这事情不妙,说不定是霍乱。然而他想:我们抽鸦片的人不怕肚子泻,只要多抽烟就会好。他没有想到：一碗凉面和一篮荔枝是吐泻的原因；抽鸦片的人肚子泻叫做"烟漏"，烟漏是不可救药的。后半夜他已经动弹不得，同时痰盂也已经积满。他顾不得一切，就泻在裤子上，吐在席子上，像婴儿一样。

第二天亭子间的情况不堪设想，但也可想而知：一位××镇上首富人家的豪华奢侈、养尊处优的纨绔公子，为了要吃出六千元来，独自躺在上海宝山路宝山里一个亭子间里的地板上的粪便和痰沫中间，正在奄奄待毙！

J阿嫂不回来。客堂间嫂嫂当然不上楼来。

第三天下午S从乡下赶到。他跨进亭子间，一大群苍蝇哄然一声从蜷卧在地板上的小伯伯脸上和身上飞起。

不知什么时候这位落难公子已经在这亭子间里"大团圆"了。料理后事的当然是S。

S押送灵柩回到家乡，三奶奶对于别的事情都不甚伤心，最伤心的是小伯伯临终的时辰不知道。因为不知道时辰，不好写榜，不好印讣闻，不好刻墓碑。

一九五七年五月廿九日写毕

此乃平生第一次试作小说，游戏而已

一吟之病[1]

前天晚上，女儿一吟因旧咳忽然吐血，吐了半痰盂。邻居的贾医生给她打了止血针并服药，吐血停止了。然而第二天下午又吐起来，又是半痰盂。贾医生不在家，连忙叫救护车送广慈医院[2]急诊室。把病人交给了医生，我透了一口大气。开救护车的朋友来向我收车费，票子上写着一元二角。我惊诧地叫出："这样便宜？！"他随口回答道："急诊应该便宜。"

这寥寥六个字的答语，引起了我无限的感动、兴奋和庆喜。我想，在解放前黑暗时代上海这万恶社会里，急诊正是趁火打劫的好机会，"急诊应该敲竹杠"！在八年前，我做梦也想不到从开汽车的人口中听到随便说出的"急诊应该便宜"这六个字！短短八年间的教养，已经使得这位开车子的朋友体会了新社会的道德，所以他能够随便地、不做作地说出这六个字来。在医生替一吟治疗的期间，我心中的兴奋和庆喜驱散了我这两天来的操心和忧虑。我确信她的病就会痊愈。

止血后，我走到病床的旁边，把这感想告诉病人，她的苍

---

[1] 本篇原载香港《乡土》1卷21期。
[2] 广慈医院，今上海瑞金医院。

白的脸上现出微笑。我相信这精神的安慰可以帮助治病,她一定可以起床来参加国庆。

五七年国庆前十日于上海

《弘一大师纪念册》[1] 序言

弘一法师逝世十五周纪念，广洽法师辑集有关弘一法师在家时热心文教工作之论著，刊纪念册，嘱序于予。予欣然执笔，述所感如下：五十年前，弘一法师首先介绍话剧、油画及钢琴音乐入中国，复身任教师，多年执教鞭于南京高等师范及杭州两级师范，为中国教育界造就图画音乐教师甚众，至不惑之年，始披剃入山，潜心佛法，直至圆寂。此乃以精力旺盛之前半生贡献于文教，而以志行圆熟之后半生归命于佛法，一生而兼二生之事业也。然不论事业之入世与出世，弘一法师均以一贯之热诚，竭尽心力而从事，故其成就同一精深，同一博大，令人企念高风，永不能忘。弘一法师所首先介绍入中国之西洋文艺，恭扬者甚众；而对弘一法师之教育精神，注意者殊少。广洽法师于海外纠集同仁，创办学校，热心青年教育，此正弘一法师之遗志，亦最隆重，最生动，最永久之纪念建设也。今复刊行此册，使文教同仁及青年学子咸仰弘一法师之事业与精神，共相勉励，于当地文教界当有莫大之贡献，诚盛举也！是为序。

一九五七年大暑丰子恺记于日月楼

---

[1] 1957年10月13日新加坡薝蔔院初版。

漫谈翻译[1]

旧约圣书创世记第十一章开头这样说:"那时天下人的口音言语,都是一样。他们往东边迁移的时候,在示拿地方遇见一片平原,就住在那里。他们彼此商量说:'来吧,我们要作砖。'把砖烧透了,他们就拿砖当石头,又拿石漆当灰泥。他们说:'来吧,我们要建造一座城和一座塔。塔顶通天,为要传扬我们的名,免得我们分散在全地上。'耶和华降临,要看看世人所建造的城和塔。耶和华说:'看哪,他们成为一样的人民,都是一样的言语。如今既作起这事来,以后他们所要作的事,就没有不成就的了。我们下去,在那里变乱他们的口音,使他们的言语彼此不通。'于是耶和华使他们从那里分散在全地上。他们就停工,不造那城了。因为耶和华在那里变乱天下人的言语,使众人分散在全地上,所以那城名叫巴别(就是变乱的意思)。"

我每逢和外宾谈话,言语彼此不通,全靠翻译者一来一去地传达,因而感到极不畅快的时候,总是想起旧约圣书里这一段话。那时(假定这故事是真的话)我就痛恨那个耶和华。他破坏我们的团结,变乱我们的口音,使我们的语言彼此不通,

---

[1] 本篇原载 1959 年《外语教学与翻译》1 月号。

因而使我和外宾谈话极不畅快。这个耶和华真可恶!

然而我们有一种法宝来抵抗这可恶的耶和华,这便是翻译。我们把世界各国的书籍翻译为本国文,由此可以知道世界任何一个国家的人民的思想感情。他们也可以把我们的书籍翻译为他们的本国文,由此可以知道我们的人民的思想感情。这样,彼此言语虽然不通,声应气求还是相通。耶和华的捣乱变成徒劳,这叫做"人定胜天"。

然而要是我们这件法宝充分发挥效能,有一个必要条件,便是必须翻译得又正确、又流畅,使读者读了非但全然理解,又全不费力。要达到这目的,我认为有一种办法:翻译者必须深深地理解原作,把原作全部吸收在肚里,然后用本国的言语来传达给本国人。用一个譬喻来说,好比把原文嚼碎了,吞下去,消化了,然后再吐出来。

我学外文,有时取别人的译本来和原文对读。我常常感到,消化了吐出来的固然很多,然而没有消化就吐出来的亦复不少。譬如说:欧洲人相见时互相招呼,说 Good day。但倘照字面硬译,变成"日安",就不像中国话,听到的人不能了解他的好意。假如现在有人走进来对我说"日安",我一定要问"什么"?

因为有这种硬译,所以有些译本,必须懂外文的人才看得懂。不懂外文的人都要问"什么"。这显然是矛盾,正因为别人不懂外文,所以要请教你译;如果大家懂得,就不必劳驾了。翻译固然要忠实,但倘片面地强调忠实,强调到"日安"的地步,就不是忠实而是机械了。我说这话,但自己过去也不免犯这毛病,今后必须痛改。

解放以来,翻译工作有了显著的进步。总路线的光芒照耀一切,翻译界当然也大跃进。我确信政治挂帅会把耶和华吓走。

一九五八年十二月廿七日于上海作

新年大喜[1]

一九五八年,国内出现了许多大喜事。其中一件大喜事就是全国到处成立了人民公社,很多公社已经实行吃饭不要钱了。公社就好像一个团圞的大家庭一样,社员和社员之间亲如家人。

数千年来,由于社会制度的不良,我们的祖先大家为了"衣食"两字而受尽苦楚。所以俗语说:"人为财死,鸟为食亡。"《水浒》里有两句诗:"人生衣食真难事,不及鸳鸯处处飞。"自古以来,"衣食"是一件最难的难事,为"衣食"而受尽折磨的人不可胜计,为"衣食"而死的人也不可胜计。"贫穷""失业""断炊""冻馁""辘轳""潦倒""自尽"等,不是古来的史传、小说、笔记中所常见的字眼么?我们的祖先,几乎人人为"衣食"而苦恼,为"衣食"而促寿丧生。今天,我国在共产党的领导下,居然做到了人人"衣食无忧"。从此我们个个人可以放心安乐地生活,专心地从事工作,尽量地发挥各人的才能。这不是子孙万代的大喜事么?

不必说我们的祖先,就是我自己,一个六十多岁的人,也大半生受尽"衣食之累"。在解放以前,我的壮年时代,都在黑

---

[1] 本篇原载 1959 年 1 月 1 日香港《大公报》。

暗社会中断送在"衣食之累"上，并且亲眼看到了无数为"衣食"受苦的惨相。这些惨相有许多表现在我过去的画中。过去开明书店刊行我的画集《人间相》，恐怕侨胞中也有不少人看到过。其中有一幅画，叫做《颁白者》，描写一个须发颁白的老人，挑着一付重担，在路上走。担子的每一头挂着两只大皮箱，压得他驼腰曲背，愁眉苦脸。这老人正是为了"衣食"而不得不做他所吃不消的苦工。孟子说："颁白者，不负戴于道路矣。"这是一句空话，过去几千年的社会里始终不能实行。直到现在的新中国，方才确实地做到了。我们的人民公社里有幸福院，凡鳏寡孤独的老人，如果他愿意的话，都可以入幸福院，安坐而食，放心地安享他的晚年。过去有两句老话："养儿防老，积谷防饥。"现在这两句话都无效了。没有儿子的老人，一样地进幸福院，不须儿子来养老；国家仓廪充足，不须你自己积谷来防饥。我这幅"颁白者"的画图早成为一个历史陈迹了。

还有一幅画，叫做《最后的接吻》。描写一个贫苦的母亲，抱着一个初生的婴儿，站在育婴堂墙外的"接婴处"面前。这接婴处是一只大抽斗；养不起婴孩的穷人把婴孩放在这抽斗中，关上，等待里面的人把婴孩接去。画中的母亲即将把婴孩放进大抽斗中，舍不得骨肉分离，正在和婴孩作最后的接吻。这伤心惨目的景象，便是由于"衣食"逼人而造成的！当年我发表了这幅画之后，有不少读者写信给我，说看后流了不少的眼泪。有的要我赔偿她的眼泪。解放以后，弃婴的现象根本没有了，"最后的接吻"根本不存在了！古语云："老者安之，少者怀之。"又云："老吾老，以及人之老；幼吾幼，以及人之幼。"古人虽说这话，但都不能做到；现在果真做到了。这是开天辟地以来所没有的奇迹，这不是天大的喜事么？

我从前有一个图章，叫做"速朽之作"。凡是描写伤心惨目的景象的画，都盖上这图章，意思是希望这幅画"速朽"，即这些景象快快消灭。果然，不出二三十年，到了新中国成立，我这些画都"朽"了，这些景象都变成过去的恶梦了。我真高兴！一九五八年的全国大跃进，更使我万分兴奋！加之元旦在即，万象更新，但觉前途光明，幸福无疆！海外侨胞"每逢佳节倍思亲"，这时候缅怀祖国，一定笑逐颜开。敬祝新年大喜！

一九五八年岁暮写于上海

故宫一瞥 [1]

我看见故宫的某一部分中陈列着许多金银珠宝。其中黄金甚多,有六十只大金如意,按照甲子、乙丑、丙寅、丁卯……花甲之数。有十六个大金钟,按照黄钟、大吕、太簇、夹钟……音律之数。又有许多很高大、很精工的金宝塔,还有金面盆、金器皿等不计其数。有一个参观者对我说:这里的金子足有几千斤。同去游览的我的老妻对我说:农家妇女劳作了多年,积蓄些钱,上街来请银匠店打一个一二钱重的金戒指,视为至宝,传给子孙,想不到皇帝家里有这许多金子!我一面参观,一面想,他们聚敛这许多金银珠宝时,不知有没有想到他们自己会死,有没有想到他的封建势力会垮台,有没有想到他们的子孙,例如溥仪,会把金器偷出去卖给银行?如果没有想到,那真笨了;如果想到而自管聚敛,那更笨了!记得小时候读幼学书,卷首有一首叙述历代帝王的七言诗歌,第一句是"天皇地皇人皇氏",以下历述夏、商、周、秦、汉、魏、晋、隋、唐、宋、元、明,直到清朝,末了一句是"神器万年归大清"。大约清朝的帝王相信了这一句,以为"神器"的确是"万年归大清"了,因此聚

---

[1] 本篇原载 1959 年 7 月 23 日《光明日报》。

敛这许多金银珠宝,希望永远藏在"大内",传给万代子孙,做梦也想不到今天会变成"故宫博物院"而给人民大众参观的吧。

这些金银珠宝,大概只是"大内"珍宝的一部分,或一小部分。因为我曾经在过去的记载中看到过,历来贪黩的权贵所收藏的珍宝财物,有的比这里多得多。手头有一册清朝无锡薛福成撰的《庸庵笔记》,第五十页上有一张查钞和珅住宅清单。和珅是乾隆所宠幸的一个极大的贪黩权贵。乾隆死后,嘉庆即位,诸臣弹劾,嘉庆列举其二十条大罪状,褫职下狱,赐自尽,籍其家。籍出来的财产,房屋、花园、铺号、市房、地亩之外,金银珠宝不计其数。把主要的抄录几项在下面:赤金五百八十万两、金元宝一千个(每个重一百两)、银元宝一千个(每个重一百两)、金痰盂一百二十个、金面盆一百十七个、银痰盂六百余个、银面盆二百三十三个、金碗碟三十二桌(共四千二百八十八件)、银碗碟四千二百八十八件、金罗汉十八尊(每尊高一尺八寸)、白玉九如意三百八十七个、珊瑚树十棵(每棵高三尺八寸)、珊瑚数珠三百七十二盘、珍珠二百二十六串(每串十八颗)、红宝石一千一百六十余块、蓝宝石四千零七十块、端砚七百余方……容纳这许多宝物的房屋之大,可想而知,据说有正屋一所(十三进七十二间)、东屋一所(七进三十八间)、西屋一所(七进三十三间)、花园一所(楼台四十二座)、钦赐花园一所(楼台六十四座)、杂房等二百多间。……

这和珅还只是一个宠臣,就聚敛了这许多家当。帝王的家当可想而知了,故宫博物院珍宝室中所保存的,看来只是一小部分。但只就这一小部分看,不知聚敛的当时剥削了多少民脂民膏！不知有多少人民为此而牺牲幸福或者遭受苦痛！我们今天的参观和欣赏，其代价是很大的呢！

一九五九年六月七日记于上海

一件小事[1]

前些时有一个下午,我午睡起来,家人通报:电车公司有人来访,我下楼去一看,来客是个垂老年纪的男子,却素不相识。请教姓名,始知其人姓许,名启顺,是电车公司的退休工人。他见了我,就从衣袋中摸出一本红面子的册子来,率直地对我说:"前天下午,二十六路电车上有人遗失这本册子,卖票人找不到失主,送交公司失物招领处待领。我退休后无事,在招领处看到这册子,翻开一看,但见其中有许多重要的记录,显见失主是很宝爱它的。我很想设法送还他,然而册子上没有物主姓名住址,无法送还。翻到末了,发见有一页上记录着他的朋友们的姓名及通讯地址,其中有一人是你,这显然是认识你的人。因此特地来访,请你看看笔迹,也许可以知道失主是谁。"说罢,就翻出末了的一页来给我看。我接了册子一看,但见共约七八人,其中有一名是我。再翻开前面来看,果然记录着许多文字,密密层层,详详细细,写满了大半本册子。翻到开头一页,却是空白,并无所有主姓名,封面上也一色通红,没有一个字。

---

[1] 本篇为应中国新闻社约而作,曾载古巴哈瓦那《光华报》,时间待考。

翻来覆去，竟无法知道这册子是谁所有的。再看末了的通讯址，七八个人中除了我自己以外，其他我都不认识的。

这位退休工人见我无法解答，向我提议道："请你看看他所记录的内容，也许从笔迹上看得出，或者从文句里看得出是谁的。"我想：这个人真热心，也真认真！我被他这种精神所感动，便从衣袋中摸出老花眼镜来戴上，对他说道："那末请你坐坐，喝杯茶，让我慢慢地看看他的记录。"我就从头看起，一篇一篇地浏览。那字很细，又较潦草，显然是听讲时当场记录下来的。我翻完之后，推想此失主也是个很认真的人，因为他的记录很周到。只是有一点欠认真，欠周到：自己的册子上不曾写明姓名。我知道有许多朋友手册或书物上不但写明自己姓名，又注明住址或电话，以防万一丢失，别人捡得了便于归还。这位朋友竟没有想到这一点。那位退休工人希望我在笔迹上或文句里看出失主是谁，我竟使他失望。因为钢笔字不像毛笔字那么显明个性，即使是熟悉的人，也不容易认辨谁的手笔，何况此人不一定是我所熟悉的；而听讲记录等的文句里写出自己的姓名来，是不会有的事吧。因此我只得把册子还给这位退休工人，向他表示抱歉。

他接了册子，想了一想，对我说道："那末让我去找别的六七个人，他们也许知道。"我看此人年纪已在六十之外，恐其不胜跋涉之劳，劝他慢慢去找。他说："还是快点好，因为我想失主一定很着急，而我反正空闲无事，身体又好。国家体谅我，要我养老，我这一点微劳总该担任的。也算是尽我的心呀，哈哈哈……"他这风趣的笑声使我感动，我陪他一个赞善的笑声，答道："那末，我替你把其他六七个人的住址用另纸抄出，你可慢慢地按址去访。"因为我见他视力不大好，恐怕比我老花得更厉害，而那册子上的文字又细又草，他看起来显然是很吃力的。我用大字抄好地址交给他，他就告辞。临行又叮嘱我："你老遇见朋友，请随时将此事宣传，或许可以辗转达到失主耳中，如果找到了失主，请他到卢家湾徐家汇路四百号沪南车场行政科失物组去领。"我把他所说的领物处记录在纸上了，然后送别他。他去后，我把这纸贴在客堂壁上，以便随时宣传。开会休息时，我也常向同座人提及此事。但至今还找不到失主的下落。也许那位热心的退休工人已经找到了。

以上所记的，是一件小事，然而给我的感动很大。要是在十五年前，在反动政府统治下上海这黑暗社会里，做梦也想不到今日会有这种事情。一则：哪有生活如此安闲的退休工人？二则，哪有如此不辞辛苦、热心助人的好人？在区区十五年的短时期内，上海这黑暗社会已经化做光明世界了。

南颖访问记 [1]

南颖是我的长男华瞻的女儿。七月初有一天晚上,华瞻从江湾的小家庭来电话,说保姆突然走了,他和志蓉两人都忙于教课,早出晚归,这个刚满一岁的婴孩无人照顾,当夜要送到这里来交祖父母暂管。我们当然欢迎。深黄昏,一辆小汽车载了南颖和她父母到达我家,住在三楼上。华瞻和志蓉有时晚上回来伴她宿;有时为上早课,就宿在江湾,这里由我家的保姆英娥伴她睡。

第二天早上,我看见英娥抱着这婴孩,教她叫声公公。但她只是对我看看,毫无表情。我也毫不注意,因为她不会讲话,不会走路,也不哭,家里仿佛新买了一个大洋囡囡,并不觉得添了人口。

大约默默地过了两个月,我在楼上工作,渐渐听见南颖的哭声和学语声了。她最初会说的一句话是"阿姨"。这是对英娥有所要求时叫出的。但是后来发音渐加变化:"阿呀""阿咦""阿也"。这就变成了欲望不满足时的抗议声。譬如她指着扶梯要上

---

[1] 本篇曾收入丰华瞻、戚华蓉编《丰子恺散文选集》(上海文艺出版社 1981 年 5 月初版)。

楼，或者指着门要到街上去，而大人不肯抱她上来或出去，她就大喊"阿呀！阿呀！"语气中仿佛表示："阿呀！这一点要求也不答应我！"

第二句会说的话是"公公"。然而也许是"咯咯"，就是鸡。因为阿姨常常抱她到外面去看邻家的鸡，她已经学会"咯咯"这句话。后来教她叫"公公"，她不会发鼻音，也叫"咯咯"；大人们主观地认为她是叫"公公"，欢欣地宣传："南颖会叫公公了！"我也主观地高兴，每次看见了，一定抱抱她，体验着古人"含饴弄孙"之趣。然而我知道南颖心里一定感到诧异："一只鸡和一个出胡须的老人，都叫做'咯咯'。人的语言真奇怪！"

此后她的语汇逐渐丰富起来：看见祖母会叫"阿婆"；看见鸭会叫"Ga-Ga"；看见挤乳的马会叫"马马"；要求上楼时会叫"尤尤"（楼楼）；要求出外时会叫"外外"；看见邻家的女孩子会叫"几几"（姐姐）。从此我逐渐亲近她，常常把她放在膝上，用废纸画她所见过的各种东西给她看，或者在画册上教她认识各种东西。她对平面形象相当敏感：如果一幅大画里藏着一只鸡或一只鸭，她会找出来，叫"咯咯""Ga-Ga"。她要求很多，意见很多；然而发声器官尚未发达，无法表达她的思想，只能用"嗯，嗯，嗯，嗯"或哭来代替言语。有一次她指着我案上的文具连叫"嗯，嗯，嗯，嗯"。我知道她是要那支花铅笔，就对她说："要笔，是不是？"她不嗯了，表示是。我就把花铅笔拿给她，同时教她："说'笔'！"她的嘴唇动动，笑笑，仿佛在说："我原想说'笔'，可是我的嘴巴不听话呀！"

在这期间，南颖会自己走路了。起初扶着凳子或墙壁，后来完全独步了；同时要求越多，意见越多了。她欣赏我的手杖，称它为"都都"。因为她看见我常常拿着手杖上车子去开会，而车子叫"都都"，因此手杖也就叫"都都"。她出现过的那间屋子存在不存在？阿婆、阿姨和"几几"存在不存在？我要引起她回忆，故意对她说："尤尤，公公，都都，外外，买花花。"她的目光更加呆滞了，表情更加严肃了，默默无言了很久。我想这时候她的小心境中大概显出两种情景。其一是：走上楼梯，书桌上有她所见惯的画册、笔砚、烟灰缸、茶杯；抽斗里有她所玩惯的显微镜、颜料瓶、图章、打火机；四周有特地为她画的小图画。其二是：电车道旁边的一家鲜花店、一个满面笑容的卖花人和红红绿绿的许多花；她的小手手拿了其中的几朵，由公公抱回家里，插在茶几上的花瓶里。不知道这时候她心中除了惊疑之外，是喜是悲，是怒是慕。

我在她家逗留了大半天，乘她沉沉欲睡的时候悄悄地离去。她照旧依恋我。这依恋一方面使我高兴，另一方面又使我惆怅：她从热闹的都市里被带到这幽静的郊区，笼闭在这沉寂的精舍里，已经一个星期，可能尘心渐定。今天我去看她，这昙花一现，会不会促使她怀旧而增长她的疑窦？我希望不久迎她到这里来住几天，再用事实来给她证明她的旧居的存在。

庚子〔1960〕年仲冬记

致台湾一旧友书[1]

阔别十一年，梦想为劳。而每次想起你，总感到惋惜。因为我过去曾经和你共患难，而现在不能和你共幸福。今天用笔墨和你谈谈，借此聊以慰情。

我和你过去曾经长期共患难，我们的患难主要的有两点：一点是物质生活困难，另一点是精神生活苦闷。物质生活困难的原因在于货币贬值、物价飞涨，使得我们每天惶惶如也地为衣食奔走。你该记得：那时，我们称钞票为冰淇淋。有一天你领到一笔薪水，为了陪孩子去看病，迟了几个钟头调换银元，这笔薪水就打了一个对折，你的八口之家势必半个月挨饿。你家嫂子曾经向我哭诉呢。我又记得：有一天，我收到一笔稿费，立刻拿去买香烟，在路上碰到了你，你拉住我立谈了几分钟。其间香烟涨价，原来可买两条的，顿时只能买一条，我曾经埋怨你一顿。在那些年头，我们为了衣食，大家天天提心吊胆，东奔西走；相见不是愁贫，就是诉苦。况且除了谨防货币贬值之外，还要担心失业。你的教师饭碗常常被强者抢去，我的脑力劳动常常受人剥削。我们的家庭犹似惊涛骇浪中的一只小船，

---

[1] 本篇原载 1960 年 12 月 30 日香港《大公报》。

时时刻刻有颠覆的可能。总之,十一年前我们生活的苦楚,罄竹难书。将来我们重新见面,风雨小窗,挑灯话旧的时候,这些苦楚是几个通宵也诉不完的。

然而我早已苦尽甘来了。十一年以来,我因货币一直稳定,不少物品的价格还有降低,昔年为生活而惊慌忧惧的滋味,我现在几乎忘记了。我们不须奔走衣食,只管安居乐业,不须提心吊胆,只须安心工作。失业这两个字即将从我们的辞典里删去了。我们的生活终身都有保障:工作人员疾病都由国家公费医疗;男人六十岁以上,女人五十五岁以上,可以退休,按月支薪,直到寿终。老年知识分子亦可以安度晚年。我还告诉你一个好消息:我们各大都市创办了中国画院,中国画家的生活也有了保障。从前不喜吹牛拍马的画家,无论笔墨何等精妙,卖画难免冻饿;但现在画家有国家供养,不愁生活了。就我个人而言:我,你是知道的,抗战期间在大后方卖画为生,然而仅免于冻馁。其间不得已而担任了两年半大学教课,作一个讲师。现在,我是上海中国画院的院长。如果你看得到《解放日报》,你一定会写信来给我贺喜。然而你如果在这里,我给你贺喜的机会一定更多。而惋惜者,我们过去共患难而现在不能共幸福。

十一年前我们精神生活的苦闷,其原因在于社会的黑暗腐败与秩序的混乱。平日目见耳闻,尽是些贪污舞弊、横行不法、敲诈勒索、欺骗剥削的勾当,令人悲愤填膺,叹息弥襟;同时,又战战兢兢,岌岌自危。你我常年住在上海这"万恶社会"里,所受苦痛更多。你该记得:当时描写上海的行路难,叫做"打呵欠割舌头",上海滩上流氓多,扒手多,出门人一不小心就吃亏,仿佛张开嘴巴打个呵欠,舌头就会被割掉的。你左手无名指关节受伤,现在好了没有?我还清楚记得你受伤的经过:有一天,你晚上迟归,在一条冷僻的暗弄堂口被"剥猪猡"损失了一件大衣,又被用蛮力夺去你左手无名指上的一只金戒子,以致指关节受伤。我又记得你有一天和我到"大世界"[1]去。你挤进一个市场里,站在人群后面看什么把戏,回出来的时候你的哔叽长衫少了一块后裾。原来在看把戏的时候被歹人剪去了。我们的同事老章,你记得吗?他眉毛浓,口上养小胡子,形似日本人;抗战前夕有一天买东西露了白[2],被流氓以"打东洋鬼子"为名,把他打得半死,丢在苏州河里,同时劫去了他身上所有的财物。幸而潮水不涨,他没有淹死,被仁人君子救了起来,在医院里住了好几个月。现在他还带着终身残疾住在这里呢。我在当时虽然没有吃过大亏,然而惊吓和损失也受了不少,精神苦闷之极!

然而这种苦闷也早已一去不复返了。十一年以来,由于政治教育的移风易俗,上海已由地狱变成了天堂。恶霸流氓早已绝迹,团结互助成了习惯。"大世界"在从前是流氓的大本营,现在已经变成人民的乐园。其中秩序井然,服务周到,真可使游客放怀地赏心悦目。我告诉你一件小事,你就可见一斑:有一个女客抱着一个婴孩在"大世界"看戏,正看到精彩的地方,婴孩撒屎了。这女客舍不得牺牲看戏,同时又不得不出去替婴

---

[1] "大世界",系上海一个著名游乐场的名称。
[2] 露白,即被扒手看见身边带有银元。

孩善后,正在周章狼狈的时候,"大世界"的服务员看出了这情况,就自动来帮她的忙,替他揩干净,又洗好尿布,送还给女客。从前进"大世界"好像上战场,现在真可说宾至如归。写到这里,我又想起一件事:前几天,我从朋友家里出来,想雇三轮车回家。然而那地方较偏僻,一时没有三轮车。我走了几步,回头看见后面有一辆来了。我就喊"三轮车!"走近一看,原来里面坐着一个人,我当初没有看清楚,以为是空车。我表示失望,继续步行。车子开到和我并行的时候,车子里的人叫我了:"老伯伯,你来坐吧。"同时三轮车也就停下来。那人跳下车来,对我说:"我路近了,可以步行回去。你年纪大,这车子让你坐。"他就扶我上车,付过车钱,自己步行去了。(现在上海雇车子早已不必问价。按照路程远近,实价划一。从前那种讨价还价和敲竹杠,早已没有了。)敬老扶弱,在今日的上海已经成了普遍的习惯。你听我讲了这两件小事,你可想象今日上海的新面貌和我的生活的幸福了。所惋惜者,就是你不能和我共享此幸福。

　　然而我确信不久的将来是可以和你会面,共享幸福的。我比你年长十岁,然而身体很好。生活安定,精神愉快,身体自然好起来。你近来还喝酒吗?我照旧每天晚酌。我藏着好酒,等候你来共饮。

梅兰芳不朽[1]

立秋日的傍晚，我正在饮酒的时候，女儿一吟神色沮丧地递给我一张新到的晚报，上面载着一个惊人的消息：梅兰芳今晨逝世！这仿佛青天一个霹雳，使我停止了饮酒。

这才华盖世的一代艺人，现在已经长逝了！我深为悼惜，因为我十分敬仰他。我之所以敬仰他，不仅为了他是一个才艺超群的大艺术家，首先为了他是一个光明磊落的爱国志士。

抗战期间，我避寇居重庆沙坪小屋。这小屋简陋之极，家徒四壁，毫无装饰，墙上只贴着一张梅兰芳留须照片，是上海的朋友从报纸上剪下来寄给我的。我十分宝爱这张照片，抗战期间一直贴在墙上，胜利后带回江南，到现在还保藏在我的书橱中。

我欣赏这张照片，觉得这个留须的梅兰芳，比舞台上的西施、杨贵妃更加美丽，因而更可敬仰。在那时候，江南乌烟瘴气，有些所谓士大夫者，卖国求荣，恬不知耻；梅先生在当时只是一个所谓"戏子"、所谓"优伶"，独有那么高尚的气节，安得不使我敬仰？况且当时梅先生已负盛名，早为日本侵略者所注

---

[1] 本篇原载 1961 年 8 月 14 日《解放日报》。

目，想见他住在上海沦陷区中是非常困苦的。但他能够毅然决然地留起须来，拒绝演戏，这真是"威武不能屈"的大无畏精神，安得不使我敬仰？胜利回乡后，我特地登门拜访了两次，每次都有颂扬的文章登载在当时的《申报·自由谈》上。

现在，梅兰芳已经长逝了。然而他的美妙的艺术永远保留在唱片和电影片中，永远为人民大众所宝爱；他的爱国精神，永远给我们以教育。梅兰芳不朽！

一九六一年立秋之夜记于上海日月楼

怀梅兰芳先生

我仰慕梅兰芳先生的艺术，开始于抗战之前。那时我喜欢西洋音乐，曾经练习钢琴和小提琴；爱听奏鸣乐和交响乐，却看轻中国自己的音乐，认为简陋粗俗。有一次我买了一架留声机，除西洋音乐唱片之外，偶然也买了几张梅兰芳的唱片，记得是《天女散花》《醉酒》《西施》《廉锦枫》等。我初听这些唱片时，觉得有些动人；再听，三听，竟被它们迷住了，终于爱不忍释了。我恍然悟到：西洋的和声音乐固然好，但中国的旋律音乐也自有它的好处，味道和西洋音乐不同。却适合我这中国人的胃口。我一向认为简陋粗俗，何等浅薄！不久之后，我的唱片箱中全是梅兰芳唱片，西洋唱片竟绝迹了。同时我对过去所爱好的西洋音乐就绝交了。梅先生对我的音乐爱好，起了转折的作用。

他的音乐有什么好处？这仿佛是"冷暖自知"的事，我的笔无法形容。总之，他的表演十分"认真"。正像我今天带来的那封信一样，从头至尾，一笔不苟。又像他的画一样，简洁遒劲，毫无废笔。书、画、音乐、戏剧，原有共通之点，一通百通。梅先生是一位卓越的戏剧家、音乐家，同时又是一位卓越的书家、画家。讲到书和画，只怕有些专业书画家对他还有愧呢！

我和梅先生相识，开始于胜利之后。我避寇居重庆时，上海的友人把梅先生留须的照片从报纸上剪下来寄给我。从此，我仰慕他的艺术之外，又仰慕他的人格，古语云："先器识而后文艺。"器识就是人格，人必须有高尚的人格，加以卓越的艺术，方始成为伟大的艺术家。那时候江南乌烟瘴气，有些士大夫也者，卖国求荣，恬不知耻。梅先生在当时被称为"戏子"，被视为"娼优"，却有这样坚毅的爱国心，决不肯演剧给敌人看。我看了这留须的照片，觉得比舞台上的西施、太真更加美丽！我认为他确是一位高尚的戏剧艺术大家，值得崇仰的。因此我胜利返沪后，立刻同了我的爱唱梅派戏的女儿一吟登门拜访，从此我们就相识了。解放后他迁居北京，我每年春天到北京参与全国政协会议，总得和他相见。今年大会延期，春间不能相见，我正在惦记他，忽然于立秋那一天的傍晚闻得了他的噩耗。其时我正在饮酒，忽觉酒味变坏，不能下咽，就此停杯投箸。

　　我用沉痛的心情参加了他的追悼会，今天又用沉痛的心情来参加这个座谈会。梅先生的早逝，不但全中国人民都悼惜，连全世界爱好剧艺的人都震惊。前天我收到日本内山嘉吉（是已故日中友协会长内山完造之弟）来信，其中说："在报纸上看到梅兰芳先生早逝的消息，大为吃惊。这是中国戏剧文化的一大损失，同时又是亚洲戏剧文化的一大损失。梅先生在抗日战争中留须，以抵抗日本侵略战争及怀柔政策，这民族精神乃一大教训，在我们胸中保留着深切的铭感。他努力于中国戏剧的保存和发展，其伟大的一生的历史是不朽的了。我为他表示衷心的哀悼。"他的信增加了我的衷心的哀悼。

　　现在，梅先生的身体已经迁化了，但他的"认真"的治学态度和光明磊落的爱国思想，永远保留在人们心中，永远给人民以教训，他的精神是不朽的了。而他对于我个人，更有重大的影响：我少年时代崇奉西洋音乐和西洋美术。自从他把我的音乐趣味从西洋扭到中国之后，我的美术趣味就跟着走，也从西转向了东，从此我看重中国自己的美术了。他对我的艺术生活有这么重大的影响，所以他的早逝，我特别悼惜，如果死而有知，我祝他在天之灵极乐永生。

1961年8月22日上海中国画院纪念梅先生座谈会上的发言

告初学日本文者[1]

近来有许多人发心学外国文，青年学生尤多。但是有不少人看轻日本文，认为俄文、英文等难学，日本文容易学，因为日本文里半是汉字。有的人时间少，就选定日本文，以为日本文可在短时期内学成。有的人英语学不好，就改学日本文，以为日本文一定学得好。他们满以为日本文很容易，因为一半是汉字，这就仿佛学半种外国语，事半功倍。

然而这种人没有一个不白费辛苦。原因就是上了汉字的当。

就我的亲身经历来说，日本文决不比俄文、英文容易：甚至比它们更难。这并非夸口，不相信请听我说：

第一，日本文里有不少汉字，意义和中国大不相同。举几个例："私"是"我"，"貴方"是"你"，"大將"也是"你"，"面白"是"有趣"，"六敷"是"困难"，"器量"是"容貌"，"鹿爪"是"神气活现"，"黑人"是"内行"，"磨墨"是"赤贫"，"我樂多"是"废物"，"燒餅"是"吃醋"，"燒糞"是"自暴自弃"，"御袋"是"母亲"……这些是特别而好笑的例；还有许多大同小异、似是而非的例，譬如："鋏"是"剪刀"，"錠"是"锁"，

---

[1] 本篇原载 1961 年 9 月 12 日《光明日报》。

"鍵"是"钥匙","鎖"是"链条","平和"是"和平","勞働者"是"工人"……不胜枚举。这些倒反比那些讨厌，因为字面只差一点，意义却不同，最容易上当。再则，日本文中的汉字，发音绝大多数和中国不同。有的一字一音，有的一字两音、三音，甚至四音、五音。你说目的在看书，不要会话，发音可以不管。然而不行，你如果志在看文学书，读时非照日本文发音不可。尤其是动词、形容词、副词等，大都上半（语根）是汉字，下半（语尾）是日本字母，你不能半中半日地读。况且有些词，汉字不止一种。例如"麻烦"，有时写"煩"，有时写"五月蠅"；又如"吵闹"，有时写"喧"，有时写"八釜"；又如"恭喜"，有时写"御目出度",有时写"御芽出度"。……每两种，读起来发音都一样。你倘会读音，就不怕汉字变更了。所以日本文中虽有汉字，其意义和发音绝不和中国全同，学起来不见得比英文、俄文容易。

第二，日本文中各词接连地写，不易分割，加之日本动词、形容词都有语尾变化，所以接连地写时，更不容易分割。举一个最常见的例：

學ばなければならなかつた。

意思是"非学习不可"或"必须学习"。这一句由五个词合成：第一个"學ば"，是动词"學ふ"（学习）的第一变化；第二个"なけれ"是助词"ない"（不）的第五变化；第三个"ば"（倘），是接续助词的本体形；第四个"なら"，是动词"なる"（成）

的第一变化；第五个"なかった"，是助词"ない"的过去式。逐字直译，是"倘不学，则不成"。这五个词中，只有第三个是本体形，其他四个都是变化形。现在一连串地写着，即使你懂得变化，也不易分割。倘使是英文，It is a book（这是一册书），即使你一个英文也不识，你可以逐一查辞典，因为四个词是分开写的。倘使是俄文，Я учусь русскому языку（我学俄文），虽然其中三个词有语尾变化，但因为四个词分开写，你只要懂得变化，也可以逐一查辞典。独有日本语不然，许多词一连串地写着，分割很困难，因而辞典也不易查。所以学日本文，学会查辞典，也需要相当的工夫，这证明日本文比英文、俄文难学。

第三，日本人说话的思想方式和我们不同，举最简单的例来说："读书"，"吃饭"，他们说"书读"，"饭吃"。即先说受词，后说动词。英文、俄文在形式上和汉文全异，但想法和我们大致相同。日本是我们同文之国，反而想法和我们不同。所以，你必先习惯了他们的想法，才能读日本书或用日本语发表思想。这又证明日本文比英文、俄文难学。

由于上述三个原因，我诚告发心学日本文的人：你们要学日本文，至少要有学英文、俄文那样的思想准备和毅力。切不可上汉字的当，切不可看轻日本文，至少要把它当作一种和俄文、英文一样困难的外国文而学习，这样，包管你一定成功。

隔海传书[1]

——国庆节致侨胞李君的公开信

荣坤贤弟惠鉴：

今年国庆节又到了。我回想去年国庆节你到上海来访问我时的情况，历历如在目前，而相隔已经一年，时光过得真快！你寄来和我合摄的照片及信，早已收到。至今方始奉复，甚是抱歉。你关心我的健康，我很感谢。现在我可以向你告慰：一年以来，我身体越发健康了。有事为证：今年四月，我游黄山，曾经攀登海拔一千八百公尺的天都峰，而并不疲倦。现在把这次游览的情况对你谈谈，想你一定爱听。

黄山位在安徽省南部，你是厦门人，也许不曾到过。我告诉你：这是我国风景最好的一个名山。这是个群山，有三十几个高峰，连小峰共有七十多个。每一个峰有它的特色，有的好像是神工鬼斧削出来的，有的好像是巨大的工人建造起来的，真是奇观！山中到处是松树，这些松树姿态很特别：有的枝条全部向下；有的一面生枝条，一面靠石壁；有的由好几株树干团结起来，变成一株，叫做"团结松"；有的枝叶极其坚密，上

---

[1] 本篇原载 1961 年 10 月 26 日《北京晚报》。

面可坐五六个人（叫做"蒲团松"）。国内的名产"黄山松烟"墨，便是用这些松木的烟煤制成的。雨过之后，山中的白云凝结起来，变成一片云海。峰顶露出在云海上面，好像大海中的无数岛屿。此时下界都被白云蒙住，游客就身在云霄之上，仿佛登天堂了。

游山必须登山过岭，所以不能称为"上山"，应称为"入山"。山路大都很陡，很窄，有的地方只容一人通过。每隔十几里路，必有宿食的地方，由黄山管理处经理，供应非常周到，有酒有饭，还有棉衣借给你御寒，免得你背了衣服上山。我入山的时候，管理处的人一定要我坐轿。他们看见我一把白胡须，料想不是能步行的。然而我坚决谢绝。因为我认为坐轿游山是杀风景的，而且非人道的。我虽不能像青年人一样跑得快，然而我信奉龟兔赛跑中的龟的办法：慢慢地不断地走，终于有一天达到目的地。我们一行三人（我和老妻、小女）只请一个服务员和一个"向导"领路，逢到难走的地方，他们会扶持我。登山时我五步一站，十步一坐，这样慢慢地不断地走，终于被我走到了最高的天都峰上。这峰特别陡，其对地面的斜度是六十至八十度，非扶着路旁的铁链走不可；有时竟须用四肢爬行。峰顶有一个地方，叫做"鲫鱼背"，这是一块几十丈长的大岩石，形似一个鲫鱼。我在这鲫鱼的一二尺宽的背脊上走过时，低头一望，深不见底，不觉双腿发抖。幸而这背脊的两旁有铁栏，不会让我跌下去。休息的时候向导看看我说："丰院长真了不起！许多年轻人，游黄山不敢上天都。您身体真健康！"

我自己也觉得身体健康，并且越老越健康了。去年你来访问我时，看见我上楼梯快步如飞，称赞"丰伯伯脚力很健！"

其实莫说上楼梯,我还会上一千八百公尺的天都峰呢!

你通过广洽法师知道我过去多病,所以关怀我的健康。我可告诉你:我在旧时代的确多病,但在新中国仿佛反老还童了。原因是政治清明,社会安定;因此生活放心,精神愉快。精神愉快,身体就健康。古语云:"忧能伤人",反之,无忧无虑,自然健康长寿。在旧时代,政治腐败,社会黑暗;因此做人忧患恐惧,提心吊胆。这安得不损害健康呢?我四十岁的时候,上七百多公尺的莫干山都走不动;现在年近古稀了,反而上千八公尺的天都也不吃力,其原因就在于此。此外还有一个小原因:我在黄山中,从无线电里听到两个喜讯:一是第二十六届世界乒乓球锦标赛,中国获得好几个冠军;二是苏联飞船环绕地球。因此精神更加愉快,身体更加健康。那时我曾经作一首诗登在《解放日报》上,现在写给你看:"结伴游黄山,良辰值暮春。美景层层出,眼界时时新。奇峰高万丈,飞瀑泻千寻。云海脚下流,苍松石上生。入山虽甚深,世事依然闻。息足听广播,都城传好音:国际乒乓赛,中国得冠军。飞船绕地球,勇哉加加林!客中闻双喜,游兴忽然增。掀髯上天都,不逊少年人。"这首诗可使你在万里之外想见我的近况;又可引诱你再来祖国观光。去年你游了杭州和普陀,下次你来时,我劝你游黄山。书不尽意。

一九六一年国庆节子恺启

注:李荣坤君去年国庆节返祖国观光,托新加坡我的老友

广洽法师介绍，来上海访问我。我和他一见如故，晤谈多次。我从黄山回来后，不曾通过信。现又值国庆节，我想起了他就写这封公开信，意思是要使李君以外的侨胞友人也都知道我的近况。因为我在海外侨胞中有不少好朋友，免得一一写信问候了。

一九六一年十月一日

赤栏杆外柳千条 [1]
——参观景德镇随笔

"白如玉，明如镜，薄如纸，声如磬。"这是景德镇瓷器的特色。景德镇的瓷器制造，历史悠久，在唐朝时代就很有名；经过宋、明、清三代，更加进步。但在反动派统治期间，日趋衰落，产量减少，质量粗劣。解放以后方才大大地发展：解放那年产量只有三十万担，现在已经达到一百十万担，打破了古来的记录（过去最高八十万担）；质量上也恢复了上述的特色。

这里共有十二个大厂，每厂都有工人一二千到三四千名。我参观了六个厂，其中有一般的，有绘画的，有雕塑的。我从原料的陶土一直参观到制成品，中间经过手续的复杂和巧妙，实在使我吃惊。给我印象最深的，是一条龙的加工。但见一条很长很长的板条上，均匀地排列着许多尚未完成的盆子。这板条慢慢地向一头移行，慢得很，比我走路还慢些。板条旁边坐着七八个人，每两人相距约一二丈，每个前面有小桌子，桌子上有种种工具。第一个人从板条上拿起一只盆子来，用某种工具给它加一下工，立刻放在板条上，让它开过去；再拿起第二

---

[1] 本篇原载 1961 年 10 月 26 日《北京晚报》。

只盆子来同样地加工。第二、第三……个人照样地做，不过所加的工各不相同：有的是拿起来揸一揸，有的是拿起来在某地方刮一刮，有的是拿起来画一笔，有的是拿起来在底上盖个章……板条这样川流不息地移行，板条上的盆子的加工逐渐完成起来。

我看得发呆了。我想：这几个人必须鼓足干劲，专心一志地对付这工作，绝对不许怠慢一下。如果一怠慢，那只盆子就安稳地坐在板条上慢慢地向那边开过去，决不会向这人喊"快替我加工！"而这一道加工手续就脱漏了。我们许多上海人嘈嘈杂杂地在旁边参观，这些工人有时不免向我们看一眼。这时候我替他们担心；然而他们很敏捷，决不为了看一眼而耽误工作。

参观过后，我到景德镇市内去看看市容，买些瓷器。我对于景德镇的市容，同瓷器一样地赞美。这里有两架浮桥，红色的栏杆映着青山碧水，非常美丽。我想：景德镇以前属浮梁县，"浮梁"这个名词是不是从浮桥来的？但也不加考据。交际处附近有一个小湖，湖边围绕着红色的栏杆，栏杆旁边有许多高大的杨柳树，长长的柳条垂垂地挂下来，有的拂着红栏，有的吻着碧水。柳荫深处，露出小小的红亭翠馆，风景颇像杭州的西湖，惹起我怀乡之感。景德镇的街道很宽广，建筑很宏壮，竟有些像上海的闵行。瓷器门市部里货物充斥，琳琅满目。有几个大花瓶比我的身体还高。画在瓷板上的风景、人物、花卉都很工致，望去竟像装在镜框子里的画幅。可惜旅途上不便携带，我只买了几只杯盏。归车中为景德镇吟了两首诗：

沿郊厂宇似森林，景德陶瓷盖世名。
买得彩纹杯盏去，从今茶饭有精神。

金风送爽碧天高，赣北秋光分外娇。
长忆浮梁风景好，赤栏杆外柳千条。

一九六一年十月十日记于上海

古稀之贺[1]

翻译《源氏物语》时偶然放笔，抬起头来，看见座右挂着一个条幅，上面写着一首俳句：

古稀の賀の近ずき鶴の空晴る。（中译为：古稀之贺行看近，万里晴空任鹤飞。）

这是长于俳句的老朋友葛祖兰先生送我，预祝我七十之寿的。

我吟唱了一遍，想起自己已经年近古稀，觉得又惊又喜。惊的是流光如水，年华迅速；喜的是生逢盛世，老而益壮，年近古稀，还能抖擞精神地担任世界古典巨著《源氏物语》的翻译工作。我自己也觉得可贵。

我从三十岁起就辞去教师职务，从事绘画和译著，至今已历三十多年。这三十多年的长时期中，我究竟写了些什么呢？今天回想：前面二十多年中所写的只是些零星琐屑的小文和漫画；后面十几年中却作了四种巨大的译著，即《猎人笔记》《西洋美术辞典》[2]《我的同时代人的一生》[3]，以及正在工作中的《源

---

[1] 本篇日语译文原载1962年《人民中国》（日文版）第2号。中文原文曾载1962年9月26日香港《大公报》。

[2] 《西洋美术辞典》迄今未出版。

[3] 《我的同时代人的一生》即《我的同时代人的故事》（[俄]柯罗连科著），译者一度拟改为此名。

氏物语》。又画了许多大幅的绘画。

屠格涅夫著《猎人笔记》,我是在初解放的时候译的。所根据的原本是俄文本。中译本三十多万字,记得是在一年内译成的。

《西洋美术词典》是我和女儿丰一吟合编的,字数共约百余万。所根据的书籍是日本版的西洋美术辞典、苏联的百科全书,以及其他美术参考书。

柯罗连科著《我的同时代人的一生》,也是和女儿丰一吟合译的,全四卷,字数共约百余万。这部苏联古典巨著,不听见有英译本及日译本,中国过去也不曾译过。我们这回是最初的中译。

《源氏物语》这部世界最早(一〇〇六年完成)的长篇小说,英国和德国都有译本,中国却没有,我这回是初译。估计字数约有一百多万,预计约三年完成。

我自己觉得奇怪:二十多年的壮年期中写不出什么东西,十几年的老年期中反而写出了四部巨大的译著,这是什么缘故呢?仔细回想,原来这是生活安定与不安定的关系。首先:在解放前,出版事业大都是私营的。书店老板剥削作者的劳动力,克扣稿费;他们大都不顾文化,唯利是图。译著者虽然有心从事富有文化价值的巨著的译作,却不容易获得出版的机会。因此我壮年期的工作,只是些零星的短文和漫画,谈不上什么成果。其次:更重要的原因是解放前作家生活没有保障,全靠稿费糊口,因此不得不迁就书店老板的需要,不能如意称心地从事富有文化价值的工作。我回想解放前,对每种译著工作,都不得不先计算一下稿费收入;有时还不得不和书店老板讨价还价,以防遭受剥削。但在解放后的今日,"稿费"两字我几乎已经忘记;我对每种译著工作,只是考虑它的文化价值,全不想起它的物质报酬。因为我的生活早有终身的保障(我是受国家月俸的),绝不贪图稿费;即使没有稿费也不妨,何况付稿费的不是剥削图利的书店老板,而是公正贤明的国营出版社呢!因此最近十几年来,我能够专心一志地从事译著和绘画;能够随心所欲地表现我的思想感情。因此在短短的十几年的老年期中,我的工作反而获得了成果。

还有一个附带的原因:我的女儿一吟能够经常替我当助手,也是促成这成果的一股力量。我在译著工作中,有时要查考书籍,有时要校勘原稿和校样,或者编制索引,抄写文稿,我不耐烦这些细致工作,这都是由她代劳的。倘在旧时代,她为了自己的生活问题,不得不进书店当编辑或者当教师,没有时间来替我当助手,我也没有力量另雇助手。但是现在她是上海编译所的所员,这编译所的制度是各人自由在家工作的,不必每天上办公室。她既有按月的生活津贴,又有稿费,生活不成问题;在她个人的工作之外,尚有时间可以帮助我的工作;而且天天在我身边,接洽十分便利。我最近十几年来的工作比过去廿几年的工作成果较大,这不可不说是一个附带的原因。

关于绘画,前后两时期的对比更是显著:在旧时代,我画小幅的漫画。这些漫画的题材,大都是人生社会的黑暗相和悲惨相。我曾在一九三六年出版的画集《人间相》的序文中说:"吾画既非装饰,又非赞美,更不可为娱乐;而皆人间之不调和相、不欢喜相与不可爱相,独何欤?东坡云:'恶岁诗人无好语。'

若诗画通似，则窃比吾画于诗可也。"我当时有一个图章，上面刻的是"速朽之作"四个字。因为我希望这种黑暗相和悲惨相早日消灭，让我另画一种欢喜相和可爱相。我这希望，果然在解放之后实现了！我早已把这颗图章毁弃。

解放之后，我眼前的黑暗都变成了光明，因此我的画笔活跃了，我的画面扩大了，我的画材丰富多彩了。我每次旅行，画材满载而归。全国许多报纸上都登载我的画。许多地方挂着我的画。我已刊行了一册儿童画集，不久又将刊一册更大的画集。十几年来，我在绘画方面的成果并不亚于译著方面呢！

"古稀の賀の近ずき鶴の空晴る。"我的老朋友送我这首贺诗，足证他是深知我近来的生活情况的，我自己也要对自己作"古稀之贺"。

一九六一年岁暮记于上海

作画好比写文章[1]

编辑同志：

来信收到了。你们说，你们接到读者来信，要我谈谈艺术创作上的问题。你们问我："你在漫画创作上的成就，是否与你在文学、音乐等其他方面的修养有很大的关系呢？"我现在就根据这一点，来简单地谈谈自己的体会吧。

你们提出这问题，我首先不得不回顾一下自己的创作生活。检查的结果，觉得我的文艺生活，可分两个时期：前期（四十岁以前）是多样的，对绘画、文学、音乐都感兴趣。我年青时在东京，上午学画，下午学琴，晚上学外文，正是"三脚猫"[2]。回国后也是为这三方面写作，作品大都在开明书店刊印。后期疏远绘画与音乐，偏好文学。写随笔，翻译《猎人笔记》、夏目漱石、石川啄木、《源氏物语》等，是我所最感兴味的。这期间偶有所感，或出游获得新鲜题材，或受他人嘱托，也就画几幅画。至于音乐，则早已完全放弃了。这后期可说是"两脚猫"了。

综合看来，我对文学，兴趣特别浓厚。因此我的作画，也

---

[1] 本篇原载 1962 年 2 月 11 日《文汇报》。
[2] "三脚猫"，指样样都懂一点但都不专的人。

不免受了文学影响。我不会又不喜作纯粹的风景画或花卉等静物画，我希望画中含有意义——人生情味或社会问题。我希望一幅画可以看看，又可以想想。换言之，我是企图用形状色彩来代替了语言文学而作文。

当然我也喜欢看雄伟壮丽的山水画、华美优雅的花鸟画等。然而自己动起笔来，总想像作文一样表现思想感情。偶尔画几张纯粹表现形象色彩之美的画，便觉乏味，仿佛过不得瘾。

来信言我的画与其他艺术修养有关，说得很对！我的画的确与文学有很大关系。我自知这不是一种正式的绘画，只是绘画之一种。至于这种画价值如何，那我自己实在想不出答语。我仿佛具有一种癖瘾，情不自禁地要作这种画。"聋人也唱胡笳曲，好恶高低自不闻。"即使不聋，自己听了也不易辨别高低，还是旁人批评来得正确。

  此致
敬礼

一九六二年一月

我作了四首诗[1]
——在上海第二次文代大会上的发言

记得一九五〇年开市第一次文代大会时，我的胡须是灰色的。现在开市第二次文代大会，我的胡须已经白了，但我的人却红了。因为我已是劳动人民的知识分子了，这岂不是红了吗？"朱颜白发"正是一幅好画。因此我今天参加这个大会，非常荣幸。更为荣幸的，今年正逢毛主席《在延安文艺座谈会上的讲话》发表二十周年纪念。这事实仿佛在暗示我们：叫我们按照毛主席的文艺方针努力发扬文艺，繁荣创作。可惜我不善于讲话，要讲只能三言两语，就同我的画一样寥寥数笔，不能作几小时滔滔不绝的冠冕堂皇的发言。我已讲不下去，怎么办呢？幸而近来学诗，作了四首诗，就把诗诵给诸君听听，并且略加说明吧。这是为纪念《在延安文艺座谈会上的讲话》发表二十周年而作的，也可以说是为上海市第二次文代大会的召开而作的，我就用这首诗来祝这大会胜利成功。

第一首："创作先须稳立场，丹青事业为谁忙？名花从此辞温室，移植平原遍地香。"第二首："创作源泉何处寻？人民

---

[1] 本篇原载 1962 年 5 月 12 日《解放日报》。

生活最关心。繁红一树花千朵，无限生机在此根。"这二首都不须说明。第三首："思想长兼技术长，士先器识后文章，芝兰朴素香千里，毒草鲜艳弃路旁。"这里用了古人一句成语：唐朝的裴行俭说："士之致远，先器识，后文艺。"器识就是思想，文艺就是技术。那时的"士"是指士大夫，我现在的"士"是指劳动人民的知识分子，指民主人士。第四首："名言至理可书绅，艺苑逢春气象新。二十年来多雨露，百花齐放百家鸣。"不说"至理名言"而说"名言至理"，因为这里须用"平平仄仄"。书绅两字有个古典：绅就是古人衣服上的带子。孔子说了一句好话，他的学生子张就把这话写在衣带上表示时刻不忘。书绅便是当作座右铭的意思。诗人画家王个簃曾经替我改一字，把"可书绅"的"可"字改为"永"字。意思很好，"永"比"可"更郑重。有一位青年说，何不改"当"字？我说"当"字平声，我这里需要仄声，我虽然作的是打油诗，对平仄声却很注意，因为平仄声是中国文学特有的优良传统。全世界别的国家都没有平仄声。平仄声是中国诗文的一种特色。毛主席的诗词中，平仄声很讲究，我们应该向他学习。近来看报纸上发表的旧诗词，有的不讲平仄声，只讲字数，我实在不要看。我希望不曾学会平仄声的人不要作旧诗词，免得歪曲了我国诗文的格律。你们作新诗吧。

关于最后一句"百花齐放百家鸣"，我还有一点意见。百花齐放已经号召了多年，并且确已放了许多花。但过去所放的，大都是大花、名花，大多含有意义。例如梅花象征纯洁，兰花是王者之香，竹有君子之节，菊花凌霜耐寒。还有许多小花、无名花，却没有好好地放。"花不知名分外娇"，在小花、无名花中，也有

很香很美丽的，也都应该放，这才是真正的"百花齐放"。再说：既然承认它是香花，是应该放的花，那么最好让它自己生长，不要"帮"它生长，不要干涉它。曾见有些盆景，人们把花枝弯转来，用绳扎住，使它生长得奇形怪状，半身不遂。这种矫揉造作，难看极了。种冬青作篱笆，本来是很好的。株株冬青，或高或矮，原是它们的自然姿态，很好看的。但有人用一把大剪刀，把冬青剪齐，仿佛砍头，弄得株株冬青一样高低，千篇一律，有什么好看呢？倘使这些花和冬青会说话，会畅所欲言，我想它们一定会提出抗议。

一九六二年五月九日

《弘一大师遗墨》[1] 序言

　　弘一大师俗姓李,名息,字叔同,别名岸、哀公、息霜、婴等。于一八八零年生于天津。曾留学日本,在东京美术学校毕业,归国后,任《太平洋报》等编辑、南京高等师范及浙江两级师范音乐美术教师。三十九岁在杭州虎跑寺削发为僧,法名演音,字弘一,别号甚多。六十三岁在福建泉州圆寂。大师在俗时,热爱文艺,精通美术、音乐、演剧、文学、书法、金石,为中国最早之话剧团春柳剧社之创办人,又为中国最早研究西洋绘画音乐者之一人。其中对于书法,致力最多,从事最久:在俗时每日鸡鸣而起,执笔临池;出家后诸艺俱疏,独书法不废,手写经文,广结胜缘,若计幅数,无虑千万。出家后所作,刘质平君所藏独多,达数百件。今所集者,半属刘君所藏。在俗时所作,数亦甚多,但分散各处,兵火后不易征集。本书所载,仅杨白民、夏丏尊二先生之所藏,前者由其女杨雪玖君保管,后者由其孙夏弘宁君保管,今均已捐赠上海博物馆矣。乃者,新加坡侨胞广洽法师等(芳名录见书末),企仰大师道艺,愿舍净财,刊印遗墨,属予任其事。予愧力弱,难能胜任。幸

---

[1] 《弘一大师遗墨》系非卖品,由新加坡广洽法师等捐款,1962年5月在上海印行。

得吴梦非、钱君匋二君之协助，始成此卷。大师遗墨，浩如瀚海，此中所载，不啻万一。但愿以此为始，多方搜求，继续刊印，使大师之手迹永垂不朽，对我国书法艺术之发扬有所贡献，则幸甚矣。辛丑仲夏丰子恺谨序于上海。

耳目一新[1]

我业余爱好什么,实在想不出来。平生既不爱种花养鸟,又不喜看戏听书。别人说我爱旅行,我就承认了吧。因为近年来的确常常旅行,而且觉得旅行的确有可爱之处。

可爱的是什么呢?就是环境变更,耳目一新。长年居家,长年供职,环境老是这一套,实在看厌了。倘能换一个环境,不但耳目一新,知识见闻也可以增进。例如去年我游黄山,又游井冈山,不但开了胸襟,又广了眼界,至今不忘。

黄山内部十分复杂,峰峦丘壑,变化千万。宾馆、温泉、文殊院、万松林、云谷寺……各有其特色。我在每处耽搁,好似游了许多码头。古昔风雅人士,往往喜欢看山。李太白说:"相看两不厌,只有敬亭山。"是否敬亭山也同黄山一样复杂,所以看不厌呢?

江西之游,变化更多。我在二十几天之内游历了八个地方:南昌、吉安、井冈山、赣州、瑞金、兴国、抚州、景德镇。平均每个地方不过耽搁二三天,南去北来,席不暇暖。有时认错了地方,把乙地的旅馆当作甲地的旅馆;有时认错了人,把乙

---

[1] 本篇原载 1962 年 9 月 20 日上海《新民晚报》。

地的主人当作甲地的主人，笑话甚多。但旅行的妙处，即在于此。我最后来到景德镇时，回想过去各地风光，但觉头脑里装满了许多新鲜印象。这二十几天的收获足抵得家居数十年呢！

因此回想起抗战前在故乡石门湾缘缘堂时的旧事来：那时我蛰居故乡，但常常赴杭州小住。只到杭州，嫌其变化太简单，于是不乘火车，却雇一只客船，在运河里慢慢地走。客船走两天可到，我却要它走四天，在沿河各码头泊宿。客船里自带被褥，自办伙食，同家里一样。到了一个码头，就上岸去游览。有时买些当地土产带回船内，有时就在市内小酒家买醉，有时画了许多人物风景的速写。记得有一次雨天泊宿塘栖，塘栖街上家家门口有凉棚，落不着雨，我可照样登岸游览、饮酒或写生，真是快意！夜宿船中，雨打船篷，潇潇之声就在头上，颇觉稀罕。那时往往想起皇甫松的词："闲梦江南梅熟日，夜船吹笛雨潇潇，人语驿边桥。"从石门湾到杭州，乘火车只消半天，坐船却花四天；乘火车只费几角钱，坐船却花十来块钱。当时有人笑我太傻。但我自得其乐。因为多花这些时间和金钱，来换个耳目一新，还是合算的。

壬寅〔1962〕新秋于上海记

私塾生活[1]

我的学童时代,就是六十年前的时代。那时候,我国还没有学校,儿童上学,进的是私塾。怎么叫做私塾呢?就是一个先生在自己家里开办一个学堂,让亲戚、朋友、邻居家的小孩子来上学。有的只有七八个学生,有的十几个,至多也不过二三十个,不能再多了。因为家里屋子有限,先生只有一人。这位先生大都是想考官还没有考取的人,或者一辈子考不取的老人。那时候要做官,必须去考。小考一年一次,大考三年一次。考不取的,就在家里开私塾,教学生。学生每逢过年,送几块银洋给先生,作为学费,称为"修敬"。每逢端午、中秋,也必须送些礼物给先生,例如鱼、肉、粽子、月饼之类。私塾没有星期天,也没有暑假;只有年假,放一个多月。倘先生有事,随时可以放假。

私塾里不讲时间,因为那时绝大多数人家没有自鸣钟。学生早上入学,中午"放饭学",下午再入学,傍晚"放夜学",这些时间都没有一定,全看先生的生活情况。先生起得迟的,学生早上不妨迟到。先生有了事情,晚快就早点"放夜学"。学

---

[1] 本篇原载 1962 年 9 月《儿童时代》第 17 期。

生早上入学，先生大都尚未起身，学生挟了书包走进学堂，先双手捧了书包向堂前的孔夫子牌位拜三拜，然后坐在规定的座位里。倘先生已经起来了，坐在学堂里，那么学生拜过孔夫子之后，须得再向先生拜一拜，然后归座。座位并不是课桌，就是先生家里的普通桌子，或者是自己家里搬来的桌子。座位并不排成一列，零零星星地安排，就同普通人家的房间布置一样。课堂里没有黑板，实际上也用不到黑板。因为先生教书是一个一个教的。先生叫声"张三"，张三便拿了书走到先生的书桌旁边，站着听先生教。教毕，先生再叫"李四"，李四便也拿了书走过去受教。……每天每人教多少时光，教多少书，没有一定，全看先生高兴。他高兴时，多教点；不高兴时，少教点。这些先生家里大都是穷的，有的全靠学生年终送的"修敬"过日子。因此做教书先生，人们称为"坐冷板凳"；意思是说这种职业是很清苦的。因此先生家里柴米成问题的时候，先生就不高兴，教书也很懒。

还有，私塾先生大都是吸鸦片的。小朋友们，你们知道什么叫做鸦片？待我告诉你们：鸦片是一种烟，是躺在床上吸的。吸得久了，天天非吸几次不可，不吸就要打呵欠，流鼻涕，头晕眼花，同生病一样。这叫做"鸦片上瘾"。上了瘾的人很苦：又费钱，又费时间，又伤身体。那么你要问：他们为什么要吸呢？只因那时外国帝国主义欺侮我们中国人，贩进这种毒品来教大家吃，好让中国一天一天弱起来。那时中国政府怕外国人，不爱人民，就让大家去吸，便害了许多人。而读书人受害的最多。因为吸了鸦片，精神一时很好，读得进书，但不吸就读不进。

因此不少读书人都上了当。

　　私塾没有课程表。但大都有个规定:早上"习字",上午"背旧书",下午"上新书",放夜学之前"对课"。

　　私塾里读的书只有一种,是语文。像现在学校里的算术、图画、音乐、体操……那时一概没有。语文之外,只有两种小课,即"习字"和"对课"。而这两种小课都是和语文有关的,只算是语文中的一部分。而所谓"语文",也并不是现在那种教科书,却是一种古代的文言文章,那书名叫做《大学》《中庸》《论语》《孟子》……。这种书都很难读,就是现在的青年人、壮年人,也不容易懂得,何况小朋友。但先生不管小朋友懂不懂,硬要他们读,而且必须读熟,能背。小朋友读的时候很苦,不懂得意思,照先生教的念,好比教不懂外国语的人说外国语。然而那时的小朋友苦得很,非硬记、硬读、硬背不可。因为背不出先生要用"戒尺"打手心,或者打后脑。戒尺就是一尺长的一条方木棍。

　　上午,先生起来了,捧了水烟管走进学堂里,学生便一齐大声念书,比小菜场里还要嘈杂。因为就要"背旧书"了,大家便临时"抱佛脚"。先生坐下来,叫声"张三",张三就拿了书走到先生书桌面前,把书放在桌上了,背转身子,一摇一摆地背诵昨天、前天和大前天读过的书。倘背错了,或者背不下去了,先生就用戒尺在他后脑上打一下,然后把书丢在地上。这个张三只得摸摸后脑,拾了书,回到座位里去再读,明天再背。于是先生再叫"李四"……一个一个地来背旧书。背旧书时,多数人挨打,但是也有背不出而不挨打的,那是先生自己的儿子或者亲戚。背好旧书,一个上午差不多了,就放饭学,学生大家回家吃饭。

　　下午，先生倘是吸鸦片的，要三点多钟才进学堂来。"上新书"也是一个一个上的。上的办法：先生教你读两遍或三遍，即先生读一句，你顺一句。教过之后，要你自己当场读一遍给先生听。但那些书是很难读的，难字很多，先生完全不讲解意义，只是教你跟了他"唱"。所以唱过二三遍之后，自己不一定读得出。越是读不出，后脑上挨打越多；后脑上打得越多，越是读不出。先生书桌前的地上，眼泪是经常不干的！因此有的学生，上一天晚上请父亲或哥哥等先把明天的生书教会，免得挨打。

　　新书上完后，将近放学，先生把早上交来的习字簿用红笔加批，发给学生。批有两种：写得好的，圈一圈；写得不好的，直一直；写错的，打个叉。直的叫做"吃烂木头"，叉的叫做"吃洋钢叉"。有的学生，家长发给零用钱，以习字簿为标准：一圈一个铜钱；一个烂木头抵消一个铜钱；一个洋钢叉抵消两个铜钱。

　　发完习字簿，最后一件事是"对课"。先生昨天在你的"课簿"上写两个或三个字，你拿回家去，对他两个或三个字，第二天早上缴在先生桌上。此时先生逐一翻开来看，对得好的，圈一圈；对得不好的，他替你改一改。然后再出一个新课，让你拿回去对好了，明天来缴卷。怎么叫对课呢？譬如先生出"红花"两字，你对"绿叶"，先生出"春风"，你对"秋雨"；先生出"明月夜"，你对"艳阳天"……对课要讲词性，要讲平仄。（怎么叫做词性和平仄，说来话多，我暂时不讲了。）这算是私塾里最有兴味的一课。然而对得太坏，也不免挨打手心。对过课之后，先生喊一声："去！"学生就打好书包，向孔夫子牌位拜三拜，再向先生拜一拜，一缕烟跑出学堂去了。这时候个个学生很开心，一路上手挽着手，跳跳蹦蹦，乱叫乱嚷，欢天喜地地回家去，犹如牢狱里释放的犯人一般。

今天讲得太多了。下次有机会再和小朋友谈旧话吧。

新 的 欢 喜 [1]

我住居上海,前后共有三十多年了。往日常常感到上海生活特点之一,是出门无相识,街上成千成万的都是陌路人。如果遇见一个相识的人,当作一件怪事。这和乡间完全相反:在乡间,例如我在故乡石门湾,出门遇见的个个是熟人。倘有一只陌生面孔,一定被十目所视,大家研究这个外来人是谁。

我虽然有时爱好上海生活,取其行动很自由,不必同人打招呼,衣冠不整也无妨,正如曼殊所云:"芒鞋破钵无人识,踏过樱花第几桥。"然而常常嫌恶上海生活,觉得太冷酷,有"茫茫人海,藐藐孤舟"之感。

然而这是往日的情况。近几年来,上海对我的关系变更了:出门常常遇见认识我的人,和我谈话,甚至变成朋友。有种种事实为证:

有一次我坐三轮车,那驾车人在路上问我:"贵姓?"我说:"姓丰。"他说:"这个姓很少。我所知道的只有一个老画家丰子恺。"我问他:"你何以知道丰子恺?"他说:"我常在报上看到他的画。"我向他说穿了,他就在途中买册子要我画,又和我交

---

[1] 本篇为 1962 年 12 月中国新闻社约稿,载何处待查。

换通信址,变成了朋友。我曾经特写一篇短文[1],叙述此事。

有一次我上剃头店,那理发师对我看看说:"你老先生的相貌很像画家丰子恺呢。"我问他何以认识丰子恺,他说常在报纸杂志上看到我的照片。我也就说穿了,他很惊奇,仿佛以为我是不该剃头的。从此我们就成了相识。

有一次我自己上邮局寄挂号信。挂号信上必须写明发信人姓名。那邮局职员见了,便告诉邻桌的人,一传二,二传三,弄得柜台里面所有的职员都看我,有的还和我谈话。我去寄信,仿佛去访问朋友。

有一次我上咖啡馆吃冰淇淋。几个穿白制服的服务员聚在一角里向我指点窥探,低声议论。我觉得很奇怪。后来一个服务员走过来问我:"你是不是丰子恺老先生?"我承认了。他就得意洋洋地向他的同事们说:"我说是,果然没认错!我在报纸上看见过相片的。"以后我就常到这店里去吃东西,有人相识,就觉温暖,仿佛在家里吃。

再举一例吧:有一次我带了一个孩子到附近食品店买糖果,照例有一个店员因报纸上的照片而认识了我。他的一个同事不认识我,他便怪他:"你不看报吗?"这一天我多买了些糖果;摸出钱包来一看,钞票不够付了,便要求他减少些货物,因为钱带得不多,下次再来买。这店员说:"不妨不妨,下次补付吧。"我觉得不好意思。另一人说:"我们替你送去,向家中取款吧。"我觉得好,便把门牌号码告诉他。我带了孩子又在别处走走,

---

[1] 指《新年随笔》一文。

回家时东西早已送到了。

好了,不该再啰苏了。总之,近年来上海对我的关系变更了。我住在这七百万人口的大都市里,仿佛住在故乡石门湾的小镇上,不再有"茫茫人海,藐藐孤舟"之感了。

这变更的原因何在?很明显的:所有的工作人员都识字,都看报,都读杂志,因此认识我的人多起来了。我的画和文和照片登在报纸杂志上,并非近来开始,已有三四十年了。何以从前在上海滩上"芒鞋破钵无人识"呢?就为了车夫、店员等人大都不看报,不读杂志,甚至不识字。而解放以来,扫除文盲,提倡文化,一般人的知识都大大提高,因此认识我的人多起来了。

这在我是一种新的欢喜。乘这新年将到之时记录下来,以助新年佳兴。

新 春 试 笔[1]

岁历更新,喜气充塞人间,我提起笔来,想写些感想,又觉得无从说起。忽见儿童穿着新衣吃甘蔗,便想起了顾恺之的一句话。晋朝有一位画家顾恺之,吃甘蔗时,总喜欢从梢上吃起,渐渐吃到根上。别人怪问他:"梢上不甜,你为什么从梢上吃起?"他回答说:"渐入佳境。"

我今已年近古稀,回想过去六十多年的生活,正像顾恺之吃甘蔗一样,渐入佳境。怎样"佳"法呢?且不说别的,单讲身体的健康情况吧。我从小多病,中年曾患眼疾,严重的角膜破裂,几乎失明;又患伤寒,几乎丧命;抗日战争时曾在贵州患痢疾,濒于危境;抗战胜利复员时又在陇海路上洛阳[2]旅舍中患时疫,几乎不能返乡。身体经过几次斯丧,弄得十分虚弱,真成了个所谓"东亚病夫"。同时精神也弄得萎靡不振,曾长期闭门谢客,日与茶灶药炉为伴,自叹不能永年了。岂知近十四年来,知命之后,反而日趋健康;到了如今耳顺之后,身体竟越来越好了:一年四季,茶甘饭软,酒美烟香;工作之余,还

---

[1] 本篇原载 1963 年 2 月 7 日香港某报。

[2] 洛阳,应作开封。

有充分余力应酬宾客，逗玩儿童，真所谓"不知老之将至"。古语云："老当益壮。"吾乡俗语云："甘蔗老头甜，越老越清健。"在从前，这些话原不过是勉励或安慰人心而已，但如今我却实际地做到了。

这是什么原故呢？原因很简明：从前生活困难，忧患多端；而现在生活安定，精神舒畅故也。古语云："忧能伤人。"又云："心广体胖。"确是至理名言。在从前，社会黑暗，弱肉强食，不论是非，欺诈剥削，不讲公道，贪官肆虐，恶霸横行。因此为人在世，提心吊胆，战战兢兢，苟全性命。像我这么一个文人，既无产业，又无权势，全靠教书与写作度日，维持八口之家的生活，天天要担心衣食，提防失业，心中常常忧患恐惧，身体怎么会健康呢？我的眼疾，全是由于经常为衣食而写作到深夜所致。我的精神萎靡不振，长年闭居，实是由于恐怕这恶劣环境，深恐失足遭殃之故。过去我有许多消极的文和画，正是"愤世嫉俗"的表现。

解放以后，这黑暗社会变成了光明世界。我心中的忧患恐惧也忽然消散，变成了欢欣鼓舞。我在上海生活数十年，亲眼看见它由黑暗变成白昼，感动特别深刻，曾在上海解放十周年时吟一首长诗，其中有句云："盼到英勇解放军，虎口余生得保全。"又云："巩固主权明法令，肃清败类任贤能。十年生聚兼教训，都城面目焕然新。今朝庆祝乐无疆，饮水思源莫忘恩。"这和我过去愤世嫉俗的消极诗文恰恰相反，也由黑暗变成了光明。同时我的身体也就由虚弱变成了壮健。新中国的建设事业一年胜似一年，人民生活一年好似一年，我的身体也一年强似一年，真正是"返老还童"，前途光明。这情况不是我个人所特有的，画家齐白石、黄宾虹、姚虞琴、商笙伯等，都活到九十以上。上海文史馆中，今年有四位九十岁以上的老馆员。其中有一位还健步如飞。我比较起他们来，还只是个小弟弟呢！我的祖父只活三十三岁，我的父亲只活四十三岁，我年近古稀还在做小弟弟，可见我真是"强爷胜祖"的了。

身体好，工作成绩也好了。我现在担任上海中国画院院长，又兼任上海美术家协会主席。公余还有时间和精神来从事作画与作文。我的新作画集正在印刷中，不久可以出版，我又在翻译日本古典文学《源氏物语》。这是一千年前出世的一册一百多万字的古文长篇小说，分四册刊行，一年来我已译完一册，一九六三年夏季可以出版，预计一九六五年可以全部完成。完成之后，我一定还可做更多更好的工作。

身体好，游兴也好了。每年春秋佳日，我必偕老妻小女等同作游玩。大前年曾游黄山，黄山管理处的处长见我年老，定要我坐轿，我坚决拒绝，徒步登山，爬上海拔一千九百米的天都峰。前年我遍游江西各大城市，又上井冈山参观。去年也遨游江浙各名区。今年，明年，后年……我将继续游览我国名胜之地。

《弥陀经》序言[1]

　　此《弥陀经》乃马一浮先生手书新加坡弥陀学校所珍藏者。广洽法师爱此墨宝，发心影印流通。嘱余为之序记。余回忆髫年负笈浙江师范学校，常随先师李叔同先生即弘一大师谒马先生杭州银洞巷寓所，藉知先生不但博极古籍，精于书法，又深通内典。故先师皈依佛法之时常踵门求教焉。马先生为中国现代书法界之泰斗，但所书佛经极少。此《弥陀经》当系精心得意之作，乃佛教界之宝典，亦美术界之珍品也。广洽法师为之影印流通，使学道之人与爱艺之士咸共欣赏，诚善举也。马先生名浮，字一浮，号湛翁，别字蠲叟，浙江绍兴人，现年八十有二，健居杭州西湖之滨。春秋佳日，余常赴湖楼叩访，餐胜聆善，获益良多。

癸卯菊秋丰子恺记于上海

---

[1]《弥陀经》为马一浮手书，新加坡广洽法师1964年影印出版。

简化字一样可以艺术化[1]

近来常常有人要我写字，对联、中堂、条幅、扇面等等。我很想一律写简化字，教人看看惯，可以帮助简化字的推行。因为我认为简化字一样可以艺术化，并非像有些人所说"不雅观"的。他们所认为雅观的"十七帖""书谱"等，原来都是简化字呢。

然而我写对联、中堂等时，结果终于没有用简化字，而仍用旧日一套繁体字。因为我认为简化字还没有完全，汉字的整理和简化的工作还需要继续进行，如果我照现行的写了，将来看看或简或繁，不伦不类。我要等简化字完全了，有了定案，才在艺术品中用它。

还有哪些字需要简化？一时我也举不出来，即使举出来，也不齐全或不正确。我建议：中国文字改革委员会将未经简化的常用字列一表，分送多人，征求大家的意见，某字应否简化？应该如何简化？然后集思广益，拟出一个概括的定案来，公布于全国，叫大家一律遵用。这样，免得群众乱用简化字，造成混乱状态。

群众杜造的简化字，有些固然不大好，但也有颇可取者。

---

[1] 本篇原载 1964 年 6 月号《文字改革》。

有一次我看见一爿漆店门口，把漆字写成三点水旁一个"七"字，我一望而知为漆字；有一爿鞋子店，把鞋字写成"又"字旁一个"圭"字，我也一望而知。诸如此类，我认为都是可取的。有一家剧院里把幕字写作"大"字下面一个"巾"字，我在剧院里看到，立刻理解，认为有六书中的"会意"作用，大巾为幕。但设想此字如果放在别处，恐怕难于认识吧。诸如此类的也很多。

今后人名尽量采用常用字，这一点我极赞成。近来常有人生了孩子要我取名，我都用常用字。不过讲到这里，我要来个自我检讨：我的名字中"恺"字就不是常用字，可说是"死字"了。我写文章时，除了姓名以外，从来不用这个字。曾经想改，怕人不认识我，也就罢了。希望下一代勿效法我。

《弘一大师遗墨续集》跋 [1]

此书原名"李息翁临古法书",于一九三〇年由夏丏尊先生交上海开明书店出版。原稿存梧州路开明书店编辑所,抗战中毁于炮火,故绝版久矣。近有友人于书摊访得旧刊本一册,以赠予,冀其重印。予前岁曾受星洲广洽上人等诸信善之嘱,辑集《弘一大师遗墨》,已行于世。其中出家前所作收集太少,常引为憾。此书可弥补此缺陷,因即加以整理,名之为《弘一大师遗墨续集》,交广洽上人,请其随缘集资,继续刊印。且喜旧刊本印刷清楚,不亚原作,便于制版也。弘一大师博通艺事,而于书道尤精。其临摹古碑,能取其精华,弃其糟粕,故反比原本优美,真所谓青出于蓝者。其对后之学者,当有莫大之启发也。一九六四年新秋丰子恺记于上海。

---

[1] 《弘一大师遗墨续集》系非卖品,1964年11月由新加坡广洽法师募印。原文刊于书末,系作者手写制版。原无题,此题系编者所加。

《源氏物语》[1] 译后记

（一）《源氏物语》一书，日本人尊之为古典文学之泰斗。辞典举例，大都首先引用此书中语。此书确系世界最早之散文长篇小说，成立于一〇〇六年左右，比中国最早之长篇小说《水浒传》《三国演义》早出世三百多年，比西洋最早之小说集薄伽丘（Boccàccio）所著《十日谈》（*Decameron*）亦早出世三百多年。书中叙述涉及三代，历时七十多年，登场人物有四百四十多名，亦可谓庞大矣。

（二）此书作者为当时宫廷一女官紫式部。此人生卒年月不确，一说生于圆融天皇天元元年，即公历九七八年，殁于一〇一五年。享年三十八岁；或曰，享年三十九岁；或曰，享年五十七岁。其人生而颖悟，幼时旁听父亲教长兄读《史记》，反比长兄善于记诵。后曾入宫为皇后讲解白居易诗文。又擅长琴筝，并精通佛典。二十二岁嫁藤原宣孝，生女贤子，亦有文名。宣孝早死。紫式部寡居时作《源氏物语》。或曰，末尾"宇治十帖"是贤子所续成；或曰，其父藤原为时创作大纲，由紫式部补写细部；或曰，《源氏物语》在紫式部之前早已有之，乃由紫

---

[1]《源氏物语》分上中下三册，1980 年至 1983 年人民文学出版社初版。

式部修订而成者。年代既久,无法考实。

(三)因此之故,相传本子亦有大同小异者三种:一曰河内本,乃河内守源光行及其子源亲行所校订者,流行于镰仓时代（一一九二——一三三三）,入室町时代（一三三八——一五七三）而绝迹,至大正时代又发现。二曰青表纸本,因其书封面青色,故名,乃藤原定家所校订者,流行于室町时代之后,直至今日。三曰别本,则又与上二者稍有异同。今日一般所采用者,乃青表纸本。

(四)此书有英、德、法译本。英译本最早,刊于一九二一年,译者瓦勒（Arthur Waley）,书名 The Tale of Genji。德译本有二种,一是赫利芝卡（Herbart E. Herlitschka）所译,书名 Die Geschichte von Prinzen Gertji；二是缪勒扎勃希（Maximilian Müller-Jabüsch）所译,书名 Die Aventeur der Prinzen Genji。法译本译者是归化法国之日本人山田氏,书名 Le Romance de Genji。

(五)关于此书之注释本,在日本甚多,主要者可举六种:藤原定家《源氏物语注释》、四辻善成《河海抄》、一条兼良《花鸟余情》、三条西公条《细流抄》、中院通胜《岷江入楚》、北村季吟《湖月抄》。现代日语译本亦甚多,主要者为谷崎润一郎译本、与谢野晶子译本、佐成谦太郎对译本。今此中文译本乃参考各家译注而成。原本文字古雅简朴,有似我国《论语》《檀弓》,因此不宜全用现代白话文翻译。今试用此种笔调译出,恨未能表达原文之风格也。

(六)此书内容,充分揭露了日本平安朝(九至十二世纪)

初期封建统治阶级争权夺利、荒淫无度之相，反映了王朝贵族社会的矛盾及其日趋衰败之势。当时皇家藤原氏一族势力强盛，仕宦不重实力，专靠出身及裙带关系。只要有一姐妹或女儿入宫或嫁与贵人，其人便可升官发财，即所谓一人得道，鸡犬升天也。因此当时一切活动，皆以女性为中心，凡女子必习和歌，通汉学，擅琴筝，方可侍奉贵人。贵族之家若生女天资不高，则雇用许多富有才艺之侍女以辅助之。紫式部之时代，此风盛行达于极点。此作者久居宫廷，耳闻目睹此种情状，故能委曲描写，成此巨著。但作者本人亦贵族出身，故其文虽能如实揭露，有时也不免表示赞善与同情。然其内容充实，技巧娴熟，文字古雅，故日本人尊此书为古典文学之泰斗也。

一九六五年十一月二日译者记

彩伞说明[1]

　　此彩伞乃七十余年前，先父斛泉公与先姑母崦红女史所合作，在石门湾元宵灯会中，被推为佳制。后保藏于石门湾缘缘堂。一九三七年抗战时，堂毁于兵火，此伞流落某乡人手中。有石门湾人沈君出价购得之。一九六五年冬，其子沈勋城君自德清财政局来信，告知此事，并言情愿归还物主。余受之，略赠费用，以酬其多年保管之劳。今以移赠桐乡文物馆，请代保存。惟历年太久，浆糊脱胶，难于修缮，聊可窥见吾乡当年文艺作品之一斑耳。

一九六六年立春丰子恺记于上海

---

[1] 此文手迹保存在桐乡市文化馆。原无题。此题目是编者所加。